पड़ाव

पड़ाव

लक्ष्मी तिवारी

वाणी प्रकाशन

वाणी प्रकाशन

4695, 21-ए, दरियागंज, नयी दिल्ली 110 002

शाखा

अशोक राजपथ, पटना 800 004

फ़ोन : +91 11 23273167 फ़ैक्स : +91 11 23275710

www.vaniprakashan.in
vaniprakashan@gmail.com
sales@vaniprakashan.in

PADAV
by Laxmi Tiwari

ISBN : 978-93-87330-02-3
Novel

प्रथम संस्करण

मूल्य : ₹ 550

सिटी प्रेस, दिल्ली-110 095 में मुद्रित

वाणी प्रकाशन का लोगो मक़बूल फ़िदा हुसेन की कूची से

मोह

नवम्बर के महीने की शुरुआत है, सुबह के दस बजे हैं। रोज की तरह, गौतमा आज भी अपने चारदीवारी से घिरे आँगन में एक मोटी चटाई बिछाकर जमीन पर बैठ गयी। आज धूप इतनी अच्छी है कि गौतमा ने अपने ढीले ढाले गहरे नीले रंग वाले पापलीन के ब्लाउज को कुछ ऊपर तक समेट लिया। उनकी दुग्ध वर्ण वाली साफ कोमल त्वचा, जिस पर अब झुर्रियाँ पड़ गयी हैं, सुबह की इस ठंडी धूप में चमक उठी है। उनके तीखे नैन-नक्श व बेदाग त्वचा के सौन्दर्य से कोई भी अनुमान लगा सकता है कि अपनी युवावस्था में यह स्त्री अत्यन्त रूपवती व एक अपूर्व सौन्दर्य की मालकिन रही होंगी। छिहत्तर वर्षीय गौतमा की प्रतिष्ठा मात्र अपने गाँव देवराजपुर तक ही सीमित नहीं है, बल्कि दूर-दूर तक उनके नाम व गुणों की चर्चा से लोग भली भाँति परिचित हैं। इसलिए नहीं कि वह उस इलाके की एक बहुत खूबसूरत औरत रही हैं बल्कि इसलिए कि उनकी शारीरिक सुन्दरता से कहीं अधिक उनके मन की सुन्दरता है। अपने सुन्दर मन व प्रभुत्व से गौतमा ने न जाने कितने लोगों की ऐसी निःस्वार्थ मदद की है जिससे गाँव के कई लोग उन्हें देवी स्वरूपा मानते हैं। देवराजपुर के लोग उन्हें कई अलग-अलग नामों से बुलाते हैं, जैसे कुछ बड़े बूढ़े लोग हैं जो उन्हें मास्टरनी कहते हैं। हालाँकि वह कभी किसी स्कूल की अध्यापिका नहीं रही हैं, पर ये नाम उन्हें उनके स्वर्गीय पति श्री श्रीधर माधव उपाध्याय से मिला है। श्री उपाध्याय जी स्वयं एक प्रतिष्ठित मास्टर थे जिससे गौतमा का नाम स्वतः ही मास्टरनी जी हो गया है। गाँव के अधिकांश बच्चे उन्हें दादी कहकर पुकारते हैं, मान्यता है कि दादी के घर जैसी छाछ देवराजपुर में तो क्या, पूरे हिन्दुस्तान में मिलनी असम्भव है। दूसरे कई लोग उन्हें चाची, काकी और सासूजी के सम्बोधन से भी बुलाते हैं। सासू माँ कहने वाली हर औरत गौतमा को अपनी सासू के रूप में न पाकर अपने भाग्य को कोसती रहती है। उनके अपने घर में दो लोग हैं, माधव व गीता, जो उन्हें ताई माँ कह कर बुलाते हैं।

गौतमा नियम-संयम की बहुत पक्की हैं, जैसे पूर्णमासी के दिन का व्रत

वह किसी भी कीमत पर नहीं तोड़ती हैं। वैसे ही रोज सुबह स्नान के पश्चात् श्रीमद्भागवतगीता के कुछ श्लोकों का जोर-जोर से पाठन करना उनकी नियमित दिनचर्या में से एक है।

आज भी गौतमा ने पास में रखी गीता को उठाया व काले रंग के केस से सुनहरे फ्रेम वाला चश्मा निकाला, फिर कर्मयोग के दो श्लोकों का पाठ व उनका हिन्दी अनुवाद पढ़ कर पुस्तक बन्द कर दी। वह चाहती तो थीं कि कुछ और श्लोकों का अध्ययन कर ले, पर आज उनका बहुधा शान्त रहने वाला चित्त कुछ अनमना-सा था। इसलिए आज उनका मन पुस्तक पढ़ने पर नहीं लगा। उन्होंने चश्मा निकालकर वापस केस में रखा फिर पुस्तक व चश्मे को चटाई के एक कोने में खिसका दिया व खुद भी उसी ओर सर रख कर लेट गयीं।

धूप इतनी मादक थी कि उन्हें अपने शरीर में एक अजीब-से आलस्य की अनुभूति हो रही थी। वह जमीन पर लेटी-लेटी ही आँगन के ऊपर आ रहे गुड़हल के पेड़ को ध्यान से देखने लगीं। इस पेड़ ने दसिओं बसंत देख लिए हैं। पर बसंत ही क्यों, हर मौसम में ही इसके फूल गौतमा के आँगन व मन्दिर की शोभा बढ़ाते आये हैं। इस शरद में तो ये वृक्ष पत्तियों से कम और फूलों से अधिक लदा दिखता है। गौतमा ध्यान से उसके फूलों को निहारने लगी। फूलों का रंग गहरा लाल था व उनकी कोमल पंखुड़ियाँ सुबह की उस सुहानी धूप में रेशम की तरह चमकती दिखाई दे रही थीं। गौतमा मन ही मन गुड़हल की प्रशंसा कर सोचने लगी कि वर्षों पुराना ये गुड़हल का पेड़ आज से पहले कभी इतना सुन्दर क्यों नहीं लगा? या तो इस वर्ष बहार कुछ अधिक अच्छी है या फिर गौतमा की मनः स्थिति, या फिर दोनों।

आज गौतमा प्रसन्न जरूर हैं पर साथ में कुछ बेचैन भी हैं। उनका पचपन वर्षीय पुत्र देवेश, जो लखनऊ में एक वरिष्ठ अधिकारी है, माँ से मिलने आ रहा है। पिछले कई वर्षों से वह साल में सिर्फ एक बार ही घर आता है। लेकिन कल रात अचानक ही उसने फोन पर माँ को अपने आने की सूचना दी, इसलिए बेटे के अचानक आगमन की खबर सुनकर वह खुशी के साथ-साथ कुछ दुविधा में भी घिरी हैं। क्योंकि अपनी व्यस्त जिन्दगी में देवेश के पास बहुत कम खाली समय होता है, अतः उसके छह महीने में ही दूसरी बार अचानक घर आने का कारण गौतमा की समझ में नहीं आ रहा है।

'जो भी हो, कम से कम इस कारण वह अपने पुत्र से मिल तो लेगी' सोचकर वह खुश हैं। गौतमा ने चारदीवारी के खुले गेट से बाहर की ओर नजर दौड़ायी, धान की झुकी बालियाँ अपना सुनहरा रंग बिखेरे दूर-दूर तक लहरा रही थीं,

गौतमा का मन पुलकित हो उठा। एक-आध अपूर्ण इच्छाओं को छोड़ कर गौतमा अपने जीवन से सन्तुष्ट हैं। किसी प्रकार की कोई शिकायत न बची है, और न ही उनकी कोई विशेष इच्छा ही बाकी है। और हो भी क्यों! कुछ अपने थे जो समय के तेज प्रवाह में उसे अकेला छोड़ कर बह गये थे, और कुछ, जो एकदम पराये थे, वो उसी प्रवाह में किनारे लग कर अकेली गौतमा के अपने हो चले थे। अब अधिक न कुछ खोने को था और न ही पाने को। गौतमा को अपने इस पड़ाव पर अब जीवन से न कोई विशेष चाह है, न अपेक्षा। एक प्रकार से सोचें तो उनके मन में अब वैराग्य भाव जाग उठा है। जीवन के प्रति उनके अधिकांश उत्तरदायित्व पूरे हो चुके हैं। उनका पुत्र देवेश चन्द्र उपाध्याय, अपने दो पुत्रों ब्रजेश व अवधेश तथा पत्नी निशा के साथ लखनऊ में सुखी जीवन जी रहा है। और यहाँ ग्राम देवराजपुर में माधव, अपनी पत्नी गीता व तीन पुत्रियों—देविका, जानकी व लीला के साथ मेहनत कर सम्मान से जीविका अर्जित कर रहा है।

आँगन में लेटी गौतमा, मन ही मन जीवन का आभार व्यक्त कर रही थीं। धूप पहले से अधिक तेज हो गयी थी, किरणों की चौंध से बचने के लिए उन्होंने अपने सफेद रंग में हल्के प्रिंट वाली साड़ी को मुँह तक खींच लिया व आँखें ढाँप लीं। खूबसूरत मौसम से उपजी तन्द्रा, गौतमा को निन्द्रा देवी की गोद में खींचने लगी। अभी नींद ठीक से आयी भी न थी कि, "ताई माँ उठो, पहले थोड़ा दूध पी लो फिर सो जाना" माधव की बहू गीता जो दायें हाथ में एक बड़ा-सा स्टील का दूध भरा गिलास व दूसरे हाथ में खाली कप लिए खड़ी थी, धीरे से बोल कर गौतमा को जगा रही थी।

गौतमा शायद अर्द्ध निन्द्रा में ही थीं, वह मुँह पर से साड़ी का पल्लू हटाते हुए बोलीं, "बहुत अच्छी धूप है गीता, सोने का बहुत मन था पर चलो पहले दूध ही पी लूँ।" दो-तीन बार शरीर को इधर-उधर पलटने के बाद गौतमा फिर से चटाई पर बैठ गयीं। गीता ने दूध से भरा गिलास गौतमा की ओर बढ़ाया।

गीता—"ठीक से ताई माँ, अभी गरम है।"

गौतमा ने गिलास पकड़ा। गिलास दूध से लबालब भरा था और उसमें ऊपर से एक मोटी परत मलाई की भी साफ नजर आ रही थी। गौतमा ने गिलास को देखा फिर बोलीं, "गीता तू भी ना, बात नहीं मानती। रोज-रोज कहती हूँ कि इतना दूध मत पिलाया कर मुझे, अब बूढ़ा हो गया है ये पेट, पचता नहीं है।" एक हाथ से अपने पेट के झूलते हुए मांस को हिलाते हुए गौतमा आगे बोलीं, "अच्छा ले थोड़ा कम कर दे।"

गौतमा ने गिलास वापस गीता को पकड़ा दिया। गीता ने औपचारिकता

के लिए मलाई को किनारे लगाया व गिलास से थोड़ा-सा दूध पलटकर खाली कप में डाल दिया, फिर गिलास वापस करते हुए बोली, "ताई माँ लो, कम कर दिया, अब पी लो।"

गौतमा धीरे-धीरे गर्म दूध के घूँट भर रही थीं और इधर गीता उनका प्यारा झूलता हुआ मुख देख कर सोच रही थी कि 'कितनी प्यारी हैं ताई माँ, और उससे भी अधिक कितनी सरल!' दूध खत्म करके गिलास को एक ओर रखते हुए गौतमा बोलीं, "बेटी गीता और लीला, अब कुछ देर के लिए मुझे जगाना मत, थोड़ा सोने का मन है, देखो तो, आज कितनी सुहानी धूप है", कहते हुए गौतमा फिर से चटाई पर करवट लेकर लेट गयीं।

स्वयं को भाग्यशाली समझते हुए गौतमा ने मन में प्रभु को धन्यवाद दिया व एक बार पुनः नींदों के देश में चली गयीं।

लगभग दस मिनट बाद ही अन्दर कमरे से फोन की आवाज सुनकर गौतमा की आँख फिर खुल गयी, नींद और आलस्य की खुमारी में गौतमा उठना नहीं चाहती थीं, व उम्मीद कर रही थीं कि हो सकता है फोन स्वतः ही बन्द हो जाये, और ऐसे ही हुआ भी, कुछ देर तक बजने के बाद फोन बन्द हो गया। गौतमा ने राहत क़ी साँस ली व एक बार फिर से थोड़ा और नींद लेने की चेष्टा करने लगीं, कि पाँच मिनट में फोन फिर से बजने लगा।

"ये फोन भी क्या मुसीबत की जड़ है, जब मर्जी तब बोलने लगता है। दो मिनट आराम से सोना भी भाग्य में नहीं रहा आजकल इसकी कृपा से, न जाने कौन बनाता है ऐसी चीजें? और क्यों बनाता है? जब देखो तब घंटी घनघनाने लगती है", बड़बड़ाते हुए गौतमा आवाज देने लगीं। "लीला बेटी कहाँ है तू? ये फोन उठा तो", पर लीला शायद नहा रही थी और गीता देवेश के लिए हरी सब्जियाँ चुनने बाग में चली गयी थी, इसलिए खुद जाकर फोन न उठाने के लिए गौतमा के पास कोई विकल्प ही न था। वह बड़े अनमने भाव से किसी प्रकार अपने भारी शरीर को उठाकर अन्दर की ओर जाने के लिए उठी ही थीं कि सोलह वर्षीय लीला गीले बालों में तौलिया लपेटे चली आयी।

"आप लेटी रहो दादी, मैं देखती हूँ किसका फोन है।"

गौतमा पुनः चटाई पर लेट गयीं। कुछ ही देर में लीला भी फोन पर बातें खत्म कर दादी के पास ही चटाई पर आ बैठी, व अपने गीले बालों पर कंघा करने लगी।

"किसका फोन था लीला?" गौतमा ने प्यार से पूछा।

"वह अफजल खान का दादी, पूछ रहा था कि ताऊ जी लखनऊ से पहुँचे या नहीं?"

अफजल खान का नाम सुनते ही गौतमा की सारी खुमारी व आलस्य न जाने कहाँ गायब हो गया। पिछले तीन वर्षों से इस व्यक्ति को देवराजपुर ही क्या आस-पास का पूरा इलाका जानता है। वहाँ के लोग इसे अफजल खान नहीं, वरन् 'डीलर' कहते हैं। यही वह व्यक्ति है जिसने देवराजपुर के साथ-साथ आस-पास के गाँवों की जमीनों को भी बेचकर उन्हें कस्बा बना दिया है और इसी की कृपा से आज कई परिवारों को भूखे मरने की नौबत आने वाली है। कई बेरोजगार ग्रामीण, ढेर सारे पैसों के लालच में जमीन को इस डीलर के हवाले कर चुके हैं, पर इन दो-तीन वर्षों में ही सारा पैसा डकार कर अब भूमिहीन होकर खाली बैठे हैं। 'पूरे गाँव में गौतमा समेत चार घरों को छोड़कर अधिकांश लोगों की जमीन को ठिकाने लगा चुका है ये अफजल खान।' ये सोचकर गौतमा का मन चिन्तित हो उठा कि अभी तो देवेश घर पहुँचा भी नहीं और उसे ये मुआ अफजल खान पहले ही ढूँढ़ने लगा। एक अजीब-सी चिन्ता से उनका मन भटकने लगा। फिर किसी तरह खुद को समझाकर उन्होंने अपना ध्यान अफजल खान से हटाकर देवेश पर केन्द्रित किया।

"गीता बेटा ला मुझे साबुत उड़द देदे, मैं उन्हें साफ कर लूँ। थोड़ी देर में देवेश आता ही होगा, बेचारा भूखा होगा वह।" गौतमा फिर लीला की ओर मुँह करके बोली "लीला, जा तू माधव को बुला ला, वह सुबह से धानों की कटाई पर गया है, उससे कह दे कि आज बाकी का काम मजदूरों पर छोड़ कर वह अभी घर आ जाये, आज देवेश आ रहा है ना।"

यह कोई नयी बात नहीं थी, सभी जानते थे कि देवेश के आने पर गौतमा की खुशी का ठिकाना न रहता था और गौतमा ही क्यों, माधव, गीता व उनकी तीनों बेटियाँ भी तो उतना ही खुश हुआ करते थे। देवेश के देवराजपुर आने की सूचना पर हमेशा की तरह आज भी घर का पूरा वातावरण बदल गया था। गीता किचन में जाकर जोर-शोर से पाक कला में जुट गयी थी और माधव खेतों से लौट आया था व नहाकर साफ धुला कुर्ता-पाजामा पहनकर लीला के साथ घर को संयत करने में जुट गया था।

गीता बाग से ढेर सारी हरी सब्जियाँ चुन लायी थी व उन्हें साफ कर रही थी। डेढ़ घंटा और बीत गया पर गौतमा के दिमाग में देवेश के यूँ बिना बताये आ जाने का प्रश्न उनका पीछा न छोड़ रहा था। 'देवेश ये अचानक कैसे आ रहा है? सब ठीक तो होगा? कहीं किसी परेशानी में ना हो, क्योंकि वह महीनों, नहीं तो कम से कम हफ्तों पहले तो घर आने की तारीख बताता ही है, फिर आज अचानक कैसे? लेकिन फोन पर तो प्रसन्न ही सुनाई दे रहा था फिर अकारण

ही आ जाना, क्या बात होगी?' सारे समय गौतमा के मस्तिष्क में प्रश्न-उत्तर व प्रति-उत्तरों की बौछार हो रही थी।

ठीक साढ़े बारह बजे, गाँव की मुख्य सड़क के मोड़ से गौतमा के घर की ओर आते कच्चे पतले रास्ते पर से आ रही काली गाड़ी पर लीला की नजर पड़ी। "ताऊ जी आ गये" कहकर वह तेजी से आँगन के गेट को पार करती हुई सड़क की ओर दौड़ पड़ी और उसके पीछे से माधव व गीता भी देवेश को घर तक लिवा लेने के लिए निकल पड़े। देवेश जब भी घर आता था तो माधव की तीनों बेटियों व गीता तथा माधव के साथ-साथ गौतमा के लिए भी दुनिया भर का सामान ले आता था, इसलिए सामान को घर तक ढोने के लिए उसे सबकी मदद की जरूरत होती थी। गौतमा भी आँगन में खड़ी हो गयी, पूरे छह माह बाद पुत्र दर्शन के लिए उसकी आँखें भी प्यासी थीं। एक हाथ से आखों के ऊपर छाया किये वह सड़क की ओर देखने लगीं, अब तक लीला, गीता व माधव तीनों सड़क पर पहुँच चुके थे। गौतमा ने आँगन में खड़े-खड़े ही देख लिया था कि इस बार देवेश के कुल सामान में एक छोटा-सा ब्रीफकेस था, जो लीला ने उठा लिया था, उसके अलावा एक बैग था जो माधव ने ले लिया था। गीता खाली हाथ चली आ रही थी। 'देवेश वाकई जल्दीबाजी में ही घर आया होगा, इसीलिए बिना सामान के चला आया है। हे प्रभु कहीं उसके जीवन में किसी प्रकार का संकट तो नहीं आ गया, अन्यथा माधव व बच्चों के लिए वह गाड़ी भर सामान लाये बिना कभी देवराजपुर आता ही न था।' इससे पहले कि वह कुछ अधिक सोचती, देवेश गाड़ी से उतर कर उनके पास आँगन तक पहुँच गया। वह स्वस्थ दिख रहा था, गौतमा ने चैन की साँस ली।

"प्रणाम माँ" देवेश माँ के पैर छूकर बोला।

"चिरायु रहो पुत्र" गौतमा ने उसके सर पर हाथ फिराकर आशीर्वाद देते हुए कहा और इस बार भी माँ का भरा गला देवेश से छुप न सका।

"अरे तुम फिर भावुक हो गयीं! इस बार तो मैं छह महीनें में ही आ गया हूँ।" देवेश माँ को समझाते हुए बोला।

"बुढ़ापे के छः माह छः साल से कम नहीं होते बेटा, और ऊपर से अपने बच्चों का विछोह हो तो वे पाँच महीने, महीने नहीं, पाँच युग लगते हैं, क्योंकि तुम लोगों की सदैव चिन्ता जो रहती है बेटा।" गौतमा बोली।

"अब ये बेकार की चिन्ता छोड़ो माँ। हम लोग एकदम ठीक हैं, और अब तो हर सप्ताह तुमसे फोन पर बात चीत भी हो जाती है, फिर क्यों इतना परेशान रहती हो?"

औपचारिकताओं के पश्चात् देवेश अपने ब्रीफकेस से कपड़े निकालकर बाथरूम में चला गया। नहा कर आया तो उसने हल्के पीले रंग का लखनवी कुर्ता व सफेद पाजामा पहना था, गौतमा ने देखा कुर्ते के गले की भूरे रंग की महीन कढ़ाई में देवेश बहुत ही सुन्दर लग रहा था। गौतमा ने मन ही मन देवेश की नजर उतारी फिर बोली, "देवेश चाय तो पियोगे न बेटा?"

देवेश–"नहीं माँ चाय नहीं, सीधा खाना ही खाऊँगा, खाना तैयार तो है?"

"बिल्कुल तैयार है", गौतमा खुश होकर बोली। देवेश को खाने के लिए उतावला देख माधव भी कोई कम प्रसन्न न हुआ, वह उत्साह से बोला, "भैया, बाहर आँगन में ही खायेंगे? मौसम अच्छा है, कुर्सी व मेज वहीं लगा दूँगा, ठीक है ना?"

देवेश–"हाँ मौसम वाकई बहुत सुहावना है, और कितना साफ भी, लखनऊ में तो धुन्ध के सिवा अधिक कुछ नहीं दिखता आजकल।" कहकर देवेश आँगन में खड़े होकर लम्बी-सी अँगड़ाई लेने लगा।

इतने में माधव आँगन में एक कुर्सी व छोटी-सी मेज बिछा चुका था, जिसमें गीता ने गरमा गर्म खाना परोस दिया था। देवेश चुपचाप खाना खा रहा था, और इधर गौतमा की नजरें कुछ जानने के लिए लगातार बेटे के मुख पर जमी थीं। देवेश जानता था कि माँ उसके अचानक आने का कारण जानने के लिए आतुर थी। जैसे ही खाना खत्म हुआ, तुरन्त ही माँ ने पूछ भी लिया, "तुम्हारे घर में सब ठीक तो है ना बेटा? तू ये अचानक कैसे घर आ गया?" देवेश ने देखा माँ की बूढ़ी आँखों में चिन्ता थी।

"बस यूँ ही। सोचा तुम सब लोगों से मिल लूँ, पिछली बार तुमने बताया था न कि माधव के घुटने में दर्द है, सोचा देख आऊँ।"

देवेश झूठ बोलना नहीं जानता था, और जब-जब वह ऐसा करता गौतमा तुरन्त ताड़ लेती थी।

"अच्छा! और कोई वजह नहीं?" गौतमा बोली। गौतमा की आँखें लगातार देवेश के चेहरे पर ही जमी थीं।

देवेश भली भाँति जानता था कि माँ की पैनी नजरों के आगे अधिक देर तक ठहरना उसके वश में न था अतः थोड़ा संकोच करते हुए उसने माँ से कहा, "दरअसल माँ मैं एक और सिलसिले में घर आया हूँ। वह है न अफजल खान? तुम तो जानती हो उसे। वह तुमसे एक दो-बार मिल भी चुका है, वही बता रहा था।"

अफजल खान का नाम सुनकर गौतमा का माथा तो ठनका ही, साथ ही पास में बैठे माधव के कान भी कुछ अधिक सजग हो गये। वे दोनों देवेश को प्रश्नवाचक नजरों से देखने लगे।

"तुम जानती तो हो अफजल खान को माँ।" देवेश माँ की नजरों से किये गये प्रश्न के उत्तर में बोला।

गौतमा—"हाँ जानती हूँ, पिछले माह में दो बार हमारे घर आ चुका है, कहता था जमीन बेच दो। पहली बार तो मैंने उसे नम्रता से मना किया, पर तब उसे मेरी कही बात समझ न आयी, क्योंकि उसके एक ही हफ्ते बाद फिर आ पहुँचा, जमीन बेचने का प्रस्ताव लेकर। तब उसे समझाने के लिए मुझे अपनी अँगुली टेढ़ी करनी पड़ी, बुरी तरह से लताड़ा था उस बेईमान को मैंने।" देवेश को लगा कि माँ अचानक ही आवेश में आ गयी थीं, और उनकी तेज हो गयी साँसों से उनका गला फूलता हुआ दिखाई दे रहा था। माँ अफजल खान को पसन्द नहीं करती, ये माँ ने स्पष्ट कर दिया था। उसे चिन्ता होने लगी कि अफजल खान का मात्र नाम लेने भर से ही माँ अस्थिर हो गयी हैं, तो वह जब अपने आने के प्रयोजन पर माँ से बात करेगा तो तब क्या होगा? लेकिन वह एक विशेष उद्देश्य के लिए घर आया था और उसके उद्देश्य की पूर्ति हेतु आवश्यक था कि माँ अफजल खान के प्रति अपनी धारणा बदले। इसलिए अफजल खान के विषय में माँ की गलतफहमी को दूर करने के विचार से माँ की ओर देखते हुए देवेश बोला, "लेकिन माँ, अफजल खान कोई बेईमान आदमी थोड़े ही है, वह तो डीलर है, जमीनें खरीदता है, फिर उनके छोटे-छोटे प्लाट काटकर दूसरे लोगों को बेचता है। उसके कारण कितने लोगों के घर बन गये हैं। इसमें बेईमानी कैसी? तुमने तो उस बेचारे को नाहक ही बेईमान ठहरा दिया।"

"यह बेईमानी न सही, गैर-इंसाफी तो है देवेश। हम दो-चार परिवारों के अलावा अब गाँव में किसी के भी पास खेती की जमीन नहीं बची है। वो अधिकांश लोग, जो अपनी जमीनों का बड़ा भाग बेच चुके हैं, पछता रहे हैं। जमीन के अभाव में अब उनका क्या होगा भगवान ही जाने। न तो उनके पास नौकरियाँ हैं और न ही कोई व्यवसाय। दो रोटी खिलाने के लिए बस एक जमीन ही थी उनके पास, और अब वह भी नहीं बची। भूखों मरने की नौबत आने वाली है उनके घरों में देवेश। खूब सारे पैसों के सब्जबाग दिखाकर उनकी जमीनें बेच दी हैं इस अफजल खान ने। और जानते हो देवेश, हजार में खरीदकर उसी जमीन को लाख में बेचता है ये आदमी, तो क्या ये कोई कम बेईमानी है?" गौतमा बोलती जा रही थी व उन्हें सुनकर माधव भी तैश में आ रहा था।

"लेकिन माँ", देवेश थोड़ा शान्त स्वर में बोला। "आज शहर हमारे द्वार तक आ गया है, जमीनों के दाम आसमान छू रहे हैं, गरीब लोगों को उनकी जमीन के इतने अच्छे दाम मिल रहे हैं, तो बुरा क्या हुआ है इसमें? झोपड़पट्टी में रहने

वाले लोग आज खूबसूरत पक्के मकानों में रह रहे हैं, इसमें भी तुम्हें क्या बुराई नजर आती है?"

"बुराई कैसे नहीं है बेटा, पक्के मकानों में रहने से क्या भूख नहीं लगती? जिनके घर-परिवार की जीविका मात्र जमीन ही है, तो एक बार के लालच में उसे बेच देना क्या बुद्धिमानी है? कल जब वह पैसा नहीं बचेगा तो तब क्या होगा?" गौतमा देवेश को समझाने का प्रयास कर रही थी, पर देवेश योजना बनाकर ही गाँव आया था, अतः इस समय माँ से और जिरह करना उसे ठीक नहीं लगा। कहीं प्रस्ताव रखने से पहले ही बात न बिगड़ जाये, इसलिए बिना कुछ और कहे बाकी का खाना समाप्त कर वह आँगन से उठ कर घर के अन्दर चला गया।

गौतमा अनमनी-सी हो गयी थीं। सोच रही थीं 'कि देवेश को क्या हो गया है, क्यों उसे माँ का पक्ष साफ नहीं दिख रहा है।' गौतमा को ऐसा क्यों लगने लगा था कि इस बार देवेश माँ से मिलने नहीं, वरन् किसी और ही प्रयोजन से घर आया था।

गौतमा अभी देवेश के साथ हुए वार्तालाप से पूरी तरह उबरी भी न थी कि मामले में और भी गम्भीरता आ गयी। सड़क के मोड़ से गौतमा के घर की ओर आते कच्चे रास्ते से एक और गाड़ी आयी। गौतमा ने आँगन में खड़े होकर उस ओर नजर दोड़ायी तो देखा कि गाड़ी का दरवाजा खोल कर दो व्यक्ति बाहर निकले, जिनमें से एक तो अफजल खान था, व दूसरा व्यक्ति जो गौतमा के लिए अपरिचित था, वह एक हाथ में पंजिका जैसी पुस्तक लिए व कन्धे पर बैग लटकाए हुए अफजल खान के साथ घर की ओर ऐसे चला आ रहा था जैसे वह गौतमा का कोई खास मेहमान हो। अभी गौतमा उनसे नजरें भी न हटा पायी थीं कि तभी देवेश भी अपने कक्ष से निकल कर बाहर आ गया। उसके मुख के भावों से स्पष्ट था कि वह उन दो आगन्तुकों की ही प्रतीक्षा कर रहा था। उसने माँ की ओर एक दृष्टि डाली, माँ खुश नहीं थी ये समझते उसे देर न लगी।

'माँ कहीं आगन्तुकों का तिरस्कार न कर दे, इसलिए बेहतर होगा कि उन्हें घर में नहीं बल्कि बाहर ही जाकर मिल लूँ', सोचकर देवेश तेजी से आँगन के खुले गेट से बाहर निकल कर उन लोगों की ओर चला गया।

आँगन से लगभग पचास मीटर की दूरी पर खड़े उन दो लोगों से देवेश बड़े जोश से हाथ मिला रहा था। उसे देख कर गौतमा को विश्वास हो गया कि देवेश, अफजल खान से आज पहली बार नहीं बात कर रहा था। 'लेकिन क्यों? देवेश की अफजल खान से कोई मित्रता भी नहीं थी, फिर इस मुलाकात का क्या

अभिप्राय?' सोचते हुए गौतमा उन तीनों को एकटक घूरे जा रही थीं कि तभी देवेश ने वहीं से ही कुछ ऊँचे स्वर में माँ को आवाज दी।

"माँ, मैं खान साहब के साथ जरा खेतों की ओर जा रहा हूँ, घर आने में थोड़ी देर हो सकती है" और बिना गौतमा के उत्तर की प्रतीक्षा किये वह उन दो लोगों के साथ खेतों की ओर चला गया।

गौतमा मूर्तिवत आँगन में खड़ी होकर उन तीनों व्यक्तियों को अपने खेतों की ओर जाते देखती रही, उसे अपने आप ही देवेश के घर आने का मन्तव्य स्पष्ट होने लगा।

'क्या देवेश उस अफजल खान को जमीन बेचना चाहता है? चाहता ही होगा, अन्यथा इस डीलर से उसका क्या सम्बन्ध?' गौतमा को लगा उनकी हृदय गति बहुत मन्द हो गयी है, उनके पैर निर्जीव-से हो गये हैं और उनके शरीर को उठाने में असमर्थ हैं। इससे पहले कि वह जमीन पर गिर पड़तीं, वह वहीं कुछ देर पहले देवेश के लिए बिछाई कुर्सी पर ही धम्म से बैठ गयीं। उनकी जबान सूख गयी थी, व सर में ऐसी अनुभूति हो रही थी कि वह चक्कर खाकर गिर पड़ेंगी। काफी देर तक यूँ ही बैठे रहने के बाद भी जब उन्हें आराम न मिला तो उन्होंने धीरे से आवाज दी।

"गीता बेटा, जरा पानी ला तो।" गीता जब किचन से पानी का गिलास लेकर आयी तो वह गौतमा का रुई की तरह सफेद हुआ मुँह व काँपते नीले होठों को देखकर बहुत डर गयी।

"ताई माँ आपको अचानक क्या हो गया, आप ठीक तो हैं ना?" गीता बोली।

"कुछ अच्छा-सा नहीं लग रहा मुझे गीता, जरा अन्दर पलँग पर लेकर चल तो बेटी।" कहते हुए गौतमा ने जोर से गीता का कन्धा पकड़ कर उठने का प्रयास किया, फिर लड़खड़ाते हुए अपने शरीर का सारा बोझ गीता के कन्धों पर डाल कर वह अन्दर बिस्तर पर चली गयीं।

"मैं इन्हें बुला लूँ ताई माँ?" गीता का इशारा माधव की ओर था। "ये डॉक्टर को बुला लायेंगे" वह बोली।

"नहीं गीता, इसकी जरूरत नहीं है, लेटने के बाद अब काफी ठीक महसूस कर रही हूँ। तू मेरी चिन्ता मत कर, जाकर अपना काम देख, लीला की परीक्षाएँ हैं, कुछ उसके मन का पकाना मत भूलना।"

लेटने के बाद गौतमा की साँसे थोड़ी सामान्य हो गयीं, व कुछ देर बाद ताई माँ को स्वस्थ होता देख गीता भी बाहर चली गयी। गौतमा पलँग पर चुपचाप लेटी रहीं, उनका तन शान्त था, लेकिन मस्तिष्क में विचारों का एक भूचाल चल रहा था।

'देवेश को क्या हो गया है? जमीन बेचना चाहता है, उसे माधव का भी कोई खयाल नहीं, मेरा कोई खयाल नहीं, यहाँ तक कि हमसे परामर्श तक करने की आवश्यकता न समझी उसने? देवेश को दिये मेरे सारे संस्कार सब व्यर्थ गये हैं।' गौतमा स्वयं से तर्क-वितर्क में व्यस्त थीं। 'न जाने इस वक्त वह अफजल खान से क्या बातें कर रहा होगा, यदि उसने कागज में कुछ लिख कर दे दिया तो? लेकिन वह ऐसा करेगा क्यों? माँ की अहमियत का कुछ तो लिहाज होना चाहिए उसे।' गौतमा ने जितना अधिक स्वयं को शान्त करना चाहा, उतना ही अधिक उफान उनके मन सागर पर बढ़ता जा रहा था।

शान्त समुद्र में चल रही उसकी जीवन नौका को क्या आज फिर से एक तूफान का सामना करना पड़ सकता है? क्या सँभाल पायेगी वह अपनी उस नैया को जो समय के ज्वारों से लड़ते-लड़ते पहले ही क्षीण हो चुकी है? जब किनारा इतने पास है, तब क्या फिर से एक नये तूफ़ान का सामना कर पायेगी वह? यदि नहीं, तो क्या वह देवेश को जमीन बेचने की अनुमति दे देगी? यदि हाँ, तो फिर माधव का क्या होगा? यह जमीन माधव की एकमात्र जीविका है, तो क्या वह माधव व उसके परिवार को बेघर होते हुए देख पायेगी? गौतमा का मन डूबने लगा।

एक ही दिन में देवेश ने ऐसी भारी समस्या पैदा कर दी थी। गौतमा ने सोचा था कि इस संसार से अब उसका मोह टूट चुका था, पर यह सत्य न था अन्यथा माधव व उसके परिवार को लेकर वह इतना चिन्तित न होती।

'बेचारा माधव! देवेश की बातें सुनकर उसने आज खुद को इस घर का बँधुआ मजदूर समझा होगा, तभी तो अफजल खान व देवेश के मध्य होने वाली वार्ता की कल्पना से उसका मुँह उतर आया था।' गौतमा स्वयं को कोसने लगीं कि समय रहते वह माधव के लिए कुछ और अधिक क्यों नहीं कर पायी? देवेश की नीयत से माधव भी बहुत आहत हुआ है, इसीलिए आज पहली बार वह देवेश के साथ न जाकर कहीं और चला गया है। कितनी ठेस पहुँची होगी भोले माधव को! और पहुँचे भी क्यों नहीं, सगे भाई से बढ़कर मानता आया है वह देवेश को। और देवेश! कैसी मति मारी गयी है इसकी! विचारों की उधेड़बुन में सारी दोपहर ढल गयी।

शाम को माधव थोड़ी देर के लिए घर आया और फिर फसलों के मुआयने का बहाना बनाकर वह तुरन्त ही वापस भी चला गया। लीला पूरी शाम पढ़ाई में ही व्यस्त थी, उसकी परीक्षाएँ सर पर थीं, गीता रसोई के काम में लगी थी और देवेश अभी भी बाहर था। सारा दिन गौतमा बिस्तर में लेटी रहीं, वह अपने को

वर्षों का बीमार महसूस कर रही थीं। जाड़ों में दिन छोटे होते हैं, इसलिए अँधेरा भी जल्दी हो चला था, पर गौतमा का मन अभी भी पलँग छोड़ने को न था।

अब तक गीता दो बार चाय पीने का आग्रह कर चुकी थी, पर गौतमा का मन अशान्त था व तन अस्वस्थ, इसलिए उसने मना कर दिया। देवेश के मन्तव्य से गौतमा को बहुत कष्ट पहुँचा है, यह बात गीता भी जानती थी, इसलिए वह पूरी कोशिश में थी कि किसी तरह ताई माँ खड़ी हों व कुछ सामान्य महसूस करें।

"शाम का दिया नहीं जलाओगी ताई माँ?" एक बार फिर से गौतमा की चारपाई के पास खड़े होकर गीता ने पूछा।

गौतमा के नियमित कार्यों में से यह भी एक काम था, कैसी भी परिस्थिति हो सायं की पूजा से वह कभी विमुख न होती थीं। उन्होंने गीता को कोई जवाब न दिया, पर थोड़ी देर बाद वह धीरे से बिस्तर से उठीं, फिर गुसलखाने में हाथ-मुँह धोकर घर के अन्दर बने पूजा गृह में दीप जलाकर बैठ गयीं। यद्यपि और दिनों की तरह आज उनका मन पूजा में भी एकाग्र न हो पाया था, पर मन्दिर में छुपे अपने ईष्ट पर अपने मन का भार छोड़ कर जब गौतमा पूजा से बाहर निकली तो उन्हें मन में कुछ तो शान्ति की अनुभूति हुई इसलिए वह वापस पलँग पर न जाकर बाहर बरामदे में पड़े तख्त पर आ बैठीं। इस बीच माधव और देवेश भी घर आ पहुँचे। गीता अभी भी रसोई में खाना बना रही थी, और माधव उसका हाथ बँटा रहा था। जब भी देवेश घर पर आता है, उसके खाने-पीने की व्यवस्था पर माधव को कुछ अधिक ही ध्यान रखने की आदत-सी रही है।

रात्रि के आठ बजने वाले थे, देवेश भी माँ के समीप ही कुर्सी लगाकर बैठ गया था, पर आज पहले-सी बात न थी। गौतमा, जो देवेश के घर-परिवार की पूछताछ करते न थकती थीं, आज असाधारण रूप से चुप थीं। और इधर देवेश भी जो अपने विनोदी स्वभाव से पूरे घर का मनोरंजन किया करता था, आज वह भी चुप-सा ही था। आज की शाम कुछ भारी-सी प्रतीत हो रही थी, एक अनकहे तनाव ने पूरे घर पर कब्जा-सा कर लिया था। गौतमा चुपचाप थीं, व देवेश अब तक दो बार "खाना तैयार है?" पूछ चुका था। कुछ ही देर में गीता व माधव ने देवेश के लिए मेज पर खाना परोस दिया। ऐसा पहली बार ही हुआ है कि देवेश ने बिना कुछ कहे चुपचाप खाना खाया हो।

'देवेश के मन में चोर है', गौतमा ने सोचा, इसीलिए आज वह गीता के बनाए भोजन की प्रशंसा करना भी भूल गया है। यही देवेश था जो गीता की पाक कला का दम भरते न थकता था। और आज चुपचाप भोजन कर अन्दर कक्ष की ओर चला गया है।

गौतमा ने सिर्फ औपचारिकता के लिए खाना छुआ व फिर नींद का बहाना कर वह बिस्तर पर चली गयीं। तभी माधव की तीसरी बेटी लीला ने दादी के पास आकर मेज पर रखे टेलीविजन का बटन दबाया। माधव की दो बड़ी बेटियाँ आजकल घर पर न थीं, इसलिए बहुधा लीला, दादी के साथ दोनों के मनपसन्द सीरियल देखा करती थी। पर आज जब लीला ने टेलीविजन चलाया तो गौतमा ने प्रेम से लीला को यह कहकर वापस भेज दिया था कि वह अन्दर वाले कमरे में दूसरे टीवी पर देख ले क्योंकि वह स्वयं को अस्वस्थ महसूस कर रही थी।

रात्रि के साढ़े नौ बजे थे, माधव व गीता अपने कमरे में, जो घर के पीछे के हिस्से में बना था, सो चुके थे तथा लीला भी अपना धारावाहिक प्रोग्राम खत्म कर सोने जा चुकी थी। गौतमा ने भी अपने कक्ष की बत्ती बुझा दी थी, व नींद के आने की प्रतीक्षा में बिस्तर पर उलट-पलट रही थी, पर नींद दूर-दूर तक नदारत थी। रह-रह कर देवेश व डीलर की मुलाकात का प्रसंग याद आ जाता और आशंकाओं से भरी गौतमा का मन काँप उठता। बड़ी देर तक प्रयास करने के बाद जब नींद आने के कोई आसार न दिखाई दिये तो गौतमा बिस्तर पर से उठ बैठीं, उन्होंने कक्ष की बत्ती जलायी व टेलीविजन की बगल में रखी रुद्राक्ष की माला को उठाया व पुनः बत्ती बन्द कर बिस्तर पर आ गयीं। उनका मन एक बार फिर से अशान्त व चंचल हो चला था, शायद माला जप से कुछ शान्त हो, सोच कर उन्होंने जैसे ही जप शुरू किया कि कमरे की बत्ती फिर से जल उठी। वहाँ देवेश आया था, शायद उसने भाँप लिया था कि माँ आज उद्विग्न थीं। फिर वह धीरे से आकर गौतमा के पलँग पर ही पैर समेट कर बैठ गया।

देवेश—"माँ लगता है मेरी तरह तुम्हें भी नींद नहीं आ रही है? सच कह रहा हूँ ना?"

माँ—"हाँ"

देवेश—"माँ मैं जानता हूँ आप मुझसे नाराज हैं, यदि कुछ देर और जग सकती हो तो कुछ बातें कर लूँ?" बातों का विषय क्या होने वाला था गौतमा इसका पूर्वानुमान लगा चुकी थी, फिर भी देवेश के मन में क्या था ये जानना आवश्यक था, वह धीरे से बोली, "बोलो क्या बात है।"

देवेश—"माँ, मैं चाहता हूँ कि हम ये जमीन बेच दें। क्योंकि मैं और मेरा परिवार यहाँ रहते तो हैं नहीं, ऊपर से तुम भी अब बूढ़ी हो चली हो। इतनी बड़ी जमीन और ये कारोबार, अब तुम्हारे वश में नहीं है माँ। इसलिए मैंने अफजल खान से बात कर ली है, मुझे तो विश्वास ही नहीं होता कि हमारी जमीन की इतनी कीमत होगी। जानती हो, पूरे दो करोड़ रुपये की जायदाद है हमारे पास, दो करोड़ रुपये।"

गौतमा को दो करोड़ के नम्बर का न तो कोई ज्ञान था और न ही जानने की कोई चाह, वह देवेश की ओर निर्विकार भाव से देखते हुए बोलीं, "उस डीलर को देखते ही मैं जान गयी थी देवेश, कि सबकी तरह उसने तुम्हें भी अपने चंगुल में फँसा लिया है। तुम जैसा शिक्षित व्यक्ति बिना सोचे समझे ऐसा निर्णय कैसे लेना चाहेगा, ये मेरी समझ से बाहर है। लेकिन जमीन बेचने से पहले तुम्हें माधव के बारे में तो सोचना चाहिए। तुम्हारे छोटे भाई के समान है वह, और ऊपर से तुम्हारी तरह पढ़ा-लिखा भी नहीं है, ये जमीन व मिट्टी ही उसकी जीविका है, ये सोचा है तुमने?"

देवेश–"बिल्कुल सोचा है माँ, मेरे छोटे भाई के समान ही है माधव, मै क्या उसे ऐसे ही छोड़ दूँगा? पूरा ध्यान रखूँगा उसका मैं। इतना पैसा इस जमीन को बेचने से मिलेगा माँ कि मेरे साथ-साथ माधव व उसका परिवार भी चैन की बंशी बजाकर मौज में रहेगा। ये हड्डी तोड़ मेहनत बहुत कर ली है उसने, अब आराम की रोटी तोड़ेगा वो भी माँ।" देवेश की आवाज में इतना अहंकार आज से पहले गौतमा ने कभी महसूस नहीं किया था। माधव के प्रति उसकी पूर्व धारणा को देखते हुए लग रहा था कि देवेश अपनी योजना में कहीं आगे पहुँच चुका है। गौतमा को ऐसा लग रहा था जैसे देवेश जमीन बेचने के लिए माँ की आज्ञा नहीं, वरन् समर्थन चाहता था। लेकिन वह देवेश को ऐसा करने का समर्थन कैसे दे सकती थीं। वह माधव को जानती थीं और आवश्यक था कि देवेश को भी उसके विषय में ज्ञात हो।

"तुम जानते नहीं माधव को देवेश, वह बहुत स्वाभिमानी है, बिना मेहनत का एक पैसा भी हराम है उसके लिए। लेकिन बेटा, मेरी समझ में ये नहीं आ रहा है कि तुम्हें अचानक ये जमीन बेचने का खयाल आया कैसे? तुम तो बहुत अच्छा खाते कमाते हो। क्या किसी बात का अभाव है तुम्हें? यदि तुम्हें अचानक किसी प्रकार का कोई आर्थिक संकट आ गया हो तो मैं तुम्हारी थोड़ा बहुत मदद तो जरूर कर सकती हूँ बेटा, इसके लिए तुम्हें जमीन बेचने की जरूरत नहीं पड़ेगी। इस समय वैसे भी इसे बेचना माधव के साथ अन्याय होगा। उसकी तीनों बेटियों का घर बस जाय और वह मेहनत के लिए बूढ़ा हो जाये तब बेचना, अभी तुम्हें कौन-सी मुसीबत आ पड़ी है, देवेश।" चिन्ता के साथ-साथ थोड़ा कड़वा हो गया माँ का स्वर, देवेश को भली भाँति समझ आ गया था। माँ उसका पक्ष देखने में असमर्थ थीं, इसलिए उसे माँ को ठीक से समझाना होगा, उसने सोचा। फिर एक लम्बी साँस छोड़कर वह माँ से बोला–

"माँ मुझे पैसों की आज जरूरत है, आज। कल कौन जाने क्या होगा। निशा के माता-पिता कितने अमीर हैं, तुम जानती ही हो। इस बात से मुझे जीवन

भर हीन भावना का अहसास रहा है कि मैं उसे कभी भी वह ऐशो आराम नहीं दे पाया जिसकी उसे बचपन से आदत रही है। उसके माता-पिता की कोठी तो तुमने भी देखी है माँ, पूरा महल है, है कि नहीं? और मेरे साथ वह जीवन भर चार कमरों के मकान में रही है। उसकी भी तो कुछ अपेक्षाएँ हैं माँ, मैंने पिछले दिनों लखनऊ की एक उम्दा जगह में एक बंगला देखा है, बहुत ही शानदार है, पर वो मेरे लिए अपनी तनख्वाह से खरीदना असम्भव है। और उधर अवधेश को अपना नर्सिंग होम खोलने का तगादा है, वह भी थोड़ा बहुत आर्थिक मदद की उम्मीद कर रहा है मुझसे। और इधर ब्रिजेश है, वह कनाडा जाना चाहता है। अब तुम ही बताओ कि ये सब क्या मैं अपनी तनख्वाह से कर सकता हूँ? मैं एक ईमानदार कर्मचारी हूँ, बेईमानी का पैसा नहीं है मेरे पास माँ। लेकिन मैं भी अपनी इच्छाएँ पूरी करना चाहता हूँ। और मेरे पास जमीन है तो क्या बुराई है इसे बेचने में? मैं और मेरा परिवार जब खेती में रुचि नहीं रखते तो इसे रख कर मैं क्या करूँगा? अगर बिक गयी तो कम से कम इसकी रकम से मैं अपने परिवार के लिए सब कुछ आसानी से तो कर पाऊँगा ना माँ।"

"लेकिन ये बेटा अल्पदृष्टि है, दूरदृष्टि नहीं। आज जमीन का महत्त्व समझने में तुम असमर्थ हो। कल जब तुम्हें समझ आयेगा तो बहुत देर हो जायेगी। जिन भौतिक सुखों के लिए तुम ये जमीन बेचना चाहते हो वे पूरे होते ही तुम्हें दूसरे सुखों की अभिलाषा जाग उठेगी। फिर क्या बेचोगे? जमीन बेचने की तुम्हारी ये योजना ठीक नहीं है, बेटा इसलिए मैं तुम्हें इसमें किसी प्रकार का कोई सहयोग नहीं दे पाऊँगी।" माँ के स्वर में नाराजगी थी।

गौतमा सोचने लगी कि देवेश ने जमीन बेचने से पहले ही उसे व्यय भी कर दिया था, और माधव के लिए उसका कोई भी हिस्सा न छोड़ा था। तो क्या माधव को अपने व परिवार के पालन के लिए इसकी रोटिओं पर आशा लगानी होगी? सोच कर गौतमा का मन आतुर हो उठा था, पर कहीं देवेश को कुछ बुरा न कह डाले, ये सोच कर वह एकाएक चुप-सी हो गयी थीं। कुछ देर तक दोनों के मध्य मौन रहा। माँ पर देवेश की बातों का कोई असर न हो रहा था लेकिन देवेश ने भी सोच लिया था कि जिस कार्य से वह घर आया था उसे वह हर हाल में सम्भव करना ही था, इसलिए माँ को राजी करना अत्यावश्यक था।

"माँ", इस बार देवेश का स्वर शान्त व धीमा था, "आप के लिए आज की आधुनिक जीवन शैली को समझ पाना बहुत मुश्किल है। आप का जमाना अलग था, इसलिए आज के जीवन के उतार-चढ़ाओं के बारे में आप नहीं सोच सकेंगी। अब अपने ही बारे में सोचिए, आपका विवाह बाबूजी से हुआ, बाबूजी

मास्टर थे, तनख्वाह थी व खूब सारी जमीन भी आपके पास थी। आपका जीवन आराम व सरलता से बीत गया। पर आज का जीवन अलग है। मानता हूँ कि मेरी नौकरी अच्छी है, खाने-पीने का कोई अभाव नहीं है मेरे पास, पर बड़ी नौकरी के साथ-साथ उच्च जीवन स्तर को बनाये रखने के लिए क्या-क्या चाहिए, ये पुरानी पीढ़ी के लोगों के लिए समझ पाना मुश्किल है। मुझे पैसों की जरूरत है और ये जमीन व जायदाद मेरी पैतृक सम्पत्ति है, मुझे अधिकार है इसका स्वेच्छा से उपयोग करने का। जहाँ तक माधव का प्रश्न है, रक्त सम्बन्धी न होने पर भी मैं उसे अपने छोटे भाई की तरह ही मानता हूँ, इसलिए उसकी व उसके परिवार की देखभाल तो मैं करूँगा ही माँ। मैंने अफजल खान को हाँ कर दिया है। कल आप मेरे साथ देहरादून चलिए, तहसील में कुछ कागजातों का काम है, आपके दस्तखत की जरूरत होगी। माँ, प्लीज इतना बुरा मत मानिए, यह जायदाद मेरे पिता की है, मेरा अधिकार है इस पर। अपना अधिकार लेने में मुझे ग्लानि की अनुभूति मत महसूस होने दीजिए। एक बार ये जमीन का काम पूरा हो जाये, फिर आप भी मेरे साथ लखनऊ चलेंगी। निशा और मैंने बंगले में एक बड़ा-सा कमरा सिर्फ आप ही के लिए सोच कर रखा है माँ। लेकिन अभी इस समय आप सो जाइए, कल सुबह ही देहरादून जाना है।" और देवेश बिना माँ की प्रतिक्रिया देखे ही कक्ष की बत्ती बुझाकर सोने चला गया था।

गौतमा देवेश की बातें सुनकर सन्नाटे में आ चुकी थीं। उनका शरीर संवेदनहीन-सा हो गया था, पर मन की भावनाएँ जो पहले ही हवा के तेज झोंकों-सी चल रही थीं अब चक्रवात में परिवर्तित हो चुकी थीं। बीते हुए कल का ज्वालामुखी एक लम्बे अन्तराल तक शान्त रहकर एकाएक भड़क चुका था। जिस देवेश के कारण उसने एक अकल्पनीय जीवन यात्रा का मार्ग तय किया था, आज वही उसे उसके जमाने की सरलता का पाठ पढ़ा गया था। गौतमा की स्थिति उस भिखारी के समान हो गयी थी, जिसके दिन भर की भीख को सन्ध्या पर उसके किसी अपने ने ही लूट डाला हो। गौतमा सोचने लगीं कि देवेश कितनी आसानी से वह सब कह गया था, जिसकी कल्पना भी उसने कभी न की होगी। शायद एक बड़ी धनराशि के लालच ने देवेश को अचानक इतना विवेकहीन कर दिया था।

'आसान जीवन? सरल जीवन? बाबूजी से विवाह? रक्त सम्बन्ध?' देवेश की सारी बातें गौतमा के मस्तिष्क पर हथोड़े की-सी चोट करने लगी थीं, और अनायास ही उनके अतीत के किले का द्वार खुल गया और वह खुद को अन्दर जाने से रोक न पायीं।

बाबू की नजर से

"गौतमा बिटिया, कैलाश बेटा, घर चलो शाम हो गयी है, आज विजय दशमी है ना, थोड़ी देर में शिवालय जाना है", देवीदत्त ने अपने घर के पीछे बने एक खाली मैदान में खेल रहे बच्चों के पास जाकर जोर से आवाज लगायी।

"थोड़ी देर और बाबूजी, अभी खेल खत्म नहीं हुआ, हम लोग चोर-सिपाही का खेल खेल रहे हैं। भवानी सिपाही है और हम चोर। अभी तक इसने सारे चोरों को नहीं पकड़ा है, बस थोड़ी देर और बाबूजी", उनकी दस वर्षीय पुत्री गौतमा बोली।

देवीदत्त आनन्दित भाव से बच्चों का खेल पूरा होने की प्रतीक्षा करने लगे। फिर उनकी एक नजर अपने गाँव शिवपुर पर पड़ी, हरे-भरे खेत, तन्दुरुस्त जानवर और सुखी ग्रामीण सब कुछ तो था उनके गाँव शिवपुर में। उस पर गाँव की सीमा में बहती छोटी-सी वर्ष वाहिनी मालिनी नदी। हिमालय के स्रोत से निकली स्वच्छ व शीतल जल प्रवाह लिए मालिनी ने शिवपुर को ही नहीं, वरन् आसपास के सारे ही गाँवों को अपने निर्मल जल की ममता से सींच लिया था। इतना सुन्दर घर परिवार व गाँव पाकर देवीदत्त मिश्रा का मन पुलकित हो उठा था। ऐसा महसूस करना स्वाभाविक ही था क्योंकि हिमालय के ठीक पैरों तले बसा शिवपुर, वास्तव में ही एक अत्यन्त सुन्दर गाँव था। गाँव के उत्तर में शिवालिक की श्रेणियाँ, और दक्षिण में दूर तक फैले तराई के वन। सुबह पहाड़ों के बीच उगते सूरज से होती तो रात चन्द्रमा के साथ असंख्य तारों के साथ। यद्यपि गाँव से सबसे पास का कस्बा रामगढ़, पन्द्रह कोस दूर था लेकिन ग्राम वासियों को कस्बे की कमी कभी न खलती थी। क्योंकि उनकी सीमित जरूरतों की अधिकांश सामग्री गाँव में ही आसानी से उपलब्ध हो जाती थी।

शिवपुर में रहने वाले श्री देवीदत्त मिश्रा आसपास के पाँच गाँवों के सरपंच थे। वे शिवपुर में सदा से निवासी न थे, वरन् वर्षों पूर्व उनके माता-पिता हिमालय के दुर्गम क्षेत्र में बसे उनके गाँव का परित्याग कर यहाँ अप्रवासित हो गये थे।

उन दिनों अकाल या पानी के अभाव में ऐसा अप्रवास कई गाँवों ने किया था। सुना है देवीदत्त मिश्रा के पिता के पास काफी सारा पुश्तैनी धन था जिससे उन्होंने शिवपुर में एक बड़ी-सी जमीन खरीद कर अकेले अपने बल बूते पर ही वह गाँव बसाया था। तत्पश्चात उसमे कुछ परिवार और आये थे और कालान्तर में गाँव की जनसंख्या बढ़ गयी थी।

देवीदत्त के माता-पिता का अब देहान्त हो चुका था, अब वह अपनी पत्नी रेवती तथा उनकी पुत्री गौतमा व पुत्र कैलाश के साथ शिवपुर में रहते थे। उनके अलावा गाँव में पन्द्रह और परिवार थे जो कि उनकी तरह ही हिमालय के कुमाऊँ मण्डल के अप्रवासी थे, बस एक गोबिन्द को छोड़कर। गोबिन्द डोगरी अपने पुत्र मुरली व पत्नी नीरा के साथ नैपाल से नये जीवन की तलाश में शिवपुर पहुँचा था, जिसे देवीदत्त ने अपनी खेती की देखभाल करने का जिम्मा सौंप दिया था। वह देवीदत्त जी की जमीन में कच्ची झोंपड़ी डालकर अपने परिवार के साथ मेहनत कर मौज का जीवन जी रहा था।

मन ही मन अपने गाँव शिवपुर की सराहना कर लेने के बाद वे वापस वर्तमान में लौट आये, व फिर से खलिहान में खेल रहे बच्चों का खेल देखने लगे। शाम हो चली थी। सूरज का रंग सन्तरे के रंगों से भरने लगा था और पूर्व तक फैली हिमालय की श्रृंखलाओं में कहीं-कहीं रोशनी सुरमई होने लगी थी। इस बीच मैदान से अधिकांश बच्चे तितर बितर हो अपने-अपने घरों की ओर चल पड़े। अब बस गौतमा, कैलाश व नन्दनपुर का बारह वर्षीय भवानी शंकर ही मैदान में बचे थे।

"चलो घर बच्चो, अब बहुत खेल हो गया, शाम हो गयी है और हम सबको शिवालय भी तो जाना है। आज विजयदशमी है जानते हो ना", देवीदत्त ने बहुत प्यार से बच्चों को पुनः याद दिलायी। बच्चे दौड़ने में मस्त थे और देवीदत्त को लगा कि उनकी बात बच्चों के कान तक नहीं पहुँची थी, पर उनकी दस वर्षीय पुत्री गौतमा को अपने बाबू की किसी भी बात को अनसुनी करने की आदत ही कहाँ थी, "हाँ बाबू" कहते हुए गौतमा मैदान के कोने में खड़े बाबू के पास आ गयी थी। उसे देख कैलाश व भवानी शंकर भी खेल बन्द कर देवीदत्त मिश्रा के पास चले आये थे।

"घर चलो जल्दी से, नहीं तो तुम्हारी माँ आज फिर से नाराज हो जायेगी क्योंकि वह तो कब से शिवालय के लिए तैयार होकर तुम्हारी राह देख रही है।" गौतमा व कैलाश ने गर्दन हिलाकर अपने बाबू की बात का समर्थन किया। फिर देवीदत्त मिश्रा, भवानी शंकर की ओर देखकर बोले, "भवानी शंकर, तुम भी घर

जाओ, नहीं तो देर करने के लिए तुम्हें भी डाँट पिटेगी। और तुम्हारे माता-पिता भी तो आ रहे होंगे आज शाम को शिवालय में?"

भवानी शंकर जो अब तक देवीदत्त का मुख देख रहा था, जल्दी से बोला, "क्यों नहीं आयेंगे, उन्हें तो आना ही होगा। यदि वे नहीं आये तो आपके साथ हारमोनियम पर तबला कौन बजायेगा, सरपंच चाचा? और मैं भी तो आऊँगा। बाबूजी ने कल ही मेरे लिए दर्जी से नया कुर्ता सिलवाया है, मैं तो वही पहन कर आने वाला हूँ।"

देवीदत्त मिश्रा उस छोटे-से बालक की स्पष्टवादिता व भोलेपन पर मुग्ध हो उठे और मुस्कुराकर बोले, "तो जल्दी घर जाओ शाम होने वाली है।" और भवानी शंकर बिना कुछ कहे तेजी से भागता हुआ अपने गाँव नन्दनपुर की ओर चल दिया। मालिनी के एक ओर शिवपुर व दूसरी ओर नन्दनपुर था। मालिनी पर ग्रामवासियों ने ऊँचे पत्थर डालकर एक कच्चा पुल-सा बना दिया था जिसे बच्चे व बड़े बड़ी सहजता से पार कर लेते थे। वैसे भी बरसात के अलावा मालिनी को प्रत्येक मौसम में सहजता से पार किया जा सकता था।

विजय दशमी का पर्व इस क्षेत्र के लोगों के लिए सबसे बड़ा त्योहार होता था। पूरे नौ दिन तक मन्दिर के शिवालय में श्री राम की लीला का पाठ हुआ करता था। और दशमी को दिन में विशेष उत्सव, व शाम को भजन सन्ध्या के बाद सामूहिक भंडारों का आयोजन रहता था।

गाँव के सरपंच होने के कारण देवीदत्त मिश्रा इस त्योहार में सक्रिय भूमिका निभाते थे। भंडारे की सामग्री का बड़ा भाग भी उन्हीं के घर से आता था। उनकी उदारता व विनम्रता सदा ही गाँव के लोगों को प्रभावित करती आयी थी पर उससे भी अधिक ग्राम्यजनों को जो प्रभावित करता था वह था देवीदत्त का गायन व हारमोनियम वादन। विजय दशमी के पर्व पर हर वर्ष ही वह अपने संगीत के ज्ञान व कौशल से जो समा बाँध देते थे उसे लोग वर्ष भर याद रखते थे।

उस विजय दशमी की शाम को उनकी पत्नी रेवती, गौतमा और कैलाश को तैयार कर बाहर आँगन में चली आयी थी। कुछ देर में देवीदत्त मिश्रा खुद भी बाहर आ गये। उन्होंने बिना बाँह का काला गाँधी कोट अपने चमचमाते नये सफेद कुर्ते पर डाल लिया था, फिर वे अपनी टोपी ठीक करते हुए गौतमा की ओर देखकर बोले,

"बेटी आज शिवालय में तुम भी दो-एक भजन गाना, वही जो तुमने मुझसे सीखे हैं, गाओगी ना।"

"हाँ बाबू" गौतमा ने उत्साह में पिता की ओर देखते हुए कहा था।

देवीदत्त ने अपनी पुत्री को ध्यानपूर्वक देखा, गौतमा ने नीले रंग की घाघरा चोली पहनी थी। उसका गौर वर्ण, ऊँचा मस्तक, लम्बी पलकों वाली बड़ी आँखें और उसके भोले मुख की मुस्कान, अत्यन्त सुन्दर दिख रही थी उनकी बेटी। उन्हें लगा शायद देवताओं का आशीर्वाद उनकी पुत्री के रूप में उनके घर आया है। वैसे कुछ हद तक यह सत्य ही था, वर्षों तक निःसन्तान रहने पर देवीदत्त व उनकी पत्नी रेवती, माता-पिता बनने की प्रत्येक आशा त्याग चुके थे। पर ग्यारह वर्ष पूर्व इसी शिवालय में गौतम दास नाम के एक बाबा आये थे, वे बड़े वृद्ध व बीमार थे। देवीदत्त ने आखिरी दिनों में बाबाजी की बहुत सेवा की थी और महापरायण से पहले बाबा गौतम दास उन्हें सन्तान सुख का आशीर्वाद दे गये थे। देवीदत्त जी बाबा गौतम के आशीर्वाद को चमत्कार मानते थे क्योंकि कुछ ही दिनों में रेवती की गोद हरी हो गयी थी व उन्हें एक सुन्दर पुत्री प्राप्त हुई जिसका नामकरण देवीदत्त ने स्वयं किया 'गौतमा' नाम देकर।

देवीदत्त पुत्री को देखकर मन ही मन स्वयं को बहुत भाग्यशाली समझ रहे थे, और सोच रहे थे कि आज सन्ध्या को जब गौतमा अपने सुरीले कंठ से भजन गायन करेगी तो कितना अनोखा वातावरण होगा! शिवपुर व उसके आस-पास के इलाकों के लिए यह पहला अवसर होगा जब गायन में उन्हें पुरुषों के अलावा एक स्त्री स्वर को भी सुनने का सुनहरा अवसर मिलेगा। हो सकता है कि गौतमा बेटी को देख गाँव की दूसरी महिलाओं को प्रभु लीला के गायन में सहयोग देने की इच्छा जाग उठे, क्योंकि आज तक तो गायन का क्षेत्र मात्र पुरुषों के लिए ही आरक्षित था। देवीदत्त कुछ ही देर में होने वाली भजन सन्ध्या के बारे में सोच कर मन ही मन प्रसन्न हो रहे थे कि तभी उनकी पत्नी रेवती ने उनके विचारों में हस्तक्षेप कर कहा, "गौतमा के बाबू, आप भी कभी-कभी बिना सोचे समझे ही बातें करने लगते हैं।"

"क्यों? मैंने ऐसी कौन-सी बात बिना सोचे समझे कह दी रेवती?" पत्नी की ओर देखकर उन्होंने पूछा।

"क्यों? यही जो अभी आपने कहा, गौतमा से भजन गायन के लिए! ये क्या समझदारी की बात थी? और लोगों के बारे में भी विचार कीजिये। आज तक भजन सभा में किसी लड़की या स्त्री ने कभी कुछ गाया है? गौतमा से यूँ गीत गवाकर आप उसी का अहित नहीं करेंगे? उलाहना देगा समाज हमको कि जिस पुत्री के विवाह की हमें तैयारी करनी चाहिए, उससे आप गीत गवा रहे हैं।"

"रेवती तुमने फिर वही शुरू कर दिया, विवाह, विवाह, विवाह। दस वर्ष की

बच्ची है वह अभी, इतनी जल्दी उसके विवाह की तुम्हें क्या आ पड़ी है?" देखो, देवीदत्त ने उनसे आगे दौड़ रही गौतमा की ओर इशारा किया, "बालिका है वह अभी, तुम ऐसी बातें न किया करो मुझसे, मेरी आत्मा तक आहत हो जाती है।" पत्नी के साथ गौतमा के विवाह के प्रसंग से देवीदत्त मिश्रा अनमने से हो गये थे। पर उन्होंने अधिक कुछ न कहा, आज विजयादशमी का दिन था, रेवती के साथ जिरह में उलझकर वह क्लेश न पैदा करना चाहते थे। बात को आयी-गयी समझकर वे शिवालय की ओर चल दिये थे। घर से शिवालय का रास्ता कुछ ही मिनटों का था अतः जल्दी ही सभी लोग शिवालय पहुँच गये।

शिवालय में दो छोटे-छोटे मन्दिर थे, जिनमें से एक बहुत पुराना शिव मन्दिर था जिसके अन्दर काले रंग का शिवलिंग और उसके ठीक आगे काले ही रंग की नन्दी की प्रस्तर प्रतिमा थी। इस मन्दिर को किसने बनाया, कोई नहीं जानता था। उसके ठीक पूर्व दिशा में देवी जी का मन्दिर था जिसका निर्माण देवीदत्त के माता-पिता ने ग्रामवासियों के साथ मिलकर लगभग पच्चीस वर्ष पूर्व किया था, उसमें शेर पर सवार दुर्गा जी की मूर्ति थी। और देवी मन्दिर के ठीक बायें हाथ पर एक विशाल पीपल का वृक्ष था जो शायद उतना ही प्राचीन, जितना कि शिव मन्दिर।

दोनों मन्दिरों के मध्य एक लम्बा-चौड़ा प्रांगण था व प्रांगण के एक ओर दो छोटे कक्षों का एक पक्का मकान था जिसके दो द्वार मन्दिर के प्रांगण में ही खुलते थे। मन्दिर में यूँ तो कोई नियमित पुजारी नहीं था पर वहाँ हर वर्ष ही कोई न कोई साधू आ जाता था, इसलिए वह हमेशा ही आबाद रहता था।

त्योहारों पर सभी गाँवों के लोग इसी प्रांगण में एकत्रित होते थे। महिलाओं के लिए पर्व का यह दिन विशेष रूप से महत्त्व रखता था क्योंकि रोजमर्रा की दिनचर्या से हटकर यही एकमात्र समय उनके मनोरंजन का होता था। यहाँ नवरात्रों में रामायण पाठ होता व कभी-कभी रामचन्द्र जी के जीवन पर आधारित एक छोटी नाटिका भी होती थी। यद्यपि मनोरंजन की सभी विधाएँ पुरुषों द्वारा ही प्रस्तुत की जातीं पर इसका आनन्द महिलाएँ भी उनसे कम न उठाती थीं। यही नहीं, औरतों के लिए प्रभु रस के सिवा और भी कई रसों का पान करने के लिए यह सर्वोत्तम अवसर होता था। जैसे बेटे-बहू की शिकायतें व पति से झगड़ा तथा स्वास्थ्य सम्बन्धी विषयों पर चर्चा, जिसे महिला वर्ग प्रभु लीला जितनी श्रद्धा से ही सुना करता था। कभी-कभी तो चर्चाएँ अत्यधिक व्यक्तिगत होने से छोटे से विवाद का रूप भी ले लेतीं, पर फिर सारी औरतें मिलजुल कर ऐसे विवादों का खुद ही निवारण भी कर लेतीं।

गौतमा व कैलाश, माँ-बाप से पहले ही मन्दिर पहुँच गये थे। मन्दिर के प्रांगण में अधिकांश लोग पहले से ही जमा हो गये थे। सभा के ठीक बीच में कीर्तन मंडली ढोल-मंजीरे व खरताल लेकर बातचीत में मशगूल थी व सरपंच जी की प्रतीक्षा में थी, और अब वे भी वहाँ पहुँच गये थे। थोड़ी-सी राम-राम की औपचारिकताओं के बाद देवीदत्त मिश्रा खुद भी सभा के मध्य बैठे भजन मंडली के पास जा बैठे। समारोह प्रारम्भ होने जा रहा था। हारमोनियम की धौंकनी खोल कर ज्यों ही देवीदत्त मिश्रा ने उसके स्वरों पर हाथ रखा, मन्दिर का पूरा वातावरण झंकृत हो उठा था। उनके साथ तबले पर नन्दनपुर के ताराचन्द पाण्डे साज दे रहे थे। उनकी बगल में बैठा उनका पुत्र भवानी शंकर भी प्रसन्नता से झूमकर संगीत का आनन्द उठा रहा था।

रामचन्द्र जी के जन्म से सम्बन्धित चौपाइयों से संगीत की सभा का आरम्भ हुआ। देवीदत्त जी स्वयं गायन व हारमोनियम वादन किया करते थे, शास्त्रीय संगीत पर उनकी बहुत अच्छी पकड़ थी। यह शिक्षा उन्होंने बचपन में गुरुकुल विद्यापीठ में ली थी। दुर्भाग्यवश घर की मजबूरी व माँ के आग्रह से उन्हें जल्द ही स्कूल त्यागना पड़ा था, फिर भी हारमोनियम को वे कभी न त्याग पाये। उनसे अच्छा हारमोनियम वादक उन दिनों पूरे भाबर क्षेत्र में दूसरा कोई नहीं था। हारमोनियम की साज व अपनी मीठी आवाज से उस शाम भी वह तन्मयता के साथ पूरे एक घण्टे तक रामायण का पाठ करते रहे। दशहरे के पर्व की वह शाम उनके गायन से वहाँ बैठे सभी लोगों के मन को आनन्दित कर गयी थी। राम लीला का पाठ समाप्त होने पर लोगों ने तालियों की गड़गड़ाहट के साथ उनका सम्मान किया था। देवीदत्त मिश्रा ने हाथ जोड़कर विनम्रता से लोगों को धन्यवाद दिया, उसके पश्चात् वे सभा से बोले "सभा जनों, अभी भंडारे का भोजन तैयार होने में कुछ देर है, और इधर हमारी आरती बाकी है, पर इस बार आरती मैं नहीं, बल्कि मेरी पुत्री गौतमा गायेगी।"

इससे पहले कि कोई कुछ और कहता गौतमा ने हनुमान चालीसा का पाठ शुरू कर दिया था। देवीदत्त मिश्रा की देखा देखी, नन्दनपुर के ताराचन्द पाण्डे जी ने भी अपना तबला खिसकाकर अपने पुत्र भवानी शंकर की तरफ बढ़ा दिया था। गौतमा गा रही थी, देवीदत्त जी हारमोनियम पर थे व भवानी शंकर तबले पर। गौतमा का मधुर स्वर सुनकर सभी संगीत प्रेमी विभोर हो गये थे। पर स्वरों के मर्म से अनभिज्ञ कुछ प्रश्नवाचक दृष्टियाँ भी थीं, जो कौतूहल व उपेक्षा से इधर-उधर दौड़ रही थीं। सभा के मध्य बैठकर किसी कन्या द्वारा उच्च स्वर में लयबद्ध होकर गायन करना वहाँ के लोगों के लिए एक अजूबी घटना थी।

लेकिन देवीदत्त को किसी की चिन्ता नहीं थी। वह अपनी पुत्री के सुन्दर गायन पर मुग्ध थे और खुशी व गर्व से उनका चेहरा चमक उठा था।

"वाह! आपकी बेटी गौतमा ने आपका ही गला पाया है मिश्रा जी।" ताराचन्द पाण्डे न चाहते हुए भी स्वयं को गौतमा के गायन की प्रशंसा करने से न रोक पाये।

"नहीं पाण्डे जी, मेरी गौतमा मुझसे भी अच्छा गाती है और आपका पुत्र भवानी क्या आपसे कम है तबले में? मेरी हारमोनियम का तराना एक बार भी नहीं छोड़ा उसने! उसकी ताल सुनकर मुझे तो आज बहुत ही मजा आ गया।" देवीदत्त मिश्रा बोले।

और इस प्रकार संगीत सभा का विसर्जन हुआ, तथा भोज का प्रारम्भ। लोग फिर से कई अलग-अलग समूहों में बँट गये, पुरुष अपने अलग समूहों में, स्त्रियाँ एक ओर, व बच्चे दूसरी ओर। गौतमा व भवानी को साथ-साथ हँसते-खेलते देखकर रेवती के मुख पर रह-रह कर कुछ चिन्ता का भाव-सा छा जाता था, बार बार वह अपना ध्यान बच्चों से हटाकर औरतों की बातचीत में वयस्त रहने का कठिन प्रयास कर रही थीं।

रात्रि का साढ़े आठ बजा था, देवीदत्त, रेवती व गौतमा घर लौट चुके थे, कैलाश मुरली के साथ उसके घर चला गया था इसलिए वह अभी घर नहीं पहुँचा था। देवीदत्त ने एक पुरानी मेज पर रखे एक बड़े रेडियो के ऊपर से कपड़ा हटाया व उसका एरियल निकालकर बटन घुमाने लगे। वे समाचार सुनना चाहते थे पर बड़ी देर तक प्रयास करने के बाद भी जब स्टेशन पर स्पष्ट आवाज न आयी तो उन्होंने रेडियो को बन्द कर वापस कपड़े से ढाँप दिया।

देश को आजाद हुए अभी लगभग छह माह ही हुए थे। गाँव में समाचारों से सम्पर्क बनाये रखने का कोई माध्यम नहीं था, इसलिए देवीदत्त मिश्रा इस वर्ष सरसों की फसल के बाद ये रेडियो खरीद लाये थे। शिवपुर में ही नहीं बल्कि आस-पास के गाँवों में भी यह पहला रेडियो था। 'सरपंच के घर में बोलने वाला डिब्बा है' यह खबर आग की तरह कुछ ही देर में पूरे इलाके में फैल गयी थी। शुरू के कुछ महीने में तो रोज सन्ध्या के समय पूरा गाँव ही देवीदत्त जी के घर में समाचार सुनने को उमड़ पड़ता था। ऐसा अजूबा कई लोगों ने ना सुना था ना देखा था। रेडियो आने से देवीदत्त जी की छवि उस इलाके में और अधिक बढ़ गयी थी।

स्टेशन लगाने के लिए एक बार और असफल प्रयास करने के बाद देवीदत्त जी ने आज की रात समाचार सुनने का अपना विचार स्थगित कर दिया। उन्होंने अपना कोट उतारकर वापस खूँटी पर टाँग दिया और घर के एक कोने में पड़ी

चारपाई पर लेट गये। रेवती, उनकी पत्नी, थोड़ी ही देर में दूध का ग्लास भर लायी थी।

रेवती कुछ अनमनी-सी थीं, देवीदत्त इसे स्पष्ट महसूस कर रहे थे क्योंकि जब से वे लोग शिवालय से लौटे थे, रेवती ने एक शब्द भी न कहा था। वह जानते थे कि उनकी चपला पत्नी का अचानक चुप हो जाना अवश्य ही किसी चिन्ता का प्रतीक था। उन्होंने रेवती से दूध लेते समय धीरे से उसका हाथ थामने का प्रयास किया पर उसने शीघ्रता से पति के हाथ में दूध का गिलास थमाकर अपना हाथ ऐसे पीछे खींच लिया जैसे वे उसके पति नहीं, वरन् कोई अपरिचित हों।

पत्नी किसी बात से अप्रसन्न थी, अब इसका उन्हें पूरा विश्वास हो चला था। जरूर आज शाम महिला वर्ग में फिर से ऐसी कोई वार्ता हुई होगी जिससे उनकी पत्नी विचलित थी। और जो हुआ होगा उसका उन्होंने अनुमान भी लगा लिया था क्योंकि आजकल रेवती पड़ोस के लोगों की बहकाई बातों में कुछ अधिक ही रुचि लेने लगी थी। जो भी हो, सोने से पहले रूठी हुई पत्नी को मनाना आवश्यक था, इसलिए इस बार उन्होंने रेवती का हाथ इतनी मजबूती से थामा कि वह छुड़ा ही नहीं पायी, फिर अपना मुँह उसके पास ले जाकर वे धीरे से उसके कानों में बुदबुदाए।

"नाराज हो?"

"नहीं" रेवती बोली।

"तो आओ, इधर बैठो मेरे पास।" देवीदत्त मिश्रा चारपाई में एक ओर खिसकते हुए बोले। रेवती शायद यही चाहती थी, वह बिना प्रतिरोध किये पति की बगल में बैठ गयी। पति के साथ इतने समीप वह अपने दो बच्चों, गौतमा व कैलाश के समक्ष कभी न बैठती थी। लालटेन की रोशनी में वह शिकायत भरी आँखों से पति को निहार रही थी।

"गौतमा सो गयी?" पत्नी की ओर देखकर देवीदत्त मिश्रा ने धीरे से पूछा।

"हाँ", रेवती बोली।

"तो फिर तुम ये बताओ कि तुम नाराज क्यों हो, मैंने तो तुम्हें पूरी शाम कुछ भी बुरा नहीं कहा, तो ये खिंचाव क्यों?" पति की शालीनता पर रेवती को अपने हथिआर डालने ही पड़े। वह थोड़ा सामान्य होने का प्रयास करते हुए बोली,

"नाराज नहीं, यूँ ही थोड़ा परेशान जरूर हूँ।"

"क्या बात हुई, क्या किसी ने तुम्हारा दिल दुखाया?" देवीदत्त ने पूछा।

"नहीं गौतमा के बाबू, मेरा दिल कोई क्यों दुखाने लगा, पर आप ये बताइए

कि मेरे सहमत न होने पर भी आपने गौतमा से गीत क्यों गवाया?" रेवती अभी भी थोड़ा रुआँसी थी।

"क्यों? क्या तुम्हें उसका गाना अच्छा न लगा? कितना मधुर गाती है हमारी बेटी" भाव विभोर हो बोले देवीदत्त मिश्रा।

"मधुर भले ही गाती हो, पर आपको विश्वास न होगा कैसी-कैसी बातें कर रही थीं सब औरतें।" रेवती पुनः आवेश में आ गयी थी।

"कैसी बातें कर रही थीं?" देवीदत्त ने पूछा।

"कह रही थीं कि गौतमा शादी के योग्य हो चुकी है, और बजाय ये कि आप, उसके पिता, उसके लिए एक अच्छा वर ढूँढ़ें, उससे गीत गवा रहे हैं। पहले ही उसके स्कूल जाने पर मुझे सब औरतों से कितनी उलाहना सुननी पड़ती है, ये तो आप भी जानते ही हैं और ऊपर से अब वह गाने भी लगी है।" रेवती बोली।

"ओफ्फोह, फिर वही स्कूल की चर्चा, फिर वही विवाह का तगाजा। तुम्हें क्या हो गया है रेवती? तुम माँ हो उसकी, और वह बच्ची है तुम्हारी। उसके खेलने खाने के दिन हैं अभी। उसके स्कूल जाने से, उसके गीत गाने से सब लोगों को क्या दिक्कत है, मेरी समझ में नहीं आता। और उससे भी अधिक मेरे लिए यह समझना मुश्किल है कि माँ होते हुए भी तुम दूसरे लोगों की इतनी घटिया बातों में कैसे आ जाती हो! और जो मैं कहता हूँ वह क्यों तुम्हारे पास नहीं फटकता।" देवीदत्त का स्वर ऊँचा हो गया था और गौतमा को उनकी बातें अब अधिक स्पष्ट सुनाई दे रही थीं।

"आप फिर से मुझे ही दोष देने लगे। माँ हूँ मैं उसकी, इसीलिए चिन्ता करती हूँ। दस बरश की होने को है हमारी गौतमा, उसके विवाह की चिन्ता मुझे न होगी तो किसे होगी? और इधर आप हैं कि बजाय उसके भविष्य के बारे में कुछ सोचने के, उसे स्कूल भेज रहे हैं और अब ऊपर से वही काफी नहीं था जो आज आपने इतने लोगों के बीच बिठा कर उससे गीत भी गवाया है। अब मुझे बुरा नहीं लगेगा तो किसे बुरा लगेगा?" रेवती एक बार फिर से ऊँचे स्वर में बातें करने लगी थी।

"रेवती, पिता हूँ उसका और उसके भविष्य के बारे में मैं भी सोचता हूँ, पर अभी उसके विवाह के बारे में नहीं। मुझे उसके विकास की चिन्ता है, विवाह की नहीं। अभी हमारी छोटी-सी बच्ची है वह, तुम्हें क्यों नहीं दिखता?"

"अभी बच्ची है, पर जब तक कहीं अच्छी जगह बातचीत तय होगी, तब तक साल डेढ़ साल तो लग ही जायेगा। और विवाह तो कन्या का ही करोगे ना। उसकी पुष्ट काया को देखकर नहीं लगता कि वह अब बहुत दिनों तक कन्या

रहेगी। कन्या दान के पुण्य के लिए तो जरूरी है कि उसका ब्याह जल्द ही हो जाय गौतमा के बाबू।"

"तुम्हें ये सब मैं कैसे समझाऊँ रेवती कि ये सारी बातें अन्धविश्वास पर आधारित हैं। कन्या दान का पुण्य इतना महत्त्वपूर्ण नहीं है कि उस पुण्य को कमाने के लिए मैं अपनी नन्ही बेटी की बलि चढ़ाऊँ। समाज की ऐसी खोखली बातों का मुझ पर कोई असर नहीं पड़ता, और तुम पर भी नहीं पड़ना चाहिए।" पत्नी की दकियानूसी बातों पर देवीदत्त मिश्रा को खीज आनी शुरू हो गयी थी।

"न जाने कैसे बाबू हो आप! न आपको बेटी की चिन्ता है, न समाज की। गाँव भर की औरतों के व्यंग्यबाण तो हमेशा मुझे ही सहने होते हैं। जैसे आज भी कीर्तन के बाद, मोधुली ने न जाने मुझे कितनी बातें सुनायी। खुद के बारे में कितना बखान कर रही थीं आपको क्या पता?"

"अब क्या कह दिया मोधुली ने?"

"कह रही थीं कि अपनी बेटी कौशल्या का विवाह तय करने के बाद वे लोग कैसे चिन्ता मुक्त हो गये हैं। आँखें चमका-चमका कर बता रही थीं कि चार महीने बाद ही ब्याह है उनकी बेटी कौशल्या का।"

"तो हो जाने दो उनकी बेटी का विवाह, उससे तुम्हें क्यों कष्ट हो रहा है रेवती?"

"मुझे क्यों कष्ट हो रहा है! हमारी गौतमा से तीन महीने छोटी है उनकी कौशल्या, और आप कहते हैं कि मुझे क्यों कष्ट हो रहा है?" रेवती उत्तेजित होकर बोल रही थी।

"कौशल्या चाहे गौतमा से तीन महीने छोटी हो या तीन साल, मैं अभी अपनी बेटी का विवाह नहीं करूँगा।" निर्णायक स्वर में कहा देवीदत्त मिश्रा ने।

"तीन साल! लेकिन तब तक क्या वह कन्या रहेगी?''

"बस करो, बेवकूफी से भरा तुम्हारा ये प्रलाप मैं अब और नहीं सुनूँगा। पिछले एक वर्ष से तुम्हारे पास गौतमा के विवाह के अलावा और कुछ बचा ही नहीं है बातचीत करने के लिए। तुम चाहती हो कि कुमाऊँ मण्डल की परम्परानुसार ही मैं भी अपनी दस-ग्यारह वर्षीय पुत्री का विवाह कर दूँ, वह भी किसी बीस-बाईस वर्ष के युवक से? तो कान खोल कर सुनो, मैं ऐसा कभी भी न करूँगा।'' देवीदत्त नाराज हो गये थे।

"लेकिन मैं भी तो बारह वर्ष की थी व आप तेईस के, जब हमारा विवाह हुआ था। क्या मैं बालिका नहीं थी? तब क्यों मना नहीं किया था आपने?"

"मुझे तब ये समझ नहीं थी।'' देवीदत्त जी फिर से पत्नी को समझाने के

लहजे में बोल रहे थे, ''और तुम्हारा विवाह कब होना चाहिए था ये सोचना तुम्हारे पिता का काम था, मेरा नहीं। और सच कहो, क्या तुम खुश थीं उतनी कम उम्र में विवाह करके, अपने परिजनों का त्याग करके? मुझे तो नहीं लगता। तुम्हारे दुखों के क्षण मुझे अभी भी याद हैं। मेरे घर में बीता तुम्हारा बचपन क्या तुम्हारे पिता के घर नहीं बीतना चाहिए था? और उसके बाद भी तुम अभी से गौतमा के विवाह के बारे में सोचती हो! खैर तुम जो चाहे सोचो लेकिन और लोगों की तरह मैं भी अपनी बेटी का बलिदान नहीं कर सकता, ये बात तुम अपने आँचल में गाँठ बाँध कर रख लो। हमारी गौतमा का विवाह उसके योग्य ही किसी सुन्दर वर से होगा, पर अभी नहीं, समय आने पर।''

"ठीक है, आप अपनी जिद पर ही अड़े रहिए। अपनी भूल का अहसास आपको तब होगा, जब उसके लिए कोई योग्य वर मिलेगा ही नहीं। हमारे समाज में आप जैसी सोच का दूसरा कोई नहीं है। यहाँ सभी को बालिका वधू चाहिए, युवा वधू नहीं।'' रेवती भड़क उठी थी, परन्तु तभी द्वार पर गोविन्द, कैलाश को कन्धों पर बिठाये अन्दर चला आया था। साथ में मुरली भी था। कैलाश को घर के अन्दर छोड़कर गोविन्द ने मिश्रा दम्पति से विदा ली व मुरली को साथ लेकर वह अपने घर चला गया था। उसके बाद रेवती ने अन्दर से द्वार बन्द किया व सोने चली गयी।

देवीदत्त चिन्ताओं के समुद्र में गोते खा रहे थे। गौतमा उनकी आँखों का तारा थी, वह उसका विवाह अभी नहीं करना चाहते थे, पर रेवती की बातों में भी सच्चाई थी, इस बात को भी वह नकार नहीं सकते थे। देश आजाद हो गया था, कानून बन गये थे, लेकिन कुमाऊँ मण्डल के इस क्षेत्र के लोग अभी भी पुरानी विचारधाराओं के थे। स्त्रियों का तो समाज में जैसे कोई स्थान था ही नहीं। उन्हें शिक्षा से पूर्णतः वंचित रखा जाता था। देवीदत्त ने समाज के खिलाफ जाकर जब अपनी पुत्री को नन्दनपुर के विद्यालय में दाखिला दिलाया था तो बहुत-सी टेढ़ी निगाहों का सामना किया था। वह तो उस इलाके में उनकी प्रतिष्ठा व प्रभुत्व का बोलबाला था जिससे आलोचनाओं का स्वर कुछ हद तक दबा ही रहा, अन्यथा बेटी को स्कूल भेजकर उन दिनों सामान्य ग्रामीण का तो जीवन जीना दूभर हो जाता। अपने साथ-साथ उन्होंने अन्य ग्राम वासियों को भी प्रोत्साहन दिया था कि वे लोग भी अपनी बालिकाओं को स्कूल भेजें, लेकिन समाज के लोगों के लिए देवीदत्त मिश्रा के सुझाव से अधिक रिवाजों का महत्त्व था। अतः पूरे इलाके में नन्दनपुर के उस प्राथमिक विद्यालय में गौतमा के अलावा साक्षर होने का सुख किसी और कन्या के नसीब में न रहा।

उन दिनों पास के आठ गाँवों के लिए नन्दनपुर ही अकेला एक विद्यालय था और उसमें पाँचवीं कक्षा में जाने वाली पहली लड़की गौतमा ही थी। देवीदत्त बहुधा सोचते कि न जाने क्यों लोग लड़कियों की शिक्षा को आवश्यक नहीं समझते थे। और उससे भी अधिक जो बात उन्हें बेहद नापसन्द थी, वह थी दस-बारह वर्ष की बालिकाओं का विवाह करना। एक ओर तो लोग रजस्वला होने से पूर्व ही अपनी कन्या का विवाह कर देते थे, वहीं दूसरी ओर बीस वर्ष से पूर्व अपने पुत्र का विवाह न होने देते थे। परिणाम स्वरूप छोटी बालिकाएँ जवान युवकों को ब्याही जाती थीं। 'न जाने कैसा विचित्र रिवाज है ये भी', सोचकर देवीदत्त का मन वितृष्णा से भर उठा, उन्होंने मन ही मन निर्णय लिया कि वे स्वयं ऐसा नहीं करेंगे, वे अपनी पुत्री के युवा होने की प्रतीक्षा करेंगे, चाहे समाज उन्हें कितनी भी उलाहना दे।

मन की भड़ास निकाल कर उनकी पत्नी रेवती कब की सो चुकी थी। देवीदत्त मिश्रा को विचारों में उलझे हुए मध्य रात्रि हो गयी, पर अभी भी उनकी आँखों से नींद गायब थी। कमरे में सन्नाटा था, मेज पर रखी लालटेन की रोशनी आखिरी साँसे ले रही थी। वैसे रेवती बिना लालटेन बुझाये कभी नहीं सोती थी, पर उस शाम पुत्री के विवाह पर बहस करते हुए वह कुछ अधिक ही विचलित हो गयी थी इसीलिए वह लालटेन को जला छोड़कर ही सो गयी थी। देवीदत्त आँखें बन्द कर चुपचाप पलँग पर लेटे थे। इस वक्त घर में पूरा सन्नाटा छाया था जो बीच में रह-रह कर आ रहे रेवती के खर्राटों से या बाहर किसी झींगुर के बोलने से टूट जाता था।

देवीदत्त मिश्रा को लगा उनका गला सूख गया है, वह पलँग से उठे व मेज से जलती लालटेन उठाकर रसोई की ओर गये। उन्होंने रसोई में पैर रखा ही था कि लालटेन की रही सही रोशनी भी बुझ गयी, अन्दाज से ही देवीदत्त ने बन्द लालटेन को एक ओर खिसकाया, और अँधेरे में ही बर्तनों की टोकरी से लोटा निकालकर वे घड़े के पास पहुँच गये। दो-तीन बार टटोलने के बाद ही उनके हाथों ने पानी का घड़ा ढूँढ़ लिया। उन्होंने लोटे में पानी निकाला व वहीं अँधेरे में बैठे-बैठे पूरा लोटा पानी गटागट निगल गये। फिर दबे कदमों से वापस आकर वे पुनः पलँग पर लेट गये। चिन्ताओं की आँधी में उनके मन का दीपक डगमगा रहा था, 'समाज के साथ न चल पाने वाली उनकी सोच का क्या होगा' सोचते हुए न जाने कब उनकी आँख लगी थी।

गौतमा का संस्मरण

पिछली रात माँ और बाबू को लगा था कि गौतमा सो गयी थी, पर माँ के तेज स्वर के कारण उसकी आँखों में बसी नींद भी रफूचक्कर हो गयी थी। कल रात फिर से बाबू और माँ के मध्य हुई झड़प से गौतमा को गहरा आघात पहुँचा था। पिछले छह माह में ऐसा कई बार हो चुका था, कि उसके विवाह की चर्चा माँ और बाबू के बीच विवाद बन कर खत्म होती थी। लेकिन कल रात जैसा तनाव उसने पहले न देखा था, इस कारण वह बहुत दुखी थी। उसे भी रात में कम ही नींद आयी थी इसलिए सुबह भी उसका मन उदास ही था। लेकिन जब भवानी शंकर स्कूल से लौट कर उससे मिलने शिवपुर आया तो उसे देख उसके मन का क्लेश स्वतः ही दूर हो गया था। भवानी शंकर से मिलकर गौतमा के दुख न जाने कहाँ भाग जाते थे।

समय बीता जा रहा था, गौतमा बड़ी हो रही थी। माँ और बाबू उसके विवाह को लेकर कितने चिन्तित व दुखी थे, सोच-सोच कर गौतमा का मन भी बहुधा व्यथित रहने लगा था। इस बीच उसने आठवीं कक्षा पास कर आगे की पढ़ाई बन्द कर दी थी। बाबू की व उसकी खुद की भी इच्छा थी कि वह आगे पढ़े, पर माँ की जिद के आगे उन दोनों को ही हार माननी पड़ी। गौतमा तेरह वर्ष की कुँवारी कन्या थी यही खयाल माँ की चिन्ता के लिए काफी था, इसलिए उसे स्कूल जाना बन्द करना पड़ा था।

इन दो वर्षों में गौतमा बहुत बदल गयी थी। उसकी सरलता व चंचलता को जमाने की नजर लग गयी थी। बाबू के सिवा हर किसी को जैसे मात्र उसके विवाह के अलावा और कोई चिन्ता थी ही नहीं। उसे ये भी लगने लगा था कि उसके विवाह को लेकर माँ और बाबू में आये दिन झगड़ा रहने लगा था। इधर बाबू भी रात-दिन माँ की खिटर-पिटर से हार गये थे। इसलिए न चाहते हुए भी अब वे खुद भी गौतमा के लिए सुयोग्य वर की तलाश में जुट गये थे। गौतमा का पति उम्र व शिक्षा में उसके समकक्ष हो, बस यही बाबू की इच्छा थी। लेकिन

उस समाज में ऐसा वर ढूँढ़ना मुश्किल ही नहीं, असम्भव भी था, ये बात बाबू जानते हुए भी नकार रहे थे। उस समाज में जहाँ दुल्हन की आदर्श उम्र दस-बारह वर्ष होती थी व पुरुषों की बाईस से अधिक, तो ऐसे समाज में बाबू को उनकी इच्छानुसार दामाद मिल पाना कोई आसान काम तो न था। साथ में बाबू यह भी चाहते थे कि उनकी तेरह वर्षीय पुत्री का पति पढ़ा-लिखा होने के साथ-साथ अट्ठारह से ऊपर का न हो। इसलिए जो भी रिश्ते घर में आते बाबू उन्हें देख कर ही मना कर देते, व जहाँ वे खुद रिश्ते की बात करते वहाँ उन्हें आलोचना व उलाहना के सिवा कुछ न मिलता।

दो वर्ष और बीत गये। गौतमा पन्द्रह की होने को थी। उसके साथ की सभी कन्याओं के विवाह हो चुके थे। कुछ को तो अब तक सन्तान प्राप्ति का सुख भी मिल चुका था। घर में आजकल हर दम तनाव का माहौल रहता। माँ तो बात-बात में उस पर ऐसे बिगड़ उठती जैसे कि वह संसार की सबसे बड़ी गुनहगार हो। माँ को क्रोध में देख सदा शान्त रहने बाले बाबू को भी तैश आ जाता। और फिर वे दोनों इतनी ऊँची आवाज में लड़ने लगते कि गौतमा का जी घबराने लगता। आजकल माँ ने भवानी से मिलने पर भी रोक लगा दी थी ये कहकर कि "भरी जवानी में लड़कों से मिल कर खानदान पर लांछन लगाएगी।" लेकिन वह यदा-कदा कभी खेतों में, कभी राह पर व कभी मालिनी के तट पर उससे मिल ही लेती थी। वह माँ की अवज्ञा नहीं करना चाहती थी, पर उन दिनों उसके त्रस्त मन को भवानी शंकर के अतिरिक्त कोई भी सान्त्वना देने में असमर्थ रहता था।

पन्द्रह वर्ष शुरू होने में अभी कुछ और दिन बाकी थे कि एक दिन पिथौरागढ़ से एक सज्जन अपने पुत्र के लिए गौतमा का हाथ माँगने आये थे। उन्हें देख माँ की खुशी छुपाये नहीं छुपती थी, पर बाबू ने उनसे दो बातें करने के बाद ही रिश्ते को ठुकरा दिया था। उम्रदार होने के साथ-साथ लड़का अनपढ़ था, ऊपर से शिवपुर से चार दिनों के रास्ते की ससुराल बाबू को अपनी बेटी के लिए नहीं चुननी थी। अतः बात एक बार फिर से आयी गयी हो गयी थी। पर हर बार अपनी आशाओं का दमन होते देखती माँ, इस बार पूरी तरह बेकाबू हो गयी थी। उस दिन माँ और बाबू में भयानक वाक् युद्ध हुआ था। इस बार गौतमा व कैलाश का भी लिहाज किये बिना माँ व बाबू एक दूसरे पर बुरे-बुरे शब्दों का तब तक प्रहार करते रहे, जब तक वे सो न गये।

यूँ तो आज तक विवाह को लेकर गौतमा का मन कई बार दुखी हुआ था। पर लड़की जात होने की इतनी अधिक ग्लानि उसे आज से पहले कभी न हुई

थी। वह सारी रात जगी रही। अगले दिन उसने न तो सुबह और न ही दिन के खाने को हाथ लगाया। उसे भवानी से अपने मन का दुख कहना था, पर वह स्कूल में था अतः उसने मुरली के हाथ सन्देशा भेज दिया था।

सूरज डूबने में थोड़ी ही देर थी। इस वक्त मालिनी का तट एकदम खाली था। दिन भर का कार्य समाप्त कर अधिकांश ग्रामीण घरों को जा चुके थे। गौतमा किनारे पर पड़े एक ऊँचे पत्थर पर पैर लटकाकर बैठ गयी थी। मालिनी का जल शीतल था, ग्लानि व दुःख के सन्ताप से आहत गौतमा के तन व मन को उस शीतल जल के स्पर्श से कुछ हद तक राहत मिली तो थी। इसलिए ये छोटी-सी नदी, 'जीवन-दायिनी मालिनी' गौतमा को अत्यन्त प्रिय थी। क्योंकि इसके तट पर आकर उसके मन के सारे विकारों का निवारण हो जाता था। कई बार उसने मालिनी से एकान्त में अपने मन की बातें भी कही थी। उसे विश्वास था कि मालिनी के अदृश्य कानों तक उसके मन की बात अवश्य पहुँचती थी। तभी तो यहाँ से जाने के बाद उसके मन का भारी बोझ खुद बखुद ही हल्का हो जाया करता था। मालिनी के किनारे का यह स्थान, जहाँ वह बैठी थी, आजकल उसके जीवन का सबसे महत्त्वपूर्ण स्थान था क्योंकि जब भी उसे भवानी शंकर से कुछ विशेष चर्चा करनी होती, वह बहुधा यहीं आकर किया करती थी।

आज भी उसे अधिक प्रतीक्षा न करनी पड़ी, भवानी शंकर जल्दी ही आ गया था। भवानी शंकर को देखते ही दिन भर से थामी हुई भावनाओं का बाँध, आँसू बनकर गौतमा की आँखों से बह निकला था। उसे रोता देख भवानी थोड़ा अटपटा-सा महसूस करने लगा क्योंकि आज से पूर्व गौतमा को जार-जार रोते हुए उसने कभी न देखा था। गौतमा पानी को निहारते हुए रोती जा रही थी, और वह कुछ न कर पाने की बेबसी में गौतमा को ताक रहा था। काफी देर तक भी जब गौतमा चुप न हुई तो भवानी शंकर ने अपने दोनों हाथ उसके कन्धे पर टिका दिये व उसकी ओर देखकर बोला, "अब चुप हो जाओ गौतमा, वैसे भी तुम्हारे जैसी आठवीं दर्जा पास लड़की क्या कभी रोती है?" और उसकी ये बात सुनकर गौतमा अचानक ही हँस पड़ी थी। आखिर ऐसा ही तो था उसका भवानी शंकर, जो दुःख के क्षणों में भी उसके मुख पर मुस्कान भर देता था। उसे हँसता देख कर भवानी शंकर ने पूछा, "अच्छा, अब रो क्यों रही थी, ये बताओ।" फिर गौतमा ने माँ व बाबू के बीच हुए पूरे वार्तालाप को सविस्तार भवानी शंकर को बता दिया।

गौतमा की बात सुनकर भवानी भी तनाव ग्रस्त हो गया था। समस्या गम्भीर थी व उसके पास कोई हल न था, पर अपनी सगी मित्र गौतमा को दुःख से

उबारने के लिए उसे कुछ तो सान्त्वना देनी ही थी। अतः वह बोला, "तुम इतना दुखी मत होवो गौतमा, माँ-बाप तो हमेशा ही लड़ते रहते हैं, उनकी बात का क्या बुरा मानना? इसलिए चिन्ता न करो। वैसे भी आज तुम्हें जो गहरा दुःख हुआ है, वह कल ठीक हो जायेगा।"

"अपने आप?"

"हाँ, अपने आप। क्योंकि समय के साथ सारे दुःख अपने आप खत्म हो जाते हैं।"

"भवानी, पर जब तक मेरा ब्याह नहीं हो जाता तब तक न तो मेरे दुःख खत्म होंगे और न ही मेरे परिवार के। मेरी समझ में नहीं आता कि मैं क्या करूँ? हे मालिनी देवी, मेरे लिए एक दूल्हा ला दो ना, जिससे मेरे माता-पिता के मध्य होने वाला ये रोज-रोज का कलह समाप्त हो जाय।" गौतमा पत्थर पर बैठे आँखें मूँद कर मालिनी की ओर हाथ जोड़ कर प्रार्थना कर रही थी, और जैसे ही उसने आँखें खोली तो सामने खड़े भवानी शंकर के रंगहीन सफेद मुख को देख वह चिन्तित हो उठी और अपना सारा दुःख एक क्षण में ही भूल गयी।

"ये तुम्हें अचानक क्या हो गया भवानी शंकर? अभी तो तुम अच्छे भले थे, और एक ही क्षण में तुम्हारे मुँह की रंगत कहाँ गायब हो गयी?"

"गौतमा, क्या तुम सचमुच विवाह कर यहाँ से चली जाना चाहती हो?" भवानी ने सीधा प्रश्न किया।

गौतमा उसके इस प्रश्न पर स्तब्ध-सी रह गयी थी। उसने वास्तव में माँ-बाप की पीड़ा को मिटाने के सिवा विवाह के बारे में कभी ठीक से सोचा ही न था। भवानी के इस प्रश्न से वह अचानक व्याकुल-सी हो गयी। विवाह करके चले जाने का मतलब था, शिवपुर, माँ-बाबू व कैलाश से दूर चले जाना। और वही नहीं, साथ में मालिनी के किनारों से भी बिछड़ जाना। और जो सबसे अधिक पीड़ा दायक था वह था भवानी शंकर से भी दूर चले जाना।

"ये क्या? वह एक अपरिचित व्यक्ति से विवाह कर अपने सारे प्रियजनों को छोड़कर चली जायेगी, ये तो घोर अनर्थ हो जायेगा उसके साथ", अपने भविष्य की कल्पना कर गौतमा अचानक ही सहम गयी थी। उसका मुख अचानक ही भवानी शंकर से भी अधिक फीका पड़ गया था। भवानी शंकर उसकी मनःस्थिति को ताड़ गया था इसलिए खोयी हुई गौतमा का ध्यान बँटाने के लिए उसने पत्थर से नीचे को लटके हुए गौतमा के घुटनों को हिलाते हुए कहा—

"कहाँ खो गयी? तुमने मेरी बात का उत्तर नहीं दिया गौतमा, क्या तुम विवाह कर सचमुच यहाँ से चली जाओगी?"

और गौतमा ने बिना सोचे समझे ही उत्तर दे डाला, “नहीं, नहीं भवानी शंकर, ये मेरा घर है, ये मेरी मालिनी है, यहाँ तुम, मेरे सबसे प्रिय मित्र रहते हो, मैं यहाँ से कहीं नहीं जाना चाहती। जाना तो रहा दूर, इनके बिना तो मैं अपने जीवन की कल्पना भी नहीं करना चाहती।” बोलते हुए गौतमा की आँखें एक बार फिर से सावन के बादलों-सी घिर आयी थीं। गौतमा रो रही थी पर भवानी शंकर का मुँह पहले जैसा ही चमकने लगा था।

“गौतमा तुम रोओ मत। कुछ न कुछ समाधान तो जरूर निकलेगा। अभी कौन-सी तुम्हारी उम्र निकली जा रही है, विवाह के लिए जो इतनी उतावली हो रही हो?” गौतमा को समझाने के साथ-साथ भवानी शंकर उससे अठखेलिया भी कर रहा था।

गौतमा ने कृत्रिम नाराजगी दिखाते हुए पत्थर पर बैठे-बैठे ही भवानी शंकर की ओर अपनी पीठ घुमाने का प्रयास करते हुए कहा, “माँ और बाबू के कलह के साक्षी बन कर देखो भवानी शंकर, तुम दूसरे ही दिन विवाह कर लोगे। मैं जानती हूँ कि मैं अभी पन्द्रह की भी नहीं हुई हूँ, पर गाँव वालों के साथ-साथ माँ की भी उलाहना सुनते-सुनते मुझे ऐसा लगने लगा है कि मैं बूढ़ी हो गयी हूँ।” फिर भवानी शंकर की ओर कुछ देर तक एकटक निहारने के बाद वह बोली, “भवानी तुम तो नन्दनपुर स्कूल के सबसे होशियार छात्र हो, आज तक जो-जो सवाल मैं तुमसे पूछती आयी हूँ तुम सब का सही उत्तर देते आये हो, तो इस बार भी बताओ ना मेरी समस्या का हल।”

“ये तो बड़ी जटिल समस्या है गौतमा। मेरे पास तो तुम्हारे प्रश्न का एक ही समाधान है।”

“क्या,” गौतमा ने पूछा?

“वह ये कि तुम अपने बाबू से कह दो कि तुम्हें विवाह नहीं करना है, और साथ में ये भी कि तुम्हें ये गाँव छोड़कर कहीं नहीं जाना है।” लेकिन उस छोटी उम्र में भी भवानी शंकर जानता था कि वह निरर्थक बातें कर रहा था, क्योंकि गौतमा के परिपक्व हो जाने की बातें वह भी आये दिन सुना करता था, पर दुःख में डूबी गौतमा के लिए वह इस समय कर भी क्या सकता था।

गौतमा ने रोना बन्द कर दिया था। मन का बोझ समाधान न मिलने पर भी कुछ हद तक हल्का हो गया था। ‘अब शाम होने वाली है, घर की ओर चलना चाहिए’ के विचार से वह पत्थर से उठ कर चलने को थी कि तभी उसके मन में एक विचार आया और इतनी देर से रो रही उसकी उदास आँखें एकाएक ही

खुशी से चमक उठीं थीं। उसने सामने खड़े भवानी शंकर पर एक गहरी नजर डाली, फिर कुछ हिचकिचाते हुए बोली, "मैं तुमसे कुछ पूछना चाहती थी।"

"तो पूछ लो, इसमें संकोच कैसा?" भवानी शंकर सरल भाव से बोला।

"कुछ ऐसा वैसा तो न समझोगे?" गौतमा ने कहा।

"कैसा वैसा? मुझे मित्र कहती हो तो अपनी बात भी साफ-साफ कहो ना गौतमा।"

गौतमा ने एक लम्बी साँस छोड़ी, फिर भवानी की नजरों में नजरें डाल कर बोली, "भवानी, क्या तुम मुझसे ब्याह कर सकते हो?"

भवानी शंकर को अपने कानों पर उस क्षण विश्वास न हुआ। "क्या कहा तुमने गौतमा?" उसने पुनः पूछा।

"वही, जो तुमने सुना। यदि तुम मुझसे ब्याह कर लो तो माँ और बाबू की चिन्ता भी समाप्त हो जायेगी और मुझे भी मेरा मन चाहा वर मिल जायेगा। सच ये है कि तुम्हारे सिवा मुझे किसी और से विवाह करना ही नहीं है।" गौतमा ने ये बात कितनी सरलता से कह दी थी। भवानी अवाक् खड़ा था, उसे जैसे साँप सूँघ गया था। कुछ क्षण वह जड़वत होकर गौतमा को यूँ ही निहारता रहा। आज से पहले गौतमा उसे इतनी सुन्दर कभी न लगी थी। उसके काले घने बाल, डूबते सूरज की रोशनी में सुनहरे होकर चमक रहे थे। उसकी लम्बी बड़ी आँखें, जो रोने से हल्के गुलाबी रंग की हो गयी थीं, उसके गोरे मुख पर कितनी सुन्दर लग रही थीं। उसका अप्रतिम सौन्दर्य देख भवानी अभिभूत हो उठा था। गौतमा के उस एक प्रश्न के साथ, उसी क्षण उसने भी महसूस किया कि वह भी न जाने कब से गौतमा का अनन्य प्रेमी है। बचपन की मित्रता कब प्रेम का रूप ले बैठी थी पता ही न लगा उन दोनों को।

"गौतमा मैं तुमसे अवश्य विवाह करूँगा, मुझे भी तुम्हारे सिवा किसी और से ब्याह नहीं करना है।" भवानी के मुँह से जैसे शब्द अनियन्त्रित होकर फूट रहे थे। प्रेम की झंकार ने उसके किशोर तन व मन को अन्दर तक छू लिया था। कुछ देर तक प्रस्तर की भाँति खड़े हो वह गौतमा को यूँ ही निहारता रहा, फिर उसने इधर-उधर नजर दोड़ायी, व पूरे तट को एकान्त पाकर एकाएक पत्थर पर बैठी गौतमा को झटके से नीचे उतार कर जोर से आलिंगन में ले लिया। उस शाम उसके सीने से लगने का सुख गौतमा लम्बे समय तक भी न भूल पायी थी। सूर्यास्त हो चुका था, वे दोनों कितनी देर तक आलिंगनबद्ध रहे थे, उन्हें ठीक से पता नहीं। पर अँधेरे को बढ़ता देख भवानी ने उसे अपनी बाँहों से मुक्त कर दिया था। फिर उसके बहुत पास मुँह लाकर बोला था, "रात होने को है, तुम

अभी घर जाओ। तुम आज ही रात में अपने माँ और बाबू से मेरे सम्बन्ध में चर्चा करो। और मैं अपने घर बात करूँगा।"

उसके बाद गौतमा ने खाली कलश मालिनी की स्वच्छ धारा में डुबो दिया था और सर पर पानी का घड़ा ले तेजी से घर की ओर चल दी थी।

"इतनी देर क्यों कर दी गौतमा?" माँ ने घर पहुँचते ही प्रश्न किया।

"भवानी से बातें करने लगी थी माँ, बस इसीलिए देर हो गयी।" ये जानते हुए भी कि भवानी शंकर से अधिक मिलना-जुलना माँ को कदापि न भाता था फिर भी माँ-बाबू से असत्य कहने की न उसकी इच्छा थी, न आदत। पर आज की शाम माँ ने उससे अधिक कुछ न कहा। बच्चों के समक्ष कल रात हुए युद्ध के कारण शायद उनमें ग्लानि के कुछ अवशेष अभी भी बचे थे। लेकिन शब्दों से न सही, पर शिकायत भरी जिस नजर से माँ ने बाबू को देखा, वे स्पष्ट कह रही थीं कि माँ को गौतमा का भवानी शंकर से इतना मेलजोल पसन्द न था।

गौतमा उस शाम बहुत खुश थी, उसने रात का खाना भी बड़े मन से बनाया था। बाबू ने उसकी नरम रोटियों की जम कर तारीफ की थी। उसे प्रसन्न देख घर का दिन भर का विषाक्त वातावरण रात तक पूरी तरह धुल चुका था। उस रात जब कैलाश सोने चला गया तब गौतमा, माँ और बाबू के पास चली आयी थी। माँ पास के पलँग पर बैठी थी, और बाबू अपनी पलँग पर लेट कर रेडियो में समाचार सुन रहे थे। बाबू को रात में समाचार सुनने का बड़ा शौक था, और इस समय उन्हें किसी प्रकार का व्यवधान भी पसन्द न था। इसलिए गौतमा जमीन पर ही चौकी डाल कर बाबू के सर में चुपचाप मालिश करने लगी थी। बाबू को गौतमा से सर पर तेल मालिश करवाना बहुत अच्छा लगता था। समाचारों के खत्म होते ही बाबू बड़े प्यार से बोले, "सो जाओ अब गौतमा बेटी, रात हो गयी है।"

पर गौतमा बाबू के सिरहाने के नीचे रखी चौकी पर वैसे ही बैठी रही। बाबू समझ गये थे कि उसे जरूर कोई विशेष बात कहनी थी। वे उठ कर बैठ गये, और उन्होंने गौतमा को भी चौकी से उठाकर अपने पास बिठा लिया। फिर उसके सर पर बड़े प्रेम से हाथ फिरा कर बाबू बोले, "अब कहो, क्या कहना है तुम्हें गौतमा बेटी?"

'बाबू उसे कितना समझते थे'! सोचकर प्रसन्न थी, गौतमा। उसने कुछ क्षणों के लिए ठीक सामने बैठी माँ की ओर देखा, फिर नीचे की ओर नजरें गड़ा कर धीमी आवाज में बोली–

"बाबू आप से अपने विवाह के बारे में कुछ कहना था पर डर है कि कहीं

आप अपमानित महसूस न करें।" बेटी के शिष्टाचार पर देवी दत्त मिश्रा को सदैव ही गर्व रहा था, और आज भी अपने से पहले पिता के मान की चिन्ता थी उसे। उन्होंने प्रेम से एक दृष्टि गौतमा पर डाली व बोले, "बोलो बिटिया, हम माँ-बाप हैं तुम्हारे, हमें नहीं तो किसे अपने मन की बातें बताओगी?"

"बाबू, आप और माँ कुछ समय से मेरे विवाह को लेकर बहुत चिन्तित हैं, हैं ना? मेरे पास एक सुझाव है यदि आप मुझे अनुमति दें तो?"

गौतमा के इस तरह बात करने से कुछ हैरान तो बाबू भी जरूर हुए थे, पर उनकी नजरों में गौतमा एक बहुत ही समझदार व सुलझी हुई लड़की थी, हमेशा सोच समझ कर ही बोला करती थी। अतः गर्दन हिलाकर उन्होंने उसे बोलने की अनुमति दे दी थी।

"बाबू वह भवानी शंकर है ना, नन्दनपुर का, वह मुझसे ब्याह कर लेगा, यदि आप और उसके माता-पिता भी राजी हो जायें तो?"

गौतमा ने बड़ी सावधानी व साहस जुटा कर वे शब्द कहे थे, उसे डर था कि यदि बाबू ने मना कर दिया तो भवानी से उसके रिश्ते की सम्भावना पहले चरण में ही समाप्त हो जायेगी। गौतमा की बात सुनते ही बाबू एकदम सजग हो गये थे, और लालटेन की उस धीमी रोशनी में भी उनकी आँखें जोर से टिमटिमा उठी थीं।

"तुमने बात की थी भवानी शंकर से?" बाबू ने पूछा।

"हाँ"

"और उसने हाँ कहा था।"

"हाँ बाबू।"

"ठीक है, तो मैं कल ही नन्दनपुर जाऊँगा, अभी तुम जाकर सो जाओ।" आज जमाने के बाद बाबू की वाणी में इतना जोश था।

गौतमा सोने चली गयी थी। उसकी प्रसन्नता का कोई ठिकाना न था। माँ और बाबू उसकी बात पर नाराज नहीं अपितु खुश थे। वह पलँग पर लेट गयी। नींद का नामोनिशान न था उसकी आँखों में। बाहर के कक्ष में माँ व बाबू का वार्तालाप जारी था। 'जरूर वे लोग उसके व भवानी के विषय में ही बातें कर रहे होंगे' उसने सोचा। वह धीरे से उठकर द्वार की ओट में खड़ी हो गयी। बाबू कह रहे थे–

"भवानी जैसा लड़का ही मेरी गौतमा के योग्य है रेवती। न जाने ये बात आज तक मेरे दिमाग में आयी क्यों नहीं? मैं कल ही नन्दनपुर जाऊँगा, ताराचन्द पाण्डे के घर, और कल ही उसका रिश्ता भी तय कर आऊँगा। गौतमा भी खुश हो जायेगी और तुम्हारा भी सर दर्द खत्म।"

"और तुम? तुम खुश नहीं हो गौतमा के बाबू?" बहुत दिनों के बाद माँ की आवाज में गौतमा ने इतना उल्लास सुना था।

"भवानी जैसा लड़का मेरी बेटी को ब्याह कर ले जाये, इससे अधिक प्रसन्नता की बात मेरे लिए कुछ हो ही नहीं सकती रेवती।"

फिर गौतमा वापस पलँग पर आ गयी थी, उसे अब कुछ और न सुनना था। उस रात कैलाश को छोड़कर मिश्रा परिवार में किसी की भी आँखों में नींद न थी। देवीदत्त मन ही मन ताराचन्द के साथ होने वाले कल के वार्तालाप का अभ्यास कर रहे थे और रेवती अधीर होकर कल उस क्षण की प्रतीक्षा में थी जब वह अपनी सभी सखियों के सामने गौतमा के शुभ विवाह के समाचार के साथ बातचीत का प्रसंग खोलने वाली थी। और यहाँ गौतमा की खुशियों का तो कोई पार था ही नहीं। भवानी की जीवन संगिनी बनने के असंख्य रंगीन सपने थे कि रुकते ही न थे।

मिश्रा परिवार के अलावा एक और भी व्यक्ति था, जो इन सब लोगों से भी अधिक प्रसन्न हुआ था उस रात। वह था 'भवानी शंकर पाण्डे'। उसे विश्वास न हो रहा था कि उसका विवाह गौतमा से होने वाला था। गौतमा उसके बचपन की मित्र थी। वह उस इलाके की अपूर्व सुन्दरी ही नहीं, वरन् एकमात्र शिक्षित लड़की थी। गौतमा के प्रति स्नेह तो उसे सदैव से ही था, पर मिश्रा परिवार उसके अपने परिवार से अधिक लोकप्रिय व कुलीन था इसलिए गौतमा के आगे प्रेम का प्रस्ताव वह कैसे रख पाता। और जब आज शाम गौतमा ने स्वयं अपने मुँह से विवाह का प्रस्ताव उसके समक्ष रखा तो वह भौचक्का रह गया था। 'कितना भाग्यशाली है वह' सोच रहा था भवानी। 'गौतमा, जिस दिन उसके जीवन में दुल्हन बन कर आयेगी, उस दिन वह इतनी सारी खुशियों का संवरण कैसे कर पायेगा?' भवानी को लगा वह खुशी से पागल हो जायेगा। सब कुछ कितना सुखद था, पर न जाने क्यों तभी अपने पिता का स्मरण कर, कल्पनाओं की उड़ान भरता उसका मन जमीन पर आ गया था। उसके पिता ताराचन्द बड़े जिद्दी स्वभाव के थे। उन्हें मनाना कोई आसान काम न था। 'अपने अक्खड़ व जिद्दी स्वभाव के कारण कहीं गौतमा का रिश्ता बाबूजी ठुकरा तो न देंगे?' उसने मन ही मन सोचा। 'नहीं, वे ऐसा नहीं कर सकते' मात्र, कल्पना से ही आहत हो गया था, भवानी शंकर। फिर खुद ही सफाई देते हुए सोचने लगा कि 'गौतमा के समान रूपवान, गुणवान और शिक्षित बहू, बाबूजी को दूसरी कौन मिलेगी? और मिश्रा चाचा! पूरा इलाका उनकी इज्जत करता है, सरपंच हैं वे पंचायत के, उनसे रिश्ता करने में बाबूजी को भला क्यों आपत्ति होगी? उन्हें तो गर्व होगा।' मन ही मन

खुद को समझाकर, निश्चिन्त हो वापस गौतमा के खयालों में फिर से खो गया था भवानी शंकर। गौतमा के साथ जीवन बिताने की कल्पना में भवानी ने भी पूरी रात आँखों में ही काट ली थी। सुबह खेतों से आ रही मोरों की ध्वनि से जब गाँव जागने लगा, तब भवानी की आँख लग गयी। लेकिन कुछ ही घंटों में बाबूजी ने उसे जगा दिया, ये कहकर कि माँ के पेट में रात से दर्द था।

"भवानी बेटा, तुम रामगढ़ जाकर सक्सेना डॉक्टर के यहाँ से दवाई ले आओ, और जल्दी ही निकल जाओ, न जाने ताँगा कब मिले, पूरी रात से परेशान है तुम्हारी माँ।" कहकर बाबूजी खेतों की ओर चले गये।

भवानी पूरा अनमना हो गया था। रामगढ़, नन्दनपुर से दस किलोमीटर दूर था और ताँगा भी कभी-कभार ही चलता था। अर्थात् रामगढ़ जाने का मतलब था, पूरे दिन की छुट्टी। आज शिवपुर से मिश्रा चाचा भी आने वाले थे, और इधर उसे रामगढ़ जाना पड़ रहा था। भवानी का मन डूब-सा गया। अपने विवाह के प्रकरण का साक्षी होने की उसकी भी बड़ी चाह थी। लेकिन इधर माँ के पेट का दर्द था, जो मान लो कुछ देर में खुद ब खुद ठीक हो भी जाता, पर बाबूजी की बात न मानने का साहस न था उसमें। कहना न मानने से बाबूजी को भारी चिढ़ थी। आज तो उन्हें प्रसन्न रखना और भी जरूरी था, कहीं भवानी पर आया गुस्सा शिवपुर वालों पर न उतर जाये, सोचकर भवानी हाथ-मुँह धो रामगढ़ के लिए निकल पड़ा था।

रेत का महल

गौतमा के घर उस दिन सुबह बहुत जल्दी हो गयी थी। बाबू और माँ अत्यन्त उत्साह में थे। रात भर ठीक से न सोने के पश्चात् भी गौतमा पूरी ताजगी से भरी थी। उसने कैलाश को घी से तर पराठे खिला कर मुरली के साथ खेलने भेज दिया था। स्नान लेने से पहले ही बाबू को साफ उजली धोती व नया लाल गमछा लाकर दे दिया था। बाबू जैसे ही सुबह की पूजा से निवृत्त हुए, माँ ने उनके माथे पर गहरे लाल रंग का तिलक व अक्षत लगा दिया था। अभी सुबह के आठ ही बजे थे, और बाबू नन्दनपुर जाने को तैयार थे।

"जरा गौतमा की कुंडली तो निकालो रेवती।" बाबू ने उत्साह से माँ की ओर देखकर कहा।

माँ ने कुंडली पहले से ही तैयार रखी थी, बाबू को कुंडली थमाते हुए बोली, "अभी बहुत सुबह है, इतनी जल्दी उनके घर पर धावा बोल दोगे? उन लोगों को भी तो तैयार होने का समय दो। इसलिए थोड़ी देर और रुको, शुभ कार्य में हड़बड़ी दिखाना अच्छी बात नहीं।"

बाबू ने मुस्कराकर माँ को ऐसे देखा जैसे उन्हें विश्वास ही न हुआ हो कि वे शब्द माँ के मुँह से निकले थे। पर आज वे भी बहुत खुश थे और माँ को खरी-खोटी सुनाने का उनका कोई इरादा न था। वे बाहर आकर आँगन में पड़ी नंगी खाट पर ही बैठ गये व एक पुराना अखबार पढ़ने लगे। किसी तरह एक घंटा और बीता। अब तक पाण्डे जी का परिवार सुबह के कार्यों से निपट चुका होगा सोचकर बाबू प्रस्थान करने को तैयार हो गये थे। माँ रसोई से दही से भरी मिट्टी की हँड़िया ले आयी व बाबू को थमाते हुए बोली, "इसे ले जाइए, हमारे उत्तरांचल में सम्बन्धियों के घर दही ले जाना बड़ा शुभ होता है।" कहते हुए उसने बाबू के कन्धे पर रखा नया गमछा उतार लिया व फिर उसकी ठीक से तह बिछाकर उसे वापस बाबू के कन्धों पर डाल दिया।

फिर वे बाबू से मुस्कराकर धीरे से बोली, "अति सुन्दर दिख रहे हो, कहीं

नजर न लगे।" बाबू को माँ का यूँ मुस्कराना इतना भा गया कि उन्होंने चारों ओर एक नजर दौड़ायी व एकान्त पाकर जल्दी से माँ के गाल पर एक चुम्बन जड़ दिया। गौतमा दरवाजे की मोटी दराज से माँ और बाबू के इस प्रेम प्रसंग को देखकर खुशी से फूल उठी थी।

शिवपुर से नन्दनपुर के मार्ग में पहले शिवालय पड़ता था। मन्दिर की सफेद दीवारें व गुम्बद की चोटी पर शम्भू शंकर का त्रिशूल सुबह की रोशनी में चमक रहा था। देवीदत्त ने बाहर से ही अपने इष्ट को प्रणाम किया व रास्ते से ही गौतमा के लिए आशीर्वाद माँग कर वे मालिनी को पार कर नन्दनपुर की ओर बढ़ने लगे।

सारी राह वे उस क्षण की कल्पना करते रहे थे कि जब वे अपनी पुत्री व भवानी शंकर के गठबन्धन की बात करेंगे तो ताराचन्द का परिवार भी कितना प्रसन्न होगा। और प्रसन्नता की बात तो थी ही, गौतमा जैसी सुलक्षणा कन्या तो किसी भाग्यशाली परिवार को ही मिल सकती थी। विचारों की सुन्दर कल्पनाओं में खोये श्री देवीदत्त मिश्रा कुछ ही देर में नन्दनपुर पहुँच गये।

ताराचन्द पाण्डे, जो उस समय आँगन में बैठ हुक्का गुड़गुड़ा रहे थे, देवीदत्त मिश्रा को देखकर झटके से मोढ़े पर से उठ बैठे–

"नमस्कार, नमस्कार, आइए मिश्रा जी, आज बहुत दिनों बाद दर्शन हुए आपके! लगता है बहुत व्यस्त हैं इन दिनों।" कहते हुए मोढ़े के पास ही धारीदार दरी बिछी खाट पर देवीदत्त मिश्रा को बैठने का इशारा कर बोले, "आइए इधर बैठिए।"

देवीदत्त ने भी हाथ जोड़कर उनके नमस्कार का उत्तर देते हुए कहा, "हाँ पाण्डे जी, ठीक कह रहे हैं, खेती पाती के चक्कर में दुआ सलाम के लिए समय निकालना भी मुश्किल हो जाता है, आप के साथ भी तो यही होता होगा, इसीलिए आप भी कहाँ अधिक दिखते हैं आजकल?"

"सही कह रहे हो मिश्रा जी, ये खेती पाती है ही ऐसी चीज जो एक घड़ी की भी फुर्सत नहीं देती। इधर कई दिनों से मेरा भी मन था कि आप से मिलूँ। गाने बजाने की कुछ तलब-सी जाग उठी है इधर। अपने तबले पर हाथ साफ न किये मुझे भी एक अरसा हो गया है। फिर आजकल भजन-कीर्तन भी कुछ कम ही हो गये हैं। ठीक ही तो कह रहा हूँ ना, मिश्रा जी?"

"बिल्कुल ठीक कह रहे हैं पाण्डे जी। रात-दिन की इस व्यस्त जिन्दगी में भजन-कीर्तन के लिए समय निकालना निहायत जरूरी है। चलिए अब जल्दी ही चौकड़ी जमाते हैं एक दिन।"

फिर देवीदत्त ने दही की हंडिया ताराचन्द पाण्डे की पत्नी कृष्णा को पकड़ा

दी थी। और स्वयं दरी बिछी खाट पर बैठ गये व ताराचन्द जी के हाथ से हुक्का लेकर लम्बे-लम्बे कशों का मजा लेने लगे। पाण्डे परिवार का आतिथ्य देखकर वे मन ही मन प्रसन्न हुए थे, सोचने लगे 'उत्तम संस्कारों से पोषित इस घर में उनकी गौतमा को सुख व सम्मान दोनों मिलेगा'। आँगन में नजर दौड़ाने के पश्चात् उन्होंने घर पर बने नीचे द्वार से अन्दर की ओर देखा, पाण्डे जी की पत्नी कृष्णा के अलावा घर में किसी और के होने का संकेत न था। 'भवानी शंकर उस वक्त शायद घर पर न था', सोचकर, देवीदत्त थोड़ा उदास-से हो गये थे। वैसे तो वे भवानी शंकर को आज तक हजारों बार देख चुके थे, पर आज की बात कुछ और थी, आज वे उसे एक दूसरी नजर से देखना चाहते थे। पर वह घर पर न था, 'शायद स्कूल गया होगा' सोचकर उन्होंने अपने मन को मना लिया। उन्हें ध्यान न आया कि उस दिन रविवार था। 'गौतमा के विवाह की भूमिका कैसे बाँधें' मन ही मन सोच कर वे एक उचित अवसर की प्रतीक्षा कर रहे थे, कि स्वयं ताराचन्द पाण्डे ने ही उनसे प्रसंग छेड़ दिया–

"मिश्रा जी आप दही लेकर हमारे घर आये हैं, पुत्री का विवाह तय हो गया लगता है।" ताराचन्द पाण्डे के इस कथन के साथ देवीदत्त मिश्रा अनायास ही विचलित-से हो गये थे और उनके मन की आशाओं पर जैसे घड़ों पानी गिर गया था।

"नहीं पाण्डे जी, गौतमा का विवाह अभी कहीं तय नहीं हुआ है।" मन को शान्त करने का प्रयास करते हुए देवीदत्त ने कहा, "दरअसल मैं आज यहाँ उसके विवाह के सिलसिले में ही आप से बात करने आया हूँ।"

"मुझसे बात करने? क्यों नहीं मिश्रा जी, मेरे लायक कोई सेवा हो तो जरूर बताइए। बेटी के विवाह में अगर मैं कोई मदद कर सका, तो जरूर करूँगा।"

ताराचन्द को तनिक भी आभास न था कि देवीदत्त उनके यहाँ क्यों आये थे। पिछले कुछ क्षणों से देवीदत्त का उत्साह आसमान से जमीन पर आ गिरा था। उन्हें ऐसा लगने लगा था कि इस घर से उनकी झोली खाली ही लौटने वाली थी। इसलिए इस बार जब ताराचन्द पाण्डे ने उनकी ओर हुक्का खिसकाया तो उन्होंने सादर मना कर दिया व अपने आने के कारण को स्पष्ट करते हुए बोले, "पाण्डे जी, मेरी बेटी को तो आप बचपन से ही जानते हैं, सर्वगुण सम्पन्न है मेरी गौतमा। और आपकी ही तरह हम भी कुलीन ब्राह्मण हैं, सात पीढ़ियों से कोई ऊँच-नीच नहीं हुई है हमारे खानदान में। इसलिए मैं ये चाह रहा था कि यदि हम दो परिवारों का आपस में सम्बन्ध हो जाये तो?"

ताराचन्द पाण्डे के अब तक ढीले पड़े शरीर पर रेंगती हुई ऐंठन देवीदत्त मिश्रा की आँखों से छुप न सकी थी। उन्होंने हुक्के के कश को आधे में रोककर

ही मुँह के कोने से जल्दी से धुआँ बाहर किया व देवीदत्त मिश्रा की ओर ऐसे देखने लगे जैसे कि मिश्रा जी ने उनका उपहास किया हो।

"मिश्रा जी, मैं नहीं जानता था कि आप मजाक भी कर लेते हैं। आपका 'हमारे सम्बन्धों' से तात्पर्य कहीं मेरे भवानी व आपकी बेटी गौतमा के सम्बन्ध से तो नहीं है?" इन चन्द पलों में ही तारादत्त की मुखाकृति कितनी बदल गयी थी, देवीदत्त को विश्वास ही न हो रहा था।

"हाँ पाण्डे जी, आपका पुत्र भवानी शंकर व मेरी बेटी गौतमा दोनों समझदार बच्चे हैं, और साथ में एक दूसरे के अच्छे मित्र भी हैं, यदि उनका गठबन्धन हो जाये तो हम दोनों ही परिवारों के लिए कितना उत्तम होगा?"

देवीदत्त की बात खत्म होने से पहले ही ताराचन्द पाण्डे जोर से भड़क उठे थे।

"मिश्रा जी, एक पल को मुझे लगा था कि आप वाकई मजाक कर रहे हैं, लेकिन आप तो सच कह रहे हैं। आखिर आप ऐसा सोच भी कैसे सकते हैं मेरे भवानी के बारे में? सत्रह वर्ष का बालक है वह अभी, दसवीं में पढ़ रहा है, अभी से उसका विवाह कर दूँ? माफ कीजिए मिश्रा जी, मेरे भवानी शंकर का विवाह अभी नहीं हो सकता। मैं दसवीं के बाद आगे की शिक्षा के लिए उसे इलाहाबाद भेजना चाहता हूँ। पढ़ा-लिखा कर सरकारी अफसर देखना चाहते हैं उसे, मैं और उसकी माँ। और आप उसके पैरों में अभी से बेड़ियाँ डालने की सलाह दे रहे हैं? क्षमा कीजिए, मैं ऐसा न कर पाऊँगा।"

ताराचन्द पाण्डे के मुख के भाव तेजी से विकृत होते चले जा रहे थे। पर बेटी के विवाह का प्रश्न था इसलिए शान्त भाव से देवीदत्त मिश्रा ने उनसे कहा, "भवानी शंकर की शिक्षा को लेकर आप चिन्तित न हों पाण्डेजी। विवाह के बाद भी भवानी शंकर अपनी शिक्षा पूरी कर सकता है, गौतमा उसका प्रतिरोध नहीं करेगी। शिक्षा की महत्ता तो वह भी जानती है।"

"विवाह के बाद कौन पढ़ना चाहता है मिश्रा जी? वह भी नयी नवेली दुल्हन को छोड़कर?" ताराचन्द बोले।

"पाण्डे जी कोई बात नहीं, यदि विवाह अभी नहीं करना है तो ठीक है, पर अभी हम उसकी व गौतमा की मँगनी तो कर ही सकते हैं। एक बार भवानी शंकर की पढ़ाई पूरी हो जाये तो विवाह फिर कर देंगे।" याचना भरे भाव से कहा था देवदत्त ने। पर अब तक ताराचन्द पूरे तैश में आ गये थे। विवाह न करने का मुख्य कारण आखिरकार उनकी जबान पर आ ही गया–

"आपको भान भी है मिश्रा जी आप क्या कह रहे हैं? आप गौतमा के विवाह के लिए और प्रतीक्षा करना चाहते हैं? क्या अभी ही कम उम्र है उसकी? देखिए, आप

एक अच्छे इंसान हैं, और गौतमा भी कोई बुरी लड़की नहीं है। सच कहूँ आपकी बेटी आज यदि ग्यारह साल की होती तो खुशी-खुशी हाँ कर देता मैं, लेकिन मैं ऐसा नहीं कर सकता। लगभग भवानी के ही उम्र की है वह! जवान हो चुकी है। मैं कैसे हाँ कर दूँ? और देखो सरपंच साहब, मैं हूँ परम्पराओं का आदर करने वाला भोला भाला इंसान, और परम्पराओं के अनुसार ही एक कन्या ब्याह कर लाऊँगा अपने भवानी के लिए, एक औरत नहीं। मुझे क्षमा करना, मैं आपका प्रस्ताव नहीं मान सकता।"

"लेकिन पाण्डे जी एक बार और..."

"बस अब और लज्जित न कीजिए मिश्रा जी, मेरे घर में आपकी बात न बन पायेगी। मित्र हूँ आपका इसलिए एक सुझाव देता हूँ कि जैसा भी वर मिले जल्दी से बेटी के हाथ पीले कर गंगा नहा आइए आप दोनों लोग। आपको शायद पता न हो, पर सारा इलाका पहले ही थू-थू करता है कि सरपंच की लड़की अपने बाप के घर में ही बूढ़ी हो गयी है, और अब उसका ब्याह होना बड़ा मुश्किल है।"

ताराचन्द पाण्डे कितने अशिष्ट व निष्ठुर प्रवृत्ति के व्यक्ति थे, इसका सही अनुमान देवीदत्त मिश्रा को आज लगा था। गौतमा के विवाह की अब अधिक चर्चा करना उसका और अपमान करना था। वे खाट से उठ गये व निर्विकार भाव से अपने दोनों हाथों को जोड़ नमस्कार करते हुए चुपचाप मालिनी की ओर चल पड़े।

हमेशा की तरह सलिला मालिनी का पानी अभी भी शान्त व शीतल था। देवीदत्त का मन घर जाने को न हुआ। घर जाकर पत्नी व पुत्री की आशाओं पर तुषारापात करने का साहस न बचा था उनमें। इसलिए वे वहीं मालिनी के तट पर एक बड़े पत्थर पर पैर लटकाकर बैठ गये और उसके शान्त जल में अपने विकल मन के लिए सान्त्वना ढूँढ़ने लगे। आज से पूर्व इस स्थान पर उन्हें हमेशा शान्ति का अनुभव होता था, पर आज ये सदा सनातन मालिनी भी उनके उद्विग्न मन को कोई शान्ति न दे पायी थी।

दोपहर होने को थी, और देवीदत्त जानते थे कि यूँ नदी के किनारे बैठ समस्याओं का समाधान न होने वाला था। आज नहीं तो कल घर जाकर वास्तविकता का सामना तो करना ही था, अतः थोड़ी देर बाद वे मालिनी के किनारों पर पड़े विशाल प्रस्तर खण्डों की ही तरह भारी अपने तन व मन को लेकर धीरे-धीरे घर की ओर चल पड़े। बेटी के सपनों का महल भुरभुरी रेत का बना था, पर प्रश्न ये था कि वे अपनी बेटी को ये समझायेंगे कैसे?

खंडित आशा

आधा दिन बीतने को था, सुबह के गये बाबू अभी तक नन्दनपुर से घर न लौटे थे। गौतमा को एक-एक पल युगों-सा लम्बा लग रहा था। माँ भी कोई कम प्रतीक्षारत न थी। कुछ न कुछ बहाना बना कर वह कई बार बाबू की राह देखने घर के आगे बने रास्ते पर जा चुकी थी।

'बाबू का इतनी देर वहाँ बैठना एक शुभ संकेत ही था, विवाह की बात थी, दो परिवारों के मेल का सवाल था, देर तो लगेगी ही', गौतमा मन ही मन स्वयं को समझाते हुए खुद भी बाबू की राह देखने कई बार बाहर आ गयी थी। अन्ततः प्रतीक्षा की घड़ियाँ समाप्त हुईं व घर की ओर आते मार्ग पर दूर से आ रहे बाबू दिखाई दिये। बाबू के सदैव तेज गति से उठने वाले कदम उस दिन मन्द-मन्द बढ़ रहे थे। रौबदार व बाँस की तरह सीधे चलने वाले बाबू के कन्धे व ग्रीवा उस दिन ऐसे झुके थे जैसे वे गौतमा के युवा बाबू नहीं, वरन् कोई नब्बे वर्ष के बूढ़े व्यक्ति हों। उन्हें देखकर गौतमा का मन शंका से काँप उठा था कि कहीं बाबू बुरे समाचार के साथ तो घर नहीं लौट रहे थे? खुद को घसीटते हुए थोड़ी देर में बाबू घर आ गये थे। गौतमा आँगन में ही खड़ी थी पर बाबू ने उससे न नजरें मिलायीं और न ही कोई बात की। अनिष्ट की आशंका अब विश्वास में बदलने लगी थी। डूबे हुए मन और टूटे हुए पैरों को किसी तरह गौतमा घर के अन्दर तक खींच लायी थी, जहाँ बाबू की दशा परखे बिना माँ ने आते ही उन पर प्रश्नों की बौछार शुरू कर दी थी–

"ताराचन्द पाण्डे से मिलना हुआ था?" माँ ने पूछा।

"हाँ हुआ था" कहकर बाबू नंगी खाट पर ऐसे पसर गये थे जैसे दिन भर किसी पहाड़ी की खुदाई के बाद लौटे हों। उनके इस तरह लेटने से माँ को भी जोर का झटका लगा, वह जान गयी थी कि बाबू असफल होकर लौटे थे। लेकिन अपनी और अधिक जानने की चेष्टा को वह आज भी न रोक पायी थी।

"क्या कहा उन लोगों ने?" माँ ने पूछा।

"वही जो तुम भी हमेशा कहती हो, गौतमा बड़ी हो गयी है", बाबू ने ठंडे स्वर में उत्तर दिया।

बाबू ने तो सिर्फ इतना ही कहा था पर माँ को न जाने क्या हुआ, उसने जोरों से रोना शुरू कर दिया और साथ में बाबू को कोसना भी।

"मैं जानती थी कि ऐसा ही होगा, वे लोग नहीं मानेंगे। वैसे उनकी गलती भी क्या है? गलती तो तुम्हारी है, हमेशा अपनी जिद की है तुमने। लड़की को पढ़ाया-लिखाया, और तो और गाना तक सिखाया, उस पर समय रहते उसका ब्याह भी न होने दिया। ये नहीं सोचा आपने, कि जिस बेटी के लिए आप वर्षों से चला आ रहा रिवाज बदलना चाहते हैं, उसके लिए नये रिवाज का दूल्हा कहाँ से लेके आयेंगे? हमारे समाज में बहू के रूप में सब को एक गाय चाहिए जिसे एक खूँटे से निकाल कर दूसरे खूँटे से बाँधा जा सके, गौतमा जैसी पढ़ी-लिखी व युवा स्त्री नहीं। अब भुगतो अपनी करनी का फल।"

माँ अपनी भावनाओं पर पूर्ण नियन्त्रण खो चुकी थी। जमीन पर बैठ कर वह ऐसे रो रही थी जैसे घर में डाका पड़ा हो, और उसका सब कुछ लुट गया हो या जैसे उनका कोई प्रियजन मर गया हो। बाबू की दशा विचित्र थी, वे माँ को चुप कराने में असफल थे, पर पुत्री के सम्मुख ये सब होता देख उन्हें ग्लानि भी हो रही थी। बड़ी देर तक भी जब माँ ने प्रलाप बन्द न किया तो बाबू के धैर्य का भी अन्त हो गया, उन्हें बहुत क्रोध आ गया, माँ की ओर आँखें तरेर कर वह चिल्ला कर बोले—

"बन्द करो ये नाटक, ये रोना धोना, अब मैं एक और न सुनूँगा तुम्हारी। भावावेश में तुम इतनी पागल हो गयी हो कि घर में बेटी है, ये भी भूल गयी हो। हाँ, मैंने अपनी बेटी का बाल विवाह नहीं किया, इसका कोई दुःख नहीं है मुझे। मेरी नजरों में मेरी बेटी आज भी बालिका ही है। ये समाज अन्धा है, क्रूर है, इसे न समझ पाने का दुःख अवश्य है मुझे। नहीं होता है उसका ब्याह तो न हो। वैसे भी इस घटिया संसार में घटिया मानसिकता में पल रहे किसी व्यक्ति के साथ विवाह करने से कहीं अच्छा है कि हमारी बेटी हमारे ही साथ रहे, इसी घर में, अविवाहित ही।" बाबू अपना वाक्य पूरा कर घर से बाहर चले गये थे। कुछ और देर तक रोने के बाद माँ भी अपना मन हल्का कर घर के काम काज में जुट गयी थी। लेकिन गौतमा पर क्या बीती, किसी ने न पूछा। भवानी के साथ जीवन बिताने की कल्पनाओं पर ऐसा आघात लगा था कि संसार की कोई भी वस्तु उसकी भरपाई करने में असमर्थ थी। उसने आज भवानी को भी खो दिया था व माँ-बाप की आशाओं का आधार भी। बहुत देर से ठहरा हुआ आवेग अचानक आँखों से उमड़ पड़ा और वह हथेलियों में मुँह छुपाकर द्वार के पीछे जमीन पर ही बैठ गयी थी। उसकी सारी आशाएँ खंडित हो चुकी थीं।

कुठाराघात

उधर रामगढ़ में डॉक्टर से दवाइयाँ लेने के उपरान्त हर सम्भव शीघ्रता करने के बाद भी भवानी शंकर को घर पहुँचते-पहुँचते दोपहर हो गयी थी। घर में हो रही उसके व गौतमा के सम्भावित मिलन की बातचीत से उसका मन एक पल को भी न हट पाया था। उसने रामगढ़ से ताँगा ले लिया था, व घर के पास की सड़क पर तांगे से उतरने के बाद उसने दवा की पुड़िया अपने कुर्ते की जेब में डाली व तेजी से घर की ओर बढ़ने लगा। वह सोच रहा था कि घर जाकर माँ उसका मुँह गुड़ व तिलों से भर देगी, फिर शाम को वह गौतमा से मिलने शिवपुर जायेगा, अपनी होने वाली दुल्हन से मिलने! उससे मिलकर वे सब कितना खुश होंगे! रोमांच से भर गया था भवानी। गौतमा की कल्पनाओं में वह इतना खो गया था कि घर के आँगन में कब पहुँचा उसे खबर ही न लगी।

अन्दर रसोई में माँ खाना बना रही थी, अब तक शायद उनके पेट का दर्द ठीक हो गया था। उसने जेब से दवाइयों की पुड़िया निकाली व अपनी माँ को एक खुराक दवा पिला दी। दवा पीकर माँ फिर से काम में जुट गयी। भवानी थोड़ा चिन्तित हो गया। घर वालों से ऐसी प्रतिक्रिया की अपेक्षा न की थी उसने। 'तो फिर माँ इतनी चुप क्यों है'? भवानी सोच रहा था, 'कहीं ऐसा तो नहीं कि मिश्रा चाचा आज यहाँ आये ही नहीं या फिर कहीं बाबूजी ने रिश्ते को ठुकरा तो..., नहीं नहीं, बाबू ऐसा क्यों करेंगे? गौतमा का घराना हम लोगों से हर मामले में ऊँचा है, और गौतमा जैसी लड़की को भला कौन-सा परिवार नापसन्द कर सकता है?' कुछ देर तक विचारों की उधेड़बुन में वह उलझा रहा। वह चाहता था कि माँ ही उससे आज के घटना क्रम पर चर्चा करे तो अधिक अच्छा होगा, क्योंकि विवाह जैसे विषय पर बातचीत की शुरुआत माता-पिता को ही करना अधिक शोभनीय रहेगा। पर इतनी देर से माँ ने एक शब्द भी न कहा था। उससे माँ की चुप्पी अब और सहन न हो सकी। अतः उसने माँ से सीधा ही पूछ लिया—

"माँ, शिवपुर से मिश्रा चाचा आज हमारे घर आये थे?"

"हाँ" माँ ने सपाट-सा उत्तर दिया "पर तुम्हें कैसे मालूम?"

एक क्षण के लिए भवानी सकपका-सा गया पर माँ से कभी भी झूठ न बोलने की आदत थी उसकी। उसने सत्य बताते हुए कहा, "मेरी बात गौतमा से पहले ही हो चुकी थी, मुझे पता था कि उसके पिता मेरे लिए उसका रिश्ता माँगने हमारे घर आने वाले थे, क्या हुआ? उन्होंने कुछ कहा नहीं?"

"कहा था", माँ बोली, "पर बात बनी नहीं।"

"क्यों नहीं माँ?'' उसे अपने कानों पर विश्वास न हो रहा था, "हमसे रिश्ता जोड़ने का विचार तो उन्हीं का ही था, फिर बात क्यों नहीं बनी?"

"बेटा, विवाह जैसे गम्भीर विषयों में बहुत-सी बातों पर विचार करना होता है, उन्हीं बातों को ध्यान में रख तुम्हारे बाबू ने निर्णय लिया कि गौतमा का रिश्ता तुम्हारे लिए ठीक नहीं है।"

"ठीक नहीं है? लेकिन क्यों माँ? मिश्रा चाचा का परिवार प्रत्येक दृष्टिकोण से हमसे अच्छा है, वे लोग हमसे बड़े हैं, फिर बाबू ने क्यों मना किया?" भवानी का गला अवरुद्ध हो रहा था।

"सवाल छोटे और बड़े का नहीं है बेटा। इनके अलावा और भी बहुत से कारण होते हैं भवानी। उनसे सम्बन्ध न बना पाने का सबसे बड़ा कारण तो ये है कि गौतमा उम्र में बड़ी है, कन्या नहीं रही वह अब। और तुम्हारे बाबूजी ने कुछ सोच कर ही तो मना किया होगा, तुम नाराज क्यों हो रहे हो?" माँ बात पूरी भी न कर पायी थी कि तभी बाबूजी भी अन्दर आ गये।

"क्या हो रहा है यहाँ, तुम इतनी जोर से क्या बोल रहे हो अपनी माँ से, बाहर तक आवाज सुनाई दे रही है।" भवानी की ओर बुरा मुँह बनाकर बोले थे बाबूजी।

"मैं माँ से ये पूछ रहा था कि आप लोगों ने मिश्रा चाचा के यहाँ रिश्ते के लिए क्यों मना किया?" भवानी की आवाज ऊँची हो गयी थी।

"इसलिए कि अभी हमें तुम्हारा ब्याह नहीं करना है", बाबूजी बोले।

"तो मँगनी तो कर सकते हो ना", भवानी शंकर बोला।

"वाह बेटे तुम तो उस देवीदत्त की ही जबान बोलने लगे हो! कमाल है! कैसी पट्टी पढ़ाई है उसने तुम्हें या शायद उसकी बेटी ने। खैर, गौतमा के साथ तुम्हारा न विवाह हो सकता है न ही मँगनी, ये मेरा आखिरी फैसला है।"

"लेकिन क्यों नहीं बाबूजी? यदि आप मँगनी कर दें तो क्या बुराई है। कम से कम उसका ब्याह किसी और से तो न होगा, और उसके माता-पिता भी निश्चिन्त हो जायेंगे।"

"अच्छा! और तुम्हारी शिक्षा? उसका क्या होगा।" बाबू तैश में बोले।

"मैं पढ़ूँगा बाबूजी, विवाह का मेरी शिक्षा पर कोई प्रभाव न होगा, इसलिए आप उनके यहाँ जाकर मेरा रिश्ता पक्का कर आइए।" गिड़गिड़ा रहा था भवानी शंकर।

"अपनी फालतू की बकवास बन्द कर भवानी, मिश्रा की बेटी से तेरा रिश्ता नहीं हो सकता। जानता भी है, कुछ ही दिनों में सोलह की होने वाली है वह?" बाबू बोले।

"तो?"

"तो क्या? इस घर की बहू के लिए कन्या चाहिए, एक वयस्क औरत नहीं, समझे! और तू तो सिर्फ सत्रह साल का है अभी, बालक है तू। अभी तुझे कम से कम पाँच साल और प्रतीक्षा करनी है अपने विवाह के लिए।" बाबूजी ऐसे समझा रहे थे जैसे संसार के सबसे बड़े ज्ञानी वही हों।

"कैसी विचित्र बातें कर रहे हैं बाबूजी? मैं सत्रह साल का बालक हूँ और वह पन्द्रह साल में ही विवाह के लिए बूढ़ी हो चुकी है! ये तो ढोंग है, सरासर ढोंग।" बाबूजी की बात से भवानी पुनः क्रोधित हो चुका था।

"खामोश, बहुत दिमाग खराब हो गया है तुम्हारा भवानी शंकर। माँ-बाप से कैसे बात करते हैं, इसका भी भान नहीं रहा तुम्हें? अपना पेट काट कर इसीलिए तुम्हें स्कूल भेजते हैं कि एक दिन अपनी इस ओछी शिक्षा से हमें ही नीचा दिखाओगे? पर ये सब तुम्हारी गलती नहीं, उस मिश्रा की छोकरी का कमाल है। वर नहीं मिला तो तुम्हीं पर डोरे डालने लगी वह। जरा आस-पास देखो और बताओ तो कि कौन-सा सत्रह वर्षीय लड़का अपनी हम उम्र लड़की को ब्याह कर लाया है हमारी बिरादरी में? देखा है किसी को?" बाबूजी चीख रहे थे।

"नहीं देखा है, दुर्भाग्य है मेरा कि मैं ऐसे समाज में रहता हूँ, जहाँ पिता के घर खेलने वाली बालिकाओं को वधू बनाकर ससुराल भेज दिया जाता है। लेकिन आप भी कान खोलकर सुन लो, मैं किसी बच्ची से कभी विवाह नहीं करूँगा।"

भवानी की आवाज में उत्तेजना थी व आँखों में आँसू। पिता का और अधिक प्रतिरोध करने का सामर्थ्य उसमें अब और न बचा था। वह रुँधी आवाज से माँ की ओर देखते हुए बोला, "माँ, तुम तो ये हमेशा से ही जानती हो कि गौतमा मुझे कितनी अच्छी लगती है, फिर तुमने क्यों बात बिगड़ जाने दी? उससे अच्छी बहू तुम्हें कहीं नहीं मिलेगी। मेरी बात मान लो माँ। उनके घर जाकर मेरा रिश्ता तय कर आओ। मैं गौतमा से ही विवाह करना चाहता हूँ। मैं उससे बहुत प्यार

करता हूँ माँ। उसके बिना मेरे जीवन का कोई अस्तित्व नहीं है माँ।" भवानी फूट-फूट कर रो रहा था।

माँ का हृदय भर आया था। युवा पुत्र का बालकों की भाँति रोना न देख पायी थी वह। आँखों में आँसू व मन में आशा भरकर वह बाबूजी की ओर देखकर बोली, "भवानी बड़ा हो गया है, उसकी बात मान..."

"बन्द करो ये बकवास, बेटे के साथ-साथ तुम्हारी भी मति मारी गयी है कृष्णा।"

माँ की बात पर बजाय पिघलने के, बाबूजी और अधिक खूँखार हो गये थे। बाबूजी थे ही ऐसे, दया और समझौता करना तो उनके लिए अपनी मानहानि करने के समान था। क्रोध से काँपते हुए होठों से माँ की ओर देखकर बाबूजी बोले, "तुम और तुम्हारे इस नालायक बेटे का दिमाग खराब हो चुका है। कितनी बार कह चुका हूँ कि वह मिश्रा की लड़की बड़ी है इसके लिए। पति और पत्नी के मध्य दस से बारह वर्ष का अन्तर आवश्यक है। तभी तो बुढ़ापे में मर्द की सेवा कर पायेगी वह। हम यही करेंगे, यही हमारे समाज का नियम भी है। और ये नियम मैंने नहीं, हमारे शास्त्रों ने बनाये हैं।" बाबूजी बोले।

"ऐसा कौन से शास्त्रों में ऐसा लिखा है बाबूजी? शास्त्र होते कैसे हैं, कभी देखा भी है आपने? और बुढ़ापे में अपनी सेवा कराने के लिए आपकी तरह मुझे कोई दासी नहीं चाहिए, मुझे जीवन में साथ चलने के लिए एक संगिनी चाहिए, संगिनी।" भवानी पुनः चिढ़ गया था।

भवानी के इस कथन पर बाबूजी बुरी तरह तिलमिला गये थे, फिर हमेशा की तरह अपना अन्तिम शस्त्र चलाते हुए वे बोले, "तू कुछ ज्यादा ही बद्तमीज हो गया है भवानी। जिस घर का खाता-पीता है, उसी की इज्जत बेचकर खाने को तैयार है तू। एक बार ध्यान से सुन ले, मिश्रा की लड़की से तेरा ब्याह कभी नहीं होगा, अब चाहे तू मालिनी में जाकर कूद जा।" उसके बाद बाबूजी कहीं बाहर निकल गये थे। भवानी ने कल रात गौतमा के साथ सपनों की जो रंगीन दुनिया सजायी थी, बाबू के कुठाराघात से वह पूरी तरह से बरबाद हो चुकी थी।

अँधेरा

पिछले दो दिनों से गौतमा भवानी से न मिली थी और न मिलना चाहती थी। इसलिए नहीं कि भवानी के लिए उसका प्रेम कम हो चुका था, बल्कि इसलिए कि एक तो उसके साथ जीवन बिताने की अब कोई सम्भावना न रही थी, और दूसरे माँ ने भी उसे अब भवानी शंकर से दुबारा न मिलने की सख्त हिदायत दे दी थी, क्योंकि गौतमा की बढ़ती उम्र की उलाहना के साथ-साथ बदनामी की भी जिल्लत उठाने का साहस उनमें न बचा था। सभी को गौतमा की भावनाओं से अधिक समाज के सोचने की चिन्ता थी। गौतमा के जीवन पर कहर ढा गया था, दुःख के अँधेरे ने उसकी आत्मा तक को घेर लिया था। लड़की होने के साथ अविवाहित ही परिपक्व हो जाना उसके लिए पहले ही अभिशाप बन चुका था और अब अगर अपने एकमात्र मित्र को वह अपने मन की व्यथा बताती भी, तो वह भी अब बदनामी के डर से उससे छिन चुका था। गौतमा अत्यन्त उदास थी।

भवानी भी उससे मिलने को बेताब था, दो दिनों में मुरली दसियों बार भवानी का सन्देश भी ला चुका था। पर उसने हर बार ये कहकर कि "अब वह उससे न मिलेगी", मुरली को वापस भेज दिया था। 'भवानी शंकर मालिनी के किनारे उसकी प्रतीक्षा कर रहा होगा', सोचकर वह जल भरने भी अपने नियत समय पर न जाकर आगे-पीछे जा रही थी। घर में अपने मन के झंझावात से काफी तहलका मचाकर, माँ फिलहाल कुछ शान्त थी, शायद वे फिर से तूफान समेटने की प्रक्रिया में थीं। लेकिन बाबू अभी भी दुखी थे। नन्दनपुर से लौटने के बाद वे खोये-खोये-से रहते थे, व चुपचाप भी। पिछले कई दिनों से उन्होंने खाना भी ठीक से न खाया था। गौतमा भी बाबू का दुःख देखकर व्यथित थी। बाबू के लिए उसके मन में सदैव सम्मान व स्नेह ही था। समाज के विरुद्ध जाकर बाबू ने उसे स्कूल भेजा था, और ये जानते हुए भी कि भविष्य कठिन हो सकता है, बाबू ने उसका बाल विवाह न करने का निर्णय लिया था। लेकिन अपने इस निर्णय के परिणाम से अब वे कितने दुखी थे! थोड़े ही समय में उनके मुख की

सारी कान्ति जैसे छिन गयी थी। उन्हें ऐसी अवस्था में देख गौतमा को अत्यन्त पीड़ा महसूस हो रही थी। वह किसी भी तरह से बाबू के दुःख को दूर करना चाहती थी। 'काश कोई व्यक्ति आये व मुझे ब्याह ले जाये, कोई भी, कम से कम घर का कलह तो कम हो जायेगा, बाबू का दुःख तो मिट जायेगा', चारों पहर गौतमा यही सोचा करती थी। उस दिन दोपहर का समय था जब अपनी परिस्थितियों पर विचार करते-करते गौतमा का सर चकराने लगा था, उसे लगा उसका गला सूख गया था व उसका दम घुटने को था। 'शायद पानी पीने से कुछ अच्छा लगे', सोचकर वह रसोई में रखे पानी के घड़ों के पास गयी। एक को छोड़कर बाकी सभी घड़े खाली थे, उसने लोटे को एक भरे घड़े के मुँह पर लगा कर उसे तिरछा किया व लोटा भर पानी निकाल कर गटक लिया। पर गला बन्द हो जाने की अनुभूति अभी भी बनी थी। उसने दीवार पर बने आले में रखी घड़ी को देखा, शाम के तीन बज रहे थे।

'घर में पानी खत्म होने को है, मालिनी पर जाने का ये ठीक समय है, खुली हवा में साँस लेकर शायद अच्छा महसूस हो, और इस समय वहाँ पर भवानी भी न होगा' सोचकर खाली कलश को बगल में दबाकर वह नदी की ओर चल दी थी। वहाँ पहुँच कर उसने जल्दी से हाथ-मुँह धोया, व कलश को जैसे ही जलधारा में डुबोया कि पीछे से आकर किसी ने उसकी आँखें मींच ली थीं। स्पर्श परिचित था। न चाहते हुए भी खुशी से उसका रोम-रोम नहा उठा था।

"तुम यहाँ क्या कर रहे हो भवानी?" अपनी आँखों से भवानी की हथेलियों को हटाते हुए वह बोली।

"तुम्हारी प्रतीक्षा कर रहा हूँ। तुमने मुझसे क्यों मित्रता तोड़ ली है गौतमा?"

भवानी का मुँह कुछ ही दिनों में कितना रंगहीन हो गया था, उदासी उसके मुँह पर ऐसे घिरी थी जैसे भाद्र मास के बादल। सदा हँसमुख रहने वाले भवानी की ऐसी दशा देख उसका मन बैठ गया। पर भावनाओं में बहने से अब क्या लाभ था? उसका और भवानी का मिलन तो अब सम्भव था ही नहीं, उसे आज स्पष्ट भी करना जरूरी था। इसलिए वह भवानी शंकर से बोली, "जो मित्रता दूर तक जा ही नहीं सकती उसका संग क्या सार्थक है भवानी शंकर? मेरा व तुम्हारा मिलन असम्भव है, तुम्हारे बाबूजी ने बताया नहीं तुम्हें?"

"बताया था। सनकी हैं वे, बिना सोचे समझे कुछ भी कहने की आदत है उनकी।"

"नहीं भवानी शंकर, क्रोध में अपने बाबूजी के लिए अपशब्द न कहो। उन्होंने जो भी कहा वह सही कहा। मैं बड़ी हो गयी हूँ। गाँव वालों के साथ-साथ मेरी अपनी माँ तक दिन में सौ बार इसका जिक्र करना नहीं भूलती, तो तुम्हारे बाबू ने

ही कहकर कौन-सा गुनाह कर दिया? और मैं अब तुमसे नहीं मिल सकती। पहले ही मुझे लेकर बहुत तंग हैं मेरे माँ-बाप, और ऊपर से कोई बदनामी भी हो गयी तो?"

"कैसी बदनामी गौतमा? मैं मित्र हूँ तुम्हारा? मुझे मिलने से कौन-सी बदनामी होगी तुम्हारी? मुझे तुम्हारी ये बातें कतई नहीं सुहा रहीं, तुम्हें हो क्या गया है?"

"क्या हम मात्र मित्र ही हैं भवानी? यदि हाँ, तो क्यों एक दूसरे से विवाह करना चाहते हैं? और क्यों दुखी हैं ये जानकार, कि हमारा विवाह नहीं हो सकता? जरा सोचो तो?" गौतमा बोले जा रही थी और भवानी मन्त्रमुग्ध होकर उसकी ओर देखे जा रहा था। वह सत्य ही कह रही थी, उसके अकाट्य तर्कों को सुनकर भवानी शंकर सोच रहा था कि कितनी विदुषी है यह स्त्री! उसके स्थान पर वह किसी और जीवनसाथी की कल्पना भी कैसे कर सकता था। अपने पिता पर एक बार फिर उसे पुनः आक्रोश हो आया। फिर अचानक ही गौतमा के दोनों गालों को उसने धीरे से अपनी हथेलियों में ले लिया और उसकी आँखों में आँखें डालकर बोला–

"मैं तो तुम्हें सदा मित्र ही मानता आया हूँ, और ये किसने कहा है कि मित्र तुम्हारा जीवन साथी नहीं हो सकता? गौतमा, तुम चलो मेरे साथ, हम लोग कहीं दूर भाग जाते हैं क्योंकि मेरा खूसट बाप तुमसे मेरा ब्याह कभी न होने देगा। मित्रता की कोई कदर नहीं है मेरे माँ-बाप को। इसलिए हमें यहाँ से कहीं दूर चले जाना चाहिए गौतमा।"

"दिमाग खराब हो गया है तुम्हारा भवानी शंकर?" विस्फारित नेत्रों से उसे देखते हुए गौतमा बोली, "इतना गन्दा प्रस्ताव मेरे सामने रखोगे, इसकी आशा न थी मुझे तुमसे।"

"तो बताओ फिर मैं क्या करूँ?"

"सबसे पहले तुम मुझे भूल जाओ, और फिर वही करो जो तुम्हें करना चाहिए। शिक्षा पूरी कर सरकारी अफसर बन जाओ, और फिर अपने बाबूजी की पसन्द की एक अच्छी-सी कन्या से विवाह कर लो।" कहते हुए गौतमा ने एक दर्द भरी नजर भवानी पर डाली व पानी से भरे कलश को झटके से सर पर रख कर वह घर की ओर चल दी।

"अभी क्यों जा रही हो? रुको। रुको गौतमा" भवानी शंकर मालिनी के किनारे खड़ा जोर-जोर से चिल्ला रहा था, "मैं ये कुछ भी नहीं करने वाला, तुम्हें नहीं भुला सकता मैं। भुलाना भी नहीं चाहता, कभी भी नहीं।" पर गौतमा तेजी से घर की ओर चली जा रही थी, उसे भय था कि यदि वह कुछ देर वहाँ और रुकती तो शायद उसका मन भवानी शंकर के प्रस्ताव को मानने पर विवश हो सकता था।

नया प्रस्ताव

हड्डियाँ कँपकँपाने वाली सर्दी खत्म होने को थी। शिवपुर के इस छोटे-से गाँव में मौसम सुहाना होने लगा था। गौतमा के खेत के दो ढाक के पेड़ों पर जमकर बहार आयी थी। कुछ ही दिनों में होली आने वाली थी, लेकिन होली की गीत मंडली में अग्रिम भूमिका निभाने वाले बाबू इस बार कोई भाग नहीं ले रहे थे। 'बेटी का ब्याह हो रहा है या नहीं' के वाहियात सवालों से तंग आ कर उन्होंने आजकल लोगों से मिलना-जुलना कम कर दिया था। गेहूँ की तैयार होती फसल की देख-रेख में ही इन दिनों मात्र गोविन्द के साथ ही उनका अधिकांश समय बीतता था। माँ भी अब देर तक बैठ अपनी सखियों से कम ही बतियाती थी। पर जब कभी किसी से मिलना हो ही जाता तो वही शिकायतों का पिटारा घर पर लाना वे फिर भी न भूलती थी। बस घर में एक कैलाश ही था जिसे दीदी की बढ़ती उम्र की कोई चिन्ता न थी। घर का काम निबटाकर गौतमा हर रात उसके पास बैठकर स्कूल से मिले काम में उसकी मदद करती थी। घर के काम काजों के अलावा यही एक ऐसा कार्य था जो उसे प्रिय था। वह बहुधा सोचा करती कि काश वह पुरुष होती तो अब भी स्कूल जाया करती, व उसके विवाह को लेकर उसके व उसके माँ-बाप का जीवन इतना विषाक्त न हो गया होता।

समय बढ़ रहा था और गौतमा की उम्र भी। धीरे-धीरे बाबू द्वारा तय की गयी उसके विवाह की उम्र भी खिसकी जा रही थी। बाबू वर ढूँढ़ने के लिए अब थोड़ा अधिक सक्रिय हो गये थे, पर सफलता न मिलने के कारण वे दुखी हो जाते थे, और माँ तो अब तक पूरी तरह निराश हो चुकी थी।

कहते हैं, प्रभु के घर देर है अन्धेर नहीं, अन्ततः वह दिन आ ही गया जब गौतमा के माता-पिता की प्रतीक्षा समाप्त होने को आ गयी। उस दिन खेत से लौटे माँ और बाबू के लिए जब गौतमा चाय बना कर आँगन में लायी तो तभी दो आगन्तुकों को साथ में लेकर नारायण प्रसाद भी अचानक ही घर पर आ

धमका था। सन्ध्या के उस झिट-पुट अँधेरे में गौतमा ने देखा था कि दोनों ही व्यक्ति बाबू से बड़ी उम्र के थे। माँ और बाबू 'अतिथि देवो भवः' में विश्वास रखने वाले थे, अतः बिना परिचय माँगे ही गौतमा को और चाय बनाने का आदेश दे, मेहमानों को मोढ़े पर बिठाकर वे दोनों स्वयं जमीन पर बैठ गये थे। रसोई आँगन से सटी थी अतः बाहर का वार्तालाप अन्दर काम कर रही गौतमा को साफ सुनाई दे रहा था। बाबू कह रहे थे–

"और नारायण ठीक तो हो ना? बहुत दिनों बाद घर पर आये हो, लगता है कोई खास बात है।"

"जी मुखिया जी, बात तो खास है ही, और साथ में आपके लिए बड़े काम की भी?"

"वह कैसे" बाबू बोले।

"पिछली बार जब आपसे मिला था तो आप बेटी के रिश्ते के लिए काफी परेशान लग रहे थे, बस आज मैं यहाँ उसी सिलसिले में आया हूँ। मुझे तो आप जानते ही हैं, लोगों की मुश्किलें आसान करने का शौक है मेरा।" नारायण के स्वर में मूर्खता और दम्भ दोनों का पुट था।

"पूरी बात बताइए।" बाबू तटस्थ भाव से बोले, माँ की तुलना में वे नारायण प्रसाद को कम पसन्द करते थे।

"ये हैं भुवदेव जोशी, और ये हैं उनके छोटे भाई बालादत्त जोशी। सनौरी गाँव का नाम तो आपने सुना ही होगा मुखिया जी, वहीं के रहने वाले हैं ये लोग। बड़े खानदानी ब्राह्मण हैं। मैका हो या ससुराल कहीं से कोई ऊँच-नीच नहीं है इनके खानदान में।"

"अच्छा, सनौरी का नाम सुना तो है, कुमायूँ के उस इलाके में नरभक्षी बागों का जिक्र आजकल मैं कभी-कभी रात के समाचारों में भी सुनता हूँ। क्या आपके गाँवों में भी हमला बोला है बाघ ने?" बाबू बोले।

"अरे नहीं मुखिया जी, इनके गाँवों में कोई बाघ-वाघ नहीं आता। हाँ, जंगलों में हो सकता है बाघ रहते हों, पर हिमालय तो है ही बाघों का घर! अब वे अपने घर पर नहीं रहेंगे तो कहाँ रहेंगे, हाँ?" कहकर नारायण बारी-बारी सब की ओर ऐसे देखने लगा जैसे कि भगवान कृष्ण ने गीता का उपदेश बाँच दिया हो। बहरहाल बाबू को नारायण प्रसाद का उन लोगों की ओर से बोलना न भाया, प्रश्न उनसे किया था, उनके गाँव के बारे में, तो उत्तर भी तो उन्हीं को ही देना चाहिए था, बाबू ने सोचा। फिर इधर-उधर की बात न कर वे सीधा उन अपरिचितों के वहाँ आने के कारण को जानने के लिए बोले–

"पूछने के लिए माफी चाहता हूँ, पर आप लोगों का हमारे घर आने का कोई विशेष प्रयोजन?"

"अरे मुखिया जी, प्रयोजन के लिए ही तो लाया हूँ इन लोगों को। बिना प्रयोजन के किसी के घर जाने की मुझे फुरसत ही कहाँ रहती है? मैं यहाँ गौतमा का रिश्ता करने आया हूँ, भुवदेव जी के बेटे से।" नारायण फिर उनकी ओर से जवाब देते हुए बोला।

'क्या बिचोलिया है ये नारायण भी' बाबू मन ही मन सोच रहे थे।

"अच्छा जरा इनके बेटे के बारे में बताओ तो" इस बार माँ बोली। नारायण दत्त के बोलते ही अब तक चुपचाप बैठी माँ की आवाज में भर आया ऐसा उत्साह गौतमा ने बहुत दिनों बाद सुना था। इस बीच गौतमा मेहमानों को चाय थमाकर फिर से अन्दर चली गयी थी।

नारायण प्रसाद ने बताया कि वे लोग वहाँ भुवदेव के तीस वर्षीय पुत्र पुरुषोत्तम के लिए लड़की ढूँढ़ने आये थे। पुरुषोत्तम विधुर था। दो वर्ष पूर्व उसकी सत्रह वर्षीय पत्नी प्रसव पीड़ा में शिशु के साथ इस संसार से चल बसी थी। नारायण के अनुसार पुरुषोत्तम बड़ी जमीन-जायदाद वाला, घर का एकमात्र वारिस था। उसके साथ विवाह कर गौतमा सुख व शान्ति से जीवन यापन कर सकती थी। बाबू चुपचाप थे, पर बीच-बीच में हामी भरती माँ की आवाज से स्पष्ट था कि माँ इस रिश्ते की सम्भावना से बहुत खुश थी। लड़के पक्ष वाले लोग जब बात समाप्त कर चुप हुए तो माँ बोली, "और जनम पत्रिका? लड़के की कुंडली लाये हैं आप? वह भी तो मिलनी चाहिए।"

"अरे भाभी, कुंडली का क्या मिलाना, वह तो मिली ही समझो। गौतमा के ग्रह, पति के लिए तेज हैं, उसकी कुंडली मैंने पहले भी देखी है ना, और इधर पुरुषोत्तम के नक्षत्र भी पत्नी के लिए बहुत भारी हैं। पहली वाली तो खो ही चुका है। अब दोनों की कुंडली खराब होंगी तो क्या होगा? अच्छा ही तो होगा। अब आप ही बताइए लोहे को तो लोहा ही काटता है ना? समझ लो मिल गयी दोनों की कुंडली।" नारायण प्रसाद अपने को तीस मारखाँ समझ कर सबको प्रभावित करना चाहता था। माँ शायद प्रभावित हो भी गयी थी, पर बाबू को उस पर कम ही विश्वास था। अतः बात को वहीं खत्म कर वे बोले–

"नारायण, मैं इतनी जल्दी अपनी बेटी के विवाह के लिए हाँ न कर सकूँगा, अभी आप लोग जाइए, मैं कल तक खबर कर दूँगा।" वे लोग कुछ अनमने होकर नारायण के घर की ओर चले गये। उन लोगों के जाने के बाद माँ और

बाबू भी अन्दर चले आये। माँ बेहद खुश थी, पर बाबू के मुख पर चिन्ता थी जिसे माँ भी ताड़ गयी थी।

"आप कुछ परेशान लग रहे हैं।" माँ ने पूछा।

"परेशानी की तो बात है ही।" निराकार भाव से बाबू बोले।

"क्यों? अच्छे भले घर का लड़का है, खानदानी है। इसमें परेशानी की क्या बात?"

"तुमने देखा है उसे, या फिर उसके घर को?"

"नहीं।" बाबू की पैनी आवाज से माँ सकपका गयी थी।

"तो? फिर कैसे अच्छा है? जानती भी हो कितना दूर है सनोरी गाँव? एक बार बेटी को भेज दोगी तो मुँह देखने को तरस जाओगी उसका। और ऊपर से लड़के की उम्र! पूरे तीस बरस का है वह, पूरे तीस बरस का! और तुम हो, न जाने इतना खुश कैसे हो रही हो। मुझे तो उस काँइयाँ ताराचन्द पाण्डे पर गुस्सा आ रहा है, यदि उस दिन वह मान गया होता तो ऐसे ऐरे गैरे नत्थू खैरे मेरे यहाँ आकर मेरा ही खून न जलाते।"

बाबू को सनोरी गाँव के उन लोगों के बारे में कुछ भी आकर्षक न लगा था, पर कई दिनों बाद आये सुनहरे अवसर को माँ इस बार भी हाथ से न गँवाना चाहती थी। साम, दाम, दंड, भेद से उस रात उसने बाबू को विवाह के लिए मना के ही छोड़ा, और सुबह बाबू नारायण प्रसाद के घर जाकर पुरुषोत्तम के साथ गौतमा का रिश्ता तय कर आये।

याचना

मिश्रा जी की बेटी गौतमा का विवाह बैशाखी पर होना तय हुआ था, आग की तरह फैलती यह खबर थोड़ी ही देर में नन्दनपुर भी पहुँच गयी थी। भवानी शंकर पर तो जैसे पागलपन सवार हो गया था। बदहवासी की हालत में बिना सोचे समझे वह बाबूजी के पास जा पहुँचा। बाबूजी उस समय आँगन में बैठे थे व तसर (रस्सी बुनाई में प्रयोग किये जाने वाला लकड़ी का तख्त) पर बैलों के लिए रस्सी बुन रहे थे। बेटे को अपने सामने पाकर वे थोड़ा आश्चर्यचकित हो गये थे। अपने विवाह के असफल प्रसंग पर कुछ ही दिन पहले हुई जोर की बहस के बाद, इन दिनों भवानी शंकर बहुत कम ही उनके आगे आता था, वह बाबूजी से बेहद नाराज था। आज इतने दिनों बाद अचानक भवानी शंकर को अपने सामने पाकर उन्हें आश्चर्य के साथ-साथ थोड़ी खुशी भी हुई थी, ये सोचकर कि कदाचित उनका पुत्र अपनी अशिष्टता का बोध कर उनसे क्षमा माँगने आया था। उसी आशा में उन्होंने भवानी की ओर देखा।

"बाबूजी कुछ बात कहनी थी आपसे।" भवानी शंकर ने कहा।

"कहो।" हमेशा की तरह ही कड़े स्वर में बाबूजी बोले।

"बाबूजी, वह गौतमा है ना, उसका ब्याह होना तय हो गया है। इसी बैशाखी पर।"

"मैंने भी सुन लिया है, अच्छी खबर है। लड़की घर में बुढ़ा रही है, कम से कम महसूस तो हुआ उस मिश्रा को।"

बाबूजी के इस निष्ठुर कथन से भवानी अत्यन्त आहत भी हुआ और क्रोधित भी। पर यूँ क्रोध कर बाबूजी को जीतना असम्भव था। अतः गुस्से को पीकर व आवाज को धीमा कर उसने कहा, "बाबूजी गौतमा से विवाह मैं करना चाहता हूँ, और वह भी मुझसे ही ब्याह रचाना चाहती है। आप यदि शिवपुर जाकर मिश्रा चाचा से बात कर दें, तो मुझे विश्वास है कि गौतमा का रिश्ता तोड़कर वह हमारी बात मान लेंगे।" भवानी शंकर बड़ी आशा से बाबूजी की ओर देख रहा था, पर बाबूजी को उसकी बात पर इतने जोर से क्रोध आ जायेगा उसे उम्मीद न थी।

"सूअर की औलाद।" बाबूजी ने रस्सी समेत पूरा तसर ही भवानी की ओर फेंक कर मारा। सीधे अपने मुँह पर आते तसर को भवानी शंकर ने एक ओर हटकर बचा तो लिया, लेकिन बाबूजी के प्रचंड क्रोध में फेंके गये तसर में कोई कम रफ्तार न थी, अतः फुर्ती दिखाने के बाद भी तसर उसके बायें पैर पर आ गिरा। लकड़ी की नोंक से टकराकर उसके पैर का अँगूठा कट गया और खून उगलने लगा। घायल अँगूठे की चिन्ता न उसे थी और न ही बाबूजी को। वह तो बाबूजी की ऐसी प्रतिक्रिया पर विवेक शून्य हो गया था, अँगूठे से कहीं अधिक चोट उसकी आत्मा पर लगी थी। बाबूजी गुस्से में थर-थर काँप रहे थे, भवानी को चोट पहुँचाकर उनके मुख पर लेशमात्र भी पश्चात्ताप का भाव न दिख रहा था।

"क्या हुआ? क्यों शोर मचा रहे हो आप लोग?" माँ, जो तसर के फेंके जाने के 'धाड़' स्वर से बाहर चली आयी थी, बोली। फिर जैसे ही उसकी नजर भवानी शंकर के खून से लाल हो गये अँगूठे पर पड़ी तो वह हालात को समझ गयी, व बाबूजी पर बुरी तरह क्रोधित हो उठी।

"ये क्या किया आपने? जवान बेटे को आज भी मारने को दौड़ उठते हैं आप? कुछ तो लाज करो। ऐसा भी क्या कह दिया था उसने? ये तसर जगह बेजगह लग गया होता तो?" गुस्से में तसर को जोर से एक ओर पटकती हुई माँ बोली थी।

भवानी शंकर ने जीवन में कम ही बार माँ को ऐसे बिफरते हुए देखा था। क्रोध की पीड़ा से माँ की आँखें भर आयी थीं, पर बाबूजी तो पत्थर दिल इंसान थे, उलटा माँ पर ही बरस पड़े।

"बहुत जबान चलाने लगी हो आजकल कृष्णा। तुम्हारी ये नालायक औलाद, अपने बाप के मुँह लगने की सीख तुम्हीं से ले रहा है। बजाय इसे बुरा कहने के, तुम मेरे लिए आँखें तरेर रही हो? अपने लाडले से पूछो, मिश्रा की लड़की से ब्याह करने के अलावा कोई और धुन भी है इसे आजकल?"

"तो कर क्यों नहीं देते उसका ब्याह? बुराई क्या है उसमें? हम लोगों से लाख गुना ऊँचा दर्जा है उनका। देवी स्वरूपा बेटी है उनकी। कौन-सा ऐब है उसमें, जो इतने कठोर बन गये हो?" माँ भी आज मोर्चा सँभाले थी।

"तुम्हारे दिमाग को क्या सियार उठा ले गया है, कृष्णा? कितनी बड़ी है वह लड़की तुम नहीं जानती? कैसे बहू बन सकती है वह इस घर की? अपने बारे में सोचो, जब तुम मेरे घर में पहली बार दुल्हन बन कर आयी थी, तब क्या उम्र थी तुम्हारी? क्या तुम्हें अपना विवाह याद नहीं?"

"याद है, भूल भी कैसे सकती हूँ? ग्यारह साल की उम्र में जैसी यातना मैंने सही थी, उसके बारे में तुम क्या जानो? ब्याह नहीं हुआ था मेरा, बेहाल हुआ था, बेहाल। पर तुम तो मर्द हो, तुम लड़की का दर्द क्या जानो? धन्य हैं गौतमा के पिता, जिन्होंने अपनी बेटी का बचपन में ही विवाह न कर उसे किसी भेड़िये के मुँह लगने से बचा लिया।" वर्षों से छुपाया माँ का घाव आज क्रोध बनकर रिसने लगा था।

"तुम मुझे भेड़िया कह रही हो? जबरदस्ती उठाकर नहीं लाया था तुम्हें मैं? तुम्हारे बापू ने खुद सात फेरे करवाकर कन्यादान किया था तुम्हारा।"

"जानती हूँ, बापू नहीं, कसाई था वह।" बोलते हुए माँ एकाएक ठंडी-सी हो गयी और दर्द की एक लहर उसके मुँह पर साफ उभर आयी थी? फिर एक लम्बी साँस लेकर वह शान्त स्वर में बोली, "भवानी की बात मान लो, एक ही तो सन्तान है हमारी, उसे भी खुश न रख पाये तो? सन्तोष मिल पायेगा हमें उसे दुखी देख कर, भवानी के बाबू?"

"और हमारी खुशी का क्या? हमारे सन्तोष का क्या? हम क्या हमेशा देने के लिए ही बने हैं? हमारे लिए क्या इसका कोई दायित्व नहीं बनता? मेरी बात कान खोल कर सुन लो तुम दोनों, मिश्रा की लड़की से इसका ब्याह हरगिज नहीं हो सकता, और यदि तुम दोनों इस रिश्ते के लिए इतने ही लालायित हो तो कर लो अपनी मन मर्जी, रचा लो ये ब्याह, लेकिन मैं ये बता देता हूँ, बहू का जोड़ा देखने के साथ-साथ मेरे गले में फाँसी का फन्दा देखना भी मत भूलना।"

बाबूजी कम सिरफिरे न थे। अपनी बात व झूठे दम्भ के लिए वे सब कुछ करने में सक्षम थे। उनकी ये बात सुनकर माँ बहुत डर गयी थी। कुछ न कर पाने के कारण उसने भवानी की ओर बड़ी दयनीय दृष्टि से देखा। माँ लाचार थी, जानता था वह। उसने एक नजर पिता पर डाली, तिरस्कार भरी उसकी निगाह को बाबूजी भी भली भाँति भाँप गये थे। उसके बाद भवानी मालिनी की ओर चला गया था, ये सोचकर कि शायद व्यथा की ज्वाला को मालिनी के शीतल जल से कुछ शान्ति मिल सके।

बलिदान

उस दिन गौतमा के घर में बहुत भीड़ थी। लगभग दो महीने की ताबड़तोड़ तैयारियों के बाद भी काम की मारामारी थी। सुबह से गोविन्द को साँस लेने तक की फुरसत न थी। "गोविन्द राशन कहाँ है, गोविन्द पानी का एक ड्रम अभी भी खाली है, बैलगाड़ियाँ सजायी या नहीं" वगैरा, वगैरा। गोविन्द वैसे तो खुशी-खुशी सारा काम दौड़ते हुए कर रहा था, पर अन्दर से उसका भी मन कुछ कम उदास न था। परसों को गौतमा सदा के लिए शिवपुर छोड़ ससुराल जाने वाली थी। अपने मालिक श्री देवीदत्त की पुत्री गौतमा उसे भी अपनी ही पुत्री सदृश प्यारी थी। सनौरी गाँव बहुत दूर था, 'न जाने बिटिया से फिर कब मुलाकात हो', सोच कर बार-बार उसकी आँखें भी भर उठती थीं।

मंगल गीतों की समाप्ति के पश्चात, पुरुषों से भरे आँगन में देवीदत्त भी सारे मेहमानों की सेवा में तल्लीन थे। कभी हुक्का भरने में तो कभी चाय पिलाने में उनका सारा समय बीत रहा था। बस एक गौतमा का भाई कैलाश ही था जो इतना काम होने के बावजूद मुरली के साथ घर के पिछवाड़े काँच की गोलियाँ खेलने के लिए समय निकाल ले रहा था?

घर के अन्दर अपने दो तिहाई मुँह को ढाई तोले की नथ से ढकी हुई माँ भी घर में आयी औरतों की आवभगत में पूरी तरह व्यस्त थी। कुछ देर पहले ही गौतमा का मंगल स्नान सम्पन्न हुआ था। मंगल गीतों की समाप्ति के बाद सभी स्त्रियाँ चीनी पड़ी चाय और लड्डुओं का आनन्द ले रही थीं, और साथ में कुछ प्रिय व अप्रिय प्रसंगों की चर्चा का भी। जबान से कड़वी मोधुली चाची भी आज प्रसन्न थी, क्योंकि बार-बार पीली रंग की सूती साड़ी से लिपटी गौतमा की सुन्दरता की दिल खोल सराहना जो कर रही थी। पर कुत्ते की पूँछ की तरह अधिक देर तक सीधा न रह पाने वाला उनका व्यक्तित्व कुछ देर में अपने निजी स्वभाव पर लौट ही आया था।

"रेवती दीदी, ससुराल तो तुम उसके लिए ढंग की ढूँढ़ न पाये, पर हमारे

शिवालय के शम्भू शंकर से प्रार्थना करती हूँ कि कम से कम इसका दूल्हा तो ऐसा ही हो, इसके जैसा। देखो तो हमारी गौतमा तो साक्षात् सरस्वती मैया-सी दिख रही है।"

"ढंग की ससुराल से क्या मतलब है तुम्हारा?" पीपल कोट से आयी रुक्मिणी बुआ बोली।

"अब देखो ननदी, एक तो सनौरी गाँव है बहुत दूर, दो दिन का रास्ता है हमारे शिवपुर से। दोनों दिन जब सूरज निकलने से पहले चल दोगे, तब जाके रात पड़े वहाँ पहुँचोगे।" हाथों को नचाकर मोधुली चाची बता रही थी।

"अरे ये तो बुरा ही हुआ हमारे गाँव की बेटी के लिए", अपनी कमजोर आँखों को मलते हुए पार्वती ताई बोली, "पर तुम्हें ये सब कैसे पता मोधुली?"

"अभी बारह दिन पहले मामा आये थे मेरे, उनकी भी दूर की रिश्तेदारी है सनौरी गाँव में। और यही नहीं, वे ये भी बता रहे थे कि वहाँ का जीवन भी कुछ कम कठिन नहीं है। पानी और लकड़ी, दोनों की मुसीबत है वहाँ। बहुत दूर जाना होता है दोनों के लिए। चलो जो है सो है, लेकिन मुझे इन सबसे भी अधिक चिन्ता ये जानकर हुई कि पिछले साल से वहाँ बाघों ने आतंक मचा कर सारे इलाके के लोगों की नाक में दम कर दिया है। अब तुम लोग ही बताओ कि ये कौन-से ढंग की ससुराल है। मुझे तो तब से ही डर लग गया है कि कहीं गौतमा बेटी को भी बाघ...?"

"चुप करो मोधुली, बोलते समय मौका बेमौका न देखने की तुम्हारी ये आदत न जाने कब जायेगी?" नीमा मौसी मोधुली को डपटते हुए बोली।

"मुझ पर क्यों बिगड़ रही हो नीमा, मैं तो सुनी सुनाई बात बता रही हूँ। और तुम्हें नहीं लगता कि जेठजी और रेवती दीदी को अपनी फूल-सी बेटी को ब्याहने से पहले उसके ससुराल की कुछ तो खैर खबर लेनी चाहिए थी। ये दोनों तो बड़े ही निर्मोही निकले। पर मेरा चुप रहना ही ठीक है क्योंकि मैं कुछ कहूँगी तो सब कहेंगे कि मोधुली की जबान कड़वी है।"

"बस करो मोधुली कड़वी ही नहीं, दरजी की कैंची जैसी तुम्हारी ये जुबान चलती भी तेज है और काटती भी। और तुम्हें कब से मेरी बेटी के सुख आराम की चिन्ता सताने लगी? उसके विवाह न होने की उलाहना देने में तो तुम सदा ही सबसे आगे रही हो, और अब अचानक तुम उसकी हितैषी कब से बन गयी हो? बन्द करो अपनी झूठी हमदर्दी।" माँ बुरी तरह तिलमिला उठी थी।

पर मोधुली चाची भी अपनी कब्र खुद ही खोदने में माहिर थी, मामले को और बिगाड़ते हुए बोली, "नाराज न हो रेवती दीदी, गौतमा से तो सारा गाँव ही

प्रेम करता है। मैं तो यही कहना चाहती थी कि यदि तुम्हारे स्थान पर मैं होती तो कम से कम ससुराल को देखती-परखती जरूर।"

चाय के बाद अधिकांश लोग अपने-अपने घरों को चले गये थे। लेकिन जाने से पहले मोधुली चाची वह काम कर गयी थी जिसे बाबू वर्षों में भी न कर पाये थे। अर्थात् माँ के हृदय में ममता के साथ-साथ एक कर्तव्य के बोध को भी जगा गयी थी मोधुली चाची। वह कर्तव्य जिसे माँ आज तक समझने में असमर्थ रही थी। चाची के शब्द तीर बनकर उनकी छाती में गड़ गये थे। गौतमा ने उस दिन के बाद माँ की मुस्कराहट दुबारा फिर कभी न देखी थी।

सबके चले जाने के बाद माँ, गौतमा के पास आयी व बिलख-बिलख कर रोने लगी। यही नहीं, गौतमा के विवाह न होने के कारण वर्षों की दी गयी प्रत्यक्ष व परोक्ष प्रताड़ना के लिए माँ क्षमा भी माँगने लगी थी। लेकिन गौतमा ने माँ से कुछ भी न कहा, वह नीची आँखें किये जमीन को यूँ ही घूरती रही। माँ के प्रति उसके मन का आक्रोश अब भला कैसे समाप्त हो जाता? फसल सूखने के पश्चात वर्षा हुई भी तो किस काम की। माँ ने 'नाक दुःख रहा है', कहकर नथ भी उतार फेंकी थी और पलँग पर जोंक की तरह जा चिपकी थी। माँ ने उस शाम खाने का एक दाना तक न छुआ। माँ को एसे देखकर बाबू भी परेशान हो गये थे इसलिए रात में थोड़ा एकान्त पाकर वे माँ के पास बैठने आये, और माँ ने उन्हें देखकर एक बार फिर जोरों से रोना शुरू कर दिया था।

"अब रोने से क्या लाभ गौतमा की माँ?" बाबू ने कहा। इस पर माँ ने मोधुली चाची से सुना प्रसंग बाबू को बता दिया और फिर बोली, "मेरा मन बहुत घबरा रहा है गौतमा के बाबू, ऐसा लग रहा है कि बेटी के साथ हमने घोर अन्याय कर दिया है, हमारी फूल-सी बेटी कैसे रहेगी उतनी दूर? मेरी बुद्धी को न जाने कहाँ का प्रेत चुरा ले गया था जो मैंने आपसे जिद कर गौतमा का ब्याह वहाँ तय करवा दिया।"

"सही कहा तुमने रेवती, वह प्रेत ही था, हमारे रिवाजों और रूढ़िवादिता का प्रेत। तुम डर गयी उससे, और तुम ही क्यों, डर तो मैं भी गया। तुम्हारे अकेले का कोई दोष नहीं है इसमें रेवती, इसके लिए मैं भी उतना ही दोषी हूँ। एक दिन पुत्री की बलि देनी ही होगी, यदि ये जानता होता तो मैं उससे इतना मोह न करता। कर देता उसका विवाह बचपन में ही, जैसे सारे लोग करते हैं, पर मैं अपनी बेटी को पढ़ा-लिखा कर किसी जिम्मेदार व्यक्ति के हाथों सौंपना चाहता था। और हुआ क्या? यदि मोधुली की बात सत्य निकली तो? हे प्रभु न जाने क्या होगा? हम जैसे माँ-बाप से कष्टों के सिवा क्या मिलेगा हमारी बेटी को?"

रात्रि में जब अधिकांश लोग सो गये तो गौतमा को जगा देख बाबू उसके पास बैठने चले आये व अपने उसी वात्सल्य भाव से उसके सर को सहला कर बोले, "अभी सोयी नहीं गौतमा?" गौतमा ने ना में सर हिला दिया।

"मुझे भी नींद नहीं आ रही थी, सोचा तुमसे कुछ बात ही कर लूँ। कल तुम्हारी बारात आयेगी और परसों विदाई होगी, फिर न जाने तुमसे कब फुर्सत से बात करने का अवसर मिले?" कहकर बाबू का गला बुरी तरह से भर आया था। गौतमा ने कुछ न कहा, बस धीरे से सर हिला दिया।

"बेटी यह विवाह तुम्हारे मन का नहीं है, जानता हूँ। सच कहूँ तो मेरे भी मन का नहीं है, पर नियति के खेल में हम मनुष्यों की कहाँ चलती है? भवानी शंकर जैसा पति तुम्हारे भाग्य में न था, और न ही हमारे भाग्य में उस जैसा दामाद, इसलिए तुम उसका गम न करना बेटी। उसे भूल जाना। बस अब से अपनी ससुराल को ही अपना नया घर समझना। याद रखना कि जीवन में अच्छा और बुरा समय सबके ही साथ आता है, इसलिए बुरे समय से घबराकर ऐसा कार्य न कर बैठना जिससे तुम्हारी मान प्रतिष्ठा पर आँच आये। जिस घर में जा रही हो उस घर की दहलीज का मान रखना। मैं तुम्हें ये सब इसलिए कह रहा हूँ बेटी, कि इस समाज में औरतों के लिए अपवाद बनकर रहना अत्यन्त कठिन है। लेकिन बाप होने के नाते तुमसे मैं ये भी कहना चाहूँगा कि जो शिक्षा और संस्कार मैंने तुम्हें दिये हैं उनका उपयोग यदि स्वयं के संरक्षण के लिए करने की जरूरत आ पड़े तो करना। समाज महत्त्वपूर्ण है पर साथ में तुम भी। बस मुझे और कुछ नहीं कहना है, हाँ, मुझे पत्र लिखना न भूलना।" उसके बाद गौतमा को पलँग पर लेटे ही छोड़ बाबू विह्वल होकर आँखों को पोंछते हुए बाहर निकल गये थे।

बाबू के शब्दों का पूर्ण तात्पर्य गौतमा न समझ पायी थी। एक ओर बाबू ने कर्तव्यों व संस्कारों का मान रखने को कहा था, और दूसरी ओर अपने अस्तित्व को बनाये रखने का भी। उनका जो भी मतलब रहा हो पर न जाने क्यों उनसे बात करने के पश्चात गौतमा, भवानी शंकर से एक बार मिलने को अत्यन्त अधीर हो गयी थी। पर वह कैसे मिलती?

पिछले डेढ़ महीने में जब भवानी शंकर, मुरली के हाथों आये दिन पत्र भिजवाता था, तो गौतमा उन्हें बिना पढ़े ही वापस भेज दिया करती थी, क्योंकि भवानी के हर पत्र में 'मेरे साथ भाग चलो' के अतिरिक्त कुछ न होता था। इसलिए उसने भवानी से कोई भी सम्पर्क न बनाने की कसम खा ली थी, क्योंकि भवानी को समझाना मुश्किल था। पर आज 'समाज की महत्ता अपने से अधिक

नहीं' बाबू का वाक्य सुनकर उसका मन वास्तव में भवानी शंकर के साथ भाग जाने को हो गया था। विद्रोह का एक भाव अचानक ही दिमाग पर हावी हो गया था। 'क्यों जाये वह उस जगह जहाँ न किसी को जानती न पहचानती। जहाँ न उसके माता-पिता हैं और न ही उसका भवानी शंकर'। उसका मन हुआ कि वह सब को सोया छोड़कर चुपचाप वहाँ से चली जाये और अपने भवानी शंकर की बाँहों में समा जाये। पर पैर थे कि उठने का नाम ही न लेते थे। एक बार उसे ऐसा भी लगा था जैसे भवानी शंकर घर के बाहर ही उसकी प्रतीक्षा कर रहा था, उसने अँधेरे में आँखें फाड़ कर खिड़की से बाहर देखने का प्रयास भी किया, पर आस-पास घर में सोये हुए लोगों के स्वर और द्वार से बाहर फैले अन्धकार के अतिरिक्त वहाँ कुछ भी न था, कोई भी न था।

बहुत देर हो चुकी थी, उसने पास में पड़ी बाबू की पुरानी सफेद चादर को खींचा तथा घुटनों को छाती से चिपकाकर अपनी आँखें मूँद ली थीं।

विवाह के दिन सन्ध्या को बारात के शिवपुर पहुँचने से पहले एक ऐसी अनहोनी घटना घटी कि सभी ग्रामवासी चकित हो उठे थे। मालिनी में अचानक ही बाढ़ आ गयी थी। बैशाखी के उस दिन जैसी बाढ़, लोगों ने सावन में भी न देखी थी। हर्र-हर्र करता मालिनी का लाल रक्तिम पानी उसके किनारे तोड़ने पर उतारू हो गया था। लोग कह रहे थे कि पास के पहाड़ पर बादल फटा था। लेकिन गौतमा जानती थी बादल का फटना मात्र संयोग न था। गौतमा के इस बेमेल विवाह पर मालिनी दुखी थी और क्षुब्ध भी। वह रो रही थी कि अब उसके किनारों पर उस जोड़े में से एक पक्षी बिछुड़ने को था, मालिनी मातम मना रही थी बाढ़ की अभिव्यक्ति से।

यात्रा से थके-माँदे ग्यारह बारातियों को मालिनी की नन्दनपुर वाली दिशा में बाढ़ के कारण पूरे दो घंटे रुकना पड़ा था। इस बीच दूल्हे का ब्योरा देने बौखलायी-सी मोधुली चाची पहले ही घर चली आयी थी व गौतमा के सामने ही माँ को लताड़ते हुए बोली थी, "कैसा अनर्थ कर दिया है तुमने गौतमा के साथ रेवती दीदी? नदी पार बैठे दूल्हे को देख के आयी हूँ अभी, 'खबेश' (भूत) दिखता है वह। उसकी सही उम्र का मुझे नहीं पता, पर रेवती दीदी, गौतमा के बाबू से अधिक पक्का दीखता है वह। हे शम्भू शंकर, गौतमा के लिए तुमने क्या अपनी सारी ही आँखें मूँद लीं? क्या बिगाड़ा था हमारी बेटी ने आपका?" और इससे पहले कि कोई कुछ कहता, वह कक्ष से बाहर बारात की प्रतीक्षा करती दूसरी महिलाओं के गुट में जा मिली थी। इधर मोधुली की बातें, जो कल माँ के पैरों को तोड़ कर गयी थी, आज सीधा कमर पर ही आघात पहुँचा गयी थी।

उस रात विवाह की रस्म में क्या हुआ, गौतमा को अब कुछ भी याद नहीं, सिवाय इसके कि माँ की हालत इतनी नाजुक थी कि कन्यादान में कुछ औरतें किसी तरह माँ को पकड़ कर मंडप में ले आयी थीं, और बड़े परिश्रम के बाद माँ ने सिर्फ औपचारिकता के लिए दान करने वाले जलपात्र पर हाथ लगाया था। माँ की दयनीय दशा देख, गौतमा के मन का रहा-सहा संयम भी टूट गया था और दर्द का एक गुबार उसकी आँखों से पानी बनकर प्रवाहित हो चला था। उस प्रवाह में धुल गया था माँ के प्रति वह आक्रोश भी, जो वर्षों से मैल बन कर उसकी आत्मा पर जम गया था। उसने माँ को क्षमा कर दिया था। कन्यादान का पुण्य कमाने के सपने अनगिनत बार देखने के पश्चात बेचारी माँ के जीवन में आखिरकार जब वह अलोकिक क्षण आया, तो दान देने के लिए माँ के हाथों में शक्ति ही न बची थी। क्योंकि माँ जानती थी कि ये कन्यादान नहीं, वरन् उनकी बेटी का बलिदान था।

अगले दिन सूर्योदय से पहले ही विदाई की डोली आ चुकी थी। अधिकांश लोग तो अभी सोये ही थे, बस घर वाले और दो-चार करीबी लोगों के साथ गौतमा डोली में बैठने को तैयार थी। माँ से वह पलँग पर ही मिल कर विदा ले आयी थी। बाबू और कैलाश के साथ गोविन्द व मुरली भी विदाई के लिए खड़े थे। गौतमा बेचैन थी क्योंकि उसकी इधर-उधर भटकती निगाहों को जिसकी जरूरत थी वह उसकी विदाई के क्षणों में आया ही न था। कहारों ने डोली को कन्धे पर उठा लिया था और बाबू का हृदय फट गया था। उस दिन का उनका विलाप गौतमा को आज भी भावुक कर जाता है। गौतमा ने डोले के परदे को हटाकर बाहर देखा। सबके मध्य खड़ा मुरली गीली आँखों से उसकी ओर देख रहा था, गौतमा ने हाथ के इशारे से उसे अपने पास बुला लिया व धीरे से उसके कान में बोली, “भवानी से कहना कि अपनी गौतमा को कभी न भूलना।” फिर दोनों हाथों से डोली का पर्दा गिराकर अपने जीवन के इस पड़ाव से उसने सदा के लिए विदा ली, जिसे भूल वश आज तक वह अपना घर मानती आयी थी।

तलाश

नन्दनपुर में भवानी शंकर की बेचैनी का बुरा हाल था। ये जानते हुए भी कि दसवीं की परीक्षा सर पर है, वह पिछले दो माह से स्कूल भी न गया था। तीन बार हैडमास्टर जी घर पर आकर बता चुके थे कि उसके जैसा प्रतिभावान छात्र जीवन में क्या कुछ नहीं कर सकता था, अतः शिक्षा को बीच में ही त्याग देना उसके उज्ज्वल भविष्य के लिए अच्छा न था। पर माँ-बाप के साथ-साथ हैडमास्टर का सुझाव भी भवानी शंकर को स्कूल भेजने में सफल न हुआ था।

भवानी बेहाल था। उसे हर हाल में गौतमा चाहिए थी। पर कैसे? यही सोचते-सोचते वह पागल हो चला था। माँ के पास जाकर कोई लाभ न था, वह भवानी को दुखी देख खुद भी अत्यन्त दुखी हो जाती और फिर बाबूजी से जैसे ही जिक्र करती, एक नया विवाद खड़ा हो जाता। सिर्फ बाबूजी ही इस काम को सम्भव करने में समर्थ थे, पर वह पहले ही फाँसी लगाकर लटक जाने की धमकी दे चुके थे। गौतमा के साथ भाग जाने के अलावा और कोई भी विकल्प उसके पास न था। उसने प्रयास तो कुछ कम न किया था, पर गौतमा ने उससे मिलना ही बन्द कर दिया था। उसके बाद भी सन्देश भेजने के लिए न जाने कितने पत्र लिखकर उसने मुरली के हाथ भिजवाये थे, लेकिन गौतमा ने बिना पढ़े ही उसके सारे पत्र भी वापस कर दिये थे।

जिस दिन शाम को गौतमा की बारात आने वाली थी, उस दिन सुबह से भवानी शंकर घर के अँधेरे कोने में पड़ी टूटी खाट पर ही लेटा रहा था। माँ कई बार मनाने आ चुकी थी, और बाबूजी भी दो बार गाली देने के बाद, अगली बार उसकी कमर में लात जमाने की धमकी दे चुके थे। पर उस पर किसी की बात का कोई प्रभाव न पड़ा। उसने तो ठीक से सुना भी नहीं कि माँ और बाबूजी ने उससे क्या-क्या कहा। उसका तन भले ही नन्दनपुर में था पर मन से तो वह गौतमा के ही पास में था। गौतमा के पराये हो जाने की कल्पना मात्र से उसका हृदय घायल हो चुका था। कई बार तो उसके मन में आया भी था कि मालिनी

को पार कर वह शिवपुर चला जाये, और सब के समक्ष गौतमा का हाथ थाम कर कह दे कि वह उसकी है, सिर्फ उसकी। इसी धुन में नदी तक चला भी गया था वह, पर उस पार जाने का साहस न जुटा पाया था। मन में उठ रहे अनेक प्रश्नों ने उसके पैरों को शिवपुर जाने से रोक लिया था। वह वहीं मालिनी के किनारे एक ऊँचे पत्थर पर बैठकर गौतमा के घर की ओर न जाने कितनी देर तक ताकता रहा था। मालिनी के समान ही वह भी आँसुओं की जलधारा बहाना चाहता था, उसके शोर से भी अधिक ऊँचे स्वर में रोना चाहता था, पर उस दिन न उसकी आँख से एक बूँद पानी गिरा और न ही गले से कोई स्वर ही निकला। शायद उसकी पीड़ा अभिव्यक्ति से बाहर हो गयी थी। उसका मन अत्यन्त अस्थिर हो गया था। उसे समझ न आ रहा था कि वह क्या करे। वह घर की ओर मुड़ा, पर पैरों ने उसकी एक न सुनी और कुछ ही देर में वह मालिनी के किनारे पर फैले भाँग के झुरमुटों में खो गया, ये जानते हुए भी कि इस ओर अच्छे घरों के युवकों को जाने की अनुमति न थी।

दो दिन बाद दोपहर को जब भवानी शंकर ने अपनी लाल आँखें खोलीं तो माँ उसकी खाट के पास ही बैठी थी। आँखों में पानी व अपार चिन्ता भर कर वह पुत्र की ओर देख रही थी। थोड़ी देर के लिए तो भवानी वस्तुस्थिति को समझ ही न पाया था, पर शीघ्र ही उसके सामने पिछले कुछ दिनों का घटनाक्रम स्पष्ट हो उठा, और वह पीड़ा से एक बार पुनः आहत हो गया। उसने खाट से उठना चाहा पर उसके पैर अत्यन्त कमजोर व शिथिल प्रतीत हो रहे थे। उसे पता न था वह कब व कितनी देर सोया था, लेकिन हाँ, उसे भूख बहुत तेज लगी थी।

"माँ बहुत भूख लगी है, कुछ है खाने को?" उसने पूछा था। माँ उसकी बात पूरी होने से पहले ही तेजी से उठकर रसोई में चली गयी थी और कुछ ही देर में एक हाथ में दूध का भरा गिलास व दूसरे हाथ में गुड़ व रागी की रोटी ले वापस आ गयी थी।

"ले दूध पीले, ढाई दिन के बाद आज नशा उतरा है तेरा। क्यों पी ली थी इतनी भाँग?" माँ की आवाज में सारी दुनिया का दर्द उभर आया था।

"ढाई दिन बाद!'' घबराई आवाज में भवानी बोला, "तो क्या गौतमा का विवाह हो गया?"

"हाँ, हो गया उसका ब्याह। चली गयी वह अपने ससुराल। भगवान ने तेरे लिए नहीं बनायी थी वह बेटा। इसलिए अब तू भी उसे भूलकर अपने भविष्य को बर्बाद होने से बचा ले। कोई और गौतमा जो तेरे नसीब में होगी, तुझे भी मिल जायेगी एक दिन।"

"लेकिन मुझे कोई और गौतमा कभी चाहिए ही नहीं माँ, और जब मेरा आज ही, मेरे साथ नहीं है तो मैं कैसे भविष्य के बारे में सोचूँ? और किसके लिए? जब उस भविष्य में गौतमा ही नहीं है तो वह कैसा भविष्य माँ?"

बेटे व पत्नी के मध्य होते वार्तालाप को सुनकर बाबूजी भी अन्दर आ गये थे। मन में पिछले दो दिनों से घिर रहे बवंडर को अब और देर तक रोकने का धैर्य उनमें भी न बचा था। अतः भवानी की ओर लाल-पीली आँखें तरेर कर वे बोले, "जग गये कलेक्टर साहब?"

"कुछ खा-पी लेने दो उसे पहले, एक बार थोड़ा ठीक हो जाये, उसके बाद जो भी बोलना हो बोल लेना।" माँ, बाबूजी को टोकते हुए बोली।

"हाँ-हाँ क्यों नहीं, बाद में ही बोलूँगा, अभी अपने गोपाल को दूध पिलाओ, घी खिलाओ। रात-दिन जी तोड़ मेहनत जो करता है ये, इसलिए खूब सेवा करो इसकी।" बाबूजी के प्रत्येक शब्द से व्यंग्य टपक रहा था।

"आप कब मानेंगे? इस घर से सारी सुख-शान्ति छिन गयी है, और आप हैं कि हमेशा सिर्फ लड़ना ही चाहते हैं।" माँ-बाबू की ओर देखकर बोली।

"मैं लड़ना चाहता हूँ! और तुम्हारा ये साहबजादा? इसका क्या? लड़की का शौक ही कम था, जो इसने अब नशे की लत भी कर ली है? और ऊपर से तुम मुझे दोष दे रही हो? इस निकम्मे को नहीं? उस दो कौड़ी की मिश्रा की लड़की के लिए अपना भविष्य तो दाँव पर लगा ही रहा है और साथ में हमारी इज्जत को भी मिट्टी में मिलाने को तैयार है ये हरामजादा।" बाबूजी का गुस्सा सातवें आसमान पर था।

"माँ को बुरा भला मत कहिए बाबूजी।" भवानी को भी गुस्सा आ गया था।

"अच्छा अपनी घरवाली से कैसे बात करनी है ये भी तू समझाएगा मुझे, तू? खुदगर्ज कहीं का।"

"मैंने क्या खुदगर्जी दिखाई है? कैसे खुदगर्ज कह रहे हैं आप मुझे?" भवानी के धैर्य की भी इति हो चुकी थी।

"तुझसे अधिक खुदगर्ज सन्तान और कौन हो सकती है भवानी? पेट पर कपड़ा बाँध स्कूल भेजा है तुझे हमने कि एक दिन तू बड़ा आदमी बनेगा, अपने साथ-साथ इस घर की दरिद्रता भी दूर करेगा। लेकिन अपने को देख, एक छोकरी के चक्कर में तू हमारी सारी उम्मीदों पर पानी फेर रहा है। तुझे खुशियाँ देने के लिए हमने क्या नहीं किया? बता? और पूछता है कि क्या खुदगर्जी की है तूने?"

"आपने गौतमा को मुझसे दूर किया, ये जानते हुए भी कि मेरे प्राण बसते

हैं उसमें। इसे क्या खुशी देना कहते हैं आप बाबूजी? आज भवानी का मन भी पिता के सामने सारे उद्‌गारों को उगल देना चाहता था। पर बाबूजी पर कोई प्रभाव न पड़ने वाला था। उन्हें तो मात्र अपना ही पक्ष नजर आ रहा था और भवानी की ऐसी उद्दंडता को देख उनका रहा सहा विवेक भी जवाब दे गया था।

"हरामखोर, मेरी कमाई की रोटी खाता है, मेरे घर में रहता है, और मैंने क्या गलत किया, मुझे ही सिखा रहा है। तू समझता क्या है खुद को?"

बाबूजी काँप रहे थे, और माँ डर गयी थी।

"बस करो, अब शान्त हो जाओ। तीन-तीन बच्चों को चेचक से खोने के बाद यही एक सन्तान बची है हमारे पास। उसे यूँ बुरा भला कहकर कोसोगे तो बद्‌दुआ लगेगी।" माँ बोली।

"तुम चुप रहो कृष्णा। मैं अब एक भी दिन इस कमीने को घर में घी से चुपड़ी रोटी नहीं तोड़ने दूँगा। यदि इसे यहाँ रहना है तो इसे स्कूल जाना होगा, और यदि स्कूल नहीं जाता है तो हल पकड़ना होगा, कल से ही। और यदि इनमें से इसे कुछ भी नहीं करना है तो कह दो इससे, कि ऐसे आवारा लफंगों के लिए कोई जगह नहीं है मेरे घर में। तीन बच्चों की तरह ये भी निकल गया होता तो चैन से जीते हम लोग। इसके जैसी औलाद से तो बेऔलाद होना कहीं अच्छा होता।" उसके बाद क्रोध में थरथराते बाबू, कमरे में ही एक कोने पर बनी अँगीठी के पास बैठ गये, व फिर चिलम में अंगारे डालकर तुरन्त ही बाहर जाकर कटहल के पेड़ के नीचे जा बैठे थे।

भवानी भी आधा पिया दूध का गिलास खाट के नीचे खिसकाकर मालिनी वाली दिशा में चल दिया था। और उसकी बेचारी माँ कृष्णा, आँखों में आँसू लिए वहीं खाट के पास ही बैठ गयी थी चुपचाप।

भवानी शंकर, मालिनी के इस पार ही किनारे पर फैली रेत पर बैठ गया था। कुछ देर निर्विकार भाव से वह नदी पर बनती-बिगड़ती लहरों को देखता रहा कि तभी उसकी नजर नदी के उस पार खड़े मुरली और कैलाश पर पड़ी। वे दोनों शायद नहाने की तैयारी में थे। और जैसे ही मुरली की नजर इस पार बैठे भवानी शंकर पर पड़ी तो पानी से ऊपर उठ रहे पत्थरों पर छलाँग लगाता हुआ वह थोड़ी ही देर में भवानी के पास पहुँच गया।

उसे देख भवानी की आँखें एक बार फिर भर आयी थीं? गौतमा और उसके मध्य समाचारों का आदान-प्रदान करने के लिए मुरली ने हमेशा ही एक अहम भूमिका निभायी थी।

मुरली से भवानी को गौतमा के विवाह व दूल्हे का सारा विवरण मिल गया

था। 'गौतमा प्रसन्न नहीं थी', सुनकर उसका मन विकल हो उठा था। पर जब मुरली ने गौतमा का 'मुझे न भूलना' वाला सन्देश भवानी को बताया तो उसे लगा कि एक नुकीला शूल सीधे उसके हृदय के मध्य जा धँसा था। मुरली फिर से उस पार जाकर कैलाश के साथ मालिनी में छलाँगें लगा कर नहाने लगा था। भवानी शंकर ने देखा कि मालिनी के इस पार का किनारा ऐसा वीरान व खाली था जैसा उसने पहले कभी न देखा था। उसका तन व मन दोनों त्रस्त हो उठे थे, वह वहीं रेत पर पसर गया और उसके आँसुओं का गरम प्रवाह मालिनी के शीतल मरू में मिलकर एक होने लगा था।

गौतमा के खयालों के सिवा वह और कुछ भी सोचने में असमर्थ था। मुरली के अनुसार गौतमा का पति उसके अनुरूप न था, ये सोचकर उसका मन और भी व्यथित हो उठा था। गौतमा को कितना दुःख हुआ होगा ऐसे व्यक्ति के साथ फेरे लेने में? तभी तो उसने मुरली के साथ 'मुझे न भूलने' का सन्देश उस तक पहुँचाया था। सन्देश को याद कर वह पहले से भी अधिक बेचैन हो गया। सोचने लगा 'काश गौतमा मेरे साथ कहीं दूर चली गयी होती, और ये भी कि यदि वे जिद्दी और दम्भी बाबूजी मान गये होते, तो ये अनर्थ होने से टल गया होता।' दुःख के साथ-साथ बाबूजी के प्रति पुनः आक्रोश भर आया था उसके मन में।

सूरज छिप गया था, मालिनी की लहरों का रंग डूबते सूरज के साथ विभिन्न रंगों में ढलने के उपरान्त, अँधेरे की स्याही में घुलकर काला होने लगा था। भवानी उठ गया। गीली रेत का पानी सोखकर उसका पाजामा भी गीला हो चुका था। उसने खड़े होकर पाजामे की रेत झाड़ी व धीरे-धीरे कदमों से घर की ओर निकल पड़ा।

बाबूजी शायद खाना खा चुके थे। और खाने के बाद वाली चिलम लेकर पास के तख्त में ही बैठे थे। माँ, लेकिन, उसकी प्रतीक्षा में भूखी ही बैठी थी और उसे घर में आते देख खुशी से बोली, "कहाँ थे बेटा? मैं तो घबरा ही गयी थी। पिछले तीन दिनों से तुमने न कुछ खाया न पीया। अब चलो, जल्दी से रसोई में आकर कुछ खा लो।"

भवानी शंकर चुपचाप माँ के पीछे चल दिया था। पर बाबू की तरफ पीठ होने के बावजूद भवानी देख सकता था कि रसोई की ओर जाते उसका पीछा करती उनकी नजरों में बेटे के लिए निराशा और नफरत के सिवा कुछ भी न था।

उस रात माँ के साथ भवानी ने जमकर खाना खाया था। उसे भोजन का आनन्द उठाते देख माँ भी अब तक के सारे अवसादों को भूलकर फिर से उसके जीवन के ताने बाने बुनने में जुट गयी थी। भोजन के बाद भवानी शंकर की

पढ़ाई की मेज पर हमेशा की तरह लालटेन जला कर वह तृप्त मन से सोने चली गयी थी।

पर भवानी के नेत्रों में नींद न थी। कुछ देर वह मेज पर बैठकर स्कूल की पुस्तकों को उलट पलट कर देखता रहा। उसने पुस्तक में मन लगाने का प्रयास किया, पर किताब का कीड़ा कहलाने वाले भवानी शंकर को आज उनमें तनिक भी कोई रुचि न दिखी।

वह कुर्सी से उठ कर, दरी बिछी खाट पर ऐसे गिरा जैसे कटा वृक्ष तने से बेसहारा होकर गिर पड़ता है। उसका मन व दिमाग उसके लाख मनाने के बाद भी उसके वश में न थे। गर्मी का महीना था, और रात के इस समय भी कक्ष में गर्मी थी, उसे लगा उसका दम घुटने को था। खाट से सटी खिड़की के सरियों में बाहर को मुँह गड़ाते हुए वह लम्बी साँसें ऐसे लेने लगा जैसे उसके फेफड़े हवा के लिए तरस रहे हों। उसे बाहर की हवा हल्की व ठंडी प्रतीत हो रही थी। 'शायद बाहर जाकर कुछ ठीक लगे', सोचकर वह खाट को बगल में दबा, बाहर आँगन में ले आया। चाँद न था, पर खुला आसमान तारों से भरपूर था। वह तारे गिनने लगा पर कुछ ही देर में उससे भी उसका मन ऊब गया। फिर उसे न जाने क्या सूझी, वह दबे पाँव अन्दर गया व इस बार कुर्सी व मेज के साथ-साथ लालटेन व लिखने के लिए एक पुस्तक तथा पेन भी साथ ले फिर से बाहर आँगन में चला आया। उसने कापी खोली व खाली कागज पर लिखना शुरू किया।

"आदरणीय माँ व बाबूजी,

मैं ये घर छोड़कर जा रहा हूँ। कहाँ? ये अभी मुझे भी ज्ञात नहीं। सत्य तो यह है कि इस पूरे घर संसार से ही मेरा मन उचट गया है। मेरे इस चलायमान मन को कहाँ शान्ति मिलेगी, नहीं जानता मैं। लेकिन तलाश जरूर करूँगा, हो सकता है ऐसी जगह मिल ही जाये, जहाँ अनियन्त्रित होकर दौड़ रही मेरी इन धड़कनों के साथ-साथ इस पागलपन के कगार पर खड़े दिमाग को भी कुछ स्थिरता मिल जाये।

माँ, तुमसे बिछड़ने का दुःख हमेशा मुझे शूल की तरह गड़ेगा। तुम जैसी माँ पाना मेरे आज तक के जीवन की सबसे बड़ी उपलब्धि है। और इस ओर मैं अभागा, तुम्हें दुखों के सिवा कुछ भी दे सकने में असमर्थ हूँ। लेकिन माँ, मैं सत्य कह रहा हूँ कि यदि मैं नन्दनपुर में ही रहा तो यहाँ मेरे आत्मघात करने की भारी सम्भावना है। इसलिए मृत पुत्र से अज्ञातवास पर चले गये पुत्र का समाचार एक माँ के लिए शायद कम दुखदायी होगा, यही सोचकर

तुम अपने मन को मना लेना। तुम्हारा ऋणी हूँ मैं, एक न एक जन्म में जरूर पूरा करूँगा।

बाबूजी, हठ करने में आप पर ही गया हूँ मैं। हम जैसे दो-दो जिद्दी व्यक्तियों के इस घर में रहने से क्लेश ही बढ़ेगा। मैं जानता हूँ कि मेरा हित देखने में ही आपका सुख निहित है, लेकिन वह सुख जिसे आप देखना चाहते हैं, मेरे लिए नहीं बना है। पढ़-लिख कर बड़ा आदमी बनने की जो अपेक्षा आप मुझसे रखते हैं, उसे पूरा करने में आपका यह विक्षिप्त पुत्र असमर्थ है। मुझे दुःख है कि मैं आज्ञाकारी पुत्र नहीं बन सका, और न ही आपकी उम्मीदों के अनुसार एक सरकारी अफसर बन अपना व आपका दारिद्र्य दूर कर सका। आशा है एक दिन आप मुझे क्षमा कर पायेंगे।

मैं यहाँ से जा रहा हूँ, और जाते-जाते आपकी तिजोरी से कुछ धनराशि भी ले जा रहा हूँ। विश्वास कीजिए सट्टे और भाँग पर नहीं उड़ाऊँगा।

दुःख के साथ क्षमाप्रार्थी,

आपका पुत्र

भवानी शंकर पाण्डे।"

फिर भवानी ने पत्र को ठीक चार हिस्सों में मोड़कर लालटेन के नीचे दबा दिया, और रात के उस काले आँचल का सहारा ले वह वहाँ से चला गया, सदा-सदा के लिए।

विदाई

शिवालय के साथ ही तीन ताँगों में गौतमा समेत सारे बाराती बैठ गये थे। दूल्हे राजा कहाँ बैठे थे, गौतमा को नहीं पता था क्योंकि रेशम की साड़ी के ऊपर रखा छींटदार पिछौड़े का घूँघट उसके मुँह को ढकता हुआ उसकी नाभि तक जो आ रहा था। विवाह हो गया था, पर अब तक पति की सूरत की एक झलक तक उसके पास न पहुँची थी। वैसे पति कुरूप था, ये तो उसे ज्ञात हो ही चुका था, और कितना कुरूप था ये जानने की कोई जिज्ञासा थी भी नहीं उसकी। क्योंकि उसके सपनों के राजकुमार भवानी शंकर के समक्ष तो सारा संसार ही कुरूप था उसके लिए।

सूर्योदय के साथ ही वे लोग रामगढ़ पहुँच गये, उसके बाद काठगोदाम जाने वाली एक नीची छत की भीड़ भरी बस में गौतमा एक अपरिचित महिला की बगल में बैठ गयी। विवाह व तनाव के कारण गौतमा पिछले कई दिनों से सोयी न थी इसलिए बस में बैठे-बैठे कब उसकी आँख लग गयी उसे पता ही न लगा।

काठगोदाम आते-आते शाम हो गयी थी। बीच में एक स्थान पर एक कुल्हड़ चाय के अलावा उसने न कुछ खाया था और न पीया ही था। विवाह की वह पहली रात काठगोदाम में, ससुराल के किसी सम्बन्धी के यहाँ बितायी गयी थी। उस रात भोजन के बाद घर की महिलाओं के साथ गौतमा भी जमीन पर सोयी थी। लेकिन इस कारण गौतमा को कोई विशेष परेशानी न हुई थी। चौदह घंटे भीड़ भरी बस की तख्त जैसी सीट पर बैठे वह इतना थक चुकी थी कि जमीन में बिछी दरी पर कब सुबह आयी, उसे पता ही न लगा। पहले दिन की भाँति ही सूर्योदय से पहले ही, वे लोग अल्मोड़ा जाने वाली बस में बैठ गये थे। टेढ़े मेढ़े घुमावदार और खतरनाक रास्तों से जब बस अल्मोड़ा पहुँची, तो दोपहर हो चुकी थी। यहाँ उसे थोड़ा-सा जलपान करने का अवसर मिला था।

अल्मोड़ा पहुँचने पर, गौतमा को एक छोटी-सी डोली में बिठा दिया गया था। पुरुषोत्तम के चाचा जी ने गौतमा को बताया कि आगे का रास्ता पैदल था और उस रास्ते में जंगल भी पड़ते थे और तीव्र चढ़ाई भी। यदि कहार बाकी बारातियों के साथ ठीक से कदम मिलाकर चले तो पाँच से छह घंटे में रास्ता तय करना सम्भव था।

गौतमा तब बहुत डर गयी थी जब बारातियों में से एक वृद्ध व्यक्ति ने कहारों को निर्देश दिया कि डोली को शेष बारातियों से अलग न करें। क्योंकि रास्ते में पड़ रहे उस जंगल में कुछ दिन पहले ही किसी नरभक्षी बाघ ने कुछ लोगों को दबोच लिया था।

छह घंटों की उस देह तोड़ चढ़ाई में गौतमा के साथ-साथ कहारों का भी थक कर बुरा हाल था। दोनों कहार वर पक्ष के लोगों से बहुत नाराज थे, व घर पहुँचकर तय की हुई राशि से दूने पैसे माँगने की योजना बना रहे थे। क्योंकि फुसफुसाने के बाद भी गौतमा के कानों तक उनकी बात पहुँच ही गयी थी,

"जोशियों ने खूब उल्लू बनाया हमको आज। मेरे तो कन्धे भी छिल गये हैं। अरे कम से कम बताना तो चाहिए था कि इस बार की दुल्हन हमारे यहाँ की दूसरी दुल्हनों की तरह हल्की फुल्की नहीं है, बल्कि गब्बर जवान है।"

फिर आवाज को और धीरे करते हुए दूसरा कहार बोला "अखाड़े से उठा लाये हैं लगता है। कम से कम चार कहारों का इन्तजाम तो करना चाहिए था, इन लोगों को।"

"वही तो कह रहा हूँ मैं भी। इसलिए मैंने सोच लिया है घर जाकर दूने पैसे माँगूँगा", पहला कहार बोला।

"तू दूने क्या तीन गुना माँग ले, सोचने में क्या हर्ज है?" दूसरा कहार बोला था, "पर वे लोग तय किया पैसा ही दे दें, तो वही काफी समझना। तू जानता नहीं उन लोगों को, फिरी में अपने दाँत का मैल भी नहीं देते वे किसी को, पैसों की बात तो दूर।" बोलते हुए कहार अधिक हाँफने लगे थे और बाकी बारातियों से कुछ पीछे भी हो गये थे। पर उसके बाद उन्होंने चुप होकर गति पकड़ी और सनौरी गाँव आकर ही दम लिया।

लम्बे घूँघट के अन्दर जब गौतमा डोली से बाहर निकली तो हल्का अँधेरा हो चुका था। नाक पर बड़ी-सी नथ डाले एक प्रौढ़ महिला ने गौतमा की अगवानी की। फिर धीरे से घूँघट उठाकर उसका मुँह देखा। गौतमा ने भी नजरें उठाकर उस स्त्री की ओर देखा। अँधेरा होने से वे दोनों एक दूसरे को ठीक से न देख पाये थे पर हाँ, गौतमा इतना जरूर जान गयी थी कि शुष्क चेहरे वाली उस स्त्री की उन छोटी घूरती आँखों में उसके लिए न तो कोई अपनापन था और न ही किसी प्रकार की सहानुभूति। उस रात अधिक कुछ न हुआ, बारातियों के साथ दूल्हा व उसके परिवार के अन्य सदस्य भी थके थे अतः द्वार देहरी के संक्षिप्त पूजन के पश्चात रात का भोजन कर, सब लोग सोने चले गये थे।

पुरुषोत्तम की बड़ी बहिन के साथ एक पुरानी पलँग पर थकान से बेसुध होकर गौतमा भी जल्दी ही निद्रा के अधीन हो गयी थी।

पराकाष्ठा

"भवानी, बीजगणित का ये घात वाला सवाल मेरी समझ में नहीं आ रहा है, कल को तिमाही की परीक्षा है, तुम मुझे समझा सकते हो?"

"क्यों नहीं, लाओ किताब। लेकिन एक शर्त पर, वो ये कि जब मैं समझाऊँगा तो किताब में देखना, मेरे मुँह में नहीं।"

"लेकिन कैसे नहीं? तुम्हारा मुँह है ही ऐसा।"

''कैसा?''

"ऐसा कि देखने को ही जी चाहता है" गौतमा की बात पर भवानी शंकर इतराकर मुस्करा दिया था कि "उठो दुल्हैंणी" पुरुषोत्तम की दीदी परुली गौतमा के कन्धों को पूरे जोरों से हिला रही थी। इतनी गहरी नींद में जागने से कुछ देर के लिए गौतमा भूल ही चुकी थी कि अब वह शिवपुर में नहीं रहती। वह हड़बड़ा कर उठ बैठी। उसके बाद सुबह ही लम्बे मुँह व हल्के उभरे दाँतों वाली उसकी ननद परुली, उसे घर के पीछे बने एक कच्चे स्नानगृह में ले गयी थी। वहाँ पहुँचकर पानी की बाल्टी की ओर इशारा करते हुए बोली, "नहा लो, पर ना...पानी थोड़ा कम ही खर्च करना। वह क्या है ना, कि गाँव के बीच में जो पानी का सोता था वह अब सूख गया है। क्योंकि पिछले कुछ सालों से ना...बारिश भी कुछ कम ही हुई है इस तरफ। इसलिए सोते को तो सूखना ही था ना।'' हर बात पर 'ना' लगाती पुरुषोत्तम की दीदी से गौतमा को थोड़ा खीज-सी उठ गयी थी। शायद इसलिए भी कि अभी ठीक से पौ भी न फटी थी और उतनी लम्बी यात्रा की थकान के बाद अभी उसकी नींद भी पूरी नहीं हुई थी, और इसलिए भी कि गहरी नींद में जब वह भवानी के साथ स्कूल में बिताये गये उन सुन्दर दिनों का सपना देख रही थी तभी परुली ननद ने झकझोर कर उसे जगा दिया था। पर खीजने से क्या लाभ था, सोचकर उसने अपने मन को समझाकर कुछ संयत किया व स्नान के बाद जब वह बाहर निकली तो परुली ननदी बाहर ही उसका इन्तजार कर रही थी।

"ठीक से नहाया ना" परुली उसी स्वर में बोली।

"हाँ" गौतमा ने सर हिलाते हुए कहा।

"देख बहू, आज तो तू ठहरी दुल्हैंणी, इसलिए घर में ही नहाने को मिल गया। पर कल से ना...वह जो दूसरा सोता है ना..., वहीं जाकर नहाना पड़ेगा तुझे। बस सुबह-सुबह उठकर तू सीधे वहीं चली जाना, और ना..., वहीं नहा लेना। और हाथों हाथ कपड़े भी धो लाना। उसके बाद जब घर को आयेगी ना...तो आते समय ना..., कलश भर कर पानी भी ले आना। अब तू भी सोचेगी कि ये सब कैसे होगा ना...पर सब हो जाता है। यहाँ पर तो सभी लोग तो ऐसे ही करते हैं। अब तूने मैत में ऐसा किया हो या नहीं ये तो तू ही जान, पर ये तो अब तेरा मैत नहीं है, ये तो अब तेरा घर ही है, है ना...। सब कुछ तो खुद ही करना होगा, यहाँ। है कि नहीं?"

उत्तर में गौतमा ने एक बार फिर से हामी में सर हिला दिया था।

पुरुषोत्तम के घर वालों ने नयी बहू के पदार्पण का भोज बरात पहुँचने के अगले दिन दोपहर में ही रखा था। इस बीच गौतमा घूँघट की ओट से ससुराल का कुछ-कुछ आकलन कर चुकी थी। पुरुषोत्तम का जीर्ण हो रहा, पत्थर की खपरैलों का दुमंजिला मकान कम बड़ा न था। हो सकता है किसी जमाने में समृद्ध रहा भी हो। पर वर्षों से मरम्मत को तरसती दीवारें और छत, आज मात्र घर की गरीबी को ही उजागर कर रहे थे। कमरों में जगह-जगह फटे-पुराने गद्दों से झाँकते हुए गन्दी रुई के ढेर और ताँबे के भारी, पर टूटे-फूटे बर्तनों के पास आज कंगाली के गीतों के अलावा और कुछ गाने को न था। मोधुली चाची ने ससुराल की जो भी तस्वीर उस दिन बाबू के यहाँ खींची थी, यहाँ सब कुछ उससे बदतर ही था। अब एक पति को देखना बाकी था। गौतमा को अभी तक पति का एक भी दर्शन न मिला था।

आज गौतमा का घूँघट मुँह से हटकर सर पर चला गया था। कल रात सनौरी गाँव पहुँचने में इतनी देर हो गयी थी कि परुली के अलावा उसने घर के किसी भी अन्य सदस्य को अब तक ठीक से देखा भी न था। सुबह जब वह स्नान कर घर में वापस आयी तो इस बीच उसकी सास कलाई देवी जाग चुकी थी। कलाई देवी, बेटी की तरह लम्बी न होकर नाटी थी। पर लम्बाई कम होने के बाद भी उसकी छोटी-छोटी आँखें व बाहर को निकले दाँतों से कोई भी बता सकता था कि वह परुली नन्दी की ही माँ थी। गौतमा ने झुककर सासू जी के चरण स्पर्श किये, और सीधी होने के पश्चात जब नजरें मिलायीं तो उसे लगा कि कलाई देवी उसे अपनी छोटी-छोटी आँखों से घूरे जा रही थी। जैसे उसे अपनी नजर

पर विश्वास ही न हो रहा हो। गौतमा का दूध की तरह धवल रंग व चमकते घने काले बालों से सासू कलाई देवी की जैसे आँखें ही चौंध गयी थीं। गौतमा जैसी सुदर्शना स्त्री पुरुषोत्तम जैसे व्यक्ति के लिए! सन्देह से भर उठी थी उसकी आँखें। फिर अपनी उन छोटी-छोटी आँखों को और भी सिकोड़ते हुए सासू जी बोली थी—"आज कथा है, उसके बाद लोगों की खिलाई (भोज)। इसलिए ना... गाँव की सारी औरतें तुझे देखने आयेंगी। तू सब के पैर छूना मत भूलना। और ये साड़ी है ना...इसे सर से मत गिराना। हमारे यहाँ ना...यही रिवाज है। ठीक है ना...।" गौतमा जान चुकी थी कि छोटी-छोटी आँखों व उभरे लम्बे दाँतों के अलावा सासू जी ने परुली ननदी को कुछ और भी चीजें विरासत में दी थीं।

भोज से पूर्व परम्परानुसार श्री सत्यनारायण कथा का आयोजन रखा गया था। कथा प्रारम्भ होने से पहले जब पुरुषोत्तम गौतमा की बगल में आकर बैठा, तब घूँघट के किनारे से पहली बार उसने पुरुषोत्तम को देखा। उस दर्शन के बाद जैसे उसके रहे सहे प्राण भी उड़ गये थे। बारात के दिन यद्यपि कई लोग उसके कुरूप होने का ब्योरा दे चुके थे, पर ऐसे रूप की कल्पना तो की ही न थी गौतमा ने। बगल में बैठा वह ऐसा दिखता था जैसे उसके कूबड़ निकला हो। उसका रंग अपनी माँ व बहिन दोनों से भी अधिक दबा था। नाक नक्श इतने बुरे न थे लेकिन हल्के पीले हो गये दाँत बाहर को इतना निकल चुके थे कि मुख का सारा आकर्षण अकेले ही बटोर ले रहे थे? एक बार कनखियों से देखते समय उसकी नजर पुरुषोत्तम की नजरों से मिल गयी थी, और रोम-रोम सिहर उठा था उसका, प्रेम रस के भाव से नहीं बल्कि वितृष्णा व घृणा के मिले जुले भाव से। ये कैसा अन्याय हुआ था उसके साथ। चाह थी भवानी शंकर जैसे सुदर्शन पुरुष की और मिला तो पुरुषोत्तम जैसा कुरूप व्यक्ति। दुःख और विषाद की एक गहरी वेदना से वह मन ही मन कराह उठी थी। कुछ देर बाद कथा समाप्त हो गयी व पुरुषोत्तम जल्दी ही उठकर बाहर के कक्ष में चला गया। गौतमा गाँव की महिलाओं से घिरी पूजा के कक्ष में ही बैठी रही व गाँव की औरतों की बातचीत का विषय बनती रही।

"ये गुलोबन्द अच्छा है, मायके से मिला है?" और "रंग-रूप, कद-काठी खूब पायी है, उम्र कितनी होगी तुम्हारी?" इत्यादि सवालों के वारों को सहती, दोपहर के उस भोज में इतने लोगों से घिरे रहने के बाद भी गौतमा खुद को नितान्त अकेली पा रही थी। भोज प्रारम्भ हो चुका था और बाहर बैठे पुरुष वर्ग के लोग पुरुषोत्तम के साथ भोजन करने के बाद पूड़ी-हलवा व लाल कद्दू की सब्जी तथा इमली की खटाई की चर्चा में व्यस्त थे।

पुरुषों की टोली के मध्य पुरुषोत्तम ऐसे बैठा था कि नजर उठाते ही गौतमा उसे सीधा देख सकती थी। उसे ये नहीं पता कि पुरुषोत्तम ने जानबूझकर बैठने के लिए वह जगह चुनी थी या वह मात्र संयोग था। जो भी हो, हर बार नजर उठाते ही गौतमा की दृष्टि उस पर पड़ती व हर बार उसके मन की उदासी पहले से अधिक बढ़ जाती थी। इधर कुछ देर से अन्दर बैठी औरतों की अर्थहीन बातें कुछ कम हो गयी थीं। क्योंकि तीन महिलाओं को छोड़कर बाकी का स्त्री वर्ग भोज के लिए बाहर चला गया था। कमरे में कुछ शान्ति हो गयी थी, इसलिए बाहर बैठे पुरुषों का पूरा वार्तालाप अब गौतमा के कानों तक साफ पहुँच रहा था। आज के खाने पर टिप्पणी पूरी कर, अब उनके मध्य कुछ अधिक जोर से प्रहसन चलने लगा था। गौतमा ने बाहर बैठे व्यक्तियों में से एक को कहते सुना था–

"क्यों पुरुषोत्तम दा, क्या जोर का सट्टा लगा है आपका इस बार।"

"समझा नहीं खिमानन्द, सट्टे से क्या मतलब है तुम्हारा।" पुरुषोत्तम ने बोलने वाले व्यक्ति को खिमानन्द कह कर सम्बोधित किया था।

"अब भोले न बनो पुरुषोत्तम दा, भौजी को देखा है? निकले तो थे तुम चोरी करने, और मार लाये डाका। अब तुम ही बताओ, कहाँ तुम और कहाँ भौजी? है कि नहीं परमा?" खिमानन्द ने पास बैठे युवक की ओर देखते हुए बोला था।

एकदम सही कहा खिमानन्द दाज्यू। सभी कह रहे हैं कि ऐसी बहू हमारे सनौरी में तो क्या, पूरे कुमायूँ में नहीं मिल सकती। उस पर सुना है, भौजी पढ़ी-लिखी भी है।"

"पढ़ी-लिखी भी है! ओत्तेरी! खिमानन्द बोला, फिर तो हम सब भौजी के पास ही आयेंगे अपनी-अपनी चिट्ठियाँ लिखवाने और बँचवाने भी। कमाल कर दिया पुरुषोत्तम दा तुमने तो।"

"हाँ, कमाल तो वाकई कर ही दिया है तुमने पुरुषोत्तम दा। सच कहूँ तो मेरी भी एक ऐसी ही घरवाली पाने की तमन्ना है। मेरे लिए भी ले आओ न भौजी जैसी ही खूबसूरत लड़की पुरुषोत्तम दा। बस इतना ध्यान रखना कि पढ़ी-लिखी नहीं हो, निरा अनपढ़ हो, निरा अनपढ़।" परमा बोला।

"क्यों परमा, पढ़ी-लिखी घरवाली से तुम्हें क्या दिक्कत है जो निरा अनपढ़ लड़की माँग रहे हो?" खिमानन्द ने पूछा।

"मुझे तो बड़ी दिक्कत होगी खिमानन्द दाज्यू, आप ही बताओ जब खुद को अ आ नहीं आती तो मैं पढ़ी-लिखी घरवाली का क्या करूँगा? अब तुम ही सोच लो पुरुषोत्तम दा" पुरुषोत्तम की ओर मुँह कर परमा बोला, "भौजी अगर अपने

यार-दोस्त को चिट्ठी भी लिखेगी तो तुम्हें तो पता लगने से रहा। क्योंकि तुम्हारे लिए तो काला अक्षर भैंस बराबर ठहरा, है कि नहीं?"

परमा के उस कथन पर पुरुषोत्तम का पहले ही रुग्ण दिखने वाला मुँह एकदम फक पड़ गया था।

"तुम लोगों की जबान पर हमेशा बिच्छू सवार रहता है खीमा और परमा" कहकर पुरुषोत्तम वहाँ से उठा व कहीं और चला गया था। उन दोनों की बात ने पुरुषोत्तम के अहंकार को उस दिन जो ठेस पहुँचायी थी गौतमा उसकी भरपाई कभी कर ही न पायी।

शाम हो चुकी थी व उसके साथ पूरे हो गये थे गौतमा के चिर प्रतीक्षित विवाह की सारी रस्में व रिवाज भी। परुली ननदी के साथ-साथ घर के सभी मेहमान भी अपने-अपने घरों को प्रस्थान कर चुके थे। पिछले कई दिनों की थकान से गौतमा का बदन अभी भी टूटा था। दिन के बचे भोजन को ही रात में भी खाने के बाद वह भी दुमंजिले पर बने कक्ष की एक पुरानी-सी पलँग पर ढह पड़ी और न जाने किस घड़ी उसकी आँख लग गयी।

कितनी देर वह सोयी रही उसे पता नहीं, पर घोर नींद में होने के बावजूद भी अचानक द्वार के खुलने व फिर बन्द होने की आवाज से उसकी आँखें खुल गयी थीं। उस रात, कक्ष में अँधेरे होने के पश्चात भी उसने एक लम्बी-सी आकृति को अपनी ओर बढ़ते देखा था। वह पुरुषोत्तम ही था, अँधेरे में उसे अपनी ओर आते देख वह अचानक ही भयभीत हो गयी थी और एक ही झटके में बिस्तर से खड़ी हो पलँग के एक कोने में सहम कर बैठ गयी थी। पुरुषोत्तम ने जेब से माचिस निकाल कर पास में रखी लालटेन को जलाया। उस धूमिल-सी रोशनी में भी उसे पुरुषोत्तम की आँखों में ऐसी चमक दिखी थी जैसे शिकार को ताकती हुई लोमड़ी की आँखों में होती है। उसके बाद जो न होना था वह हुआ। गौतमा को लगा था कि उस रात उसका हरण हुआ था, उसके तन और मन का, उसके मान व स्वाभिमान का, उसके भोलेपन व कौमार्य का। तन व मन की पीड़ा में बिलखती वह पूरी रात खुद को धिक्कारती रही थी और साथ में अपने माता-पिता को भी। सारी रात वह सोचती रही थी कि क्या यही ब्याह था? माँ, क्या तुम जानती थी कि मेरे साथ यही सब कुछ होने वाला है? यदि हाँ तो तुम कैसे मेरे इस विवाह के लिए इतने वर्षों से इतना आतुर थी? और बाबू, तुम तो मुझे भरी भीड़ में भी कभी अकेले न छोड़ते थे। याद करो वह दिन, जब तुम, कैलाश, गोविन्द और मैं रामगढ़ गये थे, वहाँ कुछ देर के लिए तुम लोहार की दुकान पर चले गये थे और तभी मैं माला व कुंडल देखने के लिए पास की

दुकान में चली गयी थी, उस दिन आपने गोविन्द को मेरी अँगुली न पकड़ने के लिए कितना डाँटा था और कहा था कि गोविन्द लड़की को क्यों अकेले छोड़ दिया? लेकिन आज मेरे साथ क्या-क्या हुआ है जानते भी हैं आप? ये सब हुआ है बाबू, क्योंकि आज गोबिन्द ने नहीं, वरन् आपने खुद मुझे अकेले छोड़ दिया है एक जानवर के साथ। यह गौतमा के साथ अन्याय की पराकाष्ठा थी।

उस रात कोई न रुका, न गौतमा की बहती आँखें और न ही पुरुषोत्तम की बजती नाक। कितने व्यग्र होकर सुबह होने की प्रतीक्षा की थी उस रात गौतमा ने। क्योंकि रात का अँधेरा और साथ में पुरषोत्तम की उपस्थिति दोनों ही तो भयावह थे।

आखिरकार छोटी-सी खिड़की से आते प्रकाश के झरोखे ने सुबह के आने की सूचना दे ही डाली। गौतमा ने खिड़की खोलने के लिए द्वार अपनी ओर खींचा, द्वार टूटा था, वह हाथ में ही आ गया। वह सहम-सी गयी, उसने टूटे द्वार को खिड़की की दीवार पर ऐसे खड़ा कर दिया कि उसके कब्जे से अलग हो जाने का किसी को पता न चले। अपनी साड़ी को ठीक कर वह द्वार की ओर बढ़ी। फिर उसने एक नजर सोये पुरुषोत्तम पर डाली जो खुले मुँह से अभी भी जमकर खर्राटे भर रहा था। 'यह व्यक्ति मूर्ख होने के साथ-साथ क्रूर भी है', गौतमा ने सोचा, 'मुझे इसका गला घोंट देना चाहिए।' पर अगले ही क्षण उसे अपने इस कुत्सित विचार पर ग्लानि हो उठी। वितृष्णा भरी एक नजर पुरुषोत्तम पर डालकर वह बाहर निकली व घर के आगे एक कोने में बनी रसोई में घुस गयी थी।

ससुराल

रसोई छोटी न थी, बल्कि एक बड़ा कक्ष था और उसके अन्दर सामान भी थोड़ा ही था इसलिए वह रसोई से अधिक एक बड़ा पुराना कमरा दिख रहा था। गौतमा को प्यास लगी थी, उसने चूल्हे के पास से लोटा उठाया व पास में रखे मिट्टी के घड़े को तिरछा किया, पर वह एकदम खाली था। फिर घड़े की बगल में ही ताँबे के बड़े कलश से, जो आधा भरा था, पानी निकाल कर पी लिया। 'आगे क्या करना होगा' वह सोच ही रही थी कि सास कलाई देवी भी घर के निचले तल्ले से एक दूसरा द्वार खोल रसोई में आ गयी थी।

"जग गयी? देख बहू, अभी तो तू जरा थकी होगी, पर आगे-आगे इतनी देर में उठने से काम न चलेगा, ठीक है? ऐसा है ना, हमारे यहाँ सूरज के उगने से पहले ही आँगन में झाड़ू-बुहार कर लेते हैं? अब ऐसा तो करना ही हुआ ना...भगवान जो ठहरे वह। वो हमारी पहली बहू थी ना...हिरुली, 'राम राम' अब बेचारी जिन्दा नहीं है, पर वो तो ऐसा ही करती थी। वो ना..., हम सब के उठने से पहले पुरुषोत्तम समेत मुझे और अपने ससुर जी को भी दो-दो बार चाय पिला देती थी।

गौतमा की समझ में न आया कि इन लोगों के जागने से पहले ही हिरुली इन्हें कैसे चाय पिलाती होगी। पर ये सोचने पर उसने अधिक दिमाग न लगाया। आज ससुराल का पहला दिन था और निर्देश देती सासूजी का प्रत्येक शब्द ध्यान से सुनना आवश्यक था। अन्यथा जागने से पूर्व ही दो बार चाय पिलाने वाली बहू के पदचिह्नों का अनुकरण करना क्या सम्भव हो पाता उसके लिए?

रसोई व अन्य घर के काम समझाने के बाद सासूजी उसे घर के पिछवाड़े में बनी गौशाला में ले गयी। वहाँ चार वयस्क गायें व दो बछियों के साथ एक हल के बैलों की जोड़ी भी थी। अपने ना—के लम्बे स्वर के साथ सासू कलाई देवी ने उसे यह भी बताया था कि सन्ध्या होने के बाद गौशाला के द्वार पर बाहर से साँकल चढ़ाना आवश्यक था क्योंकि उन दिनों वहाँ एक बाघ का आतंक था

जो पशुओं को उनके स्थान से भी उठा ले जा सकने की क्षमता रखता था। पूरा काम समझाने के बाद सासूजी ने उसके सर पर पानी का खाली कलश रखते हुए कहा, "अभी यहाँ बिष्टों की बहू आने वाली है। वैसी बहू ना...पूर्व जन्मों के करम से ही मिलती है। सास-ससुर की सेवा कैसे करते हैं, तू भी सीख लेना उससे। पानी कहाँ से लाना है बता देगी वो। क्योंकि यहाँ ना...पानी नजदीक नहीं रहा आजकल।" सासूजी ने बात खत्म ही की थी कि बिष्टों की बहू विमला दीदी सर में गौतमा से ही मिलता जुलता ताँबे का एक कलश व हाथ में गन्दे कपड़ों से भरी एक बाल्टी लिए उनके घर पहुँच गयी थी।

पानी के स्रोत की उस दुष्कर यात्रा का संस्मरण गौतमा की आँखों में आज भी सचित्र कैद है। घर के आगे से सीधी पहाड़ी पर जाती उस पतली पगडंडी पर विमला दीदी के पीछे-पीछे गौतमा चली जा रही थी। चढ़ाई एकदम खड़ी थी, खाली कलश को गौतमा अब तक कई बार सर से हाथ व हाथ से सर पर रख चुकी थी, पर कलश था कि खाली होने के बाद भी निरन्तर भारी ही होता चला जा रहा था। गौतमा आश्चर्यचकित थी कि इतनी सहजता से विमला दीदी उस कठिन मार्ग पर कैसे चली जा रही थी, वह भी इतनी तेजी से। किसी तरह चढ़ाई समाप्त हुई तो फिर तीव्र उतार शुरू हो गया। उतार भी चढ़ाई से कम मुश्किल न था, पगडंडी पतली थी और आगे-आगे विमला दीदी कुशल पर्वतारोहियों-सी उतर रही थी और पीछे-पीछे गौतमा, जिसका पूरा ध्यान अपने घुटनों को बुरी तरह काँपने से रोकने में था। उसे डर था कि यदि वह लुढ़क गयी तो अपने साथ-साथ आगे चल रही विमला दीदी को भी ले गिरेगी। दो बार विमला दीदी ने पीछे मुड़ कर देखा और पीछे छूट गयी गौतमा के लिए पास आ जाने के लिए प्रतीक्षा की। तेज उतार के पश्चात कुछ समतल मैदानी-सा इलाका आ गया। और यहाँ पर रास्ता भी पहले की तुलना में कुछ चौड़ा सा हो गया था। अब वह और विमला दीदी अगल-बगल एक साथ ही चल रहे थे। समतल रास्ते को देख थोड़ा चैन आया तो बरबस ही शिवपुर की मैदानी महत्ता का स्मरण हो आया उसे। हम लोग भी कैसे होते हैं, उसने सोचा, 'अच्छे दिनों का स्मरण तभी करते हैं जब दुर्दिन आते हैं। 'विवाह के पहले ही दिन उसे मायके की याद हो आयी थी, इससे पहले वह कुछ अधिक सोचती, उसे ज्ञात हुआ कि सामने स्रोत भी आ चुका था। स्रोत क्या, एक अच्छा बड़ा झरना था वह। मालिनी से अधिक पानी रहा होगा उसमें, और उससे अधिक ऊँचे पत्थर भी।

विमला दीदी ने गन्दे कपड़ों की बाल्टी व सर से खाली कलश उतार कर सरिता के किनारे रख दिया और एक चौड़े पत्थर पर गौतमा को बैठने का इशारा

करते हुए स्वयं भी पास में ही बैठ गयी। इस बार उसने फुर्सत से गौतमा की ओर एक गहरी नजर डाली, तो उस पहली नजर में ही गौतमा आत्मीयता की डोर से बँध गयी थी विमला दीदी से।

"लगता है पहाड़ पर पहले कभी नहीं चली हो?" विमला दीदी ने पूछा।

"नहीं", गौतमा ने सर हिलाते हुए कहा।

"तो तुम्हारे माँ-बाबू ने बिना जाने ही तुम्हारा ब्याह यहाँ कर दिया? बड़े निर्मोही निकले वो।"

गौतमा ने कुछ न कहा पर माँ-बाबू का नाम सुनकर उसने जोरों से रोना शुरू कर दिया। विमला दीदी उसे रुलाने के लिए खिसिया-सी गयी थी। और कुछ देर तक चुपचाप रह कर बाल्टी से एक मर्दानी पैंट निकालकर उसे पत्थर पर पटक-पटक कर साफ करने लगी थी। कुछ देर तक रो लेने के बाद जब गौतमा का मन कुछ हल्का हुआ तो आँचल से आँखें पोंछ कर वह विमला दीदी की ओर देखने लगी। विमला दीदी अभी भी पैंट को पत्थर पर पटके जा रही थीं, शायद बहुत मैल जमा था उस पैंट में। गौतमा के तन व मन पर भी कोई कम मैल न था। फिर अचानक् ही उस स्वच्छ पानी के झरने में गौतमा ने खुद को गर्दन तक डुबो डाला और नदी में पड़े एक गोल पत्थर को उठाकर वह उससे अपने बदन को बड़ी देर तक रगड़ती रही थी। 'तन को धो लेने के बाद भी मन की मलिनता को कैसे धो पायेगी वह?' सोचकर गौतमा पुनः रोने लगी थी। इस बीच विमला दीदी द्वारा धुली जा रही पैंट का मैल जब पत्थर पर पटके जाने से थोड़ा ढीला हो गया तो विमला दीदी ने उसे स्रोत के बहते पानी में साफ कर लिया और दोनों हाथों से पैंट निचोड़कर एक ओर रख दी। फिर गौतमा के सर पर धीरे से हाथ रख कर वह बोली, "छोटी-छोटी बातों पर ऐसे रोयेगी तो जीवन कैसे कटेगा? बता? इन पहाड़ों से भी बड़ा है ये जीवन, और इतनी ही बड़ी कठिनाइयाँ भी। घबराकर रो देने से काम तो नहीं चलेगा ना, इसलिए मेरी बात मान, तू अपने मन को पक्का कर ले, नहीं तो टूट जायेगी।"

फिर विमला दीदी ने अपनी बादामी सूती साड़ी के आँचल में बँधी एक पोटली खोली और मुटठी भर चने उसकी ओर बढ़ाते हुए बोली, "ले खा ले, इन्हें खाकर पानी पीयेगी तो पानी पेट में चुभेगा नहीं।"

अपने रोने पर गौतमा अब तक पूरी रोक लगा चुकी थी। चने खाते हुए वह विमला दीदी की ओर देखने लगी। साँवले रंग की विमला दीदी तीखे नाक नक्श वाली सुडौल शरीर की महिला थी। उम्र में वह गौतमा से कुछ ही वर्ष बड़ी रही

होगी, लेकिन गाँव की कठोर जीवन शैली ने, जवानी की शोखी और नजाकत को समय से पहले ही आकर अपने खुरदरेपन से खरोच लिया था।

विमला दीदी की मोटी घुमावदार भौंहों के नीचे उसकी लम्बी आँखों की पलकें भी सुन्दर व घुमावदार थीं, पर धूप व मेहनत से तपी हुई त्वचा में उन मोहक आँखों का सौन्दर्य भी गौण हो चुका था। जो भी था, गौतमा को विमला दीदी से स्नेह हो गया था। क्योंकि विमला दीदी में ऐसा कुछ था जो वहाँ किसी में न था। वो स्नेह, वो अपनापन।

उस दिन विमला दीदी के कारण ही गौतमा के लिए जल से भरा कलश घर तक ले जा पाना सम्भव हो पाया था। वैसे तो गौतमा ने बचपन से ही मालिनी से जल भर कर लाने में माँ की मदद की थी, लेकिन ये शिवपुर का समतल मैदान न था। स्रोत के पास का कुछ दूर तक फैला मैदानी रास्ता तो उसने सहजता से तय कर लिया था, लेकिन उसके बाद की धारदार चढ़ाई ने गौतमा को नाकों तले चने चबवा दिये थे। चढ़ाई इतनी दुरूह थी कि बोझ के बिना भी उसे पार करना आसान न था, ऊपर से सर पर पानी का भरा बर्तन। कुछ दूर चलने के बाद गौतमा ने पानी भरे कलश को नीचे रख दिया व कुछ देर सुस्ताने बैठ गयी थी। अभी एक तिहाई मार्ग भी तय न हुआ था और उसके पैरों में भरे कलश के साथ उत्तुंग चोटी पर बसे घर तक चढ़ने का सामर्थ्य न बचा था। उसने सोचा कि आज वह थकी थी इसलिए वह पानी को वहीं गिराकर, खाली बर्तन लेकर ही घर चली जाये, और कल नयी स्फूर्ति के साथ वह भरे कलश के साथ घर जायेगी। मन में निर्णय लेकर उसने भरे कलश को खाली करने के लिए तिरछा किया ही था कि विमला दीदी ने उसे रोक लिया और समझाते हुए बोली। "पानी बहुत कीमती है यहाँ, खाली घड़ा लेकर घर गयी तो तेरी सास कुहराम खड़ा कर देगी।" फिर दीदी ने एक हाथ से अपने सर पर रखे पानी के भरे कलश को पकड़ा व अपने दूसरे हाथ से गौतमा के भरे कलश को अपनी बगल में दबाकर वह देखते ही देखते पूरी चढ़ाई पार कर गयी थी।

'चार कदम और गौतमा' कहते हुए मन को समझाती व तन को घसीटती हुई वह खड़ी चढ़ाई पार कर पायी थी, जीवन में पहली बार इतना उतार व चढ़ाव तय करने के बाद गौतमा अत्यन्त पस्त अवस्था में घर पहुँची। उसका बदन थक कर चूर-चूर हो रहा था पर घर पर अनगिनत कामों की सूची सासूजी ने उसके लिए पहले ही बना ली थी। अतः ससुराल में विवाह के पहले दिन ही सास की डाँट डपट खाते हुए वह काम में जुट गयी थी। सुबह उठने के बाद से उसने पुरुषोत्तम से बात तो दूर उसे देखा तक न था। रात को खाना खाने के पश्चात

जब पुरुषोत्तम कक्ष में घुसा तो पिछली शाम वाली ही घटना की पुनरावृत्ति के पश्चात वह फिर सो गया था, आज गौतमा अत्यन्त थकी थी, इसलिए मन ही मन पुरुषोत्तम को जी भर गालियाँ दे, उसे भी जल्दी नींद आ गयी थी।

तीन सप्ताह बीत गये थे। इन तीन हफ्तों में गौतमा ने बहुत कुछ सीख लिया था। जैसे सुबह सूरज के आगमन के पहले ही आँगन की झाड़ू-बुहार कर लेना या फिर जागने से पहले ही घर वालों को दो बार चाय पिला देना। घर का अधिकांश कार्य वह अब बड़ी सुबह ही निबटा लेती थी, इसलिए नहीं कि अँधेरे में ही उठ जाने का शौक था उसे, बल्कि इसलिए कि स्रोत पर जाते समय उसे विमला दीदी का संग बहुत प्रिय था, क्योंकि विमला दीदी खुद भी घर के सारे कार्य जल्दी निबटाकर सुबह ही स्रोत पर जाने वालों में से थी।

इन तीन हफ्तों में गौतमा को विमला दीदी को ठीक से जानने का अवसर मिला। सब की ही तरह, विमला दीदी का ब्याह भी दस-ग्यारह वर्ष की उम्र में ही हो गया था। उसके बीस वर्षीय पति, जो कक्षा पाँचवीं पास थे, दिल्ली में किसी बनिए की दूकान पर लेखा जोखी का कार्य सँभालते थे, और डेढ़-दो साल में सिर्फ एक बार ही घर आते थे। विमला दीदी का एक पुत्र भी था, छह वर्षीय मोहन। गौतमा उससे शुरू में ही मिल चुकी थी, इतनी छोटी-सी उम्र में भी वह बहुत होशियार था। विमला दीदी के साथ-साथ गौतमा को भी छोटे मोहन से प्रेम हो गया था। मोहन के अलावा उनके घर में विमला दीदी का एक बेरोजगार देवर तथा सास-ससुर भी थे। गरीबी के मामले में वे लोग पुरुषोत्तम के परिवार से भी गये गुजरे थे, क्योंकि गौतमा के ससुराल वालों की तुलना में उनके पास जमीन भी बहुत कम थी व परिवार बड़ा था। दिल्ली से हर कुछ माह में विमला दीदी के पति द्वारा भेजे मनीआर्डर से ही घर में रोटी बनती थी।

अपने परिचय में गौतमा भी काफी कुछ विमला दीदी को बता चुकी थी। गौतमा को दिन भर की हड्डीतोड़ मेहनत के बाद जो कुछ भी समय मिलता, वह या तो मोहन या फिर विमला दीदी के साथ में ही बीतता। क्योंकि उसके नव विवाहित पति पुरुषोत्तम ने उससे इन तीन हफ्तों में तीन वाक्य भी बात न की थी। वैसे भी दिन में वह घर पर कम ही रहता था। घर से तीन किलोमीटर दूर, चाय, चीनी तथा बीड़ी वगैरा की उसकी छोटी दुकान पर वह रोज सुबह-सुबह खाना खा कर व कन्धे में पोस्टमैन की तरह चौड़े फीते वाला खाकी रंग का थैला टाँग कर निकल जाता और शराब से गन्धाता मुँह लेकर देर शाम को लौटता। प्रेम की बातें तो दूर, उसने आज तक एक बार गौतमा को प्रेम की दृष्टि से देखा तक न था। एक ओर ऐसा पति, और उस पर कड़ी मेहनत और धैर्य की परीक्षा

लेने वाले सास व ससुर की दिन-रात की घुड़कियाँ, 'यही नियति थी', गौतमा ने भी मान लिया था। पिछले सप्ताह उसने माँ और बाबू को रात को थोड़ा समय निकालकर एक पत्र भी लिख भेजा था। लेकिन 'वह ससुराल में परेशान है' इसका जिक्र भी न किया था उसने, ये सोचकर कि विवाह के दिन माँ बहुत बीमार हो गयी थी, और अपनी समस्याएँ बताकर वह माँ की बीमारी को और अधिक न बढ़ाना चाहती थी।

'उसे वहीं के जीवन में ढल जाना होगा', जानती थी वह, और विमला दीदी इसमें उसकी पूरी मदद भी कर रही थी। विमला दीदी ने बताया था कि 'पुरुषोत्तम की पहली पत्नी हिरुली, एक परिश्रमी महिला थी'। उसके बाद भी पुरुषोत्तम के माता-पिता सदैव उसकी आलोचना ही करते थे। वे लोग हिरुली से कोल्हू के बैल की तरह सुबह से शाम तक काम लेते थे। दिन भर में एक घड़ी का भी आराम नसीब न होता था बेचारी को। लेकिन हिरुली के लिए पुरुषोत्तम अपने माँ-बाप जैसा निष्ठुर न था। घर में एक वही थी जो उससे प्रेम करता था। लेकिन पत्नी पर हो रहे अत्याचारों से वह अनभिज्ञ रहता था क्योंकि वह तो दिन भर अपनी दुकान पर ही रहता था। अकेली पत्नी घर में क्या-क्या सहती थी उसे पता न था? वह भी गऊ समान सीधी थी, पति के सामने उसके माँ-बाप की बुराई करना उसे आता ही ना था। बस दिन भर वह काम काज करती और पुरस्कार में सासू माँ की गाली खाती। "जिस दिन उसका प्रसव होने वाला था उस दिन भी तेरी जालिम सास ने उसे स्रोत पर कलश लेकर पानी लाने भेजा था।" बोलते-बोलते विमला दीदी भावुक हो गयी थी।

"पुरुषोत्तम यदि उससे प्रेम करता था तो वह हिरुली की मौत पर बहुत दुखी हुआ होगा।" गौतमा ने पूछा।

"हाँ, बहुत ज्यादा।" दीदी बोली।

"विश्वास नहीं होता कि उसके जैसा इंसान किसी के लिए प्रेम की भावना रख सकता है।" गौतमा बोली, और जवाब में विमला दीदी ने भी अपनी कमानदार भौंहें उचकाकर उसे सहमति दी थी।

विमला दीदी का साथ प्रतिदिन आत्मीयता को एक कदम और पास ले आता था। 'कभी-कभी वह विमला के साथ ऐसे खेलती कि वे विवाहिता हैं' उन्हें याद ही न रहता। दीदी उसे वहाँ के जीवन से सामंजस्य करना सिखा रही थी और ऐसी उत्तम गुरु को पाकर गौतमा कठिनाइयों को एक-एक कर साधना सीख रही थी। स्रोत को जाते समय चढ़ाई चढ़ना व उतरना, इन थोड़े ही दिनों में गौतमा के लिए बायें हाथ का खेल हो गया था। उसे यकीन न होता था कि कुछ ही

समय पहले विमला दीदी उसका कलश उठा के चलती थी। एक महीने में ही उसे स्रोत के मार्ग की इतनी आदत हो गयी थी कि कभी-कभी वह विमला दीदी को पीछे छोड़ती हुई तेजी से आगे निकल जाती, और पास के ऊँची-नीची चट्टानों के पीछे छुप जाती। यूँ तो विमला दीदी कुछ न कहती, पर एक दिन जब वह रास्ते से हटकर पहाड़ी जंगली फलों की तलाश में कुछ अधिक दूर जाने लगी तो विमला दीदी ने उसे रोक लिया, ये कहकर कि, "ऐसे जानबूझकर झाड़ियों व पत्थरों के पीछे न जाया कर गौतमा। और इस ओर तो हरगिज न जाया कर।" दीदी ने स्रोत के विपरीत दिशा में इशारा कर कहा, ''क्योंकि इस मैदानी रास्ते के पीछे कुछ ही दूरी पर एक विशाल घाटी है, जो घने जंगलों से भरी है, वहाँ बहुत से भूतों का घर है और साथ में जानवरों का भी, विशेषकर भालुओं का। इसलिए उस ओर जाना उचित नहीं है।"

"सचमुच? दीदी तुमने कभी देखा है उन्हें?"

विमला दीदी "किन्हें?"

"उन भूतों को जो उस घाटी में रहते हैं?"

विमला दीदी—"नहीं, मैंने तो नहीं देखा, पर सब लोग कहते हैं तो रहते ही होंगे।"

"चलो, हम चल के देखते हैं, क्या पता कोई भूत दिख ही जाये।'' गौतमा ने बड़ी मासूमियत से कहा था।

"नहीं पगली, भूतों को देखना दुर्भाग्य का सूचक है, और भूत कोई हमेशा थोड़े ही दिखाई देते हैं। अब तू आगे जिरह मत कर। पानी लेकर यदि अधिक देर से घर लौटे तो जानती है ना हमारे साथ-साथ हमारे माँ-बाप को भी जी भर के गाली मिलेगी।"

दीदी के साथ ऐसे सुनहरे क्षण पाकर गौतमा का दर्द कुछ समय के लिए हल्का हो जाता। दीदी उसे हर जगह पर सावधान रहने का कारण समझाती। दीदी ने बताया था कि हिमालय के निर्जन इलाके भूतों के अलावा हिंस्र पशुओं से भी भरे थे। दीदी के अनुसार उनकी अपनी एक मौसी को ऐसे ही एक दिन कोई बड़ा-सा भालू उठा ले गया था। विमला दीदी की मौसी के बारे में सुनकर गौतमा अत्यन्त भयभीत हो गयी थी। पर दीदी मन से कोमल व समझदार स्त्री थी, गौतमा को डरा देख उन्हें दया आ गयी थी। इसलिए वह बड़ी आत्मीयता से बोली थी, "अब इतना मत डर, ऐसा नहीं कि यहाँ भालू आ ही जायेगा, सौभाग्य से हमारा गाँव, बाघ व भालू के आतंक से अभी तक मुक्त है, लेकिन मैं ये सब तुझे इस लिए बता रही हूँ कि अनावश्यक ही इधर-उधर चले जाने की तेरी ये आदत ठीक नहीं है।"

जानवर ही नहीं, दीदी ने एक दिन बताया था कि हिमालय की वनस्पति भी सबसे अलग है।

"ये देख, विमला दीदी ने एक हरे खुरदरे पौधे की ओर इशारा करते हुए कहा, इसे हमारी भाषा में 'सिसौंण' कहते हैं, अगर ये तुझे छू भी जाये ना, तो खुजाते-खुजाते अपने कपड़े भी उतार लेगी तू? इसलिए तुझे अपनी सुरक्षा का ध्यान हमेशा रखना चाहिए।"

दो महीनों में ही विमला दीदी से जैसे जन्म-जन्मान्तरों का सम्बन्ध जुड़ गया था। दीदी के अन्दर गौतमा ने माँ, बहिन और सखी तीनों को ही पा लिया था। लेकिन लाख परिश्रम व सूझ बूझ के साथ घर के कार्य करने के उपरान्त भी ससुराल में दिनों दिन समस्याएँ बढ़ती ही जा रही थीं। सासू कलाई देवी का चुभने वाला अनर्गल प्रलाप दिनों दिन प्रगति पर था। वह उन लोगों में से थी जिन्हें अपने मन की शान्ति पाने के लिए दूसरों को अशान्त करना होता था। गौतमा के लिए कई बार स्रोत से पानी लाना, चक्की चलाना, तेज ढलान वाली पहाड़ियों से पशुओं के लिए चारा लाना क्या-क्या काम नहीं था? लेकिन सासू कलाई देवी की जबान से एक भी सराहना का शब्द सुनना दूभर था। गौतमा ने 'क्या नहीं किया' और 'क्या ठीक से नहीं किया', के अलावा उन्हें कुछ भी न सूझता था। कोई ही ऐसा विरला दिन रहा होगा जिस दिन सास कलाई देवी ने गौतमा को जमकर रुलाया न हो।

उस पर पुरुषोत्तम की तो बात ही निराली थी। अपने मतलब के अलावा उसे गौतमा से कोई सरोकार ही न था। 'वह क्या करती है, कैसे रहती है', एक बार भी न पूछा था उसने। इस थोड़े ही दिनों में गौतमा को ये भी पता लग गया था कि उसे मदिरा के साथ-साथ भाँग के नशे की भी लत थी। सुबह को भोजन के बाद चले जाना और रात्रि में देर से लौटना उसकी दिनचर्या थी। वैसे वह पुरुषोत्तम की हरकतों से अधिक प्रभावित न होती थी। और होती भी क्यों। गौतमा, उसके लिए शारीरिक सुख देने वाली मात्र एक कठपुतली के सिवा और कुछ भी न थी। उसके साथ प्रेम की अनुभूति एक बार भी महसूस न की थी गौतमा ने।

पुरुषोत्तम की शराब पीने की आदत गौतमा से अधिक उसके परिवार के सदस्यों को सालती थी। घर में गरीबी तो थी ही, उस पर पुरुषोत्तम का प्रतिदिन रोज की कमाई को नशे पर खर्च कर देना ससुराल वालों को बहुत महँगा पड़ रहा था। पुरुषोत्तम का मिजाज हमेशा गर्म रहता, माँ-बाप उससे कुछ भी कहने से डरते थे कि कहीं बेटे को चिढ़ आ गयी तो वह उनका जीना दूभर कर देगा।

वे स्वयं असमर्थ थे, पर गौतमा से अपने बिगड़े पुत्र को राह पर लाने की उम्मीद रखते थे। एक दिन गौतमा के सर में अपार पीड़ा थी, वह और सोना चाहती थी पर उसे उठना ही पड़ा क्योंकि सूर्योदय से पहले ही सास-ससुर को यदि चाय न मिली तो सुबह से ही मुसीबतों का दौर शुरू हो जाने की सम्भावनाएँ थीं। उस दिन जब वह चाय लेकर सासू माँ के पास पहुँची तो पहली घूँट भरकर सासू माँ बोली।

"चाय फीकी है!"

"घर में गुड़ खत्म है।" गौतमा ने जवाब दिया।

सास कलाई देवी—"पुरुषोत्तम से कल कहा तो था, वह लाया नहीं?"

गौतमा—"नहीं।"

और सासू कलाई देवी के तेवर अचानक ही बिगड़ गये थे। कहने लगी, "ये पुरुषोत्तम भी ना...किस जनम का बैर निकाल रहा है हमसे। सोचा था उसकी हिरुली की कमी तू पूरी कर देगी। जवान है, चमड़ी भी उजली है तेरी, सोचा था तुझे पाकर बेटा राह पर आ जायेगा! पर तू भी ना...किसी काम की नहीं निकली। न तुझसे घर और न ही बाहर का काम ठीक से हो पाता है, और तो और, तू अपने पति को सीधी राह पर तक नहीं ला पा रही है। तेरे माँ-बाबू ने भी ना...ठग लिया हमको। है कि नहीं? दो महीने से अधिक हो गये हैं तुझे ब्याहे, पर पुरुषोत्तम की गन्दी आदतें हैं ना वैसी की वैसी, टस से मस हुई हैं, बता?"

उस दिन सुबह-सुबह सर की पीड़ा से गौतमा, सासू कलाई देवी की बात का सम्मान न रख पायी और उसे भी क्रोध आ गया।

"मेरे माँ-बाबू ने नहीं, आपने ठगा है उन्हें, सब कुछ झूठ कह कर। और अपने बेटे की गन्दी आदतों के लिए मुझे मत दोषी ठहरायें। उसके लिए तो आप लोग ही दोषी हैं। जरा सोचिये, जिसे आप जीवन भर नहीं सुधार सके, उसे मैं दो महीने में सुधार दूँ? इतनी बड़ी जादूगरनी नहीं हूँ मैं।" ससुराल में पहली बार मुँह खोला था गौतमा ने।

सासू कलाई देवी कुछ देर के लिए तो झेंप गयी थी, पर गौतमा की बातों में विद्रोह की गन्ध पाकर उसने अपनी जबान पर बची खुची लगाम भी हटा ली थी।

"तेरी काया जैसी ही लम्बी-चौड़ी जबान है तेरी। इस को सँभाल के रख, नहीं तो पुरुषोत्तम से कह कर कतरवा दूँगी।" उसके बाद चाय का गिलास छोड़ कर सासू कलाई देवी तेजी से कदमों को जमीन पर पटकती हुई बाहर चली गयी।

ससुराल का जीवन रोज ही अप्रिय प्रसंगों से भरा रहता। इन दिनों गौतमा को शिवपुर की याद भी बहुत सताने लगी थी। वह इन तीन महीनों में बाबू को तीन पत्र भी लिख चुकी थी। पर वहाँ से कोई जवाब न आया था। 'हो सकता

है पत्र न देकर वे स्वयं ही उसे वहाँ से लिवाने आ रहे हों', ये सोचकर वह आये दिन बाबू की प्रतीक्षा भी करती थी। लेकिन न बाबू खुद आये, और न उनकी ओर से कोई पत्र ही आया। ससुराल में यदि गौतमा के दिन कट रहे थे, तो मात्र विमला दीदी व उसके पुत्र मोहन के कारण। दीदी ही उसे हर रोज टूटने से बचाती थी, व मोहन के साथ खेलकर ही वह कुछ समय के लिए मुरली व कैलाश की पूर्ति कर लेती थी।

एक दिन गौतमा ने विमला दीदी से ऐसे ही पूछ लिया था।

"मोहन की उम्र क्या है दीदी?"

"छह साल", दीदी ने उत्तर दिया।

"तो आप उसे स्कूल कब भेजेंगी?"

"स्कूल तो बहुत भेजना चाहती हूँ, पर मोहन के नसीब में स्कूल नहीं है गौतमा", कहते हुए विमला दीदी का मुँह बहुत उदास हो गया था।

"क्यों नहीं दीदी? मोहन तो बहुत ही होशियार है, फिर उसके नसीब में स्कूल न होने का मतलब?"

फिर विमला दीदी ने दूर एक पहाड़ी की ओर इशारा किया व बोली, "वो देख, वो जो चोटी है ना, उसके ठीक पीछे है इस इलाके का एकमात्र स्कूल। दो घंटे से भी अधिक का रास्ता है हमारे घर से। रास्ते में दो बार खड़ी चढ़ाई है, स्रोत से भी कहीं अधिक खड़ी, और जंगल भी। अब तू ही बता, मोहन को कैसे भेज़ सकती हूँ उतनी दूर? वो तो अभी बहुत छोटा है।"

"तो क्या यहाँ से कोई भी बच्चा स्कूल नहीं जाता?" गौतमा की आँखें आश्चर्य से फैल गयी थीं।

"पिछले साल तक तो जाते थे दो-चार बच्चे, पर आजकल कोई नहीं जाता। क्योंकि स्कूल वाले रास्ते के जंगल में कोई नरभक्षी बाघिन लगी है। कई लोगों को खा चुकी है आज तक। अभी छह महीने पहले ही तल्ली गाँव के एक लड़के को स्कूल से घर आते समय उठा ले गयी थी। तब से बच्चों को स्कूल भेजने की मनाही हो गयी है। वर्दी पहने कुछ सरकारी लोग खुद आये थे यहाँ, ये बताने कि जब तक वे दुबारा मुनादी न करें बच्चों को स्कूल न भेजा जाये। अब न जाने कब उस बाघिन का आतंक खत्म होगा और कब स्कूल खुलेगा? और खुलेगा भी या नहीं, कौन जाने? मेरे वश में होता तो अपने मोहन को कम से कम उसके बाबू जितना तो मैं जरूर पढ़ाती, पाँचवीं कक्षा तक। बस बड़ा होकर उनके ही जैसे कहीं दिल्ली में काम पर लग जाता, तो दो रोटी ठीक से तो खा लेता। पर लगता है कि मेरा बेचारा मोहन भी एक दिन इस गाँव के जवान लड़कों जैसा

ही खाली बैठा रहेगा, यहीं सनौरी गाँव में अनपढ़, निठल्ला और बेरोजगार भी।"

कहते-कहते विमला दीदी निराश हो गयी थी। सनौरी गाँव में उनके पास न जमीन थी और न ही कोई व्यवसाय। ऐसे में पुत्र के भविष्य को लेकर चिन्तित हो जाना स्वाभाविक ही था। गौतमा, विमला दीदी को दुखी देखकर स्वयं भी आहत हो गयी थी। पर तभी गौतमा के मन में एक विचार आया और उसने विमला दीदी से कहा, "दीदी तुम मोहन को लेकर अपने पति के साथ दिल्ली क्यों नहीं चली जातीं? सुना है वहाँ बहुत सारे स्कूल हैं। यदि आप वहाँ चली गयी तो शिक्षा के साथ-साथ मोहन को अपने पिता का सान्निध्य भी मिलेगा और साथ में आपको अपने पति का भी।"

गौतमा के उस सुझाव से विमला दीदी की आँखें खुशी से चमक उठी थी, एक सुन्दर भविष्य का चित्र एकाएक ही उनके दिमाग पर जैसे अंकित हो गया था, पर दूसरे ही क्षण वर्तमान की वास्तविकता को सोच उनका मुँह पहले से भी अधिक उदास हो गया और गौतमा की ओर देख निराशा व्यक्त करते हुए वे बोली, "दिल्ली तो में चली जाती, अपने पति को इन हाथों से दो गरम रोटी खिलाने का सुख मैं भी भोग लेती, लेकिन कैसे गौतमा? ये कहाँ सम्भव है?"

गौतमा—"क्यों नहीं सम्भव है दीदी? मोहन की पढ़ाई के लिए आप ऐसा क्यों नहीं कर सकती?"

"क्योंकि मेरा ब्याह पति के सुख से अधिक सास-ससुर की सेवा के लिए हुआ है, उन्हें छोड़कर पति के साथ चले जाने का रिवाज कहाँ है हम लोगों के यहाँ? ऊपर से मोहन के पिता डेढ़-दो वर्ष में एक बार ही घर आते हैं। और अभी तो उन्हें यहाँ से गये कुल चार माह ही हुए हैं, यदि उनसे इस सम्बन्ध में कुछ बात की भी जाती तो अभी तो वो भी सम्भव नहीं। लेकिन बात-चीत से भी होगा कुछ नहीं गौतमा, क्योंकि हम जैसे गरीबों के बच्चों को शिक्षा पाने का सौभाग्य कहाँ?"

"इसमें सौभाग्य की क्या बात है दीदी? मेरे बाबू कहते हैं कि हर बच्चे को शिक्षा लेने का अधिकार है। लड़की होने के बावजूद उन्होंने मुझे स्कूल भेजा। सब ने खूब आलोचना की थी बाबू की, यहाँ तक कि मेरी माँ ने भी। पर बाबू ने किसी की भी एक न सुनी, और मेरे भाई कैलाश के साथ-साथ उन्होंने मुझे भी स्कूल भेजा।" गौतमा बोले जा रही थी और विमला मन्त्रमुग्ध-सी उसे देखे जा रही थी। गौतमा की बातें सुन मोहन को शिक्षित देखने की लालसा उसकी आँखों में भी उभर आयी थी।

"तू ठीक कहती है गौतमा", विमला दीदी बोली, "लेकिन मोहन के बाबूजी

तो दिल्ली में रहते हैं, मेरी ही तरह शायद उन्होंने भी कभी हमारे बेटे की पढ़ाई के बारे में नहीं सोचा, पर अब मैं उन तक यह बात पहुँचाऊँ भी तो कैसे?"

"पत्र लिख कर, और कैसे?" चमकती आँखों के साथ गौतमा ने जवाब दिया।

"लेकिन मुझे तो पत्र लिखना आता ही नहीं", उदास होकर बोली विमला दीदी।

"तो क्या हुआ, मुझे तो आता है। मैं लिखूँगी आपकी ओर से आपके पति के लिए पत्र। कल दिन में खाने के बाद आप उस अखरोट के पेड़ के नीचे चली आना, गौतमा ने विमला के घर के पीछे एक पेड़ की ओर इशारा करते हुए कहा, वहीं हम दोनों मोहन के पिता के लिए एक अच्छा सा पत्र लिखेंगे। अभी चलती हूँ गाय के बछड़े को पानी देना है, देर हो गयी तो जम कर गाली पड़ेगी सासूजी से।" कहकर लगभग भागते हुए गौतमा घर की ओर चल दी थी।

अगले दिन निर्धारित समयानुसार सादा कागज व पेन लेकर जब वह पेड़ के नीचे पहुँची तो विमला दीदी वहाँ पहले से ही मौजूद थी। गौतमा ने पास में ही पड़ा एक मोटा-सा पत्थर अपनी और खींच कर उसमें आसन जमा लिया था, और उसके ठीक सामने विमला दीदी पत्र लिखे जाने की अद्भुत प्रक्रिया की साक्षी बनने के लिए बैठ गयी थी।

गौतमा ने पेन की निब को दो बार छटका कर विमला दीदी की ओर देखते हुए कहा, "दीदी बताओ क्या लिखूँ?"

"मैं क्या जानूँ?"

"लेकिन कुछ तो बताओ", गौतमा बोली।

"मैंने तो कभी किसी को पत्र भेजा ही नहीं। तू लिख ना, बस इतना कह देना कि मोहन उन्हें बहुत याद करता है।"

"और तुम दीदी? तुम क्या उन्हें बिल्कुल याद नहीं करती?"

"बहुत याद करती हूँ, नहीं मेरा मतलब है सब ही तो याद करते हैं उन्हें। अच्छा ऐसा है, तू जो ठीक समझती है वो लिख दे। बस मोहन की पढ़ाई के बारे में उनको भी वो सब जरूर बताना, जो तूने मुझे कहा।" विमला दीदी की विश्वास व आशा से भरी आँखें गौतमा की ओर देख रही थीं, मानो कह रही हों 'गौतमा मेरे पति तक किसी तरह मेरी बात पहुँचा दो।' गौतमा ने दीदी से और कुछ न पूछा, वह पत्र लिखने में तल्लीन हो गयी। उसके हाथों में कुशलता से खिसकता पेन देख विमला दीदी मन्त्रमुग्ध-सी हो गयी थी। जीवन में पहली बार उसने किसी स्त्री के हाथ में कलम देखी थी।

कुछ देर बाद, गौतमा ने पत्र की लिखाई रोक दी व विमला की ओर देखकर कहा, "पत्र पूरा हो गया है।"

"तू पढ़ के सुना ना एक बार", दीदी बोली।

"ठीक है", गौतमा ने कहा, "तो सुनो, यदि आपको पसन्द न आये तो कोई बात नहीं। मैं दूसरा लिख दूँगी।" और फिर एक लम्बी साँस लेकर उसने पढ़ना शुरू किया–

"मेरे पूज्य पति परमेश्वर,

आपको अपनी पत्नी विमला देवी का साष्टांग प्रणाम। मोहन की ओर से भी आपको दंडवत प्रणाम स्वीकार हो। मैं यहाँ सनौरी गाँव में आपके माता-पिता तथा छोटे भाई के साथ एकदम ठीक हूँ। और भगवान से प्रार्थना करती हूँ कि आप भी वहाँ दिल्ली में कुशल मंगल के साथ होंगे। जब से आप गये हैं आप की याद निरन्तर सताती है। मोहन भी बाबू-बाबू कहकर आपको सदैव याद करता रहता है।

पत्र भेजने का खास कारण ये है कि मोहन अब छह साल का हो गया है। उसे स्कूल भेज़ने का बहुत मन करता है। पर यहाँ गाँव का स्कूल कितनी दूर है, ये तो आप जानते ही हैं, ऊपर से आजकल बाघ का डर भी हमेशा सर पर मंडराता रहता है। अतः यहाँ सनौरी गाँव में रहकर उसे शिक्षा देना असम्भव ही है। इसलिए यदि आपको अधिक परेशानी न हो तो हम दोनों को अपने साथ दिल्ली ले चलिए। वहाँ जाकर मोहन रोज स्कूल जाया करेगा, और पढ़ लिख कर एक दिन आपकी तरह ही नौकरी करेगा। और उसके साथ-साथ मुझे भी आपकी सेवा का सुख मिलेगा। यदि आप मुझे ले गये तो मैं आपके हर कार्य में सहयोग दूँगी।

पत्र में लिखी गलतियों के लिए क्षमाप्रार्थी हूँ।

आपकी प्रतीक्षा में,

आपकी आज्ञाकारिणी पत्नी
श्रीमती विमला देवी बिष्ट
ग्राम सनौरी।"

पत्र सुनकर अभिभूत हो गयी थी विमला दीदी। उनकी आँखें तरल थीं, शायद इसलिए कि जो बातें वह भय या लज्जावश कभी खुद के मुँह से अपने पति को न कह पायी थी, वह गौतमा ने इतनी सहजता व सुन्दरता से लिख दी थीं। भावनाओं के उन्माद में बह चली थीं वे। और इसी उन्माद में उनके मुँह से निकल पड़ा था–

"गौतमा तू कितनी बुद्धिमान और गुणी है! आखिर तूने ऐसा क्या कर डाला

था कि इस फूहड़ और नालायक पुरुषोत्तम से तेरा ब्याह कर दिया तेरे माँ-बाप ने?" फिर अपनी ही बात पर बुरी तरह खिसिया गयी थी दीदी।

गौतमा जानती थी कि दीदी ने ऐसा मात्र भावुकता में बह कर कहा था, गौतमा को दुःख पहुँचाने नहीं। इसलिए उन्हें और अधिक ग्लानि न हो, सोचकर गौतमा बोली, "जानकर तो मैंने ऐसा कुछ भी नहीं किया था दीदी, पर अपनी-अपनी किस्मत है। मेरे बाबू कहते हैं कि लाख जतन करने पर भी भाग्य की रेखा को मिटाना असम्भव है। ससुराल और पति का चयन भी तो किस्मत के हाथों में ही है ना दीदी। लेकिन आज मेरी नहीं, मोहन के उज्ज्वल भविष्य की कामना करते हुए ये पत्र आप किसी तरह से पोस्ट कर दो। यहाँ गाँव की पोस्ट में मत डालना क्योंकि मेरे भेजे पत्रों का आज तक कोई जवाब नहीं आया है। हो सकता है कि यहाँ से भेजे पत्र अपने गन्तव्य तक पहुँच ही न पाते हों।" उसके बाद गौतमा ने और कुछ न कहा। उसने पत्र को चार भागों में मोड़कर लिफाफे में डाला, फिर अपने थूक से उसे बन्द कर विमला दीदी को थमा दिया।

विमला दीदी की आँखों में कृतज्ञता का भाव भरा था, धीरे से सर हिलाकर व पत्र को साथ लेकर दीदी अपने घर की ओर चली गयी थी। और इससे पहले कि दिन के आराम के बाद सासू जी जग जाये, गौतमा भी भागते हुए घर पहुँच गयी थी।

परीक्षा

गौतमा के विवाह को चार महीने ही हुए थे, लेकिन उसके लिए ये चार माह चार युगों से कम न थे। वो तो भगवान का शुक्र था जो सनौरी गाँव में उसे विमला दीदी जैसी सखी मिल गयी थी। यदि विमला दीदी न होती तो ये चार महीने भी काटने कितने भारी हो जाते। मन की दो बातें भी किसी से न कर पाती वह। उधर माँ और बाबू को अब तक वह पाँच पत्र लिख चुकी थी, पर शिवपुर से न तो बाबू खुद उससे मिलने आये और न ही उनकी ओर से कोई समाचार ही आया। दिन-ब-दिन गौतमा की चिन्ता बढ़ती जा रही थी।

'बाबू इतने बेपरवाह कैसे हो सकते हैं, यहाँ आकर मेरी सुधि लेना तो रहा दूर, उन्होंने कुशल क्षेम पूछने के लिए एक पत्र तक न भेजा, कहीं कुछ अनहोनी न घटी हो उनके साथ!' सोचकर वह दिनों दिन और अधिक बेचैन होती जा रही थी। 'और भवानी शंकर', मन को लाख रोकने के बाद भी उसका खयाल आते ही दर्द की एक तेज लहर उसके हृदय में चल उठती थी। इन चार महीनों में उसे भुलाने के लिए सारे प्रयत्न किये थे उसने, लेकिन भवानी की स्मृतियाँ कब इतनी आसानी से मिटने वाली थीं? और कष्ट के क्षणों में तो भवानी की याद कुछ अधिक ही साकार हो उठती थी। पर शायद माँ-बाबू की तरह वह भी उसे भूल चुका था। शायद यही उचित भी था। इस जन्म का साथ तो वे लोग भोग चुके थे, अब तो मात्र बिछोह शेष था, तो स्मृतियों से क्या लाभ? आज भी रसोई के काम में लगी गौतमा इन तमाम विचारों में उलझी हुई थी कि विमला दीदी अनपेक्षित ही रसोई में आ घुसी। विमला दीदी ने हल्के लाल फूलों वाली साफ सूती साड़ी पहनी थी और आज उनकी चोटी भी कुछ अधिक सलीके से बँधी थी, जो उन पर खूब फब रही थी। विमला दीदी से पूछने की आवश्यकता नहीं थी कि वे कैसी हैं, क्योंकि अंग-अंग से फूटती खुशी को छुपाने में असमर्थ थीं वह।

गौतमा को देखते ही विमला दीदी ने उसे आलिंगन में ले लिया था और खुशी के आवेग में वे बोलीं, "गौतमा जानती है, क्या हुआ?"

"क्या हुआ, बड़ी खुश लग रही हो दीदी" गौतमा ने पूछा।

"बात ही खुशी की है गौतमा, और तुम सुनोगी तो तुम्हें भी इतनी ही खुशी होगी।"

"बताओ ना दीदी हुआ क्या है?" कारण जानने के लिए गौतमा भी व्यग्र हो उठी थी।

"ठीक है, तो सुन, बिमला दीदी खुशी को संवरण करने का प्रयास करते हुए बोली, मेरे मोहन के बाबू घर आ गये हैं, हम दोनों को अपने साथ दिल्ली ले जाने को।"

"सच?"

"हाँ, सच। आज सुबह ही आये हैं। और परसों ही हम लोग दिल्ली जाने वाले हैं। पर मैंने ये बात अभी तक किसी को भी नहीं बतायी है, क्योंकि मैंने सोचा सबसे पहले ये बात उसे बताऊँ जिसके कारण मेरे मोहन के भविष्य में आशा की किरण जागी है, और वो तू है गौतमा, तू। ये खुशी का दिन आज सिर्फ तेरे ही कारण आया है।" फिर विमला दीदी ने एक बार पुनः गौतमा को कसकर गले से लगा लिया। काफी देर तक गौतमा विमला दीदी के गले से लगी रही थी। और बड़ी देर तक उन दोनों के आँसुओं से रसोई की कच्ची जमीन गीली होती रही थी। खुशी व कृतज्ञता के बोझ को थोड़ा कम कर जब विमला दीदी अपने घर चली गयी, तो अचानक ही घिर आया उदासी का घना बादल, गौतमा के मन के अँधेरे को और अधिक काला कर गया था। 'यहाँ सनौरी गाँव में मात्र दीदी ही मेरा दुःख दर्द बाँटने में समर्थ थी, मेरे अच्छे-बुरे का ध्यान रखती थी, और आज के बाद अब वे भी यहाँ न रहेंगी। क्यों विधाता मुझसे इतना रूठ गया है कि मेरे अपनों से ही बारम्बार मुझे अलग कर देता है?' गौतमा के मन में रह-रह कर यही विचार उठता था।

तीन दिन बाद सुबह ही घर के आगे से जाने वाले मार्ग पर विमला दीदी, उसके पति तथा मोहन दिल्ली के प्रस्थान के लिए आ चुके थे। मोहन के पिता उस पार के गाँव से एक खच्चर किराए पर ले आये थे, जिस पर बैठकर मोहन छह घंटे का मार्ग तय करने वाला था। साथ में गाँव के कुछ और लोग भी थे जो लाठी, कुल्हाड़े व भाले तथा मशालें लेकर विमला दीदी के परिवार को सुरक्षित दिल्ली जाने वाली बस तक छोड़ने वाले थे। जाने से पहले गौतमा ने विमला दीदी से लिपटकर कहा था,

"तुम्हारे बिना सनौरी गाँव का जीवन अब और अधिक कठिन हो जायेगा दीदी।"

उस पर विमला दीदी ने कहा "तुझे छोड़कर जाने का अपार दुःख मुझे भी

है गौतमा। मैंने तुझसे इन चार महीनों में चार जन्मों का सम्बन्ध जोड़ लिया है। जी करता है, तुझे भी साथ लेकर चलूँ या फिर स्वयं भी यहीं रुक जाऊँ।" और फिर वह जोर से रोने लगी थी।

"रोओ मत दीदी, तुम्हारा जाना जरूरी है। मोहन की शिक्षा से अधिक महत्त्वपूर्ण और कुछ भी नहीं है। इसलिए तुम सहर्ष जाओ। तुम्हारे साथ प्रेम और आत्मीयता में बिताये ये चार माह, मैं कभी भी न भूल पाऊँगी दीदी।"

विमला दीदी चली गयी। गौतमा की नजरें उस पतले संकरे रास्ते पर तब तक उनका पीछा करती रही थीं, जब तक एक मोड़ पर वे लोग अदृश्य नहीं हो गये। गौतमा का मन हुआ कि वह भी पहाड़ों के उस पार जाकर वहीं कहीं अदृश्य हो जाये। पर धूप में चमकती उन विशाल चोटियों व अँधेरी गहरी घाटियों को पार करना गौतमा जैसे पिंजरे में बन्द व पर कुतरे हुए पक्षी के लिए ऐसे कहाँ सम्भव था।

विवाह को पाँच महीने हो गये थे। शिवपुर से अब भी कोई समाचार न मिला था। माता-पिता के प्रति गौतमा के मन का आक्रोश अब चिन्ता में परिवर्तित हो रहा था, और अब रात-दिन सताती उस चिन्ता का निवारण करना भी आवश्यक हो गया था। इसलिए एक दिन जब वह सुबह-सुबह पुरुषोत्तम के पास चाय लेकर गयी तो कई दिनों से मन में छिपाये प्रश्न को पुरुषोत्तम के सामने रखने से स्वयं को रोक न सकी।

"शिवपुर से खबर न आये महीनों बीत गये हैं, मुझे बहुत चिन्ता हो रही है उन लोगों की। मिलने की भी बड़ी इच्छा है उनसे, क्या मैं कुछ दिनों के लिए वहाँ जा सकती हूँ?"

पुरुषोत्तम ने चाय के तब तक दो ही घूँट भरे थे, गिलास को एक ओर रखते हुए बोला, "सुबह-सुबह कुछ और बात करने को नहीं है तेरे पास? इस ससुरी चाय का जायका ही बिगाड़ दिया है तूने। क्यों चिन्ता करती है शिवपुर की? मस्त होंगे वे लोग अपनी जिन्दगी में, और तू भी मस्त रह यहाँ। आखिर किस चीज की परेशानी है तुझे यहाँ, जो वहाँ जाना चाहती है?"

फिर वह चाय का गिलास उठा कर ऐसे लम्बे घूँट भरने लगा जैसे उसने गौतमा की समस्या का अप्रतिम समाधान निकाल डाला हो। गौतमा उसकी निष्ठुरता पर आहत हो गयी थी। लेकिन शिवपुर जाना था तो पुरुषोत्तम को मनाना आवश्यक था, अतः वह आवाज में और नरमी लाकर बोली–

"विवाह को पाँच महीने से ऊपर हो गया है। एक बार तो मुझे उन लोगों से मिलकर आना ही चाहिए। विदाई के दिन माँ बहुत बीमार भी हो गयी थी।

उसके बाद उन लोगों की कोई खबर ही नहीं मिली। कहीं कुछ बुरा भला न हो गया हो? वैसे अगले महीने नवरात्रों का मौसम है, त्योहार के मौसम में माँ और बाबू मुझे मैत (मायके) में देख कर बड़े खुश होंगे।"

"बन्द कर ये बकर-बकर। कहा ना मैंने, तेरा वहाँ जाना अभी सम्भव नहीं है। यहाँ से शिवपुर का पूरे ढाई दिन का रास्ता है। अल्मोड़ा जाने वाले रास्तों में एक तो पहले ही नरभक्षी बाघ लगा है, उस पर पैसा! पैसा भी तो चाहिए जाने के लिए। किराया? जानती है ना, किराया क्या होता है, बस का टिकट। तेरे बाप ने मुझे शादी में तक एक पैसा नहीं दिया, वो अब क्या पैसे देगा। नम्बर एक का मक्खी चूस आदमी है वो बुड्ढा।"

"मेरे बाबू के लिए ऐसी बातें कहते हुए आपको शर्म आनी चाहिए, उनकी कानी अँगुली के बराबर भी नहीं हो सकते आप लोग।" बाबू के लिए ऐसे अपशब्द सुन कर वह इतना क्षुब्ध हो गयी थी कि वह भूल गयी थी कि कुछ क्षण पूर्व ही वह पुरुषोत्तम से याचक की भाँति बातें कर रही थी।

उसे गुस्से में देख पुरुषोत्तम, जो पिछले कई बार से उसे उकसा रहा था, अपनी सफलता पर मन ही मन प्रसन्न हो उठा था। फिर एक कुटिल मुस्कान से उसकी ओर देखते हुए बोला, "अगर तेरा बाप इतना अच्छा है जितना तू समझती है, तो आया क्यों नहीं तुझसे मिलने आज तक? तुझे ही वहाँ क्यों जाना है, बुड्ढा भी तो आ सकता है यहाँ, उसे किसने रोका है यहाँ आने से?"

पुरुषोत्तम की बात से गौतमा इतना तिलमिला गयी थी कि पुरुषोत्तम को करारा जवाब दिये बिना वह स्वयं को रोक न सकी।

"बाबू जरूर आते, यदि जान जाते कि आप लोग कितने झूठे और बेईमान हैं, उनसे छल कर..."

'तड़ाक', पुरुषोत्तम ने एक जोरदार झापड़ गौतमा के गाल पर मारा और गुस्से में काँपते हुए बोला, "बड़ी बद्ज़बान है तू, तेरे बाप ने ये नहीं बताया होगा तुझे आज तक। और चिन्ता न कर, बताएगा भी नहीं अब कभी वो, क्योंकि मैं तुझे वहाँ उससे मिलने ले जाने वाला नहीं हूँ।"

फिर पुरुषोत्तम चाय पीकर वापस लेट गया था। गौतमा अपने झन्नाये हुए मुँह पर हथेली का दबाव डाल कर सोच रही थी कि 'क्या पुरुषोत्तम वास्तव में इतना गिरा हुआ था?' अभी मुँह का दर्द ठीक भी न हुआ था कि घर के नीचे के कक्ष से आवाज आयी–

"बहू कहाँ है तू आज? यहाँ ना...सूरज चढ़ आया है। रसोई में कलश भी खाली है और ऊपर तू है ना...नीचे आने का नाम ही नहीं ले रही।"

गौतमा जानती थी कि सासू कलाई देवी को चुप कराना सिद्धों तक के वश में न था, इसलिए वह धीरे-धीरे जीने से उतर कर रसोई में चली गयी व कलश उठा कर स्रोत की ओर चल दी।

पुरुषोत्तम के तमाचे को भुलाना मुश्किल था। उसे उस दिन की याद हो आयी जब शिवपुर में एक दिन कैलाश से लड़ने के कारण माँ ने उसके गाल पर थप्पड़ मारा था, और बाबू माँ पर ऐसा करने के लिए बुरी तरह बिफर पड़े थे, वे माँ से बोले थे, “रेवती, बेटी पर दुबारा हाथ उठाओगी तो तुमसे बुरा पति किसी का न होगा।” उस दिन की घटना के बाद अपने घर में उसने कभी मार न खायी थी। लेकिन आज पुरुषोत्तम ने कितनी सहजता से उसके गाल पर मार डाला था। गौतमा के स्वाभिमान को भारी ठेस पहुँची थी। ‘कैसे वह पुरुषोत्तम से बदला ले’, सोचते हुए वह स्रोत की ओर बढ़ी जा रही थी कि उसकी दृष्टि सामने सिसौंण की हरी डाल पर पड़ी, एक कुटिल मुस्कान को अपने होठों पर फैलने से न रोक पायी थी वह तब।

उस रात पुरुषोत्तम जब सोने गया तो बिलबिला गया था। उसका चिल्लाना सुन उसकी माँ कलाई देवी भी जीने से ऊपर चढ़ उसके कक्ष में चली आयी थी। पुरुषोत्तम के माँ-बाप ने मिलकर उसका पाजामा खुलवाया था। लेकिन उन्हें भी खुजली का कोई रहस्य समझ न आया, बल्कि सारी गालियाँ परमा के पिस्सू से ग्रसित कुत्ते को गयी थी। क्योंकि पुरुषोत्तम शाम को देर तक परमा के घर बैठ हुक्का पी रहा था। सत्य सिर्फ गौतमा को ही ज्ञात था, क्योंकि उसने ही पुरुषोत्तम के पाजामे को सिसौंण के महीन काँटों से भर दिया था। उसका प्रतिशोध तो पूरा हो गया था, पर पुरुषोत्तम की खुजली से लाल हुई जाँघें देख कर वह ग्लानि व दुःख से भर उठी थी। उसने मन ही मन निर्णय लिया कि अब से जो भी हो, बदले की भावना में वह अपनी नैतिकता का पतन कभी न होने देगी।

तिलांजलि

उस दिन पहला नवरात्र था। गौतमा को शिवपुर की बहुत याद आ रही थी। आज के दिन घर में कितना उत्साह रहता था, प्रतिवर्ष बाबू घर की दीवारों पर सफेदी किया करते थे, तथा माँ रोज ताजे गोबर से आँगन समेत पूरे घर के जमीन की लिपाई किया करती थी। रामकथा सुनने को कितने लोग शिवालय में एकत्रित होते थे, सोच कर गौतमा का मन बेचैन हो उठा। विवाह को पूरे छह माह हो गये थे। माँ-बाबू इतने निष्ठुर निकलेंगे उसने सोचा भी न था, अकेली बेटी को इतने दूर भेज कर घर में सब चैन की बंशी बजा रहे थे। बेटी जिन्दा भी है या मर चुकी है, इसकी भी खबर न ली थी उन लोगों ने। ये सब सोचते-सोचते उसके मन में उनके प्रति पुनः विद्रोह भर आया। 'ठीक है यदि उन्हें बेटी की सुध नहीं तो वह भी भूल जायेगी उन्हें' मन ही मन सोच रही थी गौतमा, वैसे भी शिवपुर से उसका नाता ही क्या बचा है? सनौरी गाँव ही अब उसका अपना घर है, उसे अपने इस घर को एक नयी दृष्टि से देखना होगा, सास-ससुर में ही उसे अपने माँ-बाबू को ढूँढ़ना होगा। और पुरुषोत्तम, उसकी आकांक्षाओं के अनुरूप भले ही न हो, पर है तो उसका पति ही। अतः उसका प्यार पाने के लिए उसे स्वयं भी उसे प्यार देना होगा। उस दिन गौतमा ने मन में निश्चय कर लिया था कि वह मन के सारे संशय निकाल कर ससुराल की प्रत्येक उस चीज को अपना लेगी जिसका आज तक उसने तिरस्कार ही किया था।

एक नयी आशा के साथ वह जीना उतरकर आँगन में आयी थी। सूर्योदय अभी नहीं हुआ था लेकिन पर्वतों के पीछे से लाल व गुलाबी रंग की मिली जुली रोशनी चोटियों पर जगह-जगह अनोखा सौन्दर्य बिखेरे थी। गौतमा को अपनी आँखों पर विश्वास न हुआ। इतना सुन्दर दृश्य उसने आज से पहले क्यों न देखा? घाटियों पर बने सीढ़ी नुमा खेत कहीं सुनहरे व कहीं गहरे हरे रंग की आभा लिए थे। वही नहीं, गौतमा ने जहाँ भी नजर दौड़ायी, प्रकृति के उस अप्रतिम सौन्दर्य से वह ठगी-सी खड़ी रह गयी। शायद ऐसे ही अनोखे दृश्य से प्रेरित हो कुमायूँ

के कवि शिरोमणि सुमित्रानन्दन पन्त जी ने उन सुन्दर कविताओं की रचना की होगी जिन्हें वह स्कूल में पढ़ती आयी थी। गौतमा का मन पुलकित हो उठा। 'चार दिनों का जीवन है, इसे सन्ताप में जीने से क्या लाभ?' उसने सोचा। आज नवरात्र का पहला दिन था। वह आज कुछ नया करना चाहती थी, कुछ अलग। लेकिन कुछ भी करने से पहले उसे पूरे घर की सफाई करनी चाहिए, उसने मन में सोचा। पुरुषोत्तम के वस्त्र कई दिनों से मैले पड़े थे, उन्हें लेने वह जीना चढ़कर वापस कक्ष में चली गयी। पुरुषोत्तम गहरी नींद में था, गौतमा ने उसके सारे मलिन वस्त्रों की एक ढेरी बना कर उन्हें बाल्टी में रख लिया था। फिर उसकी नजर खूँटी में टँगे पुरुषोत्तम के पोस्टमैन के सदृश थैले पर गयी। किसी जमाने में थैले का रंग हरा रहा होगा, पर आजीवन साबुन का मुँह न देखने से थैला गहरे भूरे रंग का दिखने लगा था। और फीते तो इतने गन्दे थे कि एक बार गैंडे की खाल को भी मात देने में सफल हो सकते थे। पुरुषोत्तम के कपड़ों के साथ-साथ उसके थैले की धुलाई भी अत्यावश्यक थी, सोचकर गौतमा ने जैसे ही थैले को उलटा, आश्चर्य से उसकी आँखें फटी की फटी रह गयी थीं।

माँ-बाबू को लिखे पाँचों पत्र जो उसने पुरुषोत्तम को दिये थे, उसके आगे पड़े थे। 'पुरुषोत्तम उसके पत्र प्रेषित नहीं करता था', उसका ये नाजायज शक आज विश्वास बनकर सामने पड़ा था। 'यह व्यक्ति इतना कैसे गिर सकता है, उसने सोचा, उसके व माँ-बाबू के बीच यही तो एक माध्यम था कुशल क्षेम जानने का, और इस निष्ठुर इंसान से ये भी न देखा गया।' गौतमा ने पुरुषोत्तम की ओर देखा, वह अभी भी मुँह खोल कर सोया हुआ था। उसे क्रोध आ गया और वह संयम खो बैठी। उसने थैले को पुरुषोत्तम के मुँह पर खींच कर दे मारा। वह हड़बड़ा कर उठ बैठा, और गौतमा को सामने देख आग बबूला हो उठा।

"पागल हो गयी है क्या? क्यों फेंका ये थैला मेरे मुँह पर?" एक हाथ चेहरे पर रख व दूसरे से थैले को वापस गौतमा के मुँह पर फेंकते हुए वह बोला।

"क्यों फेंका? शर्म नहीं आती ये पूछते हुए तुम्हें? ये देखो मेरे पत्र। आखिर तुमने ये पत्र भेजे क्यों नहीं? तुम पर विश्वास कर दिये थे ये मैंने तुम्हें। ऐसा भी क्या बिगाड़ा है मैंने तुम्हारा? ये मात्र पत्र ही तो थे, इनसे कौन-सी दुश्मनी थी तुम्हें?" दुःख व क्रोध से गौतमा अत्यन्त विचलित हो गयी थी।

"हाँ, है मुझे दुश्मनी", पुरुषोत्तम भी आवेश में आ चुका था, "तेरे पत्रों से भी और तेरी शिक्षा से भी। तू सोचती क्या है, यही ना कि तेरा घर मेरे घराने से ऊँचा है, पढ़ा-लिखा है, और तू मेरी तुलना में अधिक श्रेष्ठ है, और इसीलिए तू मुझसे व मेरे घर वालों से घृणा करती है, है ना? तो मैं भी दीवाना नहीं हूँ

तेरा। तेरे जैसी पत्नी नहीं चाहिए थी मुझे। मुझे मेरी हिरुली जैसी ही अनपढ़ सीधी-साधी घरवाली चाहिए थी, अपने बाप और चाचा की बात रखने को ब्याह किया था तुझसे मैंने। हाँ, एक बात और बता दूँ, तू पढ़ना-लिखना जानती है, यदि मैं ये पहले जान गया होता तो मैं कभी भी तुझसे ब्याह न करता।"

"मैं साक्षर हूँ इसमें मेरी क्या गलती है। और तुम्हें इससे कौन-सी हानि पहुँच रही है?"

"हानि पहुँचती है मुझे, रोज पहुँचती है। तुझे क्या पता, बच्चे से लेकर बूढ़े तक मजाक उड़ाते हैं मेरा। ताने देते हैं तरह तरह के। कहते हैं कि मास्टरनी है पुरुषोत्तम की घरवाली, रोज मुर्गा बनाती होगी इसको।"

"तो उनका बदला आप मेरी चिट्ठियों से लेंगे, ये जानते हुए भी कि मैं रात-दिन अपने माँ-बाबू की याद में जलती रहती हूँ, अपनी सोच पर आपको ग्लानि नहीं होती?" गौतमा ने पूछा।

"मुझे कोई ग्लानि नहीं होती। वैसे भी मैं पढ़ भले ही न सकूँ, पर इन पत्रों में हमारी बुराइयों के अलावा और कुछ न होगा ये तो समझता ही हूँ मैं। इसलिए इन्हें डाक में न डालने में मुझे कोई ग्लानि नहीं होती, ठीक वैसे ही जैसे तेरे बाबू की ओर से आये कई पत्रों को फाड़कर फेंकने में भी मुझे आज तक कभी कोई ग्लानि नहीं हुई है।" पुरुषोत्तम के विचारों की तरह उसका चेहरा भी प्रति पल क्रूर होता चला जा रहा था।

"तुम इंसान नहीं हैवान हो", घृणा से बोली थी गौतमा।

"आज सुबह-सुबह तुझे फिर से झापड़ खाने का मन है, लगता है। इसलिए खैरियत चाहती है तो बाहर चली जा। हाँ, और जाने से पहले एक बात और ध्यान से सुन ले, वो ये कि इस घर में न ही कभी कोई पत्र आयेगा और न ही यहाँ से कोई पत्र जायेगा। बड़ी आयी पत्र लिखने वाली, जैसे जो लोग पत्र नहीं लिखते वो इंसान ही नहीं हैं साले।"

पुरुषोत्तम बड़बड़ाता चला जा रहा था और गौतमा उसके थैले समेत सारे मलिन वस्त्रों को कक्ष में ही छोड़ आयी थी। ये सोच कर कि पुरुषोत्तम का मन उसके वस्त्रों से कहीं अधिक काला है, इसलिए आज वह उसके वस्त्र नहीं धोएगी।

वह जीने से उतर कर आँगन में चली आयी। सूरज निकल चुका था। प्रकृति में कुछ देर पहले फैला अनुपम सौन्दर्य न जाने कहाँ लुप्त हो गया था, और रह गयी थी वही उदास व नीरस धूप। त्योहार के इस पहले दिन का उत्साह कुछ ही क्षणों में न जाने कहाँ काफूर हो चुका था। और रोज की तरह वह दिन भी शिवपुर की स्मृतियों में ही ढल गया। पर सुबह की घटना के कारण आज वह

पहले से कहीं अधिक निराश, व अकेली महसूस कर रही थी क्योंकि अब उसके व शिवपुर के मध्य समाचारों के आदान-प्रदान की सम्भावना तक न बची थी।

उस रात रसोई का कार्य समाप्त कर थके कदमों से जब वह कमरे में जाने के लिए जीने की सीढ़ियाँ चढ़ने लगी तो नीचे के कक्ष से सासू कलाई देवी की तेज आवाज उसके कानों में पड़ी,

"बहू, सोने से पहले ना...एक बार गौशाला को देख आ। कल रात साँकल चढ़ाना भूल गयी थी तू। कितनी बार कहा है तुझसे कि साँकल को ना...याद करके लगाया कर। परसों रात सनवालों की दो गायें गौशाला के अन्दर मार गयी थी बाघिन। इसलिए ऐसी बेपरवाही ना...ठीक नहीं है।"

सासू को खुश रखना कभी सम्भव न था। इसलिए बहुधा उसकी बातों का बिना उत्तर दिये ही अनुसरण कर लेती थी गौतमा। पर आज पुरुषोत्तम की काली करतूतों से वह बेहद खिन्न थी और इस समय बहुत थकी भी। गौशाला घर के पीछे बनी थी, और इस अँधेरे में उसे वहाँ जाने की कोई इच्छा न थी अतः जीने से ही उसने भी जोर से उत्तर दिया।

"मैं साँकल लगाना कभी नहीं भूलती। कल भी नहीं भूली थी, इसलिए आप चिन्ता छोड़ कर आराम कर लें।"

गौतमा ने जीना पूरा पार भी न किया था कि उसकी बात से सासू कलाई देवी बुरी तरह भड़क उठी थी। लालटेन हाथ में ले वह अपने कक्ष से बाहर निकल आयी व आँगन में खड़ी हो उसे कोसने लगी।

"एक तो तू ना...ठीक से काम नहीं करती है, और ऊपर से आजकल तूने जबान चलाना भी सीख लिया है। यही सीखा था तूने स्कूल जाकर? तुझसे तो ना...इस चिन्तामणि का कुत्ता अधिक वफादार है, अपने मालिक की रोटी खाकर घर की रखवाली तो करता है। तू ना...जा पैर पसार के सो जा। तुझे गायों की क्या चिन्ता है? तेरी बला से उन्हें बाघ खाये या सियार। इस घर की चीजें तेरी अपनी हैं ही कहाँ? वो तो सब हमारी हैं, इसलिए तू जा और कुम्भकरण की तरह खर्राटे मार, और मैं ही देख के आती हूँ बेचारी गायों को।"

सासू कलाई देवी के स्वर में रौद्र रस कुछ अधिक तेज हो गया था, जिसे सुन गौतमा सहम गयी थी। वैसे भी सुबह पुरुषोत्तम के साथ हुई जिरह के बाद अब रात को सासू से भी झगड़ा कर वह और अधिक क्लेश नहीं चाहती थी। इसलिए सीढ़ियाँ उतरकर उसने आँगन में खड़ी सासू माँ के हाथ से लालटेन ली व बोली, "आप इतना नाराज न हों, मैं तो मात्र ये कह रही थी कि गौशाला की साँकल चढ़ाने का काम मैं ध्यान देकर करती हूँ, तो उसमें भूल कैसे हो सकती है?"

"तो क्या मैं गलत कह रही हूँ? तू ना...मुझे झूठा साबित करना चाहती है? आज सुबह मैं जब गायों को दुहने गयी थी तो दरवाजे में ना...साँकल नहीं लगी थी। पर तू तो मुझ पर विश्वास ही नहीं करना चाहती, बल्कि सरे आम झूठा कहकर मुझे बदनाम कर रही है तू।" सासूजी अनियन्त्रित होकर भद्रकाली में परिवर्तित होने लगी थीं।

गौतमा को लगा यदि वह कुछ देर वहाँ और खड़ी रही, तो या तो सासू कलाई देवी का या फिर खुद का गला घोंट डालेगी। ये जानते हुए भी कि उसने गौशाला के द्वार को भली भाँति बन्द किया है, रात के इस सन्नाटे में बौखलाई सासू माँ को शान्त करने के लिए, वह घर के पीछे स्थित गौशाला की ओर चली गयी।

घर के पिछवाड़े बना एक छोटा-सा अहाता था, जहाँ दिन में घर के सारे पशु विश्राम किया करते थे। गौशाला का द्वार भी इसी अहाते में ही खुलता था। गौशाला के पीछे फैली पत्थरों की एक कच्ची दीवार थी, जो उसे पीछे फैली झाड़ियों व निर्जन प्रदेश से अलग करती थी। गौतमा दिन की रोशनी में भी गौशाला के पीछे अकेले जाने का साहस न कर पाती थी, और इस समय तो रात का घुप्प अँधेरा फैला था। उसकी लालटेन में तेल भी खत्म था और उसकी बत्ती भी पुरुषोत्तम की तरह ही कुंठाग्रस्त होकर इतना सिकुड़ गयी थी कि चिमनी के अन्दर भी ठीक से रोशनी नहीं दे पा रही थी। गौतमा ने अहाते में कुछ ही कदम रखे थे कि तभी गौशाला के द्वार से निकलकर एक छाया तेजी से अहाते में आयी, और उसी गति से गौशाला से सटी दीवार को पार कर पीछे घने झुरमुटों की ओर चली गयी। गौतमा की समझ में न आया कि यह सब क्या हुआ था, लेकिन जो भी हुआ उसके मन को डर से दहला गया था। 'गौशाला से कौन बाहर निकला?' सोचकर उसकी आत्मा तक काँप गयी थी। उसके शिथिल हाथों से लालटेन गिरी चली जा रही थी। उसका मन हुआ कि वह भागकर घर में चली जाये, पर पैर थे कि एक पग न आगे और न पीछे उठने को तैयार थे। किसी तरह काँपते पैरों को घसीट कर वह गौशाला के द्वार तक पहुँची, और जैसे ही द्वार पर बनी साँकल पर उसका हाथ गया, भय की एक ताजा लहर पुनः उसके मेरुदंड में दौड़ गयी। साँकल ही नहीं, द्वार भी आधा खुला था। लेकिन कैसे? उसे तो द्वार को बन्द करने की पूर्ण स्मृति थी, तो ये कैसे सम्भव था? 'कहीं आज बाघिन ने गौशाला के अन्दर घुसकर गायों का काम तमाम तो नहीं कर दिया।' क्योंकि पिछले कुछ दिनों से सनौरी गाँव भी बाघिन की चपेट में आ चुका था। हालाँकि अब तक उसने वहाँ के किसी भी व्यक्ति पर हमला नहीं किया था, पर दो घरों से पशुओं को मार खा जानें की खबर पूरे गाँव में पहले

ही फैल चुकी थी। कहीं वह परछाईं बाघिन की तो न थी? सोचकर गौतमा बहुत डर गयी थी फिर दूसरे ही पल सासू कलाई देवी का खयाल आते ही वह और पहले से भी अधिक भयभीत हो गयी। कहीं बाघिन ने सचमुच ही उनके गोधन को क्षति पहुँचा दी तो अनर्थ हो जायेगा, क्योंकि ऐसा होने से गायों के साथ-साथ घर में उसका खुद का जीवन भी स्वाहा हो जायेगा। सासू कलाई देवी, उसे जीते जी मार डालेगी। और फिर बिना सोचे समझे वह गौशाला में घुस गयी। लालटेन उठाकर उसने सभी गायों का एक-एक कर बारीकी से निरीक्षण किया तो उसकी साँस में साँस आयी। किसी प्रकार की उग्रता व हिंसा का वहाँ कोई चिह्न न था। वह बाहर निकल आयी, व द्वार पर साँकल चढ़ा कर घर की ओर इतनी तेजी से भागी कि उसे साँस लेने की सुध भी न रही। कक्ष में पहुँचकर रोंगटे खड़ी करने वाली उस घटना को पुरुषोत्तम को बताकर, वह अपना भय कम करना चाहती थी, लेकिन लालटेन की उस मरती रोशनी में उसने पुरुषोत्तम को देखा जो मुँह खोल कर बेसुध सोया पड़ा था, शायद भाँग के नशे में था। इतनी रात गये घर के पीछे गयी नवविवाहिता पत्नी अब तक क्यों न लौटी थी, इसकी भी परवाह न थी उस जालिम को।

गौतमा ने लालटेन बुझायी व पास में पड़ी पलँग पर सिकुड़ कर लेट गयी। अहाते में देखी उस छाया का स्मरण होते ही वह भय से एक बार फिर सिहर उठी थी। 'कैसी परछाईं थी वह?' गौतमा सोचने लगी, 'अँधेरे में उसकी आकृति का भी पता न लग पाया था। कोई मानव था या जानवर, या फिर इन दोनों से अलग कोई भूत था वह? जरूर कोई भूत ही रहा होगा', उसने सोचा। 'क्योंकि मानव गौशाला में इतनी रात गये क्यों जायेगा? और यदि कोई जानवर होता, तो वहाँ गायों के आतंकित होने का कोई तो संकेत होता। तो वह अवश्य ही कोई भूत ही रहा होगा' उसने सोचा। इधर पिछले दो दिनों से कोई उसका पीछा कर रहा है, ये शक उसे पहले से ही हो रहा था। क्योंकि स्रोत व खेतों पर जाते समय उसे ऐसा लगा था कि जैसे दो आँखें निरन्तर झुरमुटों व झाड़ियों के पीछे से उसका पीछा कर रही हैं। तब अपने मन का भ्रम समझ उसने उन पर ध्यान न दिया था, लेकिन आज रात उस घने अँधेरे में किसी को तो उसने जरूर देखा था, और उस पर खुला द्वार! 'हे प्रभु, गौतमा ने मन ही मन कहा, जीवन में मनुष्यों से ही पहले क्या कम परेशानियाँ हैं जो अब एक भूत भी आपने मेरे पीछे लगा दिया है।' वह लेटी हुई अपने मन के भय को शान्त करने का प्रयास कर रही थी पर पुरुषोत्तम के कभी ऊँचे व कभी धीमे, तथा कभी दीर्घ व कभी संक्षिप्त खर्राटों के साथ-साथ गौतमा का डर कम होने के बजाय नये-नये रंग बदल रहा

था। उस डरावनी रात में वह बिल्कुल न सो पायी थी, आखिरकार जब भोर आने को हुई तो कुछ देर के लिए उसकी आँख लग गयी।

"क्या सारा दिन सोयी ही रहेगी आज बहू?" सासू कलाई देवी का कर्कश स्वर गौतमा के कानों में पड़ा तो वह हड़बड़ा कर उठ बैठी, उसे लगा कि अभी ही तो उसने आँखें बन्द की थीं, फिर इतनी जल्दी सुबह कैसे हो उठी? उसका शरीर थका था और आँखें खुलने का नाम ही नहीं ले रही थीं। नींद के आवेश में सासू की बातों को विस्मृत कर वह धम्म से वापस बिस्तर पर लेट गयी।

"तुझे काम की भी कोई सुध है या नहीं?" इस बार सासू कलाई देवी पलँग के पास ही खड़ी होकर सोयी गौतमा को घूरे जा रही थी, "सूरज निकलने को है, तूने ना अभी तक एक चाय भी घरवालों को नहीं पिलायी।" सासू कलाई देवी गौतमा पर बरस रही थी, और माँ के समर्थन में पुरुषोत्तम, जो स्वयं भी शोर से जग चुका था, गौतमा को काट खाने वाली नजर से घूरे चले जा रहा था। माँ व बेटे की नजरों से बचने के लिए गौतमा ने घुटनों तक सिमटे सफेद सनील के सुनहरे किनारियों वाले घाघरे को जल्दी से अपनी एड़ियों तक खींचा व चुपचाप जीने से उतर कर रसोई में चली गयी।

"कैसे बेकाबिल माँ-बाप निकले इसके? बेटी को घर में ही जवान कर लिया, पढ़ने को भी भेजा, पर ससुराल के तौर तरीके न समझाए। मेरी तो समझ में ना...ये बात आती ही नहीं है।" रसोई में भी सासू का आधारहीन प्रलाप गौतमा के कानों का पीछा करता रहा। पर कल रात की तरह आज भी सासू कलाई देवी फिर से बवंडर न पैदा कर दे, इसलिए गौतमा ने चुपचाप चाय बनायी व पुरुषोत्तम व उसके माता-पिता तक पहुँचा दी, व स्वयं कलश लेकर आँगन में चली आयी। सर पर रखने से पूर्व उसने ताँबे के कलश को देखा, जो दाग व धब्बों के कारण कान्तिहीन लग रहा था। विमला दीदी के साथ वह रोज कलश को साफ कर चमकाया करती थी। पर इन दिनों न तो उसे समय मिलता और न ही इस तरह के कामौं में उसे रुचि रहती। उस दिन दूसरा नवरात्र था, इसलिए गन्दे कलश को सर पर रखने का मन न हुआ उसका। चूल्हे से कुछ राख लाकर वह आँगन में बैठ गयी और धीरे-धीरे कलश को रगड़ कर साफ करने लगी। शिवपुर का खयाल आज सुबह-सुबह ही हो आया। त्योहार के दिनों स्कूल की छुट्टियाँ रहती थी। माँ इन दिनों रोज एक विशेष प्रकार की पूजा किया करती थी और बाबू रोज भजन गाया करते थे, तथा गौतमा व कैलाश को पास बिठाकर उन भजनों से सम्बन्धित रागों का ज्ञान भी कराया करते थे। फिर उसे बाबू का प्रिय भजन याद हो आया—

"तुम बिन मोरी कौन खबर ले, गोवर्धन गिरिधारी
भरी सभा में द्रौपदी ठारी राखिओ लाज हमारी
गोवर्धन गिरिधारी"

कलश साफ करते-करते गौतमा को पता ही न लगा कि वह ससुराल के आँगन में बैठी थी, वह तो भजन के सुर व शब्दों में कुछ क्षणों के लिए पूरी तरह खो गयी थी, तभी 'धम्म' पीछे खड़े पुरुषोत्तम ने लात घुमाकर एक करारी चोट जमीन पर बैठी हुई गौतमा की कमर में जड़ दी थी। चोट इतनी तगड़ी थी कि गौतमा अनियन्त्रित होकर आगे की ओर गिर पड़ी और उसका मुँह आगे पड़े कलश से जा टकराया था। खून का एक तेज फव्वारा उसके होंठ से निकलकर आँचल को भिगोते हुए उसके सनील के सफेद रंग के घाघरे पर गिर पड़ा था। उसने होंठ को अँगुली से दबाते हुए पीछे मुड़कर देखा, क्रूर चेहरा और कसाई-सा भाव लिए, पुरुषोत्तम क्रोध से काँप रहा था। इससे पहले कि वह पुरुषोत्तम से उसकी इस प्रतिक्रिया के सम्बन्ध में कोई प्रश्न करती, वह खुद ही बोल पड़ा—

"क्यों मारा है? जानती है? नहीं ना? तो मैं ही बता देता हूँ, आखिर बेवजह थोड़े ही मारूँगा। मैंने तेरी पीठ में इसलिए लात जमायी है कि तुझे याद रहे कि घर के आँगन में बैठ कर गीत गाना अच्छे घरों की बहू-बेटियों को शोभा नहीं देता। हो सकता है तेर मैत में लोग ऐसा करते हों, पर ये तेरा मैत नहीं, ससुराल है। हमारे यहाँ चरित्रहीन और बेशर्म औरतें ही ऐसे आँगन में बैठ गला फाड़ कर गीत गाती हैं। वैसे बेशर्म तो तू भी कम नहीं है, माँ से मुँह चलाना और मेरे मुँह पर थैला फेंक कर मारना, बेशर्मी नहीं तो क्या है? बस इसी बेशर्मी के लिए जोरदार लात लगी है तुझे आज। अब अगली बॉर जब तुझे गाने का मन होगा तो मेरी ये लात तुझे गाने से पहले ही याद दिला देगी कि अच्छे घर की औरतें गीत नहीं गाती हैं, है ना? अब जा, पानी ले आ, घर पर ही नहाना है मुझे आज। और जाने से पहले इस होंठ पर कुछ हल्दी लगा ला।"

पुरुषोत्तम वापस कक्ष में जाकर पुनः पलँग पर पसर गया था और आँगन में आ गयी सासू कलाई देवी मन ही मन गौतमा की पीड़ा का आनन्द ले और बिना एक शब्द कहे गौशाला की ओर चली गयी थी। इधर घृणा व पीड़ा से भरी गौतमा ने खाली कलश उठाया व धीरे-धीरे स्रोत की ओर चल दी। उसके होंठ से खून लगातार रिस रहा था, पर कमर पर लगे पुरुषोत्तम की भरपूर लात के आगे उसके होंठ का दर्द नगण्य-सा प्रतीत हो रहा था।

दर्द से बिलबिलाई वह स्रोत की सीधी व सँकरी चढ़ाई पर कमर झुका कर चल रही थी। वह जानती थी कि ससुराल की विषम जीवन प्रणाली और परिवार

वालों की क्रूरता व संवेदन शून्यता दिनों दिन बढ़ती ही जा रही थी। मगर अब उसका तन व मन दोनों परास्त हो चुके थे। उसमें अब और कुछ भी सहने की क्षमता न बची थी। चढ़ाई खत्म हो ढलान शुरू हो गया था। पतली-सी उस पगडंडी पर उतर रही गौतमा ने चारों ओर नजर दौड़ायी। ढलानों पर बने पत्थरों के छोटे-छोटे-से मकान कितने सूने व कितने पराये नजर आ रहे थे। इनमें से कोई एक घर भी न था जहाँ वह अपने मन का दर्द बांट पाती। सासू कलाई देवी की दिन-रात की प्रताड़ना व पुरुषोत्तम के काले कारनामों की कथा किसी को सुना पाती। यहाँ उसका अपना कोई न था, उसे लगा कि यहीं नहीं, इस पूरे संसार में ही उसका अब कोई अपना न था, इसलिए परायों से भरी इस दुनिया में क्या वह सचमुच में जीना चाहती थी? ढलान पार हो चुका था, स्रोत तक पहुँचने से पहले कुछ दूर तक चौड़ा समतल मार्ग था, और उस मार्ग से बाहर चले जाने पर आती थी वह घाटी, जहाँ विमला दीदी ने उसे न जाने की सलाह दी थी। 'इस घाटी में पहाड़ों के हिंसक पशुओं के साथ-साथ भूत-प्रेत भी निवास करते हैं' विमला दीदी ने बताया था। आज तक उसने न कोई भूत न भालू देखा था और न ही कोई दूसरा हिंस जानवर। 'हो सकता है आज दिखाई दे', सोचकर वह उस कच्चे समतल मार्ग को छोड़कर, छोटी झाड़ियों तथा पथरीली चट्टानों के मध्य मार्ग बनाते हुए वहाँ आ पहुँची, जहाँ से आगे जाने का और कोई रास्ता न था बल्कि उसके सामने एक विशाल गहरी घाटी थी जो आसमान की ओर मुँह बाये खड़ी थी। सनौरी व आस-पास के ग्रामवासियों के लिए उस घाटी पर जाना क्यों वर्जित था, गौतमा की समझ में आ गया था। घाटी घनी व अँधेरी थी। ऐसी अतल गहराई को देखकर गौतमा सिहर गयी और न जाने क्यों बहुत निराश भी हो गयी थी। 'इतनी निराशा क्यों', गौतमा ने खुद से पूछा था, क्या इसलिए कि उसे वहाँ से भाग जाने के सुगम मार्ग की चाह थी, और घाटी के अगम्य होने से निराश हो गयी थी वह? फिर वह स्वयं से ही तर्क करने लगी थी कि यदि मार्ग अच्छा भी होता और यहाँ से भागकर वह चली भी जाती, तो आखिर जाती कहाँ? इतने बड़े संसार में एक भी तो द्वार खुला न था उसके लिए। लेकिन तभी आशा की एक नयी किरण उसकी आँखों में चमक उठी, ये सोचकर कि एक द्वार तो अवश्य खुला था, 'यम का द्वार', और वहाँ जाने से कौन रोक सकता था उसे?

माँ-बाबू को उसकी अब कोई जरूरत न थी, व पुरुषोत्तम व उसके परिवार वालों पर भी वह मात्र एक बोझ ही थी। 'जब जीवन लीला इतनी नीरस हो चुकी है तो इसे जबरदस्ती रंगमंच पर खड़े रखने से क्या लाभ?' उसने सोचा।

और अचानक ही उसका मन हल्का हो उठा। वह इसी घाटी में कूदकर आत्मघात करेगी। उसने मन में मर जाने का निर्णय ले लिया था। अपनी जीवन लीला को समाप्त करने के विचार पर उसे भवानी शंकर का स्मरण हो आया, और अनायास ही उसकी आँखें एक बार पुनः भर आयीं। वह मन ही मन बोली, 'इस जन्म में न सही पर किसी न किसी जन्म में तो मैं तो तुम्हें पाकर रहूँगी ही मेरे भवानी शंकर!' तत्पश्चात उसने सर पर रखे कलश को नीचे उतार दिया, व जैसे ही वह घाटी में छलाँग लगाने को उद्यत हुई थी कि दो मजबूत हाथों ने उसे एक झटके से पीछे खींच लिया। साक्षात देवदूत की तरह जो व्यक्ति सामने खड़ा था, उसे देखकर गौतमा की आँखें फटी की फटी रह गयी थीं।

'क्या वह एक स्वप्न था?' उसने खुद से पूछा, लेकिन वह स्वप्न कैसे हो सकता था, क्योंकि उसे बचाने वाले हाथ काल्पनिक न थे, वे तो सत्य थे। उसे अपनी इन्द्रियों पर विश्वास न हो रहा था कि उसके सम्मुख और कोई नहीं, वरन् भवानी शंकर पाण्डे खड़ा था, उसका अपना भवानी। आवेश में आकर उसने भवानी शंकर को जोर से अपने हृदय से लगा लिया था। उस दिन महीनों से उमड़ रहे बिछोह के बादलों ने उनकी आँखों से भारी वर्षा शुरू कर दी थी। बड़ी देर तक एक दूसरे से चिपके वे दोनों रोते रहे थे। खूब देर तक रो लेने के बाद जैसे ही गौतमा का मन कुछ हल्का हुआ तो यथार्थ का भी बोध सहसा ही एक साँप की तरह गौतमा की छाती पर चढ़ बैठा, और बड़ी तेजी से वह भवानी शंकर के सीने से छिटक कर दूर हट गयी।

"भवानी, तुम यहाँ कब, कैसे और क्यों आये हो? तुम्हें यहाँ ऐसे नहीं आना चाहिए था।" उसकी साँसें तेज चल रही थीं और न जाने क्यों उसकी आँखों में एक भारी अपराध बोध-सा घिर आया था।

"मैं यहाँ तीन दिन पहले एक लम्बी पद यात्रा करके आया हूँ, और इसलिए आया हूँ कि तुम्हें अपने साथ ले जा सकूँ।"

"तीन दिन पहले? तुम कहाँ रहे इन तीन दिनों में? इस छोटे-से गाँव में तुम्हारा कौन अपना है जिसने तुम्हें यहाँ शरण दी है?" गौतमा ने पूछा।

"मुझे किसी ने भी शरण नहीं दी है गौतमा। इन सारे दिनों में मैं दिन भर तुम्हारे साथ ही रहा हूँ और रात को तुम्हारी गौशाला में।"

"तुम? हमारी गौशाला में! तो क्या कल रात वो भूत...?" गौतमा का आश्चर्य प्रति पल बढ़ता चला जा रहा था।

"तुमने कोई भूत नहीं देखा था, वो मैं ही था।" भवानी मुस्कराकर बोला था, "कब, कहाँ और क्यों तुम्हारे तीनों प्रश्नों का उत्तर दे चुका हूँ मैं गौतमा, लेकिन

अब तुम भी मेरे एक प्रश्न का उत्तर दो। इतनी गहरी घाटी में कूदकर तुम क्या करना चाहती थी? आत्मघात? तुमने ऐसा सोच भी कैसे लिया? इतना स्वार्थी होने से पहले एक बार मेरे बारे में भी न सोचा तुमने? वो तो कृपा हुई हमारे शिवालय के शम्भू शंकर की, जो उन्होंने यहाँ मुझे समय से भेज दिया, अन्यथा अनर्थ कर बैठती तुम आज।" क्रोध व चिन्ता के मिश्रित भाव से भवानी शंकर, एकटक गौतमा की ओर देखे चला जा रहा था।

"भवानी", गौतमा सुबकियाँ लेते हुए बोली, "मैं हार गयी हूँ, मेरे लिए यहाँ का जीवन अत्यन्त कठिन है, उस पर घरवालों की रात-दिन की उलाहना व प्रताड़ना अब मेरी सहन शक्ति से बाहर हो चुकी है। मुझे जीने के मार्ग से परलोक जाने का मार्ग अधिक आसान दिखाई देने लगा था, इसीलिए मैंने सोचा..."

"घाटी में कूदकर प्राण दे दूँ, यही ना। विदाई के समय तुमने मुरली से कह भिजवाया था कि मैं तुम्हें कभी न भूलूँ। और मैं कभी भूला भी नहीं, भुला ही न सका तुम्हें मैं। लेकिन लगता है कि तुम तो मुझे पूरी तरह भूल गयी हो गौतमा।" भवानी का स्वर भावुक हो चला था।

"नहीं भवानी, मैं भी तुम्हें कभी नहीं भूली। हाँ, प्रयास तो बहुत किया है मैंने, लेकिन मेरी हर साँसों में सदैव तुम ही रहे हो भवानी। तुम्हारे बिना ये जीवन भी इन्हीं पहाड़ों-सा लम्बा हो गया है।" गौतमा ने फिर से रोना शुरू कर दिया था।

"रोओ मत गौतमा, मैंने सब देख भी लिया है, और सुन भी लिया है। मुझे भी बहुत कुछ कहना है तुमसे, लेकिन बाद में। अभी तुम चलो मेरे साथ", गौतमा का हाथ पकड़, चलने का उपक्रम करते हुए कहा था भवानी शंकर ने।

"तुम्हारे साथ! कहाँ?" गौतमा हाथ छुटाते हुए बोली।

"हाँ, मेरे साथ, कहाँ, ये नहीं जानता मैं। जानता हूँ तो सिर्फ इतना कि तुम इस जगह अब एक और क्षण नहीं रुकोगी।" भवानी की आँखों में दृढ़ निश्चय का भाव देखकर गौतमा एकाएक घबरा-सी गयी और स्वतः ही दो कदम पीछे हट गयी थी। वह आश्चर्य भरी नजरों से भवानी को देख कर बोली, "तुम जानते भी हो भवानी कि तुम क्या कह रहे हो? अपने साथ चलने को कहते हो, जानते हुए भी कि ब्याहता स्त्री हूँ मैं?"

"हाँ, जानते हुए भी कि तुम ब्याहता हो, ऐसे घर की ब्याहता हो, जहाँ न तो तुम्हारी कोई कद्र है और न ही तुम्हारी भावनाओं की। मैं तुम्हें यहाँ एक पल भी और न ठहरने दूँगा, अब चलो यहाँ से।" भवानी ने फिर से गौतमा का हाथ पकड़ लिया था।

"लेकिन भवानी जो भी हो, जैसा भी हो, अब तो यही घर है मेरा। माँ और

बाबू ने अपने हाथों से डोली में बिठाकर भेजा था यहाँ, पुरुषोत्तम के साथ, मेरा पति है वो। उसे छोड़कर कैसे जा सकती हूँ मैं?"

माँ-बाबू ने तुम्हें यहाँ भले ही भेजा हो, कभी सुधि लेने भी आये वे लोग तुम्हारी? बेटी इतनी दूर कैसे जीवन बिताती होगी, कभी ये जानने की चेष्टा भी की उन्होंने? और वो पुरुषोत्तम, जिसे तुम अपना पति मान रही हो, पति की परिभाषा भी जानता है वह नीच इंसान? पति वह होता है गौतमा, जो पत्नी के दुःख-दर्दों को बाँटता है, न कि वो जो बेवजह उसे कष्ट पहुँचाता है। पुरुषोत्तम ने तुम्हारे साथ सात फेरे भले ही लिए हों, पर मैं उसे तुम्हारा पति नहीं मानता। इन तीन दिनों में अपनी इन्हीं आँखों से देखा है मैंने उसे, वह तुमसे प्रेम नहीं करता, इसलिए वह भी तुम्हारे प्रेम के काबिल नहीं है गौतमा।"

"लेकिन भवानी"

"लेकिन-वेकिन कुछ नहीं गौतमा, उसकी लात से टेढ़ी हुई तुम्हारी कमर और ये लहूलुहाता फटा होंठ क्या पुरुषोत्तम की नीचता का प्रमाण देने के लिए काफी नहीं है?"

"तो क्या आज सुबह जो हुआ, तुमने देखा था?" गौतमा ने आश्चर्य से पूछा।

"हाँ, सब देखा था मैंने, गौशाला के पीछे अमलतास की डाल से तुम्हारे आँगन का पूरा दृश्य स्पष्ट देखा था मैंने। पुरुषोत्तम ने जब तुम्हारी पीठ पर लात घुमायी थी, मैं क्रोध से पागल हो उठा था। एक बार जी में आया कि जाकर गला दबोच दूँ उस राक्षस का। लेकिन ऐसा करने से तुम्हें कहीं खो न दूँ इसलिए चुप रह गया था मैं। लेकिन अब मैं तुम्हें वापस वहाँ न जाने दूँगा गौतमा, तुम्हें मेरे साथ चलना ही होगा।"

"मैं बहुत मजबूर हूँ भवानी, मैं तुम्हारे साथ नहीं जा सकती। तुम्हें एक विवाहित स्त्री के पास ऐसा प्रस्ताव लेकर नहीं आना चाहिए था।" गौतमा असहाय महसूस कर रही थी।

"मैं यहाँ तुम्हें साथ ले जाने के उद्देश्य मात्र से नहीं आया था गौतमा। जानता हूँ कि तुम्हारे बिना मेरा जीवन भी बिना दिशा के भटक रहा है। लेकिन सौगन्ध है तुम्हारी गौतमा, यदि तुम यहाँ एक सुखी जीवन बिता रही होती, तो मैं चुपचाप यहाँ से वापस चला जाता। पर जो मैंने देखा है उसके बाद मैं तुम्हें साथ लिए बिना अकेले यहाँ से कैसे लौट सकता हूँ?"

"लेकिन मैं पुरुषोत्तम की पत्नी हूँ भवानी शंकर, उसे छोड़कर तुम्हारे साथ जाने की अनुमति मेरा धर्म मुझे कभी नहीं देगा।"

"मेरे साथ चलने की अनुमति नहीं देता तुम्हारा धर्म? और वही धर्म तुम्हें

इस घाटी में गिर कर जान देने की अनुमति देता है? नहीं गौतमा, पति के साथ रहकर उससे प्रेम न करना भी कौन-सा धर्म है? मेरी आँखों में देखकर कह दो कि तुम्हें पुरुषोत्तम से उतना ही प्यार है, जितना एक पति के लिए एक पत्नी के मन में होना चाहिए, या फिर ये कह दो कि अब तुम्हें मुझसे भी कोई प्यार नहीं रहा। तुम्हारे साथ ही इस घाटी में गिरकर मैं भी सहर्ष अपने प्राण त्याग दूँगा।" भवानी की आँखें भी भर आयी थीं।

"ऐसा न कहो भवानी, तुम्हारी बात सत्य है कि पति होते हुए भी पुरुषोत्तम से मैंने कभी प्रेम किया ही नहीं, और ये भी सत्य है कि तुमसे प्रेम करना मैंने कभी छोड़ा ही नहीं। तुम्हारी यादों के सहारे ही किसी तरह मैंने ये छह माह बिताये हैं।"

गौतमा का गला रुँध गया व एक बार फिर से भवानी के हृदय से लग कर वह बालकों की तरह बिलख-बिलख कर रोने लगी थी। बड़ी देर तक उसे ढाढस बँधाने व उसका सर सहलाने के पश्चात जब स्थिति थोड़ा सामान्य हुई तो भवानी शंकर ने उसे समझाते हुए कहा, "इससे पहले कि किसी को हमारे विषय में ज्ञात हो, हमें यहाँ से निकलना होगा। स्रोत वाली नदी को यात्रा चिह्न मानकर, दक्षिण दिशा की ओर प्रस्थान करने से हम हिमालय के इस क्षेत्र से बाहर जा सकते हैं। लेकिन इस पार ये विशाल घाटी के होने के कारण हमें स्रोत के उस पार वाला मार्ग चुनना होगा। वह मार्ग कम दुर्गम है। इसलिए चलो पहले स्रोत को पार कर लें।"

उसके बाद मुख्य रास्ते से छुपते हुए वे दोनों स्रोत तक आ पहुँचे थे। स्रोत सुनसान था, उसके पास खड़े होकर भवानी ने सर्वप्रथम गौतमा के होंठ पर लगे घाव को नदी के शीतल जल से धो दिया था। अब तक गौतमा के तन व मन की सारी पीड़ा समाप्त हो चुकी थी। उसे अपने साथ ले जाने के लिए भवानी शंकर अपने मान-सम्मान, यहाँ तक कि अपने जीवन को भी दाँव पर लगाकर इतनी दूर चला आया था, ऐसे में दर्द का खत्म हो जाना स्वाभाविक ही तो था।

स्रोत को पार करने से पूर्व उसने नजर भर कर भवानी के मुख को देखा। प्रेम के समुद्र में डूबी उन आँखों में एक नयी आशा थी, एक नयी पुकार थी। फिर पीछे मुड़कर एक नजर उसने सनौरी गाँव के मार्ग पर डाली, इस पड़ाव से पलायन का समय हो चला था। विमला दीदी के साथ बितायी कुछ अमूल्य यादों के अतिरिक्त उसे यहाँ कुछ लेने व देने को मिला था तो मात्र निराशा व दर्द। उसने कलश को इस पार किनारे पर ही छोड़ दिया व भवानी के हाथ को मजबूती से थामे, ऊँचे पत्थरों से स्रोत को पार करती हुई घने जंगलों में अदृश्य हो गयी।

परिणय

अब यदि परियों के देश की कहानी होती तो यहीं समाप्त हो जाती, यह बताकर कि सनौरी ग्राम से प्रस्थान के बाद गौतमा व उसके सपनों का राजकुमार भवानी शंकर का जीवन हमेशा के लिए आनन्दित हो उठा। लेकिन न तो गौतमा कोई परी थी और न ही भवानी शंकर कोई राजकुमार। वे दोनों तो जीते जागते हाड़ मांस के दो सामान्य मनुष्य थे, जिनकी कहानी तो अब शुरू हो रही थी, उनके जीवन की कहानी, उनकी वास्तविकता की कहानी, व उनके संघर्षों की कहानी।

स्रोत के सहारे दो प्रेमी एक दूसरे का हाथ थामे तेजी से काठगोदाम की ओर चले जा रहे थे। आज उन्हें न किसी बाघ का भय था न किसी भालू का। हिमालय के उत्तुंग पहाड़ व अतल घाटियाँ आज उनका मार्ग रोकने में असमर्थ थीं। यूँ तो सनौरी गाँव से काठगोदाम पहुँचने के लिए लोग पहले आधे दिन का पैदल मार्ग तय करते थे, जो अल्मोड़े तक जाता था, व उसके पश्चात यात्री आगे की यात्रा बस से तय करते थे। लेकिन भवानी पूरा ही मार्ग पैदल तय करना चाहता था, क्योंकि गौतमा को एक नया जीवन देने के लिए आवश्यक था कि भविष्य को उसके इतिहास से पूर्ण मुक्त करना। उनके सनौरी गाँव से पलायन को गुप्त रखने के लिए वह सार्वजनिक मार्ग का चयन न कर, छोटे-छोटे गाँवों की सीमा से गुजरता हुआ, गौतमा का हाथ थामे आगे बढ़ा जा रहा था। दोपहर होने के पश्चात कुछ देर के लिए भवानी व गौतमा विश्राम के लिए एक बड़े से पेड़ की ओट में जा बैठे थे। भवानी चलते समय कुछ चने व गुड़ साथ में ले आया था। गौतमा भूखी थी, ऐसे स्वादिष्ट चने व गुड़ उसने पहले कभी न खाये थे। वह खा रही थी व बड़े सुख से भवानी उसे एकटक निहारे जा रहा था।

"ऐसे क्या देख रहे हो?" उसने भवानी शंकर से पूछा।

"देख रहा हूँ कि इन छह महीनों में तुम कितना बदल गयी हो, सूख कर एकदम काँटा हो गयी हो। जानती हो, जब पहले दिन मैंने तुम्हें देखा तो ठीक

से पहचान भी न पाया था मैं तुम्हें। पर जब विश्वास हुआ कि तुम गौतमा ही हो, तो मैं बड़ी देर तक रोता रहा था। मन में तो तभी आया था कि तुम्हें उसी दिन अपने साथ ले चलूँ, फिर सोचा कि पहले वस्तुस्थिति को तो परख लूँ। इन तीन दिनों में सब देखने-परखने के बाद तुम्हें साथ ले जाने के लिए मन में जो संशय शेष था, वह भी सब निरामूल हो गया। कितना कष्ट सहा है तुमने यहाँ गौतमा? काश मैं पहले ही यहाँ आ गया होता।"

"तुम आ गये भवानी, यही पर्याप्त है मेरे लिए। मुझे और किसी चीज की कोई अभिलाषा नहीं।" कहकर गौतमा ने अपना सर भवानी के कन्धे पर टिका दिया था। कुछ क्षण विश्राम लेने के बाद दुर्गम रास्तों का दौर एक बार फिर शुरू हो गया था, पर उन दोनों को न कोई कठिनाई महसूस हुई थी और न ही कोई थकान। मन का सुख-दुःख बाँटते हुए वे दोनों तेजी से आगे बढ़े जा रहे थे। रास्ते में भवानी ने अपने विषय में बताया कि कैसे गौतमा के विवाह के पश्चात उसका मन अत्यन्त विचलित हो गया था, और कैसे वह अपने घर व सम्बन्धियों का परित्याग कर हरिद्वार चला गया था। वहाँ जाकर वह एक साधुओं की टोली में सम्मिलित हो गया था। उसने मन लगाकर एक सिद्ध साधु की कई महीनों तक निःस्वार्थ सेवा भी की थी। शान्ति की तलाश में भटकता उसका मन संसार के माया जाल से मुक्त होना चाहता था। पर गौतमा के प्रेम में उसका पागल मन, शान्ति के लिए जितना अधिक प्रयास करता, उतना अधिक बेचैन हो जाता। एक दिन सिद्ध बाबा ने उसके व्याकुल मन की तड़फ को न जाने कैसे भाँप लिया था व सायं को भोजन के उपरान्त जब वह बाबा के लिए चिलम सुलगा कर लाया था तो बाबा ने उससे कहा, "तू यहाँ क्या कर रहा है बच्चा? तेरे भाग्य में संन्यास नहीं है। तू यहाँ से चला जा क्योंकि जिसके लिए तेरा मन इतना व्याकुल है, उसे भी तेरी ही प्रतीक्षा है। इसलिए तुझे यहाँ नहीं, बल्कि उसके पास ही शान्ति मिलेगी।" और अगली सुबह ही सिद्ध बाबा का आदेश व आशीर्वाद लेकर वह हरिद्वार से चल पड़ा था।

भवानी शंकर की बातें सुनकर गौतमा मन्त्रमुग्ध हो चली थी। उसने भवानी का हाथ जोर से थाम लिया था, आज वह उसके बारे में बाकी सब कुछ जानने को और उत्सुक हो उठी थी।

"तुम्हें सनौरी गाँव के बारे में कैसे ज्ञात हुआ भवानी? और ये भी बताओ कि यहाँ, जहाँ बाघ व दूसरे वन्य पशुओं का इतना भय है, वहाँ तुम अकेले कैसे पहुँच गये?" उसने कौतूहल वश पूछा।

"तुम्हारी मँगनी के बाद एक दिन मोधुली चाची हमारे घर आयी थी, वह मेरी

माँ से सनौरी गाँव की चर्चा कर रही थी, जो मैंने बड़े ध्यान से सुनी थी। फिर मैंने यूँ ही उनसे तुम्हारी होने वाली ससुराल का पता पूछ लिया था, ये सोचकर कि हो सकता है एक दिन तुमसे मिलने तुम्हारी ससुराल चला आऊँ। और उसी पते का सहारा लेकर, बिना सोचे समझे मैं सीधा तुम्हारी ससुराल चला आया। तुम्हारा प्यार और सिद्ध बाबा का आशीर्वाद, जब साथ-साथ चल रहा था, तो भय किस बात का?"

साँझ होने को थी। दोनों प्रेमियों ने दिन भर की यात्रा स्फूर्ति और उत्साह से की थी, लेकिन रात्रि में बीहड़ों व जंगलों के मध्य यात्रा करना बुद्धिमत्ता का काम न था। क्योंकि इस वक्त दिशा भ्रम हो जाने का भय तो था ही, साथ में पहाड़ों व घाटियों के मध्य सँकरे रास्तों पर चलना भी असम्भव था। यही नहीं, रात में ही पहाड़ी क्षेत्र के घातक व मांसाहारी पशु भी शिकार के लिए अधिक सक्रिय हो जाया करते हैं। और उस क्षेत्र में तो बाघों के आतंक से वे दोनों पहले ही भली भाँति परिचित थे। अतः रात के विश्राम के लिए उन्हें कहीं न कहीं शरण लेने की आवश्यकता थी। लेकिन कहाँ? उनकी समझ में न आ रहा था। भवानी शंकर गाँव में जाकर नाहक ही लोगों के सन्देह का शिकार न होना चाहता था। अपने से कहीं अधिक वह गौतमा के लिए चिन्तित था कि कहीं उस पर कोई किसी प्रकार का दोषारोपण न कर दे। 'कौन-सा स्थान विश्राम के लिए उचित होगा' वह सोच ही रहा था कि भाग्य ने उसकी मदद कर दी।

सायं को जिस पहाड़ी पर वे लोग आज यात्रा कर रहे थे, उस पर थोड़ी-सी ही ऊँचाई पर बने एक छोटे-से मन्दिर पर उन दोनों की नजर पड़ी। अँधेरा होने को था, 'प्रभु के द्वार से अधिक कौन-सा स्थान सुरक्षित हो सकता है', सोचते हुए भवानी शंकर ने गौतमा की ओर देखा। गौतमा ने भी आँखों से ही उसके प्रस्ताव को स्वीकृति दे दी थी। थोड़ी ही देर में वे लोग मन्दिर के आगे बने चबूतरे में खड़े थे।

चबूतरे के ठीक आगे काल भैरव की एक काली प्रस्तर प्रतिमा रखी थी जिस पर काले रंग की धूप अभी भी जल रही थी। लगता था कि कुछ ही देर पहले कोई श्रद्धालु वहाँ से गया था। काल भैरव की प्रतिमा से नीचे फैली घाटी में से टिमटिमाती रोशनी फूट रही थी, सामने ही शायद बस्ती थी। जाड़ों के दिन आने वाले थे इसलिए प्रतिपल गहरी होती अँधेरे की चादर उन तक कब पहुँच गयी, उन्हें भान ही न हुआ था। मन्दिर के पीछे जंगल प्रदेश था जो रात्रि के आगमन से कुछ अधिक भयावह व कुछ अधिक रहस्यमय प्रतीत हो रहा था। तभी दूर कहीं तेंदुए की गुर्राने की आवाज उनके कान तक पहुँची। भय से बन्द होती

गौतमा की मुट्ठियाँ भवानी की आँखों से छुप न सकी इसलिए वह गौतमा का हाथ और मजबूती से थामे हुए मन्दिर के द्वार तक चला आया।

उस छोटे-से मन्दिर की सलाखों से उन दोनों ने अन्दर झाँका, दुर्गा माता के आगे जलता दिया तेल खत्म हो जाने के कारण आखिरी साँसें ले रहा था। मन्दिर का छोटा-सा द्वार जो नीचे से काष्ठ व ऊपर से लोहे की सलाखों से बना था, उस वक्त खुला ही था। भवानी ने बाहर से ही सिंह पर सवार धातु की जगदम्बा की मूर्ति को प्रणाम किया, तत्पश्चात द्वार खोल गौतमा को साथ ले अन्दर चला गया। अन्दर से द्वार पर न कोई साँकल थी न चिटकनी, उसने द्वार को यूँ ही भिड़ा दिया। दिन भर के थके वे दोनों चुपचाप मन्दिर में देवीजी की मूर्ति के आगे बैठ गये। मन्दिर के अन्दर एक अजीब-सी शान्ति थी, पर बाहर बढ़ते अँधेरे में सियारों के रोने के साथ-साथ कई अन्य स्वर भी, जो अँधेरा होने के कारण अब पहले से और अधिक ऊँचे व स्पष्ट हो गये थे, मन्दिर के अन्दर भी साफ सुनाई दे रहे थे। उन्हें सुनकर गौतमा के मन का भय भी प्रकट होने से रुक न पाया था, धीमे स्वर में उसने भवानी से कहा, "द्वार तो मजबूत नहीं दिखता, और इसमें साँकल भी नहीं है, यदि कहीं नरभक्षी बाघ हमें सूँघते हुए यहाँ आ गया तो?"

भवानी उसकी इस बात पर खिलखिला कर हँस दिया था, "सिंह वाहिनी माँ के आगे बैठी हो और बाघ से डर रही हो? यदि उनका आशीर्वाद है तो बाघ क्या, बाघ की दादी तक हमारा बाल भी बाँका नहीं कर सकती। इसलिए तुम अपना सारा भय माँ के चरणों में डालकर निश्चिन्त होकर सो जाओ, अभी यात्रा भी बहुत बाकी है।" कहकर भवानी ने अपने थैले से एक पुरानी चादर निकाली व गौतमा के कन्धों पर डाल दी। आश्विन की उस रात में उस छोटे-से मन्दिर में उस छोटी-सी माँ दुर्गा की प्रतिमा के आगे गौतमा के पास बैठे-बैठे ही वह ऐसे सो गया था, जैसे वर्षों का जगा हो।

भवानी एक छोटे बालक की भाँति सो रहा था, पर गौतमा की आँखों में नींद न थी। 'भावावेश में उसने ये क्या कर डाला, वह मन ही मन सोच रही थी, ब्याहता होकर भी अपने प्यार के लिए वह अपने पति का त्याग कर आयी थी। समाज क्या सोचेगा उसके बारे में? और माँ तथा बाबू! ससुराल की देहरी मत लाँघना कहा था बाबू ने। कितनी गहरी चोट पहुँचेगी उन्हें, जब ये ज्ञात होगा कि दुखों से घबराकर उनकी बेटी ससुराल से भाग गयी थी।' उसका मन अशान्त हो चला था कि तभी "गौतमा" भवानी के मुँह से अपना नाम सुनकर वह वर्तमान में लौट आयी। एक बार उसका नाम लेकर, भवानी फिर से गहरी साँसें लेते हुए सो गया था। मौसम में हल्की ठंडक थी, अतः गौतमा ने उसे भी

आधी चादर उढ़ानी चाही तो इस प्रक्रिया में उसका हाथ भवानी के हाथ से छू गया और भवानी जग गया।

"मुझे ठंड नहीं लग रही गौतमा, मेरे बदन पर अच्छे कपड़े हैं, इसे तुम ही ओढ़ लो, मौसम ठंडा है।" कहकर भवानी पुनः निद्रा देवी की गोद में समा गया था। उसके साथ ही गौतमा के मन का अपराध बोध भी मिट गया था। 'क्यों उसे अपने किये पर ग्लानि हो?' वह मन ही मन सोचने लगी, 'उसका सखा भवानी शंकर, पूरे संसार का त्याग कर उसे लेने इतनी दूर चला आया, वह भी उस क्षण जब वह हारकर अपने प्राणों की आहुति देना चाहती थी। यदि सही समय पर भवानी न आया होता तो? तो किसे गरज थी उसकी? वह सुखी है या दुखी? जीवित है या मृत? संसार को कौन-सा उसकी परवाह थी? तो वह स्वयं क्यों उस संसार की परवाह करे? और उसे वैसे भी अब इस संसार से क्या लेना, जब भवानी खुद ही अपने संसार का त्याग कर व इतनी मुसीबतों को पार कर, इतनी दूर चला आया है, वह भी मात्र उसके लिए, तो वह खुद क्यों व्यथित है?' गौतमा ने अपने मन के अपराध बोध को दूर करने का प्रयास किया, व निर्णय लिया कि अब वह भवानी शंकर के अलावा किसी और के बारे में न सोचेगी। फिर उसने दोनों हाथ जोड़कर व माथा झुकाकर माँ दुर्गा की मूर्ति को सौ बार नमन किया और न जाने उसे भी कब नींद आ गयी।

सुबह जब मन्दिर की सलाखों से उदय होते सूरज की श्यामल किरणों ने गौतमा की आँखों को सहलाया तो वह जग गयी। माता दुर्गा की मूर्ति को सामने देख, उसे वस्तु स्थिति का तुरन्त बोध हो गया था। वह मन्दिर में थी, माता के सम्मुख, 'पर इतनी सुबह भवानी शंकर कहाँ चला गया था?' सोचकर एक क्षण के लिए उसका माथा ठनका। पहाड़ों में सलाखों से कुत्ते-बिल्लियों को बाघ द्वारा खींच कर ले जाने की कथा उसने बहुत सुनी थी, और यहाँ तो मन्दिर का द्वार भी कल रात अन्दर से खुला ही था, कहीं बाघ ने आकर...'नहीं ऐसा नहीं हो सकता, यदि मन्दिर के अन्दर कोई वन्य प्राणी आता तो उसकी नींद अवश्य खुलती, अतः भवानी के साथ ऐसा कुछ नहीं हुआ होगा।' फिर अपनी मूर्खता पर वह स्वयं ही हँस पड़ी। उसने एक बार फिर देवीजी को प्रणाम किया, व मन्दिर का द्वार खोलकर बाहर चबूतरे पर आ खड़ी हुई।

सूर्योदय अभी नहीं हुआ था पर मन्दिर के पीछे की पहाड़ी पर छायी लाली उसके शीघ्र आगमन की सूचना दे रही थी। गौतमा चबूतरे पर खड़े होकर भवानी की प्रतीक्षा करने लगी। न जाने कितनी घड़ियाँ बीत गयीं, पर भवानी शंकर नदारत था। मन्दिर के चारों कोनों पर खड़े होकर गौतमा ने गाँवों, घाटियों व

जंगल की ओर जाने वाले सारे मार्गों से उसकी राह देखी लेकिन भवानी शंकर कहीं नजर न आया। 'वह इतनी सुबह कहाँ चला गया था' गौतमा को चिन्ता होने लगी थी। कहीं वह किसी संकट में तो नहीं पड़ गया? पर चिन्ता के साथ-साथ उसके मन का संशय भी एक बार फिर से जाग गया, उसने सोचा कि 'कहीं ऐसा तो नहीं कि भवानी शंकर को एक ब्याहता स्त्री को भगा ले जाने की अपनी भूल की अनुभूति हो गयी हो, इसलिए उसको यहीं अकेला छोड़ कर वह स्वयं चला गया हो।' गौतमा का मन डूबने लगा, तो 'क्या वह अकेली रह जायेगी? क्या सचमुच ही उसे यूँ अधोगति में छोड़कर, भवानी शंकर चला गया था?' लेकिन तभी उसके मन की आवाज ने उत्तर दिया, कि यह सम्भव नहीं हैं क्योंकि 'जिस भवानी को वह जानती है वह कायर नहीं है, किसी भी परिस्थिति में वह उसे अकेला नहीं छोड़ सकता, वह यहीं कहीं होगा और आता ही होगा।' और तभी मन में जगे विश्वास की भवानी के पास आते हुए पदचापों ने पुष्टि कर दी। घाटी से वन्य पुष्पों का एक गुच्छा लिए भवानी शंकर, काल भैरव की मूर्ति के पीछे से आते मार्ग से होते हुए चबूतरे की ओर चला आ रहा था। और ठीक उसी समय दो पहाड़ियों के मध्य से सूर्य देव भी अवतरित हो गये। जैसे रात के अन्धकार से त्रस्त, समस्त पर्वत क्षेत्र सूर्य के आगमन से खिल गया था, वैसे ही गौतमा भी भवानी शंकर को अपनी ओर आते देख खुशी से प्रफुल्लित हो गयी थी। उस सुबह सूरज की लालिमा की तरह ही भवानी का मुख भी दमक रहा था। हाथों में पुष्पों का गुच्छा लिए उसने बड़े प्यार से गौतमा की ओर देखा–

"जग गयी?" उसने पूछा।

"हाँ, लेकिन मुझे अकेला छोड़कर तुम इतनी सुबह कहाँ चले गये थे?" गौतमा ने पूछा।

"आखिरी बार अकेला छोड़कर गया था, वह भी इसलिए कि दुबारा कभी अकेला न छोड़ँगा।" भवानी मुस्करा रहा था।

"मैं समझी नहीं", गौतमा बोली।

"अभी समझ जाओगी, यहाँ आओ।" भवानी उसका हाथ खींच कर मन्दिर के आगे तक ले गया।

"गौतमा, मैं नीचे घाटी से ये पुष्प लेने गया था। क्योंकि इन फूलों के साथ आज जगदम्बा के इस मन्दिर में तुमसे कुछ कहना चाहता हूँ मैं।"

"कहो भवानी", गौतमा बोली, "मन्दिर में कहो या जंगल में, आसमान या जमीन पर, कुछ भी कहो, तुम्हारी किसी भी बात पर कभी अविश्वास नहीं है मुझे।"

सारी दुनिया का प्यार आँखों में भर कर भवानी शंकर, कुछ क्षणों के लिए गौतमा की सुन्दर आँखों में खो गया था और एक दार्शनिक की भाँति खोयी-सी आवाज में गौतमा से बोला, "गौतमा, मैं तुम्हें स्वेच्छा से अपने साथ लेकर आया हूँ, ऐसा न समझना कि तुम मेरे बिना नहीं जी सकती थी, बल्कि इसलिए कि मैं तुम्हारे बिना नहीं जी सकता। इसलिए मैंने ये निर्णय लिया है कि मैं हमेशा के लिए तुम्हें अपना बनाना चाहता हूँ। वो भी आज, इसी वक्त, माँ के इस मन्दिर में, विवाह रचाना चाहता हूँ तुमसे। अनुमति दोगी?" भवानी की आँखों में आँसू टिमटिमा रहे थे और गौतमा की आँखों से बरसात शुरू हो गयी थी।

"हाँ।" रुँधे कंठ से गौतमा ने सहमति दे दी।

मन्दिर का द्वार खोल कर भवानी ने सारे पुष्प माँ दुर्गा के चरणों में अर्पित किये। हाथ जोड़, नतमस्तक हो उसने कुछ देर के लिए अपनी आँखें बन्द कर लीं व बोला, "हे माता, मैं भवानी शंकर पाण्डे, पुत्र श्रीमती कृष्णा व श्री ताराचन्द पाण्डे, ग्राम नन्दनपुर, आज आपके सामने गौतमा, पुत्री श्रीमती रेवती व श्री देवीदत्त मिश्रा, ग्राम शिवपुर, से विवाह का संकल्प लेता हूँ। यह संसार हमारे विवाह को स्वीकृति दे या न दे, लेकिन आप के साथ-साथ काल भैरव को साक्षी मानकर मैं गौतमा को विधिवत अपनी धर्म पत्नी के रूप में स्वीकार करता हूँ। आपके आशीर्वाद के सिवा मुझे और किसी वस्तु की कोई अभिलाषा नहीं।"

उसके बाद भवानी ने माँ दुर्गा के समक्ष गायत्री मन्त्र पढ़कर उनके चरणों से एक पुष्प उठाया व गौतमा के मस्तक पर रख दिया व उसके नेत्रों में देख कर बोला, "इस वक्त तुम्हें देने के लिए मेरे पास इस पुष्प के अतिरिक्त और कुछ नहीं है गौतमा।"

गौतमा ने कुछ न कहा। अपने जीवन में आये इतने सुन्दर प्रकरण से वह अभिभूत हो गयी थी। उमड़ आयी भावनाओं के प्रवाह ने उसकी आँखों से झड़ी लगा दी थी, और उस बहते हुए पानी ने कह दिया था भवानी शंकर से, कि उसे भवानी से जो भी अपेक्षा थी, भवानी शंकर ने उससे कहीं अधिक दे डाला था उसे। उस क्षण गौतमा, स्वयं को दुनिया की सबसे भाग्यशाली ही नहीं, वरन् सबसे अधिक धनवान स्त्री समझ रही थी।

गौतमा के साथ भवानी ने भी मन ही मन उस देव भूमि को नमन किया, जिसकी पवित्र भूमि पर उन दोनों ने एक दूसरे को सदा के लिए अपना बना लिया था। उस दिन भवानी ने प्रण लिया था गौतमा को तन, मन, धन से प्रसन्न रखने का, तथा गौतमा ने प्रण लिया, छाया की तरह भवानी शंकर के साथ रहकर उसके जीवन के सारे सुख व दुःख बाँटने का। सूरज बस निकला ही था,

और इससे पहले कि किसी ग्रामवासी को उनके विषय में ज्ञात हो, वे दोनों एक नये जोश व नयी आशा से घाटियों व पहाड़ियों से मार्ग बनाते हुए काठगोदाम की ओर चले जा रहे थे।

भवानी उसे कहाँ लिए चला जा रहा था, गौतमा ने एक बार भी न पूछा था, उसने आवश्यकता ही न समझी थी। भवानी शंकर, जीवन की इस यात्रा में गौतमा के साथ था, यही पर्याप्त था उसके लिए। भूख, प्यास व विश्राम की चिन्ता किये बिना ढाई दिन का मार्ग उन दो प्रेमियों ने दो दिन में ही पूरा कर लिया था। अब काठगोदाम अधिक दूर न था।

सायं के सात बज गये थे, दिन भी कब का ढल चुका था, वे दोनों अभी-अभी काठगोदाम के रेलवे स्टेशन पर पहुँच गये थे। इधर उधर देखने के बाद वे लोग स्टेशन के एक कोने में पड़ी सीमेंट की खाली बेंच पर जा बैठे। किसी नगर में रहने वाले व्यक्ति के लिए काठगोदाम स्टेशन खास बड़ा न था, पर गौतमा ने पक्के फर्श व लाल ईंटों की इतनी बड़ी इमारत जीवन में आज पहली बार देखी थी। इस बीच भवानी ने चाय वाले को बुलाकर बीस पैसों में दो कुल्हड़ चाय ले ली थी। वे लोग कितना थके थे इसका अहसास उन्हें अब हो रहा था। पिछले दो दिनों में उन दोनों ने जितनी विकट और लम्बी यात्रा की थी, साधारण परिस्थिति में सामान्य लोगों के लिए यह अत्यन्त कठिन था। गौतमा ने भवानी की ओर देखा, हफ्तों के कठिन संघर्ष से उसका मुँह अत्यन्त थका हुआ प्रतीत हो रहा था जैसे वह वर्षों से भूखा व उनींदा हो। उसे इस स्थिति में देख एक क्षण को वह ग्लानि से भर उठी थी कि भवानी की सारी व्यथाओं का मूल वह स्वयं है। मन में आये अपराधबोध के बढ़ते भार को रोक न पायी थी वह तब, और भवानी की ओर देखकर बोली थी, "कितनी मुसीबतों में पड़ गये हो तुम मेरे कारण भवानी, मैं दोषी हूँ तुम्हारी, क्षमा भी किस मुँह से माँगूँ?" गौतमा के नेत्र भर आये थे।

"गौतमा! आज के बाद दुबारा कभी ऐसे शब्द मुँह पर न लाना, तुम दोषी नहीं हो बल्कि तुमने तो उपकार किया है मुझ पर। तुम्हारे बिना मेरा ये जीवन रसहीन हो गया था। तुमने मेरे साथ चलने का निर्णय कर मुझे एक नया जीवन दिया है। मुझ पर विश्वास किया है कि मैं तुम्हारे योग्य हूँ। इसलिए क्षमा किस बात की? ऋणी तो मैं हूँ तुम्हारा। पर जो भी हो, अब से न तुम-तुम हो और न मैं-मैं हूँ। जहाँ भी हैं, जो भी हैं, हम दोनों हैं, साथ-साथ।" कहकर भवानी बगल में बैठी गौतमा की ओर थोड़ा और सरक गया था।

कुछ देर वे लोग यूँ ही बेंच पर ही बैठे रहे। इस बीच एक रेल आकर जा भी चुकी थी, जिसमें से यात्रियों का एक झुंड बाहर आकर अदृश्य हो चुका था

और दूसरा झुंड जाती हुई रेल में अपने गन्तव्य के लिए प्रस्थान कर चुका था। गौतमा आंचल से मुख को ढाँके सारा नजारा देख रही थी। भवानी शंकर कुछ चिन्तित दिखाई दे रहा था, वह बार-बार स्टेशन पर इधर-उधर टहलता व वापस आकर पुनः गौतमा के पास बेंच पर बैठ जाता था। 'यहाँ से कहाँ', की उधेड़बुन में उसे कुछ न सूझ रहा था। रात्रि के नौ बजने को थे, भवानी पास के ठेले से कुछ पूड़ियाँ और दो कुल्हड़ चाय ले आया था। भवानी के साथ पूड़ियाँ बांट कर खाने का आनन्द जो गौतमा ने उस दिन अनुभव किया वह अभिव्यक्ति से बाहर था। उसके सारे कष्ट व वेदनाएँ ठीक ऐसे गायब हो गयी थीं जैसे कि तेज हवा से घने से घने बादल भी थोड़ी ही देर में न जाने कहाँ लुप्त हो जाते हैं।

अन्ततः मन में कुछ निश्चय कर वह बेंच से उठा। "तुम यहाँ कुछ देर बैठो, मैं थोड़ी ही देर में लौटता हूँ", बेंच पर बैठी गौतमा को चादर उढ़ाते हुए भवानी बोला और स्वयं टिकट खिड़की की ओर चल पड़ा। भवानी शंकर सोच रहा था 'जीवन स्टेशन पर न कट सकेगा, कहीं तो जाना होगा, और जहाँ भी जाना होगा वह स्थान काठगोदाम से इतना दूर होना चाहिए था, जहाँ गौतमा का अतीत उन दोनों का पीछा न कर सके'। टिकट खिड़की पर खड़े हो भवानी काले बोर्ड में लिखी उस तालिका को पढ़ने लगा जिसमें रेल मार्ग पर पड़ने वाले विभिन्न शहरों के नाम व शुल्क, चाक से लिखे थे। कुछ देर तक वह यूँ ही सोचता रहा, फिर थैले से पैसे की पोटली निकाल खिड़की पर अन्दर बैठे व्यक्ति की ओर कुछ रुपये बढ़ाते हुए बोला—

"दो टिकट बरेली के", और तुरन्त ही हाथ में दो टिकट लेकर वह वापस गौतमा के पास आ पहुँचा था।

गौतमा जो अपरिचितों के मध्य कुछ डरी-सी बैठी थी, उसे देख पुनः प्रसन्न हो गयी थी, 'भवानी ने आगे के बारे में क्या सोचा है' जानने के लिए उसने पूछा, "हम कहाँ जायेंगे भवानी?"

"बरेली।" भवानी बोला।

"बरेली क्यों, किसी को जानते हो वहाँ?"

"नहीं पगली, बरेली इसलिए जा रहे हैं कि वहाँ हम किसी को नहीं जानते।" कहकर भवानी ने प्यार में धीरे से उसका हाथ दबा लिया था और भवानी शंकर के प्रेम की उस अभिव्यक्ति से निहाल हो गयी थी वह। रेल पटरियों पर आ चुकी थी, पर बरेली के लिए प्रस्थान में अभी डेढ़ घंटा बाकी था। कई दिनों के थके हारे, वे दोनों रेल में अपनी-अपनी सीटों में बैठकर कब निद्रा की गोद में समा गये, उन्हें पता ही न चला।

नयी चुनौती

कई दिनों का थका होने के कारण काठगोदाम से बरेली तक के दस घंटे कैसे व कब बीत गये, भवानी शंकर को भनक तक न लगी थी, वह बेसुध होकर सोया पड़ा था।

"भवानी उठो, बरेली आ गया है।" घोर नींद में सोये भवानी को गौतमा दोनों हाथों से झकझोर कर बोली। भवानी शंकर जो खाली सीट पर घोड़े बेच कर सो रहा था, आँखें मलते हुए अचानक उठ बैठा।

"बरेली आ गया है? इतनी जल्दी? अभी तो हम लोग काठगोदाम में ही थे।" आँखें खोलने का प्रयास करते हुए भवानी बोला।

"जल्दी कहाँ है'', गौतमा बोली, ''सुबह हुए बड़ी देर हो गयी है, तुम गहरी नींद में सोये थे इसलिए तुम्हें पता ही न चला।"

"तुम नहीं सोयी? तुम भी तो कोई कम थकी न थी, गौतमा।"

"सोयी थी, पर तुम जैसी गहरी नींद में नहीं।" कहकर गौतमा धीरे से मुस्करा दी थी। भवानी शंकर ने देखा कि रेल के डिब्बे के अधिकांश यात्री बरेली स्टेशन पर उतर चुके थे, उसका टिकट भी सिर्फ बरेली तक का ही कटा था, अतः गौतमा को अपने से आगे उतरने का इशारा कर वह खुद भी उसके पीछे चलता हुआ प्लेटफार्म पर आ खड़ा हुआ था।

काठगोदाम की तुलना में बरेली का स्टेशन कहीं अधिक बड़ा व व्यस्त था। चारों ओर यात्री ही यात्री थे, कुछ खाली व कुछ घर भर के सामान के साथ, कुछ अकेले व कुछ कुल दीपकों समेत। यात्रियों के अलावा चाय के साथ-साथ कुछ छोटा मोटा सामान बेचने वाले लोग भी थे, और उनके साथ ही कुछ खाली रस्सियाँ कन्धों पर डाले तो कुछ भारी बोझ के तले दबते हुए कुली भी थे जो आने-जाने वाले यात्रियों की टोली में शामिल हो चल रहे थे। गौतमा व भवानी, उन दोनों ग्राम वासियों के लिए यह एक अनोखा दृश्य था। ग्राम के बाहर एक ऐसा भी संसार था, उन्होंने कभी सोचा तक न था।

बड़ी देर तक प्लेटफार्म पर खड़े-खड़े वे दोनों आते-जाते यात्रियों के साक्षी बने रहे। वे सभी यात्री किसी निश्चित गन्तव्य को आ-जा रहे थे, उन्हें देख कर भवानी की चिन्ता बढ़ने लगी थी। उसके आदर्श व प्यार की दुनिया से बाहर यथार्थ का एक नया संसार था। वह मन ही मन विचार कर रहा था कि 'भावनाओं में बहकर वह गौतमा को अपने साथ ले तो आया था लेकिन उसके बाद के परिणामों के बारे में उसने कभी ठीक से सोचा तक न था। अब तक बाबूजी की तिजोरी से चुराये सारे पैसे भी समाप्त हो चुके थे, अब क्या होगा? कहाँ जायेगा वह? एक बार अकेला होता तो कहीं भी सर छुपा लेता, पर साथ में पत्नी को लेकर वह ऐसे कहाँ जायेगा? जीने के लिए रोटी और रहने के लिए एक छत की आवश्यकता तो पड़ेगी ही, और बरेली जैसे नये शहर में, नये लोगों के बीच उसे कौन सहारा देगा?' सोचकर उसका मन घबराने लगा था।

पर अब घबराने से कोई लाभ न होने वाला था, उसे सत्य को स्वीकार करना ही था और सत्य यह था कि उसके साथ उसकी नवविवाहिता पत्नी थी, जिसके जीवन व मान-सम्मान का पूर्ण उत्तरदायित्व अब उसके कन्धों पर था। वह अपने कन्धों को कमजोर न होने देगा। उसने सोचा, 'उसे कोई तो मार्ग निकालना ही होगा। पत्नी को मान-सम्मान देने की सौगन्ध ली है उसने, अपनी सौगन्ध का मान तो उसे रखना ही होगा।' स्टेशन पर खड़ा भवानी शंकर घोर असमंजस में था, उसे आगे का मार्ग न सूझ रहा था।

'हे शम्भू शंकर, अब तक आपने ही दिशा निर्देश दिया है, अब आगे का मार्ग भी आप ही प्रशस्त करें।' मन ही मन उसने अपने शिवालय के ईष्ट से प्रार्थना की, और उसके साथ ही उसे एक नयी आशा व स्फूर्ति की दिव्य अनुभूति हुई, उसका मन शान्त हो गया था। उसने सोचा कि इतने विषम व जंगली मार्ग से जब भगवान ने उन्हें यहाँ तक सुरक्षित पहुँचा दिया है, तो आगे भी वे उन्हें अकेला न छोड़ेंगे। उस समय एक विचित्र विश्वास-सा भर आया था भवानी शंकर के मन में। उसने स्टेशन पर चारों ओर नजर दौड़ायी, कुछ देर पहले यात्रियों से खचा खच भरा प्लेटफार्म अब काफी हद तक खाली हो चुका था। फिर उसने गौतमा को प्लेटफार्म की खाली बेंच पर बैठने का आग्रह किया व खुद टहलता हुआ दूसरी दिशा में चल दिया।

प्लेटफार्म लम्बा था। टहलते-टहलते भवानी शंकर स्टेशन मास्टर की खिड़की पर आ खड़ा हुआ। उसने खिड़की से अन्दर की ओर निगाह डाली। कमरे में एक छोटी-सी मेज थी व मेज के पीछे लकड़ी की एक हत्थेदार कुर्सी पड़ी थी। मेज पर एक छोटी-सी नाम प्लेट पड़ी थी, भवानी शंकर ने उस पर लिखे नाम

को पढ़ना चाहा पर कमरे में थोड़ा अँधेरा था इसलिए क्या लिखा था उसे ठीक से दिखाई नहीं दिया। लेकिन कुछ देर तक आँखें सिकोड़ कर देखने के बाद जब नजरें उस मध्यम रोशनी के लिए कुछ अभ्यस्त हुईं, तो नाम प्लेट पर लिखे अक्षर भी स्पष्ट हो उठे, उसने पढ़ा, "रमाकान्त दूबे, स्टेशन मास्टर।" पर कक्ष में उस समय कोई न था। कमरे के पीछे एक और द्वार बना था, इस कमरे के पीछे एक और कक्ष होना चाहिए और हो सकता है स्टेशन मास्टर श्रीमान दुबे वहीं पीछे के कक्ष में ही हों, सोच कर वह वहीं खिड़की पर खड़े होकर उनकी प्रतीक्षा करने लगा। भवानी शंकर किस प्रत्याशा में श्रीमान दुबे की राह देख रहा था, वह नहीं जानता था, पर न जाने उसे क्यों इस नाम से ऐसी आत्मीयता हो गयी थी जैसे उसका इस व्यक्ति से किसी पुराने जन्म का सम्बन्ध हो। उसे ऐसा लगा था कि जरूरत की इस कठिन घड़ी में इस अपरिचित नगर में मात्र श्रीमान दुबे ही उसकी सहायता करने में सक्षम थे।

भवानी का अनुमान सही था, श्रीमान दुबे अन्दर ही थे। एक व्यक्ति अन्दर की ओर बने उस नीचे द्वार से झुककर बाहर के कक्ष में चला आया था। वह साँवले रंग का एक लम्बा छरहरा युवक था, जो अपनी घनी काली मूँछों में बड़ा रौबदार पर शालीन लग रहा था। उसके चेहरे को देख भवानी शंकर को न जाने क्यों ऐसा लगा था कि जैसे वह उन्हें पहले से जानता हो। वह खिड़की के ठीक आगे खड़ा हो गया व एकटक श्रीमान दुबे की ओर देखने लगा। श्री रमाकान्त दुबे, जो अब तक भवानी की उपस्थिति से अनभिज्ञ थे, अचानक ही अपनी ओर दृष्टि जमाए भवानी की निगाहों से आकर्षित हो उठे व धीरे से अपनी कुर्सी से उठ खिड़की पर खड़े भवानी शंकर के पास आ गये।

"क्या काम है? रेल के बारे में कुछ पूछ-ताछ करनी है?"

श्रीमान दुबे के बातचीत के अन्दाज से ही भवानी को आभास हो गया था के वे एक निहायत ही भले किस्म के इंसान थे, और शायद उसकी मदद करने में भी सक्षम थे।

"साहब, मैं और मेरी पत्नी इस शहर में नये आये हैं। मेरे पास न कोई नौकरी है, न पैसा। समझ नहीं आ रहा कहाँ जायें? क्या आपसे मदद की कुछ उम्मीद रख सकता हूँ?"

"मैं कैसी मदद कर सकता हूँ तुम लोगों की? कुछ पैसा चाहिए?" अपनी पैंट की जेब में हाथ डालने का उपक्रम करते हुए बोले थे श्रीमान दुबे, लेकिन भवानी ने उन्हें बीच में ही रोक लिया, "नहीं सर, मैं आपकी दरिया दिली से प्रभावित हो गया हूँ, लेकिन मैं आपके पास पैसे की अपेक्षा में नहीं आया हूँ, बल्कि मैं तो ये

उम्मीद कर रहा था कि इतने बड़े इस स्टेशन में यदि मुझे कोई छोटा-मोटा काम मिल जाता तो सदा के लिए आपका ऋणी रह जाता मैं।" भवानी के वाक्चातुर्य व शिष्टता पर स्टेशन मास्टर श्रीमान दुबे प्रभावित हो गये थे।

इस बार रमाकान्त दुबे ने और गहरी नजरों से भवानी की ओर देखा, भवानी की साफ बातों में उसका साफ व्यक्तित्व झलक रहा था, उसकी नुकीली नाक व गहरे काले रंग की आँखों में छुपी सरलता ने श्रीमान दुबे का मन भी मोह लिया था, उन्होंने एक क्षण को कुछ सोचा, फिर कक्ष का द्वार खोल खुद भी भवानी के पास प्लेटफार्म पर आ खड़े हुए व बड़ी विनम्रता से बोले, "नाम क्या है तुम्हारा भाई?"

"जी भवानी शंकर पाण्डे।"

"तुम्हारी पत्नी कहाँ है?" दुबेजी ने पूछा।

"उधर, वहाँ बैठी है बेंच पर।" भवानी ने पीछे प्लेटफार्म की ओर इशारा करके बताया।

"अच्छा, चलो उसी ओर चलते हैं, वैसे तुम सही समय पर काम माँगने आये हो भवानी शंकर। अभी दो हफ्ते पहले ही स्टेशन का चपरासी त्यागपत्र देकर अपने गाँव बलिया चला गया है, उसकी जगह में काम करोगे? तनख्वाह बीस रुपये होगी, साथ में रहने के लिए क्वार्टर तथा ईंधन के लिए कोयला भी मिलेगा।"

श्रीमान दुबे का प्रस्ताव सुन खुशी से नाच उठा था भवानी शंकर। उसे तो अपने कानों पर विश्वास ही न हो रहा था कि उसे उसके संघर्षों का इतने शीघ्र समाधान मिल जायेगा। 'प्रभु ने मेरी प्रार्थना कितनी आसानी से सुन डाली, जरूर उनके मन में मेरे लिए कोई विशेष योजना होगी, तभी तो एक क्षण में सारी समस्याओं का निदान कर डाला शिवालय के शम्भू शंकर ने।' भवानी शंकर ने मन ही मन इश्वर का धन्यवाद अदा किया, व कृतज्ञता भरे भाव से श्रीमान दुबे की ओर देखा व बोला–

"मुझे चपरासी की नौकरी और उससे सम्बन्धित सारे कार्य सहर्ष स्वीकार हैं, और सर, आप शायद नहीं जान पायेंगे कि आपने जिस संकट की घड़ी में मेरी व मेरी पत्नी की मदद की है, उसका ऋण हम शायद ही कभी चुका पायेंगे।" भवानी की आँखों में उमड़ आये आँसुओं व भावनाओं से रुँधा स्वर श्रीमान दुबे से छुपा न रह सका। इस बीच प्लेटफार्म पर चलते हुए वे दोनों बेंच पर बैठी गौतमा के पास पहुँच गये थे। भवानी शंकर के साथ एक अपरिचित व्यक्ति को देख गौतमा ने सर पर आँचल डाल लिया था।

श्री रमाकान्त दुबे से हुई वह मुलाकात कुछ विचित्र-सी थी, एक अनोखा

अपनापन-सा था उस पहली मुलाकात में। यह अपनापन गौतमा व भवानी शंकर ने ही नहीं, वरन् श्रीमान दुबे ने भी महसूस किया था, यह बात उन्होंने खुद अपने मुँह से एक दिन भवानी शंकर व गौतमा को बतायी थी। गौतमा व भवानी शंकर से कुछ देर तक औपचारिकता की बातें करने के पश्चात श्रीमान दुबे सहृदयता से बोले, "भवानी शंकर तुम दोनों बहुत थके दिख रहे हो, इसलिए सबसे पहले तुम लोग मेरे घर जाकर थोड़ा जलपान कर लो, मैं जरा स्टेशन पर बाबू को कुछ जरूरी काम बता कर आता हूँ।"

श्रीमान दुबे का घर था कहाँ, वे दोनों ये बात सोच ही रहे थे कि श्रीमान दुबे को अपनी गलती का अहसास हो गया और तुरन्त ही थोड़ा-सा खिसियाकर वे बोले, "माफ करना, घर जाने का आग्रह करने से पूर्व तुम लोगों को मैं घर का पता बताना ही भूल गया। ये जो पटरियाँ हैं ना, इशारा करते हुए वे बोले, इन्हें पार कर एक छोटी-सी घास की पट्टी पड़ती है और उसके बाद कुछ और पटरियों का एक और सैट है, बस उसे पार करते ही एक फाटक पड़ेगा, फाटक को पार करते ही रेलवे कॉलोनी के क्वार्टर्स हैं। तुम सीधे चले जाना और दूसरी गली में बायें मुड़ जाना। गली के खत्म होने पर दायीं ओर के किनारे पर दूसरा मकान ही मेरा घर है। समझ में आया ना?"

भवानी ने हामी में सर हिला दिया।

"तो ठीक है तुम लोग चलो, मेरी श्रीमती घर में ही होंगी। वैसे तुम लोगों के पहुँचने तक शायद मैं भी घर पहुँच जाऊँ। हाँ, एक बात और, ये जो फ्लाई ओवर है ना, इससे जाना, बहुत बड़ा स्टेशन है ये, न जाने कब किधर से रेल आ जाय।" निर्देश देकर श्रीमान दुबे तेजी से वापस अपने ऑफिस की ओर चले गये, और भवानी गौतमा को साथ ले प्लेटफार्म पर बनी सीढ़ियाँ चढ़ने लगा। गौतमा बड़ी सावधानी से सीढ़ियाँ चढ़ रही थी। भवानी शंकर बहुत प्रसन्न था। नयी जगह पर आकर उसे जीविका के लिए भटकना न पड़ा, प्रभु ने श्रीमान दुबे को भेजकर उनके आगे का मार्ग सरल कर दिया था। 'अब गौतमा के साथ वह एक नये जीवन की शुरुआत कर पायेगा, वह जीवन जहाँ मात्र खुशियाँ ही खुशियाँ होंगी', सोचते हुए उसने एक बार गौतमा की ओर निहारा और प्रसन्नता से फूल उठा।

श्रीमान दुबे का घर ढूँढ़ने में उन्हें तनिक भी परेशानी न हुई, कुछ ही देर में वे उनके घर के बरामदे में खड़े थे। बरामदा साफ-सुथरा था, लगता था कि तभी धोया गया था। उनके घर के आस-पास कोई न था और बरामदे से अन्दर को जाता द्वार बन्द था। अन्दर से आते स्वरों से लग रहा था कि श्रीमती दुबे वहाँ

मौजूद थीं, लेकिन वे दोनों द्वार खटखटाने का साहस न जुटा पा रहे थे, वैसे भी श्रीमती दुबे से मिलकर अपने परिचय में वे लोग क्या कहते? यही कि वे दोनों घर से भाग आये हैं, 'नहीं ये उचित न होगा', मन में विचार कर उन्होंने श्रीमान दुबे के आने की प्रतीक्षा करने का निश्चय लिया। उन्हें अधिक प्रतीक्षा नहीं करनी पड़ी, शीघ्र ही श्रीमान दुबे भी घर पहुँच गये।

"अरे तुम लोग बाहर ही क्यों खड़े हो, अन्दर क्यों नहीं गये?" कहते हुए श्रीमान दुबे ने अपने घर के द्वार पर जोर से दस्तक दी। और तुरन्त ही द्वार खुल गया। तीखे नाक नक्श वाली साँवले रंग की परिष्कृत दिखने वाली एक महिला द्वार पर खड़ी थी। यही कोई बीस-बाईस की उम्र रही होगी उसकी। उसने पीले रंग की साड़ी पहनी थी, और उसके माथे पर नारंगी रंग का टीका लगा था जो सर के बीचों बीच बनी माँग पर भरे उसी रंग के सिन्दूर के साथ बेहद फब रहा था।

"ये मेरी श्रीमती हैं, लीला" पत्नी की ओर मुस्कराकर देखते हुए श्रीमान दुबे बोले। भवानी व गौतमा ने लीला को सादर नमस्कार किया व उनके आग्रह पर अन्दर चले गये। स्वच्छ व कलात्मक रूप से सजी उनकी बैठक, श्रीमती लीला के सुघड़ गृहिणी होने का प्रमाण दे रही थी। कक्ष के एक कोने में दीवान था जिस पर हाथ की कढ़ाई से सजी एक मोटी चादर बिछी थी। बीच में एक छोटी सी मेज थी व साथ में गद्दियों से ढके दो मोढ़े थे, जो दीवान पर बिछी चादर की कढ़ाई से मेल खाते वस्त्र से ढके थे। उसके अतिरिक्त हस्तकला के कई उत्कृष्ट नमूनों से बैठक का वह कक्ष बखूबी सजा था। कमरे की शालीनता व स्वछता देख भवानी शंकर व गौतमा के मन में संकोच जाग बैठा। उन दोनों ने काफी लम्बे समय से ठीक से स्नान भी नहीं किया था। मैल व मिट्टी से काले पड़ गये अपने पैरों को देख गौतमा घबरा गयी, उसने पैरों को अपने घाघरे के अन्दर समेटने का प्रयास किया, पर तब उसका ध्यान अपने वस्त्रों की ओर गया, वे भी कोई कम मलिन न थे। 'यहाँ इनके घर में मेरे कपड़े इतने मैले क्यों लग रहे हैं? अभी बाहर तक तो ये इतने अधिक गन्दे न थे, इतने मैले कपड़ों से यहाँ बैठी तो ये लोग क्या सोचेंगे?' गौतमा दुबे परिवार के साफ घर को देख मन ही मन ग्लानि महसूस कर रही थी।

गौतमा की ही तरह भवानी शंकर भी इसी उलझन में था। वह भी मोढ़े पर बैठने का साहस न कर पा रहा था, हफ्तों से उसके बदन ने ठीक से साबुन व पानी का दर्शन भी न किया था। वह गौतमा की बगल में चुपचाप खड़ा हो श्री रमाकान्त दुबे के निर्देश की प्रतीक्षा करने लगा। तभी श्रीमान दुबे अन्दर के कक्ष से बाहर बैठक में चले आये और उन दोनों को यूँ खड़े देख उन्हें अच्छा

न लगा, वे बोले, "खड़े काहे हो भवानी शंकर व गौतमा बहन, बैठो, थोड़ी देर आराम करो। इतनी दूर से यात्रा करके आये हो, बैठ कर कुछ चाय-नाश्ता कर लो, उसके बाद फिर काम की बातें करेंगे।"

श्रीमान दुबे के आदेश सदृश आग्रह को वे टाल न सके और संकुचित होकर उनके साफ-सुथरे मोढ़ों पर बैठ गये। इस बीच श्रीमती दुबे पानी व गुड़ ले आयी थीं। गौतमा चुपचाप बैठी थी व श्रीमान दुबे भवानी शंकर को रेलवे से सम्बन्धित बातें समझा रहे थे। नमकीन पूड़ियों व चाय का नाश्ता करवाने के पश्चात श्रीमान दुबे उन्हें कालोनी के दूसरे किनारे पर स्थित एक खाली क्वार्टर की ओर ले चले।

श्रीमान दुबे के घर से यह स्थान कोई दस मिनट का पैदल मार्ग रहा होगा। गौतमा को साथ लिए भवानी क्वार्टर के बरामदे में पहुँचा, बरामदा धूल से सना था, लगता था क़ाफी दिनों से खाली था। द्वार पर ताला पड़ा था। श्रीमान दुबे ने जेब से चाबी निकाल कर द्वार खोला, और भवानी शंकर से बोले, "आज से ये तुम्हारा घर है भवानी शंकर, अभी तीन सप्ताह पहले ही खाली हुआ है, तुम ऐसा करो, आज और कल की छुट्टी कर लो, तुम्हें आराम भी मिल जायेगा और इन दो दिनों में तुम अपनी घर-गृहस्थी का सामान भी जुटा लेना। वैसे कुछ जरूरी सामान मैं घर से भी भिजवा दूँगा।" कहकर श्रीमान दुबे ने अपनी पैंट की जेब से एक छोटा-सा बटुआ निकाला व कुछ पैसे भवानी की ओर बढ़ाते हुए बोले, "ये रखो चालीस रुपया, घर का सामान खरीदने के लिए। जरूरत पड़ेगी।"

"लेकिन सर" भवानी शंकर पैसे लेने में संकोच कर रहा था।

"अरे भाई रख लो, फ्री में नहीं दे रहा हूँ, उधार है, रख लो किस्तों में लौटा देना।"

फिर कुछ आवश्यक बातें बताकर श्रीमान दुबे अपने घर चले गये। और घर में रह गये थे भवानी व गौतमा, अकेले।

यह स्वप्न था या वास्तविकता, उन्हें विश्वास ही न होता था। भवानी गौतमा का हाथ अपने हाथ में ले घर भर का निरीक्षण कर आया था और बार-बार गौतमा से कहता न थकता था, "मैं अत्यन्त प्रसन्न हूँ गौतमा, क्या तुम भी मेरी ही तरह खुश हो?"

"हाँ भवानी, मैं बहुत खुश हूँ। तुमने अपने जीवन को संकट में डाल कर मुझे सनौरी ग्राम की बन्दिनी होने से मुक्त कर दिया। उस पर इतनी दूर से आने के बाद बस थोड़ी ही देर में नौकरी भी पा ली है। लगता है श्रीमान दुबे ने भी तुम्हारे अन्दर छिपे असली भवानी शंकर को तुरन्त ही जान लिया। वही भवानी, जिसे मैंने भी ढूँढ़ लिया था, और वही भवानी जिस पर एक बार विश्वास कर

लो तो वह सदा के लिए तुम्हारा अपना हो जाता है।" फिर अचानक ही गौतमा, भवानी शंकर की बाँहों में आ गिरी थी। लेकिन उस क्षण भवानी को न जाने क्या हुआ उसने गौतमा को धीरे से अपने से दूर कर दिया व खाली बाल्टी ले बाहर हैंडपम्प से पानी भरने चला गया।

गौतमा भवानी की इस प्रतिक्रिया पर असमंजस में पड़ गयी थी, साथ में थोड़ा आहत व कुछ चिन्तित भी हो चली थी। उस दिन भवानी ने दौड़-दौड़ कर घर का बहुत सारा काम कर लिया था, और शाम होते-होते उनकी छोटी-सी गृहस्थी तैयार हो गयी थी। गौतमा अलबत्ता सारा दिन चुप-सी ही थी। भवानी ने जिस शीघ्रता से उसे अपनी बाँहों से मुक्त किया था, उसके कारण उपजी शंका से उसका मन उद्विग्न हो गया था। 'कहीं ऐसा तो नहीं कि उसके पूर्व विवाहित होने से भवानी को अचानक आपत्ति महसूस होने लगी हो?' मन ही मन सोच रही थी वह, 'लेकिन भवानी को तो ज्ञात था कि वह विवाहिता थी तो अब कैसे उसके मन में भेद पैदा हो सकता है'? इसी उधेड़बुन में दिन भर उसका दिमाग उससे वाद-विवाद करता रहा। मगर भवानी शंकर, सारा दिन हमेशा की ही भाँति खुश व निश्चिन्त था।

रात्रि के भोजन में गौतमा ने दाल व लौकी की सब्जी बनायी, भवानी ने न जाने कितनी रोटियाँ खायी थीं उस रात। भोजन के बाद गौतमा को रसोई में ही छोड़, भवानी कुछ समय के लिए बाहर के कक्ष में चला गया था। इधर रसोई में अँगीठी अभी भी जल रही थी, और साथ में गौतमा का मन भी। 'भवानी के ऊपर सब कुछ न्यौछावर कर चली आयी थी वह, और अब भवानी के मन में उसके प्रति कुछ संशय हुआ तो? ऐसे में उसके साथ रहकर भी क्या जीवन सार्थक हो पायेगा?' रसोई का कार्य निपट चुका था, व गौतमा अँगीठी को बुझाना ही चाहती थी कि तभी भवानी वापस रसोई में आ गया। उसके हाथ में एक कागज था। उसने गौतमा की ओर एक प्यार भरी दृष्टि डाली व होंठों पर मुस्कराहट लाते हुए बोला, "कागज में क्या लिखा है? जानना चाहती हो ना?"

पलकें झुकाकर गौतमा ने हाँ में गर्दन हिला दी।

"तो पढ़ लो।" उसने कागज गौतमा के हाथों में थमा दिया था। एक सिहरन-सी दौड़ गयी थी गौतमा के शरीर में तब यह सोचकर कि, "न जानें ऐसी कौन-सी बात थी जो भवानी उससे मुँह से न कहकर लिखकर बताना चाहता था।" हल्के काँपते हाथों से उसने भवानी से वह कागज लिया, जिसमें लिखा था–

"मैं, भवानी शंकर पाण्डे और गौतमा, जो आज से मेरी धर्म पत्नी है, इस जलती अग्नि में अपने अतीत के उन प्रसंगों को समर्पित करते हैं, जिन प्रसंगों

में हम एक दूसरे से अलग रहे हैं। जैसे ये अग्नि इस कागज को राख में बदलने में सक्षम हैं उसी प्रकार मेरा प्यार, गौतमा की दुखद स्मृतियों को नष्ट करने में सक्षम होगा", फिर भवानी ने उस कागज के टुकड़े को जलती अँगीठी के हवाले कर दिया था। एक तेज लपट के साथ अँगीठी के जलते कोयलों ने कुछ ही क्षणों में उस कागज को लील लिया था, और ठीक ऐसे ही भवानी के प्रेम ने गौतमा के उस कल को मिटा डाला था जहाँ मात्र पीड़ा थी।

वह अनोखी रात गौतमा की स्मृतियों में हमेशा ताजा रही है, जब भवानी शंकर ने पलँग पर उसे अपने बहुत पास बिठा लिया था। बल्ब की रोशनी में गौतमा के दमकते मुँह को बड़ी देर तक निहारता रहा था वह, फिर उसने अपनी बाँहों से घेर कर गौतमा को अपने इतने करीब कर लिया था कि उन दोनों की साँसें एकमय हो गयी थीं। और इधर गौतमा थी, जो भवानी शंकर की बाँहों में मोम की तरह पिघली चली जा रही थी। भवानी शंकर उसके सपनों का राजकुमार था, उसके जीवन का आधार था, और आज वह उसके पास था, वह भी इतने पास! वह भवानी शंकर को समर्पित हो चुकी थी। कितना अनोखा था ये समर्पण, जिसमें न संकोच था और न कोई ग्लानि, कुछ था तो मात्र सुख और संकटों का अन्त। भवानी शंकर व उसने जीवन की इस सुन्दर चुनौती को स्वीकार कर लिया था।

सतरंगी जीवन

उस रात की सुन्दर नींव पर उन दोनों ने बरेली की रेलवे कालोनी में जिस घर का निर्माण किया, बाद में वह लोगों के मध्य युगल प्रेम की एक मिसाल बन गया था। भवानी ने अपनी सत्यनिष्ठा व कर्मपरायणता से साथ के सभी कर्मचारियों का मन जीत लिया था। उन दिनों भवानी के बिना किसी का कोई भी काम बनता न दिखता था। शायद इसलिए कि भवानी पूरे मनोयोग से सारे कार्यों का निष्पादन जो करता था।

इधर गौतमा के लिए कोई स्वर्ग था तो वह थी बरेली की रेलवे कालोनी। घर में पति का अपार प्यार और बाहर कई शुभचिन्तकों के साथ-साथ लीला दीदी का सहयोग। इससे अधिक और क्या माँग सकती थी वह जीवन से। ऊबड़-खाबड़ पथरीले रास्तों को छोड़कर उन दोनों का जीवन, बरेली की रेलों की तरह ही समतल पटरियों पर दौड़ने लगा था।

बरेली में आये तीन माह बीत चुके थे। गौतमा वहाँ की अपनी छोटी-सी गृहस्थी से बेहद खुश थी। जब भवानी घर पर न होता तो उसका अधिकांश समय श्रीमती लीला दुबे के साथ बीतता। लीला दीदी उन दिनों पूर्ण गर्भावस्था में थीं। श्रीमान दुबे ने बताया था कि इस बार लीला दीदी के गर्भ में उनकी तीसरी सन्तान थी। पहली दो सन्तानें लीला दीदी ने गर्भ में ही खो दी थीं, इसलिए पहले की तरह इस बार श्रीमान दुबे ने लीला दीदी को अपने गाँव न भेजने का फैसला किया था। क्योंकि गाँव की आबो हवा ने उन्हें दो बार धोखा दे दिया था। इस बार वे बरेली में रहकर ही किस्मत का दाँव देखना चाहते थे। पहले पहल तो श्रीमान दुबे के आग्रह पर ही गौतमा ने लीला दीदी की ओर मित्रता का हाथ बढ़ाया था, लेकिन कुछ ही दिनों में उन दोनों की घनिष्ठता इतनी बढ़ गयी थी कि मानो उन लोगों के मध्य जन्म-जन्मान्तर का सम्बन्ध हो। लीला दीदी गौतमा के लिए एक आदर्श बन गयी थी और लीला दीदी ने भी गौतमा में अपनी माँ, बहिन व सखी, सभी को पा लिया था। लीला दीदी के लाख मना

करने पर भी गौतमा ने उनके घर का सारा कार्यभार सँभाल लिया था, दीदी को कब क्या खाना है व कब आराम करना है, सारी जिम्मेदारियाँ गौतमा ने अपने सर पर ले ली थीं।

लीला दीदी ने अपना जीवन एक खुली किताब की तरह गौतमा क़े आगे रख दिया था, एक स्वस्थ व सामान्य जीवन था उनका। वे इलाहाबाद के पास एक छोटे-से कस्बे की रहने वाली थीं। विवाह तो उनका भी तेरह वर्ष में ही हो गया था पर उनके पति जो उम्र में उनसे मात्र एक वर्ष बड़े थे, विवाह के तीन वर्षों बाद गौना करवाकर उन्हें अपने घर लाये थे। वैसे उनका जीवन सुखी था पर दो-दो सन्तानों की गर्भ में ही मौत हो जाने से उनके जीवन में भी दुखों का एक स्थान था। इसलिए इस बार पूर्ण सावधानी रखते हुए दुबे दम्पति, जल्दी ही नवजात के आगमन की प्रतीक्षा में थे।

दुर्भाग्यवश गौतमा, लीला दीदी को चाहकर भी अपने जीवन की घटनाओं का पूर्ण विवरण कभी न दे पायी। भवानी शंकर और उसने, दुबे दम्पति को यह तो बताया कि उन लोगों ने अपने माता-पिता की अनुमति के बिना विवाह किया था, पर गौतमा पहले से ही विवाहित थी, इसका जिक्र उसने कभी किसी से न किया था। गौतमा बताना तो जरूर चाहती थी, लेकिन वह ऐसा कर न पायी क्योंकि भवानी ने उसे, पुरुषोत्तम के साथ विवाह होने वाली बात को कभी न दुहराने की सौगन्ध जो दे दी थी।

जल्दी ही लीला दीदी के प्रसव का समय आ गया। उस दिन रात के आठ बजे थे। बाहर बहुत ठण्ड थी। गौतमा अँगीठी पर रोटियाँ सेक रही थी और पास में बैठा भवानी शंकर गौतमा के साथ प्रेम प्रसंगों का जिक्र करते हुए आग सेक रहा था। तभी दरवाजे पर जोर की दस्तक हुई, उस समय कौन हो सकता था, सोचकर भवानी ने जब द्वार खोला तो बदहवासी की हालत में श्रीमान दुबे बाहर खड़े थे।

"भवानी शंकर, हमारी श्रीमती तकलीफ में हैं। लगता है प्रसव का समय आ गया है। तुम ऐसा करो सरस्वती बुआ को बुला लाओ, वे यहाँ कालोनी की दूसरी गली के किनारे वाले घर में रहती है, सब लोग कहते हैं बहुत जानकार हैं बुआ। और गौतमा बहिन आपको मेरे साथ चलना होगा। लीला इस वक्त सिर्फ तुम्हें ही याद कर रही हैं।" हमेशा की तरह शान्त रहने वाले रमाकान्त दुबे की आवाज बुरी तरह घबरायी हुई थी।

गौतमा जब लीला के पास पहुँची तो उस समय लीला अत्यन्त कष्ट में थी और गौतमा को देखकर जोर-जोर से रोने लगी थी।

"बहुत दर्द हो रहा है गौतमा बहिन, कहीं ऐसा न हो कि बच्चे के आने से पहले ही मेरे प्राण उड़ जायें", गौतमा का हाथ जोर से पकड़े हुए कह रही थी लीला दीदी।

"धीरज रखो दीदी, अभी सरस्वती बुआ आती ही होंगी, बस कुछ ही देर में सब ठीक हो जायेगा।" गौतमा लीला दीदी को समझाए चली जा रही थी पर दीदी का कराहना पहले से भी अधिक तेज होता चला जा रहा था। तभी सरस्वती बुआ को लेकर श्रीमान दुबे कक्ष में आ पहुँचे। दीदी को इतने कष्ट में देखकर उनके हृदय में भी जो पीड़ा उठ रही थी वह उनकी आँखों में स्पष्ट दिखाई दे रही थी पर वे लाचार होकर चुपचाप दीदी को देखे चले जा रहे थे। फिर सरस्वती बुआ ने उन्हें बाहर जाने का इशारा करते हुए कहा, "आप बाहर जाकर शुभ समाचार की प्रतीक्षा करो, थोड़ा समय और लगेगा, घबराने की कोई बात नहीं है।" और श्रीमान दुबे को बाहर धकेलकर बुआ ने द्वार अन्दर से बन्द कर दिया।

लीला दीदी का निरन्तर बढ़ता दर्द गौतमा के लिए भी कोई कम असहनीय न था। प्रसव को पहली बार इतने करीब से देख रही थी वह। लीला दीदी की वेदना न बांट पाने के कारण वह असहाय महसूस कर रही थी। रह-रह कर वह लीला दीदी के कभी हाथ सहलाती, कभी माथा तो कभी तलुए। और बीच-बीच में शिवालय के शम्भू शंकर से भी मन ही मन प्रार्थना करती, "हे भोले नाथ, दीदी को जल्दी से वेदना मुक्त कीजिए और जल्दी से शिशु को बाहर भेजिए।" अन्ततः भोले नाथ ने उसकी पुकार सुन ही ली। इधर दीदी की ऊँची चीख निकली और उधर कानों में अमृत भर देने वाला नवजात शिशु का क्रन्दन आरम्भ हो गया। कितनी विचित्र अनुभूति थी वह! शिशु के आते ही दीदी की पीड़ा व वेदना समाप्त ही नहीं, वरन् भूली भी जा चुकी थी। बुआ ने शिशु का निरीक्षण किया व मुस्कराकर बोली, "लक्ष्मी आयी है घर में" और ये सुनते ही एक छलाँग में गौतमा द्वार खोलकर बरामदे में बैठे श्रीमान रमाकान्त दुबे व भवानी शंकर के पास जा पहुँची थी।

"कन्या हुई है आपके यहाँ दुबे भैया।" गौतमा की बात सुनते ही श्रीमान दुबे की प्रसन्नता का ठिकाना न रहा। वे तेजी से कुर्सी से उठे व खुशी में भवानी को अपने सीने से लगाकर बोले, "मैं बहुत भाग्यवान हूँ भवानी शंकर, बहुत भाग्यवान।" और भवानी शंकर भी भाव विभोर हो उठा था श्रीमान दुबे की इस प्रतिक्रिया पर, शायद इसलिए कि उनके परिवार में अपना ही परिवार जो पा लिया था उसने। लीला दीदी के प्रसव के पश्चात उन दो परिवारों में घनिष्ठता और अधिक बढ़ गयी थी। गौतमा ने प्रसूता व शिशु का सारा कार्य ऐसे सँभाल

लिया था जैसे लीला दीदी उसकी सगी बहिन हो और यहाँ भवानी शंकर के बिना श्रीमान दुबे के भी सारे कार्य अधूरे ही रहते थे। गौतमा व भवानी शंकर ने ही नहीं, वरन् दुबे परिवार ने भी उस नयी जगह में एक दूसरे में ही अपने सगे सम्बन्धियों को पा लिया था। श्रीमान दुबे ने अपनी बालिका को 'किरन' नाम दिया था। उनके अनुसार विवाह के कई वर्षों बाद किरन उनकी बुझती आशा को जगाने के लिए जीवन ज्योति बनकर आयी थी। किरन के आने से लीला दीदी के साथ-साथ गौतमा भी व्यस्त हो चली थी। इस कारण उसे अब पुरानी स्मृतियाँ पहले से कम सालने लगी थीं।

गौतमा को बरेली में प्रवास करते हुए एक वर्ष होने को था। उस दिन नवरात्रों का तीसरा दिन था अतः उनके विवाह की सालगिरह थी। क्रान्तिकारी विचारों का होते हुए भी भवानी शंकर भगवान में अत्यन्त आस्था रखने वाले व्यक्तियों में से था। छह माह हरिद्वार में उस साधु ने ज्ञान व अध्यात्म का जो बीजारोपण भवानी शंकर के मन में कर दिया था, अब वह प्रस्फुटित हो, उसके व्यक्तित्व में साफ नजर आता था। अपनी छोटी-बड़ी हर सफलता के लिए प्रभु का आभार व्यक्त करना तथा मुसीबत के समय में स्थिर रहना उसका स्वभाव बन चुका था। कितनी भी व्यस्तता हो पर सुबह को पूजा गृह में बिना दीपक जलाए उसके दिन की शुरुआत कभी न होती थी।

विवाह की पहली सालगिरह पर भवानी शंकर का अवकाश था। सुबह ही वह गौतमा को कालोनी के मन्दिर में ले जाकर पुजारी से आशीर्वाद ले आया था। उसके बाद कुछ जरूरी सामान की खरीददारी के लिए वह बाजार की ओर निकल पड़ा था। वह मन में सोचे चला जा रहा था कि आज के ही दिन उसने पहाड़ी की चोटी पर बने एक छोटे-से मन्दिर में गौतमा से विवाह किया था, परिस्थिति वश उस दिन उसे वह कुछ न दे पाया था। पर आज वह उसे कोई न कोई तो भेंट देना चाहता था, 'मगर क्या दे', सोचते हुए वह शहर की एक सँकरी गली में लाइन से लगी दुकानों का मुआइना करता चला जा रहा था। गौतमा के लिए कौन-सी वस्तु उपयोगी होगी, उसे न सूझ रहा था। कई सारी वस्तुओं की गुणवत्ता व अवमूल्यन करते-करते आखिरकार वह सन्दूकों की एक दुकान पर आ पहुँचा। उसने सोचा, 'गौतमा को एक सन्दूक की जरूरत है, जिसमें वह अपनी साड़ियों को ठीक से संजोकर रख सकती है। इसलिए मन में सन्दूक लेने का निर्णय कर वह छोटे-बड़े सारे सन्दूकों को खोलकर तथा अपनी अँगुलियों से सन्दूकों की चादर को बजा-बजा कर देखने लगा। उत्सुक ग्राहक को भाँप लेना कुशल विक्रेता के लिए कोई कठिन

काम नहीं होता, अतः भवानी शंकर को देख वह दुकानदार भी भाँप गया कि ग्राहक मिल चुका था।

"सन्दूक लेंगे साहब?" विक्रेता ने भवानी शंकर की ओर देखकर अदब से पूछा।

"जी, सोच तो रहा हूँ, ये सन्दूक कैसा रहेगा?" भवानी ने एक सन्दूक को हथेली से थपथपाते हुए पूछा।

"दादा खरीदे और पोता बरते जनाब, पीढ़ियों तक टिका रहेगा।" खिजाब से रंगी लाल दाढ़ी पर हाथ फिराते हुए बोला था दुकानदार।

"और पैसे? कीमत तो बतायी नहीं आपने?" भवानी ने कहा।

"हुजूर पैसे की क्या बात है, आप को जो ठीक लगे दे दीजिए। वैसे इसकी कीमत पाँच रुपये है पर आप सुबह-सुबह आये हैं, इसलिए आपके लिए चवन्नी कम।" दुकानदार बहुत ही व्यवहार कुशल था और वैसे भवानी को सन्दूक पसन्द आ गया था, अतः उसने जेब से पाँच रुपये निकाल दुकानदार को थमा दिये व सन्दूक को उठाते हुए बोला, "और मजबूती कैसी है आपके सामान की?"

"जनाब दौलत वजीर नाम है मेरा, पुश्तैनी दुकानदार हूँ बरेली का। मेरे जीते जी यदि आपका ये सन्दूक टूट जाय तो मेरी जेब में हाथ डालकर अपने पाँच रुपये निकाल कर ले जाइएगा, शिकवा नहीं करेगा ये दौलत वजीर।" दौलत वजीर वाकई बहुत ही दिलचस्प इंसान था। भवानी उसका शुक्रिया अदा कर सन्दूक को कन्धे पर रख कर घर की ओर चल दिया।

सन्दूक के साथ जब भवानी शंकर घर पहुँचा, उस समय गौतमा भवानी के सफेद कुरते पर नील चढ़ा रही थी।

"ये क्या?" ये सन्दूक क्यों उठा लाये? कितने सारे पैसों का होगा!" आश्चर्य मिश्रित स्वर में गौतमा बोली।

"तुम्हारे लिए लाया हूँ। आज हमारे विवाह की पहली सालगिरह है। मैंने सोचा तुम्हारे लिए कुछ ऐसा ले चलूँ जो काम का हो, टिकाऊ हो और हमारे प्यार की ही तरह मजबूत भी हो। सारे बाजार में घूमता रहा और अन्त में इस सन्दूक से अच्छा मुझे कुछ भी नजर न आया। तुम्हें पसन्द तो आया ना मेरा ये उपहार?"

"हाँ भवानी, बहुत पसन्द आया और आज एक बार फिर से तुम्हारी तेज बुद्धि के साथ-साथ तुम्हारे भोलेपन को भी सराहती रह गयी है तुम्हारी ये गौतमा।" फिर गौतमा ने बड़े प्यार से अपनी बाँहों की माला भवानी के गले में डाल दी और उसकी आँखों में आँखें डाल कर आगे बोली, "तुम कितने अच्छे हो भवानी? न जाने किस जन्म के पुण्यों के फलस्वरूप तुम मुझे मिले हो मेरे

भवानी शंकर? तुम नहीं जान सकते कि मैं तुमसे कितना प्रेम करती हूँ। लेकिन ये क्या, तुम तो मेरे लिए उपहार ले आये, मगर मेरे पास तो तुम्हें देने के लिए कुछ भी नहीं है।"

"है ना, देने को है, लो अभी बताता हूँ क्या है", कहकर भवानी ने अपने कुरते की जेब से सिन्दूर की एक छोटी-सी डिबिया खोल कर गौतमा की आँखों के सामने रख दी। गौतमा ने भवानी शंकर से विवाह करने के पश्चात कभी सिन्दूर न लगाने का निश्चय किया था। उसे भय था कि जिस माँग में उसका पूर्व पति एक बार सिन्दूर भर चुका है उसमें भवानी के नाम का सिन्दूर डालने से कहीं कोई अपशकुन न हो जाये। लीला दीदी उसे हमेशा सिन्दूर लगाने का परामर्श देती थी, 'पर भवानी को पसन्द नहीं है', कहकर वह दीदी की बातों को टाल देती थी।

"अरे! सिन्दूर! वह भी नारंगी रंग का। बिल्कुल ऐसा ही जैसे लीला दीदी लगाती हैं।"

"हाँ, बिल्कुल उनके जैसा ही, उनका सिन्दूर तुम्हें बहुत अच्छा लगता है, है ना? तो आज तुम भी मेरे नाम का ये सिन्दूर लगा लो गौतमा। तुम्हारी ओर से सालगिरह का इससे बेहतरीन उपहार मेरे लिए और क्या हो सकता है?" निश्छल भाव से बोला था भवानी शंकर।

"लेकिन भवानी, यदि कुछ अपशकुन..."

"कोई अपशकुन नहीं होगा गौतमा। तुम मेरी पत्नी हो, मैं देता हूँ तुम्हें ये अधिकार।" कहते हुए भवानी ने चुटकी भर सिन्दूर गौतमा के काले घने बालों के मध्य बनी माँग में भर दिया था और सिन्दूर की आभा से गौतमा का गौर वर्ण और भी अधिक निखर गया था। उसी उन्माद में भवानी शंकर ने गौतमा को अपने बहुत पास खींचकर अपनी मज़बूत भुजाओं में प्रेम से जकड़ लिया था। गौतमा सुखी थी।

गौतमा व भवानी के विवाह को दो वर्ष होने को थे। इन दो वर्षों में उनके जीवन में काफी कुछ नया हो चला था। भवानी अब चपरासी न रहकर बाबू के पद पर कार्य कर रहा था। उसकी विद्वत्ता और पढ़ाई-लिखाई से प्रभावित होकर और श्रीमान दुबे की सिफारिश पर, बड़े साहब ने उसे बाबू बना दिया था। बाबू बनते ही उसके वेतन में वृद्धि हो गयी थी व साथ ही चपरासी वाले क्वार्टर से बड़ा दूसरा घर भी मिल गया था। भवानी शंकर के साथ-साथ पिछले छह महीनों में गौतमा की भी लोकप्रियता व ख्याति पूरी कालोनी में फैल चुकी थी। हुआ ये था कि एक दिन जब श्रीमती लीला दुबे स्नानगृह में थी तो उनके लिए द्वार पर

पोस्टमैन एक पत्र छोड़ गया था, जिसे लेकर गौतमा अन्दर दीदी के पास चली आयी थी। पत्र लीला दुबे के नाम था, गौतमा ने जिज्ञासावश पत्र पलट कर देखा, भेजने वाले का नाम था 'शिरोमणि शुक्ला'। गौतमा जानती थी, शिरोमणि शुक्ला, लीला दीदी के पिता थे। उस समय एक गहरी पीड़ा गौतमा के मन पर घिर आयी थी। 'दीदी कितनी भाग्यशाली है जो अपने माता-पिता के इतने करीब हैं, और एक वह है, जिसके बारे में उसके माँ और बाबू को कुछ भी ज्ञात नहीं है। एकाएक ही बाबू, माँ व कैलाश की स्मृति से उसका मन अत्यन्त विकल हो उठा था, ये सोचकर कि 'न जाने कैसे होंगे वे लोग? कभी उसे याद भी करते होंगे या नहीं?' भावनाओं के तेज आवेग में उसकी आँखें छलछला उठी थीं। लीला दीदी, जो तभी नहाकर गुसलखाने से निकली थीं, गौतमा को इतना भावुक देख हैरान हो उठी थीं और गौतमा से बोलीं–

"गौतमा, क्या हुआ? तुम ठीक तो हो ना?"

"हाँ दीदी, बिल्कुल ठीक हूँ।" बड़ी सफाई से गौतमा ने आँखें पोंछने का प्रयास करते हुए उत्तर दिया था।

"तो तुम रो क्यों रही थी? कुछ तो हुआ है, मुझे नहीं बताओगी?" दीदी ने पूछा।

"ऐसी कोई खास बात नहीं है दीदी, बस आपके पिताजी का पत्र आया है आपके नाम, और मुझे बरबस ही अपने माँ-बाप की याद हो आयी थी। बस इसीलिए थोड़ा मन भर आया।"

"लेकिन गौतमा तुमने ये कैसे जान लिया कि ये मेरे पिता का ही पत्र है?"

"दीदी एक बार आप ही ने तो कहा था कि आपके पिताजी का नाम श्री शिरोमणि शुक्ला है और इस पत्र पर पीछे यही नाम लिखा है, ये लीजिए आप ही देख लीजिए।" गौतमा ने पत्र लीला दीदी की ओर बढ़ाते हुए कहा।

"मैं क्या जानूँ इसमें किसका नाम लिखा है, मुझे तो पढ़ना आता ही नहीं। लेकिन तुम्हें आता है ये तो में जानती ही नहीं थी। तुम पढ़ी-लिखी हो? कौन-सी कक्षा तक?"

"आठवीं तक। लड़की हो या लड़का, शिक्षा पर सब का बराबर का हक है। ये मेरे बाबू के विचार थे, इसलिए सारे समाज का विरोध होने पर भी मेरे बाबू ने मुझे स्कूल भेज कर आठवीं तक पढ़ाया था।" लीला दीदी अविश्वसनीय नेत्रों से गौतमा को निहारे जा रही थी। लीला दीदी के सामने वह पहली स्त्री थी जो पढ़ने-लिखने का दावा कर सकती थी। यद्यपि गाँधी जी ने स्त्रियों की शिक्षा के लिए पर्याप्त जोर लगाया था पर गाँवों व कस्बों से गौतमा व लीला

दीदी जैसी सामान्य नारियों के लिए शिक्षा अभी भी बहुत दूर थी। कौतूहल से भरी लीला दीदी को अभी भी विश्वास न हो रहा था कि गौतमा पढ़ने में सक्षम है। पर प्रमाण के साथ-साथ पिता की ओर से आये समाचार जानने के लिए यह एक उचित मौका था, इसलिए पत्र को गौतमा को थमाते हुए लीला बोली, "गौतमा, तुम मेरे लिए ये पत्र पढ़ दोगी? क्योंकि हमारे दुबे साहब तो शाम से पहले न आयेंगे और इस पत्र में क्या है ये जानने की प्रतीक्षा मैं सायं तक न कर पाऊँगी। इसलिए तुम ही पढ़ दो ना बहिन।" लीला दीदी के आग्रह पर गौतमा ने उन्हें उनके पिता का पत्र पढ़कर सुना डाला। पत्र में लीला दीदी के छोटे भाई के विवाह की सूचना भेजकर उनके पिताजी ने दीदी को पूरे परिवार सहित आने का निमन्त्रण भेजा था। समाचार सुन दीदी खुशी से नाच उठी थीं।

गौतमा के अपने घर चले जाने के बाद लीला दीदी प्रसन्न तो थी पर साथ में कुछ अनमनी-सी भी हो गयी थी। आज गौतमा ने जिस कुशलता से उनके लिए पत्र पढ़ डाला था वह कोई साधारण बात न थी। पूरी कालोनी में एक बड़े साहब की पत्नी के सिवा किसी और स्त्री के साक्षर होने की कोई सूचना न थी। लीला दीदी जब भी बड़े साहब की पत्नी को आँगन में बैठ अखबार पढ़ता देखती तो हमेशा मन मसोस कर रह जाती थी कि काश वह भी पढ़ पाती। लेकिन अखबार तो दूर की बात थी, दीदी को तो पत्र पढ़वाने के लिए भी अपने पति पर आश्रित होना पड़ता था। आज गौतमा को पढ़ते देख उन्हें अपने अनपढ़ होने पर बहुत अफ़सोस हो रहा था। उस दिन सायं को जब श्रीमान दुबे घर पर आये तो लीला दीदी ने उन्हें दो-दो सनसनीखेज खबरें सुनायीं। पहली अपने भाई के विवाह की, और दूसरी गौतमा द्वारा पत्र पढ़ने की। गौतमा की साक्षरता पर पत्नी की तरह ही श्रीमान दुबे को भी कम आश्चर्य न हुआ था। उनकी खुद की परवरिश भी गाँवों में ही हुई थी। उनके विद्यालय में बहुत थोड़े से छात्र थे और उनमें भी लड़कियों की संख्या तो बिल्कुल नगण्य थी। लड़कियों को शिक्षित करने की मानसिकता से उनके क्षेत्र के लोग भी अभी तक अपरिचित ही थे। अतः पत्नी का किसी स्त्री को पढ़ते देख इतना प्रभावित हो जाना स्वाभाविक ही था। लीला को हीन भावना का आभास न हो, इसलिए इधर-उधर की बात कर उन्होंने उसका मन बहलाना चाहा पर अपनी पत्नी के सदा सुलझे व्यक्तित्व में छुपा हल्का-सा एक असन्तुलन उस दिन श्रीमान दुबे की आँखों से छुप न सका। अशिक्षित होने की कुंठा उस दिन पत्नी के मुख पर स्पष्ट लिखी थी। उस रात अपनी पत्नी से एक लम्बा विचार विमर्श कर वे अगले दिन जब भवानी शंकर से मिले तो उस समय भवानी पंजिका के कुछ मुद्दे सुलझाने में व्यस्त था। अचानक

ही श्रीमान दुबे को कक्ष में आते देख भवानी कुर्सी छोड़ कर तुरन्त खड़ा हो गया व आदर से अपने दोनों हाथ जोड़कर बोला, "नमस्कार सर।"

"नमस्कार भवानी शंकर, खड़े क्यों हो गये बैठे रहो, बस यूँ ही हालचाल लेने आया था। पिछले कुछ दिनों से तुम्हारे साथ ठीक से बात न हो पायी है इसीलिए चला आया। कैसा चल रहा है कामकाज?"

"बिल्कुल ठीक सर, आप से ही जो सीखा है।"

"तुम कुछ ज्यादा ही विनम्र हो भवानी, तुम्हारी सफलता में तुम्हारा परिश्रम और बुद्धिमत्ता है, मैंने तो मात्र एक अवसर दिया था तुम्हें और तुमने इतने कम समय में चपरासी से बाबू की पोजीशन ले ली। तो मेहनत तो तुम्हारी ही हुई ना।"

"लेकिन सर अवसर तो आपने ही दिया था। मुझसे भी अधिक काबिल लोगों से भरा होगा हमारा ये समाज, उन्हें भी मात्र एक ही अवसर की जरूरत होगी। लेकिन सर ये जरूरी नहीं कि आप जैसा व्यक्ति उन सबको भी मिल जाय। मैं भाग्यशाली रहा हूँ, मौके पर यदि आपकी मदद न मिली होती तो न जाने क्या होता।" भवानी भावुक हो गया था।

"बस करो भवानी मुझे बार-बार ऐसे शर्मिन्दा न किया करो। ये बताओ गौतमा बहिन कैसी हैं?"

"बिल्कुल अच्छी है सर। लीला दीदी व किरन के साथ समय गुजारना बहुत अच्छा लगता है उसे।" भवानी ने जवाब दिया।

"वे दोनों भी कम चहेते नहीं हैं गौतमा बहिन के। भवानी शंकर, अभी कल ही मेरी श्रीमती जी ने मुझे बताया कि गौतमा बहिन ने उन्हें उनके पिता का पत्र पढ़कर सुनाया था। वे पढ़ना-लिखना जानती हैं, ये तो तुमने कभी बताया ही नहीं।"

"वो सर, ये बात बताने की कभी जरूरत ही नहीं पड़ी।" भवानी शंकर थोड़ा हिचकिचा-सा गया था।

"वैसे मुझे बड़ा अच्छा लगा जानकर कि तुम्हारे इलाके में लड़कियों की शिक्षा के बारे में भी सोचते हैं लोग बाग। क्या अधिकांश लड़कियाँ स्कूल जाती हैं तुम्हारे क्षेत्र में?"

"नहीं सर। भारत के कई और इलाकों की तरह हमारे यहाँ भी शिक्षा मात्र पुरुषों के लिए ही आरक्षित है। जैसे आप हमारे ही गाँव का उदाहरण ले लीजिए, गौतमा पूरे क्षेत्र में अकेली लड़की थी जिसे आठवीं तक स्कूल जाने का सौभाग्य मिला था। और इसका श्रेय मात्र उसके पिताजी को जाता है। शिक्षा की बड़ी कद्र करने वालों में से थे वह। समाज की परवाह किये बिना अपनी बेटी को

स्कूल भेजा था उन्होंने। उनके जैसा आधुनिक विचारों वाला इंसान अगर आज हर घर में मिले तो पूरे भारतवर्ष में हर घर की लड़की शिक्षित होगी।"

"हाँ भवानी शंकर, गौतमा बहिन के पिता से मिले बिना ही मैं उनसे इतना प्रभावित हो गया हूँ। उनसे मिलके वाकई बहुत मजा आयेगा, एक बार बुला क्यों नहीं लेते उन्हें तुम लोग यहाँ भवानी शंकर?" श्रीमान दुबे ने कहा।

"नहीं सर, हमारा किस्सा कुछ अधिक पेचीदा है। वे लोग बेहद नाराज हैं हम दोनों से, विशेषकर मेरे पिता। इसलिए उनसे सम्पर्क बनाने का अभी उचित अवसर आया नहीं है।" भवानी की आवाज में दृढ़ता थी अतः उस विषय पर वार्ता करना श्रीमान दुबे को व्यर्थ ही लगा और फिर इतनी सुबह भवानी शंकर से मिलने का उनका कोई दूसरा ही उद्देश्य था।

"चलो कोई बात नहीं, अपने माता-पिता के बारे में मुझसे अधिक तुम ही जानते हो, इसलिए इस विषय पर मैं और अधिक कुछ न कहूँगा। इस समय वैसे मैं एक खास प्रयोजन से तुम्हारे पास आया था भवानी शंकर।"

भवानी—"बोलिए सर।"

"वो बात ये थी कि जब से हमारी श्रीमती को पता चला है कि गौतमा बहिन पढ़ी-लिखी हैं, तब से वे थोड़ा परेशान-सी दिख रही है।" सही शब्दों के चयन के लिए भटक रहे थे श्रीमान दुबे।

"मैं समझा नहीं सर, भवानी कुछ सकपका-सा गया था, क्या गौतमा ने कुछ अशिष्ट कहा लीला दीदी से?"

"अरे नहीं भवानी शंकर, कैसी बात सोचने लगे। गौतमा बहिन! और वह भी अशिष्टता! बात ये नहीं है और ना ही लीला को कोई द्वेष है उनसे। दरअसल वे गौतमा से इतना प्रभावित हो चुकी हैं कि स्वयं भी पढ़ना चाहती हैं। अब इस उम्र में बच्चों के साथ स्कूल तो मैं उन्हें भेज नहीं सकता और मैं खुद इतना व्यस्त रहता हूँ कि उन्हें पढ़ाने के लिए मेरे खुद के पास तो समय है ही नहीं, इसलिए यदि ये काम गौतमा बहिन को सौंप दिया जाये तो कैसा रहेगा? वह भी अगर तुम्हारी स्वीकृति हो तो?"

"अति उत्तम रहेगा सर, गौतमा ये काम बखूबी करेगी। बस आप निश्चिन्त होकर ये कार्य गौतमा के हाथों में सौंप दीजिए।" भवानी शंकर का आश्वासन लेकर श्रीमान दुबे चले गये थे।

श्रीमान दुबे के आग्रह पर भवानी शंकर अत्यन्त प्रसन्न हुआ था। और जब यह समाचार उसने गौतमा तक पहुँचाया तो वह भी खुशी से झूम उठी थी। अगली शाम जब गौतमा, लीला दीदी का अध्यापन शुरू करने उनके घर पहुँची, तो लीला

दीदी का मन ग्लानि व संशय से घिरा था, शायद इसलिए कि गौतमा की तुलना में वह प्रत्येक दृष्टिकोण से वरिष्ठ थीं, और साथ ही उनके मन में असफल हो जाने का भय भी था कि कहीं गौतमा के सिखाने पर भी यदि वे सफल न हो पायीं तो गौतमा उनके बारे में क्या सोचेगी? अपने मन पर घिर आयी इस शंका को उन्होंने गौतमा के सम्मुख प्रकट भी कर डाला था।

"गौतमा क्या मैं सच में पढ़ना-लिखना सीख पाऊँगी? कहीं ऐसा तो नहीं कि मेरी उम्र अब ये सब सीखने की नहीं है?" दीदी परिणाम को लेकर चिन्तित थीं इसलिए उनका मन अशान्त था। बाबू हमेशा कहते थे कि चिन्तातुर मन में ज्ञान का पूर्ण पोषण कभी नहीं होता, इसलिए शिक्षा से पहले दीदी को चिन्ता से मुक्त करना आवश्यक था। अतः गौतमा बोली–

"दीदी, शिक्षा प्राप्त करने की कोई निश्चित आयु नहीं है। हम लोग हर दिन कुछ न कुछ नया सीखते हैं, वह भी तो शिक्षा ही है। अब मुझे ही लीजिए, मेरे लिए तो आप ही मेरी सबसे बड़ी गुरु हैं, जीवन जीने का पाठ मैं रोज आपसे सीखती हूँ। बच्ची तो अब मैं भी नहीं हूँ, लेकिन मुझे तो आपकी दी हुई शिक्षा की सदैव ही आवश्यकता रहती है, इसलिए इसमें छोटे-बड़े का प्रश्न ही क्यों? और यदि आप प्रयास करेंगी तो आप को शिक्षित होने से कोई भी नहीं रोक सकता, ये वचन है मेरा, आपकी छोटी बहिन गौतमा का।" गौतमा के ऐसा कहने पर उस दिन लीला दीदी की आँखों में नमी हो चली थी। और उसके बाद पूरे मनोयोग से उन्होंने अपना पठन-पाठन का कार्य प्रारम्भ कर दिया था।

पहला सप्ताह दुष्कर था। अ से लेकर अः तक से स्वरों का ज्ञान ही लीला दीदी को मुश्किल प्रतीत हो रहा था। पर किसी तरह लीला दीदी ने स्वरों पर विजय पा ही ली थी। अब वर्ण माला की बारी थी। वर्णों का मर्म समझने में दीदी को अत्यन्त कठिनाई हो रही थी। हर रोज वे अपने अक्षर ज्ञान लेने के निर्णय पर पश्चात्ताप करती व कहती, "मुझसे न होगा गौतमा, कभी सर व कभी पैरों पर मात्रा लगाने का हुनर मुझे कभी न आयेगा।"

"आयेगा दीदी बल्कि ये समझो आ ही गया है। बस कुछ और दिन की बात है, फिर आप इतने फर्राटे से पढ़ेंगी कि आपको खुद विश्वास न होगा अपने ऊपर। आप सिर्फ हौसला बनाये रखिये।"

दीदी की लगन व गौतमा की मेहनत आखिरकार रंग ले ही आयी, व तीन महीने बाद लीला दीदी पूर्ण रूप से साक्षर हो चली थीं। अक्षरों के पीछे छुपे अनन्त भण्डार की कुंजी दीदी के हाथों लग गयी थी। कितनी अनूठी अनुभूति थी ये, लीला दीदी ही जानती थी। उन दिनों सुबह को चाय पीते समय जब श्रीमान दुबे

अखबार की मुख्य घटनाओं को दीदी को पहले की तरह पढ़कर सुनाना चाहते तो दीदी बीच में ही उनके हाथ से अखबार छीन लेतीं व 'मुझे पढ़ने दीजिए' कहकर शब्दों का अनावरण करने लगतीं। पत्नी को यूँ पढ़ते देख श्रीमान दुबे प्रसन्नता से उन पर न्यौछावर हो जाते। जिस दिन गौतमा ने लीला दीदी की आखिरी क्लास ली थी, उस दिन दीदी ने गौतमा को गुलाबी रंग की रेशम की साड़ी भेंट की थी और कहा था, "गौतमा बहिन, तुम्हारे इतने बड़े उपकार का ऋण में कभी भी न चुका पाऊँगी। कितनी भाग्यहीन हैं हम नारियाँ, जिन्हें अक्षरों की ज्ञान गंगा से वंचित रखा जाता है। मुझे साक्षर कराकर तुमने मेरा ही नहीं, मेरी आने वाली पीढ़ी के लिए भी शिक्षा का मार्ग खोला है। मैं भी अपनी बेटी किरन को शिक्षा लेने का पूर्ण अवसर दूँगी।" अत्यन्त प्रसन्नता के कारण दीदी कुछ भावुक भी हो चली थी।

"दीदी आपने जो भी सीखा है वह आपके परिश्रम व लगन का परिणाम है। मुझे इस बात की खुशी है कि मैं आपके इस काम में निमित्त बनी हूँ। वैसे सच कहूँ दीदी, आपको पढ़ने में भले ही मजा न आया हो लेकिन मुझे तो बहुत आनन्द मिला है आप जैसा विद्यार्थी पाकर।" गौतमा बोली।

"ये तो बहुत अच्छा है गौतमा। क्योंकि मैं तुमसे ये पूछना चाहती थी कि मेरी ही तरह कालोनी की कई दूसरी औरतें भी तुमसे शिक्षा लेना चाहती हैं, क्या तुम उन्हें भी पढ़ा पाओगी?"

"क्यों नहीं दीदी", गौतमा ने जवाब दिया और इस प्रकार गौतमा पूरे कालोनी की महिलाओं की शिक्षिका बन गयी। उस वर्ष के अन्त तक कालोनी की कई औरतें तो पढ़ने-लिखने में पारंगत हो गयी थीं, कुछ अधूरा ज्ञान लेकर ही तृप्त हो गयी थीं, व कुछ ने दो-चार बार प्रयास कर पुस्तक व लेखनी से निजात पा ली थी। लेकिन जो भी हो, कालोनी की स्त्रियों में इतना उत्साह देखकर व उनकी आने वाली पीढ़ी को बिना लिंग भेद के शिक्षा देने का उनका विचार जानकर, गौतमा को एक अनोखे सन्तोष की अनुभूति हुई थी।

नया उपहार

भवानी शंकर व गौतमा के विवाह को चार वर्ष होने को थे। उनका जीवन सुखमय था लेकिन पिछले कुछ महीनों से उन दोनों के मन में एक अपूर्णता का अहसास-सा रहने लगा था। किरन के साथ खेलते व समय बिताते हुए गौतमा के नारी हृदय में भी सन्तान सुख की तीव्र अभिलाषा जागने लगी थी। और इधर भवानी भी अपने छोटे-से आँगन में अपने व गौतमा के मिले जुले लघु रूपों को देखने के लिए लालायित रहने लगा था। फिर एक दिन उनका ये सुखद स्वप्न साकार होने को आ ही गया।

उस दिन सुबह-सुबह जब गौतमा बिस्तर से उठी तो उसे अचानक चक्कर आ गया था। इससे पहले कि वह भूमि पर गिर जाती, उसने पलँग के पाये का सहारा लेकर धीरे से भवानी को पुकारा। भवानी जो अभी तक ठीक से जगा भी न था, गौतमा की आवाज सुन तेजी से उठ बैठा। पत्नी के मुँह की उड़ी रंगत देख वह बेहद घबरा गया था। उसने गौतमा को सहारा देकर वापस पलँग पर लिटा दिया। वह होश में थी पर लेटने के उपरान्त भी उसके चेहरे पर सफेदी कायम थी। भवानी ने उसका मस्तक छुआ, माथा शीतल था पर पसीने की बूँदों से गीला था। 'गौतमा को यह अचानक क्या हो गया था, सदा स्वस्थ रहने वाली पत्नी अचानक इतनी कमजोर कैसे हो चली थी, कहीं कोई गम्भीर बात न हो'। ये सोचकर उसने गौतमा को कालोनी के बाहर बनी सोमनाथ वैद्यजी की मशहूर वैद्यशाला में ले जाने का निर्णय लिया।

सुबह के नौ बजे थे। वैद्यजी श्री सोमनाथ घोष को आने में अभी आधा घंटा शेष था। भवानी प्रतीक्षालय में बैठ बड़ी व्यग्रता से वैद्यजी की प्रतीक्षा करने लगा। वैद्यजी श्री सोमनाथ घोष की महिमा दूर-दूर तक फैली थी, लोगों का कहना था कि उनके यहाँ पलँग पर लाया रोगी, पैरों से चलकर घर जाता था। उनकी लोकप्रियता ही रही होगी जिसके कारण इतनी सुबह उनके आगमन से पहले ही वैद्यशाला का प्रतीक्षालय मरीजों से खचाखच भर चुका था। इतने लोगों को देख

गौतमा को फिर से मिचली आने लगी थी, 'कहीं वह वमन न कर डाले', इसलिए अपनी साड़ी के पल्ले को उसने मुँह में ठूँस लिया था।

ठीक साढ़े नौ बजे वैद्यजी आ पहुँचे। प्रतीक्षालय को पार कर चिकित्सा कक्ष की ओर बढ़ते हुए वैद्यजी को देख गौतमा कुछ क्षणों के लिए भूल गयी थी कि वह अस्वस्थ महसूस कर रही थी। ऊँचे डील डौल, गौर वर्ण व उन्नत ललाट वाले वैद्यजी को देखकर उसे अपने बाबू की याद हो आयी थी। बाबू भी वैद्यजी जैसे ही दिखते थे, 'न जाने अब कैसे होंगे? और माँ, न जाने उसका क्या हाल होगा? और कैलाश, वह तो बालक से बदलकर अब तक युवक हो चुका होगा।' गौतमा की आँखें अचानक ही भर आयी थीं। इस डर से कि 'कहीं भवानी शंकर न देख ले' उसने सफाई से आँखों की कोरों को पोंछ लिया था। अभी वह शिवपुर के बारे में सोच ही रही थी कि वैद्यजी के एक कर्मचारी से 'गौतमा देवी' नाम सुनकर वह वर्तमान में लौट आयी थी।

"गौतमा देवी'', कर्मचारी ने दुबारा नाम लिया, ''अन्दर आइए, पहला नम्बर आप ही का है। पुकारे जाने पर भवानी शंकर गौतमा का हाथ थामे वैद्यजी की मेज पर पहुँच गया और वैद्यजी के आगे की कुर्सी पर गौतमा को बिठाकर वह खुद उसकी बगल में ही खड़ा हो गया।

"क्या समस्या है?" वैद्यजी ने पूछा।

"वैद्यजी आज सुबह से इन्हें चक्कर आ रहे हैं और उल्टियाँ भी हो रही हैं। अभी कल तक तो एकदम ठीक-ठाक थीं, बस आज सुबह से ही..."

"हाथ दिखाइए", वैद्यजी ने भवानी को बीच में ही रोककर गौतमा के हाथ की नब्ज थाम ली थी। कुछ देर तक नब्ज देखकर वैद्यजी ने गौतमा से कुछ अन्तरंग प्रश्न किये। तत्पश्चात पर्ची पर कुछ लिखकर भवानी की ओर देखकर बोले, "चिन्ता की कोई बात नहीं है। तुम्हारी पत्नी एकदम ठीक हैं और तुम जल्दी ही पिता बनने वाले हो। इस पर्ची में एक चूर्ण लिख दिया है, सुबह शाम एक-एक चम्मच खाने के बाद खिलाना। इसे खाने के बाद उल्टियाँ करने की इच्छा कम होगी।"

'उन दोनों को सन्तान सुख मिलने वाला है', वैद्यजी की इस घोषणा से गौतमा व भवानी शंकर की खुशी का कोई पार न था। उस दिन वैद्यजी के यहाँ से भवानी शंकर बड़ी सावधानी से गौतमा को घर तक लाया था। और घर पहुँचते ही उसे विश्राम करने का आदेश देकर बोला था, "आज तुम पलँग में लेटकर मात्र विश्राम करोगी और मैं घर का काम करूँगा।"

"और दफ्तर कौन जायेगा" गौतमा ने पूछा।

"आज मैं अवकाश लूँगा, पिता बनने वाला हूँ मैं! ये क्या कोई साधारण खबर है गौतमा? नहीं ना। इसलिए मैं आज दिन भर घर पर रहकर अपनी होने वाली सन्तान की माता की सेवा करूँगा।" गौतमा ने देखा, भवानी का मुँह दीपक के समान प्रकाशमान हो चमक रहा था। उस दिन गौतमा के लिए भवानी की आँखों में उमड़ा वह अप्रतिम स्नेह गौतमा के जीवन की अमूल्य धरोहरों में से एक है। शाम को जब भवानी शंकर खरीददारी के लिए बाजार गया तो साइकिल के कैरियर पर ढेर सारी मिठाइयों के डिब्बों के साथ घर लौटा था, और उस दिन रात होने से पहले ही लीला दीदी के परिवार के साथ-साथ पूरी रेलवे कालोनी ने भावी पिता भवानी शंकर के साथ-साथ खुशी बाँटते हुए मिठाइयों का आनन्द उठाया था।

गौतमा के गर्भवती होने के बाद से उन दोनों का प्रेम और भी प्रगाढ़ हो चला था। भवानी अत्यन्त संवेदन शील पुरुष था। ऐसी अवस्था में गौतमा को अपने परिजनों की अनुपस्थिति का बोध न हो, इसलिए वह उसका जरूरत से कहीं अधिक ध्यान रखता था। पत्नी को इतना प्यार व सम्मान देने वाला भवानी शंकर उन दिनों कालोनी के सारे मर्दों पर भारी पड़ रहा था। "पत्नी को कैसे इज्जत दी जाती है, जरा भवानी भैया से सीख कर आइये", का वाक्य उन दिनों कई रूप लेकर हर स्त्री की जबान पर चढ़ गया था। हँसते खेलते जीवन के वे नौ माह ऐसे बीते जैसे नौ पल। और अन्ततः वह दिन भी आ ही गया जिसकी प्रतीक्षा वह दोनों इतनी व्यग्रता से कर रहे थे।

बैसाखी आने में अभी दस दिन बाकी थे। सुबह होने में अभी कुछ समय शेष था। भवानी निद्रा सुख में लीन था पर उदर शूल के कारण गौतमा की नींद टूट चुकी थी। रह-रह कर पेट में दर्द हो जाता था, व फिर स्वयं ही शान्त हो उठता था। 'भवानी कुछ देर और सो ले', सोचकर उसने भवानी को अब तक जगाया न था। पर दर्द की तीव्रता के साथ-साथ अब उनके मध्य का अन्तराल भी घटता जा रहा था। अतः वह धीरे से उठकर भवानी की पलँग के पास गयी व उसके कन्धे को धीरे से हिलाते हुए बोली, "भवानी शंकर उठो, मेरे पेट में बहुत पीड़ा है।"

भवानी हड़बड़ा कर उठ बैठा। "क्या कहा गौतमा? पीड़ा है, तुम ठीक तो हो ना? अब क्या करेंगे?" अर्ध निद्रा में ऐसी सूचना पाकर भवानी अनर्गल बातें कर रहा था। पर फिर कुछ ही देर में संयत हो उसे वस्तुस्थिति का ज्ञान हो गया था और हमेशा की तरह अपने धीर-गम्भीर स्वर में गौतमा को ढाढस बँधाते हुए उसने कहा, "गौतमा तुम चिन्ता न करो। सब कुछ ठीक होगा, मैं हूँ ना तुम्हारे साथ। लेकिन अभी कुछ देर के लिए मुझे लीला दीदी व सरस्वती बुआ को लेने

जाना होगा, तब तक तुम मन में शम्भू शंकर का ध्यान करो। मैं बस यूँ गया और यूँ आया।"

"साइकिल ठीक से चलाना" गौतमा ने पीछे से आवाज लगायी पर भवानी शंकर निकल चुका था। प्रसव की उस वेदना में भी कुछ देर के लिए उसे भवानी की सुरक्षा का स्मरण रहा था। इधर साइकिल से उतरकर भवानी सीधे श्रीमान दुबे के बरामदे की ओर बढ़ा और बन्द द्वार पर जोर से दस्तक देते हुए बोला, "सर, सो रहे हैं क्या? दीदी, जगी हैं तो दरवाजा खोलिए।" आतुर होकर शीघ्रता दिखाना भवानी के व्यक्तित्व में न था और न ही दूसरों को बेवजह तकलीफ देना। इसलिए इतनी सुबह जोर से दरवाजा पीटकर दुबे परिवार को जगाने का कारण लीला दीदी की समझ में तुरन्त आ गया था। जब उन्होंने द्वार खोला तो वे गौतमा के घर चलने को तैयार थीं। और जब सरस्वती बुआ को लेकर भवानी शंकर वापस घर पहुँचा तो गौतमा का दर्द पहले से कहीं अधिक बढ़ गया था। उससे गौतमा का दारुण कष्ट न देखा जा रहा था। वह पीड़ा में बिलखती गौतमा के समीप आ गया था।

"तुम मुझे अकेला छोड़ कहाँ चले गये थे भवानी? अब दुबारा कहीं न जाना। तुम मेरे पास न होगे तो अकेले इतनी पीड़ा मैं कैसे सहन कर पाऊँगी?" कहते हुए पलँग पर लेटी गौतमा ने कसकर भवानी का हाथ पकड़ लिया था। दर्द में तड़पती गौतमा को छोड़कर भवानी शंकर कहीं न जाना चाहता था। पर समाज की रीति का पालन करने हेतु उसे गौतमा को सरस्वती बुआ व लीला दीदी को सौंपकर घर के बाहर जाना ही पड़ा था। अन्दर गौतमा का आर्तनाद बढ़ता ही जा रहा था और बाहर भवानी के मन की घबराहट। भवानी शंकर की ऐसी मनःस्थिति देख श्रीमान दुबे उससे ये कहकर अपने साथ घर ले आये 'कि वह वहीं विश्राम करे।' कई घंटों से गौतमा की ओर से कोई समाचार न मिला था, वह अत्यन्त उद्विग्न हो रहा था पर श्रीमान दुबे उसे ढाढस बँधाते हुए धीरज रखने की बात करते रहे थे। गौतमा व शिशु के लिए अपने गाँव के शम्भू शंकर से लेकर, अपनी माँ द्वारा बताये गये चौंसठ करोड़ देवी-देवताओं की भी वह कई बार गुहार कर चुका था।

अन्ततः सुबह के पौने नौ बजे लीला दीदी ने घर में प्रवेश किया, भवानी चिन्तित था पर लीला दीदी के मुख पर प्रसन्नता के भाव देख उसे कुछ शान्ति का आभास हो गया था। सब की प्रश्नवाचक दृष्टि लीला दीदी पर पड़ी थी, और फिर लीला दीदी ने वह अति सुखद सूचना उसे दी जिसकी प्रतीक्षा वह इतनी आतुरता से कर रहा था।

"बधाई हो भवानी भैया, बेटा हुआ है आपको" लीला दीदी बोली।

"और गौतमा? वह कैसी है?" उसने पूछा।

"वह भी एकदम ठीक है, बस थोड़ा थक गयी है, पर आपको देखेगी तो थकान भी भाग जायेगी। इसलिए आप जल्दी से घर चले जाइए।" मुस्कराते हुए लीला दीदी ने कहा।

श्रीमती दुबे के कथन के समाप्त होते ही भवानी शंकर इतनी तेजी से घर की ओर दौड़ा था, जितनी तेजी से वह बचपन में कभी कबड्डी खेलते हुए भी न दौड़ा था। बरामदे को पार कर वह सीधे गौतमा के पास पहुँचा। गौतमा पलँग पर लेटी थी। प्रसव की कठिन परीक्षा को पास करने के बाद उसका मुख शान्त था और क्लान्त भी। भवानी शंकर को कक्ष में देख उसके मुँह से रहे सहे पीड़ा के अवशेष भी स्वतः ही गायब हो गये थे। गौतमा ने एक हल्की मुस्कराहट से भवानी शंकर का अभिवादन किया और अपनी बगल में नवजात शिशु की ओर इशारा कर, भवानी से उसे देखने का आग्रह किया। पुरानी चादर में लिपटा वह अनोखा जीता जागता उपहार भवानी के मन को अभिभूत कर गया था। उसके व गौतमा के अप्रतिम प्रेम के प्रमाण, उस नवजात बालक की उपस्थिति, अपने पिता के मन को तरल करती हुई उनकी आँखों से छलक पड़ी थी। प्रसन्नता की पराकाष्ठा से भवानी शंकर ने आज अपने आँसुओं को छुपाया नहीं, वरन् बहने दिया उन्हें, एकदम अनियन्त्रित व निर्बाध होकर। कई वर्षों बाद भवानी शंकर को इतना अधिक भावुक होते देख, गौतमा की आँखें भी छलछला आयी थीं। वह सोच रही थी कि कितना बहादुर इंसान था उसका पति, जो अपने सिद्धान्तों व प्यार के लिए सारे संसार के विरुद्ध जाने में सक्षम था, और साथ ही कितना सरल व भावुक भी, जो एक छोटे-से बालक के आने पर आँसुओं की गंगा जमुना बहा रहा था। 'हे प्रभु, हमारे इस पुत्र को अपने पिता तुल्य बुद्धि प्रदान करने की कृपा कीजिएगा।' गौतमा ने मन ही मन प्रभु से प्रार्थना की थी।

भवानी शंकर ने बेटे का नाम देवेश रखा। देवेश के आने से उनके जीवन में सम्पूर्णता आ गयी थी। उन तीनों की जीवन ऋतु में जैसे चिर बसन्त छा गया था। गौतमा एक विलक्षण योग्य माँ थी, और भवानी भी एक अनूठा जिम्मेदार पिता। और देवेश! वह तो संसार का सबसे भाग्यशाली बालक था। और हो भी क्यों नहीं, जिसका जीवन गौतमा जैसी माँ व भवानी शंकर जैसे पिता द्वारा पोषित हो रहा हो, उसके भाग्यशाली होने में शक ही क्या था? देखते ही देखते कब एक वर्ष का हो गया, उन दोनों को पता ही न चला।

जीवन में जो भी कुछ मिलता है, हम सब उससे अधिक चाहते हैं, मानव

स्वभाव की विशेषता है ये। गौतमा भी, यूँ तो अपने जीवन से खुश थी, पर देवेश को बिना दादी, नानी की छत्र छाया के बड़ा होते देख, वह बहुधा दुखी हो जाती थी। यही एक ऐसा विषय था जिस पर भवानी शंकर उससे बातचीत करने से कतराता था। जब भी ऐसी कोई बात उठती, वह कुछ न कुछ बहाना बना कर इधर-उधर निकल जाता। उसके मन में भी अपने परिवार को लेकर पीड़ा थी, इसलिए गौतमा चाहकर भी उससे अपने घरों के प्रकरण पर लम्बी चर्चा करने का कम ही प्रयास करती थी। लेकिन पेड़ के लिए अपनी जड़ों को नकारना कब तक मुमकिन है? ऐसा ही कुछ गौतमा के साथ भी हुआ था। देवेश के जन्म की दूसरी वर्षगाँठ थी। शाम को भवानी शंकर व गौतमा देवेश को लेकर कालोनी के भैरव बाबा के मन्दिर में आशीर्वाद हेतु गये थे। और उस दिन पूजा के समय गौतमा की आँखें जिस तरह बरसीं, वह भवानी से देखा न गया। वह जान गया था कि पत्नी किसी गहन दुःख से पीड़ित थी, और पति से न बताकर भगवान के समक्ष अपना दुःख व्यक्त कर रही थी। उसे ग्लानि की अनुभूति-सी हो उठी, ये सोचकर कि कहीं ऐसा तो नहीं कि वह अपनी गौतमा के मन का दुःख बाँटने में सक्षम नहीं है। उसने चुपचाप प्रसाद लिया व देवेश को गोद में उठा कर घर की ओर चल दिया। शाम को भोजन के पश्चात जब गौतमा रसोई के कार्य से मुक्त हुई तो बड़े प्रेम से उसका हाथ अपने हाथों में लेकर बोला—

"गौतमा, तुम्हें कोई दुःख है?"

"नहीं तो।"

"तो फिर तुम आज भगवान के आगे अचानक ही क्यों रो पड़ी थीं? कुछ तो बात अवश्य है। और आज ही नहीं, आजकल मैं तुम्हें बहुधा भावुक होते हुए देखता हूँ? क्या तुम इन दिनों मुझसे अप्रसन्न हो?"

"नहीं भवानी, तुम जैसे व्यक्ति से मैं क्या, कोई भी अप्रसन्न नहीं हो सकता। बस वह क्या है कि देवेश को बड़े होता देख मेरा मन ये सोचता है कि काश हमारी तरह, हमारे माता-पिता भी इसके बाल्यकाल का सुख उठा पाते। इधर कुछ दिनों से बड़ी याद-सी आती है उन लोगों की। मन करता है उन लोगों से मिल आयें। कितने खुश होंगे वे लोग हम तीनों से मिलकर। सात वर्ष होने को हैं, जब से घर छोड़ा है।" कहते-कहते गौतमा फिर से रोने लगी थी।

भवानी कुछ देर यूँ ही चुपचाप गौतमा को रोते देखता रहा। सोचा भावनाओं का तूफान कुछ थम जाये तो उस सम्बन्ध में आगे बात करे।

उसने रसोई से पानी का लोटा लाकर गौतमा को थमाया और फिर लम्बी साँस भर कर कहने लगा, "गौतमा, इस विषय पर मैं बात करने से कतराता

हूँ, लेकिन लगता है आज तुम्हें समझाने के लिए कतराने से काम नहीं चलेगा इसलिए स्पष्ट कहना ही उचित होगा। पहले ये बताओ कि मेरी बातों को तुम अन्यथा तो न लोगी?"

गौतमा ने ना में सर हिला दिया था, व पास में रखे गमछे से मुख पोंछ कर भवानी की ओर देखने लगी थी।

"गौतमा हम दोनों ने एक नहीं, दो-दो सामाजिक अपराध किये हैं। पहला ये कि माता-पिता की अनुमति लिए बिना हमने विवाह किया है, जिसे शायद कालान्तर में ये समाज भूल कर हमें क्षमादान दे भी देगा। लेकिन उससे बड़ा अपराध ये है कि तुम्हारे विवाहित होने के उपरान्त भी हम लोगों ने विवाह रचा लिया। हमारे इस अपराध को ये समाज कभी भी न भूल पायेगा, कम से कम मेरे बाबूजी तो कभी भी क्षमा नहीं करेंगे हम लोगों को।"

"इन सात वर्षों में भी नहीं भवानी?"

"सात वर्ष क्या, सात पीढ़ी में भी नहीं। ये मैं कैसे जानता हूँ, यही सोच रही हो ना? तो सुनो। मेरी माँ कहती थी कि उनके दूर के रिश्ते की एक चाची ने अपने पति का त्याग कर किसी पर-पुरुष के साथ नया जीवन बसा लिया था। और फिर जानती हो क्या हुआ?"

"क्या?" गौतमा ने पूछा।

"उनके साथ-साथ उनके दो बच्चों को भी इतनी उपेक्षा का सामना करना पड़ा कि एक दिन उनके बेटे ने अपनी माँ और बहिन की हत्या कर खुद भी जहर खा लिया।"

"हे राम" गौतमा का तन व मन भय से काँप गया था, "ये तो बड़ी भयानक घटना है। लेकिन कोई जरूरी तो नहीं है भवानी कि हमारे साथ भी ऐसा ही हो।" गौतमा बोली।

"ठीक कहती हो तुम, ये जरूरी नहीं कि हमारे साथ भी इतना ही बुरा हो, लेकिन गौतमा समाज में कई तरह के बहिष्कारों का शिकार तो हमें फिर भी होना ही पड़ेगा। अपने समाज की मानसिकता को मैं बहुत अच्छी तरह समझता हूँ गौतमा। इसलिए मैं नहीं चाहता कि मेरे रहते हमारे इस सुन्दर परिवार पर कोई कीचड़ उछाले, या फिर बदनामी का आरोप लगाकर कोई तुम्हें या देवेश को जरा-सा भी कष्ट पहुँचाए, और हमें उस अपराध की सजा दे, जो हमने कभी किया ही नहीं।"

"तो क्या इसका ये तात्पर्य है कि अब हम कभी भी अपने परिजनों से न मिल पायेंगे भवानी?"

"हाँ गौतमा, यही समझो। और जब कभी मिलेंगे भी, तो वो समय अभी बहुत दूर है। जब तक हमारे माता-पिता के अहम् पर उनकी ममता हावी न हो जाये, वे हमारा मुँह भी न देखना चाहेंगे। मैं जानता हूँ कि, मेरे संन्यास और तुम्हारी गुमनामी ने उन्हें इतनी पीड़ा न पहुँचायी होगी जितनी पीड़ा उन्हें हम वापस लौट कर पहुँचा सकते हैं। इसलिए मेरी नजर में हम लोगों को भी उन्हें भूल कर जीना सीखना चाहिए।" उस रात भवानी शंकर दार्शनिकों की भाँति बातें कर रहा था। गौतमा आश्चर्यचकित थी कि उम्र में उससे कुछ ही वर्ष बड़ा होने के बावजूद भी उसका भवानी कितना समझदार था। सब कुछ जानते हुए भी वह गौतमा को अपनाने चला आया था। कैसा अनोखा व्यक्तित्व था इस भवानी शंकर का!

"भवानी", गौतमा बोली, "मुझसे ब्याह करने के परिणाम को जानते थे तुम, फिर भी चले आये मुझे लेने। क्यों? क्या तुम्हें अपने माता-पिता से सदैव के लिए बिछड़ जाने का दुःख नहीं?"

"है, मुझे भी उन लोगों से बिछुड़ने का बहुत दुःख है, लेकिन कोई ग्लानि नहीं है मुझे। तुम्हारे संग मेरे बाबूजी, मुझे जीने न देते, और मैं तुम्हारे बिना जी न पाता। इसलिए मैंने वही विकल्प चुना जिसमें कम से कम हानि थी। यदि मैं नन्दनपुर में होता तो सम्भव था कि आज जीवित ही न होता। माँ को मेरा मरा मुँह न देखना पड़े इसलिए मैं घर त्याग कर चला गया। ये जानते हुए कि तुम्हारा वरण करने के बाद मेरे लिए उस घर में कोई स्थान न बचेगा, मैंने वही किया जो मेरी नियति में था। नन्दनपुर के उन द्वारों को मैं अपने ही हाथों से हमेशा के लिए बन्द कर आया, क्योंकि मेरी समझ से वही उचित था। अब वहाँ हमारे लिए पीड़ा व अपमान के सिवा कुछ न होगा। इसलिए मैं वहाँ न जा पाऊँगा। लेकिन गौतमा ये मेरे अपने विचार हैं, यदि तुम्हें कभी उन लोगों से मिलने की उद्दाम इच्छा हो जाये और तुम वहाँ जाना चाहो, तो मैं कभी तुम्हारे रास्ते में न आऊँगा। बस इतना जरूर कहूँगा कि वहाँ सम्मान की आशा लिए बिना जाओगी तो सुखी रहोगी।"

इस वार्तालाप के पश्चात गौतमा ने कभी भी भवानी शंकर से अपने गाँव जाने का जिक्र नहीं किया। भवानी शंकर ने उन दोनों के प्रेम के लिए गौत्तमा से भी अधिक बड़ा बलिदान दिया था और वह फिर भी अपने निर्णय से असन्तुष्ट न था, अतः गौतमा ने भी निर्णय ले लिया कि अतीत की स्मृतियों में खोकर वह अपना आज नहीं खोयेगी। उसके साथ उसका आज था भवानी, और आने वाला कल था देवेश। और खुशियाँ इतनी थीं, कि उन्हें समेटने के लिए आँचल छोटा पड़ गया था।

अमावस्या

उस वर्ष माघ की किटकिटाती सर्दी में पूरा बरेली सिकुड़ रहा था। लोगों का कहना था कि बारह वर्षों बाद वहाँ इतनी भयानक सर्दी का प्रकोप हुआ था। धुन्ध की एक मोटी-सी चादर पिछले कई दिनों से कालोनी व आसपास के क्षेत्र में हर वक्त छायी रहती थी। पूरा शहर सूर्य देव के दर्शनों के लिए लालायित रहता था। पर घने कुहरे में ढके सूर्य देव यदा कदा ही दर्शन देते, और जब देते भी तो लगता कि वे खुद भी माघ की कड़कड़ाती सर्दी में राहत ढूँढ़ रहे होते। कम से कम कालोनी के लोगों के लिए रेलवे का मुफ्त का कोयला था, जिसे वे सुबह से रात तक जलाए रखते। सारे दिन अँगीठियाँ जले रहने से लोगों को ठंड से राहत तो मिल रही थी, पर इतना अधिक कोयला जलने से आस-पास फैले कुहरे की घनी परत और अधिक मोटी हो गयी प्रतीत होती थी। गौतमा का क्वार्टर भी बहुत ठंडा था, और विशेषकर उस वर्ष माघ के महीने में। उन दिनों भवानी शंकर रात की ड्यूटी पर था। वह रात को आठ बजे घर से निकलता था और सुबह को छह बजे काम समाप्त कर सवा छह तक घर पहुँच जाता था। वैसे भवानी के इस नये क्वार्टर से दफ्तर का पैदल रास्ता बीस मिनट से कम का न था। पर गौतमा व देवेश के पास जल्दी से जल्दी पहुँचने के लालच में वह आजकल साइकिल से आया जाया करता था। गौतमा को उसका साइकिल पर सवार होकर जाना एकदम पसन्द न था। एक तो दो पहियों की सवारी, उस पर आजकल इतना घना कुहरा! उसका चिन्तित हो जाना स्वाभाविक ही था। पर उसके लाख मना करने पर भी भवानी शंकर साइकिल की सवारी से बाज न आता था। गौतमा हर सुबह उसकी व्यग्रता से प्रतीक्षा करती। उसे ज्ञात न था कि सतरंगी चिर पूनम की रातें, कभी न खत्म होने वाली एक लम्बी काली अमावस्या की रात में बदलने वाली थीं।

उस दिन भी सुबह के छह बज गये थे। भवानी शंकर आज बहुत थका था। इस पखवाड़े की रात की ड्यूटी आज समाप्त हो गयी थी। पिछले पन्द्रह दिनों

से ठीक से न सो पाने के कारण उसका बदन आज कुछ अधिक थका था। घर जाने से पहले श्रीमान दुबे को दिन का कार्य भार सँभालते हुए वह साइकिल की गद्दी पर से धूल झाड़ते हुए बोला।

"सर आपको नहीं लगता कि आज ठंड कुछ ज्यादा ही खतरनाक है?"

"सो तो है भवानी शंकर, और कुहरा भी आज कुछ अधिक ही घना लगता है। इसलिए सुरक्षा का ध्यान रखते हुए हमें कुछ घंटों के लिए रेलों को रद्द करना होगा।" हथेलियों को आपस में रगड़कर गर्मी पहुँचाने का प्रयास करते हुए बोले थे श्रीमान दुबे।

"हाँ सर, यही ठीक होगा, यात्रियों को अपने गन्तव्य तक पहुँचने में कुछ देर जरूर होगी लेकिन इतने घने कुहरे में रेल का चलना भी खतरनाक साबित हो सकता है।"

"बिल्कुल, और तुम क्या करोगे आज भवानी शंकर? जाकर सोवोगे या बेटे से खेलोगे? अभी तो दो दिनों का अवकाश है तुम्हारे पास, तुम्हारी तो मौज ही मौज है, क्यों?"

"जी सर, लेकिन अभी तो मुझे गौतमा के हाथों की गरमा गर्म अदरक की चाय के अलावा कुछ नहीं सूझ रहा। आप भी पास में अँगीठी जलाकर चाय मँगा लीजिए। बेचारे यात्री अपने गन्तव्यों पर आज पहुँच पायें या नहीं, पर मैं तो अपने गन्तव्य की ओर ये चला, फिर मिलेंगे।" कहकर भवानी शंकर, साइकिल पर सवार होकर कुछ ही क्षणों में धुन्ध में अदृश्य हो गया।

कई दिनों से रात में जगा रहने के कारण भवानी शंकर आज थका व उनींदा महसूस कर रहा था। इसलिए साइकिल को कन्धे पर चढ़ा कर बीसियों सीढ़ी पार कर, फ्लाई ओवर से घर जाने में उसे आलस्य आ गया था। 'आज पटरियों से ही चला जाता हूँ, थकान भी कम लगेगी और टाइम भी कम लगना चाहिए', मन में सोचता हुआ वह साइकिल को लेकर पटरियाँ पार करने लगा। पटरिओं का पहला सेट पार हो चुका था। सारे समय गौतमा व देवेश का खयाल ही उसके मन पटल पर आ रहा था। जब-जब भी रात की ड्यूटी लगती थी, भवानी शंकर पत्नी व बेटे को उतना अवसर ने दे पाता था। गौतमा तो उससे कभी शिकायत न करती थी, पर देवेश जो अब ढाई साल का हो चुका था, पिता से समय की माँग करना न भूलता था। देवेश का खयाल आते ही भवानी शंकर मन ही मन मुस्करा दिया।

'आज वह घर जाकर सोयेगा नहीं, वरन् सारा दिन देवेश के साथ ही खेलेगा और जब देवेश का मन भर जाय तो कुछ समय वह गौतमा के साथ', सोचकर

भवानी फिर से मुस्करा दिया। वह गौतमा के साथ कुछ अन्तरंग क्षणों की कल्पना का आनन्द ले रहा था कि तभी उसे लगा जैसे साइकिल का पहिया रेल की पटरी पर फँस गया था। 'लगता है पहिया फँस गया है', फ्लाई ओवर से न जाने के अपने निर्णय पर वह पछता रहा था। दो माह पहले ही साइकिल पर नया टायर डलवा कर लाया था, 'लगता है रेल की पटरियों के मध्य किसी धारदार वस्तु से टायर कट कर पटरियों के बीच आ गया है' वह बुदबुदाया। कुछ देर तक प्रयास करने के बाद भी वह साइकिल के पहिए को मुक्त न कर सका। अपने शरीर पर कम्बल को एक बार फिर ठीक से लपेट कर वह पहिए को छुड़ाने के लिए रेल की पटरी पर ही बैठ गया। धुन्ध इतनी घुप्प थी कि आधे मीटर की दूरी पर भी दिखना असम्भव था। अन्ततः टायर मुक्त हो गया और भवानी उठ खड़ा हुआ व साइकिल को उठाने के लिए जैसे ही झुका, अपने ठीक आगे आते विशाल इंजन को देख वह किंकर्तव्यविमूढ़ हो गया। इंजन ठीक सामने था, व इतनी जल्दी पटरी से हटना सम्भव न था। भवानी जान गया था कि उसका गन्तव्य आ चुका था, फिर भी भाग्य को आखिरी बार धोखा देने के प्रयास में उसने पटरियों से बाहर हटने का प्रयास अवश्य किया। पर होता वही है जो नियति में लिखा होता है और नियति को कौन धोखा दे पाया है आज तक?

रोज की तरह उस दिन भी गौतमा तड़के ही जग गयी थी। कड़ाके की सर्दी पड़ने के बावजूद प्रातः जल्दी जगना व स्नान के बाद घर के काम काज शुरू करने से पहले शृंगार कर लेना उसकी रोज की आदत थी। 'भवानी शंकर कुछ देर में आता ही होगा', सोचकर उसने अपने लम्बे घने बालों की कलात्मक ढंग से चोटी बाँध ली थी व माथे पर कुमकुम की चौड़ी-सी बिन्दी लगाने के बाद उसने पास में रखे नारंगी रंग के सिन्दूर की डिबिया को खोला ही था कि तभी एकाएक पीछे से देवेश ने आकर माँ के दोनों पैरों को आलिंगन में लेने का प्रयास किया, जिससे गौतमा का सन्तुलन बिगड़ गया व उसके हाथों से सिन्दूर की डिबिया जमीन पर बिखर गयी थी। उसकी माँग को छोड़कर पूरा कक्ष सिन्दूर के नारंगी रंग में नहा गया था। सिन्दूर को ऐसे बिखरे देख गौतमा का हृदय एक अनजाने भय से काँप-सा गया था। देवेश के एक हल्के से झटके से कैसे उसके हाथ से सिन्दूर की डिबिया इतनी सहजता से भूमि पर बिखर गयी, उसकी समझ में न आ रहा था। देवेश पर उसे अचानक गुस्सा भी आ गया था, पर वह पहले ही सहमी नजरों से माँ की ओर देख रहा था, इसलिए उस पर क्रोध करना व्यर्थ था। 'कहीं ये किसी अनिष्ट का सूचक तो नहीं', ये सोच उसका मन घबरा रहा था, 'नहीं ऐसा कुछ नहीं है ये मात्र हादसा था', फिर स्वयं ही अपने मन को

समझाकर उसने नकारात्मक विचारों को मन से झटक दिया व भूमि पर बिखरे सिन्दूर से एक चुटकी उठाकर अपनी माँग में भर लिया और बाकी को साफ करने के बाद वह भवानी के चाय-नाश्ते की तैयारी में जुट गयी।

सात बजने को थे, भोजन भी ठंडा हो चला था, भवानी के गिलास में पड़ी चाय के ऊपर एक मोटी-सी परत जम आयी थी, पर भवानी का अब तक कोई पता न था। 'न जाने आज इतनी देर क्यों हो गयी, काम खत्म कर भवानी हमेशा ही सीधे घर आता है, तो आज कहाँ रुक गया होगा?' गौतमा मन में सोच रही थी, फिर खुद ही मन को सान्त्वना देने का प्रयास करते हुए सोचने लगी कि हो सकता है, 'मौसम खराब होने से रेलों के आवागमन में बाधा उत्पन्न हो रही हो और इस कारण उसे दफ्तर में देर तक रुकना पड़ा हो।'

देखते-देखते सुबह के नौ बज चुके थे, भवानी का अभी तक भी कोई पता न था। उसके देर होने की दलीलें देता गौतमा का मन अब हारने लगा था। भवानी खुद नहीं आया तो कम से कम चपरासी से तो देर होने का सन्देशा घर तक भिजवा ही सकता था। आखिर इतनी देर तक घर न आने का माजरा क्या हो सकता है, 'लगता है उसे खुद ही मामले की तहकीकात करनी होगी और लीला दीदी के घर जाकर पूछना होगा कि उसका भवानी शंकर अब तक घर क्यों नहीं पहुँचा था क्योंकि उसके देर होने का कारण दुबे भैया को अवश्य पता होगा', सोचते हुए उसने देवेश को शाल में लपेटकर गोद में उठा लिया व जैसे ही द्वार की ओर बढ़ी कि द्वार पर दस्तक हो उठी। "तुम्हारे बाबूजी आ गये", कहते हुए उसने मुस्कराकर देवेश की ओर देखा व द्वार पर चढ़ी चिटकनी गिरा दी। लेकिन द्वार पर उस दिन भवानी शंकर न था, और वह द्वार पर दुबारा कभी आयेगा भी नहीं ये बताने के लिए, उस दिन उसके दुर्भाग्य ने द्वार खटखटाया था। दुबे भैया व लीला दीदी द्वार पर खड़े थे, उनके मुख पर फैली दहशत व पीड़ा गौतमा से छुप न सकी थी, वे लोग अवश्य ही किसी बुरी घटना की सूचना लेकर आये थे। 'हो सकता है, भवानी को भी इसी कारण इतना विलम्ब हो गया हो', सोच कर उसने लीला दीदी व दुबे भाई के पीछे की ओर नजर डाली, पर कालोनी के स्त्री, पुरुषों से खचाखच भरे आँगन में भवानी का कहीं कोई नामो निशान न था। एक अनजाने भय से सिहर गयी थी वह। 'जरूर कालोनी में किसी के साथ आज कोई दुर्घटना घटी है', उसने मन ही मन सोचा, लेकिन भवानी पर भी कोई विपदा आ सकती थी, इसकी कल्पना भी उसके लिए असम्भव थी। लेकिन यथार्थ तो यही था कि उस भीड़ में भवानी था ही नहीं, और उसके स्थान पर सुबह-सुबह लोगों का एक बड़ा-सा जमघट उसके द्वार पर आ पहुँचा था, अतः

कुछ तो था जो ठीक न था। कुछ देर तक वह द्वार पर खड़े लीला दीदी व उनके पति को प्रश्नवाचक दृष्टि से देखती रही। उन्होंने अपने सफेद पड़े मुँहों से अब तक कुछ न बोला था। उन्हें ऐसे चुप देख अब गौतमा की अधीरता बढ़ गयी, उसने स्वयं ही पूछ लिया–

"दीदी, क्या बात है आप सब लोग इतनी सुबह मेरे घर क्यों चले आये? और भवानी शंकर नहीं दिख रहे, वो किसी संकट में तो नहीं? बड़ी देर कर दी उन्होंने आज?" गौतमा का स्वर काँप रहा था।

और फिर दीदी ने उसके सामने वह सत्य कह डाला, जिसे सुनकर वह जीवित कैसे रह पायी थी, वह नहीं जानती। लीला दीदी विषाद से कह रही थीं, "गौतमा, भवानी भैया अब घर कभी न आ पायेंगे। वे तुमसे व हम सब से विदा लेकर चले गये।"

"चले गये? 'कहाँ?' कहाँ चले गये मेरे भवानी शंकर?" गौतमा की आवाज एकाएक ही ऊँची हो गयी थी।

"वहीं, जहाँ एक दिन हम सबको जाना है, भवानी शंकर वहीं चले गये हैं गौतमा बहिन", श्रीमान दुबे बोले।

"ये आप लोग कैसी बातें कर रहे हैं? मेरा भवानी शंकर ऐसे कैसे जा सकता है? जरूर कोई गलत फहमी हुई है आप लोगों को।" भय के कारण गौतमा का सम्पूर्ण शरीर सूखे पत्ते के समान काँपने लगा था।

"काश ये गलत फहमी ही होती, लेकिन नहीं बहिन, ये सच है कि आज सुबह जब भवानी शंकर की ड्यूटी खत्म हुई तो रेलवे लाइन पार करते समय शंटिंग करते इंजन के नीचे आकर उनका देहान्त हो गया। न जाने फ्लाई ओवर की जगह पटरियों से जाने की क्या सूझी थी उन्हें?" श्रीमान दुबे ने उसके पश्चात और भी बहुत-सी बातें की थीं। लेकिन गौतमा ने न कुछ और सुना और न ही सोचा। देहरी पर ही जड़वत होकर धम्म से बैठ गयी थी वह। थोड़ी ही देर में भवानी का पार्थिव शरीर लेकर जब कई लोग उसके आँगन में पहुँचे, तो एक ही झटके में देहरी को पार कर वह आँगन में जा पहुँची थी। मोम से बनी काली चादरों में भवानी शंकर का लिपटा शरीर भूमि पर पड़ा था। उसने तुरन्त ही भवानी शंकर के मुँह से चादर हटा दी, उसे लगा भवानी शंकर जैसे सो रहा था। उसके माथे पर हमेशा की तरह उसकी घुँघराली लट आ पड़ी थी। गौतमा ने लट को हाथ से उठाकर सर के बालों में बिठा दिया व फिर अत्यन्त करुण क्रन्दन करते हुए बोली, "उठो भवानी शंकर, इतनी सर्दी में भूमि पर ऐसे क्यों लेटे हो? तुम्हारी चाय कब से ठंडी हुई पड़ी है। जल्दी से चाय पी लो। और ये देवेश बहुत शैतानी

कर रहा है, अब इसे तुम ही देखो। अब बहुत सो लिए, उठ जाओ, इतनी ठण्ड में यूँ जमीन पर लेटे रहोगे तो अस्वस्थ हो जाओगे। उठो, तुम्हें उठना ही होगा मेरे भवानी शंकर, उठो।" कहते हुए गौतमा ने भवानी के बदन पर से भी चादर को हटाना चाहा कि श्रीमान दुबे ने उसे रोक लिया।

"नहीं बहिन, चादर मत खींचो। इंजिन की भारी चोट से भवानी के नीचे के शरीर को बहुत क्षति पहुँची है, इसलिए तुम्हारा उसे देखना उचित नहीं। तुम अपने आप को सँभालो बहिन। प्रभु ने तुम्हें असीम पीड़ा दे डाली है, पर वही तुम्हें इसे सहने की शक्ति भी देगा।'' इसके बाद लीला दीदी ने अपने हाथों से कलपती हुई गौतमा को थाम लिया था।

भवानी शंकर के शव को उसी दिन अन्त्येष्टि के लिए तैयार किया गया और 'जब राम नाम सत्य है' का कर्णभेदी स्वर गौतमा के आँगन में गूँजा, तो वह अचेत हो गयी थी।

अविश्वास

भवानी को महायात्रा पर गये आज सात दिन हो चुके थे। इन सात दिनों में अन्न का एक भी दाना गौतमा के गले से नीचे नहीं उतरा था। लीला दीदी के लाख प्रयास करने के पश्चात भी गौतमा खाने के लिए मुँह न खोलती थी। 'अभी भवानी शंकर ने नहीं खाया है', कहकर वह चुपचाप द्वार को निहारने लगती थी। सात दिनों से अन्न सन्न पर बैठी गौतमा की स्थिति काफी गम्भीर हो गयी थी। रह-रह कर वह अवचेतन अवस्था में चली जाती, और फिर एकाएक जगकर अनर्गल प्रलाप करने लगती। लीलो दीदी, जो इतने दिनों से गौतमा के साथ-साथ देवेश की देखभाल में भी व्यस्त थीं, गौतमा की ऐसी दशा देख घबरा गयी थी। पत्नी को चिन्तित देख उस दिन शाम को श्रीमान दुबे सोमनाथ बैद्य के पास गौतमा के घर चलने का आग्रह करने उनके चिकित्सालय पहुँचे। वैद्यजी भरसक किसी के घर आया जाया न करते थे, पर भवानी उनके प्रिय मरीजों में से था और गौतमा को भी वे भली भाँती जानते थे। अतः शाम को श्रीमान दुबे के साथ वे गौतमा के घर आ पहुँचे।

कुछ देर तक गौतमा की कलाई पर नब्ज सुनने के बाद वैद्यजी बोले, "बहुत कमजोर हो गयी है, अन्न व जल का अब और त्याग करना इसके लिए घातक सिद्ध होगा। इसलिए जैसे भी हो इसे कुछ न कुछ खिलाओ, इसके पेट में भोजन जाना अनिवार्य है।"

तत्पश्चात वैद्यजी अपने बैग से पिसी हुई मिश्री व चूर्ण जैसी कोई बूटी लीला दीदी को थमाकर बोले, "इसे पानी में घोलकर यहीं बिस्तर के पास ही रख दो, और दो-दो चम्मच इसके मुँह में डालती रहो। इसे पीने से इसके अन्दर चेतना व शक्ति दोनों का संचार होगा।"

कई बार वैद्यजी की दी गयी बूटी का पान करने से गौतमा की चेतना लौट आयी थी। उस रात लीला दीदी गौतमा के पास न रुक पायी थी। किरन उस दिन बीमार थी इसलिए रात्रि के नौ बजे दीदी जब अपने घर जाने लगी तो गौतमा के सर पर हाथ फिरा कर बोली, "गौतमा बहिन, आज तुम कुछ स्वस्थ

दिख रही हो। किरन बीमार है इसलिए मैं आज तुम्हारे पास न रुक पाऊँगी। तुम चाहो तो मैं किसी और को यहाँ भेज दूँ?"

"नहीं दीदी", गौतमा ने सर हिलाकर अत्यन्त धीमे स्वर में कहा।

"ठीक है, देवेश को मैंने खाना खिला दिया है, वह सो गया है। बस तुम भी अगर दो कौर खा लेती तो थोड़ा दम आ जाता। मैं खाना लगा दूँ?"

गौतमा ने हाथ उठाकर लीला दीदी के प्रस्ताव को वहीं पर रोक दिया, और बोली कि एक बार भवानी शंकर को भोजन कराने के बाद वह भी खा लेगी। गौतमा के रुग्ण चेहरे व गर्त में बैठी आँखों ने लीला दीदी को अन्दर तक हिला दिया था, उसे इस स्थिति में देख वे जोर से रोने लगीं, और रोने के साथ-साथ ऊँची आवाज में गौतमा से शिकायत करने लगीं, "कब तक भवानी भैया की रट पकड़े रहोगी गौतमा? कितनी बार कह चुकी हूँ कि उनका देहान्त हो चुका है, अब वे कभी नहीं आयेंगे। और इधर तुम हो कि उनके आने की राह देख रही हो। तुम्हें अपना खयाल नहीं है तो न सही, कम से कम देवेश लल्ला का तो खयाल रखो। तुम्हारी जरूरत है उसे। बेचारे बच्चे पर कुछ तो रहम करो। इसलिए चलो बैठो, थोड़ी देर के लिए ही सही और ये लो रोटी खाओ।"

उस रात लीला दीदी उसे जबरदस्ती दो कौर खिला कर अपने घर चली गयी थीं। वैद्यजी की दवा ने भी कुछ तो असर किया ही था क्योंकि चेतन व अवचेतन की अवस्था में झूलती गौतमा को अब वस्तुस्थिति का अहसास हो रहा था। वह जानने लगी थी कि भवानी अब इस संसार से जा चुका था और घर में उसके व देवेश के अलावा और कोई न था। उनके जीवन में आये भूचाल से नितान्त अनभिज्ञ हो देवेश वहीं दूसरी पलँग पर लेटा, चैन की नींद सो रहा था। बड़ी देर तक वह पास की पलँग में सोये देवेश को भावहीन नेत्रों से निहारती रही। एक बार उसका जी चाहा कि बेटे को उठाकर अपने पास अपनी ही पलँग पर लिटा ले। पर कुछ ही क्षणों में भवानी से विलग होने का भाव एक बार फिर हावी हो गया। उसका माथा चकराने लगा व वह पुनः अपने पलँग पर लेट गयी।

'ये मैं कहाँ आ गयी? ये तो कोई नयी जगह है', गौतमा मन ही मन सोच रही थी। पहाड़ी के इस पार खड़ी होकर वह अपने ठीक सामने फैली विशाल खाई की ओर देख रही थी। 'ऐसी भयानक खाई तो मैंने सनौरी गाँव में भी न देखी थी फिर मैं यहाँ क्यों चली आयी? और अब मैं घर कैसे पहुँचूँगी? मुझे तो ये भी पता नहीं कि हमारा घर मेरे पीछे है, या खाई के उस पार? उधर घर में देवेश भी अकेले होगा, कहीं वह भी बाहर निकल गया तो? उसे घर में न पाकर, भवानी शंकर चिन्तित हो उठेगा, और मैं यहाँ आ गयी हूँ। भवानी शंकर मुझे

ढूँढ़ेगा भी तो कहाँ? उसे तो इस जगह का पता ही नहीं। क्योंकि ये स्थान तो उसके लिए भी परिचित नहीं है, न जाने अब क्या होगा?" गौतमा मन ही मन अत्यन्त चिन्तित हो गयी थी कि तभी उसने देखा, खाई के उस पार की पहाड़ी पर खड़ा भवानी शंकर मुस्करा रहा था। गौतमा को लगा कि खाई के चौड़े विस्तार के बावजूद पहाड़ी की चोटी उसके इतने पास है कि वह भवानी को स्पर्श कर सकती है। उसने ऐसा करने के लिए हाथ भी बढ़ाया लेकिन ज्यों-ज्यों उसका हाथ आगे जाता भवानी शंकर उतना ही पीछे हट जाता।

"ये कौन-सा खेल खेल रहे हो मेरे साथ भवानी शंकर?" गौतमा ने रुआँसा-सा मुँह बना कर कहा।

"ये खेल नहीं है गौतमा, यह तो जीवन का सत्य है।"

"कौन-सा सत्य भवानी? तुम और मैं दो शरीर हैं और एक आत्मा। इसके अलावा भी कोई दूसरा सत्य है?"

"तुमने ठीक कहा गौतमा हम दो शरीर हैं, और शरीर तो नश्वर ही होता है, ये तो तुम भी जानती हो। आज मेरे साथ भी कुछ ऐसा ही हुआ है।"

"तुम्हारे साथ आज क्या हुआ, मैं कुछ नहीं जानती भवानी शंकर और न ही मैं जानना चाहती हूँ। बस मेरी समझ में ये नहीं आ रहा कि तुम मुझसे इतनी दूर जाकर, खाई के उस पार क्यों खड़े हो? या तो तुम इस पार आ जाओ या फिर मुझे भी उस पार ले चलो।"

"ये सम्भव नहीं गौतमा। मैं इस खाई को पार कर चुका हूँ, अब वापस नहीं जा सकता और तुम्हें खाई को पार करने में अभी बहुत समय लगेगा", भवानी के स्वर में हमेशा की ही तरह अनन्य प्रेम भरा था।

"तो क्या तुम मुझे छोड़कर अकेले ही चले जाना चाहते हो भवानी? ये जानते हुए भी कि तुम्हारे बिना मेरा जीवन अपूर्ण ही नहीं, असम्भव भी है। और तुमने वचन दिया था मुझे, कि मुझसे दूर कभी न जाओगे।" गौतमा का स्वर लड़खड़ाने लगा था।

"दूर कहाँ जा रहा हूँ गौतमा? मैं तो सदैव तुम्हारे पास हूँ, देवेश के रूप में?" भवानी बोला।

"नहीं भवानी, मुझे तुम अपने ही रूप में अच्छे लगते हो, इसलिए तुम्हें या तो मेरे साथ आना होगा या मुझे अपने साथ ले जाना होगा।" गौतमा की आँखों से पानी तेज धार बनकर बह रहा था।

"नहीं गौतमा मैं अपनी महायात्रा पर निकल चुका हूँ, इसलिए अब मेरा उस पार लौटना सम्भव नहीं। लेकिन तुम्हारे सहयोग के बिना मैं अपने गन्तव्य तक

पहुँचने में भी असमर्थ हूँ। आज इसी उम्मीद में मैं तुमसे मिलने यहाँ आया हूँ कि सम्भवतया तुम मेरी आगे की यात्रा को निर्बाध कर दो।"

गौतमा—"तात्पर्य?"

भवानी—"तात्पर्य ये है गौतमा, कि जब तक तुम अपने व देवेश के लिए अपने कर्तव्यों का निर्वाह करने योग्य नहीं हो जाती, मैं शान्ति से अपनी यात्रा कैसे तय कर पाऊँगा? हमारा पुत्र देवेश अभी शिशु ही है, उसके संरक्षण का भार जब तक तुम अपने कन्धों पर ठीक से नहीं उठा लेती, तब तक मैं आगे कैसे बढ़ पाऊँगा गौतमा? तुम्हें जीना होगा, देवेश के लिए ही नहीं, वरन् अपने साथ-साथ और कई उन लोगों के लिए भी, जिनकी एक दिन तुम आधारशिला बनोगी। इसलिए गौतमा उठो, भोजन करो, देवेश को गोद में उठाकर हृदय से लगा लो और मुझे इस बन्धन से मुक्त कर दो। गौतमा ने भवानी की ओर नजर भर कर देखा, और उसे विश्वास हो गया था कि यह उसकी आखिरी मुलाकात थी अपने उस अनन्य व बिरले प्रेमी से, जिससे बिछुड़ने के बाद भी आज वह जन्म जन्मान्तरों के बन्धन से जुड़ गयी थी। भवानी उसकी ओर देखे जा रहा था मानो उत्तर की प्रतीक्षा में हो। गौतमा ने उसका समर्थन करते हुए आँसुओं से भारी व मोटी हो गयी पलकों को गिरा दिया। भवानी फिर से मन्द-मन्द मुस्करा रहा था। गौतमा को ऐसा लगा जैसे भवानी शंकर के सर के चारों ओर एक दिव्य-सा दुधिया प्रकाश फैल गया था। उस प्रकाश में भवानी पैरों के बल नहीं, वरन् तैरते हुए थोड़ी ही देर में गौतमा की दृष्टि से लुप्त हो गया था। "भवानी रुको, कुछ देर और रुको", गौतमा गला फाड़ कर चिल्ला रही थी, लेकिन भवानी अदृश्य हो चुका था, वह वापस नहीं आया।

देवेश अपनी पलँग पर बैठकर जोरों से रोने लगा था। गौतमा पलँग पर उठ बैठी थी। 'क्या मैंने स्वप्न देखा था?' उसने स्वयं से प्रश्न किया। 'हाँ, स्वप्न ही होगा', स्वयं को ही उत्तर देते हुए वह सोच रही थी, 'कितना सजीव स्वप्न था वह! उसका भवानी उसके इतने समीप होकर भी उससे कितनी दूर था! काश यह स्वप्न कुछ और अधिक देर तक चलता, उसे अपने कुछ प्रश्नों के उत्तर तो मिल जाते।' गौतमा स्वप्न के बारे में ही सोचे चली जा रही थी और इधर देवेश रोते हुए पलँग से नीचे उतरने के प्रयास में भूमि पर गिर गया था। उसके तेज रोने के स्वर के साथ ही गौतमा भी यथार्थ की दुनिया में लौट आयी थी। देवेश उसकी ओर हाथ बढ़ाये रोता जा रहा था और उसे देख सात दिनों की सोयी ममता अचानक ही गौतमा के दिलो दिमाग़ पर जाग उठी थी। वह धीरे से उठी। शरीर की दुर्बलता उसे उठने से रोक रही थी, लेकिन माँ होने का बोध उस क्षण

शरीर की दुर्बलता पर भारी पड़ गया था। काँपते हाथ-पैरों से उसने देवेश को उठाया व कस कर अपनी छाती से चिपका लिया।

'पति को खो देने के विषाद में वह कैसे अपने माँ के धर्म से विमुख हो गयी थी', सोचकर उसका मन ग्लानि से भर उठा था। किसी तरह शक्ति का संचय कर वह देवेश को उठाकर रसोई में ले आयी व पास में रखे टिन के डब्बे को खोल उसने एक बिस्कुट देवेश के हाथ में थमा दिया। देवेश चुप हो गया था। फिर उसकी नजर पिछले रात की रोटियों व सब्जी पर पड़ी, जिन्हें लीला दीदी ने थाली से ढक रख छोड़ा था। रोटियाँ ठंड से अकड़ के पापड़ बन चुकी थीं व सब्जी ऐसी थी जैसे बर्फ की सिल्ली। एक बार उसका जी चाहा कि अँगीठी जलाकर खाना गर्म कर ले। पर पेट में लगी जठराग्नि ने खुद ही अँगीठी का कार्य कर डाला। सुबह के पाँच बजे थे, शरीर में कुछ शक्ति का संचार भी हो चुका था अतः गौतमा ने निश्चय किया कि वह और नहीं सोयेगी, उसने पानी गर्म कर स्नान किया व देवेश को दूध पिलाकर भवानी शंकर के श्राद्ध की तैयारियों में जुट गयी।

तेरहवें दिन विधिवत भवानी शंकर का श्राद्ध करने के उपरान्त रात में गौतमा जब सोने गयी, तो एक भयानक सूनेपन ने उसे फिर से आ घेरा था। भवानी का श्राद्ध करने के बाद भी उसका मन भवानी की मौत को स्वीकार करने की गवाही न दे रहा था। 'भवानी ने स्वप्न में कहा था कि वह मेरे ही पास है', वह सोच रही थी, 'लेकिन वह है कहाँ?' उसने कक्ष में चारों ओर नजर डाली। भवानी शंकर का कुर्ता अभी भी दीवार में खूँटी पर ज्यों का त्यों टँगा था, वह धीरे से उठी व कुरते को खूँटी से उतार कर अपने साथ पलँग पर ही ले आयी। भवानी की गन्ध अभी भी कुरते में मौजूद थी, कुछ देर तक कुरते को निहारने के पश्चात वह उससे लिपट गयी व बालकों की तरह बिलख-बिलख कर रो पड़ी। गयी रात तक वह जी भर कर रोती रही थी। 'ये तेरह दिन तेरह वर्षों के समान बीते हैं, फिर युगों-सा लम्बा ये जीवन कैसे बीतेगा तुम्हारे बिना भवानी?' वह मन ही मन प्रश्न कर रही थी कि तभी देवेश ने करवट बदली। गौतमा ने देखा कि भवानी की तरह ही देवेश के माथे पर भी एक लट ठीक वैसे ही गिर आयी थी, गौतमा ने लट माथे से हटायी नहीं, वरन् उसके माथे पर ही फैला दी। रोना भूल कर वह देवेश की ओर टकटकी बाँध कर देखने लगी। "मैं तो सदैव तुम्हारे पास ही हूँ", स्वप्न में कहा भवानी का वाक्य सहसा उसके मष्तिष्क में कौंध उठा। उसने कुरते को सावधानी से वापस खूँटी पर टाँग दिया और भवानी की स्मृतियों में डूबते-उतरते कब उसकी आँख लगी उसे पता न चला।

वापसी

"दादी माँ, क्या हुआ? आप रो क्यों रही हैं?" माधव की सबसे छोटी बेटी लीला, दादी के सिरहाने खड़ी होकर उनके मुँह से चादर हटाती हुई बोली। कमरे की बत्ती अचानक जल जाने से गौतमा की आँखें चौंध गयी थीं। उसने सर के नीचे दबे पल्लू को सिरहाने से खींचकर आँखों पर डाल लिया था, और फिर सदा की तरह अपनी प्रेम पूरित आवाज में लीला की ओर करवट लेकर बोली, "नहीं तो, मैं क्यों रोने लगी? न जाने तूने क्या सुन लिया? कितना बजा होगा अभी लीला?"

"साढ़े ग्यारह" लीला ने जवाब दिया।

"साढ़े ग्यारह! तू अब तक सोयी नहीं?"

"नहीं दादी, मैंने कोशिश तो की थी पर नींद नहीं आयी। फिर कल मेरा इतिहास का पेपर है, इसलिए मैं पढ़ रही थी। मुझे प्यास लगी थी, पानी के लिए जब आपके द्वार के आगे से गुजर रही थी तो मुझे पता नहीं ऐसा क्यों लगा कि आप सिसकियों के साथ रो रही हैं। आप ठीक तो हो न दादी?

"हाँ लीला, मैं बिल्कुल ठीक हूँ, तू खाँ-मखाँ ही परेशान हो रही है। तू जा, और पानी पीकर सो जा, बहुत रात हो गयी है।" गौतमा बोली।

"लेकिन दादी आप भी तो अभी तक जग रही हैं, क्यों? क्या आपको नींद नहीं आ रही? माँ कह रही थी कि आज आप सारा दिन चुपचुप-सी थीं, और शाम को आपने खाना भी ठीक से नहीं खाया। उस पर मुझे ऐसा लगा जैसे आप रो रही थीं। आपकी तबियत खराब है तो मैं ताऊजी को जगाऊँ?" हमेशा की भाँति आज भी लीला, गौतमा के लिए बहुत चिन्तित हो गयी थी।

"नहीं बेटी। तेरा ताऊ थक के आया है, उसे सोने दे। और तू भी अब और शोर न कर, कहीं घर के लोग जग गये तो, वे भी बेकार में ही परेशान हो जायेंगे। तू मेरी चिन्ता मत कर, अच्छी खासी सो रही हूँ मैं। जा अब तू भी सो जा। परीक्षा के पहले ठीक से आराम करना जरूरी होता है। इसलिए तू जा और अपने पीछे बत्ती भी बन्द कर जाना। आँख पर लगती है।"

लीला चली गयी। गौतमा ने पुनः करवट बदली तो उसे महसूस हुआ कि उसका तकिया गीला है। आज वर्षों बाद भवानी शंकर को खोने की पीड़ा पुनः ताजा हो गयी थी। अपना प्रेम खोये उसे दशकों बीत चुके हैं, पर आज उस प्रेम के साथ बिताये जीवन के वे वर्ष स्मृति पटल पर ऐसे अंकित हो गये, जैसे कल की ही बात हो। उसके हृदय में दफन भवानी शंकर के प्यार से संसार भले ही अनभिज्ञ है, लेकिन जीवन की इस लम्बी यात्रा में भवानी तो सदैव ही उसके हृदय में वास करता रहा है। आज की रात भवानी शंकर को खोने का दुःख मन के अलावा मष्तिष्क पर भी छा गया। उसके साथ बिताया गया प्रत्येक पल अनायास ही वर्तमान में आकर साकार हो उठा।

भवानी के देहान्त के बाद बरेली में बिताया वह डेढ़ माह कितना अकेला व लम्बा था उसका अनुमान भी लगाना मुश्किल था। शुरू-शुरू में कालोनी के लोग बहुधा गौतमा से मिलने आ जाया करते थे, पर कुछ दिनों के बाद ही भवानी शंकर की मौत पर पछतावा देने वालों की संख्या बहुत कम हो गयी थी। लीला दीदी व श्रीमान दुबे को छोड़कर यदा-कदा ही कोई उसकी खबर लेने घर पर आता। शायद इसलिए कि गौतमा के पास म्त्रिों के साथ बाँटने के लिए दुखों के सिवा अब और कुछ न था। वह तो देवेश था जिसके कारण उसे साँसें लेने व छोड़ने के लिए बाध्य होना पड़ता था, वरना जीवन में अब बचा ही क्या था। भवानी के साथ-साथ कालोनी का घर भी एक स्मृति ही बनने वाला था, ये जानती थी वह। और एक दिन वही हुआ जो अपेक्षित था।

उस दिन सायं को श्रीमान दुबे व लीला दीदी किरन के साथ घर पर आये थे। थोड़ी देर तक इधर-उधर की बातें करने के पश्चात श्रीमान दुबे ने गौतमा से कहा, "गौतमा बहन, तुमसे कुछ विशेष बात कहना चाहता था, पर साहस नहीं कर पा रहा हूँ।" उनके चेहरे से झेंप का भाव छुपाये न छुप रहा था।

"साहस की क्या बात है दुबे भैया, सुख व संकट, दोनों ही समय में आप का सहयोग रहा है, इसलिए संकोच न करें क्योंकि मैं जानती हूँ कि आप जो भी कहेंगे, अनुचित न कहेंगे।" गौतमा में स्वाभिमान कूट-कूट कर भरा था, इस बात से सभी परिचित थे।

"दरअसल बात ये है गौतमा बहन कि भवानी शंकर के न रहने से ऑफिस में उनके स्थान पर दूसरा व्यक्ति आ रहा है। कार्य प्रणाली के अनुसार नौकरी के साथ-साथ ये क्वार्टर भी उसी व्यक्ति के हिस्से में जायेगा जो भवानी के पद पर काम करेगा। मेरा मतलब ये है कि ये क्वार्टर अब आपके पास न रह पायेगा। मुझे बहुत खेद है, काश..."

"कब तक खाली करना होगा ये घर?" श्रीमान दुबे को ग्लानि से घिरा देख, गौतमा ने सीधा सवाल कर उनकी समस्या को कुछ कम करने का प्रयास किया।

"दो हफ्ते और मिल जायेंगे, मैं बड़े साहब से बात कर लूँगा।" श्रीमान दुबे बोले। गौतमा चुप रही पर, 'मैं दो सप्ताह बाद कहाँ जाऊँगी?' सोच कर उसका मन अशान्त हो चुका था।

दुबे दम्पति जान गये थे कि वह भारी असमंजस में थी। अतः सहायता करने के उद्देश्य से लीला दीदी ने उसे एक सुझाव दिया, "गौतमा, कालोनी से जाने के बाद तुम्हें व देवेश को एक घर, व सहारे की बड़ी जरूरत होगी। मैं जानती हूँ कि तुम्हारे माता-पिता तुमसे व भवानी से प्रसन्न नहीं थे, पर अब परिस्थितियाँ बदल गयी हैं। भवानी भैया के जाने के बाद तुम एकदम बेसहारा हो गयी हो, इसलिए अब तुम्हें अपने घर चले जाना चाहिए। मुझे यकीन है कि तुम्हारी गलती को माफ कर, वे लोग तुम दोनों को सहारा देंगे।" लीला दीदी इतनी आत्मीयता से गौतमा को समझा रही थी कि एक बार गौतमा के मन में आया कि वह पूर्ण सत्य से लीला दीदी को अवगत करा दे, और ये भी कह दे कि घर लौटने के लिए उसका मन शंकित है, क्योंकि उसकी समस्या जटिल है। लेकिन आज भी उसे भवानी की सौगन्ध ने रोक लिया था कि 'वह अपने पूर्व विवाहित होने का उल्लेख कभी किसी से भी न करेगी'। वैसे अब उसने भी मन में तय कर लिया था कि शिवपुर तो उसे लौटना ही होगा। अपने व देवेश के लिए उसे कहीं तो आश्रय लेना होगा। वर्तमान परिस्थितियों में माँ और बाबू से अधिक प्यार व स्नेह की अपेक्षा वह और किससे कर सकती थी।

दो सप्ताह बाद...

—कल सुबह बरेली की रेलवे कालोनी से गौतमा की विदाई थी। सारी तैयारियाँ हो चुकी थी। घर का अधिकांश बड़ा सामान गौतमा ने क्वार्टर में ही छोड़ने का निश्चय किया था। विवाह की पहली साल गिरह पर भवानी शंकर के दिये सन्दूक में उसने अपना व देवेश का अधिकतर सामान रख लिया था, जिसमें गर्म ऊनी वस्त्र, व शाल इत्यादि के साथ देवेश के कुछ खिलौने भी थे। देवेश का सबसे प्रिय खिलौना उसका झुनझुना, जिसे भवानी शंकर ने उस वर्ष दशहरे के दिन राम लीला मैदान की एक दुकान से उसे खरीदकर दिया था, गौतमा ने सन्दूक में न रखकर बाहर एक थैले में रख दिया था, ये सोचकर कि रास्ते में यदि देवेश परेशान हुआ तो झुनझुने से उसका मन बहल जायेगा। सन्दूक में एक पुराना बन्द लिफाफा भी पड़ा था, गौतमा ने लिफाफा पलट कर देखा उस पर लिखा था, 'बाबूजी की पूँजी'। गौतमा ने लिफाफा खोला, उसमें से पूरे बाईस

रुपये निकले थे। भवानी शंकर ने बताया था कि नन्दनपुर से पलायन करते वक्त उसने अपने बाबूजी की तिजोरी से बाईस रुपये निकाल लिए थे। अवश्य ही ये धनराशि वह बाबूजी को वापस करना चाहता था। गौतमा ने लिफाफा बन्द कर सन्दूक की ही एक जेब में डाल दिया था।

उसके अतिरिक्त भवानी की दूरदर्शिता से बची रकम व उसके आकस्मिक निधन के मुआवजे में मिली धनराशि थी, जो कुछ फुटकर खरीज को जोड़कर इक्कीस सौ रुपये व चौवालीस पैसे की बनती थी। जिसमें से पचास रुपये बाहर के थैले में रख बाकी की रकम को गौतमा ने सावधानी से अपनी पुरानी साड़ी में लपेटकर सन्दूक में, सामान के नीचे दबा दिया था।

कुछ ही देर में लीला दीदी व श्रीमान दुबे भाई, अपनी बेटी किरन के साथ रात्रि का भोजन लेकर गौतमा के घर पहुँच गये थे। कल की यात्रा सम्बन्धी सारी योजना श्रीमान दुबे ने स्वयं बनाई थी। रास्ते में उसे व देवेश को किसी विशेष कठिनाई का सामना न करना पड़े, उन्होंने इसका पूरा ध्यान दिया था। उस रात गौतमा को न भूख थी और न नींद। उस छोटे-से घर की हर ईंट में भवानी शंकर की ही स्मृति थी। कल उससे हमेशा के लिए वह स्मृतियाँ भी बिछुड़ने वाली थीं। उसने कभी सोचा भी न था कि भवानी शंकर से मिलने के बाद इतनी जल्दी उससे बिछुड़ना पड़ेगा। लेकिन भाग्य को यही मंजूर था, इसलिए वह शिकायत भी करती तो किससे?

आखिर बरेली से प्रस्थान का वह दिन भी आ ही गया। गौतमा व देवेश रेल में बैठकर काठगोदाम के लिए रवाना होने वाले थे। श्रीमान दुबे उन्हें सपरिवार विदाई देने आये थे। बड़ी देर से आँसुओं को रोकने का प्रयास करती लीला दीदी विदाई के आखिरी क्षणों में टूट गयी थी। उन्हें सुबक कर रोता देख, श्रीमान दुबे भी भावुक हो उठे थे। गौतमा उनके शब्दों को आज तक नहीं भूली है जब वे बोले थे–

"गौतमा बहन, भवानी शंकर जैसा सरल व समझदार व्यक्ति मैंने दूसरा नहीं देखा है। उसके असमय चले जाने के दुःख से जब मैं नहीं उबर पा रहा हूँ तो तुम्हारे दुखों का अनुमान कौन लगा सकता है? मुझे अफसोस है कि मैं तुम्हारे लिए कुछ और अधिक न कर पाया। तुम्हारे कारण मेरी पत्नी ने पढ़ना-लिखना सीखा है। तुमने मेरी पत्नी व किरन की अपने सगों से भी अधिक देखभाल की है। काश आज ये स्थिति न आती कि तुम्हें सदा के लिए यहाँ से जाना होता। पर तुम लोग जहाँ भी जाओ, तुम पर कोई कष्ट न आये व भगवान तुम्हारे व भवानी शंकर के इस पुत्र को सदैव प्रसन्न रखे, इस शुभकामना से अधिक हम

तुम्हें कुछ और नहीं दे सकते।" कहकर श्रीमान दुबे ने जेब से रुमाल निकाल कर अपनी आँखें पोंछ डाली थीं। उन्हें देख कर गौतमा के हृदय का बाँध भी टूट गया था, वह लीला दीदी से बालकों की भाँति लिपट कर बड़ी देर तक रोयी थी। भवानी शंकर के बाद इस दुनिया में एक वही लोग तो थे, जो अपने न होकर भी अपनों से भी बढ़ कर थे। उनके कारण ही भवानी शंकर के साथ गौतमा जीवन के वे सुन्दर छह वर्ष उस नगरी में बिता पायी थी। रेल के छूटने का समय हो रहा था, कुछ ही देर बाद रेल ने सीटी दे दी। दुबे परिवार आखिरी बार विदा लेकर रेल से नीचे उतर गया और रेल एक हल्के झटके से आगे की ओर चल दी।

पटरियों पर रेंगती रेल धीरे-धीरे आगे बढ़ने लगी और तेजी से छूटने लगा गौतमा के जीवन का वह सबसे सुन्दर पड़ाव। पहले स्टेशन, फिर कतारों में लगे कालोनी के मकान, सब कुछ छूट रहा था। कुछ दूर और जाने के बाद कालोनी के घरों से उठता धुआँ भी उस दिन की धुन्ध में मिश्रित होकर लुप्त हो गया। देवेश सो चुका था, अब रेल ने गति पकड़ ली थी, और रेल के साथ ही गौतमा के मस्तिष्क ने भी। 'आने वाला समय कठिन परिक्षाओं का था, सफल हो पायेगी वह?' सोचते-सोचते कुछ देर के लिए उसे भी नींद आ गयी थी।

पूरे नौ घंटे पश्चात आखिरकार काठगोदाम भी आ गया। स्टेशन पर उतरते ही पीड़ा की एक लहर तलवार की तरह चीरती गौतमा के दिल को आर पार कर गयी थी। उसे छह वर्ष पुरानी भवानी के साथ की यात्रा का बरबस स्मरण हो आया था। तब वह कितनी विषम परिस्थितियों में उस स्टेशन पर आयी थी, लेकिन भवानी शंकर के साथ होने से तब उसे कोई भी परिस्थिति मुश्किल न लगी थी। पुरुषोत्तम को छोड़ कर आने की ग्लानि व उत्कंठा से तब उसका मन कितना विचलित हो गया था, पर भवानी शंकर ने अपने हृदय में स्थान देकर उसे कितनी सहजता से अपराध बोध से मुक्त करा दिया था। सीमेंट की वह बेंच, जिस पर वह भवानी शंकर के साथ प्रेम के पवित्र बन्धन में बँध घंटों बैठी रही थी, आज भी वहीं पड़ी थी, एकदम खाली और सूनी। गौतमा की आँखें एक बार फिर भर आयी थीं। अपने आँचल से आँखों को साफ कर वह देवेश को लेकर प्लेटफार्म पर उतर आयी। साथ के एक सहयात्री ने उसका सन्दूक उतरवाकर उसे उसके पास में ही टिका दिया था। देवेश को गोद में पकड़े व एक किनारे खड़ी होकर, वह बद्री प्रसाद की प्रतीक्षा करने लगी।

कुछ ही देर में अधेड़ उम्र का एक व्यक्ति गौतमा के समीप आ खड़ा हुआ। श्रीमान दुबे द्वारा बताये गये हुलिए से उसे समझते देर न लगी कि वह बद्री प्रसाद ही होगा, और इसकी पुष्टि भी उस व्यक्ति ने स्वयं ही कर दी थी।

"आपका नाम गौतमा देवी पाण्डे है?" व्यक्ति ने विनम्रता से पूछा।

"जी" गौतमा ने उत्तर दिया।

"मेरा नाम बद्री प्रसाद है, आपके आने की सूचना श्रीमान दुबे ने मुझे पहले ही भेज दी थी। स्टेशन के बाहर ही मेरी सराय है, आज रात आप वहीं विश्राम कीजिए। मेरे साथ मेरी पत्नी भी है, वह आपका व आपके बच्चे का पूरा ध्यान रखेगी। इसलिए इस समय आप मेरे साथ चलिए और कल सुबह ही मैं आपको आपके गाँव जाने वाली बस में बिठा दूँगा।" बद्री प्रसाद ने बिना उत्तर की अपेक्षा किये गौतमा का ट्रंक अपने सर पर उठा लिया, व गौतमा कन्धे पर थैला टाँग व देवेश को गोद में उठा बद्री प्रसाद के पीछे हो ली थी।

हिमालय की तलहटी में बसे काठगोदाम में अभी भी कड़ाके की सर्दी थी। शायद एक-दो दिन पहले ही पहाड़ों पर बर्फ गिरी थी, इसलिए शीतलहर चलने के कारण तलहटी के सारे मैदानी इलाके सर्दी से ठिठुर रहे थे। बद्री प्रसाद की पत्नी लक्ष्मी ने अँगीठी जलाकर गौतमा व देवेश के लिए सराय के एक कमरे को ठीक से गर्म कर दिया था। जाड़े की उस काली शाम में सराय के उस दम्पति ने गौतमा व देवेश की हर सम्भव आवभगत की थी, लेकिन गौतमा को न भूख थी और न नींद। आने वाले दिन की सम्भावित घटनाओं में उलझी, वह पूरी रात क्षण भर भी न सो पायी थी।

सुबह होने को थी, बद्री प्रसाद के अनुसार, उन दिनों काठगोदाम से रामगढ़ कि लिए सिर्फ एक ही बस जाया करती थी, वह भी तड़के ही। अतः देवेश का कुछ सामान जो रात में बाहर निकालना पड़ा था, गौतमा ने समेट कर वापस थैले में डाल दिया। फिर यात्रा में बिखर गये अपने बालों में कंघी कर उन्हें एक लम्बी कसी हुई चोटी में बाँध लिया था। सूर्योदय से पूर्व ही पूरी तैयारी कर वह बद्री प्रसाद की राह देखने लगी क्योंकि उसे व देवेश को बस अड्डे तक छोड़ने की जिम्मेदारी बद्री प्रसाद ने ही ली थी। बद्री प्रसाद जल्दी ही आ गया। गौतमा का सन्दूक अपने सर पर उठा कर वह उसे काठगोदाम के बस अड्डे पर खड़ी रामगढ़ जाने वाली बस में बिठा गया था। गौतमा बद्री प्रसाद व उसकी पत्नी लक्ष्मी की उदारता के बोझ तले दबी चली जा रही थी। 'सराय के निर्धारित शुल्क से कुछ अधिक पैसा देने से शायद उनके उपकारों का कोई अंश लौटा सके', ये सोच कर उसने विदा से पहले बद्री प्रसाद की ओर कुछ रुपये देने के लिए हाथ बढ़ाया। लेकिन बद्री प्रसाद ने न कुछ पारितोषिक लिया और न ही गौतमा को धन्यवाद कहने की अनुमति दी। वह शुभ यात्रा की कामना के साथ हाथ जोड़कर बस से उतर वापस अपने सराय की ओर चल दिया था। और अहसानों के बोझ तले

दबी गौतमा बस में बैठी यूँ ही सोचती रही कि कैसे अपने न होने पर भी कुछ लोग स्वतः ही अपने हो जाते हैं, जैसे श्रीमान दुबे का परिवार और बद्री प्रसाद! उसके दुर्दिनों में ऐसे और भी कई लोग थे जिन्होंने गौतमा की मदद की थी, वह भी बिना किसी अपेक्षा के, गौतमा उन सब लोगों की आजीवन ऋणी है।

आज वह घर जा रही थी पूरे सात वर्षों के बाद। उसे व उसके पुत्र देवेश को प्रेम व सहारे की जरूरत थी। उसे विश्वास हो चला था कि जहाँ वह जा रही है वहाँ उसे निराशा न मिलेगी, क्योंकि भवानी शंकर के जाने के बाद वही लोग तो थे, जो अपने थे। अतः उनसे सहानुभूति की अपेक्षा रखना स्वाभाविक ही तो था।

काठगोदाम से रामगढ़ का मार्ग बहुत लम्बा था। यात्रा की थकान से देवेश बहुत ही चिड़चिड़ा हो उठा था। बड़ी कठिनाइयों के बाद किसी तरह बस यात्रा का वह लम्बा दिन समाप्त हुआ। रामगढ़ के अड्डे पर जब बस पहुँची तो शाम हो चुकी थी। बस में कुछ ही यात्री थे, जो रामगढ़ तक आये थे, बाकी के लोग रास्ते में पड़ते अपने-अपने गाँव व कस्बों पर उतर गये थे। गौतमा भी सामान उतार कर और देवेश को गोद में उठाये सड़क के एक किनारे खड़ी हो गयी थी। उसने पास से गुजर रहे एक व्यक्ति की हाथ में घड़ी देख उससे समय पूछा तो पता चला कि साढ़े पाँच बजने को थे। जाड़ों के छोटे दिन थे, इसलिए साढ़े पाँच बजे ही रात्रि की दुल्हन रामगढ़ को अपने काले घूँघट से ढाँपने के लिए अति व्यग्र प्रतीत होती थी। गौतमा यह सोचकर चिन्तित थी कि शिवपुर वहाँ से दस मील दूर था, और सन्ध्या के बाद रामगढ़ से वहाँ के लिए ताँगा मिलना भी मुश्किल था। 'कहीं ऐसा न हो कि देर होने के कारण वहाँ के लिए अब कोई घोड़ा गाड़ी न मिल पाये और आज की रात भी उसे रामगढ़ के किसी सराय में बितानी पड़े', मन ही मन विचार कर गौतमा चिन्तित हो रही थी कि तभी, "शिवपुर, नन्दनपुर", सड़क के दूसरी ओर कुछ ही दूरी पर एक ताँगे वाला जोर-जोर से उसके गाँव जाने वाले यात्रियों को पुकार रहा था। दुःख से बोझिल उसका मन शिवपुर की ओर जाते ताँगे को देख अनायास ही प्रफुल्लित हो चला था। ताँगा खाली था, ताँगे वाले की नजरें गौतमा पर पड़ी तो गौतमा ने उसे इशारे से अपने पास बुला लिया।

"कहाँ जाना है मेमसाब? शिवपुर से आगे इस समय न जाऊँगा पहले ही बता देता हूँ।" ताँगे वाला बोला।

"शिवपुर ही जाना है, वहाँ तो चलोगे ना?" गौतमा ने पूछा।

"चलूँगा नहीं मेम साहब, दौड़ूँगा, क्योंकि मैं तो शिवपुर का ही रहने वाला हूँ। आज का ये आखिरी फेरा है, आइए, जल्दी से बैठिए, रात होने को है।"

तांगे वाले ने गौतमा का सन्दूक उठाकर ताँगे की एक सीट पर रख दिया था और दूसरी सीट में गौतमा देवेश को लेकर बैठ गयी थी। ताँगे वाले ने चाबुक हवा में उछाला, और चल पड़े वे लोग शिवपुर की ओर।

बन्द व भीड़ भरी बस की तुलना में देवेश ताँगे की खुली हवा पाकर थोड़ा खुश हो गया था। ठण्ड होने के कारण देवेश को गोद में बिठाकर गौतमा ने उसके साथ खुद को भी शाल में लपेट लिया था। डेढ़-दो मील का मार्ग तय हो चुका था। अब तक ताँगे वाले के साथ गौतमा की कोई वार्ता न हुई थी। पर ताँगे वाला बातूनी बहुत था, अपने घोड़े से लगातार ऐसे बातें किये चला जा रहा था, जैसे घोड़ा सब समझ रहा हो। और शायद वह इस बात की प्रतीक्षा में भी था कि गौतमा उसकी बातों पर कोई टिप्पणी करे। पर गौतमा का दिमाग तो कहीं और था, उसने अब तक तांगे वाले की एक भी बात पर ध्यान न दिया था। अन्ततः उसने पीछे पलट कर गौतमा की ओर देखा व सीधा प्रश्न किया—

"शिवपुर में किनके यहाँ जाना है, मेमसाब?"

"देवीदत्त मिश्रा को जानते हो? उन्हीं के यहाँ।"

"अरे मेमसाब उन्हें कौन नहीं जानता, वे तो बड़े महशूर इंसान हैं। गाँव के लोगों के ही नहीं, उनके दिलों के भी मुखिया हैं श्री देवीप्रसाद जी। उन्हीं की जमीन में तो मैं भी अपनी छोटी-सी झोंपड़ी डाल कर रहता हूँ। गरीबों के लिए तो देवता हैं मुखिया जी मेमसाब। जब भी मुझे देखते हैं, पूछना नहीं भूलते, "कैसा है फुल्लू?" बाबू के विषय में कुछ नया नहीं कह रहा था फुल्लू, 'बहुत कम शत्रु थे उसके बाबू के', सोचकर गौतमा का मन स्वतः ही गर्व से भर उठा। रास्ता अभी काफी लम्बा था, फुल्लू द्वारा शिवपुर की खबरें उसे रोचक व महत्त्वपूर्ण लग रही थीं। और साथ ही सुनसान व अँधेरे मार्ग में उससे बातचीत कर मन का भय भी कुछ कम महसूस हो रहा था।

"आपका नाम फुल्लू है?" गौतमा ने पूछा।

"नाम तो अपना फुलारवा धनगढ़ है पर इस नाम का पता मेरे अलावा और किसी को नहीं है मेमसाब। बचपन से ही लोग मुझे फुल्लू कहते आये हैं, और बस यहाँ भी फुल्लू ताँगे वाले के नाम से ही महशूर हूँ मैं।"

वह व्यक्ति बहुत भोला व सीधा था, गौतमा को उसके 'महशूर' शब्द के उच्चारण पर मन ही मन हँसी छूट गयी थी।

"क्या तुम शिवपुर में हमेशा से रहते आये हो?" उत्तर जानते हुए भी गौतमा ने मात्र बातचीत को जारी रखने के उद्देश्य से प्रश्न किया।

"जी नहीं, चार साल पहले काम की तलाश में, मैं पूरब से रामगढ़ आया था मेमसाब। ताँगा चलाना मेरा पुश्तैनी पेशा है, इसलिए यहाँ आकर मैंने सबसे पहले अपने लिए एक घोड़ा लिया। पर अब घोड़े के लिए भी तो जगह चाहिए थी। रामगढ़ में कोई ढंग की जगह नहीं दिखी, इसलिए मैं इस ओर चला आया। यहाँ शिवपुर के मुखिया जी ने सड़क के किनारे अपनी जमीन में मुझे झोंपड़ी डालने की जगह दे दी, जिसमें मैं तो खुश हूँ ही पर मुझसे भी अधिक खुश है मेरा ये घोड़ा। अरे मैं भी कैसा इंसान हूँ, सारी बातें बताकर आपसे पूछना ही भूल गया कि मुखिया जी आपके क्या लगते हैं मेमसाब?"

सवाल बहुत सीधा था, पर गौतमा न जाने क्यों सिहर गयी थी उस प्रश्न पर। क्यों वह फुल्लू से न कह पायी थी कि जिस व्यक्ति के गुणों की वह इतनी प्रशंसा कर रहा था वह और कोई नहीं बल्कि उसके बाबू थे। वही बाबू, जिनकी गोद में वह पली-बढ़ी थी। न जाने क्यों वह सत्य न बता पायी थी, क्या उसके मन में अपराध बोध था? हाँ, वह अपराध बोध ही था इसीलिए तो उसने फुल्लू को कहा कि मुखियाजी उसके दूर के रिश्तेदार थे। पर उसके बाद उसने फुल्लू से वार्ता बन्द कर दी थी। कुछ अनमनी-सी हो गयी थी वह।

शिवपुर आने वाला था, शिवालय की सफेद दीवारें साफ नजर आने लगी थीं। मालिनी का किनारा भी समीप था, गौतमा का दिल जोर से धड़कने लगा था ये सोचकर 'कहीं यहाँ आकर उसने कोई गलती तो नहीं कर डाली?' ज्यों-ज्यों घर नजदीक आ रहा था, एक अजीब-सा संशय उसके मन पर हावी होता चला जा रहा था।

शिवालय से घर को जाते उस थोड़े से पैदल रास्ते पर फुल्लू, गौतमा का सन्दूक उठाये चला जा रहा था, और उसके पीछे-पीछे थी गौतमा, कन्धे पर थैला लटकाए व देवेश को गोद में उठाये, चुपचाप। उसने आँचल को अपने सर पर कुछ ऐसे गिरा लिया था कि उस छिटपुट अँधेरे में यदि उसका सामना किसी ग्रामवासी से हो भी जाता तो एक नजर में उसे कोई पहचान न पाता। बाबू का घर आ गया था, फुल्लू आँगन में ही सन्दूक को छोड़ बिना बाबू से मिले ही वापस हो गया था। गौतमा सहमी-सी कुछ देर तक आँगन में ही खड़ी रही। इस आँगन में पली-बढ़ी थी वह, पर आज न जाने इसमें परायापन कहाँ से समा गया था? कुछ देर तक यूँ ही खड़े रहने के बाद उसने धीरे से देवेश को गोद से उतारकर आँगन में खड़ा कर दिया। अँधेरा अब पूरी तरह फैल चुका था। गौतमा की तेज साँसें जैसे उसकी छाती को तोड़कर बाहर निकलने को आतुर थीं। खड़ी-खड़ी कुछ देर वह घर के द्वार को घूरती रही, द्वार बन्द न था, बस हल्का-सा भिड़ा था। वह द्वार के एकदम करीब आकर खड़ी हो गयी। एक क्षण उसने सोचा कि खुद ही द्वार को

धकेल कर वह सीधे अन्दर चली जाये, ऐसा करने को उसने हाथ बढ़ाया भी था, पर न जाने कौन-से मनोभाव ने उसे ऐसा करने से रोक लिया था। उसने खुद को संयत करने का प्रयास किया व कुछ देर बाद द्वार पर धीरे से दस्तक दे डाली।

अन्दर माँ भोजन बना रही थी, इसीलिए बाबू ने जोर से कहा था, "तुम रहने दो गौतमा की माँ, मैं देखता हूँ, शायद गोविन्द होगा।"

इस बीच गौतमा ने अपने सर से आँचल को पूर्ण रूप से हटा लिया था। बाबू ने द्वार खोला, देहली पर खड़े बाबू की स्थिति का बयान देना मुश्किल था, बस "रेवती, रेवती बाहर आओ" भर्राई-सी आवाज में कहा था बाबू ने, और बाबू की ऐसी अजीब आवाज सुन कर, माँ घबरायी हुई दौड़कर द्वार पर चली आयी थी। सामने खड़ी गौतमा को देखते ही माँ के पैर इस तरह लड़खड़ाये कि यदि बाबू ने न सँभाल लिया होता तो वह जमीन पर गिर जाती। कई क्षणों के मौन के बाद बाबू बोले, "तुम सचमुच में गौतमा ही हो ना बेटी, ये किसी प्रकार का कोई स्वप्न तो नहीं है?"

गौतमा ने कुछ न कहा था। उसकी आँखों से गंगा-जमुना प्रवाहित हो रही थीं। बाबू ने पैरों को छुवाने से पहले ही गौतमा को कसकर हृदय से लगा लिया था। वे दोनों कुछ समय तक देख न पाये थे कि अँधेरे में देवेश भी खड़ा था। या ये कहें कि वे वस्तुस्थिति को एकाएक समझ न पाये थे। गौतमा रोये चली जा रही थी, बाबू और माँ ने उसे अपने बीच में ऐसे समेट लिया था जैसे कि वह आज भी उनकी पाँच वर्षीय बालिका थी। लेकिन जैसे ही देवेश की उपस्थिति का भान माँ व बाबू को हुआ, भावनाओं का आवेग एक क्षण में ही परिवर्तित हो यथार्थ की कटु सत्यता पर आ खड़ा हुआ और दूसरी ओर बहने लगा।

देवेश को देखते ही माँ बिदककर दूर ऐसे खड़ी हो गयी थी कि जैसे उन्होंने जीवन का सबसे अधिक दुस्वप्न देख लिया हो।

"ये बच्चा कौन है?" माँ की आवाज में भरी शंका व भय का भाव गौतमा से छुप न सका था।

"ये देवेश है माँ, मेरा बेटा।" गौतमा ने उत्तर दिया। फिर माँ को न जाने क्या हुआ, उसने तेजी से लपक कर देवेश को उठा लिया व बाबू को आँगन में पड़े सन्दूक को उठाने का आदेश देकर वह गौतमा को लगभग धकेलती हुई घर के अन्दर ले गयी, और बाबू के अन्दर आते ही द्वार पर साँकल चढ़ाते हुए बोलीं, "बेटी तू ये क्या कह रही है? ये तेरा बेटा कैसे हो सकता है? ये सब क्या हो रहा है, मेरी समझ में कुछ नहीं आ रहा है। पुरुषोत्तम ने हमसे झूठ क्यों बोला कि तुम्हें कोई बाघिन उठा ले गयी थी। इतने वर्षों तक उसने क्यों तुम्हें हमसे

मिलने भी नहीं दिया? ये सब क्या माजरा है गौतमा बेटी?" माँ न जाने कितने प्रश्न एक साथ कर बैठी थी।

"हाँ बेटी ये सब क्या हो रहा है। हम तो तुम्हें मरा समझ चुके थे, पर ये तो चमत्कार हो गया, तुम जीवित हो, मेरी गौतमा जीवित है, मैं बहुत भाग्यशाली पिता हूँ। लेकिन तुम्हारे नालायक ससुराल वालों ने हमसे ये बात छुपायी क्यों? तुम्हारे विवाह के सात महीने बाद एक दिन सनौरी गाँव से खबर आयी थी कि एक माह पहले तुम्हें पानी के स्रोत से कोई बाघिन उठा ले गयी थी। ये सुनकर हम दोनों बहुत रोये थे। लेकिन समझ नहीं आ रहा कि पुरुषोत्तम ने ऐसा कहा क्यों गौतमा? कम से कम देवेश के जन्म पर ही हमें सूचित करता। आखिर हमने क्या बिगाड़ा था इस पुरुषोत्तम का? और तुम? तुम्हें तो पढ़ना-लिखना सिखाया है मैंने बेटी, कम से कम एक पत्र ही डाल दिया होता अपने माँ-बाबू को।"

स्पष्ट था कि बाबू और माँ वस्तुस्थिति से पूर्णतया अनभिज्ञ थे, और गौतमा उन्हें अब और अँधेरे में न रखना चाहती थी। तत्काल ही सत्य का अनावरण होना आवश्यक था। गौतमा जो इतनी देर से माँ व बाबू के इतने प्रश्न चुपचाप झेल गयी थी, एक लम्बी साँस छोड़कर बोली, "बाबू और माँ, पुरुषोत्तम ने तुम लोगों से असत्य न कहा था। विवाह के छह माह बाद ही एक दिन स्रोत पर से ही सनौरी ग्राम का त्याग कर चली गयी थी मैं। और ये मेरा पुत्र देवेश, ये भी पुरुषोत्तम का रक्त नहीं है।"

गौतमा की बात सुनते ही माँ और बाबू पर जैसे वज्रपात हो गया था। बाबू की आँखें अविश्वास से फैल गयी थीं, और माँ पूर्णतया बदहवासी की स्थिति में आ चुकी थी। अभी भी माँ पूरी आशा में थी कि शायद बेटी अपना बयान बदल दे, पर गौतमा ने सत्य कह डाला था, माँ-बाबू से। अब वह कितना भी अप्रिय रहा हो पर सत्य तो सत्य ही होता है और गौतमा का वही सत्य था।

"क्या कह रही हो गौतमा? तुम होश में तो हो? ससुराल से भाग गयी थी, ये कह रही हो? ये पुरुषोत्तम का बेटा नहीं है, किसी गैर मर्द की सन्तान है, ये कह रही हो? भूल गयी हो कि माता-पिता के समक्ष इस तरह की बातें करना अभद्र व्यवहार होता है।"

"जानती हूँ माँ, इसीलिए इतने वर्ष तक तुम्हारे मुख पर आने का साहस न जुटा पायी थी। लेकिन सत्य तो यही है, जो मैं कह रही हूँ, वह यह कि विवाह के छह माह बाद ही मैंने सनौरी गाँव का सदा के लिए त्याग कर दिया था।"

"लेकिन क्यों?" माँ की आवाज में प्रतिपल बढ़ता क्रोध का पुट स्पष्ट था।

"क्यों? ये आप लोग पूछ रहे हैं, आप, मेरे माँ व बाबू? ससुराल में जीवन

का एक-एक पल संघर्ष था मेरे लिए माँ। और एक बार उस संघर्ष को मैं सह भी लेती यदि पुरुषोत्तम व मेरे मध्य तनिक भी प्यार होता। लेकिन वह मुझसे प्यार नहीं, घृणा करता था माँ। और आप पूछती हैं क्यों चली गयी थी वहाँ से मैं? उन परिस्थितियों में एक आप का सहारा था, पर मेरा विवाह करने के बाद आप लोग इतने निश्चिन्त हो गये थे कि एक बार भी मेरी सुधि लेने का प्रयत्न तक न किया आप लोगों ने माँ। ससुराल भेजने के अलावा क्या बेटी के लिए आपका और कोई दायित्व न था? उन छह महीनों में प्रत्येक दिन आपकी राह देखी थी मैंने बाबू, पर आना तो रहा दूर आपने मेरे लिए कोई सन्देश तक न पहुँचाया। रात-दिन के कलह व संघर्षों से हार मान ली थी मैंने। फिर निराश होकर एक दिन मैं घाटी में कूदकर आत्मघात करना चाहती थी कि तभी वहाँ एक देवदूत चला आया था जिसने मुझे आत्महत्या करने से रोक लिया था।"

"कौन था वह गौतमा?" बाबू ने पूछा।

भवानी शंकर था, बाबू। उसी ने ऐन मौके पर आकर मुझे मरने से रोक लिया और मैं चली गयी उसके साथ।''

"भवानी शंकर से तुम्हारा मतलब कहीं नन्दनपुर के ताराचन्द पाण्डे के बेटे भवानी से तो नहीं है?" माँ ने पूछा। गौतमा ने देखा था कि लालटेन की उस रोशनी में भी माँ की सिकुड़ी हुई आँखें उसे बुरी तरह घूर रही थीं।

"हाँ माँ, वही भवानी शंकर।"

"हे प्रभु ये क्या अनर्थ हो गया। तूने ये क्या कर डाला गौतमा, तू जानती भी है? इस घर पर बदनामी का काला कलंक अब कभी नहीं मिट पायेगा। शादीशुदा होते हुए परपुरुष के साथ भाग जाने का निर्णय तूने किस मुँह से लिया गौतमा? खानदान की इज्जत को ठोकर मार कर तू कैसे एक गैर मर्द के साथ चली गयी बेटी? और बेटी जब चली ही गयी थी तो गुमनामी मैं ही जीवन बसर कर लेती। हमारी बेटी को बाघ खा गया था, रोते बिलखते यह सच हमने स्वीकार भी कर लिया था। पर तेरे ससुराल से भाग जाने की बदनामी की ये गाथा तो अब हम सबको जीते जी मार डालेगी।" माँ का एक-एक शब्द कटार की भाँति गौतमा के हृदय को चीर रहा था। इतने वर्षों में भी माँ बदली न थी। मन की बुरी न होने पर भी आवेश में आकर जबान से नियन्त्रण खो देने की माँ की पुरानी आदत आज भी ज्यों की त्यों थी। माँ की ऐसी प्रकृति जानते हुए भी गौतमा, उसकी बातों से अत्यन्त आहत हो उठी थी। संसार उसकी परिस्थितियों को भले ही न समझे पर अपनी माँ से तो उसे इतने कठोर व्यवहार की उम्मीद न थी। माँ आवेश में थीं और क्रोधित भी। इस समय गौतमा का कुछ भी कहना माँ के क्रोध की

ज्वाला में आहुति देने के समान था। इसलिए उसके बाद माँ से वह कुछ और न बोली थी। पर उसकी छलछलायी आँखें व पीड़ा से आहत मुख के आगे बाबू का कोमल मन अधिक देर रूठा न रह सका। बेटी के दुखों की कथा सुन उनका हृदय भी छलनी हो गया था। और फिर एकाएक ही वे माँ पर बिगड़ गये थे।

"रेवती, बिना सोचे समझे कुछ भी कह देने की तुम्हारी आदत कभी न जायेगी। जिस बेटी को मरा समझ कर हम हर रोज रोते हैं, वह आज जीवित लौटी है। खुशी मनाने के बजाय तुम उसे गुमनाम रहने की सलाह दे रही हो? तुम्हारी छाती में माँ का दिल है या पत्थर? अब और कुछ न कहना। ये दोनों माँ-बेटे थके और भूखे प्यासे आये हैं, बजाय उल्टी सीधी बातें करने के, इनके भोजन व आराम का इन्तजाम करो।" बाबू माँ पर गुस्सा हो गये थे। बाबू के मन में उमड़े प्रेम को देख उस क्षण माँ को भी अपने व्यवहार पर अचानक ग्लानि सी हो आयी थी और पहली बार कुछ क्षणों के लिए ही सही, उनके मन में भी समाज की चिन्ता से अधिक बेटी के लिए ममता जाग उठी थी। उसके बाद माँ, देवेश को गोद में उठाकर रसोई में चली गयी व उसके लिए दूध तथा गौतमा के लिए जलपान ले कर वापस आ गयी।

सनौरी गाँव से पलायन से लेकर भवानी शंकर की रेल दुर्घटना में मृत्यु तक का पूरा वृत्तान्त गौतमा ने माँ व बाबू के आगे रख दिया था। गौतमा की आप बीती पर उसके साथ-साथ माँ व बाबू भी जी भर कर रोये थे। बाबू को ऐसा लगा कि इस सारे घटनाक्रम के लिए वे स्वयं जिम्मेदार थे। वे सोच रहे थे कि समाज के दबाव में आकर बेटी का ब्याह ऐसी जगह न किया होता जहाँ से भागने के लिए उसे बाध्य होना पड़ता, तो सम्भव था कि आज यह नौबत आती ही नहीं।

लेकिन नौबत आ चुकी थी और स्थिति गम्भीर थी। भवानी शंकर ने गौतमा से विवाह किया था, लेकिन समाज की निगाहों में तो वह आज भी पुरुषोत्तम की ही पत्नी थी। भवानी शंकर तो पर-पुरुष ही था और नन्हा देवेश एक पर पुरुष की ही सन्तान थी। 'तो क्या ये समाज गौतमा के साथ उसके बेटे को भी बदनामी की जिल्लत उठाने पर मजबूर करेगा?' ये सोचकर काँप उठे थे बाबू। पर जो होना था सो हुआ, अब उन्हें भविष्य की चिन्ता थी। 'कुछ भी हो, किसी भी कीमत पर हो, बेटी को उसके पति का नाम तो देना ही होगा और देवेश को उसके पिता का', मन ही मन सोच रहे थे बाबू 'लेकिन कैसे?'

उस रात बाबू को एकदम भूख न थी। किसी तरह माँ के आग्रह पर बाबू ने मुश्किल से दो कौर खाकर थाली को वापस लौटा दिया था। उनका मन व्याकुल था। बाबू बार-बार गौतमा की ओर देखते तो उनके मन में यही विचार आता

कि वैधव्य को प्राप्त हो गयी उनकी प्यारी बेटी गौतमा अब एक छोटी बालिका नहीं, वरन् एक युवा स्त्री थी, व एक बच्चे की माँ भी। वे जानते थे कि बेटी की मान व प्रतिष्ठा पर एक गहरा संकट बन आया था, और वे उसका हल न निकाल पाने के कारण अत्यन्त विचलित हो गये थे। गौतमा जानती थी कि बाबू के मन में एक बड़ा अन्तर्द्वन्द्व चल रहा था, पिता होने का सुख, आज एक बार फिर कर्तव्यों का भार बनकर उनके कन्धों पर हावी हो गया था। 'कैसे हो पायेगा उनकी पुत्री व पौत्र का संरक्षण?' सोचते हुए बाबू घर में ही एक कोने से दूसरे कोने में चहलकदमी करते हुए गश्त-सी लगा रहे थे।

रात के साढ़े नौ बज चुके थे, गौतमा जानती थी कि दिन भर के परिश्रम के पश्चात बाबू हमेशा से रात में जल्दी ही सो जाने के आदी थे, पर उस रात बाबू इतने विचलित थे कि सोना तो रहा दूर वे एक स्थान पर बैठकर कुछ सोच पाने में भी असमर्थ थे। बाबू को इतना उद्विग्न गौतमा ने पहले कभी न देखा। था उनकी ऐसी स्थिति देख एक अपराध बोध की-सी अनुभूति हो उठी उसे। वह सोच रही थी कि उसके कारण माँ व बाबू पर कैसा धर्म संकट आ पड़ा था?

इस बीच देवेश तो सो चुका था, पर उसके अतिरिक्त घर के सभी सदस्य खुद से ही युद्ध लड़नें में व्यस्त थे। काफी देर हो गयी थी और कोई समाधान न निकला था। अब माँ देवेश की पलँग पर एक ओर ऐसे बैठ गयीं थीं जैसे वे अपना युद्ध हार चुकी हों। गौतमा ने तो भवानी शंकर की मौत के साथ ही अपने हथिहार डाल दिये थे, हार मानकर ही तो उसने अपनी पुरानी दुनिया में फिर से लौटने का निश्चय किया था। बस एक बाबू थे, जो अपने मन में चल रहे युद्ध से अभी भी पूरी तरह लड़ रहे थे। घर में इस ओर से उस ओर जाकर कहीं भी बैठ जाना और फिर तुरन्त ही उठ कर टहलने लगना, इस बात का सूचक था कि वे अभी हारे न थे वरन् गौतमा के अचानक घर लौट आने की पहेली का निदान ढूँढ़ रहे थे। गौतमा, देवेश के पास बैठी एक मूक दर्शक की भाँति कभी बौखलाए हुए बाबू की ओर देखती, तो कभी शून्य में निहारती माँ को।

पिछले आधे घंटे से कोई कुछ न बोला था। घर का सन्नाटा कुछ ऐसे संकेत दे रहा था जैसे कुछ ही देर में कोई चक्रवात आने वाला हो। बड़ी देर तक भी बाबू की बेवजह चहल कदमी जब रुकी ही नहीं तो माँ ने ही मौन तोड़ने का प्रयास करते हुए कहा, "इस तरह परेशान होने से क्या लाभ, अभी आराम क्यों नहीं कर लेते?"

लेकिन बाबू के लिए आराम, हराम हो गया था, उन्हें जो भी करना था शीघ्र ही करना था। और तभी गौतमा को लगा कि बाबू को समस्या का हल

मिल गया था, क्योंकि अचानक ही बाबू के बेचैनी से भरे पैर थम गये थे। वे दीवार पर बने आले के पास आकर रुक गये, शायद वहाँ रखी घड़ी में समय देखना चाहते थे। उन्होंने दोनों हाथों से पास में रखी लालटेन उठा कर धीरे से हिलायी। उसमें पड़े तेल की मात्रा से सन्तुष्ट होकर उसे पलँग पर बैठी माँ के हाथों में थमा दिया, व खुद द्वार के पीछे टिकी लाठी को उठा देवेश की पलँग पर चले आये। फिर लाठी को पलँग के पाये पर टिकाकर उन्होंने सोये हुए देवेश को गोद में उठाने का उपक्रम किया, तो माँ बोल उठी, "बच्चे को क्यों उठा रहे हैं? थका है वो, अभी आराम कर रहा है।"

"ये समय आराम का नहीं है रेवती, हमें जाना होगा।" बाबू का स्वर दृढ़ था।

''जाना होगा? कहाँ?'' माँ के साथ गौतमा भी बाबू के इस अकस्मात् लिए निर्णय से आश्चर्यचकित थी।

"नन्दनपुर, ताराचन्द्र पाण्डे के घर।"

"इस वक्त क्या कहेंगे उनसे आप?"

"वही सब कुछ जो गौतमा के साथ हुआ है, और क्या कहूँगा?" बाबू की मंशा क्या थी, गौतमा की समझ में भी न आ रहा था, पर बाबू से उस समय अधिक पूछ-ताछ करना उचित न था इसलिए वह चुप ही रही।

इतनी रात गये बाबू का यूँ नन्दनपुर जाना माँ को तनिक भी नहीं सुहा रहा था, पर बाबू ने उस समय किसी की भी राय लेने की आवश्यकता महसूस न की थी। उन्होंने गौतमा को साथ में चलने का इशारा कर, सोये हुए देवेश को गोद में उठा लिया था, तत्पश्चात उसे ठीक से कम्बल में लपेट कर अपने एक कन्धे पर डाल लिया था तथा दूसरे हाथ में लाठी उठा ली थी। बाबू लम्बे डग भरते हुए नन्दनपुर की ओर चल दिये थे। चाँद का प्रकाश धूमिल था, पर गौतमा को नन्दनपुर के उस मार्ग में रोशनी की कब आवश्यकता थी? अनगिनत बार तय किये थे उसने वे रास्ते, कभी अकेले और कभी अपने उस संगी के साथ, जो बीच मंझधार में उसे अकेला छोड़ चला गया था। नन्दनपुर का मार्ग अभी भी शिवालय के आगे से होकर ही जाता था। गौतमा ने देखा, आगे-आगे चलते हुए बाबू मन्दिर के आगे पहुँचते ही अचानक रुक गये थे, शायद भोले नाथ से अपनी पुत्री के भविष्य के लिए कुछ याचना कर रहे थे। गौतमा ने भी मन ही मन मन्दिर को प्रणाम किया, पर न कोई याचना की और न कोई विनती। सारा निर्णय भाग्य पर छोड़कर, मन्दिर की सीमा को पार करते हुए वह मालिनी पर चली आयी थी।

रात्रि के सन्नाटे में मालिनी का स्वर कुछ अधिक प्रबल हो गया लगता था। लेकिन कल-कल, छल-छल के उस तीव्र स्वर में गौतमा को एक गहरी वेदना की

अनुभूति हुई थी, जैसे वह सरिता गौतमा के अकेले लौटने का शोक मना रही थी। मालिनी के इस तट पर बिताए अनगिनत क्षण उस रात गौतमा के अन्तस्थल को एक बार फिर द्रवित कर गये थे। नन्दनपुर आ गया था और देखते ही देखते गौतमा, बाबू, माँ व देवेश के साथ भवानी शंकर के आँगन में खड़ी थी।

ताराचन्द पाण्डे के आँगन में अँधेरा कुछ अधिक ही घना था। क्योंकि चाँद के धूमिल प्रकाश को बादल के एक बड़े टुकड़े के साथ-साथ, आँगन पर आ रहे कटहल के वृक्ष ने भी रोक लिया था। उस समय उनका द्वार बन्द था। जिस व्यग्रता व उत्साह से बाबू ने शिवपुर से यहाँ तक का रास्ता तय किया था, वह उनके घर पहुँचते ही काफूर हो गया था। उन्होंने द्वार खटखटाने को हाथ बढ़ाया, पर वे चाहकर भी द्वार पर दस्तक न दे पाये। धौंकनी की तरह चलती बाबू की साँसें, गौतमा व माँ के कानों तक स्पष्ट पहुँच रही थीं। कुछ क्षणों तक वे यूँ ही चुपचाप खड़े रहे, और गौतमा को एक बार ऐसा लगा कि पाण्डे परिवार से मिले बिना ही वे लोग वापस शिवपुर लौट जायेंगे। लेकिन बाबू वापस चलने को भी तैयार न थे। कई बार वे द्वार पर दस्तक देने के लिए हाथ बढ़ाते पर अगले ही क्षण अपना इरादा बदल कर हाथ मलने लगते। वे साहस न जुटा पा रहे थे कि कैसे उन लोगों को उस घटना से अवगत करायेंगे जो पहले से ही डोलती उनकी जीवन नैया को एक और भयानक बवंडर के बीच ले जाने वाली थी।

बाबू असमंजस में ही थे, कि इस बीच देवेश जग गया, और स्वयं को एक अपरिचित की गोद में देखकर वह रोने की भूमिका बना ही रहा था कि गौतमा ने उसे बाबू की गोद से उतारकर अपनी गोद में ले लिया और इसके साथ ही बाबू ने अपनी हथेली से पाण्डे परिवार के द्वार पर दस्तक दे दी थी।

"कौन है भाई इतनी रात गये?" स्वर ताराचन्द जी का ही था, बाबू पहचान गये थे।

"मैं हूँ देवीदत्त मिश्रा, शिवपुर से, कुछ जरूरी बात करनी थी आपसे पाण्डे जी, यदि सोये न हों तो दरवाजा खोलिए।" बाबू बोले।

"भवानी की माँ, सो गयी क्या? पार शिवपुर से देवीदत्त मिश्रा आये हैं, कह रहे हैं जरूरी काम है, लालटेन कहाँ रखी है तुमने? चलो मिल गयी।" अन्दर वे दोनों लोग या तो सो चुके थे या सोने की तैयारी में थे क्योंकि द्वार खुलने में कुछ देर तो जरूर हुई थी। साँकल के गिरने के स्वर के साथ द्वार धीरे से खुल गया।

अपराधबोध

गौतमा ने, हाथ में लालटेन लिए ताराचन्द जी को देखा, इन छः-सात वर्षों में बाबू की तुलना में वे कहीं अधिक बूढ़े दिखाई दे रहे थे। ताराचन्द जी ने अभी तक बाबू के पीछे खड़ी गौतमा को न देखा था, बाबू को हाथ से अन्दर आने का इशारा कर उन्होंने कहा, "आइए मिश्रा जी अन्दर आइए, बाहर बहुत सर्दी है।"

बाबू के साथ ही माँ भी अन्दर चली गयी और उसके पीछे गौतमा भी देवेश को गोद में ले शंकित व सहमे कदमों से घर के अन्दर चली आयी थी। अन्दर आते ही भवानी शंकर के माता-पिता, गौतमा की उपस्थिति से तो अवगत हो गये थे, पर इन सात वर्षों में गौतमा काफी बदल चुकी थी, इसलिए उसे सरसरी नजर से देखने के बाद भी थोड़ी देर के लिए उन लोगों ने उसे पहचाना ही नहीं, या कहें कि उस पर उनका ध्यान ही न गया। लेकिन दो-दो लालटेनों की रोशनी में भवानी शंकर की माँ कृष्णा की जनानी आँखों से वह बहुत देर तक छुप न सकी थी। गौतमा के मुख की ओर फैली आँखों से घूरती हुए कृष्णा को देख कर ऐसा लगा था कि जैसे उसने कोई जीवित भूत देख लिया हो। अँधेरे में जोर-जोर से पलकों को झपकाती वह गौतमा को घूरे जा रही थी। जो सामने था वह अविश्वसनीय था, पर धोखा न था। उसे सत्य की पुष्टि की आवश्यकता थी, बिना विलम्ब किये वह आश्चर्यचकित हो माँ की ओर मुड़कर बोली, "ये गौतमा ही है ना, तुम्हारी बेटी? अरे ये यहाँ कैसे? हमने तो सुना था वह गुजर गयी थी, बाघिन उठा ले गयी थी उसे!"

माँ कुछ न बोली, पर बाबू ने उत्तर दिया, "सुना तो हमने भी यही था, पर हमारे शिवालय के शम्भू शंकर की कृपा से हमारी बेटी जीवित वापस आ गयी है", कहते-कहते बुरी तरह झेंप गये थे बाबू। शायद उन्हें स्मरण हो आया था कि वे वहाँ पाण्डे परिवार की एकमात्र सन्तान के निधन की सूचना देने आये थे।

"भाग्यशाली हो मिश्रा जी, जो मरी हुई बेटी जीवित लौटी है।" गौतमा को लगा, ताराचन्द जी ने कटाक्ष किया था, स्पष्ट था कि उनके परिवार से वे अभी

भी रुष्ट थे। उस मध्यम प्रकाश में कुछ क्षणों तक इधर-उधर देखने के पश्चात भवानी शंकर के पिता का ध्यान गौतमा की गोद में बैठे देवेश पर गया, और वे अचानक ही और अधिक अशान्त व उद्विग्न हो उठे थे। क्योंकि ताराचन्द पाण्डे जान गये थे कि मिश्रा परिवार के लोग उतनी रात वहाँ मात्र अपनी पुत्री के जीवित होने का शुभ समाचार देने नहीं आये थे, कोई तो विशेष प्रयोजन था उन लोगों का, जिसके कारण वे इतनी ठंडी व अँधेरी रात में एक बालक के साथ उनके घर आ धमके थे। उनके मुख पर बढ़ती खीज व अनमने भावों से प्रकट हो रहा था कि इस वक्त उन्हें गौतमा के परिवार का वहाँ आना कतई नहीं भा रहा था। लेकिन उन लोगों के आने के उद्देश्य का कारण भी उन्हें मन ही मन जला रहा था। कुछ देर तक वे बाबू के मुख से ही उनके आगमन का कारण सुनने की प्रतीक्षा करते रहे, पर बाबू ने शुरू के प्रथम वाक्य के अतिरिक्त अब एक शब्द भी न बोला था। यूँ ही कुछ और क्षण चुप्पी में बीत गये। अन्ततः ताराचन्द जी की बढ़ती जिज्ञासा अब और अधिक देर तक न रुक सकी और बाबू की ओर देखते हुए उन्होंने वह प्रश्न पूछा जिसके उत्तर के लिए बड़ी देर से वे मन ही मन संघर्षरत थे।

"क्षमा करना मिश्रा जी, हम लोग थोड़ा असमंजस में पड़ गये हैं। इतनी रात गये आपके व आपके परिवार का हमारे घर आने का कौन-सा खास प्रयोजन है, मेरी समझ में नहीं आ रहा है।" बाबू जानते थे कि उत्तर देना आसान न होगा, पर यूँ चुप्पी लगाये रहने से तो कुछ भी हल निकालना असम्भव था। अतः बाबू ने एक गहरी साँस छोड़ी व सहानुभूति व पश्चात्ताप से भरे स्वर में ताराचन्द जी से कहा।

"पाण्डे जी, मैं आज आपके घर जो भी कहने आया हूँ वह अत्यन्त दुखद है, आशा है आप मुझे ऐसा समाचार देने के लिए क्षमा कर पायेंगे।" कहकर बाबू ने धीरे से गला खँकारा और गौतमा व भवानी का सम्पूर्ण सत्य ताराचन्द व कृष्णादेवी के समक्ष रख डाला।

भवानी के निधन का समाचार उसकी माँ के हृदय को चीर गया था। उसे भूमि पर लोट-पोट होकर विलाप करते देख गौतमा व माँ भी रोने लगे थे। ताराचन्द जी दुखी थे या क्रोधित, कहना मुश्किल था, पर गौतमा की कथा पर उन्हें पूर्ण विश्वास न था, कम से कम इतना तो स्पष्ट था। उनके घर की स्थिति उस रात पूरी तरह बेकाबू हो गयी थी। बाबू, माँ व गौतमा चुपचाप खड़े आँसू बहा रहे थे, और नन्हा देवेश भी भवानी की माँ का चीत्कार सुन कर सहम-सा गया था व गौतमा की छाती से कसकर लिपट गया था। शुरू के कुछ पलों में ताराचन्द जी

की समझ में न आया कि वे स्थिति को कैसे सँभालें, वे बौखलाये हुए सबको देख रहे थे। पुत्र की मौत से अधिक वे उसकी करनी पर क्षुब्ध थे। क्रोध व अहंकार के साथ-साथ, दुःख की ज्वाला में जलता उनका मन अपमानित भी महसूस कर रहा था। इसलिए दोषारोपण के लिए अधीर हुए उनके मन और वचन का पहला शिकार भूमि पर पड़ी, विलाप करती उन्हीं पत्नी को होना पड़ा था।

"ऐसे क्यों बिलख रही हो कृष्णा? बात बेबात पर ऐसे नौटंकी करना तुम्हारी आदत-सी हो गयी है इन दिनों। हमारा भवानी जीवित है, मुझे मिश्रा और इसकी बेटी की बात पर तनिक भी भरोसा नहीं है।"

गौतमा की ओर देखते ही सारी संवेदनाओं को छोड़ उनके मन पर क्रोध का भाव फिर से हावी हो गया था। आक्रोश से भरी उनकी भारी साँसें पूरे घर में गूँज रही थीं। गुस्से में आग बरसाती नजरों व फैले नथुनों से वे बाबू की ओर देखकर बोले, "आप जैसे विद्वान व्यक्ति से ऐसी तुच्छता की अपेक्षा न थी मुझे, मिश्रा जी। मुझे नीचा दिखाने के लिए आप इस हद तक गिर सकते हैं, विश्वास नहीं होता। क्या इसे ही विद्वत्ता कहते हैं?"

"मैंने तो खुद को कभी विद्वान नहीं माना है पाण्डे जी। मैं तो एक साधारण-सा आदमी...।"

"नहीं, एक साधारण आदमी भी नहीं हैं आप। मेरे बेटे की मौत का झूठा समाचार लेकर मेरे घर आये हैं, और उतना ही पर्याप्त नहीं हुआ आपके लिए, जो उसके चरित्र पर भी लांछन लगा रहे हैं। मतलबपरस्ती में आप इतना गिर गये हैं कि आपके अन्दर तो संवेदनशीलता तक मर गयी है।"

"बात ऐसी नहीं है, जैसा आप समझ रहे हैं। मैं तो ये कह रहा था कि..."

"बस और कुछ मत कहिए, वैसे भी कितना कुछ कह चुके हैं, आप जानते भी हैं?" गुर्रा रहे थे ताराचन्द जी।

"मैं सच कर रहा हूँ पाण्डे जी, मेरी बेटी कभी झूठ नहीं बोल सकती। देवेश आपका ही पोता है, गौतमा की बात पर विश्वास कीजिए।"

"झूठ नहीं बोल सकती? कमाल है मिश्रा जी, सात वर्षों तक अपनी मौत का नाटक रच कर जो लड़की पूरी दुनिया को ठग सकती है, उसके विषय में आप कह रहे हैं कि वह झूठ बोलने में सक्षम नहीं है? और हम इस औरत की बात पर ऐसे ही विश्वास कर लें?"

"परिस्थितिवश ही गौतमा ने ऐसा किया पाण्डे जी।"

"कोई परिस्थिति-वरिस्थिति नहीं मिश्रा जी, जो औरत खुद अपने माता-पिता को मूर्ख बना सकती है, उसके लिए हम कौन-से खेत की मूली हैं? मैं नहीं मानता

देवी मिश्रा कि ये बच्चा मेरा पोता है, क्योंकि हमारा भवानी शंकर तो कई वर्ष पूर्व साधुओं की टोली में शामिल हो गया था। उसे हरिद्वार में देखकर गाँव के कुछ लोगों ने इस बात की पुष्टि भी की थी। और तुम कहते हो कि मैं आपकी ये बात मान लूँ कि मेरा पुत्र किसी की ब्याहता को भगा ले गया था? हरगिज नहीं, मेरा बेटा ऐसा कभी नहीं कर सकता।" ताराचन्द जी क्षण प्रति क्षण अपनी बात पर पहले से अधिक अडिग होते जा रहे थे।

गौतमा ने देखा कि बात हाथ से निकली चली जा रही थी, बाबू अत्यन्त दयनीय दिखाई दे रहे थे। सारा मान-सम्मान त्याग कर बाबू ने ताराचन्द पाण्डे के आगे दोनों हाथ जोड़ कर सर झुका लिया था और गिड़गिड़ा कर बोल उठे थे।

"आपका ही पौत्र है देवेश, पाण्डे जी, यदि आपको प्रमाण चाहिए, तो चलिए मेरे साथ बरेली, आपको प्रमाण भी मिल जायेगा। पर मेरी बेटी व अपने नाती को इस घर में जगह दे दीजिए। भवानी शंकर संसार से विदा लेने से पूर्व आपके लिए अपनी ये निशानी छोड़ गया है। आपके वंश का एकमात्र दीपक आपके सामने है, इसे अपने इस अँधेरे घर की रोशनी बना लीजिए। मेरी बेटी और देवेश आपके बुढ़ापे का सहारा बनेंगे, अपना लीजिए उन्हें, मैं विनती करता हूँ आपसे।"

"बस कीजिए मिश्रा जी, आप जो हमसे माँग रहे हैं वो हम कभी नहीं दे पायेंगे। और सच कहूँ तो आज यदि मेरे सम्मुख स्वयं मेरा भवानी भी यहाँ आया होता, तो उसके इस काले करतूत की सजा मैं खुद उसे देता। अपने इन्ही हाथों से घर से बाहर धकेल देता मैं उसे। कह देता उससे कि एक ब्याहता स्त्री के साथ सम्बन्ध बनाने वाले से हमारा कोई सम्बन्ध नहीं हो सकता। आखिर हमारी भी कोई इज्जत है, कोई प्रतिष्ठा है। और मान लो कि एक बार के लिए इस बच्चे को भवानी की सन्तान मानकर यदि मैं इन लोगों को अपने घर में जगह दे भी दूँ, तो आप ही बताइए कि ये समाज थूकेगा नहीं हमारे ऊपर?"

"क्या ये समाज आपकी सन्तान से भी अधिक महत्त्वपूर्ण है आपके लिए?" शीतल स्वर में बाबू बोले थे। वे बाजी हार रहे थे, शायद आभास होने लगा था उन्हें।

"हाँ, समाज मेरे बारे में क्या सोचता है, बहुत महत्त्वपूर्ण है मेरे लिए। और यदि आप यह कहते हैं कि आपके लिए नहीं है तो झूठ बोल रहे हैं आप मिश्रा जी। यदि आप को समाज की चिन्ता न होती तो इतनी रात गये इस ठंड में न आकर, दिन की रोशनी में मेरे घर आते। क्या यह सच नहीं कि इस अँधेरे में आप इसलिए मेरे घर आये हैं कि दुनिया की नजरों से अपनी पुत्री व उसके पुत्र को बचा सकें? और ठीक ही किया आपने, आपकी बेटी गौतमा व इसकी

नाजायज सन्तान के भविष्य के लिए यही अच्छा भी होगा कि जैसे ये इतने वर्ष गुमनाम रही वैसे ही अब भी रहे, नहीं तो इसके साथ-साथ इसके बेटे का जीवन भी नरक बन जायेगा।"

उस रात बाबू ने अपना पूरा स्वाभिमान ताराचन्द के पैरों में डाल दिया था पर ताराचन्द टस से मस न हुए। गौतमा का मन आत्मग्लानी से भर उठा था। उसके कारण इस घर में आज दूसरी बार उसके बाबू का जमकर अपमान हुआ था, वह स्वयं को कोसने लगी कि उसने बाबू को यहाँ आने से पहले रोका क्यों नहीं। अक्खड़पन के साथ-साथ अशिष्टता की भी प्रचुरता थी ताराचन्द जी के व्यक्तित्व में। भवानी ने अपने हठी पिता के बारे में उसे कितनी बार बताया था कि समाज में अपनी खोखली मान-प्रतिष्ठा से बढ़कर उनके लिए कुछ भी न था, ठीक ही तो कहता था वह। गौतमा ने बाबू की ओर देखा, उनका अपमानित व दयनीय मुख उसके कलेजे को छलनी कर गया था। ताराचन्द जी कभी भी न मानेंगे, और बाबू अब अधिक लज्जित न हों इसलिए वह बोली–

"बाबू, अब घर चलिए, देवेश भी बहुत थका है। मेरे कारण आपका सर पहले ही नीचा हो चुका है, अब और याचना करने से क्या लाभ?"

बाबू ने एक बार पुत्री को देखा फिर आखिरी बार पुनः ताराचन्द से विनती की, यह सोचकर कि शायद उनका हृदय परिवर्तन हो जाये।

"एक बार और विचार कर लीजिए पाण्डे जी, आपको एक परिवार मिल जायेगा और मेरी बेटी को उसका घर। मेरी गौतमा जीवन भर सेवा करेगी आप दोनों की, रोक लीजिए उसे।"

"कितना और लज्जित करेंगे मिश्रा जी? पति के घर से भागी हुई स्त्री को घर में रखना क्या इतना आसान समझ रहे हैं आप? दुनिया सीधा मुँह पर ही थूकेगी। मेरी बात मानो तो आप भी ये बात गुप्त ही रखना। सुना है आपके पुत्र कैलाश का अगले महीने विवाह होने वाला है। जानता हूँ उन लोगों को मैं, बड़े खानदानी हैं उसके ससुराल वाले। घर की लड़की भगोड़ी है, ये बात अगर उन तक पहुँच गयी तो रिश्ता कटते देर न लगेगी।"

ताराचन्द जी, निहत्थे गौतमा व उसके परिवार पर वार पर वार किये जा रहे थे, और बाबू नितान्त असहाय खड़े थे बिना ढाल के। कुछ देर तक वे लोग ताराचन्द के घर में खड़े रहे, इस उम्मीद में कि वे अपना हृदय परिवर्तन कर दें, पर उनसे ऐसी उम्मीद रखना मात्र मूर्खता के सिवा और कुछ न था। आखिरकार बाबू की सहनशीलता की भी अति हो गयी। उन्होंने जमीन पर रखी लालटेन हाथ में उठा ली व चुपचाप बाहर निकल गये। बाबू तेजी से शिवपुर की ओर

चले गये और पीछे-पीछे माँ भी। भवानी शंकर द्वारा अपने पिता के लिए बनाया लिफाफा वहीं भूमि पर छोड़ गौतमा भी द्वार से बाहर हो गयी। मन में सोचती हुई कि काश उसे एक बार भवानी शंकर के बूढ़े माँ-बाप की सेवा का अवसर प्राप्त हुआ होता तो उनमें ही अपने भवानी को पाकर धन्य हो जाती वह। बाहर आकर कुछ देर तक वह आँगन में चुपचाप खड़ी रही, क्योंकि जाने से पहले वह चारों ओर विद्यमान भवानी शंकर की स्मृतियों से एक बार पुनः मिलना चाहती थी, लेकिन घर के अन्दर से आता भवानी शंकर की माँ का हृदय विदारक क्रन्दन और अधिक तीव्र व कारुणिक होकर उसे स्मृतियों से तुरन्त ही लौटा कर वर्तमान में ले आया था। भवानी शंकर की माँ रो-रो कर ऊँचे स्वर में अपने पति से कह रही थी—

"उन्हें रोक लीजिए भवानी के बाबू, वो बालक भवानी का ही पुत्र है। हू-ब-हू मेरे भवानी की ही शक्ल है उसमें। वही तीखी नाक, वही घुँघराले बाल। तुम वो सब कैसे नहीं देख पाये? गौतमा सत्य कह रही है, वह हमारा ही नाती है। रोक लीजिए उन्हें भवानी के बाबू। उनके अलावा हमारा इस दुनिया में और दूसरा है ही कौन? उनको जाने मत दीजिए, मैं आपके पैर पड़ती हूँ।"

उसके आगे का स्वर गौतमा ने अपने कानों तक न पहुँचने दिया था। भवानी की माँ के चीत्कार में पत्थर को भी पिघलाने का सामर्थ्य था उस रात। इसलिए कुछ अधिक सुनने की क्षमता न बची थी उसमें। तेजी से आँगन पार कर वह भी बाबू व माँ के पीछे हो ली थी।

कुछ ही देर में वे लोग वापस शिवपुर आ गये थे। अन्दर आकर बाबू ने लालटेन को तख्त पर रख दिया व पास में पड़े मोढ़े पर ऐसे जा गिरे जैसे कि एक लम्बी लड़ाई के बाद मोर्चे से हार कर लौटे हों। देवेश फिर से सो चुका था, पर माता, पिता व पुत्री तीनों ही आशाओं के साथ-साथ अपनी नींद भी नन्दनपुर छोड़ आये थे। घर का वातावरण अत्यन्त तनावप्रद हो गया था। जाते जाते पाण्डे जी ने शब्दों का जो पिशाच उनके पीछे छोड़ दिया था वह घर के मध्य में समाधि जमा कर रम गया था। सबसे अधिक माँ विचलित थी, क्योंकि दो महीने बाद कैलाश के होने वाले विवाह में विघ्न पड़ जाने की आशंका को इतनी ही देर में कम से कम चार बार तो व्यक्त कर ही चुकी थी। 'पर-पुरुष के साथ ससुराल से भाग जाना कितना गम्भीर अपराध है' इसका सम्पूर्ण बोध गौतमा को आज पहली बार हुआ था। उसे लगा कि दूसरों को ही नहीं, वरन् खुद माँ और बाबू को उसकी मृत्यु से अधिक दुःख उसके वापस जीवित लौटने पर हुआ था। उसे यहाँ नहीं आना चाहिए था, सोचते हुए उसका मन ग्लानि से भर उठा।

अगले दिन गौतमा दिन भर घर के अन्दर ही बन्द रही। माँ ने हर सम्भव प्रयास किया था कि उसकी उपस्थिति का गाँव में किसी को भी भान न हो। माँ को गौतमा पर आये संकट से अधिक, कैलाश के विवाह की चिन्ता थी। बाबू भी कम परेशान न थे और माँ की ही तरह वे भी गौतमा को बाहर न निकलने का परामर्श दे चुके थे। उनके ऐसा कहने से गौतमा अत्यधिक आहत हो गयी थी। बाबू उससे अत्यन्त प्रेम किया करते थे पर इज्जत और ममता के उनके तराजू में आज ममता फिर से हल्की पड़ रही प्रतीत हो रही थी। भवानी के पिता की तरह ही आज उन्हें भी सन्तान से अधिक अपना सम्मान प्यारा हो गया था, 'शायद, यही रीति है दुनिया की', गौतमा ने सोचा, 'कलंकित इंसान से कोई भी नाता नहीं रखना चाहता, उसके माता-पिता तक नहीं।' पर क्या वह वास्तव में कलंकित थी? 'भवानी का प्रेम तो नितान्त निष्पाप था तो वह कलंकिनी कैसे हो सकती थी?' पीड़ा से उसका मन व्याकुल हो उठा, ये सोचकर कि भवानी के माता-पिता की तरह ही उसके अपने माँ-बाप उस पर लज्जित थे। वह टूट कर वहीं बिखर जाना चाहती थी पर मन के अन्दर का भवानी उसे ऐसा करने से रोके जा रहा था। वह सोचने लगी कि यहाँ जहाँ उसके माता-पिता स्वयं की ही प्रतिष्ठा को बचाने के लिए इतना चिन्तित थे तो वे उसका व देवेश का संरक्षण कैसे कर पाते? समस्त परिवार जनों का जीवन जहर बनाकर क्या वह अपने पिता के यहाँ रह पायेगी? क्या वह अपने व भवानी शंकर के पुत्र को वहाँ एक स्वाभिमान व सम्मान से भरा जीवन दे पायेगी?

'नहीं', उसकी अन्तरात्मा ने उत्तर दिया। उसने निर्णय ले लिया, 'उसे यहाँ से जाना होगा कहीं दूर। बहुत दूर।'

परदेश

बागमती गाँव में गौतमा को आठ माह हो गये थे, लेकिन यह स्थान उसके लिए अब तक भी परदेश ही था। 'वह यहाँ क्या कर रही है, व क्यों रह रही है', वह नहीं जानती थी, और ये भी नहीं कि वह कब तक वहाँ रहेगी। नन्दनपुर की उस रात की घटना के बाद यह तो स्पष्ट हो ही चुका था कि वर्तमान परिस्थितियों में वह बाबू के घर में सर उठाकर नहीं जी सकती थी, क्योंकि उसके साथ-साथ माँ-बाबू की प्रतिष्ठा भी संकट में थी। उसके वहाँ रहने से उसके छोटे भाई कैलाश के विवाह पर भी आपत्ति होने की सम्भावना थी, अतः दो रात बाबू के यहाँ नजरबन्द रहने के बाद उसने अगली ही सुबह शिवपुर से चले जाने का निर्णय ले लिया था। उसे तब आश्चर्य तो नहीं, वरन् दुःख बहुत हुआ था, जब उसका प्रस्ताव सुनकर माँ व बाबू ने उससे एक बार भी रुकने को न कहा। कम से कम अपने माता-पिता से उसे ऐसी उम्मीद न थी। कैलाश, अपने एकमात्र भाई को दूल्हा बनते देखने के लिए उसका मन भी लालायित था, लेकिन बजाय उसे रोकने के, माँ ने उससे कुछ समय के लिए कहीं दूर चले जाने का आग्रह किया था। बाबू ने सोच समझकर अपने दूर के चचेरे भाई पानदेव चाचा के घर, यहाँ बागमती गाँव में यह कह कर भेज दिया था कि कुछ ही समय बाद वे कोई न कोई हल ढूँढ़ कर उसे वापस लिवाने आयेंगे, लेकिन इन आठ महीनों में न तो बाबू ही आये और न ही उनकी ओर से कोई पत्र आया।

आज की तारीख में बागमती गाँव शिवपुर से बहुत अधिक दूर न था, पर उन दिनों दूर संचार व यातायात की सुविधा न होने से यह स्थान बहुत दूर प्रतीत होता था। इतनी दूर कि सम्बन्धी होने पर भी आज तक पान देव चाचा व बाबू ने कभी एक दूसरे को देखा तक न था। बाबू के बाबू ने, अर्थात् गौतमा के दादाजी ने किसी जमाने में कुछ पैसे देकर पान देव चाचा के पिता की जमीन को कुड़की होने से बचा लिया था, उसी का वास्ता देकर बाबू ने चाचा के नाम पत्र लिखकर गौतमा को थमा दिया था। पत्र में गौतमा को अपने दूर के रिश्ते

की बेटी बताकर बाबू ने कुछ समय के लिए पान देव चाचा से गौतमा को शरण देने की याचना की थी।

इधर पान देव चाचा हालात की गरीबी के साथ-साथ, दिल के भी गरीब ही थे। उन्होंने गौतमा को अपने घर पर शरण दे तो दी थी, पर क्षण भर के लिए भी गौतमा को अपमान व अहसान का बोध कराना न भूले थे। चाची उनसे भी बढ़कर कटु थीं। गौतमा को यदि उस घर में कोई सम्मान व प्रेम देने वाला था तो वह थी उनकी बहू चन्द्रा।

चन्द्रा की उम्र सोलह वर्ष की रही होगी। वह उस घर के अकेले पुत्र हीरामणि की पत्नी थी। हीरामणि बागमती से बारह मील दूर चप्पलें बनाने की एक फैक्ट्री में मजदूरी करता था। वह मात्र रविवार को घर आता था, और चन्द्रा घर में ही रहकर खेती देखती थी व सास-श्वसुर की सेवा करती थी। चन्द्रा के मन में गौतमा के लिए बेहद प्यार व सम्मान था। गौतमा का सरल व सीधा व्यक्तित्व चन्द्रा के लिए सास-श्वसुर की दिन-रात की शिकायतों से हटकर एक नया परिवर्तन था और ऊपर से देवेश का भी साथ था। दो-तीन दिनों में ही चन्द्रा, देवेश के बाल प्रेम में फँस चुकी थी। उसका वश चलता तो वह गौतमा व देवेश को सदैव अपने पास ही रख लेती, पर चाची व चाचा, गौतमा व देवेश को फूटी आँख भी न देख पाते थे। देवेश, चाचा से बहुत डरता था, क्योंकि बात-बात पर वे उसे हाथ उठाकर थप्पड़ मारने की धमकी देते थे।

अभी गौतमा को वहाँ दो सप्ताह ही हुए थे, कि एक दिन जब वह चन्द्रा के साथ खेतों से काम कर सन्ध्या पर घर लौटी तो देवेश बहुत रो रहा था। गौतमा को देख वह रोते-रोते लम्बी सिसकियाँ भरने लगा था। गौतमा ने चाचा से उसके इस प्रकार रोने का कारण पूछा, तो पता चला कि उन्होंने देवेश की जमकर पिटाई की थी, क्योंकि उसने पूजा के स्थान पर शौच क्रिया कर डाली थी। इस पर पान देव चाचा ने मात्र उसे मारा ही न था, वरन् उसका झुनझुना भी छुपा दिया था। उसका झुनझुना वापस दिलवाकर गौतमा ने रोते हुए देवेश को कसकर सीने से लगा लिया था। बरबस ही उसे भवानी का स्मरण हो आया। 'जिस पुत्र पर तुम्हारी प्रत्येक साँस निछावर होती थी भवानी शंकर, वह आज अपरिचितों की भी प्रताड़ना का शिकार हो रहा है।' फिर उसकी आँखों में ढेर सारे बादल घिर आये थे और उसके आँचल को तर कर गये।

उस रात पान देव चाचा के घर गौतमा को बड़ी देर तक नींद न आयी थी। चन्द्रा भी अपने श्वसुर के कृत्य पर लज्जित थी, इसलिए बड़ी देर तक उसने गौतमा व देवेश का दिल बहला कर, शाम को घटी घटना की भरपाई करना

चाही थी। अन्ततः गौतमा की ओर से नाराज न होने का आश्वासन पाकर वह सोने चली गयी थी। लेकिन गौतमा की आँखों में नींद न थी। भवानी शंकर व उसकी एकमात्र सन्तान देवेश के अलावा उसके जीवन में अब बचा ही क्या था। देवेश के ही कारण तो जीवित थी वह, यदि वह न होता तो भवानी के साथ ही उसके प्राण भी प्रयाण कर चुके होते। 'देवेश को उसे संरक्षण देना है, उसके जीवन को उच्च संस्कारों से पोषित करना है', यही तो उसके जीवन का एकमात्र ध्येय बन चुका था। और उस दिन वह सोचने को बाध्य हो गयी थी कि, 'ये भी कोई संरक्षण था?' चाचा व चाची के मन में उन माँ-बेटों के लिए, ग्लानि व घृणा के अलावा कुछ और था ही नहीं, तो उनसे उच्च संस्कारों की अपेक्षा करना तो मात्र मूर्खता ही थी। गयी रात तक मन में तर्क-वितर्क करने के पश्चात उस रात गौतमा के मन में एक विचार आया, 'कल वह चन्द्रा से बात करेगी' उसने मन ही मन निश्चय किया, फिर न जाने कब उसे नींद आ गयी।

अगली सुबह जब गौतमा, चन्द्रा के साथ गौशाला में गयी तो गौतमा ने उससे पूछा।

"चन्द्रा, तुम बता रही थी कि प्रधान जी के घर के पिछवाड़े का लाल ईंटों का मकान खाली है, और वे उसे किराये पर उठाना चाहते हैं।"

"हाँ दीदी'', चन्द्रा जो उस समय घुटनों के बीच लोटे को फँसाकर गाय को दुह रही थी, बोली, "लेकिन क्यों दीदी, आप ये किसलिए पूछ रही हैं?"

"अच्छा तू पहले दुहने का काम खत्म कर, उसके बाद तुझे पूरी बात विस्तार से बताऊँगी।" गौतमा ने कहा। थोड़ी ही देर में चन्द्रा ने तीनों गायें दुह ली थी।

"तीनों में से एक भी दुधारू नहीं है", कहकर चन्द्रा ने सारा दूध एक छोटे पतीले में जमा कर लिया था व गायों को चारा डालने के बाद गौतमा के ठीक आगे आ खड़ी हुई, फिर बोली, "अब बताओ दीदी, आप उस मकान के बारे में पूछ रही थीं न, उस लाल मकान के बारे में?"

"हाँ चन्द्रा, याद है, टंकी से पानी भर कर घर आते समय तुमने एक लाल मकान की ओर हाथ उठाकर कहा था कि प्रधान जी ने वह मकान अपने दो भाइयों के लिए बनाया था, पर उनके भाई लोग अब यहाँ नहीं रहते, इसलिए इन दिनों वह मकान खाली है, याद है ना?"

"हाँ याद है दीदी, पर मैंने कहा था सिर्फ आधा घर खाली है, दूसरे आधे में एक मास्टर जी रहते हैं, वही जो तुमसे मिल चुके हैं, उस दिन जब तुम पहली बार यहाँ आयी थी, ताँगे में बैठ कर। तुम्हारे साथ बैठे तीन लोगों में से एक

प्रधान जी थे, और एक वही बदमाश सोहन ठेकेदार, जो खुद भी लाल मकान के पास वाली पीली कोठी में रहता है, और तीसरे मास्टर जी थे, याद आया?"

"हाँ, याद आ गया, उस आधे मकान में रह रहे मास्टर जी के बारे में तुम कुछ जानती हो चन्द्रा?"

"बहुत नहीं, पर सुना है बड़े पढ़े लिखे व विद्वान किस्म के आदमी हैं वे, लेकिन मुझे तो उनका व्यक्तित्व बड़ा रहस्यमय लगता है। वैसे कुछ लोगों का कहना है कि मास्टर जी का किसी औरत से चक्कर चल रहा है, इसलिए वे आये दिन गाँव से नदारत रहते हैं।" आँखों को मटकाकर कहा चन्द्रा ने।

"लेकिन तुम्हें मास्टर जी के बारे में ये सब कैसे पता?"

"पता है ना दीदी। पन्द्रह-बीस परिवारों के इस गाँव में किसी के बारे में जानना इतना मुश्किल काम थोड़े ही है। मुझे तो सबके बारे में सब कुछ पता रहता है।"

"अच्छा! तू क्या सारा समय यही कहती सुनती रहती है? लोगों के बारे में इतनी सारी गप्पें कौन सुनाता है तुझे?"

"गप्पों के सिवा और है ही क्या इस गाँव में दीदी? कम से कम इधर-उधर की बातें सुन कर थोड़ा बहुत मनोरंजन तो हो जाता है। नहीं तो वही सासू के ताने और ससुर जी की शिकायतें। कम से कम गाँव की सहेलियों से बात कर कुछ नया तो सुनने को मिलता है, और फिर मेरे वो भी गप्पें मारने में कोई कम माहिर नहीं हैं?" चन्द्रा के मुँह पर पति का जिक्र करते हुए छाई लाली गौतमा की आँखों से छुप न सकी थी। कठोर परिश्रम से भरी दिनचर्या में भी चन्द्रा सदैव प्रसन्न रहने वाली स्त्री थी। उसने गौतमा को बताया था कि उसके माता-पिता बहुत गरीबी में रहते थे। यहाँ कम से कम उसके पास थोड़ा बहुत जमीन थी जिसमें खाने भर का अनाज तो हो जाता था, और साथ में उस पर जान छिड़कने वाला पति भी था, इसलिए वह खुद को बहुत भाग्यशाली समझने वाली लड़की थी। पति का जिक्र आते ही बात-बात में शर्मा जाना उसकी आदत थी, शायद नवविवाहिता थी इसलिए। गौतमा उसकी ओर देख रही थी। उसके गुलाबी हुए गाल कुछ ही देर में पुनः सामान्य हो चले थे और वह प्रश्नवाचक नजरों से गौतमा की ओर देख रही थी, ये जानने के लिए कि गौतमा को प्रधान जी के लाल ईंटों वाले मकान में क्यों दिलचस्पी हो उठी थी।

"चन्द्रा, मैं सोच रही हूँ कि यदि प्रधान जी का वह आधा मकान मैं किराये पर ले लूँ, तो कैसा रहेगा?" गौतमा उसकी ओर देखते हुए बोली।

"किराये पर? ये कैसी बातें सोच रही हैं दीदी? आप मेरे साथ ही रहिए ना, हमारे घर पर। मैं जानती हूँ कि आप ऐसा क्यों सोच रही हैं, क्योंकि कल

बुब्जयु (ससुरजी) के व्यवहार से आप को बुरा लगा है ना? गौतमा ने उस बात का चन्द्रा को कोई उत्तर नहीं दिया।

"जरूर लगा होगा, मुझे भी लगा था। समझ में नहीं आता कि वे देवेश से क्यों इतनी ईर्ष्या करते हैं, जैसे बच्चा देवेश नहीं, वे खुद हैं। लेकिन दीदी अब ऐसा नहीं होगा, मैं खुद नजर रखूँगी देवेश पर। उनके कारण आप घर छोड़कर न जाइए।" गौतमा जानती थी कि चन्द्रा बहुत भोली व ईमानदार लड़की थी, वह जो भी कहती थी उसमें उसके मन से निकला सत्य ही होता था।

"चन्द्रा, तू परेशान न हो। मुझे तुझसे कोई शिकायत नहीं। शिकायत तो मुझे चाचा से भी नहीं है, उन्होंने अपने घर में शरण दी है मुझे। मुझसे उन लोगों का रिश्ता ही क्या है? मैं तो उनकी अहसानमन्द हूँ कि उन्होंने मुझे अपने घर में इतने दिन स्थान दिया है। लेकिन चन्द्रा, मुझे न जाने कब तक यहाँ पर रुकना पड़े, इसलिए तुम्हारे परिवार के ऊपर मैं अब और बोझ नहीं बनना चाहती हूँ। तुम गाँव के बारे में सब कुछ जानती हो। तो तुम्हें क्या लगता है, प्रधान जी मुझे अपना घर किराये पर दे तो देंगे ना?"

"क्यों नहीं देंगे, बल्कि वे तो बहुत खुश हो जायेंगे, उनके बड़े बुरे दिन चल रहे हैं आजकल।"

"वो क्यों?" गौतमा ने भौंहों को सिकोड़ कर पूछा।

"अरे दीदी, उनका एकमात्र जवान बेटा है प्रमोद, वह पिछले दो साल से बहुत बीमार चल रहा है। तपेदिक से त्रस्त है बेचारा। उसके इलाज में उनकी आधी जमीन ये सोहन ठेकेदार खा गया है, लोग कहते हैं कि कौड़ियों में खरीदी है उसने उनकी जमीन।" कहते हुए अचानक ही चंचल व हँसमुख चन्द्रा गम्भीर व दुखी हो गयी थी।

"फिर ऐसे आदमी को प्रधान जी ने जमीन बेची ही क्यों?" गौतमा ने पूछा।

"फिर क्या करते दीदी? किसे बेचते? यहाँ जमीन से घर भर के खाने के अलावा और मिलता ही क्या है? किसी और के पास उतने पैसे हैं ही नहीं कि वह जमीन खरीदने का सामर्थ्य रखे। ये सोहन ठेकेदार है ना, गाँव के बाहर जंगल के पास ये कच्ची शराब की भट्टियाँ चलाता है और सारे गाँव वालों की गाढ़े की कमाई इसी के पेट में जाती है, कमीना साला।" ठेकेदार के विषय में जिक्र करते ही गुस्से की लकीरें चन्द्रा के मुख पर उभर आयी थीं, व उसका चेहरा तमतमा गया था।

"ये तो बड़ा बुरा इंसान लगता है, लेकिन तुम्हें सोहन ठेकेदार के बारे में इतना सब कुछ कैसे पता?" गौतमा को चन्द्रा की रोचक बातें बड़ी अच्छी लग रही थीं।

"अरे दीदी, मैंने कहा ना, मुझे सबके बारे में पता रहता है। वैसे प्रधान जी

की जमीन वाली बात मुझे मेरे उन्होंने बतायी थी, और उन्होंने मुझसे ये भी कहा कि इस ठेकेदार कमीने के सामने मत पड़ना, क्योंकि ये जब भी किसी जवान औरत को देखता है तो लोमड़ी की लार टपकती है उसके मुँह से। मेरे वो ना, सब समझते हैं लोगों के बारे में।" कहते हुए चन्द्रा का मुँह पुनः गुलाबी हो चला था। बात को जारी रखते हुए वह आगे बोली—

"तो मैं बता रही थी दीदी, कि प्रधान जी के बेटे के इलाज के लिए उन्हें पैसों की जरूरत है। जिस मकान की तुम बात कर रही हो ना, उस मकान के आधे हिस्से में जो मास्टर जी रहते हैं वे प्रधान जी की बहुत मदद करते हैं। और जब उन्हें एक दूसरा किरायेदार भी मिलेगा तो ये बताओ, वे खुश होंगे कि नहीं? लेकिन दीदी मुझे तुम्हारे जाने से बहुत दुःख होगा। जानती हो, तुम्हारे व देवेश के कारण मुझे घर में उनकी कमी का उतना अधिक अहसास नहीं होता है जितना कि अकेले में। इसलिए आप से विनती है कि आप हमारे ही घर पर रहिये, रहोगी ना दीदी।"

"चन्द्रा, मुझे व देवेश को भी तुमसे अलग जाने में कोई रुचि नहीं, लेकिन और भी कारण हैं जिनकी वजह से मेरा अलग रहना ही अच्छा रहेगा। और फिर पान देव चाचा व चाची भी कोई बहुत अमीर तो हैं नहीं, मेरे व देवेश के रहने से उनका खर्चा भी तो बढ़ेगा ही ना। गरीबी में दो और लोगों का पेट भरना कोई आसान काम नहीं है चन्द्रा। और जहाँ तक तुमसे दूर रहने का प्रश्न है तो बताओ कि पाँच सौ कदम की दूरी भी कोई दूरी होती है भला? जब भी तुम्हारा मन करे तुम मेरे पास चली आना, देवेश तो हमेशा ही तुम्हारी राह देखा करेगा।" ढेर सारे तर्क देकर गौतमा ने चन्द्रा को आखिरकार मना ही लिया था।

उसी दिन सुबह वह प्रधान जी से मिलने उनके घर चली गयी थी। चन्द्रा का अनुमान सही था, प्रधान जी नया किरायेदार पाकर बहुत खुश हुए थे। दस रुपया प्रति माह पर गौतमा को मकान का आधा हिस्सा मिल गया था। गौतमा ने छः माह का किराया एक साथ ही प्रधान जी के हाथों में रख डाला था, जिसे देख प्रधान जी की आँखें भर आयी थीं। किसी जमाने के रौबदार व्यक्तित्व वाले प्रधान जी बेटे की बीमारी के साथ-साथ पत्नी की हड्डियों को सुजाने वाली गठिया से भी जूझ रहे थे। इतने सारे पैसे उस जमाने में एक साथ मिल जाना कोई रोजमर्रा की घटना न थी। कृतज्ञता के बोझ तले दबे प्रधान जी ने घर के साथ-साथ अपनी दुधारू गायों में से एक गाय 'गंगा' भी गौतमा को दे डाली थी। और गौतमा चली आयी इस छोटे-से गाँव में उस लाल ईंटों के मकान में रहने के लिए।

लाल ईंटों का यह मकान चार कमरों का बना था। मकान में आँगन को खुलते हुए दो द्वार थे। एक द्वार मास्टर जी का था व दूसरा द्वार गौतमा का। मकान की छत से जुड़ा एक लम्बा-सा छप्पर था जो गौतमा व मास्टर जी दोनों के आँगन के ऊपर छत का काम करता था। मास्टर जी एकाकी रहने वाले लोगों में से थे। बगल के कमरे में रह रही गौतमा से वे मात्र मतलब की ही बातें करते थे। गौतमा को भी मास्टर जी में कोई रुचि न थी, पर कई बार जब देवेश अकेला महसूस करता तो रोकने के बाद भी वह उनके पास चला जाता, और ऐसे में मास्टर जी उससे कुछ देर के लिए खेल अवश्य लेते। शुरू में गौतमा को वहाँ रहना कुछ अटपटा जरूर लगा, लेकिन एक अपिरिचित व अकेले पुरुष के साथ एक ही आँगन में रहने की झिझक कुछ ही दिनों में उसके मन से निकल चुकी थी। वह जान गयी थी कि मास्टर जी से उसे व देवेश को किसी प्रकार का भय न था, बल्कि बागमती गाँव के उस घर में यदि वह सुरक्षित महसूस करती थी तो मास्टर जी के ही कारण।

कुछ ही समय में गौतमा को विश्वास हो गया था कि मास्टर जी भी उसी की तरह अन्तर्मुखी पर नेक इंसान थे, उनकी उपस्थिति से सुरक्षा भाव की एक लक्ष्मण रेखा गौतमा के मन पर सदैव खिंची रहती थी। कभी-कभी जब मास्टर जी कुछ दिनों के लिए बाहर चले जाते थे तो गौतमा के मन में भय जाग उठता था, 'वह अकेली है' सोचकर उसे रातों को ठीक से नींद भी न आती थी। रातों को ही नहीं, वरन् दिन की रोशनी में भी एक अज्ञात भय से उसका मन सदा भयभीत रहता। उसे ऐसा लगता था कि कुछ लोगों की नजरें हमेशा उसका पीछा करती हैं, विशेषकर सोहन ठेकेदार की। मास्टर जी के वहाँ न रहने पर वह ठेकेदार के भय के कारण खुद को अपने कक्ष के बन्द द्वारों में भी असुरक्षित पाती थी। मास्टर जी का बागमती गाँव में उसका पड़ोसी होना उसका सौभाग्य ही था, इसका बोध उसे हो चला था।

गौतमा के अतीत के बारे में बागमती गाँव में किसी को कुछ भी ज्ञात न था, लेकिन वह अकेली है, इतना तो स्पष्ट था ही, और अकेली जवान औरत का जीवन कितना कठिन होता है इसे गौतमा से अधिक कौन जान सकता है? कदम-कदम पर प्रत्येक प्रकार की मुसीबतें मुँह बाये खड़ी रहती थीं। उसे भरी भीड़ में भी ऐसा लगता था कि वह एक शिकार है और कुछ शिकारी उसे दबोचने के लिए सदैव मौके की तलाश में हैं। दूसरे लोगों से गौतमा को इतना भय न था जितना कि सामने की पीली कोठी में रहने वाले धूर्त सोहन ठेकेदार से।

अकेली अबला होने से गाँव की एकमात्र पीने के पानी की टंकी तक, जो ठीक सोहन ठेकेदार के घर के आगे पड़ती थी, गौतमा के लिए एक मुश्किल मंजिल बन चुकी थी। जब भी वह पानी भरने जाती, वह भी बाल्टी ले वहाँ पहुँच जाता, और जितनी देर वह वहाँ खड़ी रहती वह खा जाने वाली नजरों से उसे घूरता रहता। शुरू में उसने गौतमा से मित्रता का प्रयास भी किया था, लेकिन गौतमा की रूखी प्रतिक्रिया से वह मन मसोस कर रह गया था। गौतमा के साथ मेल जोल बढ़ाने के लिए उसने और भी कई हथकंडे अपनाये। जैसे—एक दिन जब गौतमा घर से बाहर थी, तो वह देवेश को एक मिठाई का डब्बा थमा गया था। वह सुबह-सुबह ही बिना बुलाये गौतमा के घर आ धमका था, आत्मीयता का नाटक करते हुए ठेकेदार ने आँगन में खेल रहे देवेश को गोद में लेना चाहा तो गौतमा ने तेजी से आगे आकर बेटे को खुद ही उठा लिया, व हिकारत भरी नजरों से ठेकेदार की ओर देखकर बोली—

"कुछ काम है? इतनी सुबह मेरे घर आने का प्रयोजन?" गौतमा की आवाज में प्रकट हो रही कटुता को समझ वह एक क्षण के लिए खिसिया गया था। पर उसका तुच्छ व्यक्तित्व बिना तुच्छता प्रदर्शित किये कहाँ मानने वाला था।

"काम तो कुछ खास नहीं था, तुम्हारे घर के आगे से गुजर रहा था, सोचा तुम्हारे इस प्यारे से गुड्डे के साथ दो बातें कर लूँ। और अरे मुझे अचानक ही याद आ गया, कल मैं मोहन नगर गया था, वहाँ कल्लू हलवाई की दुकान पर मेरी नजर पड़ी। कमाल की कलाकन्द बनाता है कल्लू भी। सोचा तुम गाँव में नयी हो, तो तुम्हें भी कुछ स्वाद चखा दूँ। मैं तो मोहन नगर आये दिन जाता हूँ, ला दिया करूँगा। खायी तो होगी आपने भी कल्लू की कलाकन्द, आपको भी पसन्द आयी ना?" एक हाथ से अपनी मूँछों को मरोड़ता हुआ सोहन ठेकेदार घिनौनी नजरों से गौतमा को घूरता चला जा रहा था। गौतमा का मन हुआ कि उबलता हुआ पानी उसके मुँह पर फेंक कर दे मारे। लेकिन वह उससे अधिक उलझना नहीं चाहती थी।

"मेरे बेटे को मेरी ही तरह मिठाइयाँ पसन्द नहीं हैं, इसलिए दुबारा लाने की कोई जरूरत नहीं है। और कल की मिठाई हम लोगों को पसन्द आयी या नहीं इसकी बात गंगा से पूछ लो, क्योंकि सारी मिठाई उसी ने खायी है।" गौतमा ने सोचा कि ठेकेदार को दूर रखने के लिए उतना ही पर्याप्त था। पर सोहन था लातों का भूत, बातों से वह कहाँ मानने वाला था। गौतमा के मुँह से ऐसी जली कटी सुनकर वह और भी तिलमिला गया था। गौतमा ने उसका खुले मुँह से अपमान किया था, जिसे वह चुपचाप सहन करने में असमर्थ था। अतः शराफत

का मुखौटा उतार कर वह भी अपनी असलियत पर उतर आया, व गौतमा की ओर अपनी लाल आँखें तरेर कर बोला, "निहायत ही बदतमीज औरत है तू। अकेली है, सोचकर तेरी मदद करना चाहता हूँ, और तू है कि घर में आये मेहमान की बेइज्जती कर रही है। तू है कौन? और आयी कहाँ से है तू?"

सोहन गुस्से में काँप रहा था, उसे देख गौतमा मन ही मन भयभीत हो उठी थी। पर ये वक्त मन के भय पर नियन्त्रण रखने का था, सोहन के समक्ष डर को प्रकट करना उसकी जीत की घोषणा कर देने के समान था। अतः मन में साहस बटोरकर उसने भी ऊँचे स्वर में ठेकेदार को जवाब दिया, "मैं जो भी हूँ, जहाँ से भी आयी हूँ, तुझे उससे क्या मतलब? ये गाँव तेरे पिता की जागीर नहीं है कि जिसे मर्जी उसे तू अपना गुलाम बना ले। भला चाहता है तो निकल जा इस घर से, अभी इसी वक्त वरना।"

"वरना क्या? धक्का मार के निकालेगी? तो आजमा क्यों नहीं लेती? बदजुबान कहीं की।"

गौतमा के आँगन में हो रहा वार्तालाप थोड़ी ही देर में एक बड़ा विवाद बन चुका था। ठेकेदार के साथ गौतमा का स्वर भी तीव्र हो चुका था। उस दिन इतवार था, सौभाग्यवश उस दिन मास्टर जी घर पर ही थे। वे कुछ ही देर पूर्व अपने नियमित गीता पाठ से निवृत्त हुए थे, व अपने कक्ष में बैठे सब सुन रहे थे। जब उन्हें लगा कि बाहर लड़ रहे प्रतिद्वन्द्वियों में क्रोध व उत्तेजना बढ़ती चली जा रही है और स्थिति नियन्त्रण से बाहर होने वाली है तो वे बाहर आँगन में आ गये और सोहन की ओर देख कर बोले, "ठेकेदार जी, आपको सुबह-सुबह क्या सूझी जो यहाँ चले आये। और एक अकेली औरत के घर आकर उससे बदसलूकी करने में आपको क्या तनिक भी लज्जा नहीं आती?"

मास्टर जी के एकाएक बाहर चले आने से ठेकेदार एक क्षण को सकपका सा गया था, मास्टर जी उस वक्त घर पर ही थे उसे नहीं पता था। वह सफाई देते हुए बोला, "मास्टर जी बदसलूकी मैं नहीं, ये औरत कर रही है। अजीब है ये स्त्री, इसकी मदद करना चाहो तो आक्रमण करना चाहती है, और तो और, घर में आये मेहमानों से बात करने का हुनर तक नहीं है इसमें।"

"लेकिन ठेकेदार जी, जरा दिमाग लगाइए जब ये आपको जानती ही नहीं हैं तो आप इनके मेहमान कैसे? और जब तक ये अपने मुँह से न कहें तब तक आपको भी इनकी मदद करने की क्या जरूरत है? इसलिए मामले को यहीं रफा दफा कीजिए। नहीं तो छुट्टी के दिन सुबह-सुबह बखेड़ा करने से आपके साथ-साथ मेरा दिन भी खराब होगा।" ठेकेदार जानता था कि वहाँ उसकी दाल

अब और न गलने वाली थी, मास्टर जी ने व्यवधान डाल कर सारा खेल खत्म कर दिया था। इसलिए अपमान व खिसियाहट से भरा मन लेकर वह अपने घर की तरफ चला गया था।

गौतमा देवेश को उठाये आँगन में ही खड़ी थी। स्तब्ध व क्रोधित होकर वह दूर जाते ठेकेदार को देखती रही। जैसे ही सोहन ठेकेदार उसकी आँखों से ओझल हुआ, वह वस्तुस्थिति से अवगत हुई, उसके मन पर छाया क्रोध अचानक ही विषाद में बदल गया। भय व अपमान के कारण आँखों में घिर आये मेघों को वह चाहकर भी न रोक पायी थी, और वह फूट-फूट कर रोने लगी। उसके गालों पर अविरल अश्रुधारा बह रही थी। 'अभी तो थोड़ा ही समय हुआ है, ऐसे नीच व कुत्सित विचारों वाले न जाने कितने लोगों से जूझना होगा उसे, कैसे सह पायेगी वह इतने आघात, कैसे सह पायेगी वह इतने अपमान, और इनसे भी अधिक ये कि ठेकेदार जैसे लोगों से खुद को कैसे बचा पायेगी वह?' उसका मन, पीड़ा व भय से अत्यन्त विचलित हो गया था। सामने मास्टर जी खड़े थे, पर यह जानते हुए भी कि किसी अपरिचित व्यक्ति के आगे आँसू बहाना कोई शोभनीय कार्य न था, वह खुद को रोकने में असमर्थ थी। कुछ देर पूर्व हुई घटना से वह इतना दहल चुकी थी कि उसने अपनी भावनाओं पर नियन्त्रण खो दिया था। माँ को देख देवेश भी विचलित-सा हो गया था, व माँ के पैरों से लिपट खुद भी रोने की भूमिका की तैयारी में प्रतीत होता था। स्थिति का मुआयना कर मास्टर जी ने देवेश को अपने पास बुला लिया व उसका ध्यान बँटाने के लिए आँगन में एक ओर गिरी रबर की गेंद को उठाकर दूसरी ओर लुढ़का दिया। डगमगा कर दौड़ता हुआ देवेश एक ही क्षण में सब भूल कर, गेंद उठाने के लिए चल पड़ा था, और तब मास्टर जी ने गौतमा की ओर देखकर कहा, "अब ऐसे रोने से क्या लाभ? जहाँ आँसू पोंछने वाला कोई न हो तो वहाँ उन्हें बहाने से भी क्या लाभ? कुछ देर पहले जिस साहस से आपने उस दुष्ट सोहन का सामना किया, अब उस साहस में इतनी कमजोरी क्यों?"

"मैंने ऐसा क्या बिगाड़ा है इस नीच पापी का, जिसके कारण मुझे सदा इससे भयभीत रहना पड़ता है? पहले गाँव के खेत व रास्तों में ही इसका भय था, अब वह घर पर आकर भी मुझे डराना चाहता है।" गौतमा ने सिसकियों से रोते हुए कहा।

"लेकिन यदि आप ऐसे ही डर गयीं तो ठेकेदार के लिए आसानी हो जायेगी, और उसका उद्देश्य भी जरूर पूरा हो जायेगा।" धीर-गम्भीर स्वर में बोले थे मास्टर जी।

"लेकिन मैंने क्या बिगाड़ा है उसका? आखिर वह मुझसे चाहता क्या है?"

मास्टर जी—"अकेली होकर आपने उसके आगे घुटने नहीं टेके, यही दोष है आपका, और वह चाहता है तो मात्र आपका शोषण, और कुछ नहीं। एक सलाह है आपके लिए, ठेकेदार कमीना आदमी है, उसके सामने यूँ कमजोर हो जाना कोई बुद्धिमत्ता नहीं। याद रहे, दुर्बल व्यक्ति का शोषण करना अधिक आसान होता है, और शत्रु के सामने दुर्बलता का प्रदर्शन कदापि ठीक नहीं है।"

"तो मैं क्या करूँ?" गौतमा ने पूछा।

"वो मैं नहीं जानता, पर इतना जानता हूँ कि जब तक आप अपना साहस कवच नहीं उतारेंगी तब तक आप अधिक सुरक्षित रहेंगी। इसलिए अभी आप रोना बन्द कीजिए। वैसे भी बालक के सम्मुख माँ का इस तरह रोना उसके विकास के लिए अच्छा नहीं है। मैं पास में ही रहता हूँ, यदि कभी कोई आवश्यकता आन पड़े तो मैं मदद के लिए सदैव तैयार हूँ।" बिना अधिक कहे मास्टर जी अपने द्वार से अन्दर चले गये, व कुछ देर बाद गौतमा भी देवेश को लेकर अपने कक्ष में चली गयी।

एक जमाने बाद एक अपरिचित व्यक्ति के मुँह से सहानुभूति के शब्द सुनकर, न चाहते हुए भी गौतमा खुद को न रोक पा रही थी। वह पहले से भी अधिक भावुक हो गयी थी। उसे लगा कि वह दहाड़ मार कर रोये, पर अभी कुछ ही देर पूर्व मास्टर जी ने बालक के मुँह पर न रोने की सलाह दी थी, इसलिए उसने देवेश को उसका झुनझुना पकड़ा कर बाहर के कक्ष में बिठा दिया, व अपनी साड़ी के पल्लू का एक बड़ा-सा गोला बनाकर अपने मुँह में ठूँस कर कुछ समय के लिए अन्दर के कक्ष में चली गयी थी।

किसी तरह वह दिन तो बीत गया, पर उस रात गौतमा को अत्यन्त असहाय व अकेले होने की अनुभूति हुई थी। सुबह ठेकेदार के साथ हुई मुठभेड़ को वह सारा दिन अपने दिमाग से नहीं निकाल पायी थी। भय, शंका, घृणा व वितृष्णा के भावों से दिन भर जूझती रही थी वह। देवेश के साथ इस समय सारा संसार भी नींद की सम्मोहिनी माया में सो गया था, पर गौतमा की आँखों में दूर-दूर तक नींद न थी। देवेश की बगल में लेटे-लेटे ही लालटेन की रोशनी में वह खुरदरे सीमेंट से पलास्टर की गयी दीवारों को ताके जा रही थी। 'जीवन में ये सब क्या हो गया, कैसे हो गया, और क्यों हो गया?', सोच कर उसका मन घबराने लगा था। 'भवानी शंकर के बिना कैसे कटेगा पहाड़-सा दुर्गम यह जीवन? कैसे कटेंगी युगों से भी लम्बी काली रातें? कैसे रख पायेगी वह ठेकेदार जैसे भेड़ियों को अपने से दूर?' सोचते-सोचते उसका मन पहले से भी अधिक व्याकुल हो उठा। उसे लगा

उसका गला बन्द होने को है, धीरे से देवेश को एक ओर खिसकाकर वह पलँग से उठ खड़ी हुई व कक्ष में चहल कदमी करने लगी। तभी उसका ध्यान दीवार पर बनी खूँटी पर गया। खूँटी पर भवानी शंकर का कुर्ता ज्यों का त्यों टँगा था। कुर्ते को देखते ही उसके मन का समुद्र फिर से उमड़ पड़ा, और भावनाओं का ज्वार पहले से अधिक प्रबल हो गया था। व्यस्तता के कारण पिछले कई दिनों से वह भवानी शंकर को ठीक से याद भी न कर पायी थी, इसलिए बरबस ही उसका हाथ खूँटी पर चला गया और उसने कुर्ते को उतार कर अपने पास ले लिया। लेकिन यह क्या हुआ! क्षण भर के लिए उसके हाथों में पड़े कुर्ते पर एक स्पन्दन हुआ था, अत्यन्त जीवन्त स्पन्दन। गौतमा को लगा जैसे उस कुर्ते में कुछ पलों के लिए भवानी शंकर चला आया था, उस क्षण को सदा के लिए कैद करना चाहती थी वह, लेकिन दूसरे ही पल में न वह स्पन्दन बचा था और न ही भवानी शंकर के जीवित होने का अहसास।

वह जानती थी कि कुछ देर के लिए उसके पास भवानी शंकर अवश्य मौजूद था क्योंकि कुर्ते में अभी भी उसकी गन्ध ताजा थी। भवानी शंकर से मिलने को उसका मन अत्यन्त अधीर हो गया था। भवानी शंकर के कुर्ते को सीने से लिपटाये वह गयी रात तक रोती रही थी, कभी उसके जीवन में आने के लिए उसका धन्यवाद करती हुई तो कभी उसके जीवन से चले जाने के लिए उसे कोसती हुई। आखिरकार जब मन कुछ शान्त हुआ तो वह रसोई से पानी पीकर आयी और वापस पलँग पर लेट गयी।

मन का तूफानी ज्वार अब धीरे-धीरे लौट रहा था, पर आँखों से नींद अभी भी दूर थी। सुबह की घटना पर वह फिर से विचार करने लगी। लेकिन इस बार ठेकेदार को याद कर वह डरी नहीं, बल्कि क्रोध से भर उठी थी। 'उस कमीने व्यक्ति को वह मुहतोड़ जवाब देगी', उसने मन ही मन निश्चय किया। मन में साहस का संचार भरते ही अब उसे दिन के अपने रोने का स्मरण हो आया, सोच कर वह दुःखी नहीं, वरन् ग्लानि महसूस करने लगी। 'समाज के सम्मुख कमजोर न होने की कसम खायी थी उसने, और आज वह एक छोटी-सी घटना पर बालकों की तरह आँसू बहाने लगी थी! ये उसे क्या हो गया है? आने वाला समय तो और भी कठिन हो सकता है तो क्या वह ऐसे ही कायरों की भाँति परायों के मुख पर आँसू बहाती रहेगी? भवानी शंकर के दिये आत्मबल को ऐसे ही क्षीण होने देगी? कल जब वह भवानी शंकर से मिलेगी तो क्या उत्तर देगी उसे? यही कि जिस गौतमा को वह सिंहनी समझता था, वह एक भीगी बिल्ली निकली! या जिसके व्यक्तित्व से प्रभावित होकर वह सारे संसार का त्याग कर आया था,

वह थोड़े से दुःख को झेल पाने में असमर्थ हो गयी थी। क्या वह अपनी ऐसी ही कमजोरियों से भवानी शंकर जैसी महान आत्मा को लज्जित करती रहेगी'? 'नहीं, वह ऐसा नहीं होने देगी।' मास्टर जी ने सही कहा था कि रोने से कुछ भी हासिल न होने वाला था, अतः स्वयं को कमजोर होने से बचाना होगा, उसे मजबूत बने रहना होगा, अपनी समस्याओं का निवारण स्वयं ही करना होगा। उसे किसी के सहारे व दया दृष्टि की कोई आवश्यकता नहीं है। भवानी शंकर का प्रेम व बल है उसके पास, वह लड़ लेगी, सारे संसार से लोहा लेगी। उसने मन ही मन निर्णय लिया था। रात बहुत हो गयी थी, उसकी सूजी हुई पलकें नींद से बोझिल प्रतीत हो रही थीं। उसने भवानी शंकर के कुर्ते को एक बार अपनी पलकों से चूमा, फिर नाक के पास ले जाकर एक गहरी साँस से उसकी गन्ध को आत्मसात करने का प्रयास किया। तत्पश्चात कुर्ते को बगल में बिछाकर वह देवेश के पास ही सो गयी थी।

चुनौतियाँ

भवानी शंकर की मृत्यु को एक वर्ष होने को था। गौतमा को विश्वास न था कि अपने प्रियतम के जाने के बाद वह इतने लम्बे समय तक जी भी पायेगी। लेकिन समय को किसकी परवाह रहती है, उसका पहिया तो निरन्तर ही घूमता रहता है, और उसके रथ में सवार यात्री को अपने गन्तव्य तक की यात्रा करनी ही होती है, वह चाहे या न चाहे। गौतमा का जीवन भी ऐसे ही चला जा रहा था। समय के रथ में मन्द गति से वह भी अनिच्छा से आगे बढ़ी जा रही थी। यद्यपि उसका व्यक्तिगत जीवन दर्द से भरा था फिर भी बागमती गाँव के इस प्रवास में इतने ही समय में उसने अधिकांश लोगों के मध्य अपना एक विशेष स्थान बना लिया था। ग्रामवासियों के घरों में आने व जाने वाले पत्रों को बाँचना व लिखना उसके नियमित कार्यों में से एक था। उसके व्यक्तित्व में कुछ तो विशेष था, जिसके कारण उसे ग्रामवासी दूसरों से भिन्न समझते थे। कई ग्रामवासियों को तो ये लगता था कि गौतमा के पास उनकी सारी समस्याओं का समाधान था। गाँव की स्त्रियों के फटे पुराने कपड़ों की मरम्मत के अलावा, वक्त बेवक्त उनके छोटे मोटे घावों की मरहम पट्टी तक कर देना उसका दैनिक कार्य बन चुका था। गौतमा को ये सब करने में सुख ही मिलता था, क्योंकि ऐसा करने से उसका मन बँट जाता था और कुछ समय के लिए भवानी शंकर को खोने का दुःख थोड़ा कम हो जाता था।

यूँ तो बागमती के जीवन को उसने काफी हद तक साध लिया था, फिर भी आये दिन किसी न किसी चुनौती से उसे लड़ना ही होता था। छोटी-मोटी समस्याओं से वह अधिक न घबराती थी, पर सोहन ठेकेदार के साथ जुड़ी कोई भी समस्या छोटी कब होती थी! ठेकेदार के कारण उसका मन एक अनजाने भय से सदैव डरा रहता था। गौतमा के आँगन से सोहन ठेकेदार का बरामदा साफ दिखता था। गौतमा को ऐसा लगता कि ठेकेदार की धूर्त आँखें उसे उसके अपने घर तक में चैन से नहीं जीने देती थीं। जिस समय मास्टर जी घर पर हों तभी

वह निर्भय होकर घर के अन्दर व बाहर, अपना काम काज सुचारु रूप से कर पाती थी, क्योंकि मास्टर जी की मौजूदगी में ठेकेदार उस ओर कम ही आता था। पर गाँव में घर के अन्दर बैठ कर जीवन नहीं बिताया जा सकता, इसलिए बागमती के उन सँकरे रास्तों में आये दिन ठेकेदार से यदा कदा सामना हो ही जाता था। यदि वह जरा भी असावधान रहती तो ठेकेदार उससे रगड़कर चलना न भूलता था। मन व मुख पर घृणा का भाव लिए वह चुपचाप निकल जाती, क्योंकि उस दुष्ट के मुँह लगने का अर्थ था कीचड़ में पत्थर फेंकना। वह किसी से झगड़ा मोल नहीं लेना चाहती थी। वह एक सात्विक जीवन जीना चाहती थी, सीधा व सरल।

इधर मास्टर जी का व्यक्तित्व भी गौतमा की तरह ही गुप्त था। प्रातः उठ कर सन्ध्या पूजन के बाद गीता के कुछ श्लोकों का जोर से अध्ययन करने के बाद ही अपने दिन की शुरुआत करना उनकी आदत थी। शुरू में गौतमा को यह मात्र अनर्गल प्रलाप प्रतीत होता था, पर लगातार सुनने से गीता के प्रति उसकी भी रुचि जागने लगी थी। अब श्रीमद गीता की पंक्तियों के स्वरों से ही गौतमा की सुबह भी होती थी। जब मास्टर जी श्लोकों का हिन्दी अनुवाद कर उच्च स्वर में उनकी व्याख्या करते, तो गौतमा भी दीवार से अपने कान सटाकर बैठ जाती। महीनों से गीता ज्ञान का रसपान कर गौतमा को अब ऐसी अनुभूति होने लगी थी कि उसके दुखों का मर्म गीता के सिवा और किसी में नहीं है।

इतने पास में रहने के बाद भी मास्टर जी यदा कदा ही गौतमा से बातें किया करते थे। वह भी किसी कारण से ही। उस लाल ईंटों के दो द्वारों में रह रहे वे दो अपरिचित, अपना-अपना इतिहास छुपाये साथ-साथ जीवन बिता रहे थे, किसके अतीत में क्या छुपा है, न कोई जानना चाहता था और न कोई बताना। लेकिन जीवन में कब, किसकी जरूरत पड़ जाये ये कौन जानता है? गौतमा के साथ भी ऐसा ही कुछ हुआ था।

पौष माह की बात है, जब दो दिनों से देवेश पर चढ़ आया हल्का ताप, रात को अचानक ही तेज हो गया था। गौतमा ने सारे घरेलू उपचार कर डाले थे, पर ताप था कि उतरता ही न था। उसने सोचा कि सुबह होते ही बेटे को लेकर वह मोहन नगर डॉक्टर के यहाँ ले जायेगी। लेकिन अभी रात के कुल दस ही बजे थे, देवेश को ज्वर बढ़ता जा रहा था, उसे खाँसी के साथ-साथ श्वास लेने में भी कष्ट होने लगा था। साँसें लेने के लिए संघर्ष करते देवेश को देखकर गौतमा अत्यन्त घबरा गयी थी। सुबह होने में बहुत देर थी 'कहीं देवेश को कुछ हो गया तो? ले दे कर यही तो एकमात्र पूँजी थी उसके पास, पहले से ही बिगड़ा भाग्य

कहीं और अधिक रूठ गया तो!' सोचकर सिहर गयी थी वह। उसने आव देखा न ताव, वह आँगन में दौड़ी चली आयी और बदहवासी में उसने मास्टर जी के द्वार पर जोर से दस्तक दे डाली। मास्टर जी सो चुके थे, पर गौतमा ने द्वार को इतने जोर से पीटा था कि उनकी तुरन्त ही आँख खुल गयी।

"कौन है?" उन्होंने अन्दर से ही पूछा।

"मैं हूँ गौतमा, मास्टर जी, जरा देवेश को देख दीजिए वह बहुत बीमार है।" वाक्य का अन्त करने से पहले ही गौतमा रो पड़ी थी।

"आप उसके पास जाइए मैं दो मिनट में आता हूँ।" सफेद धोती व काला गाँधी कोट पहने मास्टर जी दो मिनट से पहले ही देवेश को देखने चले आये। देवेश साँसें लेने के लिए संघर्ष कर रहा था, मास्टर जी ने अपनी टॉर्च से उसके मुँह पर रोशनी डाली, उसकी नाक से हरे रंग का पदार्थ रिस रहा था। फिर टॉर्च बन्द कर मास्टर जी ने उसके माथे पर हाथ रखा, उनके मुँह पर चिन्ता की लकीरें उभर आयी थीं।

"देवेश को अस्पताल ले जाना होगा।"

"अभी?" गौतमा ने पूछा।

"हाँ, अभी, क्योंकि मुझे लगता है कि इसे निमोनिया हो गया है, और निमोनिया में समय से उपचार न होना खतरनाक हो सकता है।" किसी तरह अर्ध रात्रि होने तक गौतमा व मास्टर जी, देवेश को लेकर मोहन नगर के अस्पताल पहुँचे। मास्टर जी सही थे, डॉक्टर ने बताया कि यदि उस रात देवेश को अस्पताल न ले गये होते तो अनर्थ हो सकता था। रात भर गौतमा को ढाढस बँधाते मास्टर जी गौतमा के साथ अस्पताल में ही रुके रहे, व सुबह होने पर जब डॉक्टर ने देवेश के खतरे से बाहर होने की सूचना दी, तब मास्टर जी गौतमा से विदा ले घर चले गये।

गौतमा तीसरे दिन देवेश को ले कर घर लौटी थी। उसी दिन ही शाम को स्कूल से लौटने के बाद मास्टर जी, देवेश की खबर लेने चले आये थे। गौतमा के घर में वे आज दूसरी बार आये थे। देवेश ठीक था, उसने मास्टर जी का मुस्कराकर स्वागत किया। बदले में वे भी मुस्करा दिये थे। गौतमा ने देखा उनकी मुस्कराहट में उनका व्यक्तित्व और भी प्रतिभाशाली लग रहा था। गौतमा के पास उनका धन्यवाद करने को शब्द नहीं थे, पुत्र को जीवनदान देने में मदद करने वाले व्यक्ति के लिए कृतज्ञता के भाव से भर उठी थी वह।

"परसों रात आपको कष्ट देने के लिए मैं क्षमा चाहती हूँ, वो देवेश इतना बीमार हो गया था कि मेरी समझ में ही नहीं आया कि मैं क्या करूँ?"

"क्षमा माँग कर छोटा मत कीजिए मुझे, बेटा इतना बीमार था, आप मुझसे नहीं कहतीं तो किससे कहतीं? मेरा मतलब है कि सबसे पास में रहने वाला मैं ही हूँ, उतनी रात बीमार बेटे को घर में अकेला छोड़कर आप और किसके यहाँ मदद माँगने जातीं?"

मास्टर जी विशाल व्यक्तित्व वाले पुरुष थे। कोई उनके प्रति कृतज्ञ हो, उन्हें पसन्द न था। उस रात कुछ देर तक देवेश से बातें कर जब मास्टर जी अपने घर जाने के लिए तैयार हुए तो गौतमा की ओर मुड़कर बोले, "देवेश स्वस्थ हो गया है, मुझे बहुत खुशी है। बस अभी मैं चलता हूँ। हाँ मैं कुछ दिनों के लिए बाहर जा रहा हूँ, आप देवेश का खयाल रखियेगा और साथ में अपना भी।" उस रात गौतमा ने घर की ओर मुड़ते हुए मास्टर जी की आँखों में ऐसा कुछ देखा था, जो नया था। और न जाने क्यों उस भाव को देखकर अनमनी-सी हो गयी थी वह।

देवेश अभी पूरी तरह ठीक भी न हुआ था कि ठेकेदार ने गाँव में ये अफवाह फैला दी कि गौतमा व मास्टर जी के मध्य कुछ ऐसा चल रहा है जो एक विधवा औरंत के साथ नहीं चलना चाहिए। गौतमा बुरी तरह कुपित हो उठी थी। पर-पुरुष के साथ इस तरह से उसका नाम जोड़ना कितनी गिरी हुई हरकत थी। पर ठेकेदार से उसे और क्या उम्मीद हो सकती थी, वह एक बहुत ही तुच्छ इंसान था। 'वह ठेकेदार जैसे महत्त्वहीन लोगों से अपना मन विचलित नहीं होने देगी और मास्टर जी के प्रति अपने मन में कोई दुर्भाव न पैदा होने देगी', उसने मन ही मन सोचा व अपने काम काज पर लग गयी।

मास्टर जी इन दिनों बहुधा बाहर चले जाते थे। कहाँ जाते थे, व क्यों जाते थे, कोई नहीं जानता था, गौतमा भी नहीं। वैसे भी उसके व मास्टर जी के मध्य बेवजह कोई भी वार्तालाप नहीं होता था। इसलिए मास्टर जी जहाँ कहीं भी जाते थे उसे इससे कोई लेना देना न था। लेकिन उनकी अनुपस्थिति में ग्राम प्रधान जी रोज ही गौतमा के घर का एक आध चक्कर जरूर लगा लेते थे। गौतमा को यह बात बाद में पता चली थी कि ऐसा वे मास्टर जी के आग्रह पर गौतमा की सुरक्षा के लिए किया करते थे। जो भी हो, गौतमा को प्रधान जी का अपने घर आना प्रिय था, क्योंकि प्रधान जी सदैव उसे अपने बाबू का स्मरण करवाते थे। एक दिन ऐसे ही सुबह ज़ब गौतमा आँगन में बैठ कर देवेश को नहला रही थी, प्रधान जी यूँ ही घर पर चले आये थे। गौतमा ने दरी बिछाकर उन्हें बैठने का आग्रह किया। प्रधान जी बैठ तो गये, पर आज उनके मुँह पर छायी गहरी चिन्ता व उदासी को गौतमा ने परख लिया था। उसे उन्हें ऐसा देख बहुत दुःख पहुँचा

क्योंकि उसकी नजरों में प्रधान जी अच्छे व्यक्ति थे, वे उसकी बहुत इज्जत करते थे व यथासम्भव उसकी मदद के लिए भी तैयार रहते थे।

इन दिनों बेटे व पत्नी की बीमारी ने प्रधान जी की सारी खुशियाँ लूट ली थीं। गौतमा के आँगन में बैठे प्रधान जी पचपन की उम्र में सत्तर के पार के नजर आ रहे थे। उस समय गौतमा देवेश को स्नान करा रही थी। स्नान के बाद देवेश को वस्त्र पहनाकर गौतमा ने अदरक कूट कर प्रधान जी के लिए चाय बनायी व गिलास उनकी ओर थमा कर बोली, "कैसे हो प्रधान चाचा? मेरे घर आज बहुत दिनों बाद आये हो, कोई विशेष बात?"

"कैसा हो सकता हूँ बेटी, एक ओर एकमात्र जवान बेटा बीमार है और दूसरी ओर पत्नी है, जो गठिया के कारण पानी की लुटिया उठाने में भी असमर्थ है। मेरी कहानी तो ऐसी ही है, खैर तुम अपने बारे में बताओ। कुछ ही दिन पहले पता चला कि पिछले महीने तुम्हारा बेटा बहुत बीमार हो गया था। क्षमा करना, घर के झंझटों में फँसकर मैं इतने दिनों खबर लेने तक न आ पाया।"

"हाँ चाचा, निमोनिया हो गया था मेरे देवेश को। पर प्रभु की कृपा से अब वह बिल्कुल ठीक है। आप बताइए प्रमोद कैसा है? भुवाली में उसकी सेहत में कुछ तो सुधार हुआ है ना?"

"हाँ बिटिया, प्रमोद के ऊपर कुछ तो आशा बँधी है'' फिर चाय का गिलास नीचे रख प्रधान जी ने कुछ क्षण मौन रखा तत्पश्चात एक लम्बी साँस छोड़कर गौतमा की ओर देखकर बोले, ''दरअसल बेटी, मैं कुछ ऐसे ही सिलसिले में तुमसे एक विशेष बात करने आया हूँ, लेकिन कहूँ कैसे, समझ नहीं आ रहा?"

"प्रधान चाचा, मैं बेटी के समान हूँ आपकी, मुझसे कहने में इतना संकोच कैसा? जो भी कहना हो कहें।" गौतमा बोली।

"बेटी", प्रधान जी बोले, "प्रमोद की बीमारी में बहुत पैसा लग गया है, खोखला हो गया हूँ मैं। बेटे को भुवाली भेजने के लिए उस सोहन के बच्चे को पहले ही आधी जमीन बेच चुका हूँ। ऊपर से सात सौ रुपया और कर्ज लिया था उससे, जिसे मैंने अपनी पहाड़ की पुश्तैनी जमीन बिक जाने पर सूद समेत लौटाने का वायदा किया था। जमीन बिकने वाली है, चार-छह हफ्तों में पैसा मिल भी जायेगा, पर इस ठेकेदार को न जाने क्या हो गया है। ये अगले ही सप्ताह सारे पैसे वसूलना चाहता है, कहता है कि उसके पैसे तुरन्त वापस करूँ नहीं तो वह ये मकान, जिसमें तुम रह रही हो व इसके आस-पास की जमीन हड़प लेगा। पटवारी को भी बुला लिया है इस लालची सूअर ने।"

"फिर उसके पैसे वापस क्यों नहीं कर देते चाचा।" गौतमा बोली।

"होते तो जरूर करता, पर कहाँ से करूँ। आधी जमीन पहले ही गँवा चुका हूँ, अब अगर बाकी की आधी भी बेच डाली तो मेरे घर में भुखमरी हो जायेगी। मेरा बेटा स्वस्थ हो भी जायेगा तो अन्त में उसके खाने पकाने के लिए मेरी दो चार बीघा जमीन भी न बच पायेगी। पर करूँ क्या, ठेकेदार खतरनाक किस्म का आदमी है बेटी, वह मेरा ये मकान व इसके आस-पास की जमीन लेकर ही रहेगा। इसलिए मैं तुम्हें सावधान करने आया हूँ कि इससे पहले कि यह मकान ठेकेदार की अंटी में जाये, तुम अपने लिए कोई और ठिकाना ढूँढ़ लो। क्योंकि बेटी, इस नीच आदमी के साथ न मित्रता अच्छी और न व्यापार। इसलिए बड़ा परेशान हूँ बेटी, इधर मास्टर जी भी कई दिनों से बाहर हैं, उनसे भी कुछ सलाह लेता तो। कब तक आयेंगे तुम्हें कुछ पता है?"

"नहीं चाचा मुझे नहीं पता। लेकिन चाचा, आप ठेकेदार के पैसे लौटा दीजिए। ब्याज मिलाकर कितने रुपये होते हैं उसके?"

"पूरे आठ सौ अट्ठासी, बहुत बड़ी रकम है बेटी, लेकिन तुम क्यों पूछ रही हो?" गौतमा ने उत्तर नहीं दिया। वह सीधा अन्दर चली गयी और थोड़ी ही देर में कपड़े में बँधी एक गठरी उन्हें थमाती हुई बोली, "ये लो प्रधान चाचा, इसमें पूरे एक हजार रुपये हैं, मार दो उस बेईमान ठेकेदार के मुँह पर, और कह दो उससे कि दुबारा कभी उसने आपकी जमीन की ओर देखा भी तो आप उसकी आँखें निकाल देंगे।" प्रधान चाचा को अपनी आँखों पर विश्वास ही न हो रहा था। इतने सारे पैसे वे गौतमा से कैसे ले सकते थे, उनके हाथ काँप रहे थे और उनके होंठ भी।

"ब—बेटी, इतने सारे पैसे मैं तुमसे कैसे ले सकता हूँ, तुम औरत जात हो, अकेली हो, मैं भला...।"

"रख लो चाचा।'' गौतमा बोली, ''पुश्तैनी जमीन जब बिक जायेगी तो लौटा देना। ये पैसे मेरे पति छोड़ गये थे, मैंने नहीं कमाये हैं। उनकी कमाई किसी जरूरतमन्द के काम आयी है, देखकर उन्हें भी सन्तोष होगा। इसलिए रख लीजिए, उधार है।" गौतमा ने पोटली पुनः प्रधान जी के हाथ में थमा दी थी। प्रधान जी ने खाट के नीचे से चाय का गिलास वापस उठाकर घूँट भरना चाहा पर उनका गला रुँध गया और आँखें भर आयी थीं। आज उन्होंने भावनाओं को छुपाने का प्रयास भी नहीं किया, क्योंकि एक लम्बे जमाने से ऐसा करते-करते वे थक गये थे। उन्होंने अपने कन्धे से हरे रंग का गमछा उतारा व अपना मुँह पोंछ कर साफ किया, फिर चाय का गिलास जल्दी ही खाली कर दिया।

प्रधान जी ठेकेदार से कर्ज मुक्त हो गये थे। गौतमा जानती थी कि प्रधान

चाचा को पैसा देकर उसने उनकी जमीन फुटकर दामों में बिकने से बचायी ही न थी, वरन् ठेकेदार जैसे जहरीले साँप की पीठ पर करारा वार भी किया था। इसकी प्रतिक्रिया क्या होगी वह न जानती थी, पर इतना स्पष्ट था कि जैसे ही ठेकेदार को ज्ञात होगा कि पैसे की उघाई का स्रोत वह खुद है, क्रोध व बदले की भावना से तिलमिला उठेगा वह। क्योंकि यह बात प्रधान जी के साथ-साथ वह भी जानती थी कि ठेकेदार का मुख्य उद्देश्य प्रधान जी से पैसे लेना नहीं बल्कि गौतमा को परेशान करना था। और फिर वही हुआ जिसका भय था। गौतमा के मना करने के बावजूद प्रधान जी गौतमा द्वारा दिये गये पैसों की बात गुप्त न रख पाये, उन्होंने अपनी पत्नी को बता दिया था व अगले ही दिन ये बात पूरे गाँव में फैल चुकी थी।

अगले दिन सायं को जब गौतमा, गंगा को दुहकर घर लौटी तो आँगन में शराब के नशे में धुत लाल आँखें लिए सोहन ठेकेदार खड़ा था। वह उसके द्वार के ठीक आगे ऐसे खड़ा था कि बिना उसके एक ओर हटे गौतमा के लिए घर में प्रवेश करना मुश्किल था। वह मुँह से कुछ न बोला था, बस अपनी अँगारें बरसाती आँखों से उसे घूरे चला जा रहा था। गौतमा अन्दर ही अन्दर बहुत डर गयी थी, लेकिन उसके सामने अपना भय प्रकट कर वह कमजोर न होना चाहती थी। इसलिए आवाज में सख्ती व कटुता भरने का प्रयास कर वह बोली, “किसलिए आये हो मेरे घर?”

“कुछ पैसा उधार चाहिए था, जरूरत है, देगी? सुना है प्रधान जी को बड़े पैसे दिये हैं तूने, तो मैंने सोचा थोड़ा मैं भी माँग लूँ, लौटा दूँगा।” अपने तेल से चिपके बालों पर हाथ फिराते हुए सोहन ठेकेदार बोला।

“प्रधान जी को मैंने पैसे दिये या नहीं, ये उनके और मेरे मध्य है, तुम्हें इससे क्या सरोकार। और हाँ, तुम्हें देने के लिए मेरे पास एक भी धेला नहीं है, इसलिए अपना समय व्यर्थ मत करो। मेरे घर से चले जाओ, ऐसी फालतू बातों के लिए मेरे पास कोई समय नहीं है।” उस समय गौतमा हाथ में दूध का पतीला लिए थी। वह घर के अन्दर जाने का उपक्रम करने लगी, ये सोचकर कि उसे द्वार की ओर बढ़ता देख वह तुच्छ प्राणी एक ओर को हट जायेगा, लेकिन ऐसा न हुआ, वह दुष्ट ठेकेदार गौतमा की देहरी के ठीक मध्य में खड़ा हो गया। उसके साँसों से निकल रही शराब की दुर्गन्ध से पूरा आँगन भर गया था। गौतमा डर गयी थी। दिन अस्त हो चला था, आस-पास कोई न था, कहीं ये दुरात्मा कुछ नीचता न कर बैठे। उसके शरीर में भय की एक तेज लहर दौड़ गयी। ऐसे में अन्दर जाने का विचार शायद ठीक न था, इसलिए वह आँगन में थोड़ा बाहर

की ओर खड़ी हो गयी और ठेकेदार से बोली, "क्या चाहिए तुम्हें? मुझसे तुम्हारी किस चीज की दुश्मनी है सोहन ठेकेदार?"

"अरे-अरे, दुश्मनी? कैसी दुश्मनी? तुझ जैसी अप्सरा से भी भला कोई दुश्मनी कर सकता है? एक बार बस मुझे अपना यार बना ले, फिर देखना सारे सुख तेरे कदमों में डाल देगा ये तेरा जानी दुश्मन।" और सोहन गौतमा के बहुत करीब आकर उसका हाथ पकड़ने को आगे बढ़ा ही था कि गौतमा बिजली की गति से पीछे हटी और आँगन के कोने में पड़ी कुल्हाड़ी को कन्धे पर उठाकर बोली।

"खबरदार जो एक और कदम आगे बढ़ा, दो टुकड़े कर दूँगी।" सोहन ठेकेदार कुछ क्षणों के लिए सहम गया। लेकिन फिर गौतमा की बात को मात्र धमकी मानकर वह उसकी ओर कदम उठाता चला गया। तब गौतमा बुरी तरह भयभीत हो गयी थी। ठेकेदार कमीनेपन पर उतर आया था, उस विशालकाय व्यक्ति को आज न गौतमा और न ही उसकी कुल्हाड़ी रोकने में सक्षम थी। 'हे भगवान आज मेरी रक्षा करो, कहीं यह आज मुझ पर भारी पड़ गया तो अनर्थ हो जायेगा।' उसने मन ही मन प्रभु की गुहार की ही थी कि उसी क्षण उस झिट-पुट अँधेरे को चीरते हुए एक मानव आकृति ने आँगन में प्रवेश किया। और वह कोई नहीं, वरन् मास्टर जी ही थे।

"क्या चल रहा है यहाँ? क्यों इतना शोर है?" मास्टर जी कड़क स्वर में बोले।

"ये सोहन कमीना मेरे सतीत्व से खेलना चाहता है।" बोलते-बोलते गौतमा दहाड़ मार कर रोने लगी।

"क्या है ये सब सोहन ठेकेदार, अकेली औरत को परेशान करने में तुम्हें शर्म नहीं आती? ऐसा विचार भी आने से पहले तुम्हें चुल्लू भर पानी में डूब कर मर जाना चाहिए। निकलो यहाँ से, और दुबारा कभी इस ओर नजर भी दौड़ायी तो थाने में रिपोर्ट करवाकर जेल भिजवा दूँगा, समझे।"

"मुझे ही जेल भिजवाओगे या खुद भी चलोगे, मास्टर जी?" ठेकेदार मास्टर जी को घूरते हुए बोला।

"मैं क्यों जेल जाऊँगा? जो कुकर्म करेगा जेल की चक्की वही पीसेगा, जैसे कि तुम, ठेकेदार। इसलिए कहता हूँ कि खैरियत चाहते हो तो जल्दी से निकल लो, वरना जिन्दगी भर पछताते रहोगे।"

वाह रे मास्टर जी, आप भी कोई कम गहरे पानी में नहीं हो, खुद तो रोज गंगा में डुबकियाँ लगाते हो और मुझसे कहते हो कि मैं यदि हाथ भी धोने का प्रयास करूँ तो जेल जाना होगा। वैसे ये औरत जिसे आप गंगा समझते हैं, गंगा है नहीं। बहुत पता किया है इसके बारे में मैंने। ये रामगढ़ के पास के एक गाँव

शिवपुर के मुखिया की छोरी है, ससुराल से मुँह काला करके भागी है। इसलिए अपनी नाजायज सन्तान के साथ हमारे गाँव में सर छुपाने आयी है ये? बड़ी सतीत्व वाली बनती है, रंडी कहीं की।"

"जीभ पर लगाम दे सोहन, नहीं तो इसी कुल्हाड़े से कतर दूँगा, याद रखना।"

"अरे जाओ मास्टर जी, बहुत देखे हैं तुम जैसे जीभ कुतरने वाले मैंने। वैसे जिस औरत के लिए आप मुझसे पंगा लेना चाहते हैं ना, ये इस काबिल है नहीं। बहुत गन्दगी छिपी है इसकी गोरी चमड़ी के नीचे। मैं भी इसे छोड़ने वाला नहीं, इसकी असलियत को एक न एक दिन मैं सारे गाँव के सामने रख दूँगा, और उसकी ही नहीं, तुम्हारे भी मास्टर जी। विद्वान व सभ्य दिखाई देने वाला आपका ये मुखौटा, मैं सब के सामने बेनकाब कर दूँगा ताकि मैं ही नहीं, सारे गाँव वालों को तुम दोनों की काली करतूतों का पता चले।"

गन्दी गालियाँ निकालता हुआ ठेकेदार लड़खड़ाते कदमों से गौतमा के आँगन को पार कर अपने घर की ओर चला गया था, लेकिन इधर गौतमा के स्तब्ध मन और भय से शिथिल पड़े पैर आँगन से घर के अन्दर जाने में असमर्थ थे। दूध के पतीले को जमीन पर रखकर वह घुटनों में मुँह छुपाकर बुरी तरह रो रही थी। मास्टर जी भी अवाक खड़े थे। 'गौतमा पर एक भारी संकट आ सकता था', सोच कर वे स्वयं भी चिन्तित हो उठे थे। देवेश जो अब तक कक्ष से बाहर निकल आया था, जमीन पर बैठी रोती हुई माँ को कौतूहल भरी नजरों से देखे जा रहा था, क्योंकि कारण समझने के लिए वह अभी बहुत छोटा था। जब बड़ी देर तक भी गौतमा सामान्य नहीं हुई तो मास्टर जी को बोलना ही पड़ा।

"अब बस करो गौतमा, मैं पहले भी कह चुका हूँ कि तुम्हारे इस तरह बिलख कर रोने से देवेश के बाल मन पर दूरगामी प्रभाव होंगे। इसलिए खुद को संभालो, और भूल जाओ आज के बारे में। तुम मजबूत बनी रही तो वह ठेकेदार तुम्हारा कुछ नहीं बिगाड़ पायेगा।" लेकिन गौतमा के साथ मास्टर जी भी जानते थे कि उनकी बात में दम न था। शराब से बेकाबू होकर आज की शाम ठेकेदार कुछ भी करने में सक्षम था। लेकिन इस वक्त गौतमा के मन में और अधिक भय पैदा करने से कुछ भी हासिल होने वाला न था इसलिए किसी तरह समझा बुझा कर उन्होंने गौतमा को घर के अन्दर जाने को राजी किया था।

कुछ संयत होकर जब गौतमा ने घर के अन्दर जाने का उपक्रम किया तो उसे याद हो आया कि दूध का पतीला बाहर आँगन में ही छूट गया था। जमीन से अभी उसने पतीला उठाया भी न था कि उसे "धाम" की एक आवाज सुनायी दी, और उसके मुख से चीख निकल गयी। देहरी पर मास्टर जी चित्त पड़े थे।

वह तेजी से मास्टर जी के पास पहुँची। उसने मास्टर जी को हिलाया, वे चेतन थे। गौतमा की बाँह का सहारा लेकर वे धीरे से उठकर वहीं द्वार का टेक लगाकर सीधे बैठ गये थे।

“आप ठीक तो हैं ना?'' गौतमा ने पूछा, ''अचानक ही आप ऐसे गिर गये कि समझ ही नहीं आया। कहीं आपको कोई चोट तो नहीं लगी?”

“नहीं, मुझे किसी प्रकार की कोई चोट नहीं लगी। बस न जाने क्यों बदन में एकाएक इतनी शिथिलता आ गयी कि कुछ चक्कर-सा आ गया था, शायद दिन भर से भोजन करने का अवसर ही नहीं मिला इसलिए ऐसा हो गया होगा। पर अब मैं बिल्कुल ठीक हूँ, तुम मेरी चिन्ता छोड़ो और अपने घर जाकर खुद की व देवेश की देखभाल करो।” मास्टर जी को उठने के लिए बड़ा प्रयास करना पड़ा था। गौतमा जान गयी थी कि मास्टर जी बीमार थे। इसलिए थोड़ी देर बाद वह अदरक व तुलसी की चाय बना कर मास्टर जी को दे गयी थी, व जाते-जाते बोल गयी थी कि “फिलहाल आप ये चाय पीजिए। दिन भर यात्रा के बाद आपको शायद आराम की जरूरत है, इसलिए आप अपने भोजन के बारे में न चिन्तित हों, क्योंकि आज आपका भोजन मैं ही बनाऊँगी।”

मास्टर जी के लाख मना करने पर भी गौतमा न मानी थी। ‘इस व्यक्ति ने घोर संकट की घड़ियों में मेरी कितनी ही बार मदद की है’, गौतमा मन ही मन सोच रही थी, ‘और आज तो यदि ये देवपुरुष समय पर न आते तो’ सोचकर गौतमा अन्दर तक काँप उठी थी। कौन जाने अपने बारे में अपशब्द व झूठा लांछन सुनकर ही उनका स्वास्थ्य बिगड़ गया हो। घिनौने व घटिया आरोपों से भला कौन-सा नेक व भला इंसान क्षुब्ध न होगा? वह कुछ और अधिक नहीं कर सकती पर आज उस देवदूत के लिए वह कुछ अच्छा भोजन तो बना ही सकती थी।

उस रात गौतमा ने देवेश के साथ ही मास्टर जी के लिए भी रसोई में चौकी बिछा दी थी। गौतमा रोटियाँ सेंक रही थी। देवेश के साथ मास्टर जी भी गर्म रोटियों का आनन्द ले रहे थे। अब तक उन्होंने बहुत कम बातें की थी। गौतमा भी चुप थी। मास्टर जी अब तक चार रोटियाँ खा चुके थे, और जैसे ही गौतमा ने अगली रोटी मास्टर जी की थाली में परोसी वे बोले, “तुम्हारी रोटियाँ असाधारण रूप से मुलायम हैं, ये बात तुमसे किसी और ने कभी नहीं कही?”

“कही थी।”

“किसने।”

“भवानी शंकर ने।” गौतमा ने बिना सोचे समझे ही बोल डाला।

“क्या मैं पूछ सकता हूँ कि कौन भवानी शंकर?”

"मेरे पति भवानी शंकर, देवेश के पिता।" गौतमा बोली।

"तुम्हारी वेश-भूषा से लगता है कि तुम्हारे पति का देहान्त हो चुका है। क्या उनके अलावा तुम्हारा और कोई सम्बन्धी नहीं?" मास्टर जी ने पूछा।

"नहीं", गौतमा ने सीधा उत्तर दिया।

"वो ठेकेदार कह रहा था कि तुम्हारे पिता शिवपुर गाँव के मुखिया हैं। ये सच है?"

"हाँ", गौतमा का सपाट उत्तर सुन कर मास्टर जी एक बार हिचकिचा-से उठे थे, पर गौतमा के मुख पर छायी उदासी को देख वे अपने स्वर को और अधिक नम्र कर बोले, "तुम जैसी बहादुर व परिष्कृत महिला से ऐसा भी क्या अपराध हो गया, जिसकी वजह से तुम्हारे अपनों ने तुमसे सम्बन्ध ही तोड़ डाले।"

"लम्बी कहानी है।" गौतमा बोली।

"अभी खीर को ठंडा होने में देर है, और बिना खीर खाये मैं घर जाने वाला नहीं, इसलिए कहानी सुनाओगी तो तुम्हारा भी समय कट जायेगा, और मेरी खीर भी खाने लायक हो जायेगी। जहाँ तक धारणा बदलने का प्रश्न है तो कौन जाने, मेरे विषय में भी तुम्हारी धारणा बदल सकती है। जो भी हो, इसका पता तो कहानी सुनने के बाद ही चलेगा।" मास्टर जी बोले।

न जाने क्या था मास्टर जी के आग्रह में, कि उस रात गौतमा स्वयं को रोक न पायी थी। उसने अपनी जीवन पुस्तिका खोल कर मास्टर जी के सम्मुख रख दी थी। कई बार घटनाओं का उल्लेख करते हुए उसका गला अवरुद्ध हुआ था, और कई बार मन के बाँध को तोड़कर आँखों ने मर्यादा की सीमा त्यागी थी। पर वह रुकी नहीं, अपने अन्तरतम में छुपे सारे रहस्यों को उसने मास्टर जी के समक्ष निर्बाध खोल डाला था।

"खीर ठंडी हो गयी है", मास्टर जी बोले। अतीत की घटनाओं में बहकर गौतमा भूल गयी थी कि इस बीच देवेश सोने जा चुका था, उसे ये भी याद न था कि रोटी का आटा सूखकर उसके हाथों पर पपड़ी की तरह जम चुका था, न ही उसे ये ध्यान रहा कि घर आये मेहमान ने पेट भर खाना खाया था या नहीं, वह तो खो चुकी थी भवानी की यादों में, उसके बिछड़ने के गम में।

मास्टर जी द्वारा खीर का स्मरण कराते ही वह पुनः वर्तमान में लौट आयी। उसने कड़ाही को गौर से देखा, खीर पर मलाई की परत जम चुकी थी। उसे ग्लानि हो उठी ये सोच कर कि 'इस तरह भावनाओं में बह जाना क्या अच्छी बात थी?' उसने चूल्हे में दम तोड़ती लकड़ियों को फूँक मार कर फिर से जलाया व खीर की कड़ाही को पुनः आँच पर चढ़ा दिया। अपने विषय में उसने मास्टर

जी को बता तो दिया था पर अब वह मन ही मन चिन्तित थी कि कहीं उसका एकमात्र हितैषी, यह व्यक्ति भी उसके बारे में संसार के अन्य लोगों की तरह न सोचने लगे।

"गौतमा, तुम्हारी कहानी मुझे अन्दर तक छू गयी है। तुम्हारे पति से तो मैं बहुत ही प्रभावित हो गया हूँ। काश भवानी शंकर जीवित होते, मैं उन्हें अपने सर से टोपी निकाल कर सलाम ठोंकता। पाखंडी समाज को ठोकर मारकर उस पुरुष ने जैसा काम किया, वह असाधारण है। काश ऐसा ही कोई भवानी शंकर नन्दिनी के जीवन में भी आया होता।" और बातें करते हुए मास्टर जी एकाएक अत्यन्त गम्भीर हो उठे थे। उनके मुँह पर उभर आयी दर्द की रेखाएँ गौतमा की पैनी आँखों से छुप न सकी थी।

"नन्दिनी! कौन नन्दिनी?" गौतमा ने पूछा।

"लम्बी कहानी है, सुनाने लगा तो सुबह की चाय भी यहीं पीनी पड़ेगी। रात बहुत हो गयी है, और फिलहाल तुम अपनी चिन्ता करो गौतमा। ठेकेदार बुरी नीयत वाला आदमी है, वह तुम्हें यहाँ ठीक से जीने न देगा। तुम्हें कोई और विकल्प ढूँढ़ना होगा।"

"मेरे पास विकल्प नहीं है मास्टर जी। भवानी शंकर का साथ क्या छूटा कि जमाने की नजर ही बदल गयी है। मैं कहाँ जाऊँ? कहाँ से लाऊँ विकल्प?" गौतमा बोली।

"विकल्प मिल जायेंगे गौतमा, लेकिन प्रश्न ये है कि तुम स्वीकार कर सकोगी उन्हें?" इसके बाद मास्टर जी ने उपरोक्त विषय पर कोई चर्चा न की, वरन् अपने पेट पर हाथ फिरा कर वे उठ खड़े हुए व बोले, "ऐसा स्वादिष्ट भोजन मैंने आज एक लम्बे अन्तराल के बाद खाया है। मेरी नींद का समय हो गया है इसलिए अब मैं विदा लेता हूँ।" वे अपने घर चले गये। गौतमा सन्नाटे की मुद्रा में थी। आज शाम का घटनाचक्र कितना अजीब था, जो ठेकेदार के आगमन से शुरू होकर मास्टर जी के साथ अतीत के अनावरण पर समाप्त हुआ। उस रात जब गौतमा सोने गयी तो उसके मस्तिष्क में मास्टर जी नहीं, वरन् सोहन ठेकेदार का भयानक व घिनौना चेहरा घूम रहा था। 'कितना डर गयी थी वह', गौतमा मन ही मन सोच रही थी, 'वह व्यक्ति मेरे लिए जरूर संकट खड़ा करेगा। वह तो अच्छा हुआ जो आज सही मौके पर मास्टर जी आ गये, लेकिन फिर कभी ऐसा हुआ और मदद के लिए कोई न पहुँचा तो।' कल्पना कर गौतमा काँप उठी थी। बागमती में उसका रहना खतरे को आमन्त्रण देना है, पर वह जाये भी तो जाये कहाँ? बाबू और माँ जो अपने थे, उन्होंने इस एक वर्ष में कभी पलटकर

भी न देखा था। मास्टर जी कह रहे थे विकल्प है, पर उसे नहीं लगता कि उसके पास कोई दूसरा रास्ता है। और इधर वह ठेकेदार भी न जाने कैसे उसके विषय में इतना कुछ जान गया था।

'भवानी शंकर ने कहा था कि देवेश को कभी ज्ञात न हो कि उसके पिता एक व्याहता स्त्री को उठा लाये थे क्योंकि उन्होंने ऐसा क्यों किया वह कभी समझ न पायेगा। लेकिन इधर तो ठेकेदार को सब ज्ञात हो गया है, लेकिन उसने अब तक किसी को भी गौतमा के विषय में बताया नहीं है। यदि बताया होता तो चन्द्रा को अब तक जरूर ज्ञात हो जाता। ठेकेदार तो उससे बहुत चिढ़ता है तो उसने गौतमा का इतिहास अपने तक ही सीमित क्यों रखा है? क्या वह गौतमा के साथ खेल खेलना चाहता है?' गयी रात तक गौतमा के मन पर भारी चिन्ता व्याप्त रही थी। सुबह जब सूरज की किरणों ने खिड़की के झरोखों से दिन होने की सूचना दी तो वह हड़बड़ा कर खड़ी हो गयी। 'गंगा भूखी होगी', सोचकर वह तेजी से गौशाला की ओर दौड़ पड़ी।

घर आते समय उसकी नजरें स्कूल के लिए प्रस्थान करते हुए मास्टर जी पर पड़ी, उनके मुँह पर हमेशा की तरह वही तटस्थ मुस्कान थी, जैसे पिछली रात कुछ हुआ ही न हो।

इसी तरह दो दिन और बीत गये और मास्टर जी ने किसी भी बात पर कोई चर्चा न की। रोज ही वे देवेश से सुबह और शाम कुछ देर खेलने के बाद अपने घर के अन्दर चले जाते थे। उनकी ओर से ऐसी प्रतिक्रिया देख गौतमा के मन में पश्चात्ताप का भाव उमड़ आया था। प्रवाह में बहकर उसने अपनी सम्पूर्ण आत्मकथा मास्टर जी को सुना दी थी। 'वह एक गन्दी औरत है' लोगों की इस विचारधारा में शायद मास्टर जी भी शामिल हो गये हैं, अन्यथा इतनी बातें बताने के बाद वे कुछ तो सहानुभूति दिखाते', सोचकर वह ग्लानि महसूस कर रही थी। पर फिर खुद से खुद को ये समझाने का प्रयास भी कर रही थी कि 'चलो कोई बात नहीं, जब सारी दुनिया उसे कुलक्षिणी मानती है, तो मास्टर जी से ही क्यों अपवाद होने की उम्मीद लगाये बैठी है वह? वह भी तो इसी समाज का ही एक अंग हैं।' सोचने दो, जो जैसे सोचता है, वह किसी की भी बातों को अपने मन में घर न करने देगी, क्योंकि अपनी नजरों में उसने कोई अपराध नहीं किया है। भवानी शंकर उसका प्यार था, पाप नहीं। अतः कोई उसके बारे में क्या सोचता है, इसकी परवाह किये बिना वह जिन्दा रहेगी और देवेश के लालन पालन पर ही अपनी सारी ऊर्जा लगा देगी। वह खुद से ही सवाल-जवाब करने में तल्लीन थी कि, तभी उसके द्वार पर धीरे से दस्तक हुई।

'लगता है चन्द्रा आज सुबह-सुबह ही चली आयी है', गौतमा ने मन ही मन सोचा व "द्वार खुला है चन्द्रा, आ जाओ" कह कर घर के अन्दर से ही पुकार दी। द्वार धीरे से खुला पर आगन्तुक चन्द्रा न थी, मास्टर जी थे। वे अन्दर न आये वरन् देहरी पर ही खड़े होकर बोले, "कोई खास काम नहीं था, बस ये बताने आया था कि तीन दिनों के लिए मैं बाहर जा रहा हूँ। तुम अपनी व देवेश की सुरक्षा का खयाल रखना, वैसे मैंने प्रधान जी को भी कुछ संकेत दे दिया है इसलिए वे भी रोज शाम को इधर एक चक्कर लगा जायेंगे।"

फिर मास्टर जी ने अपने हाथ में पकड़ी गीता की एक प्रतिलिपि गौतमा को दे दी और बोले, "इसे रख लो, गीता है, ध्यान से पढ़ोगी तो अपनी कई समस्याओं का निदान इस गूढ़ ग्रन्थ में ही ढूँढ़ लोगी।" पुस्तक थमाकर मास्टर जी देहरी पर से ही मुड़कर वापस चले गये थे।

गौतमा ने पुस्तक को पलँग के पास ही दीवार पर बने आले में श्रद्धा के साथ रख दिया व अपने दैनिक कार्यों में संलग्न हो गयी थी।

घर के कामकाज में दिन तो बीत गया, पर सन्ध्या का आगमन होते ही गौतमा के मन का भय फिर बढ़ने लगा था, यह सोचकर कि मास्टर जी की अनुपस्थिति के कारण न जाने वह दुष्ट ठेकेदार यहाँ कब आ टपके। उसने जल्दी ही रात का भोजन पका कर काम समाप्त किया, फिर आँगन में पड़े कुल्हाड़े को अपने बन्द द्वार के ठीक पीछे रख लिया। 'आज यदि ठेकेदार यहाँ आया तो वह उसका काम तमाम कर डालेगी' उसने मन ही मन सोचा। लेकिन वह फिर भी बहुत भयभीत थी, अपने मन को झूठी दिलासा देने से भला मन का भय कैसे भागता? बगल के घर में मास्टर जी की अनुपस्थिति उसे आज से अधिक कभी न खली थी। वह अत्यन्त अकेला महसूस कर रही थी, इसलिए उसने देवेश को बड़ी देर तक सोने भी न दिया था। लेकिन वह बच्चा था, दुनिया के काले कारनामों से नितान्त अपरिचित व अनभिज्ञ, वह कुछ ही देर में सो गया था। रात के सन्नाटे में ऊँचे हो जाने वाले स्वरों के साथ-साथ छोटी-सी आहट पर भी गौतमा का मन भय से काँपने लगता था। बड़ी देर तक सोने का असफल प्रयास करने के बाद अन्ततः वह उठ खड़ी हुई। उसने लालटेन की बत्ती तेज करी व आले में पड़ी 'गीता' को उठा लिया।

रामायण के साथ-साथ बाबू को गीता पढ़ने का भी शौक था, लेकिन गौतमा ने आज पहली बार गीता पढ़ने का विचार किया था। पुस्तक पुरानी थी पर फटी न थी। लालटेन की रोशनी में गौतमा ने पुस्तक के आगे बनी तस्वीर को ध्यान से देखा। रथ से नीचे उतरा अर्जुन अत्यन्त क्लान्त व विचलित प्रतीत होता था, और

रथ पर खड़े श्री भगवान उतने ही शान्त व तेजस्वी। 'पुस्तक में सारी समस्याओं का समाधान निहित है', मास्टर जी के शब्दों को याद कर उसने पुस्तक खोल डाली। लेकिन ये क्या! पुस्तक के पहले पन्ने में ही उसके नाम का एक लिफाफा पड़ा था। 'पत्र! मेरे नाम का पत्र!' वह धीरे से बुदबुदाई। फिर बिना और कोई विचार किये उसने लिफाफा खोल डाला और सबसे पहले उसने पत्र भेजने वाले का नाम पढ़ा। 'श्रीधर माधव उपाध्याय, ये तो मास्टर जी का नाम है, वे उसे पत्र क्यों लिखने लगे?' सोचकर उसने पत्र पढ़ना शुरू किया।

"प्रिय गौतमा,

तुम्हें आश्चर्य हो रहा होगा कि तुम्हारी बगल में रहकर भी मैं तुम्हें पत्र लिख रहा हूँ। इसके दो कारण हैं, पहला ये कि कुछ बातें ऐसी हैं कि मैं उन्हें शायद अपने मुख से बयान न कर पाऊँ, और दूसरा कारण ये है कि सामने रहकर तुम्हारे कोप का भाजन न बनूँ।

गौतमा, मेरा तुमसे कोई न कोई सम्बन्ध जरूर है, इसका अहसास मुझे साल भर पहले उस दिन तांगे में ही हो गया था। जब तुम डरी व खोयी-सी इस गाँव में पहली बार आयी थी। और मेरा ये अहसास उस दिन विश्वास में बदल गया जब तुम मेरे बगल के घर में अपने बेटे देवेश के साथ रहने चली आयी। मेरा ये मानना है कि जीवन में किसी से मिलना या बिछुड़ना मात्र संयोग नहीं होता, बल्कि ये तो पूर्व निधारित है। यदि ऐसा न होता तो उस दिन ताँगे में तुम्हें देखकर मुझे वो अनुभूति न हुई होती जो वर्षों से न हुई है।"

गौतमा का दिल धड़कने लगा, 'ये मास्टर जी को क्या हो गया है, जानते हुए भी कि मैं भवानी की पत्नी हूँ फिर भी ऐसी ओछी बातें?' पर फिर भी पत्र को आगे पढ़ने से वह खुद को रोक न पायी थी।

"मैंने अपनी भावनाओं को कभी भी तुम पर उजागर नहीं होने दिया, ये सोचकर कि कहीं मेरे कारण तुम ये घर छोड़ने पर बाध्य न हो जाओ। तुम्हारे इतिहास में कुछ तो असाधारण था, यह बात तो मैं पहले ही समझ गया था, क्योंकि तुम जैसी रूपवान व विदुषी महिला से आज तक न कोई मिलने आया था और न ही किसी ने तुम्हें कोई पत्र ही भेजा। इसलिए नाहक ही अपने मन की बात व्यक्त कर मैं तुम्हारे जीवन को और कठिन नहीं बनाना चाहता था।

गौतमा, मैं स्वीकार करता हूँ कि मुझे तुमसे प्रेम हो गया है, आशा है तुम्हारे भी मन के किसी कोने में मेरे लिए भी कोई ऐसी ही भावना जागी हो।

लेकिन इन सबसे पहले तुम्हें मेरे बारे में सब कुछ जानना आवश्यक है। गौतमा, तुम्हारे इतिहास में दुःख है तो मेरे इतिहास में पीड़ा। पीड़ा ही नहीं, मेरे हाथों में खून भी है, नन्दिनी का खून। उस रात तुमने पूछा था कि नन्दिनी कौन थी? मैं तुम्हें आज नन्दिनी के बारे में ही नहीं, अपने बारे में भी सब कुछ बताना चाहता हूँ।

मेरा पूरा नाम श्रीधर माधव उपाध्याय है। मेरी उम्र अड़तीस वर्ष है। सोमेश्वर की हरी भरी घाटी का एक छोटा-सा गाँव मेरी जन्म भूमि है। गाँव में कोई स्कूल न था, इसलिए मेरे माता-पिता ने मुझे मेरे एक ताऊजी के यहाँ शिक्षा के लिए अल्मोड़ा भेज दिया था, जहाँ मैंने मैट्रिक तक की शिक्षा ली थी। मैं पढ़ाई में अच्छा था, मेरे ताऊ व गुरु की सलाह पर मेरे माता-पिता मुझे उच्च शिक्षा के लिए इलाहाबाद भेजने को तैयार हो गये। पर उन्हें डर था कि यदि मैं वहाँ किसी के प्रेम प्रसंग में फँस गया तो उनके पहाड़ी बहू के स्वप्न अधूरे ही रह जायेंगे। इसलिए कम उम्र का होने के बाद भी उस वर्ष मैट्रिक की परीक्षा के तुरन्त बाद उन्होंने पास के एक दूसरे गाँव की एक कन्या नन्दिनी से मेरा विवाह कर दिया।

नन्दिनी कैसी थी, ये मैं नहीं बता सकता, पर जब वह हँसती थी तो सोमेश्वर के झरने बेसुरे हो जाते थे। मेरे गाँव की मलमली घास से अधिक गुदगुदा था उसका बदन। सोमेश्वर की पतली पगडंडियों पर वह चलती न थी दौड़ती थी, और पेड़ों पर बन्दरों से भी अधिक फुर्ती से चढ़ जाती थी। जब कभी भी मैं उससे कहता कि वह बहुत सुन्दर है, तो उसके गालों का रंग बुरांस के फूलों की तरह सुर्ख हो जाता। वह मुझसे बहुत प्यार करती थी, और मैं उसका दीवाना था। लेकिन वह अभी बालिका ही थी, बहू बनने के योग्य नहीं।

जिस दिन मैं इलाहाबाद के लिए रवाना हुआ था, वह मुझसे गले मिलकर बहुत रोयी थी। वह मेरे साथ चलना चाहती थी, लेकिन मैं विद्यार्थी था और साथ में बहुत गरीब भी, उसे साथ ले जाने में असमर्थ था। चार वर्ष चार पलों में खत्म हो जायेंगे, उसे ऐसी झूठी दिलासा देकर मैं इलाहाबाद चला गया था। वे चार वर्ष मैंने कैसे बिताये, ये मैं ही जानता हूँ। कई बार चाहा कि गर्मियों के अवकाश में घर जाकर उससे मिल आऊँ, लेकिन उन दिनों सोमेश्वर से इलाहाबाद आना जाना कोई मामूली बात न थी। हफ्तों की यात्रा थी, न मेरे पास इतना समय था और न ही पैसा। मैं उससे मिलने न जा सका। उसकी याद में मैंने उसके लिए अनगिनत पत्र लिखे, लेकिन कभी भेजे नहीं, क्योंकि वह अनपढ़ थी। मैं हर रोज पत्र लिखता, फिर उन्हें

खुद ही पढ़ लेता। किसी तरह चार युगों से भी लम्बे वे चार वर्ष बीते। जिस दिन आखिरी परीक्षा खत्म हुई थी, बिना एक घड़ी देर किये मैं अपने गाँव के लिए निकल पड़ा था। कई दिनों की उस यात्रा में कोई संगी था तो नन्दिनी के खयाल। और जब मैं घर पहुँचा तो जो मैंने देखा व सुना, वह आज इतने वर्षों बाद भी मेरे बदन में दुःख की ज्वाला भर देता है। गाँव पहुँचने पर जब नन्दिनी कहीं न दिखी, तो घर वालों ने बताया कि उसने एक दिन हमारे ही बगीचे में सेव के पेड़ से फाँसी लगाकर आत्मघात कर लिया था। ऐसा क्यों किया, ठीक से कोई नहीं बता पाया, लेकिन वह बच्ची थी मेरे माता-पिता के साथ-साथ अन्य लोगों को भी उसका बालपन भाता न था, इतना तो मैं भी जानता था। मेरी नन्दिनी खुद तो चली गयी पर मेरे लिए उसके बिना जीवन जीना असम्भव था। जिस पेड़ पर लटक कर उसने गले में फंदा डाल लिया था, मैं हर रोज वहीं उसी सेव के पेड़ के नीचे बैठ कर उसे वे सारे पत्र सुनाया करता था जो मैं उसे कभी नहीं भेज पाया। मुझे ऐसा देख माँ-बाप को लगा कि मैं विक्षिप्त होने वाला हूँ, तो उन लोगों ने बिना मुझसे सलाह लिए किसी और से मेरा विवाह तय कर दिया। उनकी ऐसी संवेदनहीनता से उनके प्रति मेरा आक्रोश, घृणा में बदल गया। अगले ही दिन मैं गाँव समेत माता-पिता का त्यागकर वापस इलाहाबाद चला गया। मुझे वहाँ के महाविद्यालय में पहले ही प्रवक्ता की नियुक्ति मिल चुकी थी। मन व्यस्त रहे, इसलिए मैंने वह नौकरी ले ली थी। मैं जीता रहा हूँ लेकिन नन्दिनी की मौत की जिम्मेदारी, सदैव मेरा पीछा करती रही है। वह कितनी अकेली थी, इसकी कल्पना करने से ही मेरा मन व्यथित हो जाया करता है। कौन जाने वह कितने कष्टों में रही होगी, काश वह साक्षर होती तो मुझसे अपना दुःख लिख कर बाँट लेती। काश तुम्हारे भवानी शंकर जैसा कोई देवता उसके भी जीवन में आया होता व उसे अपने साथ ले गया होता, कम से कम वह जिन्दा तो होती, और मेरे इन हाथों में उसके खून के निशान तो न होते।

नन्दिनी के जाने के बाद जब कहीं भी मुझे चैन न मिला तो मैं गीता की शरण में चला आया। तब से लेकर आज तक 'मैं ही मरता हूँ व मैं ही मारता हूँ', श्रीकृष्ण जी की इन पहेलियों में उलझकर नन्दिनी की मौत को भूलने का प्रयास करता रहा हूँ मैं।"

गौतमा को सहसा महसूस हुआ कि आँसुओं से उसका पत्र गीला हो चुका था। नन्दिनी के दुःख में वह भी भावुक हो चली थी। वह चाहती थी कि मास्टर

जी का पत्र समाप्त ही न हो। उसने चादर के कोने से ही अपनी आँखें पोंछ लीं व आगे पढ़ना शुरू किया।

"मेरे मन में सदैव यही बात रही है कि यदि नन्दिनी पढ़ी-लिखी होती तो शायद आज जीवित होती। हो सकता है ये मेरा मात्र भ्रम हो, लेकिन जैसा मेरी नन्दिनी के साथ हुआ है वैसा किसी और की नन्दिनी के साथ न हो, ये सोचकर मैंने यहाँ से दूर देहरादून के पास देवराजपुर गाँव में एक स्कूल खोलने का निश्चय किया है। गाँव की सीमा पर स्थित ये स्कूल बच्चों के लिए, विशेष कर लड़कियों के लिए लाभदायी होगा। पिछले तीन वर्षों से मैं बहुधा वहीं आता-जाता रहा हूँ। देवराजपुर की आबादी कम है पर वहाँ बहुत सारी जमीन सस्ते दामों पर उपलब्ध है, इसलिए मुझे वहाँ पर किसी विशेष कठिनाई का सामना नहीं करना पड़ा। मैं ये सब तुम्हें इसलिए बता रहा हूँ गौतमा, क्योंकि मैं ये चाहता हूँ कि तुम भी मेरे साथ वहीं चलो। उस इलाके में हमारे व्यक्तिगत जीवन को कोई नहीं जानता। देवेश की स्वस्थ परवरिश के लिए उसे पिता का नाम देना आवश्यक है, देवराजपुर में रहकर मैं ऐसा आसानी से कर भी पाऊँगा। तुम भी अभी युवा हो और साथ में बहुत सुन्दर भी। हैवानों की भीड़ में ठेकेदार अकेला नहीं है, कदम-कदम पर जीवन को जहर बना देने वाले शैतानों से भरी पड़ी है ये दुनिया। इसलिए गौतमा, मैं विकल्प तुम पर छोड़ता हूँ। कोई भी निर्णय लेने के लिए तुम्हें कभी भी मेरा कृतज्ञ होने की आवश्यकता नहीं है, बल्कि कृतज्ञ तो मैं तुम्हारा रहूँगा, क्योंकि तुम जैसी नरम रोटियाँ मुझसे नहीं बन पातीं। मैं देवराजपुर से तीन दिन बाद लौटूँगा और अगले सप्ताह मैं सदा के लिए बागमती गाँव छोड़ दूँगा। अब तुम्हें चयन करना है कि मैं यहाँ से अकेले प्रस्थान करूँ या तुम्हारे साथ।

चाहो तो तुम्हारा अपना
श्रीधर माधव उपाध्याय।"

चयन

उस रात मास्टर जी का पत्र पढ़ने के बाद गौतमा की आँखों से रही सही नींद भी उड़ चुकी थी। मास्टर जी के जीवन का वृत्तान्त अनोखा व दर्द भरा था। कौन सोच सकता था कि इतने सुशील व सौम्य दिखने वाले मास्टर जी के दिल में दर्द का इतना बड़ा तूफान है। कुछ देर तक नन्दिनी के बारे में सोचने के बाद वह मास्टर जी के प्रस्ताव पर सोचने लगी। 'यदि वह यहाँ से चली गयी तो कम से कम ठेकेदार से तो पीछा छूट ही जायेगा', पर तभी भवानी शंकर के प्रति विश्वास घात की भावना से उसे स्वयं पर घृणा हो आयी। मन ही मन सोचने लगी 'क्या हो गया है उसे, एक आदमी के डर से वह भवानी शंकर के प्रेम को ठुकराकर किसी गैर मर्द के साथ चली जाय! छि, ऐसा विचार उसके मन में आया भी कैसे' उसने मन ही मन लताड़ा था खुद को।

गौतमा ने सोने का प्रयास किया पर नींद थी कि पूरी रात पास फटकी ही नहीं। और प्रातः जब सूर्य देव ने दर्शन दिये तो वह देवेश को बिस्तर पर सोया छोड़कर खुद बाहर आँगन में चली आयी। अभ्यास वश उगते सूरज को प्रणाम करने के लिए उसने पूर्व की ओर मुँह कर हाथ जोड़ने का प्रयास किया ही था कि उसकी नजर अपने घर के बरामदे में खड़े ठेकेदार पर जा पड़ी। वह सुबह-सुबह खाली जाँघिया पहने पहलवानी का अभ्यास कर रहा था। गौतमा को देखकर वह अपने कन्धों को जोर-जोर से ऐसे पीटने लगा था जैसे वह उसकी मर्दानगी पर लुटने वाली थी। गौतमा को ऐसा भी लगा था कि जैसे ठेकेदार ने उसकी ओर देखकर कोई अश्लील-सा इशारा किया था। 'लो आज का दिन भी गया', वितृष्णा व घिन से भरा मन लेकर वह वापस अन्दर चली आयी थी। आज फिर सुबह से ही उसका मन उद्विग्न हो उठा था। ठेकेदार जैसे निम्न कोटि के इंसान को एक बार देख लेने भर से सारा दिन खराब हो जाने की सम्भावना थी, यदि ऐसे इंसान से रोज का पाला पड़ने लगे, तो जीवन कितना दूभर हो जायेगा? अभी तो कम से कम मास्टर जी हैं जिनके कारण इसके मनमानी करने पर रोक

लगी रहती है, लेकिन उनके चले जाने के बाद इस आदमी पर कौन अंकुश लगाएगा? गाँव के सारे लोग इससे वैसे ही भय खाते हैं तो भला गौतमा के लिए कौन अपनी सुरक्षा को जोखिम में डालेगा? 'मुझे यहाँ से कहीं दूर चले जाना चाहिए, जहाँ इसकी छाया भी मेरे व देवेश के पास तक न फटक सके', गौतमा ने मन ही मन सोचा। 'लेकिन ठेकेदार जैसे व्यक्ति क्या और जगह नहीं होंगे?' उसने मन में सोचा। 'ऐसे शैतानों से दुनिया भरी पड़ी है', मास्टर जी ने कहा था। इस बीच कई बार उसका ठेकदार से सामना भी हुआ और हर बार उसके मन में यही भाव आया कि किसी भी स्थिति में उसे बागमती गाँव का जल्द ही त्याग करना होगा। अन्यथा उसकी सुरक्षा संकट में थी। अगले तीन दिनों तक गौतमा ऊहापोह में ही डोलती रही थी। 'क्या उसे मास्टर जी का प्रस्ताव स्वीकार कर लेना चाहिए?' सोचकर वह पहले से भी अधिक विचलित हो उठती थी।

उस दिन शाम को मास्टर जी आने वाले थे। उन्हें क्या उत्तर देगी वह नहीं जानती थी, पर वह मास्टर जी से बात जरूर करेगी, सोचकर वह घर के कामों में जुट गयी। पर मन में बार-बार एक ही विचार उठता था कि एक बार मास्टर जी यहाँ से चले गये तो वह नितान्त अकेली रह जायेगी और ऊपर से सोहन ठेकेदार का रात-दिन का भय उसके मन को अशान्त व भयभीत किये जा रहा था। उस दिन दोपहर के बाद जब वह देवेश को सुलाने के लिए कुछ देर उसके पास लेटी तो कई दिनों से ठीक से न सो पाने के कारण घड़ी भर के लिए साथ में उसकी भी आँख लग गयी।

"संशय कैसा गौतमा?" भवानी शंकर की आवाज बहुत स्पष्ट थी।

"भवानी शंकर! तुम कहाँ हो?" उसने चारों और देखा, पर वह नजर न आया।

"मैं तो यहीं हूँ तुम्हारे पास, तुम मुझे कहीं और क्यों ढूँढ़ रही हो गौतमा? और तुमने मेरे प्रश्न का उत्तर नहीं दिया?"

"कौन-सा प्रश्न?" गौतमा ने पूछा।

"यही कि मास्टर जी के साथ जाने में तुम्हारे मन में इतना संशय क्यों?"

"ये तुम पूछ रहे हो भवानी शंकर? तुम जानते हो मैं तुमसे कितना प्यार करती हूँ। कैसे जा सकती हूँ मैं किसी अन्य पुरुष के साथ? और तुम कैसे मेरे सामने इस तरह का प्रस्ताव रख सकते हो भवानी? क्या तुम मुझसे प्रेम नहीं करते?" गौतमा रुआँसी हो चली थी।

"प्रेम करता हूँ पगली, तभी तो कहता हूँ कि तुम्हें मास्टर जी के साथ चले जाना चाहिए।"

"मैं ऐसा हरगिज नहीं कर सकूँगी भवानी शंकर। हम दोनों के पवित्र प्यार को मैं ऐसे कभी भी कलंकित न होने दूँगी", गौतमा ने दृढ़ता से उत्तर दिया।

"हमारा प्यार कैसे कलंकित हो सकता है गौतमा, हमारा प्यार तो सूक्ष्म है, चारों ओर विद्यमान है, और स्थूल भी जो देवेश के रूप में तुम्हारे पास है। वह भला कैसे कलंकित हो सकता है? बल्कि इस प्यार को कलंकित होने से बचाने के लिए ही तुम्हें यहाँ से जाना होगा गौतमा।"

"तुम कहना क्या चाहते हो भवानी, मैं ठीक से समझ नहीं पा रही हूँ।" गौतमा बोली।

"गौतमा, यहाँ बागमती गाँव में तुम व देवेश, दोनों ही अत्यन्त असुरक्षित हो। सारी दुनिया में एक मास्टर जी ही हैं जो तुम दोनों को सुरक्षा कवच प्रदान कर सकते हैं। उन्हें तुम्हारी जरूरत है, और उनसे भी अधिक तुम्हें उनकी। इसलिए तुम यहाँ से बिना किसी अपराध बोध के उनके साथ चली जाओ। और हाँ, ये आवश्यक है कि अपनी इस यात्रा में तुम मुझे यहीं छोड़ जाओ, अन्यथा यह अन्याय होगा, मेरे, तुम्हारे व मास्टर जी के साथ भी।"

बीच स्वप्न में ही गौतमा की नींद टूट गयी थी, इतनी जल्दी आँख खुलने से वह खुद पर झल्ला गयी थी, 'काश कुछ क्षण और मिलते।' भवानी शंकर कहीं न था पर उसके स्वर अभी भी गौतमा के कानों में गूँज रहे थे। उसने कमरे के चारों कोनों में नजर दौड़ायी, दीवार पर टँगे भवानी के कुर्ते में आज फिर से वही हल्का स्पन्दन था, 'क्या भवानी की आत्मा वहाँ थी या वह बाहर चल रही हवा के झोंके का प्रभाव था?' वह नहीं जानती थी। पर उसने फिर से कुर्ते को खूँटी से उतारकर अपने हृदय से लगा लिया था। "तुम्हें मुझे यहीं छोड़कर जाना होगा", उसे लगा कि भवानी की आवाज एक बार फिर से उसके कानों के अन्दर गूँज गयी थी।

ठीक एक सप्ताह बाद–गौतमा आज सुबह-सुबह बागमती गाँव से विदा ले रही थी। मास्टर जी उसे व देवेश को अपने साथ देवराजपुर ले जा रहे थे, इस बात से कई लोगों में हो रही खुसर-पुसर से गौतमा पूरी तरह अवगत भी थी। मास्टर जी ने कहा था, वह लोगों की चिन्ता न करे, क्योंकि वहाँ से सैकड़ों कोस दूर देवराजपुर भूगोल के नक्शे पर एक नगण्य जगह थी, और वहाँ तक पहुँचने के लिए बागमती ग्राम के लोगों में न सामर्थ्य था, और न ही उन्हें कोई आवश्यकता थी।

सुबह ही दो ताँगों में सामान लादा गया। उनमें से एक में मास्टर जी की किताबें थीं। देवेश के कपड़ों व खिलौने के अलावा गौतमा ने अपना अधिकांश

सामान वहीं गाँव में ही बाँट दिया था। गंगा को चन्द्रा ने रख लिया था। प्रधान जी के साथ चन्द्रा भी उन्हें छोड़ने तांगे तक आयी थी। विदाई के उन क्षणों में चन्द्रा बहुत रोयी थी। प्रधान जी, गौतमा के एक हजार रुपये पहली शाम को ही लौटा गये थे। उनकी पुश्तैनी जमीन बिक चुकी थी, और दो दिन पहले ही प्रमोद भी भुवाली से पूर्ण स्वास्थ्य लाभ कर लौट आया था। गौतमा ने उन्हें जब अन्तिम बार नमस्कार किया तो वे अपने आँसुओं को रोक न पाये, और भरे गले से उसकी ओर देखकर बोले थे–

"बेटी, मैं नहीं जानता कि तुम यहाँ हमारे गाँव में कहाँ से व कैसे चली आयी, लेकिन मैं ये जरूर जानता हूँ कि तुम यहाँ क्यों आयी। तुम यहाँ मेरे परिवार को बर्बाद होने से बचाने के लिए आयी, मैं आजीवन तुम्हारा ऋणी रहूँगा।" प्रधान जी की बातें सुन कर गौतमा के नेत्र भी भर आये थे। अभी प्रधान जी से वार्तालाप चल ही रहा था कि तभी उसकी नजर सामने से आते ठेकेदार पर पड़ी। ठेकेदार उसकी ओर ही देख रहा था, इस बार गौतमा ने उससे नजरें बचाने का प्रयास नहीं किया बल्कि शेरनी की तरह अपनी आँखें बड़ी कर जलती नजरों से उसका जवाब दिया। गौतमा की तेज नजरों से ठेकेदार बुरी तरह सहम गया था, और कन्नी काटकर एक किनारे से ऐसे निकल गया कैसे कोई डरा हुआ सियार हो। ताँगे में बैठने से पहले गौतमा ने हाथ का थैला, जो अब तक बगल में दबा कर रखा था, सामने किया, कुछ क्षणों तक काँपते हाथों व भरी आँखों से निहारने के बाद उसे गली के कोने पर बैठे गरीब लोहार को थमा दिया था। यह बात उसने किसी को न बतायी कि उस थैले में भवानी का एक कुर्ता व उसके एक जोड़ी नये जूते थे, जिन्हें वह बरेली से अपने साथ लिए आज तक घूम रही थी।

आगे के ताँगे पर, मास्टर जी देवेश के साथ बैठे थे और पीछे के ताँगे पर बहुत सारे सामान के साथ गौतमा। घोड़े ने चाबुक की फटकार सुनी और ताँगा आगे की ओर बढ़ चला, और पीछे छूट गया बागमती गाँव का ये पड़ाव भी। उसे लगा था कि यहाँ वह अपना पुराना सब कुछ छोड़ कर जा रही थी, यहाँ तक कि अपने भवानी शंकर को भी। लेकिन उसके साथ उसका सन्दूक अभी भी चल रहा था, जिसका उसे खयाल ही न था।

नयी शुरुआत

देवराजपुर में रहते गौतमा को चार वर्ष बीत गये थे। देवेश सात वर्ष का होने को था, उसने अभी-अभी नन्दिनी प्राथमिक विद्यालय से पहली कक्षा पास की थी। विद्यालय के प्रधानाचार्य स्वयं मास्टर जी थे। गाँव में सब लोग कहते थे कि मास्टर जी का पुत्र बहुत प्यारा व हँसमुख है, यदि कोई उससे पूछे कि उसका नाम क्या है वह बड़े उत्साह से उत्तर देता 'देवेश चन्द्र उपाध्याय'। गौतमा का जीवन भी समय के साथ सामान्य हो चला था। मास्टर जी जैसे आदर्श पुरुष के हाथों में उसके पुत्र का बचपन बीत रहा है, यह सोचकर प्रसन्न हो उठती थी वह। मास्टर जी ने एक पिता की ही नहीं, वरन् पति की भूमिका भी बखूबी निभायी थी। शास्त्रानुसार उन दोनों ने विवाह कभी न रचाया, पर एक दूसरे के लिए उनके प्रेम व समर्पण में कभी किसी प्रकार की कमी न थी। मास्टर जी गौतमा की हर बात का सम्मान किया करते थे, और गौतमा उनकी प्रत्येक बात का समर्थन। भवानी शंकर को गौतमा कभी न भूली थी, बल्कि उसकी स्मृतियों को अपने मन की किताब के पन्नों के बीच बन्द कर सँभाल दिया था उसने।

भवानी शंकर की तुलना में मास्टर जी के प्रति उसके प्रेम में शोलों का ताप न था, पर गंगा जल की शीतलता थी, नदियों की चंचलता नहीं, वरन् सागर की गहराई थी, हवाओं का वेग नहीं, वरन् चट्टानों का ठहराव था। वे दोनों जानते थे कि वे एक दूसरे का पहला प्यार न थे, पर फिर भी उनका प्यार सत्य था व पवित्र भी। गौतमा चाहती थी कि वह मास्टर जी को भी पिता बनाकर सन्तान सुख भोगने का अवसर दे पर नियति में ऐसा न लिखा था, इसलिए उनका ये स्वप्न कभी पूरा न हो पाया। लेकिन अपनी खुद की सन्तान न होने का मास्टर जी को कोई दुःख न था। देवेश में उन्होंने अपना ही पुत्र पा लिया था। गौतमा व देवेश के प्रेम से अभिभूत हो उन्हें स्वयं भी स्मरण न था कि देवेश उनका अपना रक्त नहीं था।

तीन प्राणियों का वह परिवार सुखी था। हरी ऊँची दीवारों वाला वह मकान

जिसमे गौतमा पिछले दो वर्षों से रह रही थी, देवराजपुर की पहचान बन गया था। मास्टर जी ने गौतमा की रुचि व देवेश के विकास को ध्यान में रखते हुए अपने हाथों से उस मकान का नक्शा बनाया था। इस वर्ष चैत्र माह में गौतमा के घर में बिजली भी आ चुकी थी। गौतमा के अतिरिक्त गाँव में मात्र दो और घरों में बिजली लगी थी। गाँव की उस शानदार हवेली में, गौतमा सुखी थी इसलिए नहीं कि उसे पैसे या हवेली का शौक था बल्कि इसलिए कि इस समाज में सर उठाकर चलने से उसे अब कोई टोकने वाला न था, और इसलिए भी कि देवेश के जीवन में पिता का स्थान अब रिक्त न था।

गौतमा व देवेश के प्यार के गंगा जल से वर्षों से मास्टर जी के मन की सतह पर जमा आक्रोश का मैल भी अब धुल चुका था। उन्होंने अपने माता-पिता व गाँव को, नन्दिनी की मौत के दोषारोपण से मुक्त कर दिया था। दुर्भाग्य वश इस बीच उनके माता-पिता स्वर्ग सिधार गये थे, इसलिए वे उनसे न मिल पाये थे। अब वर्षों बाद उन्हें अपनी जन्म भूमि से भेंट करने की तीव्र इच्छा जाग उठी थी, वे अपने गाँव जाना चाहते थे। गौतमा चाहती थी कि मास्टर जी अकेले ही अपने गाँव की यात्रा पर जायें लेकिन मास्टर जी दूरदर्शी थे, 'बड़ा होकर देवेश अपने परिवार के बारे में जानना चाहेगा', ये सोचकर वे देवेश व गौतमा को भी अपने घर परिवार से मिलाना चाहते थे और साथ में माता-पिता व नन्दिनी का श्राद्ध भी करना चाहते थे। सोमेश्वर जाने के प्रस्ताव पर गौतमा अधिक उत्साहित इसलिए न थी, क्योंकि यहाँ का रास्ता अल्मोड़े से निकलता था, और उसे भय था किं कहीं अतीत का स्मरण कराने उसे वहाँ कोई परिचित मिल गया तो! लेकिन ऐसा कुछ घटित होने पर मास्टर जी ने स्थिति को खुद ही नियन्त्रित करने का आश्वासन दिया था, ये कहकर कि "तुम निश्चिन्त रहो गौतमा, मैं सब सँभाल लूँगा।" अतः उनके आग्रह को मानकर उस वर्ष गर्मियों के अवकाश में वे तीनों लोग एक सप्ताह के लिए मास्टर जी के गाँव सोमेश्वर के लिए रवाना हो गये थे।

सोमेश्वर की यात्रा बहुत लम्बी, पर सुखद थी। वहाँ मास्टर जी के छोटे भाई गंगाधर उपाध्याय व उनके परिवार से मिलकर गौतमा का मन गदगद हो उठा था। वे लोग बहुत प्रसन्न थे, इसलिए कि देर से ही सही पर अन्ततः मास्टर जी ने अपनी जन्म भूमि की सुध ले ली थी, और इसलिए भी कि उन सबको क्षमा कर उन्होंने दूसरा विवाह भी कर डाला था। देवेश का परिचय मास्टर जी ने अपने पुत्र के रूप में ही दिया था। उस वर्ष वे तीनों लोग पूरे एक सप्ताह सोमेश्वर में रहे थे। पहाड़ों की सुन्दरता व सीधे सरल लोगों को गौतमा ने आज

पहली बार एक नयी नजर से देखा था। 'स्थान या लोग बुरे नहीं होते बल्कि हमारी मानसिकता बुरी होती है', इस निष्कर्ष पर पहुँची थी वह।

ग्रीष्म का अवकाश खत्म हो गया था और उसके साथ ही सावन की झकाझोर बरसात का आगमन, अर्थात् धानों की खेती का समय भी। गाँव में दो ही व्यक्ति थे, जो बड़े जमींदार थे, एक तो मास्टर जी खुद, व दूसरा खजान चन्द। खजान चन्द देवराजपुर के गाँव का सोहन ठेकेदार था, ये बात गौतमा को यहाँ आते ही ज्ञात हो गयी थी। यद्यपि मास्टर जी की ख्याति व रौब के आगे इन दिनों गाँव में खजान चन्द की कुछ अधिक न चलती थी। फिर भी आये दिन गाँव में गरीब लोगों को तरह-तरह की प्रताड़ना देने की अपनी रोजमर्रा की दिनचर्या से वह बाज न आता था। इस वर्ष भी हमेशा की तरह गाँव के सारे ही गरीब मजदूर गौतमा के खेतों में धान की रोपाई के लिए चले आये थे क्योंकि खजान चन्द की तुलना में मास्टर जी उनसे उचित व्यवहार व अधिक अच्छा पारितोषिक देकर काम करवाया करते थे। आखिरकार खेती बंजर न रह जाय, इसलिए झक मारकर खजान चन्द को भी मजदूरों का वेतन बढ़ाना पड़ा था। प्रतिद्वन्दी होने से गौतमा के परिवार से, खजान चन्द और भी नफरत करने लगा था, पर ऐसे निम्न कोटि के लोगों के लिए मास्टर जी व गौतमा के पास कोई समय न था, और न ही कोई आवश्यकता।

जिस वर्ष गौतमा सोमेश्वर गयी थी, उसी वर्ष से मास्टर जी कुछ अस्वस्थ रहने लगे थे। इधर जाड़ों में उनकी तबियत कुछ अधिक गिर गयी थी। मकर संक्रान्ति की वह सुबह गौतमा को आज भी याद है, जब मास्टर जी गीता का पाठ कर बरामदे में बिछी दरी पर से उठने का उपक्रम कर रहे थे कि उन्हें जोर का चक्कर आ गया था। इधर कई दिनों से उन्हें एक अजीब-सी कमजोरी का अहसास रहता था। गौतमा के लाख कहने पर भी वे अब तक वैद्य के पास जाने को तैयार नहीं हो रहे थे। लेकिन उस दिन बड़ी देर तक अचेत रहने के बाद उन्होंने जब आँखें खोली तो गौतमा ने उन्हें अपना निर्णय सुना दिया, कि यदि वे डॉक्टर के पास न गये तो वह अन्न सन्न ले लेगी। बातों की पक्की गौतमा के आगे उन्हें हार माननी पड़ी थी, इसलिए अगले दिन उन्हें गौतमा के साथ गाँव से पन्द्रह किलोमीटर दूर देहरादून स्थित अंग्रेजी दवाओं के एक डॉक्टर के यहाँ जाना पड़ा था।

मास्टर जी से उनकी बीमारी पर एक लम्बी चर्चा के बाद, उस दिन डॉक्टर ने निष्कर्ष का जो तीर गौतमा के आगे छोड़ा वह सीधा उसकी छाती के मध्य जा धँसा था।

"तुम्हारे पति एक लम्बे समय से मधुमेह से ग्रसित हैं, बीमारी ने उनके शरीर को अन्दर से खोखला कर डाला है, विशेष कर उनके गुर्दों को। ये दवा लिख रहा हूँ, इनसे थोड़ा आराम अवश्य मिलेगा, पर इससे अधिक मैं इनके लिए कुछ नहीं कर सकता, क्योंकि अब बहुत देर हो चुकी है।" सपाट स्वर में कह दिया था डॉक्टर ने, और गौतमा पर क्या बीती थी, यह वही जानती थी।

"मास्टर जी बहुत बीमार हैं।" डॉक्टर के शब्द पिघले शीशे की तरह गौतमा के कानों में उतर गये थे। मधुमेह की भीषण बीमारी से वह पहले से ही परिचित थी। माँ ने बताया था कि उनके पिता अर्थात् गौतमा के नाना मधुमेह के कारण जल्दी ही इस संसार से विदा हो गये थे। 'क्या मास्टर जी भी उसे छोड़कर चले जायेंगे' उसने स्वयं से पूछा, और आशंका से ही काँप उठी थी वह। 'वे ऐसा नहीं कर सकते, एक बार उसे फिर से मँझधार में अकेला छोड़कर उसका ये माँझी भी उससे दूर नहीं ज़ा सकता, वह जाने ही न देगी उसे। वह जी जान से उनकी इतनी सेवा करेगी कि मधुमेह को अपना इरादा बदलना ही होगा।' सोचते हुए, उसने उस दिन से अपने जीवन का हर क्षण मास्टर जी की सेवा के लिए समर्पित कर दिया था।

हरी दीवारों व ऊँची मुंडेर वाला वह मकान उस वर्ष मास्टर जी का चिकित्सालय बन गया था। देवेश के कार्यों के अलावा गौतमा यदि और कोई काम करती थी तो वह थी मास्टर जी की सेवा। यदि भाग्य साथ न हो तो बीमारी जरूर साथ देती है, अतः गौतमा का दुर्भाग्य था कि बीमारी ने मास्टर जी को कस कर पकड़ लिया था। गौतमा की नियति में मास्टर जी का सान्निध्य अब और अधिक दिन के लिए न था, इसलिए उतनी सेवा व देख भाल के बाद भी मास्टर जी की बीमारी जाने का नाम ही न ले रही थी। जाना तो रहा दूर, उनका दिनों दिन तेजी से गिरता स्वास्थ्य इस बात का परिचायक था कि बीमारी उन्हें छोड़ने नहीं, वरन् अपने साथ ले जाने आयी थी। स्कूल का अर्धसत्र समाप्त होने से पहले ही मास्टर जी ने काम पर जाना भी बन्द कर दिया था। आजकल उनके सुबह को गीता पाठन का कार्य भी गौतमा ने ही सँभाल लिया था। गौतमा श्लोकों का उच्चारण करती व मास्टर जी पलँग पर सोये-सोये उनकी व्याख्या उसे सुनाते। गौतमा महसूस कर रही थी कि उनका नित प्रखर स्वर दिनों दिन मन्द होता चला जा रहा था। कभी-कभी वे व्याख्या को आधे में ही छोड़कर सो जाते, फिर गौतमा किताब बन्द कर उन्हें धीरे से चादर ओढ़ा देती।

एक दिन मास्टर जी को स्नान करवाकर गौतमा जब उनकी पलँग के पास

गीता की पुस्तक लेकर बैठी तो वे मुस्कराकर बोले, "गौतमा, मैं चाहता हूँ कि मेरे जाने के बाद भी तुम नियमित रूप से गीता का पाठ करना।"

"ये जानते हुए भी कि मुझे ऐसी बातों से बेहद पीड़ा होती है, फिर भी आप सदैव जाने की बातें क्यों करते हैं मास्टर जी?" गौतमा रुआँसी होकर बोली थी।

"जाना तो हम सबको ही है, यह तो जीवन चक्र है गौतमा, अभी तुमने कल ही तो पढ़ा था जैसे मनुष्य पुराने वस्त्रों को त्याग कर नया वस्त्र धारण करता है वैसे ही।"

"आत्मा नये शरीर को धारण करती है, हाँ पढ़ा है, लेकिन पुराने वस्त्रों की तरह आपका शरीर अभी पुराना नहीं हुआ है मास्टर जी। आपको मैं अकेले नहीं जाने दूँगी, ये बात कान खोल कर सुन लीजिए, क्योंकि आप ही मुझे यहाँ लाये हैं, और आपके बिना मैं भी यहाँ अकेले नहीं रहना चाहूँगी।" गौतमा के स्वर में कम्पन था।

"गौतमा", मास्टर जी बोले, "जब मेरे जीवन का उद्देश्य ही पूर्ण हो गया है तो अब मेरा शरीर भी किस काम का, चाहे वह नया हो या पुराना। और तुम अकेले कहाँ हो, तुम्हारे पास देवेश है तो। वैसे न जाने मुझे ऐसा क्यों लगता है कि तुम्हारे जीवन में अभी कोई और है, जो जल्द ही आने वाला है, जिसे तुम्हारी जरूरत होगी और जिसे तुम भी बहुत प्यार करोगी", मास्टर जी बोले।

"बस कीजिए मास्टर जी, तड़प उठी थी गौतमा, मेरे अतीत को जानते हैं इसलिए मुझसे ऐसी बातें कह रहे हैं? क्या आप भी मुझे एक सस्ती बाजारू औरत समझते हैं, जो अपने सुख के लिए सदैव ही किसी पुरुष की तलाश में रहती है? संसार कुछ भी कहे, पर आप से ऐसी उम्मीद कभी न की थी मैंने।" गौतमा बहुत ही अनमनी हो गयी थी।

"नहीं गौतमा, तुमने मेरे बारे में ऐसा सोच भी कैसे लिया? जीवन में किसी नये व्यक्ति के आने का क्या एक ही अर्थ है? नहीं ना। तो तुम इतना उत्तेजित क्यों हो गयीं? आने वाला व्यक्ति कोई भी हो सकता है, जैसे तुम्हारे पिता भी।" लेकिन तुम ऐसे मुझसे रुष्ट न हो गौतमा। तुम्हारी नजरों में ऐसी उपेक्षा देख मैं एक क्षण के लिए भी नहीं जीना चाहूँगा, एक बार कहो कि तुम मुझसे रुष्ट नहीं हो।"

"नहीं हूँ।" गौतमा पुनः सामान्य हो चली थी।

"रुष्ट नहीं हो, तो आज मुझे खीर खिला दो ना। बस जरा-सी, पर बिना गुड़ की नहीं, अच्छी मीठी वाली।" कहकर मास्टर जी ने सोने के लिए अपनी आँखें मूँद ली थीं। पलँग पर लेटे मास्टर जी का मुख कान्तिहीन व पीला दिख

रहा था। पिछले कुछ महीनों से वे सूख कर आधा हो गये थे। गौतमा के नेत्र भर आये थे। मास्टर जी के ठीक होने के आसार अब घटते जा रहे थे। वह चुपचाप वहाँ खड़ी उस महापुरुष को देखती रही, जिसने उसकी बीच धारा में बहती जीवन नैया को एक किनारा दिया था, उसे ही नहीं, वरन् देवेश को भी एक पहचान देकर उसे गुमनामी के अँधेरों से बचा लिया था। इस संसार से गौतमा का विश्वास उठ चुका था, पर इस महामानव ने उसे ये सिखाया था कि 'जीवन में सभी लोग बुरे नहीं हैं', और सबसे अधिक ये कि एक बार हार खाकर व प्यार खोकर, दुबारा जीतना व प्यार करना सम्भव है। भवानी शंकर की पत्नी व पुत्र देवेश को अपनी छत्रछाया में लेकर इस व्यक्ति ने प्रेम के इस अनोखे चित्र को बिल्कुल नये व निराले रगों से भर दिया था। इस विरल पुरुष को तो अपने जाने के बाद भी गौतमा के जीवन में फिर से प्यार देखने की अभिलाषा है, कितना महान है यह पुरुष! इस व्यक्ति के अनगिनत उपकारों का मूल्य वह इस जन्म में तो क्या, कई जन्मों तक भी न चुका पायेगी। सोचते हुए गौतमा ध्यान पूर्वक मास्टर जी के रुग्ण मुँह को देखने लगी। फिर खीर वाली बात याद कर, पानी भरी आँखों में भी वह धीरे से मुस्करा दी थी। उसने धीरे से उनके माथे पर बैठी मक्खी को अपने हाथ से हटाया तथा उनके ऊपर पड़ी चादर की सलवटों को ठीक कर उन्हें दुबारा से ओढ़ाने के बाद वह रसोई में चली गयी।

न जाने मास्टर जी की वाणी में क्या था कि उनकी अधिकांश बातें सत्य सिद्ध होती थीं। यह बात भी, 'गौतमा के जीवन में कोई नया व्यक्ति आने वाला है', क्योंकि कुछ ही दिनों में उनके इस कथन की पुष्टि भी हो गयी थी अम्बुजा के आने पर।

आगन्तुक

वह ज्येष्ठ मास के एक गर्म दिन की बात है। सुबह के यही कोई ग्यारह बजे होंगे, गौतमा ने उस दिन पूर्णमासी का व्रत रखा था। सुबह के जलपान के बाद मास्टर जी बरामदे में ही पलँग पर लेट कर विश्राम कर रहे थे, व गौतमा उनकी पलँग पर ही बैठ उन पर पंखा झल रही थी। गेहूँ की फसल इस साल पहले की तुलना में कुछ कम हुई थी क्योंकि मास्टर जी बीमार थे और गौतमा उनकी सेवा में व्यस्त, तो फसल पर प्रभाव तो पड़ना ही था। उस दिन द्रौपदी के चीर हरण पर मास्टर जी की अनोखी टिप्पणी सुन कर गौतमा के ज्ञान चक्षु कुछ अधिक ही खुल गये थे। व्याख्या करते हुए मास्टर जी का गला सूख गया था, और गौतमा उनके लिए जल लेने रसोई की ओर चली गयी थी। कुछ ही क्षणों में पानी का लोटा व खाली गिलास ले जब वह वापस लौटी तो उसकी आँखें आश्चर्य से फटी रह गयीं। बरामदे के स्तम्भ से आड़ लगाये एक स्त्री मास्टर जी के पलँग से कुछ ही दूरी पर चुपचाप बैठी थी। उसके बाल बिखरे थे और कपड़े इतने मैले कि उनके सही रंग का अनुमान लगाना मुश्किल था। पीड़ा से भरी उसकी सूनी निगाहों को गौतमा ने सीधे अपने हृदय पर स्पर्श किया था। उस स्त्री ने एक नजर गौतमा से मिलायी व धीरे से बोली–

"प्यास लगी है, पानी मिलेगा?" उसकी आवाज से ऐसा लगा था जैसे बड़े परिश्रम के बाद निकली हो।

"ठहरो, अभी लाती हूँ", कहकर गौतमा वापस रसोई में चली गयी थी। उसने लोटा लेकर पानी के घड़े की ओर हाथ बढ़ाया, फिर कुछ और सोच उसने चूल्हे के पास रखी सुबह ही बिलोई गयी हँड़िया से लोटा भर छाछ निकाली व साथ में एक मोटी गुड़ की डली लेकर वह उस स्त्री के पास पहुँची।

"छाछ पीओगी?" गौतमा ने पूछा। उस औरत ने तृष्णा भरी आँखों से लोटे की ओर देखकर हाँ में सर हिला दिया। और फिर गौतमा के हाथ से लोटा ले वह आधा किलो छाछ एक ही बार में गटक गयी थी। बहुत प्यासी थी वह।

उसके बाद गुड़ की डली को वह ऐसे चबा के खाने लगी जैसे कई दिनों से भूखी हो। उसने अब तक पानी माँगने के अलावा कुछ और न कहा था। एक अनजान स्त्री के अचानक ही उसके घर पर आ जाने से गौतमा कुछ परेशान-सी हो गयी थी। इसलिए उसे पूछना ही पड़ा।

"अकेली हो?"

"हाँ", उसने सर हिलाया।

"कहाँ की रहने वाली हो?" गौतमा ने पूछा।

उत्तर में सिर्फ मौन व सूनी आँखें।

"गाँव में किसी को जानती हो?" उत्तर में गर्दन 'ना' में हिली।

"यहाँ देवराजपुर में किसके यहाँ जाना है?" गौतमा ने आवाज पर जोर देते हुए पूछा।

पर उसकी ओर से कोई जवाब न मिला, बल्कि उसने आँगन में लटके हुए पैरों को उठाकर बरामदे में ही रख लिया, उसके बाद एक जोर की जम्भाई लेकर वह वहीं बरामदे के स्तम्भ के पास लेट गयी थी और बायें हाथ को मोड़कर, उसका तकिया बना पलों में ही खर्राटे लेने लगी थी। गौतमा ने उस स्त्री के मुख को ध्यान से देखा, वह बेसुध हो सो रही थी। यही कोई अट्ठारह-बीस वर्ष की उम्र रही होगी उसकी। साँवले रंग की सुडौल हाथ-पैरों वाली वह स्त्री बहुत आकर्षक रही होगी, लेकिन उसकी नाक व गालों पर पड़ी हुई काली झाइयाँ व होंठों पर जमी काली सूखी पपड़ी की मोटी परत, उसके बिखरे बालों के समान ही बिखर गये जीवन की ओर इशारा कर रही थी। फिर गौतमा की नजर उसके मुख से हटकर उसके बदन की ओर गयी तो एकाएक रोमांच से सिहर उठी थी वह। उस स्त्री के पेट का उभार देख गौतमा को समझते देर न लगी कि वह स्त्री गर्भवती थी। 'कम से कम चार-पाँच माह तो होंगे ही', गौतमा ने सोचा। वह विचलित हो गयी, 'मास्टर जी से सलाह करनी होगी' सोचकर वह उन्हें जगाने के लिए मुड़ी तो देखा कि वे पहले से ही जगे थे, व गौतमा तथा उस स्त्री के मध्य का सारा वार्तालाप सुन चुके थे। गौतमा कुछ कहना चाहती थी पर मास्टर जी ने अपने मुँह पर ऊँगली रख चुप रहने का इशारा करते हुए कहा था कि वह स्त्री सो रही थी इसलिए उसकी नींद में व्यवधान पहुँचाना ठीक न था। उसके बाद गौतमा का सहारा ले बड़े प्रयास के बाद मास्टर जी अन्दर के कक्ष में चले गये। गौतमा परेशान थी, वे जानते थे। पलँग पर लेटने के बाद गौतमा को पास में बैठने का आग्रह कर वे बोले—

"तुम कुछ कहना चाहती हो गौतमा?"

"वो जो औरत बाहर बैठी है वो।"

"देख चुका हूँ", मास्टर जी बीच में ही गौतमा की बात को रोककर बोले, "और बातें भी सुन चुका हूँ, बहुत किस्मत की मारी लगती है बेचारी, लगता है बड़ी दूर से आयी है।"

"हाँ, मेरा भी यही अनुमान है, कितना थकी है बेचारी, बाहर सीमेंट पर ऐसे सो गयी है जैसे हमेशा से जगी हो।"

"इसीलिए बाहर उसके विषय में बातें कर, मैं उसकी नींद में खलल नहीं डालना चाहता था", मास्टर जी बोले।

"मुझे लगता है वह गर्भ से भी है", गौतमा के स्वर में चिन्ता थी।

"अरे, ये तो और भी बुरा है, ये बेचारी तो बड़े संकटों से घिरी लगती है। उसकी बात से मुझे ऐसा लगा कि या तो वह अपने घर वालों द्वारा निकाली गयी है, या खुद उनका त्याग कर आयी है। अब ऐसी अवस्था में वह खुद क्यों आयेगी, जरूर कोई भारी मुसीबत की मारी होगी। हे प्रभु कभी-कभी आप न्याय देने में इतना संकोच क्यों करते हैं?" मास्टर जी का हृदय पीड़ा से भर उठा था।

"जो भी हो, लेकिन अगर ये बेघर है तो अब कहाँ जायेगी? वो भी इस अवस्था में! यहाँ देवराजपुर में तो वह किसी को भी नहीं जानती।" गौतमा बोली।

मास्टर जी कुछ देर तक चुप रहे व फिर उन्होंने अचानक ही पास में बैठी गौतमा का हाथ अपने हाथों में थाम लिया था।

"गौतमा, तुम इसे अपने यहाँ क्यों शरण नहीं दे देती?"

"मैं, अपने यहाँ शरण! वो गर्भवती है।" गौतमा ने कहा।

"गर्भवती है, इसीलिए तो कह रहा हूँ कि उसे अपने पास रख लो गौतमा। तुम्हारे पास धन धान्य की कोई कमी नहीं, इसलिए उसके आने से कुछ घटेगा नहीं। मैं तो तुमसे हमेशा से ही कहता आया हूँ कि जीवन में किसी का किसी से मिलन महज संयोग नहीं होता, बल्कि यह तो पूर्व निर्धारित होता है। हो सकता है इस स्त्री के साथ तुम्हारा भी कभी कोई सम्बन्ध रहा हो या तुम्हें उसके कुछ कर्ज चुकाने हों या फिर उसे तुम्हारे। इसलिए उसे अपने पास रखने में हर्ज ही क्या है।" मास्टर जी गौतमा को समझाने का प्रयास कर रहे थे।

"लेकिन मेरा मन नहीं मानता उसे अपने पास रखने में। एक तो अकेली है ऊपर से गर्भवती।" गौतमा बोली थी।

"जिस गौतमा को मैं जानता हूँ उसके मन में इतना संशय कब से होने लगा? वह तुम्हारे द्वार पर आयी है, किसी कारण से ही आयी होगी। एक बार ठीक से सोचो, कौन जाने उसके अन्दर कौन-सी स्त्री है? सीता? नन्दिनी? या

फिर गौतमा? और मुझे लगता है मेरे जाने के बाद जो नया व्यक्ति तुम्हारे जीवन में आने वाला है, वही, जिससे तुम्हें बेहद प्यार होने वाला है, उसका सम्बन्ध उस बाहर बरामदे में सोयी स्त्री से ही है।"

"ठीक है, आपके कहने से मैं उसे अपने ही घर में रख लूँगी लेकिन ये बात बात पर आप चले जाने की धमकी न दिया कीजिए।" गौतमा की इस बात पर मास्टर जी धीरे से मुस्करा दिये थे।

"मैं कहाँ धमकी दे रहा हूँ गौतमा, जो सत्य है वह सत्य है, पर तुम नाहक ही दुखी क्यों हो जाती हो। मैं कह चुका हूँ कि तुम अकेली नहीं रहोगी, क्योंकि तुम्हारा भवानी शंकर सदैव तुम्हारा ध्यान जो रखता है।"

"भवानी शंकर क्यों?"

"अरे उसने ही तो मुझे तुम्हारे पास भेजा था, और अब, जब मेरे जाने के दिन नजदीक हैं, तो उसने इस अकेली औरत को तुम्हारे द्वार पर ला दिया है। इसीलिए तो कहता हूँ कि ये सब मात्र संयोग नहीं।" कहकर मास्टर जी फिर धीरे से मुस्करा दिये थे। गौतमा ने कुछ और न कहा, वह दोपहर का भोजन तैयार करने में जुट गयी थी।

सूर्यास्त

उस दिन के बाद वह विलक्षण स्त्री जिसका नाम अम्बुजा था, गौतमा के जीवन का अभिन्न अंग बन गयी थी। अम्बुजा ने भी पहली शाम से ही गौतमा के घर को अपना घर बना लिया था। मास्टर जी की सेवा में दिन-रात लगे रहने के कारण, उपेक्षित पड़ा गौतमा का घर व देवेश, दोनों को ही अम्बुजा ने अपने जिम्मेदार हाथों में ले लिया था। सुबह से रात तक वह काम पर जुटी रहती और गौतमा के लाख कहने पर भी आराम करने का नाम न लेती। थोड़े से समय में ही अम्बुजा का उस घर से लगाव देखकर गौतमा के साथ गाँव वाले भी भूलने लगे थे कि अम्बुजा का इन लोगों से वास्तव में कोई सम्बन्ध नहीं था।

अम्बुजा बहुत मितभाषी थी, देवेश के अलावा उसे बात करते बहुत कम लोगों ने सुना था। मास्टर जी के समक्ष वह कम से कम जाती थी और गौतमा से भी वह सिर्फ घर के काम काजों का ब्योरा देने के अलावा कुछ अधिक बातें न करती थी। 'वह कौन थी व कहाँ से आयी थी', इस बात पर अधिक चर्चा करना व्यर्थ था, बस एक बार उसने इतना अवश्य बता दिया था कि प्राकृतिक आपदा से त्रस्त बहुत दूर हिमालय के किसी गाँव से वह और उसके पति पलायन कर रहे थे जहाँ रास्ते में एक पहाड़ी नदी को पार करते हुए उसके पति के ऊपर एक पत्थर आ गिरा था जिससे उसकी मौत हो गयी थी। तब गौतमा को न जाने ऐसा क्यों लगा था कि अम्बुजा की बातों में कुछ तो असत्य था क्योंकि अपने पति का जिक्र करते हुए उसके चेहरे पर न कोई दुःख का भाव था और न ही विषाद। पर उससे अधिक अम्बुजा से कुछ भी कहलवाना सम्भव न हुआ था। गौतमा ने भी अम्बुजा से अधिक प्रश्न न करने का निश्चय ले लिया था, उसके लिए इतना ही काफी था कि अम्बुजा घर का सारा काम काज देखती थी, जिससे वह मास्टर जी की सेवा में निश्चिन्त होकर अपना समय लगा सकती थी। प्रतिदिन क्षीण हो रहे मास्टर जी की सेवा उन दिनों गौतमा के जीवन की प्राथमिकता बन चुकी थी।

बरसात आकर बीत गयी व श्राद्ध पक्ष भी। मास्टर जी पिछले चार दिनों से बहुत बीमार थे। पीड़ा से व्याकुल उनका शरीर अब और अधिक साथ देने वाला न था, यह बात उनके अलावा गौतमा भी जान गयी थी। इन चार दिनों में देहरादून से एक डॉक्टर दो बार घर पर आकर उन्हें दर्द निरोधक सुई लगा चुका था लेकिन उन्हें थोड़ा ही आराम हुआ था। उस दिन सुबह को उन्होंने गौतमा से कहा था।

''गौतमा खीर खिला दो ना, वैसी ही जैसी तुमने पहली बार बनायी थी बागमती गाँव में।" गौतमा रो पड़ी थी। शुगर के कारण मास्टर जी को मीठा खाने की मनाही थी, पर उस दिन गौतमा का मन नहीं माना, मास्टर जी अब वापस आने वाले नहीं थे। उसने सोचा, और उस दिन ढेर सारा गुड़ डालकर उसने मास्टर जी के लिए बड़े प्रेम से खीर बनायी थी। पिछले दो दिनों से अन्न न खाये मास्टर जी ने मात्र दो चम्मच खीर ही खायी थी, पर उसे खाने के बाद कुछ देर के लिए वे चेतन जरूर हो गये थे। उस दिन उनके मुँह पर तृप्त हो जाने का भाव गौतमा को सदैव याद रहा है, और याद रहा है उनके साथ हुआ आखिरी वार्तालाप भी।

"गौतमा, तुम्हारी झोली में अपार प्रेम भरा है। भवानी शंकर अपने हिस्से का लेकर चला गया और लगता है मैंने भी अपना हिस्सा पूरा ले लिया है, लेकिन तुम्हारी झोली तो अभी भी भरी है इसलिए खूब बाँटना इसे, मन खोलकर लुटाना। तुम्हें और देवेश को अब किसी से डरने की जरूरत नहीं, मेरे जाने के बाद भी संसार के लिए तुम सदैव मेरी पत्नी रहोगी व देवेश मेरा पुत्र। तुम पर कभी कोई उँगली नहीं उठाएगा। बस एक बार और कहना चाहता हूँ कि तुम्हें अपना बनाना, मेरे जीवन की सबसे बड़ी उपलब्धि रही है, आशा है मैंने कभी तुम्हारा दिल न दुखाया होगा।" कहते हुए मास्टर जी ने धीरे से उसका हाथ दबाने का प्रयास किया था।

गौतमा ने उत्तर में कहना चाहा था कि उन जैसा विशाल व्यक्तित्व का स्वामी उसने पहले कभी न देखा था और ऐसे पुरुष का संसर्ग पाकर वह भी धन्य हो गयी थी। लेकिन वह कुछ कह न पायी थी क्योंकि अपना कथन पूरा करने के बाद मास्टर जी ने आँखें मूँद ली थीं और उस दोपहर को सूरज की तेज किरणों में मिलकर उनकी जीवन ज्योति भी विलीन हो गयी थी। उनके जीवन का चमकता सूर्य असमय ही अस्त हो चला था।

पुकार

गौतमा की आँखों से एक बार फिर से आँसू बह चले थे, रात बहुत बीत चुकी थी। घर का सन्नाटा रह-रह कर देवेश के कक्ष से आते ऊँचे-नीचे खर्राटों तथा दीवार पर टँगी घड़ी की टिक-टिक से टूट रहा था। उसका मन हुआ कि वह चुप-चाप जागकर घड़ी में समय देख ले, लेकिन वृद्ध चुप-चाप होकर कहाँ जा पाता है? आस-पास पड़ी दो-चार चीजों से टकराये बिना बिस्तर से उठना लगभग नामुमकिन ही होता है वृद्ध व्यक्ति के लिए। इसलिए गौतमा ने यूँ ही लेटे रहने का विचार किया, वह दिन की लम्बी यात्रा से आये देवेश को नहीं जगाना चाहती थी और साथ में लीला को भी, जिसकी कल परीक्षाएँ होने वाली थीं। उसे नींद न आ रही थी, जीवन की सारी कथा आज आँखों के आगे चित्र पटल सी खुल गयी थी। वर्षों के पुराने घाव ताजा हो आज की रात पुनः बह चले थे। जमीन पर पड़ी देवेश की लोलुप दृष्टि से मन के अँधेरे का सन्नाटा फिर से साँय-साँय करने लगा था। जीवन की इस लम्बी यात्रा में ऐसा सन्नाटा कई बार उसके मार्ग पर छाया है। मास्टर जी के देहान्त पर भी उसके जीवन पथ पर क्या कम सन्नाटा घिर आया था? तब उसके मन पर छाया दुखों का बादल कितना घना था, और कितना काला भी, भला कौन समझ सकता है?

मास्टर जी के निधन के बाद कई हफ्तों तक किंकर्तव्यविमूढ़-सी हो गयी थी वह। ऊल-जुलूल के खयालों से ग्रस्त उसका मन विक्षिप्त होने की स्थिति में हो चला था। यही नहीं, पिछले कुछ वर्षों से सोयी हुई भवानी शंकर की यादें भी फिर से साकार हो उठी थीं। दुखों में घिरी वह खुद को दोषी भी मानने लगी थी। भवानी शंकर की दोषी, उसके प्यार की दोषी। एक ओर मास्टर जी की मौत का गहरा आघात था व दूसरी ओर भवानी शंकर के साथ विश्वासघात करने का मलाल। उन दिनों उसे देवेश का भी खयाल न था। वह तो शुक्र था अम्बुजा का, जिसने उसके एक-एक दाने का हिसाब चुकाया था, घर आँगन के साथ उसने गौतमा के बिखरे तन-मन को भी सँभाल लिया था, वह भी कितनी

निष्ठा से। गर्भवती होने के बाद भी वह पूरे समय कठिन परिश्रम में जुटी रहती थी। गौतमा को उन दिनों भूख न होती थी, लेकिन बिना उसे व देवेश को भोजन कराये, अम्बुजा एक भी दाना खाने को तैयार न होती। इसलिए गौतमा को जबरदस्ती कुछ खाना ही पड़ता था क्योंकि वह जानती थी कि गर्भावस्था के कारण अम्बुजा का इन दिनों भूखा रहना उचित न था।

'कठोर परीक्षा भरी इस जिन्दगी के दौरों को क्या देवेश कभी समझ पायेगा?' गौतमा सोच रही थी। कैसे वह मास्टर जी की मौत के बाद एक कभी न खत्म होने वाली अँधेरी सुरंग में जा फँसी थी, और यदि अम्बुजा न होती तो कौन जाने कि वह कभी प्रकाश की किरण देख भी पाती या नहीं। 'देवेश को न जाने कैसे समझाऊँगी?' गौतमा सोच ही रही थी कि तभी घर के पीछे की आम की डाली पर बैठा पक्षी बोल उठा 'चार बज गये हैं', गौतमा मन ही मन बुदबुदायी। 'यह पक्षी रोज सुबह को ठीक चार बजे ही बोलता है, कितनी मीठी आवाज है इसकी, ताजा व जीवन से भरी', गौतमा ने सोचा। रात्रि के अन्तिम चरण में ऐसी ही आवाज थी वह, जिसे सुनकर उसके मन के चाँद पर लगा दुःख व विषाद का ग्रहण स्वतः ही छँट गया था। बालक के उस मधुर स्वर को याद कर आज भी उसका मन प्रफुल्लित हो उठा, और एक बार फिर वह चली गयी थी वर्षों पूर्व अपने अतीत में।

न जाने कब से अम्बुजा प्रसव में थी, उसने गौतमा को नहीं बताया था। शायद इसलिए कि अपनी परेशानियों को खुद तक ही सीमित रखती थी वह, और शायद इसलिए भी कि गौतमा, मास्टर जी के जाने के गम में इतना लिप्त थीं कि उसे उस बेचारी के लिए समय ही न था। पर प्रसव एक ऐसी प्रक्रिया है जो शर्म, हया व आत्म सम्मान जैसे शब्दों से परिचित नहीं है, इसलिए जब आधी रात को अम्बुजा के कराहने के स्वर से गौतमा की आँख खुली तो वह दौड़ी हुई अम्बुजा के पास चली आयी थी। कपड़े को मुँह में ठूँस कर प्रसव के दर्द को पी जाने की बेकार कोशिश करती अकेली अम्बुजा को देख गौतमा का मन ग्लानि से भर उठा था। उस अकेली स्त्री का दुनिया में यदि कोई सहारा था, तो वह थी गौतमा, और आज जब उसे गौतमा की सबसे अधिक जरूरत थी तब गौतमा को उसकी सुध ही नहीं थी। अम्बुजा को इतनी पीड़ा में देख गौतमा का मन भी दर्द से भर उठा था। उसने अम्बुजा के हाथ को कस कर अपनी मुट्ठी में पकड़ लिया था और उस छोटे-से सहयोग की ऋणी अम्बुजा ने गौतमा के लिए क्या कुछ न किया था!

बच्चे के जन्म के बाद गौतमा की सेवा से अम्बुजा ने अपनी खोयी हुए

शक्ति जल्दी ही पा ली थी। ग्यारहवें दिन गौतमा ने उसका विधिवत नामकरण किया था। पंडित के आने से पूर्व गौतमा ने अम्बुजा के पति और शिशु के पिता का नाम जानना चाहा था पर अम्बुजा ने यह कह कर बात टाल दी थी कि, "दीदी, मेरे लिए बच्चे के माँ व बाप दोनों आप ही हो, इसलिए उसका नामकरण संस्कार आप ही करो।"

गौतमा ने बिना अधिक कहे अम्बुजा की बात मान ली थी। ज्योतिष विद्या के अनुसार बालक का नाम 'म' अक्षर से होना था, और गौतमा ने उसका नाम रखा 'माधव'। अपने दिवंगत पति मास्टर जी श्रीधर माधव उपाध्याय के लिए यह उसकी श्रद्धांजलि थी।

माधव की किलकारियों व देवेश की शरारतों से गौतमा का घर-आँगन एक बार फिर से गूँज उठा था। गौतमा जान चुकी थी कि जीवन में दुखों के अलावा और कई सुख भी थे, चिन्ताओं में डूबे रहने के अलावा कुछ कार्य भी थे, कुछ लेने को था तो बहुत कुछ देने को भी। और हरी दीवारों की ऊँची मुँडेर वाला वह घर उन दो औरतों के कठोर परिश्रम व उन दो बालकों की मुस्कान से भर गया था।

मास्टर जी चले गये थे, पर उनके जाने से भी गाँव में गौतमा का प्रभुत्व कम न हुआ था। गौतमा सबसे धनी ही नहीं, वरन् गाँव की सबसे अधिक इज्जत दार व विदुषी स्त्री थी। गाँव के लोगों के लिए उसका घर एक सहायता केन्द्र था। घर की समस्याओं से लेकर आर्थिक समस्याओं से भरी फरियादें उसके यहाँ से पूरी होकर जाती थीं। सारे गाँव के लोग उसके प्रति पूर्ण निष्ठा रखते थे, बस एक खजान चन्द को छोड़कर।

खजान चन्द एक बेहद खतरनाक किस्म का व्यक्ति था। गौतमा के घर से चार सौ मीटर की दूरी पर बना गेरुवा रंग का उसका घर, आस-पास के कुछ घटिया लोगों का अड्डा था। उसकी पत्नी यदा कदा ही घर के बाहर निकला करती थी। यद्यपि खजान गाँव के लोगों से कम ही मिलता था, फिर भी उसका आतंक गाँव भर में हमेशा छाया रहता। उसके घर में एक दोनाली बन्दूक थी, जिससे वह गौतमा की गौशाला से जुड़े पास ही के घने जंगलों से बहुधा जानवरों का शिकार करता था। गौतमा व अम्बुजा ने खुद अपनी आँखों से उसे कभी हिरन तो कभी सूअर को, अपने कन्धों पर लादे तो कभी घसीटते हुए अपने घर की ओर ले जाते देखा था। उसके कुछ सम्पर्क थे जिनके द्वारा वह पशुओं का चर्म व सींग बाहर कहीं बेचता था, व मांस वहीं आस-पास के गाँव वालों में। वह बहुत ही क्रूर इंसान था, उसके बारे में ये खबर थी कि रातों रात उसके घोड़े के समान मजबूत व स्वस्थ पिता अचानक ही बिना किसी बीमारी के स्वर्ग

सिधार गये थे, और सुबह जब तक गाँव में लोग समाचार सुनकर अन्त्येष्टि के लिए जमा होते, वह पास के ही शमशान में अपने कुछ मित्रों की मदद से उनका दाह-संस्कार भी कर आया था।

गौतमा व मास्टर जी के देवराजपुर में आने के बाद कुछ ही दिनों में खजान चन्द ने अन्य ग्रामवासियों के साथ मास्टर जी को भी अपना शत्रु बना लिया था। हुआ ये था कि गौतमा का पड़ोसी सीधा साधा कुन्दन सिंह, अपनी उपजाऊ पन्द्रह बीघे जमीन खजान को देकर बदले में उसकी बीस बीघा ऊसर जमीन लेने पर राजी हो गया था। उसने कुन्दन को झाँसा दिया कि पाँच बच्चों का पिता होने के कारण कुन्दन को निःसन्तान खजान से अधिक जमीन की जरूरत थी, इसलिए वह उसकी पन्द्रह बीघा जमीन को अपनी बीस बीघा जमीन से बदलना चाहता था। लालच में आकर कुन्दन की बुद्धि भी पूरी तरह कुंठित हो गयी थी। पत्नी के लाख मनाने पर भी वह जब न माना तो गुहार लेकर वह मास्टर जी के पास चली आयी थी। मास्टर जी जानते थे कि कुन्दन की पत्नी सही कह रही थी। खजान, कुन्दन की उपजाऊ जमीन लेकर उसे वह जमीन देना चाहता था जो ऊसर होने के साथ-साथ जंगल के पास भी थी। अतः उसमें फसल को वन्य पशुओं द्वारा उजाड़े जाने का भी निरन्तर भय रहता था। मास्टर जी के समझाने पर कुन्दन को अक्ल आ गयी और अपनी उपजाऊ जमीन को खजान के हाथों में न सौंपकर उसने अपने परिवार को भूखों मरने से बचा लिया था। इधर हाथ में आये आसान से शिकार को निकलते देख खजान चन्द चिढ़ गया था और तभी से उसने मास्टर जी व उसके परिवार से शत्रुता कर ली थी। वह उनके परिवार को पाठ पढ़ाना चाहता था पर मास्टर जी की प्रतिष्ठा व रुतबा देख कर वह हाथ मल कर रह जाता था।

मास्टर जी की असामयिक मौत से जहाँ गाँव को गहरा सदमा लगा था, वहाँ खजान चन्द खुशी से अपने गुंडे यार दोस्तों में बोतलें बाँट रहा था। अब उसके ऊपर गाँव भर में तानाशाही करने पर कोई अंकुश न था। वह हमेशा इसी तलाश में रहता था कि किसी तरह गौतमा को नीचा दिखाया जाय। वैसे भी दो अकेली खूबसूरत जवान औरतों के बारे में उसके मन में अच्छे विचार न थे।

खजान चन्द की बीस बीघा बंजर जमीन, गौतमा की गौशाला के ठीक पीछे पड़ती थी, इसलिए आते-जाते उससे बहुधा टकराना हो ही जाता था। उसकी काक दृष्टि गौतमा को ही नहीं, वरन् अम्बुजा को भी बहुत खलती थी। इन दिनों खजान चन्द की नजरों की बढ़ती गतिविधियों से वे दोनों अनभिज्ञ न थे। गौतमा अपने से भी अधिक अम्बुजा की सुरक्षा के लिए चिन्तित रहती थी, क्योंकि

उसकी तुलना में अम्बुजा अधिक जवान थी, और उस गाँव के लिए नयी भी। दूसरे अम्बुजा के सर पर किसी पुरुष के नाम का साया न था, इसलिए गौतमा की तुलना में वह अधिक कमजोर भी थी। गौतमा के लिए अम्बुजा बेटी की तरह थी इसलिए वह उसे ऐसे असामाजिक तत्त्वों से सदैव सावधान रहने का स्मरण दिलाती रहती थी। वैसे अम्बुजा को ऐसे सिरफिरे व भ्रष्ट लोगों में कोई रुचि थी ही नहीं, उसने तो गौतमा की छत्रछाया में रहकर देवेश व अपने पुत्र माधव में ही पूर्णता पा ली थी। फिर भी घर में मर्द के अभाव को लेकर असुरक्षा का जो भाव गौतमा के मन पर छाया रहता था, उसे दूर करने व गौतमा को आश्वासन दिलाने के लिए इन दिनों वह एक लम्बे फल की दँराती, जिसे कमर में खोंसे वह पहली बार गौतमा के बरामदे में आयी थी, सदैव अपने पास रखा करती थी।

तब माधव कोई दो वर्ष का रहा होगा जब होली के दो दिनों बाद कुन्दन व उसकी पत्नी राधा रोते हुए सुबह-सुबह ही गौतमा के घर आ पहुँचे थे। व्यथा पूछने पर उन दोनों ने रोते हुए बताया कि दुष्ट खजान ने उनकी कटाई के लिए तैयार खड़ी फसल पर पहली रात अपने सारे जानवर छोड़ दिये थे, जिससे उनकी पूरी फसल बर्बाद हो चुकी थी। अब गरीब कुन्दन व उसका परिवार फसल के अभाव में कंगाली के कगार पर खड़ा था व भूखों मरने को तैयार था। इतना ही नहीं, आज सुबह वह कुन्दन की एकमात्र दुधारू भैंस को भी खूँटे से खोलकर अपनी गौशाला में ले गया, ये कहकर कि कुन्दन के पिता उसके पिता के किसी जमाने में कर्जदार थे, जिसकी उघाई वह अब कर रहा था। कुन्दन व उसकी पत्नी, बर्बादी का मातम मनाते हुए गौतमा के द्वार पर बालकों की भाँति रो रहे थे। गौतमा की समझ में न आ रहा था कि वह क्या करे। मास्टर जी होते तो समस्या का समाधान जरूर ढूँढ़ लेते। पर वह अकेली थी और साथ में औरत भी। वह इनकी कैसे मदद करती। पर उम्मीदें लेकर आये कुन्दन व उसकी पत्नी राधा को वह खाली हाथ भी कैसे लौटाती? वैसे भी पापी को दंड न मिले तो उसके अत्याचार बढ़ते ही चले जाते हैं। इसलिए उसे कुछ तो करना था, खजान चन्द खतरनाक व कमीना इंसान था, उससे खुद जाकर तो लड़ना सम्भव न था पर वह जानती थी कि खजान को कैसे पाठ पढ़ाया जा सकता था।

उन दिनों देहरादून में मास्टर जी के एक सहपाठी मित्र पुलिस कमिश्नर के पद पर सेवारत थे। गौतमा उनसे कभी न मिली थी लेकिन मास्टर जी कहते थे कि कमिश्नर साहब ने उन्हें नन्दिनी विद्यालय को सरकारी मान्यता दिलवाने में बड़ी मदद की थी, 'हो सकता है वे कुन्दन को भी कुछ न्याय दिलवाने में मदद कर सकें', सोच कर उसने कमिश्नर साहब के नाम एक पत्र लिख कर कुन्दन

के हाथ देहरादून भिजवा दिया था। कुन्दन पत्र दे आया था और उसके दूसरे ही दिन शाम को चार व्यक्ति पुलिस की वर्दी में डंडे लेकर खजान के घर आ धमके थे। आँगन में जमकर मार खाते हुए खजान को गाँव भर ने देखा था। घर की तलाशी लेकर पुलिस कर्मियों ने कुछ अवैध सामान भी उसके घर से बरामद किया था। दोषी करार देकर व हाथों में बेड़ियाँ डाल वे लोग उसे देहरादून थाने ले गये। जेल से तीन दिनों बाद जब खजान लौटा तो मार खाने से उसकी बुरी दशा थी। वही नहीं, सरकारी आदेशानुसार न केवल उसे कुन्दन की भैंस ही लौटानी पड़ी थी वरन् उसे अपनी उस वर्ष की फसल में से कुन्दन की अपेक्षित फसल का मुआवजा भी भरने का आदेश मिला था। पत्र भेजे जाने की बात को गुप्त रखने की चेतावनी देने के बाद भी मन्द बुद्धि कुन्दन चुप न रह सका। परिणाम, खजान चन्द क्रोध में पागल हो चला था।

कुन्दन के कारण उपरोक्त घटना से गाँव की नजरों में गौतमा की प्रतिष्ठा बढ़ गयी थी, पर हारे व मार खाये खजान के मन में क्रोध व बदले की ज्वाला इतनी धधक गयी थी कि वह जेल से आने के दूसरे दिन ही गौतमा व उसके परिवार को हानि पहुँचाने का खुला ऐलान खुद उनके आँगन में जाकर कर आया था। अपने आँगन में खड़े खजान चन्द की लाल चिंगारी-सी आँखों को देखकर गौतमा सहम गयी थी, लेकिन पत्थर पर धार तेज करती लकड़ी चीरने की कुल्हाड़ी को पकड़ी अम्बुजा, जब खजान के आगे से गुजरी तो वह कुछ सहम कर पीछे हट गया था। उसके बाद वह वहाँ से चला तो गया, पर जाते-जाते उन्हें अँगुली उठाकर चेतावनी देते हुए याद दिला गया कि वह अपने साथ हुई वारदात को आसानी से भूलने वालों में से न था।

दुर्गा अवतरण

उस वर्ष हरिद्वार में महाकुम्भ का पर्व था। बहुत दिनों से गौतमा की बड़ी चाह थी कि वह हरिद्वार में जाकर गंगाजी के जल से अपने तन मन की शुद्धी कर आये। लेकिन उन दिनों अकेली औरत के लिए यात्रा पर जाना कोई आसान बात न थी। इसलिए एक लम्बे समय से वह एक उचित मौके की तलाश में थी। इस बार गाँव के कुछ लोग महाकुम्भ पर स्नान हेतु हरिद्वार के लिए प्रस्थान करने वाले थे, उनके साथ जाने की योजना बना कर गौतमा ने भी यात्रा के लिए अपना जरूरी सामान बाँध लिया था। उसे कल सुबह ही यात्रा के लिए निकलना था। उसे घर व खेती पाती की विशेष चिन्ता न थी, क्योंकि वह जानती थी कि देवेश के साथ-साथ उसका घर व पशु धन भी अम्बुजा के मजबूत व जिम्मेदार हाथों में सुरक्षित था। उसे भय था तो मात्र खजान का, इसलिए रात को कुन्दन की पत्नी राधा को अम्बुजा के साथ रहने का आग्रह कर वह निश्चिन्त हो गयी थी व व्यग्रता से कल की प्रतीक्षा कर रही थी।

बस एक श्यामा के बारे में सोचकर वह थोड़ा परेशान महसूस कर रही थी। उसकी सबसे प्यारी गाय श्यामा, जिसे कुछ दिन पूर्व ही बछड़ा पैदा हुआ था, प्रसव के बाद बीमार चल रही थी। वैसे इन दिनों बगीचे की झाड़ियों से कुछ जड़ी बूटियाँ पीस कर गौतमा उसे सुबह-शाम काढ़ा बनाकर पिला रही थी, जिससे उसे कुछ फायदा तो अवश्य हुआ था। लेकिन वह अभी भी पूर्णतः ठीक नहीं थी, और सबसे बड़ी समस्या यह थी कि श्यामा गौतमा के सिवा किसी और को अपने पास न फटकने देती थी। 'जाने से पूर्व एक बार श्यामा को और काढ़े का भोजन करा दूँ' सोचकर आज भी उसने जड़ी बूटियों के साथ कुछ चावल और गुड़ पकाकर रख लिया था। पर आज दोपहर से ही न जाने क्यों उसके सर में भयानक दर्द उठ रहा था। ऐसा सर दर्द उसे बहुधा हो जाया करता था, पर आज गौतमा इसलिए परेशान थी कि यदि कल सुबह तक दर्द ठीक न हुआ तो उसे हरिद्वार की यात्रा स्थगित करनी पड़ सकती थी, क्योंकि अपने साथ-साथ वह

सह यात्रियों के लिए भी कोई कष्ट व संकट न बनना चाहती थी। अम्बुजा उसे कई बार आश्वासन दे चुकी थी कि दर्द जल्द ही ठीक हो जायेगा और उसकी महाकुम्भ यात्रा में बाधा न बनेगा, पर शाम हो गयी थी और अभी भी गौतमा के सर का दर्द ज्यों का त्यों बना था।

उस दिन दिनभर की असामयिक उमस के बाद शाम ढलने से ठीक पहले मौसम में एक और परिवर्तन आ गया। काले मेघों से घिर आये आसमान ने शाम होने से पहले ही अँधेरे का आँचल फैला कर धरा को ढाँप लिया था। जिसके कारण देवराजपुर व आस-पास के इलाकों पर एक भारी तूफान मँडराने की आशंका हो गयी थी। सन्ध्या का यह समय गौतमा के गौशाला जाने का था लेकिन वह सर दर्द से पीड़ित थी और उसकी इच्छा पलँग से हिलने तक की न थी। सामान्य परिस्थितियों में गौशाला जाना इतना आवश्यक न था, पर श्यामा के अस्वस्थ होने के कारण उसके नवजात बच्चे को दूध पिलाना अति आवश्यक था। गौतमा को अस्वस्थ देख अम्बुजा ने खुद गौशाला जाने की जिद की थी, इसलिए उस काली सन्ध्या में गौतमा ने श्यामा का काढ़ा, व उसके शिशु के लिए दूध लेकर, अम्बुजा को भेज दिया और साथ में चेतावनी भी दी थी कि "श्यामा के अधिक पास न जाना और मौसम के अधिक बिगड़ने से पहले ही घर लौट आना।" गौतमा की बात को आदेश मानकर अम्बुजा गौशाला की ओर चल दी थी।

अम्बुजा के जाने के कुछ ही देर बाद जोर की बिजली कड़की व पानी बरसने लगा था। 'अब तक अम्बुजा गौशाला पहुँच चुकी होगी, जब तक पानी बरस रहा है उसे वहीं रुक जाना चाहिए, कहीं भीगने से शीत गर्म का प्रभाव हुआ तो वह बीमार पड़ सकती है', सोचकर गौतमा बाहर हो रही बारिश के बारे में विचार करने लगी। 'अच्छा हुआ, कम से कम फसल काट कर सँभाल दी है, अन्यथा गर्मी के इस महीने में ऐसा मौसम कुछ दिन पहले हुआ होता तो गरीब किसानों के लिए अनर्थ हो जाता।' तभी बरामदे में जलता बल्व बुझ गया। 'आज फिर से भाग गयी, ये बत्ती भी अपनी मन मर्जी की करती है। कब आती है, कब जाती है, यही जाने', खुद से बातें करते हुए गौतमा अँधेरे का सहारा लेते हुए रसोई में रखी लालटेन के पास पहुँच गयी। उसने लालटेन जला ली, फिर अपने सर को चारों ओर घुमाया, अब तक सर का दर्द कुछ कम हो चुका था। काफी देर तक वह अम्बुजा की राह देखती रही, फिर उसने बरामदे की दीवार पर बने आले में रखी घड़ी की ओर देखा, साढ़े नौ बजने वाले थे। देवेश व माधव सो चुके थे, पर अब तक अम्बुजा न लौटी थी।

'अम्बुजा ने कुछ ज्यादा ही देर लगा दी है आज, उसे अब तक घर पर

होना चाहिए था, बारिश तो बीच-बीच में कई बार रुक चुकी है, फिर अम्बुजा किस बात की प्रतीक्षा कर रही है', गौतमा खुद से बातें कर रही थी, 'कहीं श्यामा ने उसे लात न मार दी हो।' फिर उसने सोचा कि हो सकता है श्यामा आज फिर अधिक अस्वस्थ हो गयी हो और खाना खाने को मना कर रही हो। 'ऐसा ही हुआ होगा', मन को सन्तोष दिला कर वह कुम्भ के मेले के बारे में सोचने लगी। बाबू व माँ भी एक वर्ष उसे व कैलाश को घर पर उनकी बुआ के साथ छोड़कर कुम्भ के मेले में गये थे। माँ ने बताया था कि वहाँ गंगा मैया के तट पर लोगों का विशाल समुद्र था। मेले से माँ व बाबू उसके लिए कितने तरह की मालाएँ व कानों के कुंडल खरीदकर लाये थे! कितने सुहाने थे वे बचपन के दिन। बरामदे में खाट पर बैठी गौतमा सोचने लगी कि आज बड़े दिनों बाद अनायास ही कैसे उसे शिवपुर का खयाल हो आया। तभी जोर से बिजली कड़की और तेज हवा के झोंके के साथ फिर से भारी बारिश शुरू हो गयी, शिवपुर से लौट कर गौतमा पुनः वर्तमान में आ गयी। वह लालटेन लेकर एक बार फिर से घड़ी के पास गयी, घड़ी दस बजा रही थी। गौतमा अब बुरी तरह घबरा गयी। 'श्यामा ने आज जरूर अम्बुजा को आहत कर डाला है, इसी कारण उसे इतनी देर हो गयी है। उसे श्यामा के पास खुद जाना चाहिए था, ये जानते हुए भी कि उसके सिवा वह गाय किसी और को पास नहीं आने देती, फिर भी उसने न जाने क्यों अम्बुजा को वहाँ जाने की सहमती दी थी?' सोचकर वह पश्चात्ताप करने लगी थी। उसे शीघ्र ही गौशाला पहुँचकर अम्बुजा को देखना होगा। फिर बिना एक क्षण देर किये उसने बरामदे में ही पड़े चीनी के खाली बोरे को बरसाती बनाकर सर पर डाल दिया था व अन्दर सो रहे अपने नौ वर्षीय पुत्र देवेश व ढाई वर्ष के माधव के कक्ष पर साँकल चढ़ा कर वह लालटेन उठा गौशाला की ओर चल दी थी।

खाली खेतों के मध्य से गौशाला की ओर जाता मार्ग घटाटोप बादलों के कारण घुप्प अँधेरे से घिरा था। गौतमा के हाथ में लालटेन होने के बाद भी वह दो कदम से अधिक देखने में असमर्थ थी। पर रात के इस अँधेरे में भी वह बिना किसी भय के तेजी से गौशाला की ओर बढ़ी जा रही थी, इस वक्त उसे मात्र अम्बुजा की चिन्ता थी कि 'कहीं श्यामा ने उसे किसी ऐसी वैसी जगह न मार डाला हो।' गौतमा मन ही मन भगवान से प्रार्थना कर रही थी कि 'हे प्रभु अम्बुजा पर दया बनाये रखना, वह औरत माधव का सारा संसार है, उसे यदि कुछ हो गया तो वह बालक अनाथ हो जायेगा।'

गौशाला कुछ ही कदम दूर रह गयी थी कि तभी फिर से जोर की बिजली

चमकी और बिजली की उस तेज चमक में गौतमा ने उस क्षण जो भी देखा वह कोई साधारण घटना न थी।

बिजली की उस क्षणिक रोशनी में गौतमा ने जो देखा, उसे लगा था कि वह उसका भ्रम था, पर दूसरे ही क्षण उसका भ्रम विश्वास में बदल गया था। उस रात गौतमा ने अपनी आँखों के सामने अम्बुजा को नहीं, वरन् उसके रूप में दुर्गा को देखा था। साक्षात चंडी का रूप लिए वह दुर्गा घर की ओर ही चली आ रही थी। उस अँधेरे में गौतमा को अचानक अपनी तरफ आते देख वह एकाएक थम गयी थी, उसके दाहिने हाथ में खून से तर उसकी लम्बे फल की दराँती स्वतः ही सीधी खड़ी हो गयी थी, जैसे वह गौतमा पर ही आक्रमण करने को तैयार थी। उसका ऐसा रौद्र रूप व भयानक मुद्रा देखकर गौतमा के पूरे शरीर का रक्त जम सा गया था। उसके कदमों में एक पग आगे बढ़ने का सामर्थ्य न था और न ही उसकी जुबान में एक शब्द कहने का। वह पत्थर की तरह वहीं खड़ी हो गयी, और भयभीत आँखों से अम्बुजा से दया की याचना करने लगी थी।

अम्बुजा अत्यन्त क्रोध में थी, कुछ क्षणों के लिए क्रोध से फैल गयी अपनी लाल आँखों से वह गौतमा को घूरती रही थी। उसकी साँसें धौंकनी की तरह तेज चल रही थीं। 'अम्बुजा के साथ जरूर कोई भयानक घटना घटी थी, इसीलिए वह इतने क्रोध में थी। किसी भी प्रकार से इसे शान्त करना ही होगा', गौतमा ने मन में निश्चय किया, व मन में साहस बटोर कर वह अम्बुजा से बोली, "शान्त हो जाओ बेटी, ये मैं हूँ तुम्हारी गौतमा दीदी, तुम्हारे माधव की ताई। तुम्हें मुझसे रुष्ट होने की कोई आवश्यकता नहीं, मेरे साथ घर चलो, वहाँ तुम्हारा पुत्र माधव तुम्हारी प्रतीक्षा कर रहा है।"

उत्तर में अम्बुजा ने कुछ न कहा, वरन् आँखें फाड़ वह गौतमा की ओर ऐसे देखती रही, जैसे जमीन पर रह रहे सभी प्राणियों से उसका विश्वास उठ गया हो। लेकिन गौतमा की सच्ची व पानी भरी आँखों ने अम्बुजा के क्रोध पर विजय पा ली थी, क्योंकि अम्बुजा जानती थी कि उन आँखों में उसके लिए न कोई घृणा थी और न ही किसी प्रकार का द्वेष, वरन् उसके सामने खड़ी स्त्री की आँखों में तो माँ का प्यार था, व अपनी पुत्री के लिए अपार चिन्ता। गौतमा की बात सुनकर अम्बुजा का प्रचंड क्रोध शान्त होने लगा था। पहले उसने क्रोध में जलती अपनी लाल आँखों को गौतमा के चेहरे से हटाया, फिर अपने हाथ से हथिहार नीचे किया। और अगले ही क्षण वह एकाएक घुटनों के बल जमीन पर बैठ गयी थी। इससे पहले कि गौतमा उससे कुछ पूछती वह फूट-फूट कर रोने लगी थी, ऐसे, जैसे कोई नन्हा बालक हो।

अम्बुजा के साथ कुछ बड़ा अनर्थ हुआ है, गौतमा जान गयी थी। पर यह समय व स्थान अधिक पूछ ताछ के लिए उपयोगी न था, और न ही उस समय अम्बुजा की मानसिक स्थिति ही इस योग्य थी। इस समय तो अम्बुजा खुद से चलकर घर पहुँचने तक में असमर्थ थी। कुछ ही क्षण पूर्व काली की तरह तना अम्बुजा का शरीर एकदम निढाल पड़ गया था। किसी तरह उस रात अम्बुजा को धकेलती व घसीटती गौतमा घर तक पहुँची थी। घर में सो रहे दोनों बच्चे जग कर कहीं किसी अप्रिय घटना के साक्षी न बन जायें, इसलिए वह अम्बुजा को लेकर घर के पीछे बने गोदाम में चली गयी थी।

अम्बुजा के बाल व वस्त्र खून में रंगे थे। वह लगातार रोये जा रही थी। भय से उसका बदन सूखे पत्ते की तरह काँप रहा था।

"डरो मत अम्बुजा, तुम्हारे साथ जो भी हुआ निर्भय होकर मुझे बताओ।" उस रात की घटना का जो विवरण अम्बुजा ने दिया था उसे सुन कर गौतमा आज भी काँप उठती है। अम्बुजा ने बताया–

"मौसम बिगड़ने के कारण अम्बुजा भाग कर जल्दी ही गौशाला पहुँच गयी थी। श्यामा व उसका बछड़ा दोनों ही स्वस्थ दिख रहे थे। श्यामा ने अम्बुजा का कोई विरोध न किया था, व प्रेम से दवा व चावलों के मिश्रण को जल्दी ही खा लिया था। तत्पश्चात एक हाथ में लालटेन व दूसरे हाथ में परात लेकर वह बाहर निकली। द्वार पर साँकल चढ़ाने के लिए उसने लालटेन व परात को जमीन पर रखा और जैसे ही दोनों हाथों से उसने द्वार को अपनी ओर खींचना चाहा कि पीछे से किसी ने उसके सर पर किसी वस्तु से वार कर दिया था। शायद किसी भारी लकड़ी से या हो सकता है बन्दूक के बट से। और कुछ देर बाद उसे जब होश आया तो वह किसी व्यक्ति के कन्धे पर झूलती हुई गौशाला के पीछे की खाली बंजर जमीन को पार करती हुई जंगलों की ओर ले जायी जा रही थी। काले बादलों से घिर आये आसमान में कुछ भी साफ देखना सम्भव न था, लेकिन उसे ले जाने वाला अपहरणकर्ता कोई पुरुष ही था, इतना तो उसे तुरन्त ही ज्ञात हो गया था। कुछ देर बाद उस व्यक्ति की लम्बी काठी व कन्धे पर लटकती बन्दूक से अम्बुजा को विश्वास हो गया था कि वह अपहरणकर्ता और कोई नहीं, वरन् उसी गाँव का नामी गुंडा खजान चन्द था।"

गौतमा का दिल छाती तोड़कर बाहर आने को तैयार था, इस भय से कि 'कहीं उस दानव ने इस सती के साथ कुछ बुरा तो नहीं कर डाला था।' अम्बुजा ने आगे बताया–

अम्बुजा के मुँह में पट्टी व हाथ तथा पैरों पर रस्सी बँधी थी। लगभग आधे

घंटे तक वह व्यक्ति उसे कन्धे पर लादे चलता गया और जंगल की सीमा के अन्दर तक घुस गया। ऊँची झाड़ियों व पेड़ों के बीच जंगली घास से भरे एक स्थान पर उसने अम्बुजा को कन्धे से ऐसे पटक कर नीचे गिराया था जैसे वह इंसान नहीं, वरन् चावल का बोरा थी। अम्बुजा के सामने खड़ा वह पापी बुरी तरह से हाँफ रहा था, वह अत्यन्त थक गया था। उसने सोचा न था कि जीते जागते मनुष्य को कन्धे पर लाद कर चलना, एक मरे जानवर की तुलना में अधिक कठिन होता है। और अम्बुजा भी कद काठी में गौतमा से कम न थी अतः उसका थक कर पस्त हो जाना स्वाभाविक ही था। कुछ देर बाद साँसें सामान्य होने पर उसने अपनी जेब से लाइटर निकाला व अम्बुजा के मुँह पर रोशनी डाली। रोशनी में अम्बुजा को देखकर वह इतना अचम्भित हुआ कि बिदक कर दो कदम पीछे हट गया, "तू कहाँ से चली आयी? वो ससुरी मास्टरनी की बच्ची कहाँ रह गयी?" खजान को अपनी आँखों पर जैसे विश्वास ही न हो रहा था। इस बीच अम्बुजा ने सर को हिला-हिला कर मुँह पर बँधा कपड़ा नीचे खिसका दिया था। वह बहुत डरी हुई थी।

"मुझे छोड़ दो खजान चन्द, मैंने तुम्हारा क्या बिगाड़ा है? मुझे जाने दो।" वह गिड़गिड़ाने लगी थी।

"तूने नहीं, उस हरामजादी मास्टरनी ने बिगाड़ा है मेरा। उसके कारण पुलिस वालों से कितना पिटा हूँ मैं, जानती है? उन चार दिनों में मेरे साथ जेल में कितने कुकर्म हुए हैं पता है? अपने साथ हुए एक-एक वाकये का हिसाब लूँगा मैं उस घमंडी औरत से। पिछले सात दिनों से रोज रात में उसका पीछा कर रहा था, सोचा सही मौके पर वार करूँगा, पर आज तू क्यों बीच में चली आयी?" अम्बुजा के आगे खड़ा हो खजान चन्द अब तक दो सिगरेट फूँक चुका था। अम्बुजा उसका शिकार न थी। रात के घुप्प अँधेरे में वह धोखे से उसे उठा लाया था, पर अब वह क्या करे, इसी असमंजस में खड़ा वह धुआँ उड़ाये जा रहा था। अम्बुजा के हाथ-पैरों पर बँधी रस्सी ढीली थी। उसने अपना दाहिना हाथ किसी तरह से मुक्त कर लिया था। खजान उसे कन्धे पर वहाँ तक लाया जरूर था, पर उसके बाद सिगरेट पीने के अलावा उसने कुछ न किया था। 'हो सकता है अपनी गलती का अहसास कर वह उसे जाने दे', सोचकर अम्बुजा जमीन पर बैठ गयी व पैरों पर पड़ी रस्सी को खोलने के लिए पैरों की ओर झुकी कि "धड़ाक"

बन्दूक के बट से उसने एक चोट अम्बुजा की झुकी हुई पीठ पर मारी और बोला, "क्या करने का इरादा है तेरा, हाँ? भागने का?" दर्द में बिलखती अम्बुजा जमीन पर लोटपोट हो गयी थी। खजान ने फिर से लाइटर जला लिया था।

जमीन पर लोटने के कारण आँचल से अनावृत हो गया उसका वक्ष, व घुटनों तक चढ़ आयी उसकी साड़ी के कारण उसकी युवा देह को देख खजान चन्द के अन्दर बैठा शैतान पूरी तरह जाग्रत हो गया था। लाइटर की रोशनी में उसकी आँखों से टपकती हैवानियत से अम्बुजा और भी भयभीत हो गयी थी। अपने प्राणों की भीख माँगते हुए वह बोली–

"मुझे जाने दो, दीदी मेरे लिए बहुत चिन्तित होंगी, मुझे घर जाना है अपने बेटे के पास, मैं तुम्हारे पाँव पड़ती हूँ, मुझे छोड़ दो।"

लेकिन जंगल में निर्दोष पशुओं का वध करने वाला वह हिंस्र प्राणी अपने शत्रु के मित्र को कैसे छोड़ देता। और अपनी ये मनसा उसने अम्बुजा से छिपायी भी नहीं।

"देख लड़की मेरी दुश्मन तू नहीं है, वो मास्टरनी है। पर तेरा दोष ये है कि एक तो तू उस हरामजादी मास्टरनी की वफादार कुतिया है और उससे भी ज्यादा दोष ये कि तू जवान है, बहुत जवान, अपनी मालकिन से भी ज्यादा। आधे घंटे तक तुझे कन्धे पर लाद कर इतनी दूर लाया हूँ, तो अब तुझे यूँ ही चले जाने दूँ? इसलिए बस तू अब राम का नाम ले, क्योंकि आज तेरा आखिरी दिन है।" खजान की आवाज बर्फ जैसी सर्द थी।

"नहीं खजान चन्द मुझे जाने दो, मैं ये प्रसंग किसी से भी न कहूँगी, अपने बेटे की कसम, माधव की कसम।" अम्बुजा बुरी तरह गिड़गिड़ा रही थी।

"चुप कर, दया करना मेरा स्वभाव नहीं है, आज तू मेरा शिकार नहीं थी, पर मैं क्या करूँ, ये तो दुर्भाग्य है तेरा। इसलिए न चाहते हुए भी तुझे ठिकाने लगाना ही होगा, पर उससे पहले मुझे अपनी इस जवानी की नदिया में तू एक डुबकी तो लगा लेने दे। धन्य हो जाऊँगा मैं, और कौन जाने मरने से पहले तू भी धन्य हो जाये।" कहकर खजान ने लाइटर बन्द कर दिया फिर अपना एक पैर गौतमा की छाती पर रख वह दोनों हाथों से अपने पैंट की पेटी को खोलने लगा। तभी, 'आ...', एक भयानक चीत्कार का स्वर पास की झाड़ियों में जाकर विलीन हो गया। खजान अपनी जाँघ को दोनों हाथों से पकड़े भूमि पर लोट-पोट होकर पीड़ा से बिलबिला रहा था। कमर पर से हाथ आ गयी अपनी धार-दार लम्बे फल वाली चन्द्राकार दराँती से अम्बुजा ने खजान की जाँघ पर भरपूर वार किया था। बेचारे खजान को क्या पता था कि उस स्त्री के हाथों में जंगल के विशाल दरख्तों को काट गिराने का सामर्थ्य था, और वह तो हाड़-मांस का बना मात्र एक मनुष्य था, एक तुच्छ मनुष्य।

कुछ देर पूर्व जीवन की भीख माँगती अम्बुजा के मन से अपने आप ही भय

का साया उठ चुका था, और उसके स्थान पर एक हिंसक सिंहनी ने जन्म ले लिया था। उसके सर पर चढ़ आयी भद्र काली ने खजान की टाँग को मात्र आधा काटकर ही सन्तोष न किया, बल्कि पहला आघात पहुँचाने के बाद उसकी रक्त पिपासा और भी बढ़ गयी थी, और वह रुकी नहीं, बल्कि वार पर वार करती चली गयी। खजान छटपटाता हुआ न जाने कब का शान्त हो चुका था, पर जब अम्बुजा का क्रोध कुछ शान्त हुआ व उसके सोचने-समझने की शक्ति लौटी, तो वह तेज कदमों से घर की और दौड़ पड़ी, जहाँ मार्ग में उसे गौतमा मिल गयी थी।

घटना का विवरण देते हुए अम्बुजा का बदन फिर से काँपने लगा था। गौतमा भी अत्यन्त चिन्तित हो उठी थी। अम्बुजा के साथ हुआ आज रात का काण्ड बहुत ही भयानक था। अम्बुजा ने उस पापी का अन्त कर डाला था, अपने लिए नहीं बल्कि गौतमा के लिए। 'आज अम्बुजा के स्थान पर यदि वह खुद गौशाला गयी होती तो', सोचकर आत्मा तक काँप उठी थी उसकी। निस्सन्देह आज अम्बुजा ने उसके प्राण बचाये थे, पर अब उसे अम्बुजा को बचाना था, हत्या के दोष व कानून की पकड़ से उसकी रक्षा करनी थी। इस बीच बारिश भी थम चुकी थी व तूफान भी। बाहर मौसम में शान्ति थी और इधर गौतमा के मन में एक तूफान।

उस रात सूखी फटी लकड़ियों में ढेर सारा मिट्टी का तेल डालकर घर से जुड़े बाग में आम के पेड़ के नीचे उन दोनों ने मिलकर एक धूनी जमायी थी, और उस धूनी में आहुति दी सारे रक्त रंजित कपड़ों के साथ बाँस के हत्थे पर चढी लम्बे फल वाली दराँती की भी। वही नहीं, कुछ देर के लिए थम गये तूफान व बारिश के सन्नाटे में उन दो औरतों ने धू-धू कर जल रही उस आग को साक्षी मान कर उस रात सौगन्ध ली थी कि अम्बुजा के साथ घटी उस घटना का उस तूफानी काली रात के अलावा और कोई दूसरा साक्षी न होगा, यहाँ तक कि वे दोनों भी नहीं। कुछ ही देर में आग की उन तेज लपटों ने सब कुछ लील लिया था। तभी फिर से जोरों से पानी बरसने लगा था जिसमें धूनी की राख भी बह चली थी। मन में शान्ति लिए व प्रतिज्ञा के सूत्र में बँधे वे दोनों लोग निश्चिन्त हो अन्दर चले आये थे।

अगली सुबह गौतमा ने अपने स्थान पर अम्बुजा को कुम्भ के मेले में भेज दिया था, ये सोचकर कि अम्बुजा को गंगा स्नान की उससे अधिक आवश्यकता थी। अम्बुजा न जाना चाहती थी पर गौतमा ने उसे समझाया कि कुम्भ में जाने से व गंगाजी के पवित्र जल में नहाने से उसका तन व मन दोनों शान्त हो जायेगा, अतः बिना अधिक प्रतिरोध के अम्बुजा यात्रियों के साथ हरिद्वार चली गयी थी।

यहाँ देवराजपुर में अगली सुबह घर के काम काज निबटाकर जब गौतमा ने नियम स्वरूप गीता की पुस्तिका खोली तो आज का प्रथम श्लोक था–

“यदा यदा हि धर्मस्य ग्लानिर्भवति भारत
अभ्युथानम धर्मस्य तदात्मानं सृजाम्यहम।”

“हे अर्जुन, पृथ्वी पर धर्म की स्थापना व पापियों के संहार के लिए मैं विभिन्न रूपों में अवतरित होता रहा हूँ।” पूरी व्याख्या पढ़ने के उपरान्त गौतमा ने पुस्तक बन्द कर दी। ‘यह कैसा विचित्र संयोग था, प्रभु भी पापियों के संहार का उपदेश दे रहे थे’, वह सोच रही थी। अचानक उसे ऐसा लगा कि शायद अम्बुजा भी भगवान के रूप में उस खजान पापी का अन्त करने और गौतमा को बचाने देवराजपुर आयी थी। “जीवन में किसी का ऐसे ही मिल जाना मात्र सयोग नहीं है गौतमा”, उसे अनायास ही मास्टर जी के शब्द याद आ गये थे। उसने पुस्तक सँभाल कर वापस रख दी व रसोई में जाकर माधव के लिए दूध फेंट कर ठंडा करने लगी।

अम्बुजा कुम्भ से एक सप्ताह बाद आने वाली थी। इधर जब तक देहरादून कोतवाली में पुलिस को खबर मिली, खजान को मरे चार दिन हो गये थे। इन चार दिनों में लोमड़ी, सियार व अन्य जंगली पशुओं ने उसके अधिकांश शरीर को हजम कर लिया था। उसके बाल व पास में पड़ी वह बन्दूक जिससे उसने न जाने कितने पशुओं के प्राण लिए थे, उसकी शिनाख्त के मात्र चिह्न बचे थे। कुछ घरों में पुलिस ने औपचारिकता के लिए थोड़ा बहुत पूछ ताछ भी की थी। पर गाँव में खजान चन्द के शत्रुओं की कमी न थी, ज्ञात होता तो भी लोग पुलिस की कोई मदद न करते, इसलिए उन्हें कोई सुराग न मिला। इधर मात्र स्त्रियों का घर होने से गौतमा व अम्बुजा की तरफ किसी का ध्यान भी न गया। अन्ततः सूत्रों के अभाव में यह निष्कर्ष निकाला गया कि खजान बन्दूक लेकर शिकार पर गया था और किसी जानवर की चपेट में आकर खुद ही शिकार बन गया। उसकी मौत पर गाँव में किसी को अफसोस न था, यहाँ तक कि उसकी पत्नी को भी नहीं। जीवन के बाकी वर्ष बिना पिटे जीने की उम्मीद पर वह भला क्यों शोक मनाती?

एक और आघात

कहते हैं समय के साथ गहरे से गहरे घाव भी भर जाते हैं। लेकिन गौतमा के घाव तो अभी भी न भरे थे, हाँ, साथ में रह रही अम्बुजा व दो बच्चों के लालन-पालन की जिम्मेदारी ने उसकी प्राथमिकताएँ अवश्य बदल दी थीं। घर में खेती पाती के साथ-साथ तीन सदस्यों की देख रेख का भार सीधे उसके कन्धों पर आ गया था। जीवन यात्रा के इस कठिन दौर में अम्बुजा का साथ होने से उसकी हर मुश्किल आसान हो गयी थी। अम्बुजा जैसी स्त्री को अपने घर में शरण देकर गौतमा ने कभी क्षण के लिए भी पश्चात्ताप नहीं किया था। मितभाषी होने के साथ-साथ अम्बुजा खुद तक ही सीमित रहती थी, पड़ोसियों की बहू सावित्री के अतिरिक्त वह कभी कभार ही गाँव के लोगों से बातें करती थी, वह भी अपने विषय में कभी नहीं। इतने वर्षों बाद भी गौतमा कि लिए उसका अतीत आज भी एक रहस्य ही था, लेकिन अब गौतमा के मन में उसके बारे में जानने की कोई जिज्ञासा भी न रही थी। 'वह भी किस्मत की मारी होगी', सोचकर, अब गौतमा ने उसके अनसुने व अनकहे अतीत को अकेला छोड़ दिया था। गौतमा जानती थी कि छल व फरेब से दूर अम्बुजा अत्यन्त सहनशील व सहृदय स्त्री थी। देवेश व गौतमा को वह जी जान से प्यार करती थी। उसकी ऐसी अनोखी निष्ठा व समर्पण से प्रभावित होकर गौतमा तो अब ये भी भूल चुकी थी कि अम्बुजा उस घर की शरणार्थी थी। इन छह वर्षों में अम्बुजा उसे अपनी सन्तान सदृश प्यारी हो गयी थी। वैसे भी गौतमा व देवेश के लिए, परिवार के नाम पर माधव व अम्बुजा के सिवा और था ही कौन? उस अज्ञात अबला के अनगिनत अहसान थे गौतमा के जीवन पर। अम्बुजा ने ही तो उसकी सम्भावित हत्या हो जाने से उसकी रक्षा की थी, व उसी ने तो अपने पुत्र व माधव के साथ मिलकर गौतमा की आत्मा के रिसते हुए घावों पर मरहम लगाया था, उन्हीं के कारण ही तो गौतमा का सूना घर फिर से आबाद हो गया था। अम्बुजा के प्रत्यक्ष व परोक्ष सारे उपकारों के लिए गौतमा उसकी सदैव कृतज्ञ थी।

इधर अम्बुजा ने भी इन सात वर्षों में गौतमा की प्रत्येक रोटी का हिसाब चुकाने में कोई कसर न छोड़ी थी। गौतमा व उसके घर के लिए अम्बुजा अपना सर्वस्व निछावर करने को सदा तत्पर रहती। गौतमा व देवेश के लिए उसका ऐसा समर्पण भाव देखकर गाँव के लोग ही नहीं, स्वयं गौतमा भी चकित हो जाती थी। गौतमा की प्रत्येक बात उसके लिए आदेश होती और प्रत्येक आदेश एक कर्तव्य।

'कितनी कर्तव्यपरायण व भोली है यह स्त्री और कौन-सा ऐसा क्रूर समाज है जो अम्बुजा जैसी स्त्री का बहिष्कार कर सकता है। गंगा समान पवित्र, इस औरत से भी क्या कोई गुनाह हो सकता है।' गौतमा अक्सर सोचा करती। बहुधा वह काम से थककर एक कोने में चुपचाप खोयी-सी अम्बुजा को देखकर मन में विचार करती, 'कौन जाने क्या हुआ होगा तुम्हारे साथ अम्बुजा? सीता माता को भी तो एक दिन ऐसे ही देश निकाला हुआ था। सम्भव है ऐसा ही कुछ तुम्हारे साथ भी हुआ हो कि तुम्हें दूर जाने के लिए विवश होना पड़ा हो!' फिर मन ही मना उसे सान्त्वना देते हुए कहती, 'निर्दयी समाज ने भले ही तुम्हें ठुकरा दिया हो, लेकिन मैं तुम्हें अपने से दूर कभी न करूँगी अम्बुजा। यह घर मेरा व देवेश का ही नहीं, तुम्हारा व माधव का भी है, और सदैव रहेगा, ये वचन है इस गौतमा का, तुम्हारी दीदी का।'

'बच्चों के साथ-साथ अम्बुजा का भी सहारा मिल जाने से उसका यह लम्बा जीवन कट ही जायेगा', वह बहुधा सोचा करती थी। लेकिन भाग्य को भी गौतमा से ना जाने क्या बैर था, क्योंकि जब-जब भी वह जीवन बगिया से खुशियों के पुष्प चुनने का प्रयास करती, तब-तब कोई ना कोई आँधी अवश्य आ घेरती और उन फूलों को तहस-नहस कर देती। उस वर्ष भी ऐसा ही हुआ था। बड़ी भयानक आँधी आयी थी तब।

उस वर्ष हुई चौमासे की बारिश को लोग आज तक नहीं भूले हैं। कई दिन और रातों तक लगातार पानी बरसता रहा था। जिसके कारण खेतों व तालाबों का गन्दा पानी, पेय जलाशयों को दूषित कर गया था। परिणाम स्वरूप देवराजपुर व आस-पास के इलाकों में हैजे का भारी प्रकोप फैल गया।

जिस दिन अम्बुजा बीमार हुई थी, भाद्र मास का वह काला दिन गौतमा कैसे भूल सकती है? उस अशुभ सुबह को गाँव से दो शव एक साथ उठे थे। उनमें से एक देह अम्बुजा की सखी, सावित्री की थी, जिसे अम्बुजा ने अपने हाथों से सजाकर विदा किया था। गौतमा के परिवार के सिवा अम्बुजा का यदि कोई हमदर्द था, तो वह पड़ोस के अधिकारी परिवार की बहू सावित्री थी। सावित्री के निधन पर अम्बुजा बहुत रोयी थी व उसकी शव यात्रा का प्रस्थान होते ही खुद घर में जाकर अपनी पलँग पर सो गयी थी।

हैजा कितना संक्रामक व भयानक था, उन दिनों लोगों को इसका पूर्ण अनुमान न था। रात-दिन अथक परिश्रम से कभी न थकने वाली अम्बुजा के लिए घर आकर बिस्तर पर चले जाना कोई सामान्य बात न थी। गौतमा ने तब उससे कुछ न कहा, उसे तो लगा था कि अपनी प्यारी सखी के देहावसान से दुखी होकर अम्बुजा कुछ शान्ति के क्षण चाहती थी, और शायद इसीलिए बिस्तर पर चली गयी थी। पर तुरन्त ही गौतमा का भ्रम टूट गया क्योंकि बुखार में तपती अम्बुजा कुछ ही देर में ऐसे संकेत देने लगी थी, जैसे कल उसकी सखी सावित्री ने दिये थे।

तपती देह के साथ-साथ पेचिशों और उल्टियों का जो दौर अम्बुजा के जीवन में चला वह फिर कभी रुका ही नहीं। दो व्यक्तिओं के दाह संस्कार के कारण उस दिन गाँव में कोई पुरुष भी न था, जिसकी मदद से अम्बुजा को कहीं बाहर इलाज के लिए ले जाया जाता। हैजे से त्रस्त अम्बुजा की निरन्तर बिगड़ती दशा कुछ ही घंटों में गम्भीर हो गयी थी। ढलते सूरज के साथ, गर्त में जा रही उसकी आँखों की चमक भी तेजी से ढलती जा रही थी। उस आधे दिन में ही उसके मुख की कान्ति फीकी पड़ गयी थी। उसके होठों पर जमी पपड़ी से ऐसा प्रतीत हो रहा था जैसे उसने हफ्तों से जल ग्रहण न किया हो। गौतमा अत्यन्त विचलित हो उठी थी क्योंकि उन दिनों आस-पास के इलाकों में कोई डॉक्टर न था। पास के कस्बे में कुछ चिकित्सक अवश्य थे लेकिन चारों ओर फैली महामारी को नियन्त्रित करने में सभी इतने व्यस्त थे कि देवराजपुर जैसे छोटे-से गाँव में अम्बुजा जैसी गुमनाम स्त्री के लिए किसके पास समय था?

रात आ गयी थी व उसके साथ अम्बुजा की तबियत भी अत्यधिक गिर गयी थी, गौतमा रह-रह कर अम्बुजा के मुँह में अजवाइन का पानी डाल देती थी, पर पिछले दो घंटों से अम्बुजा द्वारा पानी निगलने का प्रयास भी असफल हो रहा था। प्रति पल क्षीण होते शरीर और शिथिल पड़ती आँखों से वह गौतमा को निहार रही थी। अपनी ओर ताकती अम्बुजा की असहाय नजरों ने गौतमा का हृदय छलनी कर दिया था। क्या नहीं किया उस रात गौतमा ने अम्बुजा के युवा प्राणों के संरक्षण के लिए, लेकिन उसका हर सम्भव प्रयास लेश मात्र भी फलीभूत न हुआ था।

इस बीच दो बार माधव भी माँ के पास आ चुका था, बीमारी संक्रामक थी इसलिए पहली बार गौतमा ने उसे अम्बुजा के पास न आने दिया लेकिन दूसरी बार जब वह बड़ी देर तक द्वार पर से ही माँ के बीमार मुँह को निहारे चला जा रहा था, तो उसे देख गौतमा का मन भर आया, हाथ से इशारा कर उसने माधव को उसकी माँ के पास बुला लिया। अम्बुजा ने सूनी आँखों से पुत्र को देखा, फिर उन सूखी जलहीन आँखों से न जाने कैसे दो बूँद पानी ढुलक कर उसके गालों

पर लुढ़कता हुआ उसके कानों की ओर चला गया। अपने सात वर्षीय बेटे के मुख पर माँ को खो देने का भय व दुःख का भाव, बीमारी के उन कठिन क्षणों में भी ताड़ गयी थी अम्बुजा। माधव ने अपनी माँ को इतना निर्जीव व असहाय पहले कभी न देखा था। माँ का शक्तिहीन व असहाय मुख देखकर वह विचलित होने लगा था, उसे चिन्तातुर देख अम्बुजा का हृदय जीवन के उन घोर कठिन क्षणों में भी अपने से अधिक अपने पुत्र के लिए व्यथित हो उठा था। उसने माधव का हाथ पकड़ने की चेष्टा में अपना हाथ उसकी ओर बढ़ाना चाहा, माँ कमजोर थी, माधव समझ गया था, इसलिए उसने खुद ही अपना हाथ आगे कर माँ की हथेली में थमा दिया था। थकी व हारी आँखों से कुछ देर के लिए वह पुत्र के भोले मुँह को निहारती रही, फिर उसे हिम्मत दिलाने की चेष्टा में हमेशा की तरह उसी मधुर लेकिन क्षीण स्वर में बोली–

"परेशान न हो माधव, तू अकेला नहीं है। ताईजी और देवेश भैया हैं ना तेरे साथ, इनकी सदैव सेवा करना बेटा, यही मेरा परिवार था और अब यही तेरा भी परिवार है।" इतना कह अम्बुजा ने पुनः आँखें बन्द कर ली थीं। गौतमा ने माधव को सोने कि लिए दूसरे कक्ष में भेज दिया था। व खुद रसोई से उबला पानी लाकर दो-दो चम्मच अम्बुजा के मुँह में डालने का प्रयास कर रही थी। पर अम्बुजा इतना कमजोर महसूस कर रही थी कि मुँह खोलने तक का सामर्थ्य न था उसमें।

"पानी पीलो अम्बुजा", गौतमा चम्मच को उसके मुँह के पास ले जाकर बोली।

उसके कहने पर अम्बुजा ने मुँह खोलने का प्रयास तो किया पर कुछ बूँदों के अलावा सारा पानी उसके मुँह के दोनों किनारों से लुढ़क कर बाहर निकल गया। उसे इतना बदहाल देख गौतमा ने अपनी हथेली से उसके गालों को धीरे से थपथपाया तो उसने पुनः आँखें खोल दी। कुछ देर तक गौतमा के मुँह को यूँ ही ताकने के बाद अम्बुजा ने अपने सूखे होंठों पर जीभ फिरायी व अत्यन्त धीमी आवाज में उसकी ओर देखते हुए बोली।

"भुवनेश बहुत नीच व्यक्ति निकला, दीदी।"

गौतमा को बहुत आश्चर्य हुआ, क्योंकि आज पहली बार अम्बुजा ने किसी पुरुष का नाम अपने मुँह से लिया था।

"कौन भुवनेश, बेटी?" गौतमा ने पूछा, फिर उसके दुर्बल हुए तन को देख कर उसने अपने प्रश्न का विचार त्याग दिया और बोली,

"उल्टियों व दस्त ने तुम्हें अत्यन्त कमजोर कर डाला है, इसलिए इस समय अधिक बातें कर अपनी शक्ति व्यय न करो अम्बुजा। सुबह तक अपनी हिम्मत बनाये रखो, कल जैसे भी हो मैं तुम्हें गाँव वालों की मदद से शहर डॉक्टर के

यहाँ जरूर लेकर जाऊँगी, एक बार ठीक हो जाओ तो तुम्हारी सारी बातें भी सुन लूँगी, लेकिन अभी नहीं।"

पर अम्बुजा जानती थी कि उसका तेजी से गिरता स्वास्थ्य शायद कल तक की प्रतीक्षा करने में असमर्थ था, इसलिए उसे आज ही गौतमा से वह महत्त्वपूर्ण चर्चा करनी थी जिसे उसने आज तक अपने सीनें में कैद रखा हुआ था। गौतमा ने अपने मुँह पर ऊँगली रख उसे चुप रहने का संकेत भी किया था पर वह चुप न रही।

"बोलने दो दीदी, शायद दुबारा अवसर न मिले। भुवनेश, माधव का पिता था, पर मेरा पति नहीं। मैं तो ग्यारह वर्ष में ही बाल विधवा हो गयी थी। मेरे विवाह के दो दिन बाद ही मेरे पति का देहान्त हो गया था, पेड़ से गिरकर। अपने पति को ठीक से देख भी ना पायी थी मैं।" बातें करते हुए अम्बुजा की साँस बुरी तरह फूलने लगी थी। कुछ देर के लिए वह चुप हो गयी थी और विश्राम के लिए उसने अपनी आँखें बन्द कर ली थीं।

"दो घूँट पानी और पीने का प्रयास करो अम्बुजा", कहते हुए गौतमा ने अम्बुजा के मुँह में पानी डाला जो इस बार उसने किसी तरह गटक लिया था। और वह फिर से आँखें खोल गौतमा की ओर देखकर बोली—

"दीदी, पति क्या होता है, विवाह क्या होता है, कुछ नहीं जानती थी मैं तब, इसलिए न तो मुझे कभी अपने विवाह की खुशी हुई और न विधवा होने का दुःख। बस मैं तो तब इतना ही समझ पायी थी कि पति के मरते ही जीवन में हर सामान्य चीज अचानक ही असामान्य हो गयी थी।

पति के मरने के बाद दादी ने मेरी कमर में एक बड़ी-सी दराँती खोंस दी थी, जब मैंने पूछा कि मैं ये दराँती अपनी कमर में क्यों डालूँ, ये गड़ती है, तो दादी ने कहा था, 'ये औजार भूत-प्रेतों के साथ-साथ मानव में छिपे दानव को भी मुझसे दूर रखेगा', और दादी ने ये भी कहा था कि कुछ दिनों में आदत हो जायेगी तो दराँती फिर नहीं गड़ेगी, मैंने उनकी बात चुपचाप मान ली थी। शुरू-शुरू में मुझे विधवा हो जाने का ज्ञान न था, पर खान पान और पहनावे के साथ जीवन में हर कदम पर एक नया प्रतिबन्ध था, एक नयी अपेक्षा थी। अतः मैं जान गयी थी कि मेरे भाग्य में चिर दुःख का नाम ही वैधव्य था।

समय बीत रहा था, मैं जानती थी कि मैं जवान हो रही थी, साथ में ये भी जानती थी कि मैं विधवा थी और संसार की कोई भी सुन्दर वस्तु व भोग विलास की सामग्री मेरे लिए निषेध थी। अपने ऊपर नियन्त्रण रखने के लिए मैंने हर सम्भव प्रयास किया था, लेकिन जवानी के उन्माद ने मेरी एक न सुनी, विशेषकर तब, जब एक दिन मेरे जीवन में भुवनेश आया। जवानी का आकर्षण

व प्यार का छलावा, मेरी बुद्धि को भ्रष्ट कर गया था। मुझे भुवनेश से प्यार हो गया। उससे मिलने के बाद मेरे सूखे व नीरस पड़े जीवन में अचानक ही बहार आ गयी थी। बड़े रंगीन सपने दिखाये थे उस भुवनेश ने मुझे। उसने मुझसे कहा था कि मुझसे ब्याह रचाकर वह मेरे सारे दुखों को हर लेगा। जीवन में आयी नयी सम्भावनाओं के लालच में आकर, कमर में घुसी दराँती घर में छोड़कर, मैं उससे चोरी छुपे मिलने लगी थी।

लेकिन भाग्य ने मेरे लिए एक सुखी वैवाहिक जीवन की योजना कभी न बनायी थी। मेरे जीवन में तो मात्र दुःख ही लिखे थे। कुछ ही दिनों में मेरा प्यार मुझ तक सीमित न रह पाया, बल्कि चोरी-छुपे किया गया वह प्यार, गर्भ में पनपकर संसार के सम्मुख ढिंढोरा पीटने को बेसब्र हो गया था। जैसे ही मुझे ज्ञात हुआ मैं बहुत घबरा गयी, और समाधान माँगने भुवनेश के घर जा पहुँची। उस समय वह दुष्ट प्राणी घर पर अकेला ही था।"

"फिर क्या उसने तुम्हें व तुम्हारे बच्चे को अपनाने से इनकार कर दिया?" गौतमा ने पूछा।

"अपनाने का प्रश्न तो आया ही नहीं दीदी, मेरे गर्भवती होने की बात सुनते ही भुवनेश को न जाने क्या हो गया था, उसने मुझे एकाएक जमीन पर धकेल दिया था और मेरी छाती पर घुटनों के बल चढ़ कर वह मेरी गर्दन दबोचने लगा था। वह कह रहा था कि उसका विवाह कहीं और होने वाला था, किसी कुँवारी कन्या से। मैं विधवा थी, इसलिए उसे मुझ जैसी आवारा व बदचलन औरत से छुटकारा चाहिए था।"

"फिर तुम कैसे उस राक्षस से मुक्त हो पायी अम्बुजा? क्या बाद में उसने तुम्हें छोड़ दिया?" अम्बुजा के जीवन के पन्नों में एक भयानक कथा कैद थी। गौतमा सन्नाटे में आ गयी थी।

"उसने कब छोड़ा? वो तो प्राण लेकर ही छोड़ता, पर इससे पहले कि वह मुझे व मेरे अजन्मे बच्चे की हत्या करता, मैंने ही उसे मार डाला।"

"तुमने मार डाला! कैसे?" गौतमा को एक बार लगा कि अम्बुजा ने भीषण कमजोरी से अपना मानसिक सन्तुलन खो दिया था।

"हथौड़े से, छटपटाते हाथों में ना जाने कहाँ से एक हथौड़ा आ पड़ा था और सर पर उसकी एक ही चोट से भुवनेश मर गया था।" गौतमा को अपने कानों पर विश्वास न हो रहा था पर अम्बुजा पर उसे लेश मात्र भी शक न था, क्योंकि अम्बुजा असत्य बोलने वालों में थी ही नहीं, और वो भी बीमारी की इस गम्भीर अवस्था में वह झूठ क्यों बोलती?

"फिर क्या हुआ? भुवनेश की हत्या हो जाने से तुम पर कोई संकट तो नहीं आया?" गौतमा ने पूछा।

"फिर मैं बहुत भयभीत हो गयी थी, मैंने घर आकर अपनी माँ व दादी को सब सच-सच बता दिया था। हम लोग गरीब थे और भुवनेश अमीर। मेरे कारण पूरे परिवार पर संकट आ सकता था, इसलिए माँ ने मुझे सदा के लिए गाँव छोड़कर बहुत दूर भाग जाने के लिए कहा। कमर में दराँती छुपाये मैं वहाँ से चली गयी। भूखी-प्यासी ऐसे ही कई दिनों तक इधर उधर भटकती रही थी मैं। भुवनेश के घर वाले मुझे ढूँढ़ न लें, इसलिए मैं वहाँ से बहुत दूर चली गयी। भिखारन बनकर मैं कई बसों, ताँगों व पैदल यात्रा कर इधर से उधर भटकती रही व अन्ततः तुम्हारे यहाँ चली आयी।"

"जो तुम कह रही हो क्या ये सब सच है अम्बुजा?" गौतमा ने ये सोचकर पूछा कि बीमारी की चपेट में कहीं अम्बुजा कोई बेबुनियाद प्रलाप तो नहीं कर रही थी। पर अम्बुजा जानती थी कि उसका अपने मष्तिष्क पर से नियन्त्रण न उठा था।

"यही सच है दीदी, सम्पूर्ण सच। इतने वर्षों से आपसे यह बात इसीलिए गुप्त रखी कि कहीं हत्यारन समझ कर आप मुझे व माधव को घर से निष्कासित ना कर दें। मैं हत्यारन नहीं हूँ दीदी, में तो भुवनेश से प्रेम करती थी, आत्मरक्षा के लिए ही मैंने उस पर वार किया था। मैं सत्य कह रही हूँ, आपको मेरी बात पर विश्वास तो है ना दीदी?

"हाँ अम्बुजा, मुझे तुम्हारी बात पर कोई शंका नहीं। तुम जैसा दयावान इंसान जान बूझकर किसी मनुष्य को तो क्या, कीट पतंग तक को हानि नहीं पहुँचा सकता। मैं जानती हूँ कि मेरी बेटी अम्बुजा हत्यारन नहीं है, इसलिए तुम इसकी बिल्कुल चिन्ता न करो।" गौतमा की बात पूरी होते ही अम्बुजा की आँखों में फिर से दो बूँद पानी बह आया था। शायद इसलिए कि गौतमा के मन में उसने अपने लिए क्षमा देख ली थी। इस बीच गौतमा ने उसके मुँह में एक चम्मच पानी और डालने की कोशिश की थी लेकिन उसे फिर से उल्टियाँ शुरू हो गयी थीं। और कुछ देर बाद जब अम्बुजा को थोड़ा आराम हुआ तो वह पुनः कहने लगी, "दीदी मेरा माधव जब बड़ा होकर अपने घर के विषय में पूछेगा, तो आपसे विनती है कि यह सत्य जो आज आपको मैंने बताया है आप उसे कभी न बताइयेगा। उससे कह दीजियेगा कि उसके गाँव में एक बड़ा भूचाल आया था जिसमें उसकी माँ के सिवा और कोई न बचा था, उसके पिता भी नहीं। यदि वह अपना उपनाम पूछे तो कहियेगा कि वह माधव पाठक है, मैं पाठकों की ही

बेटी हूँ। लेकिन दीदी तुम मुझसे सत्य तो कह रही हो ना कि तुम्हें मेरी बात पर विश्वास है? मैं सचमुच में कातिल नहीं हूँ दीदी।"

गौतमा को अम्बुजा की बात पर लेश मात्र भी सन्देह न हुआ था क्योंकि उस जैसी साध्वी स्त्री के मन में घृणा व क्रोध का भाव तो कभी रहा ही न था।

"हाँ अम्बुजा, मैं तुमसे पहले ही कह चुकी हूँ कि तुम कभी हत्यारन हो ही नहीं सकती, आत्म रक्षा के लिए की गयी हत्या, हत्या कैसे हो सकती है? इसलिए अभी तुम मेरी चिन्ता को छोड़ कर आराम करने का प्रयास करो।" गौतमा के उत्तर से सन्तुष्ट होने के बाद अम्बुजा ने एक लम्बी साँस छोड़ कर पुनः आँखें बन्द कर ली थीं। एक विचित्र-सी शान्ति का भाव उसके थके चेहरे पर अंकित हो गया था। गौतमा ने अम्बुजा के मस्तक पर हाथ रखा, माथा शीतल था, गौतमा घबरा गयी थी। हैजे में शरीर का ताप गिर जाना अच्छा लक्षण नहीं था। वह दौड़ी हुई अन्दर के कक्ष में गयी व सन्दूक से एक कम्बल निकाल लायी, फिर उस कम्बल को अम्बुजा के शरीर पर डालते हुए बोली, "तुम थोड़ी देर विश्राम करो, मैं रसोई से तुम्हारे लिए पानी गरम कर लाती हूँ।" पास में रखे पानी के भगोने को उठाते हुए गौतमा ने बाहर मुड़ने का उपक्रम किया ही था कि, "दीदी मुझे छोड़कर मत जाओ, मैं जान गयी हूँ कि अब मैं नहीं बचूँगी, इसलिए मुझे अकेला न छोड़ो।"

भय व चिन्ता से भरी अम्बुजा की आँखें बड़ी उम्मीद से गौतमा की ओर देख रही थीं। उसकी ऐसी दयनीय स्थिति देख गौतमा का सारा धैर्य टूटा जा रहा था, पर अम्बुजा के सामने उसे मजबूत बने रहने की जरूरत थी, ये जानती थी वह। अम्बुजा को गर्म पानी की सख्त आवश्यकता थी, इसलिए उसे अम्बुजा को कुछ देर के लिए अकेले छोड़ना ही था। अतः अम्बुजा को धीरज बँधाने का प्रयास करते हुए उसने कहा, "कैसी बातें कर रही हो अम्बुजा? थोड़ी-सी हिम्मत रखो, सुबह होने में अब अधिक देर नहीं है। सूरज निकलते ही तुम्हारे लिए किसी ना किसी डॉक्टर का इन्तजाम जरूर हो जायेगा, फिर तुम जल्द जी स्वस्थ हो जाओगी।"

अम्बुजा की बिगड़ती दशा देख गौतमा को खुद भी अपना दिया आश्वासन झूठा लगने लगा था और अम्बुजा को तो अनुमान हो ही गया था कि वे उसके जीवन के आखिरी क्षण थे, तभी तो वह गौतमा से बोली थी कि, "मेरे जीवन की सुबह अब नहीं होगी दीदी, क्योंकि मेरा तन व मन दोनों कहता है कि सुबह का सूरज देखना अब मेरे नसीब में नहीं है।"

"चुप करो अम्बुजा, तुम जरूर ठीक हो जाओगी।"

"नहीं दीदी, जैसा परसों सावित्री को हुआ था, आज मुझे भी वैसा ही लग रहा है, अब मैं ठीक नहीं हो सकती।"

"बस करो, कहा था मैंने, कि सावित्री के पास इतनी देर न बैठो, बीमारी संक्रामक है, पर तुम मानी कहाँ? चलो जो होना था वो हुआ, पर अब तुम थोड़ी सी हिम्मत तो बनाये रखो।" कहते-कहते गौतमा की आवाज भर्रा गयी थी।

"हिम्मत तो बची ही नहीं दीदी।"

"नहीं अम्बुजा, ऐसा न कहो, तुम्हें कुछ भी न होने दूँगी मैं। कई अपनों को पहले ही खो चुकी हूँ, अब तुम्हें भी नहीं खो सकती। तुम्हारी ही तरह मैं भी कम अकेली नहीं हूँ, मेरी कहानी भी तुमसे ही मिलती जुलती है अम्बुजा। बस तुम जल्दी से ठीक हो जाओ, अपने बारे में, मैं भी तुम्हें सब कुछ बताना चाहती हूँ। लेकिन अभी तुम मुझे थोड़ा-सा जल गरम कर लाने दो, बस यूँ गयी और यूँ आयी।"

"नहीं दीदी, आप कहीं मत जाओ, मेरा मन बहुत घबरा रहा है। आपने मुझे सहारा देकर मुझे एक नया जीवन दिया, अब इन आखिरी क्षणों में क्या मुझे अकेला ही छोड़ दोगी?"

"नहीं अम्बुजा ऐसा न कहो।" गौतमा की भावनाएँ अब बेकाबू हो चुकी थीं। अम्बुजा की दोनों हथेलियों को अपने हाथों से थाम वह बिलख-बिलख कर रोने लगी थी।

"आप रोओ मत दीदी, आपने मेरे लिए जो भी किया है उसका पूरा मूल्य चुकाने का समय मुझे नहीं मिल पाया। फिर भी एक विनती है आपसे, मेरे जाने के बाद अपने इस विशाल आँचल में मेरे माधव को भी थोड़ी-सी जगह दे देना दीदी, वह अपने पिता-सा नहीं है, आपके उपकारों का सदैव ऋणी रहेगा।"

"तुम ये कैसा अनर्गल प्रलाप कर रही हो अम्बुजा? माधव मेरे साथ नहीं, वरन, हम दोनों के साथ पल कर बड़ा होगा। हम दोनों अपने दो बच्चों का मिल कर लालन पालन करेंगे। इसलिए तुम्हें स्वस्थ होना ही होगा, नहीं तो मैं अकेले ये सब कैसे करूँगी अम्बुजा?" पर अम्बुजा का वह आखिरी वार्तालाप पहले ही समाप्त हो चुका था, क्योंकि उसके बाद उसने न कभी सत्य निष्ठा से भरी वे आँखें ही खोलीं और न ही अपनी मृदुल वाणी से कुछ और कहा।

उधर घर के अन्दर के कमरों में देवेश व माधव दोनों सो रहे थे, इधर बदहवासी की स्थिति में गौतमा कभी अम्बुजा के हाथ सहलाती तो कभी पैर। उल्टियाँ काफी पहले ही रुक चुकी थी, पर शरीर की शीतलता निरन्तर बढ़ती ही चली गयी। रात के यही कोई ढाई बजे का वक्त होगा जब आकाश में एक जोरदार बिजली की कड़क के साथ-साथ तेज बौछार का स्वर गौतमा के कानों में पड़ा था, और उस स्वर में घुलकर अम्बुजा के प्राण कब प्रयाण कर गये, पता ही न लगा।

कर्तव्य

सुबह के आठ बजे थे। गाँव वालों से विदा लेने की बारी आज अम्बुजा की थी। बाँस की खपच्चियों में बँधा उसका पार्थिव शरीर गौतमा के आँगन में भूमि पर पड़ा था। चेहरे को छोड़कर, उसका पूरा शरीर एक सफेद वस्त्र से ढका था, और कुछ ही देर में उसका शव महायात्रा के लिए प्रस्थान करने वाला था। जाने से पहले गौतमा उसे आखिरी बार जी भरकर देखना चाहती थी।

अम्बुजा के हमेशा की तरह शान्त मुख पर अभी भी कोई विकार न था। वही स्वाभिमान, वही तटस्थता, उसके कमजोर किन्तु सौम्य मुख पर अभी भी ऐसे ही विराजमान थी, जैसे आज भी उसे अपने कार्यों के अलावा न किसी से कोई अपेक्षा थी और न ही कोई शिकायत। आखिर ऐसी ही तो थी अम्बुजा, गौतमा ने सोचा, इन सात वर्षों में उसका सामीप्य कितना मधुर रहा था। गौतमा को लग रहा था कि जैसे उसने नहीं, वरन् अम्बुजा ने उसे जीने का सहारा दिया था। सहारा ही नहीं, वरन् अपने इस छोटे-से जीवनकाल में ही संघर्षों व बलिदानों की एक नयी परिभाषा वह गौतमा को सिखा गयी थी। गौतमा अब अपने भाग्य से कैसे शिकायत कर सकती थी जब उसके समक्ष अम्बुजा जैसा जीवन्त उदाहरण था, जिसने मुसीबतों के साथ-साथ दो-दो हत्याओं का बोझ भी अपने कन्धों पर उठाया था, वह भी कितनी जीवटता से! अम्बुजा के समक्ष आज गौतमा को अपने कष्ट क्या बौने नहीं महसूस हो रहे थे?

'राम नाम सत्य है', की ध्वनि आज तीसरी बार फिर गौतमा के आँगन में गूँज उठी, और उसके साथ ही उठ गया अम्बुजा का शरीर भी, सदा के लिए पंच तत्वों में विलीन होने को। गाँव के दो व्यक्तियों ने अम्बुजा के शव को कन्धा दिया था। उनका अम्बुजा से न कोई परिचय था न सम्बन्ध, पर इस अन्त समय में वे पराये होकर भी उसके अपने हो गये थे। गौतमा ने आँगन से बाहर होते अम्बुजा के शव को प्रणाम किया था और मन ही मन ये सोचकर विदा दी थी 'कि जाओ अम्बुजा, नफरत व धोखे से भरी ये दुनिया तुम जैसी साध्वी व सरल

स्त्री के लिए न बनी थी, इसीलिए प्रभु ने तुम्हें इतनी जल्दी अपने पास बुला लिया।' गौतमा आँगन में खड़ी हो अम्बुजा की अर्थी को तब तक देखती रही जब तक वह आँखों से ओझल न हो गयी थी। जब मोड़ पर जाते ही अम्बुजा के साथ उसकी देह भी अदृश्य हो गयी, तो दर्द की एक पैनी छुरी गौतमा के सीने में आ धँसी और वह धम्म से वहीं आँगन पर बैठ गयी। न जाने कितनी देर तक गौतमा जमीन पर बैठी खाली नजरों से शून्य में घूरती रही थी। दया व सहानुभूति के शब्द कहकर ग्रामवासी उसे सान्त्वना देने का प्रयास कर रहे थे, पर गौतमा को किसी का कुछ भी कहा न सुनाई दे रहा था, और न ही समझ आ रहा था। वह मात्र अम्बुजा के बारे में ही सोच रही थी। अम्बुजा उसकी पुत्री के समान थी, उसकी मित्र थी, व उसका सहारा भी। वह एक ही दिन में उससे इतनी दूर चली गयी कि जहाँ से लौट के आना भी सम्भव न था। 'भाग्य को उससे इतनी चिढ़ क्यों है, जीवन में जिस-जिस से उसने प्रेम किया है क्यों उन लोगों से उसे असमय ही बिछड़ना पड़ा है। पहले भवानी शंकर, फिर मास्टर जी और अब अम्बुजा भी', वह खुद से ही प्रश्न कर रही थी।

अभी अम्बुजा की अर्थी को उठे थोडी ही देर हुई थी लेकिन गौतमा को अभी से ही उसकी बहुत याद सताने लगी थी। असहाय व बेबस गौतमा क्या करती? अम्बुजा को खोने का दुःख उसके हृदय में शूल की तरह गड़ गया था। उसे अपार पीड़ा हो रही थी। निराशा व हताशा से भरी वह सोच रही थी कि एक और अपने की मौत से इस बार उसका उबरना क्या सम्भव हो पायेगा? इस बीच एक-एक कर गाँव के सारे लोग भी अपने घरों को जा चुके थे। पर दुःख से बेसुध होकर बैठी, वह आँगन की जमीन को मन के दुःख से भिगो रही थी। जब आँसुओं का प्रवाह कुछ कम हुआ और मन पर छाए काले बादल काफी देर तक बरसने के बाद कुछ हल्के हुए तो गौतमा वर्तमान में लौट आयी। उसने चारों ओर नजर दौड़ायी इस आशा में कि कहीं पर अम्बुजा की कोई निशानी मिल जाये, पर उसे निराशा के सिवा कुछ न मिला। बल्कि आज उसका घर पहले से कहीं अधिक बड़ा व कहीं अधिक खाली व सूना प्रतीत हो रहा था, 'अकेली इतने बड़े घर में कैसे रह पायेगी वह? कैसे भुला पायेगी अम्बुजा को, और कैसे लौटा पायेगी उसके उपकारों को?' गौतमा ये सब सोच रही थी कि तभी उसका ध्यान माधव पर गया, जो सुबह से ही बरामदे में एक स्तम्भ का आलिंगन किये खड़ा-खड़ा सब कुछ देख रहा था। माधव के दुःख से भरे भोले मुँह को देखकर गौतमा का हृदय दुःख से तार-तार हो गया था। अम्बुजा के जाने के दुःख में वह इतनी लिप्त थी कि उसे नन्हे माधव तक की सुध न रही थी। 'जब उसे

खुद को अम्बुजा की मौत का इतना कष्ट हुआ था तो माधव पर क्या बीतती होगी? वह तो उसका पुत्र था और साथ में अबोध भी। अपने समक्ष माधव के दुखों का न्यून आकलन करने के लिए गौतमा का मन ग्लानि से भर उठा था।

'मौत' का सत्य, आंशिक रूप से शायद सात वर्षीय माधव भी समझ चुका था, तभी तो कुछ देर पहले लोगों के लाख बुलाने पर भी वह अपनी मृत माँ की देह के पास एक क्षण के लिए भी न गया था, क्योंकि उसे बोध हो गया था कि उसकी ममतामयी माँ अब उस देह में न थी। बरामदे में स्तम्भ का सहारा लिए वह एकटक देखता रहा था कि कैसे अपरिचितों की भीड़ से घिरी जमीन पर लेटी उसकी माँ के साथ उस दिन बहुत कुछ असामान्य-सा हुआ था, जिसे देख कर उसके मन में एक खौफ-सा भर आया था। एक विचित्र-सा भय और सूनेपन का भाव उसकी आँखों में स्पष्ट झलक रहा था।

माधव ने कुछ क्षणों के लिए गौतमा से नजर मिलायी, और फिर बिना कुछ कहे एक हाथ के नाखूनों से स्तम्भ को कुरेदते हुए वह जमीन की ओर देखने लगा था। वह दुखी था, और शायद नाराज भी। दुखी इसलिए कि घर का वातावरण ही शोक में डूबा था, और नाराज इसलिए कि बिना उसे बताये उसकी माँ न जाने कहाँ चली गयी थी। इसलिए वह गौतमा से भी नजरें मिलाने में कतरा रहा था। उस छोटे बालक को इस स्थिति में देख संज्ञा शून्य हुआ गौतमा का शरीर व मन अचानक भावनाओं के ज्वार से उमड़ पड़ा था और पूरे जोरों से उसकी आँखें एक बार फिर से बहने लगी थीं। 'माधव को उसकी जरूरत थी', सोचकर उसने पल्लू से आँखें पोंछी व उसके पास गयी। उसने माधव के हाथों को स्तम्भ से मुक्त कर उसे स्वयं आलिंगनबद्ध कर लिया था। माँ का स्पर्श पाकर सुबह से चुपचाप खड़ा माधव अचानक बड़े जोरों से विलाप करने लगा था।

"माँ कहाँ चली गयी", उसने रोते हुए पूछा था।

"दूर, बहुत दूर, इतनी दूर कि अब वह हम लोगों से मिलने न आ पायेगी माधव। लेकिन तुम रोओ मत पुत्र, मैं तुम्हें कभी अकेला न छोड़ूँगी। आज से मैं ही तुम्हारी माँ हूँ, तुम्हारी ताई माँ। तुम, देवेश और मैं, हम सब सदैव एक साथ रहेंगे, एक साथ सदा-सदा। ये वचन है तुम्हारी ताई माँ का।"

माधव ने शायद कुछ समझा, और कुछ नहीं। पर उसके मुँह पर बेचैनी कुछ हद तक खत्म हो गयी थी और कुछ अधिक कस कर उसने गौतमा की कमर पर अपनी बाँहों का घेरा ऐसे डाल दिया था मानो कह रहा हो कि 'मुझे अपने से दूर न करना ताई माँ।'

"तुम्हें भूख तो लगी है ना?" गौतमा ने पूछा।

माधव ने हाँ में गर्दन हिला दी थी।

"तो फिर रसोई में चलो, तुम्हें मलाई वाला दूध और रोटी खिला दूँ।" कहते हुए गौतमा ने अपनी चार अँगुलियाँ माधव के गाल पर रख उसके आँसू पोंछ दिये थे, तत्पश्चात पल्ले से अपना मुख साफ करते हुए माधव की अँगुली पकड़, रसोई की ओर चल दी थी।

"तुम्हारे जीवन में एक नया व्यक्ति आने वाला है जिसे तुम बहुत प्यार करोगी", मास्टर जी के वे शब्द गौतमा के कानों में अनायास ही गूँज गये थे और वह जान गयी थी कि वह व्यक्ति तो उसके जीवन में पहले ही आ चुका था।

बाबुल से भेंट

अम्बुजा चली गयी थी और गौतमा एक बार फिर अकेली पड़ गयी। पर गौतमा के लिए अब जीवन, मात्र रोकर बिताने के लिए न था। दो बच्चों व बड़ी-सी खेती पाती का भार उसके अकेले कन्धों पर आ चुका था। उसने भी निर्णय ले लिया था कि समय के थपेड़ों की मार कितनी भी भारी हो, वह हार नहीं मानेगी। लेकिन वास्तविकता इतनी सरल न थी।

चालीस गायें और सौ बीघा जमीन को देखने के लिए, दो बच्चों के साथ वह अकेली औरत क्या-क्या करती? उसे एक कामकाजी परिवार की सख्त जरूरत आ पड़ी थी, जो इतनी बड़ी अचल सम्पत्ति को सँभालने में उसकी मदद कर सके। मास्टर जी सत्य ही कहते थे कि भवानी शंकर पंचभूतों में न रहकर भी उस पर सदैव दृष्टि बनाये रखता था, क्योंकि जब भी वह अकेली पड़ी थी, भवानी शंकर ने किसी न किसी को उसकी सहायता हेतु अवश्य भेजा था। अम्बुजा की मौत के कुछ ही महीनों बाद संयोगवश उसे एक ऐसा परिवार मिल भी गया था। बंशीधर काकोटी, उसी वर्ष पिथौरागढ़ के एक गाँव रमौला से अपने तीन वर्षीय पुत्र केशव व एक साल की पुत्री गीता को लेकर काम की तलाश में देवराजपुर चला आया था। गौतमा को उसे परखते देर न लगी थी कि वह एक ईमानदार व मेहनती व्यक्ति था। बंशीधर को जीविका की जरूरत थी व गौतमा को मेहनत की। इसलिए गौतमा के प्रस्ताव को अपना सौभाग्य मानकर बंशीधर ने सारी खेती पाती की जिम्मेदारी अपने हाथों सँभाल ली थी, वह वहीं गौतमा के खेत में ही पत्थरों का एक छोटा-सा घर बनाकर अपनी पत्नी हंसिनी व दो बच्चों के साथ रहने लगा था।

समय की रेल अब सामान्य गति से दौड़ रही थी। गौतमा के आँचल के नीचे देवेश व माधव सारी दुनिया का प्यार पाकर बड़े होने लगे थे। देवेश आठवीं में पढ़ रहा था, वह एक मेधावी और प्रतिभावान छात्र था, गौतमा उसके लिए निश्चिन्त थी। उसे यदि चिन्ता थी तो माधव की, जो पिछले दो वर्षों में वर्ण माला तक का ज्ञान अर्जित करने में सफल न हुआ था। उसका प्रतिदिन स्कूल से रोते हुए आना

व मास्टर जी की मार का विवरण देना, गौतमा को अत्यन्त पीड़ादायक लगता था। स्कूल के अतिरिक्त उसने घर में भी माधव के अध्यापन का प्रयास किया था पर उसकी मोटी बुद्धि में कुछ भी घुसना असम्भव था। स्वरों व वर्णों के साथ-साथ जब गिनतियों से भी संघर्ष करते हुए माधव थक गया तो अन्ततः एक दिन सुबह स्कूल जाने से पहले ताई माँ के सामने उसने खुला ऐलान कर ही डाला।

"ताई माँ मैं आज से स्कूल नहीं जाऊँगा", माधव ने आँखों में आँसू भर कहा था।

"ये क्या कह रहे हो माधव? स्कूल नहीं जाओगे? ऐसा कैसे हो सकता है? तुम्हें पढ़ने-लिखने का शौक नहीं?" गौतमा ने चिन्तातुर होकर पूछा था।

"नहीं, मुझे पढ़ने-लिखने का कोई शौक नहीं। मेरी समझ में कुछ नहीं आता ताई माँ। इसलिए मास्टर जी रोज मुझे मुर्गा बनाते हैं। क्लास के आगे, सबके सामने।" डबडबाई आखों से ताई माँ की ओर देखकर बोला था वह।

पूरी कक्षा के आगे मुर्गा बनाने वाली बात सुनकर गौतमा को मास्टर जी पर बहुत क्रोध आया था और उसने माधव को समझाने का प्रयास किया था, "मैं मास्टर जी से कल ही बात करूँगी माधव कि उन्हें ऐसा नहीं करना चाहिए। तब तक तुम जाकर अपनी तख्ती साफ कर लो, नहीं तो स्कूल के लिए देर हो जायेगी।"

"मुझे नहीं करनी है तख्ती साफ, क्योंकि अब मुझे स्कूल जाना ही नहीं है।"

"तो फिर पढ़ना-लिखना कैसे सीखोगे माधव? कम से कम अपने दस्तखत करने लायक तो हो जाओ पुत्र।" गौतमा ने माधव को समझाने का प्रयास किया था पर वह अपना मन पक्का कर चुका था इसलिए दृढ़ स्वर में ताई माँ से बोला।

"मुझे क्या जरूरत है दस्तखत करने की, बड़े भैया हैं, वो कर देंगे। बड़े भैया तो स्कूल के सबसे होशियार विद्यार्थी हैं, उनके लिए मेरे दस्तखत करना कौन-सी बड़ी बात है। और फिर आप भी तो लिखना जानती हैं ताई माँ, आप ही कर देना मेरे दस्तखत, इसके लिए मुझे स्कूल जाने की क्या जरूरत है?"

निरक्षरता के अँधेरे भविष्य से माधव एकदम अनभिज्ञ था। गौतमा ने उसे स्कूल भेजने के लिए साम, दाम, दंड, भेद के सारे हथकंडे अपनाये लेकिन माधव टस से मस न हुआ। 'वह घर-बाहर के सारे कामों में ताई माँ का हाथ बँटाएगा', सुनकर भी जब गौतमा न मानी तो उसने अपना आखिरी हथियार भी चला दिया, ये कह कर कि यदि उसे एक बार और स्कूल भेजा गया तो सदा के लिए ताई माँ का घर छोड़कर वह कहीं दूर चला जायेगा। 'बालहठ पर उतर आया उसका मन कहीं सचमुच ही ऐसा न कर डाले', सोचकर गौतमा ने माधव के आगे हार मान ली। माधव की निरक्षरता, गौतमा के जीवन की सबसे बड़ी हार है, आज

भी वह बहुधा सोचती है कि काश माधव की शिक्षा के लिए उसने कुछ और धैर्य से काम लिया होता, तो सम्भवतः माधव भी शिक्षा से वंचित न रहता।

समय के अन्तराल में दो बच्चों को बड़ा होते देख अन्ततः गौतमा के घाव भी काफी हद तक भर चुके थे। समय के साथ समझौता कर उसने भी अतीत के घटनाक्रम को नियति मानकर स्वीकार कर लिया था। अब न तो मास्टर जी कभी खयालों में आते और न कभी शिवपुर के परिवार जन। लेकिन भवानी शंकर की यादें अब भी आये वक्त उसके मन को झकझोर जातीं। विशेषकर लम्बी काली रातों में जब कभी उसका एकाकीपन बढ़ जाता तो दिल के द्वार पर एक हल्की सी दस्तक होती और जब भी वह धीरे से द्वार खोलती तो हमेशा ही वहाँ भवानी शंकर को खड़ा पाती। उसी मोहिनी मुद्रा में मुस्कराकर वह उससे धीरे से पूछता–

"फिर बुला लिया, अकेली हो?" तो गौतमा धीरे से सर हिला देती। और वैसे ही मुस्कराते हुए वह पूछता, "मास्टर जी को तो मुक्त कर चुकी हो, फिर मुझे कब मुक्त करोगी गौतमा?" तब गौतमा धीरे से जवाब देती, "तुम्हें भी मुक्त करूँगी भवानी शंकर, पर उससे पहले मुझे अपनी साँसों को तो मुक्त करना होगा ना।" कुछ ही देर में भवानी शंकर फिर अदृश्य हो जाता और गौतमा पूरी रात जागती रहती। भवानी शंकर के अतिरिक्त वह अपने अतीत से जुड़ा सब कुछ भुला चुकी थी, ये सोचकर कि उसके अतीत ने उसे भी तो भुला ही दिया था।

गौतमा को उस दिन अपनी आँखों पर विश्वास न हुआ था जब उसकी धारणा गलत सिद्ध हो गयी थी, उस दिन उसका बचपन उससे मिलने देवराजपुर चला आया था। वह तो शुक्र था विधाता का कि वाराणसी में देवेश की पढ़ाई का वह पहला साल था, जिसके कारण वह घर पर मौजूद न था अन्यथा उस दिन गौतमा की वर्षों की तपस्या व त्याग निष्फल हो जाते।

उस दिन जब माधव खेतों पर गेहूँ के बीजों की बुआई पर गया था और गौतमा घर पर अकेली थी कि तभी उजली धोती, सफेद कुर्ता व काला अंगरखा पहने अधेड़ उम्र के एक व्यक्ति ने घर के आँगन में पैर रखा था। उस व्यक्ति को देखते ही गौतमा के पैरों तले जमीन खिसक गयी थी। कुछ देर के लिए तो उसे विश्वास ही न हुआ था कि वह जो देख रही थी, वह सच था। पर आँगन में खड़े व्यक्ति ने जब काँपते स्वर में उसका नाम लिया तो उसने जान लिया था कि वह जो देख रही थी, एक कल्पना न थी वरन् सत्य था, वह सत्य जिसे देख कर वह निहाल हो गयी थी। उन्नीस वर्षों बाद भी वाणी में वही माधुर्य, लम्बी मोटी आँखों में गौतमा के लिए वही प्यार, वह कैसे भूल सकती थी उन्हें, अपने जीवन से भी प्यारे अपने बाबू को? हाँ, वह बाबू ही थे जो इतने वर्षों बाद अचानक

ही उससे मिलने देवराजपुर चले आये थे। जब बाबू ने चारदीवारी से घिरे आँगन के एकमात्र द्वार से आँगन में प्रवेश किया था व बाहर से उसका नाम लिया था, उस समय बरामदे में खड़ी वह अनाज की बोरी को सी रही थी। बाबू को देख कर बड़ी तेजी से वह बरामदे से नीचे आँगन पर उतर आयी थी और बिना कुछ कहे व सुने बाबू की छाती से लिपट गयी थी। कुछ देर के लिए वह भूल गयी थी कि वह अब बाबू की छोटी-सी गौतमा नहीं, न ही उसे ये याद रहा था कि शिवपुर से उसके निष्कासन में बाबू की भी सक्रिय भूमिका रही थी। पिता पुत्री का एक युग के बाद का वह मिलन अनोखा था! दोनों चुप-चाप थे, पर उनके आखों से बह रही धारा वह सब कह रही थी जिसे वे खुद से कहने में असमर्थ थे। बाबू उसके घर आये थे, गौतमा के मन से सारा रंज खत्म हो गया था।

दोपहर को जब माधव घर आया तो गौतमा ने बाबू को अपने पिता नहीं, वरन् दूर के ताऊ बताकर उनका परिचय करवाया था। अपनी बेटी से इस तरह का परिचय पाकर बाबू मन ही मन बहुत आहत हुए थे, पर वे चुप रहे शायद ये सोचकर कि बाबू के कर्तव्य निभाने के कई जरूरी मौकों पर चूक गये थे वे, अतः उन्हें ताऊ का सम्बोधन सुनकर ही सन्तुष्ट रहना पड़ा था।

बाबू गौतमा के पास पूरे तीन दिन रहे थे। इन तीन दिनों में माधव उनके बहुत करीब आ गया था। गौतमा को देवेश की अनुपस्थिति का मलाल था, पर एक प्रकार से देवेश का वहाँ न रहना अच्छा ही हुआ था, क्योंकि माधव की तरह बिना तर्क के बात मान लेना उसकी प्रकृति में न था। उसके रहने से सारे पुराने भेदों के खुलने का डर था, वे सारे रहस्य जिन्हें कि अब गौतमा बन्द ही रखना चाहती थी। बाबू से मिलकर उसे लगा था कि वे अब पहले से भी अधिक संवेदनशील हो गये थे क्योंकि वे बात-बात पर रो देते थे, कभी खुशी से तो कभी दुःख व पश्चात्ताप से। उनके साथ मिलकर गौतमा भी दिन में कितनी ही बार रोयी थी, विशेषकर तब, जब बाबू ने बताया था कि उसकी माँ का दो वर्ष पूर्व देहान्त हो गया था। बाबू के अनुसार माँ को रात में कम दिखने की बीमारी थी, एक दिन सायं को छत से उतरते समय वे नीचे गिर पड़ी थी। बाबू तुरन्त उन्हें कैलाश के पास दिल्ली ले गये थे, जहाँ एक सप्ताह अस्पताल में मौत से संघर्ष करते हुए वे हार गयीं और इस लोक से विदा हो गयीं। बाबू का गला रुँध गया था, जब वे गौतमा को बताने लगे—

"बेटी तुम्हारी माँ, मृत्यु से पूर्व सारे समय तुम्हें ही याद करती रही थी, बार-बार यही कहती थी कि मैं उसकी ओर से तुमसे माफी माँग लूँ। अपने शरीर की पीड़ा से उसे अधिक पीड़ा तुमसे बिछड़ने की थी, और ग्लानि भी, क्योंकि वह कहती थी कि माँ होने के बाद भी उसने तुम्हारे साथ कभी न्याय

नहीं किया और संकटों के समय तुमसे मुँह मोड़ लिया। उसे माफ कर देना बेटी और मुझे भी।"

बाबू के इस तरह कहने पर विषाद की एक तेज कटार गौतमा के मन को अन्दर तक भेद गयी थी। 'माँ-बाबू से उसे अनन्य प्रेम था, समय के क्रूर मजाक ने उसे अपने पूज्य माता-पिता से न जाने क्यों अलग कर दिया था। क्यों सुख दुखों के क्षणों में वह अपने माँ-बाबू का साथ न दे पायी? बिस्तर पर प्राण त्यागती उसकी माँ अपनी बेटी से मिलने के लिए इतनी व्यग्र होने के बाद भी उससे क्यों नहीं मिल पायी?' सोचते हुए गौतमा के मन में सहज ही आक्रोश का भाव भर आया था और न चाहते हुए भी उसके मन का आक्रोश बाबू के सम्मुख प्रकट हो गया।

उसने बाबू से कहा, "बाबू, मैंने आपको सबसे बुद्धिमान व्यक्तिओं में से एक माना है इसलिए मैं आपसे एक प्रश्न करना चाहती हूँ।"

"बोलो बेटी।" बाबू बोले थे।

"बाबू, अपमान व कष्टों से भरे जीवन को त्यागकर, एक अच्छे जीवन की अभिलाषा करना क्या पाप था? एक व्यक्ति जो तुमसे घृणा करता है उसे त्यागकर, किसी ऐसे व्यक्ति को पा लेना जो तुम्हारी पूजा करता हो, क्या अपराध था? वह भी इतना बड़ा अपराध कि मुझे ही नहीं, वरन् मेरे पुत्र देवेश को भी सामाजिक बहिष्कार का दंड भोगना पड़ा है। अपने माँ-बाप व भाई के बारे में मुझे अपने पुत्र से निरन्तर झूठ बोलना पड़ा है। बाबू, आप बताइए कि जिस अपराध की सजा मैंने भोगी है, क्या मेरा वह अपराध इतना जघन्य था जिसके कारण स्वयं वचन देने के बाद भी आप मुझसे मिलने एक बार भी बागमती गाँव तक नहीं आये?" गौतमा के मन में वर्षों से पल रहा आक्रोश का लावा एकाएक फट कर बाहर बह निकला था।

बाबू की आँखों में आँसू थे। बेटी ने जो भी कहा उसमें असत्य कुछ भी न था। उसके प्रश्नों के उत्तर के लिए उनके पास कहने को कुछ न था, पर उस दिन गौतमा की पानी से भरी आँखें जवाब लिए बिना न मानने वाली थीं। वह बाबू को देखे जा रही थी, बाबू बोले--

"बेटी, अच्छे जीवन की कामना करना कोई अपराध नहीं है, बल्कि ये तो सबका अधिकार है। लेकिन हमारे समाज में जहाँ कर्तव्यों के लिए असीमित स्थान है, वहाँ हमारे अधिकारों के लिए बहुत कम, और एक स्त्री के लिए तो बहुत ही कम। स्त्रियों को तो समाज में जीने के लिए जीवन भर मरना होता है, अपने अधिकारों का त्याग कर कर्तव्यों की चिता में निरन्तर जलते रहना होता है। तुमसे

भी हमारा समाज यही अपेक्षा रखता कि रोज अपमान व दुखों का घूँसा खाकर भी तुम अपने पति के यहाँ मुस्कराती रहती। और समाज की क्या कहूँ बेटी, मैं और तुम्हारी माँ भी तो यही चाहते थे, हम भी तो उसी समाज का ही चेहरा हैं। तुम सही कहती हो, निरपराध होते हुए भी तुम्हें, तुम्हारे ही घर से, तुम्हारे ही माता-पिता ने, देश निकाला दे दिया। लेकिन बेटी मैं सौगन्ध खाता हूँ कि तुम्हारे साथ किये गये बुरे वर्ताव के लिए मैं आज तक ग्लानि की चिता में जिन्दा जलता रहा हूँ। तुम्हें बागमती भेजने के बाद मेरे कायर मन ने मुझे बहुत फटकारा था। कैलाश का विवाह करने के बाद अपने मन को कड़ा कर, समाज से लड़ने का दम साधकर, मैं तुम्हें शिवपुर लिवाने बागमती गाँव जरूर गया था, लेकिन उस दिन मोहन नगर से गाँव जाने वाले ताँगे में एक लम्बी कटी मूँछों वाला आदमी मिला था। जब मैंने उसे अपना परिचय दिया तो वह बोला कि तुम गाँव में किसी बदमाश ठेकेदार के घर बैठ गयी हो। मेरा मन ये सुनकर आहत हो गया था और समाज से लड़ने की हिम्मत के लिए मेरे ये पैर एक बार फिर से कमजोर पड़ गये थे। बिना मामले की तहकीकात किये मैं आधे रास्ते से ही वापस हो लिया था।''

''लेकिन ये सच नहीं था बाबू, मैं उसके घर नहीं बैठी थी, बल्कि उस कमीने ठेकेदार के कारण ही मुझे बागमती गाँव त्यागना पड़ा था व मास्टर जी के साथ चलने का निर्णय लेना पड़ा था।" 'बाबू उसके विषय में सोचते होंगे कि उनकी पुत्री कितनी गिरी हुई निकली जो बागमती गाँव जाते ही ठेकेदार जैसे नीच व्यक्ति की रखैल बन गयी', सोचकर गौतमा मन ही मन ग्लानि से भर गयी थी। लेकिन फिर बाबू ने बताया कि दो वर्ष बाद मन में नया संकल्प लेकर वे उसे लेने पुनः बागमती गाँव गये थे और तब उन्हें ज्ञात हुआ कि उन्हें गलत खबर देने वाला व्यक्ति स्वयं ठेकेदार ही था। बाबू को चन्द्रा से पता चला था कि उनकी बेटी मास्टर जी के साथ गाँव छोड़कर जा चुकी थी। गौतमा आश्चर्य चकित थी ये जानकर कि मास्टर जी के साथ नये जीवन की नयी राह पर चले जाने के बेटी के निर्णय पर उन्हें कोई ग्लानि नहीं हुई थी, वरन् उसे व देवेश को एक शिक्षित व प्रतिष्ठित व्यक्ति का सान्निध्य मिला था, ये जानकर उन्हें हर्ष ही हुआ था।

बाबू ने कुछ सालों बाद गौतमा का पता भी लगा लिया था, लेकिन अपनी उपस्थिति से बेटी की शान्त जीवन नैया में एक बार फिर से तूफान उठाने के भय से वे उससे मिलने न आ सके थे। पर माँ की आखिरी इच्छा की पूर्ति तथा अपने मन की भी शान्ति हेतु वे इतने वर्षों बाद अन्ततः गौतमा से मिलने देवराजपुर पहुँच ही गये थे।

बाबू से बातें कर गौतमा का मन कुछ हद तक हल्का हो गया था। कल

सुबह बाबू शिवपुर के लिए प्रस्थान करने वाले थे। उस रात भोजन के बाद गौतमा ने बाबू से ढेर सारी बातें की थी। बाबू ने बताया कि अब वे अधिकांश समय दिल्ली में कैलाश के पास ही रहते थे। कैलाश अपनी पत्नी नीमा व दो बेटियों तथा दो बेटों के साथ दिल्ली में निवास कर रहा था। कैलाश का नाम सुनकर गौतमा एक बार फिर विह्वल हो गयी थी। जीवन में अब यदि उसकी किसी से मिलने की इच्छा थी तो वह कैलाश से थी, 'कैलाश उसका अपना सगा भाई, अब न जाने कैसा दिखता होगा?' बाबू ने गौतमा के जीवन का सारा रहस्य कैलाश से भी गुप्त रखा था। कैलाश की नजरों में भी उसकी दीदी गौतमा, वर्षों पूर्व ही एक बाघिन का शिकार बन चुकी थी। बाबू चाहते थे कि यदि गौतमा सहमति दे तो वे कैलाश से गौतमा का परिचय करवा दें, पर देवेश के बारे में सोचकर गौतमा ने बाबू से कभी भी उसके विषय में मुँह न खोलने का वचन ले लिया था। उस रात बाबू ने शिवपुर के बारे में ढेर सारी बातें बतायी थीं, जैसे, गोविन्द अपने बेटे मुरली के विवाह के लिए नैपाल गया था और फिर वहीं बस गया। मालिनी में जल भरने अब बहुत कम लोग जाते थे क्योंकि एक तो उसमें बैराज बन जाने से बरसात के अलावा पानी ना के बराबर रहता था, और इसलिए भी कि अब गाँव में कई जगह नल लग चुके थे। पानी के अलावा अब बिजली भी सारे गाँव में आ चुकी थी। शिवालय पर अब पहले जैसी भीड़ न होती थी।

मालिनी और शिवालय का प्रसंग आते ही गौतमा का दिल धड़कने लगा था, वह बाबू के मुँह से कुछ और भी सुनना चाहती थी। लेकिन बाबू अपनी बातें समाप्त कर सोने के लिए जाने लगे थे तो गौतमा से न रहा गया और उसने हिम्मत कर बाबू से पूछ ही लिया था, "बाबू नन्दनपुर का क्या समाचार है? आपने वहाँ की कोई चर्चा नहीं की।"

बाबू कुछ देर तक चुप रहे थे, नन्दनपुर में बेटी का तात्पर्य किस परिवार से था, वे भलीभाँति जानते थे। फिर उन्होंने एक लम्बी साँस छोड़ी और बोले, "पुत्र के पलायन के बाद पहले ही तारादत्त का परिवार दुखों की चपेट में आ गया था। फिर बेटे की मौत व नाती से बिछड़ने के गम में उनकी पत्नी कृष्णा ने अपने पेट व जुबान दोनों पर पट्टी बाँध ली थी। नन्दनपर के लोग कहते थे कि पूरे दो वर्ष तक किसी ने भी उन्हें एक शब्द भी बोलते न सुना था। फिर एक दिन जब तारादत्त जी सुबह को खेतों से लौट कर घर पहुँचे तो उन्होंने चारपाई पर अपनी मृत पत्नी को पाया था। नन्दनपुर के कुछ लोगों का मत है कि उन्होंने आत्महत्या की थी।"

"और भवानी शंकर के पिता? वो तो ठीक हैं ना?" गौतमा ने चिन्तित होकर पूछा।

वो क्या ठीक होते बेटी, जिसके "आगे नाथ न पीछे पगहा हो, वह बेचारा कैसे ठीक हो सकता है? बेटे के साथ-साथ पत्नी को खोने का सदमा ताराचन्द को भी खा गया। शुरू में वे कई-कई दिनों तक हमारे गाँव के शिवालय में ही बैठे रहते थे, बिना खाये, बिना पिये। फिर एक दिन वे वहाँ से चले गये। कहाँ गये पता नहीं। पर ढाई साल बाद नारायण उनसे एक दिन हरिद्वार में मिला था, कह रहा था कि संन्यास लेकर उन्हें शान्ति मिल गयी थी।"

गौतमा की आँखें व मन दोनों ही दुःख के कारण भर आये थे। 'भवानी शंकर के कारण उसके माता-पिता को घोर कष्ट सहना पड़ा था। क्या भवानी शंकर अपने माता-पिता का दोषी था? यदि था तो क्या वह स्वयं भी इसके लिए जिम्मेदार नहीं थी?' उसका मन अत्यन्त अशान्त हो गया। बेटी के मन का अपराध बोध बाबू की नजरों से छुपा न रह सका था इसलिए उसे ढाढस बँधाने के लिए वे बोले थे–

"बेटी जीवन में किसके साथ क्या होता है, कोई नहीं जानता। ये सब तो नियति का खेल है। जब दुखों का समय होता है तो सब कुछ विपरीत ही होता है। यही उनके और मेरे परिवार के साथ भी हुआ है। इसमें तुम्हारा व भवानी शंकर का कोई दोष नहीं। सोचो कि यदि बेटे की बात वे लोग पहले ही मान लेते तो क्या तुम लोगों को भागकर बरेली जाना पड़ता? और कौन जाने कि अगर वहाँ न जाते तो न कोई रेल दुर्घटना होती और न ही तुम आज अकेली होती। लेकिन हुआ वही जो नियति में लिखा था। इसलिए तुम खुद को भवानी शंकर के परिवार के लिए दोषी न समझना। निस्सन्देह उन लोगों ने अत्यन्त कष्ट भोगे पर तुमने भी तो क्या कम कीमत चुकायी है? इसलिए खुद को दोष न दो। भाग्य के इस चक्र का रहस्य हम सब की समझ से बाहर है।"

बाबू से बातें कर, गौतमा का मन कुछ हद तक शान्त हो गया था। अगली सुबह बाबू ने गौतमा व माधव से भाव भीनी विदाई ली थी। उनके जाने के साथ ही गौतमा ने उस दिन बाबू व माँ को अपने साथ हुए अन्याय के दोष से सदा के लिए मुक्त कर दिया था। क्योंकि बाबू ने सही कहा था कि उसके व भवानी शंकर के साथ हुए घटना क्रम में दोष जिस किसी का भी रहा हो, पर उसकी कीमत तो सभी ने चुकायी थी। बाबू चले गये और फिर वे दुबारा कभी नहीं आये, क्योंकि गौतमा ने उनसे वचन जो ले लिया था।

यादों का रंगमंच

उस वर्ष जब गर्मियों के अवकाश पर देवेश वाराणसी से घर आया था तो माधव ने उससे बाबू के देवराजपुर आने की चर्चा की थी। माँ के ताऊजी, अर्थात् अपने नाना के बारे में देवेश ने, माँ से कई प्रश्न भी किये थे। लेकिन गौतमा ने उसके प्रश्नों का गोल मोल उत्तर देकर उसकी जिज्ञासा को शान्त कर दिया था। लेकिन ये दुनिया उतनी बड़ी नहीं जितना हम समझते हैं, क्योंकि घूम फिर कर कई लोगों से वर्षों बाद भी मिलना हो ही जाता है। और हमारा इतिहास भी उतना पुराना नहीं होता जितना हम सोचते हैं, क्योंकि कल की घटना कई बार आज के दिन में अनपेक्षित ही सामने आ खड़ी हो जाती है। उस वर्ष एक दिन गौतमा के जीवन में भी एक ऐसी घटना घटी थी, जिसे याद कर उसे आज भी पसीना छूट जाता है।

जून का वह महीना, देवेश के घर में रहने के कारण जैसे पलों में बीत गया था। तीन दिन बाद वह वापस वाराणसी जाने वाला था। इस बार उसने माधव से वादा किया था कि जाने से पहले वह उसे एक सिनेमा दिखा कर लाएगा। उन दिनों देहरादून के एकमात्र सिनेमागृह में लगे 'मेरा नाम जोकर' का सिनेमा बच्चे-बच्चे की जुबान पर चढ़ा था, देवेश भी माधव को वही दिखाना चाहता था। वे दोनों दोपहर के बारह बजे के शो के लिए तैयार हो रहे थे। माधव बड़ा उतावला हो रहा था, अतः वह अपना धुला हुआ बिना इस्तरी किये कुर्ता पहन कर जल्दी ही तैयार हो गया था। उसे निचुड़ा-सा कुर्ता पहने देख देवेश ने उससे हँसकर मजाक किया–

"अरे माधव, इस कुर्ते को पहन कर जायेगा तो सबसे बड़ा जोकर तो तू ही लगेगा, और वो जो पिक्चर की हीरोइन है ना, इस कुर्ते में देखकर तुझे एक बार भी आँख नहीं मारने वाली है, समझा? चल कुछ और पहन के आ।"

"पर भैया ये तो मेरा सबसे बढ़िया कुर्ता है", माधव बहुत ही मासूमियत से बोला था।

"खाक बढ़िया है, इसे पहन कर पूरा ताऊ लग रहा है तू। अच्छा तू ऐसा कर, ये पहन लेना, पर जा पहले माँ से इसके ऊपर के दो बटन लगवा ले।" देवेश अन्दर से अपनी शर्ट माँ की ओर बढ़ाते हुए बोला, "माँ जरा जल्दी से इस पर बटन चढ़ा दो तो।" बच्चों की बात चीत का आनन्द लेते हुए गौतमा सुई धागा लेकर शर्ट पर बटन लगाने बरामदे में बैठ गयी थी। कि तभी एक बड़ी अजीब घटना घटी, दो अपरिचित व्यक्तियों ने आकस्मिक ही उसके आँगन में प्रवेश किया। दोनों ने खाकी रंग की वर्दी पहनी थी, लगता था किसी सरकारी विभाग से आये थे।

"ये गौतमा देवी का घर है?" उनमे से आगे खड़े व्यक्ति ने पूछा। उनके प्रश्न पर देवेश व माधव दोनों ही बरामदे से उतर आगन्तुकों के पास आँगन में चले गये थे।

"हाँ, पर आप लोग कौन हैं? गौतमा देवी से किस सिलसिले में मिलना चाहते हैं?" पुत्र को माँ के संरक्षण हेतु आगे बढ़ते देख गौतमा मन ही मन गर्वित हो गयी थी, वह चुपचाप उनके व देवेश के मध्य हो रही वार्ता का आनन्द लेना चाहती थी।

"मेरा नाम किशन चन्द्र यादव है, और ये सुदर्शन है, हमें गौतमा देवी से मिलना है।"

"मैं ही हूँ गौतमा", बरामदे में बैठे-बैठे ही गौतमा ने उत्तर दिया, "आप लोगों के यहाँ आने का क्या प्रयोजन है?"

"हम लोग बरेली से आये हैं, रेलवे विभाग से", किशन चन्द्र यादव बोला।

''बरेली से!'' गौतमा की सुई बटन को पार कर उसके बीच की अँगुली में सीधी जा धँसी थी, और रक्त की उभर आयी दो बूदों को गौतमा ने जल्दी से अपनी साड़ी की सिलवटों में छुपा लिया था।

"जी हाँ बरेली से। हम लोगों को श्री रमाकान्त दुबे ने भेजा है, दरअसल पिछले तीन सालों से सरकार ने मृतकों की पत्नियों के लिए पेंशन का ऐलान किया है, उसी सिलसिले में गौतमा देवी यानी आपका पता लगाते हुए हम लोग यहाँ तक पहुच गये हैं।"

गौतमा के शरीर में रक्त जम गया था और मुँह में जुबान। वह विस्मयपूर्ण नजरों से उन दो लोगों को देखे जा रही थी। देवेश की समझ में न आया कि माँ चुप क्यों थी। शायद वह माजरे को समझने में असमर्थ थी, इसलिए वह बीच में बोला, "आप लोगों की बातें कुछ समझ में नहीं आ रही हैं, माँ का नाम गौतमा है पर रेलवे विभाग से इनका क्या ताल्लुक?"

"अरे, आप अभी तक समझे नहीं, बात ये है कि इन गौतमा देवी के पति भवानी शंकर पाण्डे, वर्षों पहले एक रेल दुर्घटना में मारे गये थे, उनकी मौत के मुआवजे में तब उन्हें कुछ न मिला था, पर अब सरकार की ओर से इन्हे आजीवन पेंशन मिलेगी। श्री रमाकान्त दुबे जो रेलवे के एक ऊँचे अफसर हैं, वे उस जमाने में भवानी शंकर पाण्डे के घने मित्र थे। बड़ी जाँच पड़ताल के बाद आपका पता ढूँढ़ पाये हैं वो।"

"ये क्या कह रहे हो भाई", देवेश उन्हें समझाते हुए कह रहा था, "मेरी माँ गौतमा देवी जरूर हैं, पर ये किसी भवानी शंकर की पत्नी नहीं। आपको गलत पता मिला है।"

देवेश की ऐसी बातें सुनकर किशनचन्द्र कुछ संशय में पड़ गया, उसने कन्धे पर टँगे थैले में से रजिस्टर निकालकर कुछ पढ़ा और फिर देवेश की ओर मुखातिब होकर बोला—

"कमाल है, हमारी सूचना कैसे गलत हो सकती है, अच्छा ये बताइए कि क्या आप इनके बेटे हैं?" उसने बरामदे में बैठी गौतमा की ओर आँखें उठाकर इशारा करते हुए कहा।

"हाँ", देवेश बोला।

"आपका नाम देवेश चन्द्र पाण्डे है?" किशन चन्द्र ने पूछा।

"नहीं, मेरा नाम देवेश जरूर है पर पाण्डे नहीं। हम लोग उपाध्याय हैं, मेरी बात पर यकीन नहीं तो माँ से पूछ लो।" मजाक के अन्दाज में छेड़ता हुआ देवेश उन दो व्यक्तियों को परेशान कर रहा था।

"नहीं नहीं, उनसे पूछने की जरूरत नहीं। आप लोगों के बारे में आपसे अधिक हम कैसे जान सकते हैं? माफ कीजिए, गलत रिपोर्ट के कारण हम लोग आपके यहाँ चले आये।" कहकर आगन्तुक आँगन से ही मुड़कर वापस हो लिए थे।

"ये सरकारी कर्मचारी भी बिना पूरी जाँच पड़ताल किये कहीं भी चल देते हैं।" देवेश माधव से कह रहा था।

फिर माँ की ओर मुड़ते हुए बोला, "बटन लग गया माँ? देर हो रही है।" गौतमा ने बिना कुछ कहे बुशर्ट को माधव की ओर बढ़ा दिया। और उसके साथ ही माँ से विदा लेकर वे दोनों देहरादून सिनेमा देखने के लिए निकल पड़े। गौतमा न जाने कितनी देर यूँ ही बैठी रही। विचारों के भँवर में डूबा उसका तन व मन पस्त हो गया था। कुछ देर पहले जो हुआ था वह किसी स्वप्न से कम न था, वर्षों बाद भवानी शंकर के साथ बरेली प्रवास की स्मृतियाँ ताजा हो गयी थीं। बीस वर्षों के बाद भी श्रीमान दुबे ने उसे व भवानी शंकर को याद रखा, ये

सोचकर उसकी आँखें भर आयी थीं। वह सोचने लगी कि काश वह देवेश से कह पाती कि हाँ, वही है भवानी शंकर की विधवा और देवेश के पिता की संगिनी। लेकिन क्या देवेश समझ पाता ये सब? उन दो व्यक्तियों की बात सुनकर उसे तो माँ पर क्षण भर के लिए शक तक न हुआ था। माँ के एक से अधिक पति हो सकते थे, यह बात तो उसकी कल्पनाओं से भी बाहर थी। गौतमा सोचने लगी कि आज यदि रहस्य खुल गया होता तो देवेश का युवा मन अविश्वास से भर जाता। संसार के साथ-साथ, अपनी माँ पर भी उसका विश्वास सदा के लिए खत्म हो जाता। गौतमा के मन में गहरी पीड़ा जाग उठी थी, ये सोचकर कि दुर्भाग्यवश जिस झूठ की राह पर चलने का चयन उसने किया था, वहाँ से लौटने में अब देर हो चुकी थी। पर देवेश के हित में शायद यही ठीक था, उसने सोचा, अपने प्रति हुए अन्याय को जानकर संसार के लिए उसके मन में मात्र घृणा ही होगी, इसलिए माँ के इतिहास से अनभिज्ञ रहना ही शायद उसके लिए अधिक अच्छा था। गौतमा का सर दुख रहा था, वह बरामदे से उठकर अन्दर कक्ष में आराम करने चली गयी।

देवेश की इंजीनियरिंग की शिक्षा समाप्त होते ही उसे लखनऊ के जल संस्थान में नियुक्ति मिल गयी थी, उसके बाद उसका घर आना कुछ कम हो गया था। नौकरी करते हुए देवेश को तीन वर्ष बीत गये थे। इन तीन बर्षों में देवेश में एक नया परिवर्तन आया था। अब वह पहले-सा देवेश न था, उसके मन मौजी व्यवहार के साथ-साथ उसकी चाल-ढाल और सजने-सँवरने का शौक गौतमा की आखों से छुप न पाता था। 'लगता था देवेश को किसी से प्यार हो गया था' गौतमा जानने को आतुर तो थी, लेकिन ये सोच कर चुप रह गयी थी कि यह बात यदि देवेश के मुँह से ही निकले तो शायद अधिक अच्छा होगा।

माँ का शक सत्य निकला, जब अपने साथ एक आगन्तुक को लेकर एक दिन देवेश देवराजपुर आया। उस दिन गौतमा व माधव उसके यूँ अकस्मात घर आ जाने से अति प्रसन्न हो उठे थे।

माँ के पैर छूने के पश्चात देवेश ने अपनी बगल में खड़े व्यक्ति की ओर इशारा करते हुए कहा, "ये मेरे सुपीरियर हैं माँ, मेरे बॉस।"

"प्रणाम मौसीजी।" देवेश के बॉस ने गौतमा को चरण स्पर्श के लिए सर झुकाया था।

आगन्तुक का आदर भाव देख गौतमा का हृदय गद्गद हो उठा।

"सुखी रहो बेटा", गौतमा का हाथ आशीर्वाद के लिए अभ्यास वश ही उसके सर पर चला गया।

पर ये क्या? उस व्यक्ति के स्पर्श से उसे ऐसा क्यों लगा था जैसे वह उससे पहले भी कहीं मिल चुकी थी? 'शायद देवेश का मित्र था, इसलिए ऐसी अनुभूति हुई हो', गौतमा ने सोचा। फिर देवेश की ओर देख कर बोली, "देवेश तुमने अच्छा किया जो अपने मित्र को अपना गाँव दिखाने ले आये, इस बहाने मुझे व माधव को भी एक मौका मिल गया तुम्हारे मित्र से मिलने का। और ये लो मैं तो पूछना ही भूल गयी कि तुम्हारा नाम क्या है बेटा?"

"मोहन, मोहन नाम है मेरा मौसी। देवेश मेरा जूनियर ही नहीं, मेरा अच्छा मित्र भी है। दो दिनों की छुट्टी थी, देवेश ने कहा गाँव चलो, तो में चला आया। देवराजपुर तो बड़ा सुन्दर गाँव दिखता है, और आपका ये घर तो किसी हवेली से कम नहीं है मौसी।" पहली बार मिलने पर ही मोहन को गौतमा व माधव से कितनी घनिष्ठता हो गयी थी!

मोहन का उन्मुक्त व्यवहार देख गौतमा के साथ-साथ माधव भी प्रभावित हो गया था। मोहन जैसे व्यवहार के धनी लोग, गौतमा के साथ माधव को भी बहुत पसन्द थे। उसने दिन भर देवेश और मोहन की जमकर खातिरदारी की थी और शाम को उन्हें खेतों की सैर पर भी वह खुद ही लेकर गया था। माधव का कृषि ज्ञान देख वे दोनों दंग रह गये थे।

गौतमा ने रात्रि भोज में देवेश व उसके मित्र मोहन के लिए न जाने कितने व्यंजन बनाये थे। मोहन का पेट फटने को तैयार था, पर माधव था कि रोटियाँ परोसने से बाज नहीं आ रहा था। किसी तरह मोहन ने खाना समाप्त करने की आज्ञा माँगी थी, और चौकी से उठकर अपने जूठे हाथ धोये ही थे कि माधव मोटी मलाई डालकर दो बड़े गिलासों में दूध भर लाया था।

"थोड़ी देर बाद पीयेंगे।" मोहन ने पेट पर हाथ फिरा कर दयनीय दृष्टि से देवेश की ओर देखा जैसे कह रहा हो 'बचा लो मित्र,' देवेश ने उसका इशारा समझ लिया, वह माधव की ओर देख कर बोला, "दूध सामने स्टूल पर रख दो माधव, थोड़ी देर में पीयेंगे। वैसे तुमने जगह कहाँ छोड़ने दी है दूध के लिए, बुरी तरह ठूँस-ठूँस कर खिलाया है।"

गौतमा प्रसन्न थी, वह जानती थी कि देवेश के साथ मोहन ने भी उसके हाथ के बनाये भोजन का भरपूर आनन्द उठाया था। लेकिन उस रात की सनसनी घटना गौतमा का स्वादिष्ट भोजन नहीं, वरन् कुछ और ही था।

भोजन के बाद उस रात जब वह रसोई का काम निबटाकर बच्चों के साथ बातचीत करने बैठक में गयी थी, तो एकाएक उसके वहाँ पहुँच जाने से देवेश, माधव और मोहन, जो अब तक किसी बात पर जोर-जोर से हँस रहे थे, अचानक

चुप हो गये थे, जैसे उनकी कोई चोरी पकड़ी गयी हो। 'जरूर ये देवेश, माधव को कुछ उलटी-सीधी बातें सिखा रहा होगा।' फिर उसने मन ही मन सोचा कि 'बच्चे अब युवा हो चुके थे, उनके हँसी प्रमोद के दिन थे, इस उम्र में कई प्रकार की बातें करना उनके लिए स्वाभाविक ही था।' अतः उनकी वार्ता में विघ्न न डालने का निर्णय लेकर वह जैसे ही वापस जाने को मुड़ी, तो उसे मोहन ने रोक लिया था।

"अरे मौसीजी, आप बाहर कहाँ जा रही हैं? आइए ना।"

मोहन का प्यार भरा आग्रह गौतमा ठुकरा न सकी थी। बच्चों के साथ बैठकर चार बातें करने को उसका खुद का मन भी तो ललक रहा था, वह वापस कक्ष में चली आयी व सामने रखे पीढ़े पर बैठ, मोहन से बोली, "मोहन बेटा, तुम ठहरे शहर के प्राणी, यहाँ हमारे घर में, तुम्हें कोई तकलीफ तो नहीं हो रही?"

"कैसी बातें कर रही हैं मौसी? में कोई शहर का प्राणी-व्राणी नहीं, बल्कि मैं खुद भी गाँव का ही जीव हूँ। वैसे आपका गाँव व घर तो मुझे बहुत पसन्द आ गया है मौसी, यहाँ सब कुछ तो है, तो मुझे तकलीफ क्यों होगी? मुझे ये जगह बेहद पसन्द आ गयी है, लेकिन इन सबसे अधिक मुझे एक और चीज पसन्द आयी है मौसी, पूछिए क्या?"

गौतमा—"क्या?"

"आप?"

"मैं?"

"हाँ आप, मौसी मुझे आपसे मिलकर वाकई बहुत अच्छा लगा है, ऐसा लगा जैसे आपसे मेरी कोई पुरानी जान पहचान है। वैसे, आपका ये जो नाम है ना गौतमा, इस नाम से तो मुझे पहले से ही बहुत आत्मीयता है।"

"माँ के नाम से आत्मीयता? क्यों भई, ऐसी क्या खास बात है माँ के नाम में?" देवेश जिज्ञासा से मोहन की ओर देखते हुए बोला।

"खास बात है देवेश, कम से कम मेरे लिए तो है। जानते हो, मैं जीवन में गौतमा नाम की सिर्फ दो स्त्रियों से मिला हूँ, और दोनों ही इतनी अच्छी! लगता है 'गौतमा' नाम में ही कोई जादू छुपा है, देवेश।" मुस्कराते हुए मोहन बोला। वह घर के सदस्यों से इस तरह बातें कर रहा था, जैसे उन्हें हमेशा से जानता हो।

"ताई माँ के नाम में जादू?" माजरा क्या था, जानने को माधव का भी चिर जिज्ञासु मन जाग उठा था। उसे मोहन की बातें बड़ी अच्छी लग रही थीं, अतः मोहन को देखते हुए उसने आगे कहा, "ये दूसरी गौतमा कौन थीं भैया? कुछ बताओ ना उनके बारे में।"

"थीं एक, जिनका ऋण मैं और मेरा परिवार कभी नहीं चुका सकते माधव। आज भी मेरी माँ उन गौतमा को याद कर रो उठती हैं।" मोहन के व्यक्तित्व के साथ-साथ उसकी कथा भी रोचक प्रतीत हो रही थी। माधव और देवेश दोनों ही मोहन के विषय में जानने को उत्सुक थे। इसलिए देवेश ने जिज्ञासा प्रकट करते हुए कहा, "पूरी बात बताइए मोहन सर, अभी सारी रात बाकी है, तब तक कुछ खाना भी पच जायेगा और दूध के लिए जगह भी बन जायेगी। तो आपका परिवार उन गौतमा को कैसे जानता था?"

"ये बात तब की है देवेश, जब मैं छोटा था। तब हमारे यहाँ सनौरी गाँव में न कोई स्कूल था, और न ही पढ़ाई का कोई और साधन। गाँव में चारों ओर गरीबी और बेरोजगारी थी। वहाँ के अधिकांश लोगों की तरह, हम लोग भी बहुत गरीब थे। उन दिनों मेरे पिताजी दिल्ली में किसी बनिये की दुकान पर एक छोटी-सी नौकरी करते थे, और किसी तरह अपना पेट काटकर व थोड़ा बहुत पैसा बचाकर हम लोगों के लिए घर भेज देते थे। नमक रोटी ही पेट भरके खालें, इससे अधिक कुछ भी नहीं सोच सकते थे हम लोग।" इधर देवेश और माधव के कान मोहन के बचपन की कहानी पर जमे थे और उधर गौतमा के चेहरे पर हवाइयाँ उड़नी शुरू हो गयी थीं।

'हे प्रभु', गौतमा ने सोचा, 'आज क्या होने वाला है? मेरे इतने वर्षों की तपस्या क्या आज ही खंडित हो जाना चाहती है? उसका मन अतीत के उस बिराने देश में दौड़ने ही वाला था, और इससे पहले कि वह कुछ और सोचती माधव बीच में ही बोल पड़ा था–

"लेकिन आप तो देवेश भैया के जैसे ही पढ़े-लिखे हैं मोहन भैया, जब वहाँ स्कूल नहीं था तो ये कैसे सम्भव हुआ? और उन गौतमा का आपसे क्या सम्बन्ध था?"

"वही बताने जा रहा हूँ माधव, मैं कोई छह एक वर्ष का रहा हूँगा तब, जब हमारे एक पड़ोसी पुरुषोत्तम मौसा की दूसरी शादी हुई थी। गौतमा, उन्हीं की पत्नी का नाम था, माँ कहती हैं कि उन जैसी सुन्दर लड़की सनौरी गाँव में तो क्या, पूरे कुमायूँ में नहीं थी। माँ ये भी कहती हैं कि जितनी सुन्दर वे स्वयं थीं, उससे भी अधिक सुन्दर थी उनकी सोच। मुझे उनका चेहरा अब ठीक से याद नहीं है, लेकिन उनके साथ खेलने की कुछ धुँधली स्मृतियाँ मेरे दिमाग में आज भी ताजा हैं। खैर, मेरी माँ उनकी बहुत प्रिय सखी थीं, और गौतमा मौसी भी अपना सारा खाली समय मेरी माँ के ही साथ बिताती थीं। जानते हो, उनकी सबसे खास बात क्या थी?"

"क्या?" देवेश ने पूछा।

"उनकी सबसे खास बात यह थी कि जिस गाँव में आज तक भी कई लोग अनपढ़ हैं, वे वहाँ उस जमाने में भी साक्षर थीं।"

"अच्छा! उस जमाने में पढ़ी-लिखी औरतें तो काफी कम ही थीं, वे तो अकेली औरत होंगी ऐसी, विशेष कर उस इलाके में।" देवेश बोला।

"ऐग्जेक्टली, पढ़ी-लिखी होने के लिए वही एक अकेली थीं। तो मैं बता रहा था कि हमारे गाँव में बच्चों की शिक्षा के लिए कोई माध्यम न था, अनपढ़ रहकर यूँ ही जिन्दगी के दिन काटना, यही नियति थी हम सबकी। गौतमा मौसी को ये सब अच्छा न लगता था। उन्होंने हमारे भविष्य को लेकर वे बातें सोची देवेश, जिसके बारे में वहाँ के पुरुषों तक ने भी कभी न सोचा था।"

"ऐसा क्या सोचा उन्होंने सर?" देवेश पूरे ध्यान से मोहन की कहानी सुनने में लिप्त था।

"सोचा नहीं, उन्होंने कर दिखाया। एक दिन देखा-देखी में उन्होंने मेरे पिता को मेरी माँ की ओर से यूँ ही एक पत्र लिख दिया, ये कह कर कि शिक्षा के अभाव में, पहाड़ पर मेरा जीवन बर्बाद हो रहा था, इसलिए पिता होने के नाते मेरी शिक्षा के लिए उन्हें मुझे वहाँ से ले जाना आवश्यक था। मेरी माँ के अनुसार, वह पत्र इतना प्रभावशाली था कि मेरे पिता को पढ़ते ही अपने कर्तव्यों का बोध हो गया था, और लौटती डाक में पत्र के बदले वे स्वयं घर चले आये थे। बस फिर मैं और मेरी माँ उनके साथ दिल्ली चले आये, जहाँ मुझे शिक्षा प्राप्त करने का अवसर मिला। मेरी माँ का कहना है कि यदि उस दिन गौतमा मौसी ने वह पत्र मेरे पिता को न लिखा होता, तो मैं भी आज और लोगों की तरह ही पहाड़ पर एक अनपढ़ व बेरोजगार व्यक्ति का जीवन बिता रहा होता। आज मैं जो कुछ भी हूँ, इसका श्रेय उसी स्त्री गौतमा को जाता है। पर दुःख की बात ये है कि एक ओर वे थीं जिन्होंने मेरे जीवन को दिशा दिलवायी थीं, और इधर मैं हूँ जो इतने बड़े उपकार के लिए कभी उनका धन्यवाद तक न लौटा पाया हूँ।" मोहन भावुक हो गया था, क्योंकि उसकी आवाज में छुपा कम्पन तब सभी के कानों तक पहुँचा था।

देवेश व माधव मोहन की गाथा से इतने मन्त्रमुग्ध हो गये थे कि पास में बैठी गौतमा पर किसी का ध्यान गया ही नहीं। गौतमा ने मुँह पर पड़ती बल्ब की रोशनी से बचने के लिए आँचल ऐसे खींच लिया था कि उन तीनों में से किसी को भी उसका चेहरा स्पष्ट नजर नहीं आ रहा था। लेकिन हृदय की तेज धड़कन थी, कि मानने का नाम ही नहीं ले रही थी। और लेती भी कैसे? 'भाग्य भी उसके साथ न जाने कौन-सा खेल खेल रहा था।' उसकी आँखों के आगे विमला दीदी का पुत्र मोहन बैठा था, वही मोहन जिसके साथ खेलकर

उसने अपने जीवन के चार माह सनौरी गाँव में बिताये थे, और वही सनौरी गाँव जहाँ अपने पति पुरुषोत्तम को छोड़कर एक दिन वह चुपचाप भाग गयी थी, अपने प्राणों से भी प्यारे अपने परम मित्र के साथ। 'आज इतने वर्षों के पश्चात विमला दीदी के पुत्र से पुनर्मिलन!' गौतमा का सर चकराने लगा था। 'कहीं मोहन ने उसकी वास्तविकता का पता लगा लिया तो? कहीं देवेश को उसकी माँ का सत्य ज्ञात हो गया तो? अपने जीवन भर की तपस्या को क्या यूँ ही टूट जाने देगी वह?'

गौतमा जानती थी कि जीवन के रंगमंच पर पर्दों के कोनों से झाँकता इतिहास, अभिनय के लिए आतुर था। बस जरा-सा संकेत मात्र की जरूरत थी, गौतमा के कमजोर हो जाने के संकेत की। लेकिन गौतमा ने भी निश्चय कर लिया था कि अपनी इस जीवन नाटिका में आज वह अभिनय का नहीं, वरन् सूत्रधार की डोर सम्भालेगी। क्योंकि आज वह पन्द्रह साल की भोली गौतमा न थी, जो सबके इशारों पर जीवन के रंगमंच पर अभिनय करती आयी थी, एक असहाय औरत का अभिनय। उसने निर्णय लिया कि आज की रात हो रही इस जीवन नाटिका में, कौन-सा पात्र कब व कौन-सी भूमिका निभाएगा, इसका निर्णय वह परिस्थितियों पर न छोड़कर स्वयं लेगी। मोहन के मन में वह किसी प्रकार की शंका का बीज न उगने देगी। 'इतिहास आज भी पर्दे के पीछे ही रहेगा', सोचकर उसने अपने मन को मजबूत किया व फिर अपने मुँह के ऊपर खींचे आँचल को पूर्ण रूप से हटा लिया था। वह अपनी वास्तविकता को गुप्त रखना चाहती थी पर साथ ही सनौरी गाँव के बारे में जानना भी चाहती थी। उसने एक लम्बी साँस ली व कुछ देर तक मोहन को ध्यान से निहारने के बाद वह बोली—

"बेटा मोहन, तुम्हारी कहानी तो बड़ी हृदयस्पर्शी है, लेकिन मेरी समझ में ये नहीं आया कि तुम उस गौतमा का उपकार क्यों नहीं लौटा सकते? क्या वह अब उस जगह नहीं रहती?"

"नहीं मौसी, मैं उनका उपकार लौटाने में असमर्थ हूँ क्योंकि अब वे बेचारी इस दुनिया में ही नही रहतीं।"

"क्या हुआ उन्हें?" देवेश व माधव एक साथ बोले।

"हम लोगों के दिल्ली चले जाने के कुछ ही महीनों बाद उन्हें एक नरभक्षी बाघिन उठा ले गयी थी।"

"कहाँ से?" देवेश ने पूछा।

"हमारे ही गाँव के पानी के सोते से।" बोलते-बोलते मोहन अचानक उदास हो उठा था।

"ओ नो, ये तो बड़ा दुखद अन्त हुआ उनका।"

"हाँ देवेश, बहुत ही दुखद। आज भी मेरी माँ उन्हें याद करके रो उठती है।"

गौतमा को अपार वेदना हो रही थी कि चाह कर भी वह मोहन को सत्य का साक्षात्कार नहीं करा सकती थी। सनौरी गाँव से अपने चुपचाप पलायन के वक्त, पीछे छोड़कर आये कई लोगों के बारे में सोचकर उसका मन दुःख व ग्लानि से भर उठा था। वह सोचने लगी कि 'उसकी मृत्यु का समाचार सुनकर दुःख तो सभी को पहुँचा ही होगा और पुरुषोत्तम, यद्यपि वह एक आदर्श पति नहीं था, लेकिन पत्नी को दूसरी बार खोने का आघात तो उसे भी अवश्य ही पहुँचा होगा।' और फिर न जाने क्यों उस क्षण पुरुषोत्तम की कुशलक्षेम पूछने से वह स्वयं को रोक ना पायी थी।

"गौतमा के मरने के बाद उसके पति व ससुराल वालों का क्या हुआ? उनके बारे में कुछ ज्ञात है, तुम्हें मोहन बेटा?"

"होना क्या था मौसी? उनके पति ने तीसरी शादी कर ली, और अपनी पत्नी व पाँच बच्चों के साथ वे अब भी गाँव में ही मौज में जीवन बसर कर रहे हैं। लेकिन मुझे और मेरे परिवार को उन गौतमा मौसी का धन्यवाद न कर पाने का अफसोस आज भी रहता है।"

मोहन की निष्ठा भरी आखों को देख गौतमा का मन पसीज गया था। काश वह मोहन से सीधे कह पाती कि बेटा, तुम्हारी ये गौतमा मौसी अत्यन्त प्रसन्न है, और तुम्हारे जीवन की सफलता ही उसके लिए तुम्हारा सबसे बड़ा आभार है। पर वह मजबूर थी, फिर भी मोहन के मन के बोझ को हल्का करने के विचार से वह बोली, "बेटा, तुम अफसोस न करो, मुझे विश्वास है कि तुम्हारी गौतमा मौसी जहाँ कहीं भी है, तुम्हारे मन की बात सुनने में सक्षम है। वैसे तुम इतने विनम्र व होनहार युवक निकले, उसके सन्तोष के लिए इतना ही पर्याप्त होगा बेटा, मुझे पूरा विश्वास है।"

"धन्यवाद मौसी, मुझे भी लगता है कि वे भी शायद ऐसा ही कुछ कहतीं। इसीलिए शायद मेरे मुँह से आपके लिए भी मौसी ही निकला है, कितना विचित्र है ना देवेश?"

"है तो।" देवेश बोला।

"विचित्र तो जरूर है बड़े भैया, और अब मेरी समझ में ये भी आ गया है कि ताई माँ का नाम आपको इतना अच्छा क्यों लगता है।" माधव, जो अब तक मोहन की कहानी में तल्लीन हो गया था, कथा के निष्कर्ष पर पहुँचते हुए बोला।

कक्ष का वातावरण जो थोड़ी देर पहले गम्भीर हो गया था, पुनः सामान्य हो

चला था, और बातचीत का प्रसंग बनाये रखने के लिए देवेश आगे बोला, "वैसे मोहन सर, उन गौतमा की ही तरह ये गौतमा, अर्थात् मेरी माँ भी पढ़ी-लिखी औरत हैं। शायद ये भी उस गौतमा नाम की ही विशेषता हो। वैसे मेरी माँ का नाम है यूनीक ही, और इनके नाम से भी अधिक यूनीक हैं इनके नाम से जुड़ी कहानियाँ। है ना माधव?"

"ये यूनीक क्या होता है?" माधव ने पूछा।

"यूनीक होता है अनोखा।" मोहन ने उत्तर दिया।

"अनोखा?" माधव को जैसे कुछ समझ न आया था।

"हाँ अनोखा, जैसा कि तू माधव। तू भी तो यूनीक ही है ना?"

माधव ने स्वीकृति में गर्दन हिला दी, उसे आभास भी न हुआ कि देवेश उससे अठखेलियाँ कर रहा था।

"क्यों छेड़ते हो उसे हमेशा देवेश? माधव कहाँ अनोखा है?" गौतमा बोली।

"अनोखा तो है माँ, अब तुम ही बताओ कि इतना भोला और सीधा इंसान, वो भी इस जमाने में? ये अनोखा नहीं तो क्या है? लेकिन माँ तुम्हारे नाम की कहानियाँ तो माधव से भी अधिक अनोखी हैं, हैं ना माधव?"

माधव ने इस बार भी स्वीकृति में अपनी गर्दन हिला दी थी।

"अभी तीन साल पहले की बात बताऊँ सर?" देवेश मोहन की ओर देखकर बोला।

"बताओ।" मोहन ने कहा।

"मैं पढ़ रहा था उन दिनों, और गर्मी की छुट्टियों में घर आया हुआ था। एक दिन, रेलवे विभाग के दो कर्मचारी अचानक ही हमारे घर आ धमके, कह रहे थे बरेली से आये थे। क्या नाम बताया था उन्होंने अपना माधव?"

"किशन लाल यादव और सुदर्शन।" माधव झट से बोला।

"हाँ, बिल्कुल ठीक", प्रशंसा की दृष्टि से माधव की ओर देखकर देवेश बोल रहा था, "वो किशन लाल यादव ना सर, माँ को, मेरा मतलब है कि किसी गौतमा देवी को पेंशन देना चाहता था, उनके पति भवानी शंकर पाण्डे की। बता रहा था कि कुछ साल पहले उन गौतमा देवी के पति की बरेली में किसी रेल दुर्घटना में मौत हो गयी थी।"

"रियली?" मोहन के आँखों में कौतूहल दिख रहा था।

"रियली, ये ही नहीं यादवजी के अनुसार उन गौतमा देवी का एक पुत्र भी था। और गेस कीजिए क्या नाम था उनके बेटे का?"

"क्या?"

"देवेश!"

"आर यू जोकिंग?" आश्चर्य से मोहन का मुँह खुला का खुला रह गया था।

"मैं एकदम सही कह रह हूँ सर, चाहें तो माँ और माधव से पूछ सकते हैं। अब बताइए, है ना रिमार्केबल?"

"रिमार्केबल इनडीड, व्हाट अ स्माल वर्ल्ड, हाँ?" मोहन पूरे विस्मय की स्थिति में था।

गौतमा के मन सागर में स्मृतियों का ज्वार पूरे उत्कर्ष पर था, इतने वर्षों बाद आज अतीत से फिर से सामना हुआ था। वो भी इन परिस्थितियों में। अपने ही मुँह से गढ़ा असत्य आज उसके सम्मुख खड़ा होकर उसे चिढ़ा रहा था, कैसे बताती सबको वह?

बाद में उस रात मोहन ने देवेश के साथ गाँव आने के मुख्य कारण का जिक्र किया था। उसने बताया कि देवेश को लखनऊ के एक कुलीन वैश्य परिवार की कन्या निशा से प्रेम हो गया था। कन्या विजातीय थी, और इस भय से कि कहीं माँ बात समझने से पहले ही रिश्ते को अस्वीकार न कर दे, वह अपने साथ अपने मित्र व बॉस को इस सम्बन्ध पर बात करने घर ले आया था। गौतमा ने बड़ी प्रसन्नता से देवेश को निशा से विवाह करने की स्वीकृति दे दी थी।

देवेश का विवाह तय हो गया था। निशा के घर में गौतमा को असत्य बोलने की परीक्षा एक बार फिर से देनी पड़ी थी। निशा का वाणिज्य परिवार अत्यन्त सम्भ्रान्त व कुलीन था। यूँ तो देवेश हर प्रकार से उनके योग्य था पर जब खानदान की बात सामने आयी, तो देवेश ने मास्टर जी की शिक्षा व ज्ञान का जो विवरण निशा के माता-पिता के सामने दिया, तो न चाहते हुए भी एक बार के लिए गौतमा का मन आहत हो गया था। इसलिए नहीं कि देवेश ने मास्टर जी के बारे में कुछ गलत कहा था, बल्कि इसलिए कि वह जिस व्यक्ति का रक्त था, वह खुद भी उतनी ही प्रशंसा का पात्र था। एक बार गौतमा का मन हुआ भी कि वह उस दिन सारे सच का खुलासा कर दे, पर इस बार भी उसकी जुबान ने उसका साथ न दिया, इस डर से कि कहीं माँ के किये का दंड उन दो प्रेमियों को अलग न कर बैठे।

पारितोषिक

गौतमा को अपने त्याग व बलिदानों का पारितोषिक अन्ततः मिल ही गया, उसके दोनों पुत्र बड़े होकर समाज के जिम्मेदार नागरिक बन गये। एक अकेली माँ के लिए इससे बड़ा कौन-सा पुरस्कार हो सकता है?

मँगनी वाले साल में ही बसन्त पंचमी पर देवेश का विवाह निशा के साथ हो गया। गौतमा ने उसके विवाह के आयोजन में कोई कसर न छोड़ी थी। वैसी धूमधाम व भोज सारे ग्रामवासियों ने पहली बार देखा था। लोग कहते थे कि सितारों से झिलमिल पीली साड़ी में निशा स्वर्ग की किसी अप्सरा से कम न लग रही थी, और नीले रंग की शेरवानी में देवेश भी किसी राजकुमार से कम न जँच रहा था। पर गौतमा जानती थी कि देवेश कोई राजकुमार नहीं लग रहा था, बल्कि उन काले घुँघराले बालों व तीखी नाक में वह भवानी शंकर का नया संस्करण दिखता था। दूल्हे बने पुत्र को देखते हुए बारम्बार वह यही सोच रही थी कि 'भवानी शंकर सच ही तो कहता था कि वह उसके पास ही है।'

देवेश निशा को ब्याह कर लखनऊ ले गया था। निशा बुरी बहू नहीं थी, बस गाँव की मिट्टी से उसका कोई नाता न था। शहर में पली-बढ़ी निशा को गाँव अधिक नहीं भाता था इसलिए उसके साथ-साथ अब देवेश का भी घर आना पहले से कम हो गया था। गौतमा को उनसे कभी कोई शिकायत न हुई। वे दोनों प्रसन्न थे और उसके लिए यही पर्याप्त था। इस बीच देवेश व निशा का एक बेटा भी हुआ, जिसका नाम उन्होंने अवधेश रखा था। गौतमा अपने नाती के जन्म की खबर पाकर निहाल हो गयी थी।

देवेश लखनऊ शहर में अपनी छोटी-सी दुनिया में खुश था। गौतमा के लिए घर में माधव था, उसका दूसरा पुत्र। माधव जैसा प्यार व सम्मान देने वाला पुत्र शायद ही किसी माँ को कभी मिला हो। ऐसे बेटे को पाकर गौतमा धन्य थी। देवेश के विवाह के छ वर्ष बाद गौतमा ने बंशीधर काकोटी की बेटी गीता से माधव का भी गठबन्धन करवा दिया था। गीता का विवाह ग्यारह वर्ष की उम्र

में ही उसके माता ने दूर दराज के एक पच्चीस वर्षीय युवक से तय कर दिया था, जब यह बात गौतमा के कानों तक पहुँची थी तो वह क्रोध में आग बबूला हो गयी थी, उत्तेजित हो उसने बंशीधर को विकल्प दे डाला, कि या तो वह बेटी की मँगनी को रद्द करे या फिर उसकी जमीन से अपना बोरिया बिस्तर बाँध कर दफा हो जाय। बेचारा गरीब बंशीधर मन ही मन बहुत कुढ़ा था, पर पेट की रोटी के लिए उसे अपनी बिटिया का विवाह रद्द करना ही पड़ा। उसके सात वर्षों बाद गीता व माधव के मध्य पनप गयी विशिष्ट मैत्री को देखकर गौतमा स्वयं ही गीता का हाथ माधव के लिए माँग लायी थी। एक दिन वे दोनों भी बड़े हर्षोउल्लास के साथ परिणय सूत्र में बँध गये थे।

वर्षों बीत गये। इस बीच देवेश को एक और बेटा हुआ जिसका नाम उन लोगों ने ब्रिजेश रखा। और इधर देवराजपुर में माधव को तीन बेटियाँ। इन दिनों बढ़ती जनसंख्या को लेकर सरकार बहुत चिन्तित थी। एक या दो बच्चे का अभियान जोरों पर था। गीता वैसे भी शरीर से कमजोर थी, इसलिए गौतमा नहीं चाहती थी कि उसे दो से अधिक सन्तान हो, लेकिन पुत्र की अभिलाषा थी इसलिए जब तीसरी बार भी कन्या हुई तो माधव व गीता दोनों बहुत दुखी हुए थे। पुत्री के जन्म पर दोनों को मातम मनाते देख गौतमा नाराज हो गयी थी। "देश पर औरत राज्य कर रही है और तुम दोनों बेटी के जन्म पर शोक मना रहे हो?" माधव व गीता दोनों बहुत लज्जित हुए थे और साथ में ताई माँ की इतनी स्वस्थ मानसिकता पर हैरान भी।

माधव की तीनों बेटियाँ बहुत प्यारी हैं। उनका मन अपने माता-पिता के समान ही कोमल व निश्छल है। छोटी बेटी लीला को देख कर गौतमा को अम्बुजा का चेहरा याद हो जाता है। बस फर्क इतना है कि अम्बुजा बड़ी गम्भीर थी और लीला बहुत ही चुलबुली। 'कौन जाने, गौतमा सोचती है यदि परिस्थितियाँ सामान्य होतीं तो अम्बुजा भी ऐसी ही हँसमुख होती।'

देवराजपुर में अब गाँव जैसी कोई बात नहीं। 'नन्दिनी विद्यालय' अभी भी चलता है पर उसके अलावा और भी कई सारे हिन्दी और अँगरेजी भाषा के स्कूल आस-पास खुल गये हैं। आजकल माधव की बड़ी बेटी बैंक में काम कर रही है, व मंझली स्कूल में पढ़ाना चाहती है इसलिए वह शिक्षा के लिए कोई डिप्लोमा कर रही है। वे दोनों आजकल मसूरी में रहते हैं। घर में लीला के साथ गौतमा का समय अच्छे से कट जाता है। बड़ी बहिनों की तरह लीला को नौकरी करने का कोई शौक नहीं। वह दादी से अक्सर कहती है कि वह पढ़-लिख कर किसी

सुन्दर युवक के साथ शादी कर ढेर सारे बच्चे पैदा करना चाहती है। दादी माँ उसकी ऐसी बचकानी बातें सुनकर बहुत हँस देती हैं।

आजकल हर घर में टेलीविजन लग गया है। गौतमा के यहाँ पहले काले व सफेद रंग का टेलीविजन था, जिसमें गाँव भर के लोग रविवार को दूरदर्शन पर सिनेमा देखने आया करते थे। पिछले साल देवेश लखनऊ से रंगीन टेलीविजन ले आया है, इसलिए पुराना टेलीविजन अब माधव व गीता के कक्ष में है, और रंगीन टेलीविजन पर लीला व गौतमा फिल्मों व सीरियल का भरपूर मजा लेते हैं। लीला को प्रेम कहानी पर बनी फिल्में बहुत पसन्द हैं। कभी-कभी लीला दादी माँ से मजाक में पूछ बैठती है—

"दादी, आप तो आज भी इतनी सुन्दर हो, फिर जवानी में कितनी सुन्दर रही होंगी! अच्छा ये बताओ कि जब आप जवान थीं तो क्या आपका भी कोई बॉय फ्रेंड था? सच-सच बताना दादी, तुम्हें मेरी कसम।"

और दादी शरमा कर धीरे से मुस्करा देती हैं, फिर कहती हैं,

"था ना, एक बॉय फ्रेंड था मेरा भी।"

"सच में?" लीला पूछती है।

"सच में।"

"दादी प्लीज बताओ ना, आपका बॉय फ्रेंड कौन-से हीरो-सा दिखता था?" लीला पूछती है।

"अरे पगली मेरा बॉय फ्रेंड तो सारे हीरो लोगों से सुन्दर था, एकदम तेरे ताऊ देवेश जैसा।"

"बोरिंग", कहकर लीला अपने कामों में लग जाती है। पर गौतमा के लिए ये बोरिंग नहीं होता। एकान्त के क्षणों में भवानी की स्मृतियों का साथ वह आज भी नहीं छोड़ती है।

माधव के परिवार ने गौतमा का जीवन प्रेम से भर दिया है। रिश्तों की इमारत खून के सम्बन्धों पर नहीं, वरन् प्रेम की नींव पर खड़ी रहती है, ये गौतमा ने अपनी उम्र के तजुर्बे से सीखा है। इधर पिछले दो वर्षों में गाँव पूरी तरह से बदल चुका है।

गाँव में अब ताँगे सिर्फ ब्याह शादी में दिखते हैं। टेम्पो या गाड़ियाँ लोगों के घर तक आने जाने लगी हैं। गाँव की अधिकांश युवा पीढ़ी चौदह या सोलह दर्जे पास कर भी बेगार पड़ी है। आज आधुनिकता का बोलबाला चारों ओर है। घर के ताजे दही की छाछ को छोड़कर आजकल बच्चे से वृद्ध तक बोतलों में भरे रंगीन पदार्थों का सेवन करने लगे हैं। नये जीवन स्तर की होड़ में पैसे की

प्रतिस्पर्धा चारों ओर साफ नजर आ रही है। अमीर के साथ-साथ गरीब को भी अच्छे जीवन स्तर की चाह जाग उठी है। और इधर भगवान ने जैसे उन सब की सुन भी ली है, क्योंकि पिछले दो वर्षों से अफजल खान नाम का एक आदमी गाँव में अक्सर घूमता रहता है, लोग उसे डीलर कहते हैं। गाँव के आधे से अधिक लोग उसे अपनी जमीनें बेच चुके हैं। जमीनों के छोटे-छोटे टुकड़े काटकर वह देवराजपुर व आस-पास के गाँवों में एक शहर बनाना चाहता है। गौतमा चिन्तित है, इसलिए नहीं कि उसे शहर से कोई आपत्ति है बल्कि इसलिए कि जमीन ही गरीब लोगों की आमदनी का एकमात्र स्रोत है। वह जानती है कि बेची हुई जमीन का पैसा उन्हें कुछ ही दिन अमीरी दे सकता है, पर उनकी आने वाली पीढ़ी को यदि उचित शिक्षा व रोजगार न मिला तो उनके घरों में भुखमरी आ सकती है। गाँवों में कई परिवार हैं जो दो-तीन वर्षों में ही बेची हुए जमीन का पैसा भोग विलास व शराब पर उड़ा चुके हैं और अब दाने-दाने को तरस रहे हैं। गौतमा ने कई लोगों को समझाने का प्रयास भी किया है पर ढेर सारे पैसों के लालच में लोगों की बुद्धि भ्रष्ट हो चुकी है।

पड़ाव

घर से कुछ ही दूर पर बने मन्दिर में घंटे की आवाज गूँज उठी। 'लगता है सुबह के पाँच बज गये हैं', गौतमा ने सोचा। 'तो क्या वह पूरी रात न सोयी थी? सोती भी कैसे, कल रात के चार पहरों में तो उसने अपना पूरा जीवन फिर से जी लिया था।' उसने करवट बदली, नींद न आने के कारण उसका पूरा बदन टूटा सा महसूस हो रहा था। वह पलँग पर उठ कर बैठ गयी। 'अब सोने से क्या लाभ? सुबह तो हो ही चली है', उसने सोचा। पर उसकी आँखें बहुत भारी थीं, चाहकर भी वह पलँग से उठ न पायी। बिस्तर पर करवट लेकर वह फिर से लेट गयी।

बगल के कक्ष में सो रहे देवेश के धीमे खर्राटे इस समय भी उसके कानों तक पहुँच रहे थे। पुत्र की मंशा के बारे में सोचकर उसका मन पुनः उद्विग्न हो उठा। सुबह हो गयी थी। कुछ ही देर में देवेश उसे साथ लेकर देहरादून तहसील के लिए जाने की माँग करेगा, ताकि जमीन के कागजातों पर माँ के दस्तखत करवाकर उन्हें अफजल खान के हवाले कर सके।

'देवेश को भी ये कैसा लालच हो उठा है, जो जमीन बेचने पर तुला है। वह मानता क्यों नहीं कि जमीन का वास्ता सिर्फ उससे ही नहीं है। उसे पैसों की जरूरत है ताकि वह अपने जीवन को और अधिक मौज मस्ती से जी सके। लेकिन माधव को जमीन की जरूरत है ताकि वह अपने परिवार के साथ दो समय की रोटी खा सके। जैसे भी हो, मुझे देवेश को समझाना होगा कि मेरे जीते जी मैं चन्द पैसों के लिए इस जमीन को नहीं बेच सकती।'

'देवेश को उसकी बात माननी ही होगी' कि तभी एक नयी शंका ने उसके मन को और चिन्तित कर डाला, ये सोचकर कि 'यदि माँ के मना करने पर भी देवेश जमीन बेचने कि लिए जबरदस्ती पर उतर आया तो?' उसका मन और अशान्त हो उठा पर फिर खुद को स्वयं ही समझाते हुए वह बोली 'नहीं, देवेश लालची भले ही हो गया हो, पर माँ के निर्णय को ठुकराने का साहस वह आज

भी नहीं कर सकता।' लेकिन तभी दूसरी चिन्ता मन पर घिर आयी 'कि अभी भले ही न करे, माँ की मृत्यु के बाद तो वह ऐसा कर ही सकता है। तब उसे कौन रोकेगा? वह पढ़ा-लिखा है, कानून के दाँव पेंच दिखाकर यदि जमीन को अनाधिकृत रूप से हड़पना चाहे तो? फिर माधव का क्या होगा? वह तो गऊ समान सीधा व अनपढ़ है, वह देवेश को कैसे रोक पायेगा?' गौतमा चिन्तित हो गयी उसे लगा कि माधव व उसके परिवार का भविष्य असुरक्षित है। वह माधव के साथ अन्याय होते कैसे देख सकती है? जिस पौधे को उसने अपने रक्त व स्वेद से सींच कर बड़ा किया है, वह अब उसे कैसे सूखने दे सकती है? उसे देवेश को रोकना ही होगा, उसने मन ही मन निर्णय लिया।

बहुत प्रयास के बाद भी गौतमा के मन का अन्तर्द्वन्द्व समाप्त ही न हो रहा था। वह सोचती जा रही थी कि 'देवेश तो माँ से बिना परामर्श किये ही अमीरी के सपने देख आया है, क्या उसके विरोध करने से वह वाकई मान जायेगा? और यदि मान भी गया तो क्या उसके मन में माधव के साथ-साथ अपनी माँ के लिए भी विरोध न पनप जायेगा? कहीं वह गौतमा से सदा के लिए रूठ कर अलग हो गया तो? भवानी शंकर की एकमात्र निशानी है देवेश, उससे बिछोह के बाद क्या वह चैन से मर पायेगी?' गौतमा अपने मन को जितना सुलझाने का प्रयास कर रही थी वह उतना ही उलझता चला जा रहा था। क्या सही था क्या गलत, उसके लिए ये निर्णय लेना अत्यन्त कठिन हो रहा था।

वह देवेश व माधव को मन के तराजू में कई बार तौल चुकी थी, पर हर बार माधव का पलड़ा ही भारी पड़ता था। माधव, जिसे जन्म भले ही अम्बुजा ने दिया था पर उसकी खून व आँसुओं के हर बूँद की साक्षी वह खुद है, और वह माधव जिसके मन में अपनी ताई माँ के लिए इतना प्यार व सम्मान है जितना शायद किसी सगे पुत्र में भी न हो, वह उसके साथ विश्वासघात कैसे कर सकती है? पूरी रात उनींदा रहने से उसका सर दुखने लगा था, उसे कुछ देर आराम की सख्त जरूरत थी, इसलिए घुटनों पर पड़ी रजाई को गले तक खींच कर उसने आँखें बन्द कर लीं।

"दादी, साढ़े सात बजने को हैं आप अभी तक सोयी हैं? अब तक एक बार माँ व एक बार ताऊजी आपको जगा कर चले गये हैं। पर आप फिर सो गयीं! आपकी तबियत तो ठीक है?"

"हाँ, मैं ठीक हूँ लीला, क्या सच में साढ़े सात बज गया?" गौतमा ने दोनों हाथों से आँखें मलते हुए लीला की ओर देखकर पूछा।

"हाँ, दादी माँ, सब लोग जग गये हैं, और आप को इतनी देर तक बिस्तर

पर लेटे देख चिन्ता कर रहे हैं कि कहीं आप बीमार तो नहीं हैं?" लीला बोली।

"नहीं बाबा, कहा ना कि मैं एकदम अच्छी हूँ। बस कल रात नींद कुछ कम आयी थी, इसलिए सुबह को झपकी आ गयी। अच्छा लीला, जा तू चाय ले आ, और अपनी माँ से पूछ ले कि पानी गरम है या नहीं? मैं जल्दी ही नहाऊँगी, वैसे भी बड़ी देर हो गयी है आज।"

फिर हमेशा की तरह नित्य क्रिया से निवृत्त होकर गौतमा ने गीता की पुस्तक उठायी व आँगन में बिछी चटाई पर बैठ गयी। आज कर्म योग पर श्रीकृष्ण द्वारा अर्जुन को दिये गये उपदेश के श्लोक को जोर से लय में गाते हुए गौतमा ने पढ़ा—'कर्मण्येवाधिकारस्ते मा फलेषु कदाचन', अर्थात् हे मनुष्य बिना फल की चिन्ता किये, तू सदैव ही अपने कर्तव्यों का पालन करते हुए कर्म किये जा। श्लोक की पूरी व्याख्या पढ़ने के बाद गौतमा ने आँखों से सुनहरे फ्रेम के चश्मे को उतारकर वापस काले केस में रख दिया। उसका व्याकुल मन सहसा ही शान्त व निश्चिन्त हो गया था। 'गीता में हमारी सारी समस्याओं का निदान निहित है' मास्टर जी का कथन स्वतः ही याद हो आया उसे। अर्जुन की तरह ही गौतमा ने भी अपने मन में चल रहे युद्ध में सही व गलत का भेद जान लिया था। जीवन के इस अन्तिम पड़ाव से अन्याय व अपयश का बोझ लेकर वह आगे की यात्रा न करना चाहती थी। बल्कि इसी पड़ाव पर ही तो उसे आगे का मार्ग भी प्रशस्त करना था।

हमेशा की तरह पुस्तक बन्द होते ही गौतमा ने सोचा कि वह कुछ देर के लिए कमर सीधी कर ले कि तभी गीता, मलाई भरा दूध का गिलास ले ताई माँ के पास आ पहुँची।

"पहले दूध पी लो ताई माँ, फिर सो जाना," गीता ने कहा।

"फिर इतना सारा दूध, तू भी गीता, मेरी बात कभी मानती ही नहीं। ला थोड़ा कम कर दूँ।" गीता के हाथ से खाली कप लेते हुए ताई माँ बोली। फिर खाली कप में थोड़ा दूध उँड़ेलने के बाद वह गर्म दूध के घूँट भरने लगी।

देवेश सुबह ही अपने सारे काम निपटाकर तैयार हो गया था व इस बीच बरामदे में बैठकर अखबार पढ़ रहा था। माँ कहीं दूध पीने के बाद सो न जाये इसलिए अखबार को बन्द कर वह गौतमा की ओर देखकर बोला, "जल्दी करो माँ, दस बजने वाला है। तहसील में एक बार भीड़ लग जायेगी तो हम लोग न जाने कब तक वहीं फँसे रहेंगे। मैंने कार बुला ली है, ड्राइवर आता ही होगा, इसलिए तुम थोड़ा जल्दी करो ना प्लीज।"

"करती हूँ बाबा, तुम इतने अधीर क्यों हो रहे हो बेटे? तुम्हें ही नहीं, आज

मुझे भी जल्दी है, मेरा भी कुछ काम है तहसील में। और माधव कहाँ है गीता बेटी? उससे कहो कि वह भी तैयार हो जाये, उसका काम भी होगा वहाँ। पर गीता पहले ही सब्जी लेने बाग की तरफ निकल चुकी थी, अतः गौतमा की बात देवेश के सिवा किसी तक न पहुँची, 'ये माधव भी न जाने कब तक घर आयेगा?' धीरे से बुदबुदाते हुए गौतमा तेजी से दूध के घूँट भरने लगी थी।

माँ की बेबुनियाद बातें सुनकर देवेश का माथा ठनक गया था। 'कल तक ना नुकर करती माँ का स्वर आज अचानक ही इतना शान्त व ठंडा क्यों महसूस हो रहा है? और माधव को माँ क्यों साथ में ले जाना चाहती हैं? कुछ तो माजरा है', उसने सोचा, फिर वह अपनी जिज्ञासा को रोक न पाया और माँ से बोला—

"माँ, तुम्हें अपना ऐसा कौन-सा काम है तहसील में? और माधव की क्या जरूरत है वहाँ? कागज व कलम का काम है वहाँ, कोई बीज नहीं बोना है, इसलिए उसे रहने दो। बेचारा माधव वहाँ खामखाँ परेशान हो जायेगा।"

देवेश की आवाज में हल्की-सी शंका व खीज का पुट सुनाई दे रहा था। पर देवेश क्या सोच रहा है, आज गौतमा को इसकी चिन्ता न थी। वह जानती थी कि उसे खुद क्या करना है, इसलिए बेटे को समझाते हुए उसने कहा, "नहीं बेटा, आज तहसील में माधव को साथ लेकर ही चलना होगा, वह अनपढ़ है इसीलिए तो और भी जरूरी है कि वह तुम्हारे साथ जाये। तुम्हीं को तो उसकी मदद करनी होगी, बड़े भाई तो तुम ही हो ना बेटा, और पढ़े-लिखे भी।"

"तुम ये कैसी बातें कर रही हो, मैं समझा नहीं माँ। आखिर माधव को वहाँ ऐसा कौन-सा काम है, जिसमें उसे मेरी मदद की जरूरत है।" भौंहें सिकोड़ कर देवेश बोला।

"जरूरत होगी बेटा, तुम दोनों की ही जरूरत होगी वहाँ। क्योंकि, अपनी इस सारी जायदाद की मुझे वसीयत जो करनी है।" गौतमा ने सपाट, पर शान्त स्वर में देवेश को बताया। देवेश को माँ की बात अच्छी न लगी, क्योंकि वसीयत की बात सुनते ही उसने चारों और नजर उठा कर देखा था कि कहीं उसके सिवा किसी और ने तो माँ की वसीयत वाली चर्चा नहीं सुन ली थी? सौभाग्य से उस समय उसके व माँ के सिवा घर में और कोई न था। पर उसकी समझ में न आ रहा था कि माँ को अचानक वसीयत की बात क्यों सूझ रही थी? पर उसके इस प्रश्न का उत्तर तो सिर्फ माँ के ही पास था।

कुछ अप्रसन्न व कुछ शंकित हो वह बरामदे से नीचे उतर कर आँगन में चला आया व वहीं माँ की चटाई पर जाकर पास में ही बैठ गया व धीरे स्वर में माँ से बोला, "माँ, ये वसीयत का क्या चक्कर है? और तुम्हें ये बात अचानक

ही कैसे सूझ गयी? यह जायदाद मेरे पिता की है, उस पर मेरा पैत्रिक अधिकार है, इसलिए इसमें वसीयत की कोई जरूरत न होगी। तहसील में तुम्हें कुछ जरूरी पेपरों पर दस्तखत करने होंगे बस, बाकी का काम अफजल खान खुद सँभाल लेगा। और मेरी समझ में ये नहीं आ रहा माँ, कि माधव को लेकर तुम इतनी परेशान क्यों हो? मैंने बताया तो था तुम्हें, कि जमीन का इतना पैसा मिलेगा कि मेरा और माधव का परिवार उसे जीवन भर भी खर्च न कर पायेगा। क्या तुम सोचती हो कि मैं माधव को यूँ ही छोड़ दूँगा? अपने भाई समान ही समझता हूँ मैं उसे माँ, क्या तुम्हें मेरी बात पर कोई विश्वास नहीं?" उस समय देवेश की आँखों में कोई कपट न था।

"देवेश मुझे तुम्हारी बात पर कोई शंका नहीं बेटे। लेकिन समय का ऊँट कब, किस करवट बैठता है, कोई नहीं जानता। मैं जानती हूँ कि माधव से तुम भी कम प्रेम नहीं करते, पर पैसा और सम्पत्ति का मोह देवताओं पर तक भारी पड़ जाता है बेटा, फिर हम तो मनुष्य हैं। अपने जाने से पूर्व मैं माधव के नाम भी वसीयत छोड़ना चाहती हूँ। माधव ने जब से साँस ली है, इस घर की, तुम्हारी व मेरी सेवा के सिवा कुछ न किया है। अब यदि मैं उसे अधर में छोड़ दूँ तो हम में व बँधुआ मजदूरों को रखने वालों में क्या अन्तर होगा? मुझे तुम्हारी मंशा पर कोई शक नहीं, लेकिन समय बड़ा बलवान है बेटा, इसलिए मैं उसके भविष्य की बागडोर समय के हाथों नहीं छोड़ सकती। अपने जीते जी मैं माधव को उसका अधिकार दिला देना चाहती हूँ, पुत्र। आशा है तुम्हें इस पर कोई आपत्ति नहीं होगी।"

माँ का स्वर दृढ़ था। देवेश कुछ अनमना हो गया था, यह सोच कर कि माँ के निर्णय के आगे अब उसकी एक न चलने वाली थी, फिर भी वसीयत को लेकर आखिर माँ की योजना क्या थी, वह जानना चाहता था।

"माँ", एक लम्बी साँस लेकर वह बोला, "पूरी जमीन खरीदने की शर्त पर ही अफजल खान मुझे इतनी अच्छी कीमत दे रहा है, पर तुम कुछ जमीन माधव के नाम करना ही चाहती हो तो ठीक है, मैं खान से फिर से बात करूँगा। लेकिन मुझे जानना है कि तुम माधव को कितनी जमीन देना चाहती हो और कौन-सी?"

"पचास बीघा, यानी की आधी जमीन और वो भी बाग के पास वाली। इसलिए नहीं कि मैं तुम्हें जानबूझकर कम उपजाऊ जमीन देना चाहती हूँ, बल्कि इसलिए बेटा कि बाग के पास की जमीन खेती के लिए अधिक अच्छी है। तुम तो जानते ही हो कि माधव का जीवन तो मिट्टी से ही जुड़ा है, इसलिए उसके लिए जमीन का यह उपजाऊ टुकड़ा ही अच्छा रहेगा। और तुम्हें तो बेटा खेती

तो करनी है नहीं, बस जमीन बेचनी ही है, इसलिए तुम गौशाला के उस पार वाली जमीन को बेच देना।

देवेश की साँस एकाएक थम-सी गयी थी, वह जानता था कि बाग वाली जमीन की कीमत गौशाला के पास वाली जमीन से दो गुना अधिक थी। अफजल खान भी जमीन के इसी हिस्से में अधिक रुचि ले रहा था। पर माँ तो सारी योजना पर पानी फेरने को तैयार थी। अविश्वास की नजरों से वह माँ की ओर देखता रहा। माँ ने आजीवन उसकी किसी भी बात का विरोध न किया था और आज वह जो करने जा रही थी, वह उसके लिए अविश्वसनीय था। उसके मुँह पर फीका पड़ गया उत्साह बता रहा था कि वह माँ के निर्णय पर बेहद नाखुश था।

"माँ तुम ऐसा कैसे कर सकती हो? मुझे विश्वास नहीं हो रहा कि तुम मेरी वही माँ हो जो मेरे लिए अपनी साँसें देने को तैयार रहती थी। और आज जब मुझे पैसों की जरूरत है तो तुम जमीन के लिए इतना मोह कर रही हो, क्यों माँ? मुझे आधी और वह भी निम्न कोटि की जमीन देने की बात तुम सोच भी कैसे सकती हो? क्या मैंने तुम्हारे लिए कभी बुरा सोचा या किया है?" माँ के मुँह पर निराशा से नजरें जमाए देवेश उसे देखता जा रहा था।

"नहीं बेटा, तुमने मेरे साथ कभी कोई बुरा नहीं किया, तुम्हारे जैसा पुत्र तो सौभाग्यवश ही मिलता है। लेकिन मैं माधव को कैसे छोड़ दूँ, बुरा तो मेरे साथ उसने भी नहीं किया है?"

"लेकिन माँ ये मेरे साथ अन्याय है। यह जमीन मेरे पिता की है, मैं उनका एकमात्र उत्तराधिकारी हूँ। माधव से मुझे कोई द्वेष नहीं, पर मैं उसके साथ अपने पिता की सम्पत्ति का ठीक आधा बँटवारा नहीं कर सकता, माँ। क्षमा करना, पर मैं तुम्हें ऐसी वसीयत करने का सहयोग नहीं दे पाऊँगा। यह जायदाद मेरे पिता श्री श्रीधर माधव उपाध्याय जी उर्फ मास्टर जी के कठिन परिश्रम की कमाई है, मैं इसे इतने मुक्त हाथ से नहीं बाँट सकूँगा।" नाराज होकर देवेश उठ ही रहा था कि, "ये जायदाद, मास्टर जी की जरूर है देवेश, पर तुम्हारे पिता की नहीं। इस पर जितना हक तुम्हारा है, उतना ही माधव का भी।" गौतमा के कठोर व ठंडे शब्द जैसे देवेश के मेरुदंड में जा धँसे थे। वह पुनः बैठ गया, उसे लगा कि माँ का दिमागी सन्तुलन बिगड़ गया है, इसी कारण पहले वह जमीन को आधा बाँटने की बात कर रही थीं और अब कह रही हैं कि मास्टर जी उसके पिता ही नहीं। उसने माँ की आँखों में ध्यान से देखा तो लगा कि इसकी शंका निराधार थी। माँ अच्छी भली चेतन अवस्था में थी। तो फिर माँ ने अभी कुछ क्षण पहले ऐसी बात क्यों कही थी, उसे जानना आवश्यक था।

"तुम क्या कह रही हो माँ? ये जायदाद मास्टर जी की है, पर मेरे पिता की नहीं? इसका क्या तात्पर्य है? तुम कहीं अस्वस्थ तो नहीं हो, जो ये बेसिर-पैर की बातें कर रही हो।"

"नहीं देवेश, मैं एकदम स्वस्थ हूँ, तन व मन दोनों से। मैंने जो भी कहा सही कहा। मास्टर जी ने अपनी छत्रछाया में हम लोगों को शरण जरूर दी थी पर वे तुम्हारे पिता नहीं थे।" देवेश को अपने कानों पर विश्वास नहीं हो रहा था, उसका शरीर शिथिल हो गया था और पैर निर्जीव। वह धम्म से वहीं माँ के पास चटाई पर घुटनों के बल बैठ गया था। उसका मुख सफेद हो चला था और होंठ सूख गये थे। उसका सारा जीवन एक झूठ था, बहुत बड़ा झूठ। जिस माँ को वह संसार की सबसे विदुषी स्त्री मानता आया था, उसी माँ ने कितने बड़े झूठ के आँचल में उसकी परवरिश की थी। कुछ ही क्षणों में उसका मुँह ऐसे सूख गया जैसे वह किसी रेगिस्तान में हफ्तों से प्यासा भटक रहा हो। माँ ने उससे इतना बड़ा सत्य कैसे और क्यों छुपाया, सूखे चिपकते होंठों से माँ की ओर देख कर काँपती आवाज में वह बोला—

"तुमने मुझसे अपने बारे में कुछ तो सत्य छुपाये हैं, ये जानता था मैं, पर इतना बड़ा झूठ? और वह भी अब तक, जब कि तुम्हारे साथ-साथ मैं भी बूढ़ा होने को तैयार हूँ! आज तुम्हें बताना ही होगा माँ, वह भी सम्पूर्ण सच। चाहे वह सच कितना भी अप्रिय हो, या चाहे उससे मुझे कितना ही कष्ट पहुँचे पर तुम्हें मुझे बताना ही होगा, माँ। क्योंकि जितना यह सत्य तुम्हारा है, उतना ही मेरा भी।"

"सत्य जानना है तो सुनो, आशा करती हूँ कि इस सच को सुनने के बाद भी तुम मुझे उसी प्रेम व सम्मान से अपने उसी स्वर में माँ कहते रहोगे, जैसे कि आज तक कहते आये हो।"

फिर गौतमा ने एक क्षण के लिए अपनी आँखें मूँद लीं, और एक लम्बी साँस छोड़ने के बाद बोलना शुरू किया—

"रामगढ़ के पास एक सुन्दर-सी छोटी नदी है—मालिनी। मालिनी के दो किनारों पर दो सुन्दर गाँव हैं—शिवपुर और नन्दनपुर...।" न जाने कितनी देर तक गौतमा बोलती रही और न जाने कितनी बार देवेश रोया, उसे ठीक से पता नहीं। माँ की जीवन कथा का एक-एक शब्द देवेश ने अपनी साँसों को रोक कर सुना था। गौतमा ने अम्बुजा के द्वारा हो गयी हत्याओं को छुपाकर, सब कुछ एक खुली किताब की तरह से अपने पुत्र देवेश के आगे रख दिया था। गौतमा अपनी आत्मकथा कहने में इतनी तल्लीन थी कि उसे पता न लगा कि कब

उसकी बूढ़ी जाँघों का तकिया बना कर देवेश चटाई पर ही एक छोटे बालक की भाँति लेट गया था।

गौतमा की कहानी समाप्त हो गयी थी, पर देवेश का रोना जारी था। कहानी खत्म होने के बाद भी वह बड़ी देर तक माँ की गोद में ही लेटा रहा। वह अपनी लाल और फूल गयी आँखों से माँ को ऐसे देख रहा था, जैसे उसके सामने उसकी माँ नहीं, कोई दूसरी स्त्री खड़ी हो। वह स्त्री जिसके साहस व त्याग का बखान करने के लिए उसके पास शब्द ही न थे। वह जानता था कि माँ जो भी कह रही थी, वह सत्य था। मास्टर जी व अम्बुजा काकी के साथ-साथ, माँ हर वर्ष तीसरा श्राद्ध किसका करवाती थी, अचानक ही स्पष्ट हो गया था। वही नहीं, मोहन सर व बरेली से आये रेलवे कर्मचारियों की कथा माँ के जीवन के घटनाक्रम में एक कड़ी की तरह फिट हो गये थे। 'काश उसने कभी उन लोगों की बातों पर शक कर, कुछ तहकीकात की होती तो इतने वर्ष अँधेरे में न बीते होते', देवेश मन ही मन सोच रहा था। माँ के साथ इतना कुछ हुआ और उसे कभी इसकी भनक तक न लगी। उसका मन भर आया, वह रुँधे गले से माँ की ओर देखते हुए बोला–

"माँ तुमने मेरे साथ अन्याय किया है, तुम्हारा ये सच, मेरा अधिकार था, तुमने इतने वर्षों तक मुझे इस अधिकार से वंचित रखा, क्यों माँ? क्यों?"

"मुझे भय था देवेश, इसलिए। अपने किये का दंड मैं तुम्हें नहीं देना चाहती थी, इसलिए मैंने अपने अतीत को सबसे छुपा लिया, खुद से भी और तुमसे भी। तुम्हारे माथे पर बहु विवाह वाली माँ का कलंक न लगे इसलिए मैंने इस संसार के साथ-साथ तुमसे भी कभी सत्य न कहा। मुझे भय था कि दुनिया की तरह तुम भी न समझ पाओगे।" गौतमा की आँखों से पानी मोटी धार बनकर बह रहा था।

"माँ! तुम आज तक मुझे जान ही न पायी? भवानी शंकर के खून से पैदा होकर, मास्टर जी जैसे महापुरुष के संस्कारों में पला-बढ़ा हूँ मैं। उनके त्याग और बलिदानों पर तुम्हें कुछ तो विश्वास होना चाहिए था। उनकी सन्तान से तुम्हें इतनी नासमझी की अपेक्षा कैसे हो गयी? और माँ कौन-सा कलंक? तुम्हारा और मेरे पिता का संघर्ष क्या कलंक था? तुम दोनों का प्यार मेरे माथे पर एक कलंक का टीका नहीं बल्कि चन्दन का लेप है, माँ। काश यह सब मुझे पहले ज्ञात हुआ होता, तुम्हारे जीवन की इतनी लम्बी अकेली यात्रा में, मैं तुम्हें कुछ तो सहारा देता। और माँ, तुम खुद को किससे बचाना चाहती थी? इस समाज से या अपने आप से? क्योंकि इस समाज के लिए तुम एक मिशाल हो, एक प्रेरणा हो और अपने लिए दुनिया की सबसे बड़ी प्रेमिका। मैं आज तुम्हारा बेटा होकर धन्य हो गया हूँ। आई एम सो प्राउड ऑफ यू माँ।"

देवेश का स्वर पहले से भी अधिक भर्रा गया था, कहीं वह बहुत जोर से न रो दे, इसलिए तेजी से उठकर वह अन्दर चला गया था। गौतमा आँगन में स्तब्ध बैठी थी। जीवन में पहली बार उसके कन्धे अचानक ही इतने हल्के हो चले थे। इस बीच गीता व माधव भी घर आ चुके थे। गौतमा उम्मीद कर रही थी कि सत्य जानकर हो सकता है देवेश जमीन के बारे में अपना निर्णय बदल दे, क्योंकि उसे इस समय देहरादून तहसील में जाने का मन न था। वह चटाई में फिर से लेटने को हुई ही थी, कि देवेश बरामदे से बाहर की ओर आते हुए बोला–

"अब फिर से क्यों लेट रही हो? चलो उठो, जल्दी से तैयार हो जाओ" और फिर रसोई की और मुँह कर गीता को जोर से आवाज देते हुए बोला, "गीता जरा जल्दी से माँ के कपड़े पैक कर दो, मैं जरा गाड़ी लेकर आता हूँ।"

"पर कपड़े क्यों? क्या तहसील में कई दिनों तक रुकना पड़ेगा?" गौतमा ने पूछा।

"तहसील जाये भाड़ में, जमीन जाये भाड़ में, अभी हम लोग तहसील नहीं, दिल्ली जा रहे हैं माँ। अभी एक बजे निकलेंगे तो शाम तक पहुँच जायेंगे।"

"लेकिन दिल्ली किसलिए बेटा?" देवेश की पहेली गौतमा की समझ में न आ रही थी।

"माँ, आपको अपने भाई से मिलने की इच्छा हो या नहीं, पर मैं अपने मामा कैलाश से आज ही मिलना चाहता हूँ।" कैलाश से मिलने के समाचार का विस्फोट कर, देवेश शर्ट के बटन लगाते हुए तेजी से आँगन से बाहर निकल गया। कैलाश को याद कर गौतमा का दिल एक बार जोर से धड़का। फिर दूसरे ही क्षण उसकी आँखें डबडबा आयीं। उसने जल्दी से आँखें पोंछने के लिए आँचल को आँखों पर लगाया ही था कि उसे लगा मन के एक कोने में चिर युवा भवानी शंकर मुस्की मार कर मुस्करा रहा था, जैसे कह रहा हो कि 'क्यों वह देवेश को लेकर इतना परेशान थी, देवेश आखिर है तो उसका बेटा ही।' और गौतमा ने भी शरमा कर कह दिया, 'जानती हूँ।'

गीता ने गौतमा के कपड़ों का बैग तैयार कर दिया था। चटाई पर से उठने से पहले गौतमा ने आँगन के ऊपर आ रहे गुड़हल के पेड़ पर एक नजर मारी। शरद ऋतु की इस सुहानी धूप में एक बार फिर से फूलों की पंखुड़ियाँ रेशम की तरह झिलमिला रही थीं। 'इस बार बहार वाकई कुछ ज्यादा अच्छी है', सोचकर वह आँगन से उठ कर अन्दर चली गयीं।

□□